btb

Buch

1939, Indien ist auf dem unruhigen und blutigen Weg in die
Unabhängigkeit. Nur schwer können sich die britischen Sahibs und indischen Maharadschas an den ihnen drohenden
Macht- und Prestigeverlust gewöhnen.
Die Offizierswitwe Mabel Layton und ihre Enkelinnen Sarah und Susan haben sich wie so viele andere vor den politischen Umwälzungen in die Abgeschiedenheit der Berge
geflüchtet. Mit immer brüchiger werdender Nonchalance
pflegen sie dort ihren gewohnten Lebensstil. Diese scheinbare Idylle zerbricht völlig, als eines Tages Hauptmann Merrick auftaucht. Mit geheimnisumrankter Vergangenheit, aber
hochdekoriert, erweckt sein Erscheinen Mißtrauen und Bewunderung.
Die Türme des Schweigens sind eine Familiensaga, das fa-
cettenreiche Gesellschaftsporträt einer ganzen Epoche – und
ein farbenprächtiger Reigen über zwei einander in Liebe und
Gewalt verbundene Völker.

Autor

Paul Scott wurde 1920 in Palmers Green, Nord London geboren. Von 1943 bis 1946 diente er als Nachrichtenoffizier
und Versorgungsspezialist bei der britischen Luftwaffe in Indien. Nach dem Krieg wurde er Mitarbeiter bei einer literarischen Agentur in London, bevor er sich 1960 ganz dem
Schreiben widmete. Mit *Die Türme des Schweigens* liegt
nun der dritte Roman seines großen Indien-Epos *Das Reich
des Sahibs* vor, für dessen letzter Teil *Nachspiel* ihm 1977
der Booker Preis verliehen wurde. Paul Scott konnte diese
Auszeichnung nicht mehr persönlich entgegennehmen. Er
verstarb am 1. März 1978.

Paul Scott bei btb
Das Juwel in der Krone (72102)
Der Skorpion (72128)

Paul Scott

Die Türme des Schweigens

Roman

Aus dem Englischen von
Manfred Ohl und Hans Sartorius

btb

Die Originalausgabe erschien 1968
unter dem Titel »The Tower of Silence«
bei William Heinemann Ltd., London

Umwelthinweis:
Alle bedruckten Materialien dieses Taschenbuches
sind chlorfrei und umweltschonend.

btb Taschenbücher erscheinen im Goldmann Verlag,
einem Unternehmen der Verlagsgruppe Bertelsmann.

1. Auflage
Genehmigte Taschenbuchausgabe November 1997
Copyright © 1968 by Paul Scott
Copyright © der deutschsprachigen Ausgabe 1987 by
Ernst-Klett Verlage GmbH u. Co. KG, Stuttgart
Umschlaggestaltung: Design Team München
Satz: IBV Satz- und Datentechnik GmbH, Berlin
MD · Herstellung: Augustin Wiesbeck
Made in Germany
ISBN 3-442-72129-6

INHALT

TEIL EINS
Der unbekannte Inder 7

TEIL ZWEI
Eine Frage der Loyalität 141

TEIL DREI
Das Silber in der Offiziersmesse 241

TEIL VIER
Die Ehre des Regiments 355

TEIL FÜNF
Der Tennisplatz 447

IN LIEBE FÜR PENNY

Der unbekannte Inder

I

Im September 1939, als der Krieg gerade begonnen hatte, trat Miss Batchelor, die Leiterin der protestantischen Missionsschulen in der Stadt Ranpur, in den Ruhestand.

Miss Batchelor war am Anfang des Jahres 1938, gegen Ende ihrer Laufbahn, zur Schulleiterin befördert worden. Sie wußte, die Beförderung war ein Trostpflaster. Aber Miss Batchelor stürzte sich mit der für sie charakteristischen Hingabe an jede Kleinigkeit auf die Arbeit. Das bedeutete, ihre Nachfolgerin, eine Miss Jolley, würde vollauf damit beschäftigt sein, das Durcheinander zu entwirren, das Miss Batchelor zu hinterlassen gelang – wie der fröhlichen und unermüdlichen Anführerin einer Schnitzeljagd, die die Richtung zu einem Ziel weist, das niemand kennt – auch sie nicht.

Miss Batchelor, sie hieß mit Vornamen Barbara (kurz Barbie), wußte, daß sie viele Fehler hatte. Die meisten beruhten auf zwei Gewohnheitssünden: Sie hörte selten auf zu reden und neigte zu impulsiven Handlungen, ohne die Folgen vorher zu bedenken. Sie betete oft darum, mit einem vorsichtigeren und ruhigeren Wesen gesegnet zu sein, fiel dabei aber voll Inbrunst auf die Knie und redete laut mit Gott; möglicherweise war das ein Grund dafür, daß ihre Gebete nie erhört wurden. Aber auch die Versuche, sich ohne göttliche Hilfe zu bessern, blieben erfolglos. Wenn sie schwieg, erkundigte sich jedermann besorgt nach ihrem Gesundheitszustand – berechtigterweise, denn die Anstrengung zu schweigen verursachte ihr Kopfschmerzen. Die Kopfschmerzen ließen bei dem Gedanken nicht nach, daß die Arbeit sich noch mehr auftürmen würde, wenn sie etwas aufschob, um zuerst darüber nachzudenken. Am Ende trug Barbie zufrieden die Bürde ihres Wesens in dem Glauben, Gott wisse am besten, was richtig für sie sei. Insgeheim war sie sehr stolz auf ihre Stimme – sie war nicht zu überhören.

Barbie glaubte an den guten Willen und die Vernunft der Obrigkeit. Hätte die Mission ihr gesagt, das Feld sei noch nicht bestellt und sie müsse noch ein paar Jahre durchhalten, hätte sie die Last geschultert, in die Hände gespuckt und, dankbar dafür, daß man sich ihrer noch bediente, weitergemacht. Aber die Mission sagte nichts dergleichen. Nach außen hin fügte sich Barbie in die Lage mit Gleichmut und der gewohnten Geschäftigkeit. Innerlich stellte sie sich mit einer Mischung von Erleichterung und Besorgnis darauf ein.

»Ich freue mich schon darauf, etwas langsamer zu machen«, sagte sie. Die Leute lächelten. Sie konnten sich Barbie nur in Höchstgeschwindigkeit vorstellen. Nach der Verabschiedung hätte ihr die Mission, die sich immer um ihre Leute kümmerte, vorübergehend in Ranpur eine Wohnung zur Verfügung gestellt und ihr dabei geholfen, sich später in Darjeeling oder Naini Tal niederzulassen, wo die Mission Bungalows für den Lebensabend ehemaliger Mitarbeiter besaß. Man hätte ihr auch einen Zuschuß zur Rückfahrt nach Hause gegeben. Doch der Krieg machte eine Rückkehr schwierig, und Barbie erklärte ohnehin, sie werde bleiben. Sie war seit dreißig Jahren nicht mehr in England gewesen.

Scheinbar wollte sie nur ihre Pension und die Freiheit, tun und lassen zu können, was sie wollte. Sie ließ durchblicken, daß sie Pläne habe. Sie sagte, sie beabsichtige, nach der Pensionierung nicht untätig zu sein. Sie würde sich zuerst eine Bleibe suchen und dann ehrenamtlich irgendeine

Aufgabe übernehmen. Sie hatte gespart. Sie war vollkommen zufrieden und glücklich. Sie würde immer zur Verfügung stehen, falls die Mission ihre Hilfe oder ihren Rat brauche. Man müsse es ihr nur sagen, und sie würde sofort zur Stelle sein.

In Wirklichkeit hatte sie keine Pläne und auch keine klare Vorstellung, wohin sie gehen oder was sie tun sollte. Sie wäre gerne einem Menschen oder einer Sache von Nutzen gewesen, konnte sich jedoch nicht vorstellen, welchem Menschen oder welcher Sache. Im großen und ganzen spielte das auch keine Rolle, solange eine sinnvolle Beschäftigung ihr die Zeit ließ, sich einem persönlichen Problem zu widmen.

Barbie quälte ein stilles Leid (wie ihre Mutter das genannt hätte). Sie war besonders für kleine Kinder eine recht fähige Lehrerin gewesen, denn Kinder weckten ihre mütterlichen Instinkte, und sie war oft mit Beweisen ihrer Fähigkeit belohnt worden, sich die Zuneigung und Wertschätzung der Schüler und Eltern zu verdienen. Aber für Barbie war das Unterrichten in Lesen, Schreiben und Rechnen nie so wichtig gewesen wie die Unterweisung im Christentum.

Beinahe solange sie denken konnte, hatte sie an Gott, an Christus, den Erlöser, und an den Himmel geglaubt. Für Barbie besaß das alles eine sehr große Realität. Das Schicksal der Ungläubigen war für sie ebenso real, besonders das Schicksal jener, die ohne eigenes Verschulden Ungläubige waren. Deshalb hatte sie nach dem Tod beider Eltern die Arbeit bei einer kirchlichen Schule im Süden Londons aufgegeben, war in die Mission eingetreten und nach Indien gekommen.

Die Vorstellung, auch nur ein einziges Hindu- oder Moslemkind zu Gott zu bringen, verschaffte ihr große Befriedigung; sie glaubte, die Arbeit in der Mission biete ihr die Möglichkeit, das dutzendweise, vielleicht hundertfach zu tun. In Indien angekommen, mußte sie enttäuscht feststellen, daß die Mission den Nachdruck auf die Bildung der Einheimischen legte. Die Mission öffnete ihre Pforten weit, um indische Kinder einzulassen, damit sie Dinge lernten, die ihnen von Nutzen sein würden. Sie öffnete die Pforten jedoch nicht als Ermutigung für die Lehrer, hinauszugehen und die Kinder unter den schützenden Mantel der Kirche zu bringen.

Anfangs beunruhigte Barbie die weltliche Haltung der Mission und auch die geforderte Disziplin, mit der man die Mitarbeiter von der Zurschaustellung eines übertriebenen Glaubenseifers abhielt. Aber Barbie fand sich bald mit beidem ab. Es waren vernünftige Maßnahmen der Verantwortlichen, die es am besten wußten und die sich darum bemühten, das Gewonnene zu wahren und zu halten. Sie wollten nicht riskieren, alles zu verlieren, indem sie sich zu sehr darum bemühten, noch mehr zu gewinnen. Barbie entdeckte, daß die Mission weder bei der Regierung noch beim Militär beliebt war, und zwar schon seit dem Sepoyaufstand von 1857 nicht mehr. Die Leute sagten, die Unruhen seien ausgebrochen, weil die indischen Sepoys glaubten, sie sollten gewaltsam zum Christentum bekehrt werden, nachdem man sie zuerst durch Patronen verunreinigt hatte, die mit Schweineschmalz eingefettet waren. Sowohl die Zivil- als auch die Militärbehörden schienen sich sogar große Mühe zu geben, den Hindus zu ermöglichen, daß sie Hindus, und den Moslems, daß sie Moslems blieben, indem man ihnen bei allen Gelegenheiten erlaubte, ihre Riten zu befolgen, ihre Feste zu feiern, und indem man die Unterschiede zwischen den beiden Gemeinschaften offiziell anerkannte.

»Ein Schritt nach dem anderen«, sagte Barbie und machte sich daran, eurasische Kinder zu unterrichten, deren Eltern bereits Christen waren, und die Kinder von Bekehrten, auch Hindu- und Moslemkinder, deren Eltern viel daran lag, daß ihre Söhne (hin und wieder auch die Töchter) sich gute Kenntnisse im Englischen erwarben; diese Sprache mußten sie nämlich beherrschen, um im Leben weiterzukommen. Aber wenige von ihnen würden je getauft werden.

Im Verlauf der Jahre gewöhnte sie sich an dieses System. Die Bishop-Barnard-Schulen – benannt nach einem Gründer der Mission, der Barbie angehörte – hatten sich zwischen den beiden Weltkriegen beachtlich ausgebreitet und genossen in den großen Städten ein hohes Ansehen. Sie waren stolz auf einen akademischen Ruf, der ihnen indische Mädchen und Jungen als Schülerinnen und Schüler brachte, deren Eltern fortschrittlich genug waren, ihren Kindern einen Schulabschluß zu verschaffen, der zur Aufnahme an Regierungscolleges und indischen Universitäten verlangt wurde. In dem Maß, in dem der gute Ruf und die Schülerzahlen stiegen, wuchs der Bedarf an Lehrern mit den entsprechenden Qualifikationen. Jahr um Jahr wurde die religiöse Grundlage des Unterrichts beschnitten, und Frauen wie Barbie blieben in untergeordneten Stellungen oder wurden in Verwaltungspositionen befördert, wo weder ihr missionarischer Ehrgeiz (oder das, was davon übriggeblieben war) noch ihre mangelnden Fachkenntnisse großen Schaden anrichten konnten. Mit der Ernennung von Miss Jolley, Barbies Nachfolgerin, brach man sogar in diese Domäne der alten Garde ein. Miss Jolley war jung. Sie hatte außer ihrem Namen einen Titel, und die Personalakte verriet, daß sie einer Freikirche angehörte und nicht – wie es zu Barbies Zeit noch eine der wichtigsten Voraussetzungen einer Missionslehrerin gewesen war – der anglikanischen Kirche.

Aber Barbies stilles Leid hatte mit all dem nichts zu tun. Es hatte vielmehr damit zu tun, daß sie in den letzten Jahren spürte, wie ihr Glaube nachließ. Sie glaubte so fest wie eh und je an Gott; aber sie hatte nicht mehr das Gefühl, daß ER an sie glaubte oder ihr zuhörte. Sie fühlte sich von IHM abgeschnitten, als habe sie ihr Leben lang etwas getan, was ER nicht billigte. Das verwirrte sie, denn ihrer Meinung nach gab es nichts, was ER mißbilligen konnte. Natürlich war ER nicht so zufrieden, wie ER vielleicht hätte sein können. Aber das war eine ganz andere Sache und weder ausschließlich Barbies Schuld noch die der Mission. Man tat, was man konnte, und sollte nicht unbedingt eine Heilige oder eine Märtyrerin sein müssen, um SEINE Gegenwart zu spüren. Barbie spürte sie nicht mehr. Sie konnte das nicht länger leugnen und mußte der Mission ein ganz klein wenig die Schuld daran geben; sie hoffte, nach der Pensionierung bestehe vielleicht eine Möglichkeit, das freudige Gefühl der Verbundenheit wiederzufinden. Sie erläuterte das nicht, um niemanden zu verletzen. Aber ihr fröhlicher Gesichtsausdruck war nicht ausschließlich auf die Gewohnheit zurückzuführen, fröhlich zu wirken – obwohl auch das eine Rolle spielte, denn insgeheim fürchtete sie sich vor einem einsamen Alter.

Ein oder zwei Wochen vor Barbies Pensionierung erschien in der *Ranpur Gazette* eine Anzeige, mit der eine Frau eine alleinstehende Mitbewohnerin suchte. Die Adresse klang vielversprechend: Mrs. Mabel Layton, Rose Cottage, Club Road, Pankot.

Barbie war nie in Pankot, einem Ort in dem Hügelland unterhalb der hohen Berge, gewesen. Dort verbrachten die meisten Engländer der Provinzregierung und des Militärs die heiße Jahreszeit. Einige lebten auch nach ihrer Pensionierung dort. Da Barbie sich am Ende ihrer Laufbahn zufällig in Ranpur befand, gefiel ihr die Vorstellung, in Pankot den Lebensabend zu verbringen. Sie schrieb Mrs. Layton sofort, stellte sich vor, erwähnte die Summe, die sie sich monatlich leisten konnte, und machte den Vorschlag, den kurzen Urlaub, den sie eigentlich in Darjeeling verbringen wollte, um alte Bekannte aus der Mission zu besuchen, stattdessen nach Pankot zu verlegen, damit sie sich kennenlernen und eine Entscheidung treffen konnten.

Sie nahm an, Mrs. Layton sei Witwe, und die Anzeige lasse auf ebenso bescheidene finanzielle Mittel schließen wie ihre eigenen. Bei dem Namen Rose Cottage dachte man sofort an ein winziges Haus; das bestärkte Barbie in ihrer Annahme. Sie hatte schon seit langem die sofort ins Auge fallenden Merkmale einer Herkunft aus der armen, unteren englischen Mittelschicht verloren und konnte sich in jeder Gesellschaft als das behaupten, was man in ihrer frühen Jugend eine *Dame* genannt hatte. Doch sie hatte immer noch eine gewisse Furcht vor Frauen, die in die oberen Schichten der Gesellschaft hineingeboren waren – besonders, wenn sie Geld besaßen, um ihre Stellung zu untermauern.

Mabel Laytons Antwort klang ermutigend schlicht und freundlich:

»Liebe Miss Batchelor, ich habe eine Reihe Antworten auf meine Anzeige erhalten. Aber nach Ihrem Brief denke ich, wir könnten uns gut verstehen. Falls Sie Ihre Absicht nicht geändert haben – und in diesem Fall bitte ich Sie, mir das zu schreiben –, werde ich nichts weiter unternehmen, bis Sie die Möglichkeit hatten, sich hier alles anzusehen. Vielleicht möchten Sie in Rose Cottage wohnen, wenn Sie in Pankot Urlaub machen wollen. Smith Hotel – eine Miniaturausgabe des Smith, wie Sie es aus Ranpur kennen – ist zur Zeit ziemlich überlaufen und etwas teuer. Sollten wir eine Dauerlösung beschließen, so möchte ich dazu sagen, daß der Betrag, den Sie sich monatlich leisten können, wie Sie sagen, zehn Rupien höher ist, als ich beabsichtige zu verlangen und von einer Mitbewohnerin erwarte. Rose Cottage ist ein sehr alter Bungalow, einer der ältesten in Pankot. Das Schönste daran ist der Garten. Das Haus liegt etwas abseits. Aber ich könnte mir denken, daß Sie nach Ihrer langen schweren Arbeit in der Mission nicht gerade im Mittelpunkt des Geschehens sein möchten. Wenn Sie beschließen zu kommen, schreiben oder telegrafieren Sie bitte einfach die Ankunftszeit. Ich werde meinen alten Diener Aziz beauftragen, Sie abzuholen und Ihnen mit dem Gepäck behilflich zu sein. Wie Sie vermutlich wissen, fährt der Zug täglich um Mitternacht in Ranpur ab und erreicht Pankot um acht Uhr morgens.«

Der freundliche Ton dieses Briefes wog den ersten Eindruck auf: ein gefütterter Umschlag und dickes Briefpapier. Adresse und Telefonnummer waren gedruckt, ja sogar geprägt. Barbie fuhr mit dem Finger darüber und überzeugte sich davon. Sie erschrak und war nicht sicher, ob sie solchen Ansprüchen gerecht werden konnte. Aber nachdem sie den Brief gelesen hatte, empfand sie nur Freude und Dankbarkeit. Mabel Layton hatte sie aus einer Reihe Bewerberinnen ausgewählt und war sogar bereit, keine Entscheidung zu treffen, bis sie nach Pankot kam und Gelegenheit hatte, Rose Cottage mit eigenen Augen zu sehen. Das bedeutete, sagte sich Barbie, daß Mabel Layton zwar jemanden brauchte, mit dem sie sich die Kosten teilte, jedoch nicht so dringend, daß sie es sich nicht leisten konnte, auf die richtige Person zu warten. Sie schien eine Frau zu sein, die auf gewisse Dinge Wert legte – sei es nun in wichtigen Fragen wie der Wahl ihrer Freunde, sei es in unwichtigen Dingen wie etwa der Wahl des Briefpapiers, auf dem sie ihnen schrieb.

Barbie setzte sich, um zu antworten.

»Liebe Mrs. Layton, vielen Dank für Ihren Brief und Ihren überaus freundlichen Vorschlag, meinen Urlaub in Rose Cottage zu verbringen. Ich nehme sehr dankbar an. Am 30. September übergebe ich die Arbeit offiziell meiner Nachfolgerin. Sie ist sehr fähig, und ich habe kaum noch Pflichten. Deshalb kann ich planen, unverzüglich abzureisen. Es sollte mir möglich sein, den Zug zu nehmen, der Pankot am Morgen des 2. Oktober erreicht. Sobald ich meine Fahrkarte bestellt habe, werde ich Ihnen entweder schreiben oder telegrafieren. Inzwischen werde ich schon mit dem Packen beginnen. Ich hoffe, es stört Sie nicht, wenn ich weit mehr Gepäck mitbringe, als man bei jemandem erwartet, der die Ferien in Pankot verbringt. Die Zustände hier erlauben es nicht ohne weiteres, persönli-

16

che Dinge anderer lange aufzubewahren. Deshalb möchte ich unbedingt so wenig wie möglich zurücklassen, selbst wenn es bedeutet, daß ich Verschiedenes mitbringe, was ich für einen Ferienaufenthalt nicht wirklich brauche und wieder mitnehmen muß, wenn wir uns nicht einigen. Glücklicherweise bin ich schon immer mit leichtem Gepäck gereist. Meine lange Erfahrung mit Versetzungen von einer Stelle zur anderen hat mich gelehrt...«

Barbie erkannte an diesem Punkt, daß sie ein Thema angeschlagen hatte, mit dem sie die arme Mrs. Layton vielleicht zu Tode langweilen würde.

Aber ihr Gepäck war von größter Wichtigkeit. Das wollte sie von Anfang an klarstellen. Die Bedeutung von Gepäck wurde oft übersehen. Barbie hatte sie nie übersehen. Nach der Mitteilung der Missionsleitung in Kalkutta, ihrer Pensionierung stehe nichts mehr im Wege, kreisten ihre Gedanken vielleicht etwas zu viel um Gepäck. Am Ende ihrer Laufbahn wich die Flut der Dinge, die sie in Atem gehalten hatte, der Ebbe und ließ sie gestrandet zurück. Und zurück blieb nicht sehr viel. Das bedeutete: Jede Kleinigkeit zählte. Da war zunächst sie. Aber abgesehen von ihr gab es nur noch das Gepäck – auch davon wenig genug, obwohl es relativ viel war: Bettzeug, die Feldausrüstung, Kleider, Wäsche, viele ungelesene Bücher, Papiere, Fotoalben, Briefe, Reiseandenken, Geschenke ehemaliger Schüler, ein gerahmtes und ihr sehr wichtiges Bild, ein paar hübsche Kleinigkeiten und ein Möbelstück: ein Schreibtisch. Er war als einziges von all dem übriggeblieben, was sie aus England mitgebracht hatte. Man konnte die Beine abklappen; deshalb war er leicht transportabel. Jemand hatte ihr einmal gesagt, er sei spätgeorgianisch oder frühviktorianisch und habe vermutlich einem General gehört, der im Feld daran Depeschen und Befehle schrieb. Barbie liebte diesen Schreibtisch. Sie polierte ihn immer wieder und achtete darauf, daß die geprägte Ledereinlage an der einen Ecke, wo sie sich löste, immer wieder angeklebt wurde. Es ärgerte sie, daß Miss Jolley ihn benutzte, als sei er Missionseigentum und nicht Barbies Privatbesitz. Aber bisher hatte sie es noch nicht über sich gebracht, Miss Jolley darauf aufmerksam zu machen, daß der Tisch mit ihr gehen werde.

Mrs. Layton würde sich ganz bestimmt nicht für solche Dinge interessieren. Aber Barbie wollte unbedingt klarstellen, daß diese Dinge untrennbar mit ihrer Existenz verbunden waren und deshalb bei dem Plan, sie in Pankot aufzunehmen, berücksichtigt werden mußten. Das Gepäck an sich war, abgesehen von dem Schreibtisch, nur Gepäck. Das wußte sie. Aber ohne Gepäck schien sie keinen Schatten zu werfen.

Die Vernunft siegte jedoch. Sie zerknüllte den Brief und begann noch einmal von vorne. Sie war entschlossen, sich in die Empfängerin zu versetzen, wie ihr erster Ausbilder bei der Mission in Indien sie gelehrt hatte. Sie wollte nicht mehr schreiben als nötig war, um die prosaischen Fakten zu übermitteln: die Annahme von Mabel Laytons Einladung und die beabsichtigte Ankunftszeit.

Nachdem sie dies getan hatte, steckte sie den Brief in einen Umschlag und rief Thomas Aquinas. Thomas Aquinas war nicht ihr persönlicher Diener. Er gehörte zum Bungalow der Schulleitung. Er ging immer auf Zehenspitzen, schlug die Türen jedoch so laut zu, daß man manchmal aus der Haut fahren konnte. Außerdem litt er an einem chronischen Katarrh und zog ständig die Nase hoch. Er hieß Thomas Aquinas, weil die Katholiken ihn missioniert hatten. Sie gab ihm den Brief mit dem Auftrag, ihn auf dem Postamt am Elphinstone-Brunnen aufzugeben und nicht in den Briefkasten an der Straße zum Koti-Basar einzuwerfen, den sie nicht für vertrauenswürdig hielt. Sie beobachtete, wie Thomas Aquinas den Brief entgegennahm, und hoffte, den richtigen Ton getroffen zu haben.

»Denken Sie immer daran«, hatte man ihr gesagt, »ein Brief

lächelt nie. Sie mögen lächeln, wenn Sie ihn schreiben, aber der Empfänger sieht nur die Worte.«

Das war 1914 gewesen. Der Mann hieß Mr. Cleghorn, der Ort war Muzzafirabad. Mr. Cleghorn gab ihr den Entwurf eines Briefs an die Missionsleitung zurück, in dem sie um einen Sonderrabatt für ein weiteres halbes Dutzend Exemplare der *Bibel für Anfänger* bat. Es handelte sich um ein broschiertes Buch mit Federzeichnungen. Die Kinder sollten sie ausmalen und bekamen dafür Noten – gute Noten für zarte Farben und weniger gute Noten für kräftige Farben. Ein kleines Hindumädchen malte das Gesicht von Jesus einmal hellblau, denn Krischna hatte ein blaues Gesicht auf dem Bild ihrer Eltern zuhause.

Barbie seufzte, verließ den Schreibtisch, öffnete den Kleiderschrank und holte einen Koffer heraus. In Muzzafirabad hatte sie eine jüngere, hervorragende, ja heroische Frau abgelöst. Schon damals war sie sich ihrer Fehler bewußt gewesen – unter anderem ihrer Neigung, eine Entscheidung zu treffen, ohne die Folgen zu bedenken. Nach der Krischna-Episode hatte sie die blauen Farbstifte kurz entschlossen eingesammelt. Aber fortan konnten die Kinder den Himmel nicht mehr ausmalen.

II

Als Barbie am zweiten Oktober zwölf Minuten nach acht in Pankot ankam, erwartete sie dort Mrs. Laytons alter Diener Aziz. Er blickte abwechselnd auf die aussteigenden Engländerinnen und dann auf das Foto. Barbie hatte es mit dem zweiten Brief geschickt, um sicher sein zu können, daß der Diener sie sofort erkannte, und sie beide nicht warten mußten, bis nur noch sie und ein fremder alter Mann auf dem Bahnsteig standen und somit kaum noch ein Zweifel daran bestehen konnte, daß sie aufeinander warteten. Barbie hatte umsichtig und praktisch wirken wollen. Außerdem hatte sie schon immer einen Horror davor, irgendwo zu stehen und nicht weiter zu wissen. Es war ihr gerade noch rechtzeitig gelungen, Maß zu halten, sonst hätte sie zwei verschiedene Fotos und zwei Briefe geschickt. Sie sah ein, daß dies Mrs. Layton befremden und den Diener verwirren könnte.

»Vielleicht würde er es gern behalten«, sagte sie, als Mrs. Layton ihr das Bild zurückgeben wollte und ihr ein Kompliment über die kluge Voraussicht machte, die Aziz die Last seiner Verantwortung erleichtert hatte. »Er hat das mit dem Gepäck so gut gemacht und mir mit der Kiste sehr geholfen.«

In der vollen Kiste, einem Überseekoffer aus Metall, lagen die Erinnerungsstücke an ihre Arbeit in den Missionsschulen. Barbie hatte beabsichtigt, sie mit dem Schreibtisch erst später, wenn sie in Pankot bliebe, aus Ranpur nachkommen zu lassen. Thomas Aquinas hatte sie falsch verstanden und die Kiste auf den Wagen geladen, der Barbie voraus zum Bahnhof fuhr. Als sie dort ankam, war der Wagen weg, und Kiste, Koffer und Pappkartons waren bereits im Abteil verstaut, das Thomas Aquinas bewachte. Barbie machte sich weniger Sorgen darüber, in Pankot mit der Kiste anzukommen, als den Schreibtisch zurückzulassen. Auf der Stelle schrieb sie ein paar Zeilen an Miss Jolley, berichtete, was geschehen war, und versicherte ihr, daß sie den Schreibtisch sobald wie möglich anfordern werde. Sie gab Thomas den Brief und fünf Rupien, die zu den fünfzig hinzukamen, die sie ihm bereits als Abschiedsbakschisch gegeben hatte.

Mrs. Laytons Diener Aziz hatte veranlaßt, daß vor dem Bahnhof in Pankot zwei Tongas warteten. Als er die Kiste sah, erklärte er, sie sei zu schwer für eine Tonga, und deponierte sie im Fahrkartenbüro. Ein geheimnisvolles Transportunternehmen, das ihm zur Verfügung stehe (wie er versicherte), würde sie nachliefern. Er bestimmte eine Tonga für Barbie

und das Handgepäck; die andere belud er mit Koffer, Bettrolle und Pappkartons, in denen sich alles mögliche befand. Er
setzte sich auf den Fahrgastsitz, hielt sich an Barbies Habe fest
und gab zu verstehen, daß seine Tonga vorausfahren werde.

In den alten zweirädrigen Pferdetongas saß man mit dem
Rücken zu Pferd und Kutscher und beobachtete, wie die
Straße sich unter dem Trittbrett entrollte und dorthin zurückführte, woher man gekommen war. Barbie entfernte sich
vom Bahnhof und sah nicht viel mehr von der Gegend als die
Felswand, vor der die Bahnlinie endete, dann eine schmale
asphaltierte Straße mit breiten Seitenstreifen, steile Böschun-
gen mit steiniger Erde und Bäume mit ausladenden Ästen.
Die Straße wand sich mal in der einen, mal in der anderen
Richtung nach oben. Es gab nicht viel zu sehen. Aber nach
der Ebene empfand Barbie die Höhenluft angenehm und er-
frischend. Nach einiger Zeit spürte sie, wie die Anstrengung
für Pferd und Wagen nachließ, als habe man einen Gipfel erreicht. Die Tonga blieb stehen. Barbie reckte den Kopf, um
zu sehen, warum. Sie stellte fest, daß auch die andere Tonga
hielt, und Aziz ausstieg.

»Memsahib«, rief er energisch, »Pankot!«

Mit ausgestrecktem Arm wies er auf das Panorama, das sich
auf dieser Seite des Miniaturpasses vor ihr ausbreitete. Barbie
kletterte hinunter, um besser sehen zu können, blieb ziemlich
lange stehen und sagte dann laut: »Gelobt sei Gott!«

In Ranpur setzte sich nach den großen Regenfällen dort, wo
Gras und Bäume wuchsen, das Grün wieder durch. Aber die
meiste Zeit des Jahres waren die Pflanzen staubig, verbrannt
und braun. In der Ebene gab es selbst nach den Regenfällen nie ein solch sattes Grün. Hier dagegen glaubte man, alles
sei üppiges Weideland. Kräftige Bauern mit Käppchen trieben Herden schwarzköpfiger Schafe und langhaariger Ziegen
unter dem Gebimmel der Glöckchen einen Abhang hinunter

in Richtung der Straße, die auch die Tongas auf ihrem Weg auf der anderen Seite des Miniaturpasses hinunter nehmen würden. Es war eine lange, gerade Straße, die direkt in ein Tal führte, das zwischen drei Hügeln lag – Barbie stand auf der Kuppe des einen. Das Tal verschwand unter der dünnen Decke des Morgennebels. In seiner Mitte befand sich offenbar das Zentrum einer Stadt. Der Basar – ein Dreieck aus Holzhäusern mit umlaufenden, breiten Balkonen und verzierten Dächern wie in den Bergen üblich – ragte deutlich sichtbar aus dem Nebel heraus. Links hinter dem Basar erhob sich der eine und rechts der zweite, sehr viel steilere Hügel. Barbie wußte sofort, daß die Engländer sich für den rechten Hügel entschieden hatten. Sie sah die Dächer vieler Bungalows und Gebäude, einen Golfplatz und einen Kirchturm. Auf dieser Seite der Stadt konnte sie auch die verstreuten Bauten militärischer Anlagen erkennen.

Die Hügelkuppen waren bewaldet. Bis auf das leiser werdende Geläut der Schafe und Ziegen herrschte eine heilige Stille.

»Rose Cottage *kiddher hai?*« fragte sie Aziz.

Aziz streckte wieder den rechten Arm aus und erwiderte auf englisch: »Dort, auf der anderen Seite des großen Hügels.«

Sie blickte in diese Richtung und entdeckte hinter dem Hügel Bergketten, die sich weit bis zum gebirgigen Horizont erstreckten. Lag auf dem fernsten Gipfel Schnee, oder war es das Sonnenlicht? Sie seufzte zufrieden darüber, den Anblick solcher Schönheit erlebt zu haben, selbst wenn ihr das Glück versagt bleiben sollte, mit diesem Blick vor Augen den Rest ihrer Tage zu verbringen.

Sie riß sich von dem Panorama los, das Aziz ihr dargeboten hatte, als mache er es ihr zum Geschenk, und stellte fest, daß er sie beobachtete. Sie bedankte sich mit einem Nicken und ging mit großen, energischen Schritten zur Tonga zurück.

Auf der langen Fahrt vom Basar den Hügel hinauf, vorbei

am Golfplatz und dem Club, spürte Barbie plötzlich, daß sie die Prüfung des Dieners bestanden hatte. »Memsahib, Pankot!« hatte Aziz gesagt. Es klang wie ein Befehl. Sie hatte sich das Panorama betrachtet und dann gesagt: »Gelobt sei Gott!« Selbst wenn Aziz sie nicht gehört oder zwar gehört, aber nicht verstanden hatte, mußte auf ihrem Gesicht der Lobpreis deutlich zu sehen gewesen sein.

Möglicherweise gibt es das Foto noch, das Aziz vielleicht gerne behalten wollte, wie sie Mrs. Layton sagte (später entdeckte sie, daß er es in einen kleinen silbernen Rahmen gesteckt hatte), und hängt sogar mit den anderen einer Bildersammlung im fernen Bergdorf, aus dem Aziz kam, an der rauhen Wand einer Hütte. Wenn es so ist, fragt man sich, was seine Nachkommen davon halten. Haben sie mit dem Bild Geschichten über die weiße Frau geerbt, die es darstellt: Baba Bachlev, die viel *Samam* (Gepäck) und viel *Batchit* (Worte) hatte; eine heilige Frau von der Mission, die in das Haus mit dem Garten voller Rosen kam und dort lebte.

Das Foto (von dem sie mehrere Abzüge hatte, weil sie es besonders liebte) zeigte das Netz der Falten ihrer pergamentenen Haut. Das eisengraue Haar war beinahe so kurz geschnitten wie das eines Mannes. Es wirkte jedoch durch hübsche Naturwellen weicher und vermittelte eher die Vorstellung von opferbereitem Mut als von gewissen sexuellen Neigungen. Ihr streng geschnittenes Kostüm aus strapazierfähigem Stoff verbarg die Rundungen ihrer nie begehrten Brust.

Sie trug Kleider, bevorzugte jedoch Jacken und Röcke. Dazu wählte sie Blusen aus cremefarbener Seide oder einfacher weißer Baumwolle. An ihrem Hals hing immer eine hauchdünne goldene Kette mit einem goldenen Kreuz. Eine Flasche Eau de Cologne zum Geburtstag schenkte ihr zwölf Monate Genuß, und zu Weihnachten freute sie sich über die feinen Batisttaschentücher, die sie damit beträufelte. Diese alljährlichen Gaben befriedigten die sinnliche Seite ihres Wesens. Sie hielt Eau de Cologne und Taschentücher in Ehren wie alles, was ihr gehörte. Das Eau de Cologne benutzte sie zwar sparsam aber täglich, so daß es immer angenehm war, in ihrer Nähe zu sein. Sie wusch sich mit großer Hingabe und sang in der Badewanne. Sie sang keine Kirchenlieder, sondern alte Lieder aus der Music Hall-Zeit, Lieder von der Liebe für ein paar Groschen. Es waren die Lieblingslieder ihres Vaters gewesen.

»Mein Vater liebte das Leben«, erzählte sie Mabel Layton in der Probezeit, auf die sie sich geeinigt hatten. »Ich habe ihn nie klagen hören. Allerdings hatte er auch keinen Grund, sich zu beklagen. Ich meine, der arme Mann konnte nur sich selbst die Schuld geben. Er spielte und trank. ›Den Gaumen für Champagner und ein Einkommen für Bier‹, sagte meine Mutter immer. Die Leute meinten, er hätte ein guter Anwalt sein können, aber er hat es nie so weit gebracht. Ihm fehlte die Ausbildung. Natürlich hätte er sich ein Jurastudium nie leisten können. Aber er arbeitete für eine Anwaltskanzlei in High Holborn. Dort hielt man große Stücke auf ihn. Das muß wohl so gewesen sein, denn man mußte bei ihm über so viele Kleinigkeiten hinwegsehen. Er war nie unehrlich, Gott bewahre! Aber er war unberechenbar und ein großer Verschwender.«

Mabel sollte unter allen Umständen wissen: Die Batchelors waren kleine Leute aus der unteren Mittelklasse gewesen. In Rose Cottage hingen Fotos von den Laytons, von Mabels erstem Mann und seiner Familie (es stellte sich heraus, daß sie zweimal verheiratet und zweimal verwitwet war). Sie wirkten alle vornehm und reich, also sehr *pukka;* diese Leute gehörten zur herrschenden Klasse in Indien, zum *Raj.* Richtig, Mabel ließ sich gehen. Aber sie tat es auf eine Weise, zu der nur Leute ihrer Herkunft fähig zu sein schienen, ohne Ansehen und eine gewisse Autorität zu verlieren.

Bei ihrer Ankunft sah Barbie eine ältere, unförmige Frau in einer schmutziggrauen Hose und einer orangefarbenen Baumwollbluse mit abgetrennten Kragen und Ärmeln, um ihr mehr Bewegungsfreiheit zu geben und die braunen, sommersprossigen, faltigen Arme, den Hals und die Schulter besser der Sonne auszusetzen. Ein uralter Strohhut mit einem ausgefransten Rand beschattete ihr Gesicht. Die Frau schien sich nur unwillig von der Arbeit ablenken zu lassen. Sie jätete Unkraut in einem Rosenbeet. Sie tat das ohne Handschuhe und kniete dabei auf einer alten Gummiwärmflasche im Gras, die – wie Barbie später entdeckte – mit abgelegten, oft ausgebesserten Baumwollstrümpfen ausgestopft war. Sie blickte erst hoch, als Barbie, nach einer auffordernden und einladenden Geste von Aziz, sich ihr bis auf wenige Schritte genähert hatte und einen Schatten auf die geschäftigen, von der Arbeit rauhen Hände warf.

Sie sei jeden Tag im Garten, sagte sie. Der Mali erledigte normalerweise nur die schweren Arbeiten wie Umgraben und Rasenmähen – aber auch das unter Mrs. Laytons Aufsicht. In der Regenzeit machte sie sich mit Gummistiefeln, Südwester und Regenmantel auf die Suche nach einer Arbeit, die getan werden mußte. Bei starkem Regen flüchtete sie auf die Veranden. Auch dort gab es Büsche und Kletterpflanzen – Azaleen, Bougainvilleen und Glyzinien – und Blumen wie Geranien und Kapuzinerkresse. Sie alle erforderten ständige Pflege.

Beim Anblick des Gartens von Rose Cottage dachte Barbie, daß sie sich schon immer nach einem Garten gesehnt habe. Sie schämte sich, weil sie die Namen und Arten der Pflanzen nicht kannte.

Rose Cottage war im alten anglo-indischen Stil erbaut: ein großes, rechteckiges Gebäude mit cremeweiß verputzten Wänden und umlaufenden Säulenveranden. Es gab zwei große Schlafzimmer und ein drittes – das kleine Gästezimmer, außerdem ein Eßzimmer und ein Wohnzimmer. In der

Mitte des Hauses befand sich die quadratische Eingangs-halle, die der frühere Besitzer in den zwanziger Jahren hatte täfeln lassen. Mabel hatte an die Täfelung viele Wandteller aus Messing und Kupfer gehängt. Zu beiden Seiten der Wohnzimmertür stand ein Rosenholztisch mit einer Kristall-schale voller Blumen – meist Rosen, wie am Tag von Barbies Ankunft. Man konnte sie so gut wie ununterbrochen von Februar bis September im Garten schneiden.

Barbies Zimmer lag auf der rechten Seite des Flurs und Mrs. Laytons Zimmer auf der linken. Beide hatten Fenster zur vor-deren Veranda und Doppelglastüren zu den seitlichen. Bar-bies Zimmer war durch ein Bad mit dem kleinen Gästezimmer verbunden. Mabel Layton hatte ein eigenes Bad. Ihr Zimmer war mit dem Eßzimmer verbunden, von dem man wie vom Wohnzimmer auf die rückwärtige Veranda blickte. Eßzimmer und Wohnzimmer waren ebenfalls durch Türen miteinander verbunden, die zur besseren Lüftung offenstanden und nur in der kalten Jahreszeit geschlossen wurden. Hinter dem Eß-zimmer lagen die Küche und der Vorratsraum. Dort hatte sich Aziz ein Bett aufgeschlagen. Die Dienstbotenunterkünfte er-reichte man über einen Pfad von der Küche aus. Doch sie waren vom Garten durch eine Hecke getrennt.

Mabel Layton sagte, sie hoffe, es würde Barbie nicht stören, im wesentlichen von Aziz bedient zu werden. Sie machte sich nichts aus Zofen und war in den letzten Jahren ohne eine aus-gekommen. Aziz, sagte sie, könne eine Garderobe ebensogut pflegen wie ein Dienstmädchen. Die Frau des Mali kam ins Haus und holte die schmutzige Haushalts- und Leibwäsche ab. Wenn Barbie es vorzog, konnte sie sich von ihr betreuen lassen. Barbie erwiderte, sie sei an einen Dienstboten gewöhnt und habe volles Vertrauen zu Aziz. Anscheinend kochte Aziz auch. Nach der ersten Mahlzeit, dem Mittagessen, wunderte sie sich nicht mehr darüber, weshalb Mrs. Layton, die finanzi-ell sehr viel besser gestellt war, als Barbie erwartet hatte, sich so sehr auf ihn verließ. Das Essen war einfach aber vorzüglich zubereitet und wurde tadellos aufgetragen.

»Solange ich Aziz habe und einen Mali, der die schwere Arbeit im Garten macht«, sagte Mabel Layton, »habe ich keine große Lust, mich viel um Dienstboten zu kümmern. Ich überlasse es Aziz, einzustellen und zu entlassen, wen er will. So kommen wir sehr gut miteinander aus. Er ist seit dem Tod meines zweiten Mannes bei mir, und das sind im nächsten Monat zweiundzwanzig Jahre. Ich weiß nicht genau, wie alt er ist, aber James hat ihn einen Monat vor dem Ausbruch seiner Krankheit in Ranpur eingestellt. Aziz war schon damals ein älterer Mann.«

Es war vereinbart worden, daß Barbies Ferien drei Wochen dauern sollten. In den ersten Tagen nach ihrer Ankunft stellten sich zwanglos eine Reihe Besucherinnen ein. Barbie vermutete, Mabel Layton unterziehe sie einer Prüfung durch ausgewählte Freundinnen.

Sie prägte sich sorgfältig die Namen ein und erkannte, daß es mit größter Wahrscheinlichkeit Namen waren, die eine Frau hätte kennen sollen, die es verdiente, in Rose Cottage zu leben: Mrs. Paynton, Mrs. Fosdick, Mrs. Trehearne. Diese drei waren besonders furchteinflößend. Wahrscheinlich war jede von ihnen mit einem General oder zumindest mit einem Oberst verheiratet. Mabel Layton »war Heer«, wie die anglo-indische Gesellschaft das nannte. Sie war Heer durch ihren ersten Mann, Regierung durch den zweiten und wieder Heer durch ihren Stiefsohn, den Sohn ihres zweiten Mannes. Er war kein geringerer als der Kommandeur der 1. Pankot Rifles, von denen Barbie genug gehört hatte, um zu wissen, daß es sich um ein berühmtes Regiment handelte – besonders in den Augen der Leute von Pankot. Eine Begegnung mit Oberst Layton, seiner Frau und den beiden Töchtern, die erst vor kurzem, nach dem Schulabschluß, aus England zurückgekehrt waren, blieb Barbie erspart, denn die Familie befand sich zur Zeit in Ranpur. Barbie zweifelte nicht daran, auch die jüngere Mrs. Layton würde ebenfalls furchteinflößend sein, die Töchter hart und selbstsicher.

Es war ihr ein Rätsel, daß eine Frau wie Mabel Layton eine Mitbewohnerin in der Zeitung suchte und sogar so weit ging, eine pensionierte Missionslehrerin, also eine höchst unwahrscheinliche Kandidatin, auf Herz und Nieren zu prüfen. Sie kam zu dem Schluß, sie werde mit der Situation am besten fertig, indem sie sich natürlich gab. Mabel Layton hatte wirklich wenig von der Burra Mem an sich, obwohl sie ganz eindeutig eine war. Bei den anderen Frauen, die zum Kaffee kamen, fühlte sich Barbie jedoch einer Neugier ausgesetzt, die nicht nur freundlich war.

Barbie gestand, eine schlechte Bridgespielerin zu sein, fügte aber hinzu, sie habe keine Vorurteile gegen das Spielen an sich, obwohl ihr Vater beim Pferderennen mehr verloren hatte, als er sich bei seinem Gehalt als Vorsteher einer Anwaltskanzlei leisten konnte. Das hatte bedeutet, daß ihre Mutter durch Schneidern Geld verdienen mußte.

»Wir lebten in Camberwell«, erzählte Barbie, »und es war ein großes Vergnügen, sie in die großen Häuser von Forest Hill und Dulwich zu begleiten. Ich half ihr mit den Stecknadeln. Sie hatte geradezu einen Horror davor, Stecknadeln in den Mund zu nehmen, denn sie hörte einmal, daß jemand eine geschluckt hatte und unter Qualen gestorben war. Deshalb hielt ich ihr das Nadelkissen. Ich nannte es das Stachelschwein. Es war mit Sand gefüllt, starrte vor Stecknadeln und war wirklich schrecklich schwer. Aber es war mit wunderschönem roten Samt bezogen und hatte einen Rand aus kleinen Perlen. Ich stand wie ein kleiner Meßdiener neben ihr und hielt es, solange ich konnte, so hoch wie möglich. Ich kann Ihnen sagen, mir taten die Arme weh. Aber es lohnte sich, denn ich war wie verzaubert, wenn ich zusah, wie meine Mutter Seide oder Satin in ein Kleid verwandelte, das einer Königin würdig gewesen wäre. Unangenehm war nur, wenn sie Trauerkleider nähte, denn dann mußten wir beide Schwarz tragen und die Häuser, in die wir kamen, rochen nach welken Blumen. Außerdem wußten wir natürlich, daß wir eine Ewigkeit auf unser Geld warten mußten. Hochzeiten waren das große Geschäft, denn da gab es etwas zu verdienen.«

Auf solche Äußerungen folgte meist ein kurzes Schweigen, als falle ein winziger Wassertropfen von der Decke einer unterirdischen Höhle in einen weit unten liegenden Teich und mache dort mehr Lärm, als es der Situation tatsächlich angemessen war. Die Situation verschlimmerte sich noch dadurch, daß Mabel Layton bewegungs- und ausdruckslos blieb, obwohl sie Barbie immer bereitwillig zuzuhören schien, wenn sie allein waren, auch wenn sie sich nur zögernd oder kaum äußerte. Barbies Geschichten schienen sie jedoch zu langweilen, wenn sie in Gegenwart ihrer Freundinnen erzählt wurden. Es blieb den Besucherinnen überlassen zu reagieren; das taten sie mit diesem kurzen Schweigen und indem sie sich plötzlich an andere Verpflichtungen und Verabredungen erinnerten, als hätten sie sich wieder auf die Wirklichkeit des Lebens besonnen; sie verabschiedeten sich dann schnell mit einem Anflug ernster Zielstrebigkeit. Schließlich war in Europa ein Krieg ausgebrochen; das Reich konnte im nächsten Moment auf dem Spiel stehen.

»Na schön, Batchelor«, sagte sich Barbie eines Morgens in der Erkenntnis, daß es für sie in Rose Cottage keine Zukunft geben konnte, »Kopf hoch!« Sie ging in ihr Zimmer, denn Mabel war wieder im Garten verschwunden, setzte sich an den ihr zur Verfügung gestellten Mahagonischreibtisch und wollte wieder einen Brief auf dem schönen geprägten Briefpapier schreiben, mit dem sie sich von dem Vorrat in einem kleinen Holzständer bedienen konnte. Dort lagen auch die passenden dunkelrot gefütterten Umschläge, auf denen bereits die Briefmarken für das Inlandsporto klebten. Das war ein Zeichen von Gastfreundschaft, ja von Großzügigkeit, deutete jedoch auch auf gewisse Grenzen hin, denn es gab nur zwölf – eine keineswegs kleinliche, aber vielleicht bedeutsame Berechnung: Vier Briefe pro Woche sollten offenbar genügen, um die Bedürfnisse eines maßvollen Gastes zu erfüllen.

Jetzt waren jedoch nur noch vier frankierte Umschläge übrig; das bedeutete, sie hatte den Vorrat von zwei Wochen in einer aufgebraucht. Barbie war eine emsige Briefschreiberin; sie hielt viel davon, andere auf dem laufenden zu halten. Sie hatte einmal ausgerechnet, daß sie für jeden Brief, den sie erhielt, bis zu einem Dutzend schrieb, aber seitdem hatte sich das Verhältnis weiter zu ihren Ungunsten verschlechtert.

»Ich weiß«, murmelte sie laut – der Morgen war ungewöhnlich still geworden; auf ihm lastete die Möglichkeit ihrer unmittelbar bevorstehenden Vertreibung –, »meine Leidenschaft für Papier und Feder ist eine Form von Ausschweifung. Natürlich ist es auch eine Form der Lobpreisung. Ich meine, Lobpreis für die Faszination und Vielfalt des Lebens. Wenn man sie bemerkt, ist es immer schön, einen anderen darauf hinzuweisen. Ich habe acht Briefe geschrieben, das bedeutet, es gibt jetzt acht Menschen, die etwas wissen, was sie vorher nicht wußten – zum Beispiel, wie schön Pankot ist, und daß ich hoffe, in Zukunft hier zu leben. Sie wissen, daß eine Miss Jolley meine Stelle übernommen hat; sie wissen, daß ich zufrieden und glücklich bin und mich darauf freue, das Leben leichter zu nehmen. Sie wissen von Thomas Aquinas' lächerlichem Irrtum, von Aziz, der so hilfsbereit war, und von der Kiste, die immer noch am Bahnhof steht. Sie wissen nicht, daß ich mir gewisse Sorgen wegen der Kiste und um den Schreibtisch mache, denn es ist unfair, andere mit den eigenen Befürchtungen zu belasten, obwohl es richtig ist, Hoffnungen zu teilen. Ich will jetzt meine Hoffnungen mit einem anderen teilen.

Als vor ihr auf der Schreibunterlage ein Briefbogen lag und

sie ihren Waterman-Füllhalter in der Hand hielt (man füllte ihn, indem man die Feder durch einen Gummistopfen in das Tintenfaß steckte und pumpte, wobei ein etwas unschickliches Geräusch entstand, das Barbie immer wieder leicht verlegen machte), wußte Barbie jedoch, daß sie ihre Gedanken nicht einem der vielen Menschen mitteilen wollte, denen sie aus Gewohnheit schrieb, sondern jener Tiefe, von der man einmal sagte, daß Dunkelheit über ihr liege.

Plötzlich spürte sie, was sie schon ein- oder zweimal in Ranpur gespürt hatte: die Anwesenheit einer eigenartigen Emanation, einer Krankheit, einer Art Übelkeit, die nichts mit ihr zu tun hatte, sondern mit jemand anderem. Sie blieb regungslos sitzen, als befinde sich im Zimmer etwas Gefährliches, dessen Aufmerksamkeit zu erregen töricht wäre. Bei früheren, ähnlichen Gelegenheiten hatte sie die Emanation auf etwas in der Atmosphäre des Bungalows in Ranpur zurückgeführt; daher überraschte es sie, ihr hier wiederzubegegnen. Sie spürte instinktiv, sie würde in Ohnmacht fallen, wenn die Krankheit sie berührte. Wenn sie die Augen wieder aufschlug, würde sich Mabel Layton vielleicht über sie beugen und ihr berichten, daß Aziz sie bewußtlos und mit einem Briefbogen in der Hand entdeckt habe, auf den sie geschrieben hatte: ›Liebe...‹, mehr nicht.

»Das wäre natürlich das Ende«, sagte sie im normalen Gesprächston – die Emanation sollte merken, daß sie sich von ihr nicht beunruhigen ließ. »Mrs. Layton würde meiner Beteuerung, mit *mir* sei alles in Ordnung und es sei nicht nötig, einen Arzt zu rufen, keinen Glauben schenken. Ich wäre im Handumdrehen hier weg und in einem Krankenhausbett. Aber ich bin nicht krank. Im Zimmer ist eine Krankheit, doch es ist nicht *meine* Krankheit.«

Barbie umklammerte die Kanten der Schreibtischplatte und hoffte, sie würde keine Prophetin werden. »In meinem Alter! Ich meine, wie furchtbar unangenehm, um nicht zu sagen lästig.« Sie umklammerte die Platte so fest, daß die Handflächen schmerzten. Vorsichtig hob sie die Hände und stellte erleichtert fest, daß im Fleisch keine Wunden waren, die Ähnlichkeit mit den Wundmalen Christi hatten.

»Was oder wer du auch bist, dem es nicht gut geht«, sagte sie, denn sie hatte jede Furcht vor der Emanation verloren, »es tut mir wirklich leid, aber ich kann nichts für dich tun. Also geh bitte, geh... am besten auf die Suche nach Gott.«

Barbie wartete und spürte, wie die Atmosphäre im Zimmer wieder normal wurde.

»Ich habe es weggeschickt«, dachte sie, und ihr fiel im selben Moment ein, wem sie schreiben sollte. Sie griff wieder nach dem Füllhalter und begann mit dem Datum: 9. Oktober 1939. Sie schrieb: »Liebe Edwina«, dann fehlten ihr plötzlich die Worte – ein seltenes Ereignis, aber Edwina Crane hatte schon immer diese Wirkung auf sie gehabt. Barbie war in Muzzafirabad Edwinas Nachfolgerin gewesen; für Barbie blieb sie eine Heldin, denn sie hatte sich vor einem Vierteljahrhundert, auf dem Höhepunkt der Unruhen, mutig in die offene Schultür gestellt, während die Kinder sich furchtsam hinter ihr im Klassenzimmer drängten, und hatte eine Horde zorniger und erregter Moslems, die gekommen waren, um die Mission niederzubrennen, einfach weggeschickt; die Männer waren tatsächlich (so erzählte man) eingeschüchtert und verdutzt abgezogen. Miss Crane ließ die Tür offenstehen, denn es war sehr heiß, ging ans Pult zurück und setzte den Unterricht fort, als habe sie nur einen aufdringlichen Bettler abgewiesen. Der Unterricht kreiste zweifellos um das Bild, das sie, wie man ihr sagte, so glänzend als Anschauungsmaterial im Englischunterricht benutzte, daß Barbie nie gewagt hatte, es ihr gleichzutun, sondern stattdessen *Die Bibel für Anfänger* einführte und – so konnte man fast behaupten – buchstäblich im Schatten des Bildes unterrichtete, das an der Wand hinter dem Pult hing.

Barbie besaß eine kleine Version dieses Bildes, einen kolorierten Stahlstich; es lag unter den Erinnerungsstücken in der Kiste. Das Bild zeigte Königin Victoria, der die Repräsentanten ihres indischen Reichs huldigten. Anfangs hatte es in Barbie eine leichte Abneigung geweckt; sie hatte zu Gott gebetet, von dieser Abneigung befreit zu werden, weil sie vermutete, sie richte sich nicht gegen das Bild sondern gegen Miss Crane, die Barbie zu diesem Zeitpunkt noch nicht kannte. Edwina hatte Muzzafirabad vor Barbies Ankunft verlassen. Aber ihr Geist war noch zu spüren – in dem Bild, das hinter Barbie an der Wand hing, und in den Köpfen der kleinen Jungen und Mädchen, die sie ansahen und von ihr erwarteten, daß sie es Edwina wenigstens annähernd gleichtat. Mr. Cleghorn neigte dazu, Vergleiche zwischen Barbies und Edwinas Unterrichtsmethoden anzustellen.

Barbie erfuhr, man habe Miss Crane als Erinnerung an die Zeit in Muzzafirabad und an ihre heldenhafte Tat, der selbst das Militär und die Behörden Beifall zollten, eine große, goldgerahmte Kopie dieses Bildes überreicht. Als Barbie kaum ein Jahr nach Antritt der Stelle in den Süden versetzt wurde, schenkte man ihr einen sehr kleinen Abzug des Bildes, als könne es ihr nicht schaden, dadurch ständig an ihre geringeren Verdienste erinnert zu werden. Möglicherweise vergaß Mr. Cleghorn den Gesichtsausdruck nicht, mit dem sie das Bild entgegennahm, er durchdrang die Nebel der Milde, in denen er normalerweise sein Leben verbrachte, und erreichte die klarere und hellere Region seines Gewissens, denn er schrieb ihr nach Madras: »Sie standen vor einer schwierigen, vielleicht sogar unmöglichen Aufgabe. Miss Crane rechnete damit, und deshalb bat sie um ihre Versetzung. Sie wollte um keinen Preis eine Heldin sein und erklärte, die Kinder hätten ihr die Aufmerksamkeit entzogen; ihre Augen hingen ständig an der Tür in Erwartung der Horde, die sie von neuem mit diesem Blick und dem Schwall von Worten vertreiben werde. Vielleicht hätte ich Ihnen das erklären sollen. Ihre Nachfolgerin wird es verhältnismäßig einfach haben, denn im Vergleich von Miss Crane mit Miss Batchelor haben die Kinder die klare Vorstellung von Miss Crane verloren. Deshalb hat die junge Miss Schmithers die Chance, mit niemandem verglichen, sondern als die genommen zu werden, die sie ist. Das Leben wird eintöniger sein, doch wir können alle mit der Arbeit fortfahren, die wir tun sollen.«

Ich war das Versuchskaninchen, dachte Barbie. Sie hielt den Füllhalter immer noch in der Hand und war mit dem Brief an Edwina nicht über die Anrede hinausgekommen.

Vermutlich habe ich mich darüber geärgert, aber es war eine Enthüllung zu erfahren, daß Edwina ihre Arbeit so ernst nahm, daß sie nicht in Muzzafirabad bleiben wollte. Ich hatte geglaubt, sie habe die Beförderung als ihr gutes Recht betrachtet und sei in dem Bewußtsein abgereist, mir ihren Ruhm wie eine Wolke zu hinterlassen, in deren Schatten ich leben mußte. In Wirklichkeit war es anders. Als ich sie schließlich kennenlernte, beflügelte mich ihre Bescheidenheit. Sie wollte nicht an ihre Heldentat erinnert werden, hatte sich in die Arbeit vergraben und sich die schwierigsten und unbeliebtesten, ja gefährlichsten Stellen in der Mission ausgesucht. Gott ist mit ihr. Ja, so ist es.

»Es scheint eine Ewigkeit her zu sein, seit wir zum letzten Mal voneinander gehört haben«, begann Barbie in diesem eher oberflächlichen und konventionellen Stil, der sich ihren Gedanken oft von selbst wie ein Zügel anzulegen schien, wenn sie Edwina schrieb. Auch ihr Redefluß stockte (ungewöhnlicherweise), wenn sie sich alle paar Jahre auf den großen Missionskonferenzen trafen. Bei der letzten Begegnung im Jahr 1938 hätte Barbie schwören können, daß Edwina sie im ersten Moment nicht erkannte, und als sie sich erinnerte, waren die gemeinsamen Erinnerungen an Muzzafirabad mehr denn je hinderlich für ein Gespräch.

Ehe Barbie den Umschlag verschloß, überprüfte sie ihr Adreßbuch anhand der letzte Ausgabe der vierteljährlich erscheinenden Missionszeitschrift, um sich zu vergewissern, daß sie keine Versetzung übersehen hatte. Das hatte sie nicht: Das Adreßbuch stimmte. Sie adressierte den Umschlag: »Miss Edwina Crane, Bungalow der Schulleitung, Bishop Barnard-Schulen, Majapur.«

Aziz kündigte das Mittagessen an.

Barbie ging ins Wohnzimmer und erwartete, wieder Besucherinnen vorzufinden: Freundinnen, die zufällig vorbeigekommen waren, in Wirklichkeit sich jedoch eine Meinung bilden und Mabel Layton später sagen sollten, ob der in Aussicht genommene zahlende Gast gesellschaftsfähig sei. Aber Mabel saß allein vor dem Tablett mit einer Karaffe Sherry und zwei Gläsern. Das schien noch bedeutsamer zu sein; es war, als sei ein Punkt erreicht, an dem es kein Zurück mehr gab.

Nach dem Essen trennten sie sich, angeblich um zu schlafen. Eine Zeitlang versuchte Barbie das auch. Sie legte sich auf den Rücken, preßte die Arme an die Seiten, schloß die Augen und zählte die flaumigen Schirmchen einer imaginären Pusteblume, gegen die sie rhythmisch blies, wobei sie die Lippen vorschob wie jemand, der friedlich schläft. Diese Methode empfahl sie oft ihren Freunden und beteuerte, sie sei wirksamer als Schafe zählen. Doch die Pusteblume, die sie an diesem Nachmittag gewählt hatte, erwies sich als hartnäckig. Nicht ein einziges Schirmchen regte sich. »Könntest du nicht (ermahnte sie die Pusteblume) etwas hilfsbereiter sein?! Schwebt, schwebt, schwebt davon, wenn ich puste und blase.« Sie ersetzte die widerspenstige Pusteblume durch eine gelbe Rose, hörte auf zu blasen und sog langsam und methodisch die Luft und den Duft ein. Dann setzte sie sich plötzlich energisch auf, um nicht von etwas Unaussprechlichem überwältigt zu werden, das mit ihrem ganzen Leben in Indien in Verbindung zu stehen schien.

Im Haus herrschte Stille, und in der Welt draußen vor dem Fenster türmten sich Gerippe.

Barbie verließ das Zimmer und ging auf die rückwärtige Veranda.

»O, Sie können auch nicht schlafen, Mrs. Layton«, sagte sie in ihrer schönsten Lehrerinnenstimme. »Ich bewundere Ihren Fleiß. Und wie sich das lohnt.«

Sie betrachtete die Pflanzen in den Töpfen auf der Balustrade und dann den Garten mit dem makellos geschnittenen Rasen, in dem ovale und rechteckige Rosenbeete dem Auge unendliches Vergnügen, dem Geist Ruhe und der Seele Balsam schenkten. Hinter dem Rasen und den Büschen am Ende des Gartens fiel das Land ab und stieg mehrere Meilen entfernt wieder zu kieferbewachsenen Hügelkuppen an, von denen ständig eine leise duftende Brise herüberzuwehen schien. In noch größerer Ferne erhoben sich die höheren Berge und die Gebirgskette mit ihren majestätischen Gipfeln.

Barbie sah wieder zu Mabel Layton hinüber, aber Mabel Layton beschäftigte sich immer noch mit einem Topf voller Stecklinge. Diese unerwartete und völlige Mißachtung bestürzte Barbie. Niedergeschlagen setzte sie sich in einen der drei Korbsessel, die um den Verandatisch standen, hielt ein Auge offen und ein Lächeln bereit für den Moment, wenn Mrs. Layton die Arbeit unterbrechen und zu ihr herüberkommen würde. Sie überprüfte ihr Gewissen, fand aber in ihrem Verhalten an diesem Morgen keinen besondern Vorfall, um sich etwas vorzuwerfen. Andererseits war es nicht Mrs. Laytons Schuld, wenn sie Barbie nicht für die geeignete Mitbewohnerin hielt. Auf ihre eigentümlich distanzierte Art hatte Mrs. Layton alles für das Wohlbefinden ihres Gastes getan. Aber aus Mrs. Laytons Sicht ergänzten sie sich beide vom Wesen her offenbar doch nicht. Vermutlich hatte sie noch nie einen zahlenden Gast gehabt und fand es natürlich schwierig, ihr schönes Heim mit einer Fremden zu teilen. Ihr mußte es um die Gesellschaft, nicht um das Geld gehen. Vielleicht bedauerte sie bereits die Anzeige in der Zeitung. Vielleicht hatte sie inzwischen von einer Frau gehört, die höchstwahrscheinlich besser zu ihr passen würde – eine alte Freundin aus Militärkreisen zum Beispiel –, fühlte sich jedoch verpflichtet, zu ihrer Einladung zu stehen, Barbie könne die Ferien in Pankot verbringen. Vielleicht – Barbie spürte einen Anflug von Mitgefühl – bereitete sich Mrs. Layton darauf vor, ihr zu sagen, daß es keine Dauerlösung geben könne. Barbie wußte nicht, ob sie darüber froh oder traurig sein sollte. War sie mit Mrs. Layton allein, schienen sie gut miteinander auszukommen; Barbie liebte bereits Haus und Garten, den Blick von hier auf die Welt dort draußen, und sie war bereit, das alles noch mehr zu lieben, denn sie erkannte, dieser Besuch war eine Kostprobe von dem, was ihr das Leben bisher verweigert hatte, für das sie jedoch nicht ungeeignet war – in anderer Form hatte sie darum schon gebetet: Die Ruhe von Geist und Seele. Das würde sie vielleicht nie erreichen, aber hier gab es eine Art Ruhe, eine Gelassenheit, die jemand wie sie finden und von der sie, wenn auch nicht tief, so doch leicht berührt werden konnte.

Sie beobachtete Mabel Layton bei der Arbeit mit den Blumentöpfen und hatte plötzlich das Gefühl, daß Mabel diese Ruhe auch noch nicht gefunden hatte, noch nicht ganz, aber daß sie es versuchte, und daß es ihr schwerfiel, es allein zu tun. Wir hätten uns gegenseitig helfen können, dachte Barbie, aber ich bin eine Enttäuschung für sie. Ich bin einfach nicht die Richtige. Bestimmt weiß sie, daß ich hier auf der Veranda bin, aber sie gibt vor, es nicht zu wissen, und wappnet sich, um mir zu sagen, daß das Zimmer doch nicht frei ist.

Sie starrte auf Mrs. Laytons Rücken und versuchte, sie durch Telepathie zu überreden, sich umzudrehen und mit der Sprache herauszurücken, damit sie beide wußten, woran sie waren, und die Unsicherheit ein Ende fand. Barbie bemerkte, wie Mabel zögerte. Die geschäftigen, tastenden Finger verharrten plötzlich. Ein paar Sekunden lang schien sie Finger und Arme anzuspannen, um ihr Gewicht abzufangen; dann nahm sie die eine Hand vom Blumentopf und legte sie am Halsansatz auf die Brust. Eine Weile schien sie den Garten zu betrachten, als sei ihr plötzlich etwas eingefallen.

Barbie stand auf, machte ein paar Schritte vorwärts und hatte den Eindruck, daß Mabel den Garten überhaupt nicht betrachtete. Ihre Augen standen offen, aber auf ihrem Gesicht lag ein Ausdruck so tiefer Resignation, wie Barbie ihn noch nie gesehen hatte.

»Mrs. Layton? Ist alles in Ordnung?«

Barbie sprach deutlich und ruhig, erreichte aber ihre Absicht nicht, Mrs. Layton wissen zu lassen, daß, wenn nötig, Hilfe zur Stelle war. Die andere Frau verharrte in dieser bemerkenswerten Reglosigkeit, und Barbie dämmerte langsam, daß Mabel Layton, abgesehen von allem, was sie dazu bringen mochte, dazustehen, als warte sie darauf, daß eine Art Schmerz vergehe, taub war. Sie hatte Barbies Kommen nicht gehört und auch nicht, daß sie etwas gesagt hatte.

»Mrs. Layton?«

Die andere Frau drehte sich um.

»Ist alles in Ordnung?« wiederholte Barbie, trat näher und streckte instinktiv die Hand aus, als wolle sie Mabel beim Arm nehmen.

»O«, sagte Mabel, nahm die Hand von der Brust und berührte Barbies Arm: ein Rollentausch. »Konnten Sie nicht schlafen? Ich kann es Ihnen nicht verdenken. Es ist ein so schöner Nachmittag.«

Mabel hatte Barbies Frage weder gehört noch verstanden, aber sie war nicht zusammengeschreckt. Die Berührung am Arm war kaum mehr als eine Andeutung, und sie drückte bereits wieder die Erde in dem Topf mit den Stecklingen an.

»Wissen Sie«, sagte sie zu Barbie über den Blumentopf hinweg, »ich mache nach dem Mittagessen selten ein Nickerchen. Also fühlen Sie sich nicht dazu verpflichtet, wenn es Ihnen schwerfällt. Vermutlich sind Sie auch nicht daran gewöhnt.«

Sie nahm sich den nächsten Blumentopf vor und schnitt geschickt etwas mit dem Gartenmesser ab. »Das hätte ich heute morgen schon tun sollen, aber wir sind ja wieder gestört worden. Vermutlich sollte ich mir keine Sorgen deshalb machen, aber normalerweise gibt es hier nicht so viele Besucher. Ich glaube, Sie haben erkannt, daß die meisten in erster Linie ihre Neugier befriedigen. Wir bekommen hier oben die Zeitungen aus Ranpur, und alle haben meine Anzeige gesehen. Ich mache mir Gedanken darüber, daß die Leute sich nach einiger Zeit damit abgefunden haben, und wenn dann tagelang kein Mensch hier auftaucht, könnten Sie es möglicherweise langweilig hier oben finden. Sie sind bestimmt an viele Menschen gewöhnt, und ich könnte mir denken, das gefällt Ihnen auch. Ich schätze es nicht, und mir gefällt es auch nicht besonders. Ich würde sagen, ich bin eine Art Einsiedlerin geworden, aber natürlich ist das für *uns* in Indien nicht möglich. Selbst wenn wir allein sind, müssen wir vorzeigbar sein und etwas repräsentieren, nicht wahr? Deshalb kann ich auch nicht verhindern, daß die Leute bei mir auftauchen. Sie kommen, um sich davon zu überzeugen, daß ich immer noch da bin und daß wir es alle zusammen repräsentieren. Aber ich gehe so selten wie möglich aus, in Gesellschaft, meine ich. Ich frage mich, ob Sie hier glücklich sein werden.«

»Ja, ich verstehe. Ich verstehe völlig«, murmelte Barbie.

»Bitte?«

»Ich habe gesagt, ich verstehe völlig.«

Mabel unterbrach ihre Arbeit und musterte Barbie, die unter der Last des resignierten Gesichts allmählich das Gefühl bekam, daß sie nichts verstand. Ihr Lächeln gespielter Fröhlichkeit machte ihren Mund so schwer erträglich, als habe

Gott ihn in einem Anfall von kreativer Geistesabwesenheit nachträglich geschaffen.

»O nein«, sagte Mabel, »ich glaube, Sie verstehen mich nicht. Ich wollte sagen, wenn Sie beschließen zu bleiben, möchte ich, daß Sie Rose Cottage ebenso als Ihr Heim betrachten wie ich. Sie können so viele Freunde hierher einladen, wie Sie finden werden, und so oft ausgehen, wie Sie wollen, ohne sich Gedanken um mich zu machen oder darum, ob ich mich Ihnen anschließe. Ich weiß, es ist egoistisch von mir, einen so geselligen Menschen, wie Sie es meiner Ansicht nach sind, aufzufordern, hier zu leben. Andererseits wäre es katastrophal, das Haus mit jemandem zu teilen, der genauso egoistisch ist wie ich und...«, sie unterbrach sich und wies auf den Garten, den Bungalow, das ganze Anwesen, in dessen Herzen dieses Gefühl der Abgeklärtheit lag, »... ich glaube, es wäre gut, das alles mit jemandem zu teilen, aber nur mit jemandem, der es zu würdigen weiß. Aus Ihrem Brief hatte ich den Eindruck gewonnen, daß Sie so ein Mensch sind. Ich glaube es immer noch, aber ich möchte auf keinen Fall, daß Sie glauben, es müsse auf meine Weise geschehn. Ich möchte nicht, daß Sie sich hier von der Welt abgeschnitten vorkommen.«

Mabel betrachtete den Garten. »Ich habe oft den Eindruck, daß die Götter ihn einmal geliebt, aber vergessen haben, daß er jung sterben sollte; und jetzt bin nur noch ich da, um ihn zu lieben. Ich werde nicht immer da sein, und ich bin nicht sicher, daß ich ihn genug liebe.«

Barbie sprach laut, um sicher zu sein, daß Mabel sie hörte und verstand. »Ich bleibe gerne, Mrs. Layton. Ich bin froh, ein etwas leichteres und ruhigeres Leben zu führen. Das hatte ich mir erhofft. Ich wollte Zeit für mich haben.«

Mabel sah sie an. Barbie fühlte, wie ihr Blick in sie eindrang, vorstieß bis in das Zentrum ihres geheimen Leids und sich dann wieder zurückzog, zurück in das eigene.

»Ich bin ja so froh«, sagte Mabel und wendete ihre Aufmerksamkeit wieder der Pflanze zu. »Bitte läuten Sie doch und bitten Sie Aziz, uns den Tee früh zu servieren, wenn es Ihnen recht ist. Es wird nicht mehr lange dauern, bis es so kalt ist, daß wir den Tee im Haus trinken müssen. Das bedrückt mich immer etwas. Ach, erinnern Sie ihn doch an Ihre Kiste. Der Arme wird ein bißchen vergeßlich. Und lassen Sie alles nachkommen, was Sie in Ranpur zurückgelassen haben.«

»Mein Schreibtisch«, rief Barbie. Mabel nickte nur. Vermutlich hatte sie es nicht gehört. Barbie drehte sich um, drückte auf den Klingelknopf neben den Schaltern, von denen einige für die Verandabeleuchtung und andere für die Scheinwerfer im Garten waren (letztere hatten keine Glühbirnen mehr, damit Strom gespart würde: Pankots Beitrag zum Krieg). Mabel beschäftigte sich weiter mit dem Topf voller Stecklinge, und als Aziz erschien, überließ sie es Barbie, ihm zu sagen, daß sie den Tee jetzt, nicht erst um vier trinken wollten. Aziz nickte leicht und akzeptierte damit, daß ihm Barbie von nun an manche Anweisungen geben würde.

»O Gott«, betete Barbie an diesem Abend – die Knie unter dem dünnen Baumwollnachthemd schmerzten auf der dicken groben Binsenmatte vor ihrem Bett – »hab Dank für die vielen Beweise DEINER Gnade und dafür, daß DU mich nach Rose Cottage geführt hast. Hilf mir dienen, und wenn es DEIN Wille ist, lasse DEIN Licht in die Dunkelheit fallen, die über der Seele von Mabel Layton liegt.«

Barbie betete länger als üblich und hoffte auf eine Erneuerung der verlorengegangenen Verbundenheit. Aber sie wurde nicht erneuert. Barbie spürte, daß die Gebete – unbedeutende Abfälle einer Anbetungsmaschine, die Barbie einmal mühelos bedient hatte – ihr Ziel nicht erreichten. Die Gebete erstarrten in den oberen Luftschichten, die einst so warm, inzwischen aber frostig waren, und fielen klirrend zu Boden. Aber Barbie kämpfte sich mit gesenktem Kopf durch den Hagel.

III

Bei einer Frau von weniger gut verbürgter anglo-indischer
Herkunft, als es Mabel Layton war, hätte man Dinge, die
man bei ihr als exzentrisch hinnahm, für eine feindselige Haltung gegenüber dem gehalten, was Anglo-Indien bedeutete.
Aber an Mabels Herkunft gab es nichts auszusetzen; sie kriti-
sierte niemanden und äußerte selten eine Meinung und schon
gar keine feindselige. Die hingebungsvolle Pflege von Haus
und Garten, die langen einsamen Spaziergänge, die Ablehnung von Einladungen, die anzunehmen man allgemein als
Pflicht empfand, und der völlige Rückzug aus dem gesellschaftlichen Leben Pankots führte man auf die übergroße
Empfindlichkeit einer Frau zurück, die zwei Ehemänner verloren hatte, die im Dienst am Reich gestorben waren – der
eine im Kugelhagel auf dem Kyberpaß, der andere an einer
Amöbeninfektion. Nachdem sie sich so große Verdienste erworben hatte, räumte sie das Feld der Pflichten, um anderen
Platz zu machen. Man nahm ihre Entscheidung mit Gefühlen hin, die zwischen Achtung und Bedauern schwankten; das
heißt, sie pendelten sich am Punkt leichter Mißbilligung ein
und wurden deshalb selten geäußert. Aber wenn das geschah,
hatte man unbestimmt den Eindruck, daß Mrs. Laytons Einsamkeit in Zusammenhang mit einem goldenen Zeitalter
stand, von dem alle wußten, daß es vorüber war, dessen
Andenken sie jedoch mit steinernem Gesicht kompromiß-
los bewachte: sie war ein karger Bezugspunkt, vergleichbar
mit der Markierungsboje über einem gesunkenen Schiff voller Schätze, die man nie bergen konnte, eine Erinnerung und
Warnung an Schiffe, die immer noch in Gewässern kreuzten,
die von Jahr zu Jahr gefährlicher wurden.

Den Menschen war inzwischen dieses Gefühl der Gefahr,
das Steigen des Meeresspiegels, die Überschwemmung der

Niederungen, die Bedrohung der Höhen, das Gefühl einer bevorstehenden Flut nicht mehr ganz unbekannt, und obwohl der Ausbruch des Kriegs in Europa vorübergehend das plötzliche Auftauchen einer felsigen Landspitze suggeriert hatte, auf der man sicher stand, so war dieses Land jedoch weit weg, in England – während Indien sehr nahe und überall war. Als der Krieg in Europa in seine unerfreulichen Phasen trat, gewann man den Eindruck, als sei das Land entweder eine Luftspiegelung oder eine letzte, verzweifelt verteidigte aber trügerische Bastion all jener Dinge gewesen, denen man einen Wert beigemessen und auf die das Auge, das von Pankot aus nach Westen blickte, sich in all den Jahren treu gerichtet hatte, während das ermutigende Gefühl, der Blick werde ebenso treu erwidert, ständig weiter schwand, bis sich neben der Vorstellung, in Erwartung einer Flut zu leben, der Verdacht regte, daß diese Flut kaum wahrgenommen oder nicht bedauert werden würde.

Die leichte Mißbilligung, die die Achtung aufwog, die man der alten Mabel Layton entgegenbrachte, beruhte wohl auf dem quälenden Glauben, daß sie trotz allem zu jenen Menschen gehörte, die die Flut nicht bedauern würden. Sie verhielt sich wie jemand, der um sich herum bereits alles im Wasser versinken sah, ein Boot gefunden hatte und nicht wollte, daß es ins Schwanken geriet.

Einige Monate nach Miss Batchelors Eintreffen entstand eine interessante Situation. Im Nachhinein wirkte es, als habe Mabel Layton sie vorausgesehen und aus einem unerfindlichen, vielleicht aber typischen Grund Schritte unternommen, um sich zu schützen.

Die Situation entstand bei der Unterbringung Mildred Laytons, der Frau von Mabels Stiefsohn, Oberst John Layton, und ihrer beiden erwachsenen Töchter Sarah und Susan. Er hatte sie zu Beginn der heißen Jahreszeit 1940 nach Pankot gebracht und sie in dem einzigen zu dieser Zeit verfügbaren Haus einquartiert, einem schäbigen Dienstbungalow auf dem Gelände des Pankot-Rifle-Depots gegenüber der Offiziersmesse. In den wenigen Wochen des Spätsommers 1939, ehe sie hinunter nach Ranpur zogen, hatten sie in einem Bungalow gewohnt, den das Hauptquartier inzwischen als Junggesellenunterkunft nutzte; es gelang Oberst Layton nicht, den Versorgungsoffizier zu überreden, ihnen diesen Bungalow zurückzugeben.

Nachdem er seine Familie so bequem wie möglich untergebracht hatte, kehrte er nach Ranpur zu dem Bataillon zurück, das er befehligte, die 1. Pankot Rifles, die bereits den Abmarschbefehl nach Übersee erhalten hatten. Wenige Wochen später schifften sich die 1. Pankots nach dem Mittleren Osten ein, und Mildred Layton blieb mit ihren Töchtern als Strohwitwe im Dienstbungalow zurück. Sarah und Susan waren erst im Juli des vergangenen Jahres, nach dem Schulabschluß in England, wieder in Indien eingetroffen.

Vor 1939, dem Jahr, in dem die Familie sich wieder vereinigte, waren die Laytons viele Jahre nicht am Ort stationiert gewesen, aber sie gehörten zu Ranpur und Pankot. Die Eltern hatten in Pankot geheiratet, und beide Mädchen waren hier geboren worden. Alle Freunde der Laytons sahen sie im Geist sehr schnell in Rose Cottage und fanden, daß ihre Rechnung aufginge. Sarah und Susan konnten sich das zweite große Schlafzimmer teilen, das zur Zeit Miss Batchelor belegte; Mabel bliebe in ihrem Zimmer, und Mildred bekäme das kleine Gästezimmer.

Im Dienstbungalow auf dem Gelände der Pankot Rifles gab es zwar drei Schlafzimmer, aber sie waren klein, und das Haus hatte insgesamt etwas von einer Kaserne an sich: Dienstmobiliar, auf der Vorderseite den Blick auf die Rückwand der Offiziersmesse, auf der Rückseite eine nackte Ziegelmauer vor den Dienstbotenunterkünften. Der Garten war trostlos – verunkrauteter Rasen, keine Blumen – und der Friede im und vor dem Haus wurde immer wieder durch den Lärm vom Exerzierplatz gestört. Von der Frau eines Offiziers und ihren Töchtern erwartete man, sich klaglos so gut wie möglich einzurichten, wenn man nicht mehr für sie tun konnte, aber die Nachteile und die Unbequemlichkeiten (das Haus lag auf der falschen Seite des Basars, und man fuhr mit der Tonga zwanzig Minuten zum Club), die bezaubernd hübsche Susan, um die sich die jungen Männer von Pankot bereits scharten, und die ruhige, aber offenbar zuverlässige und tüchtige ältere Tochter Sarah bestärkten alle in der Überzeugung, Rose Cottage sei der angemessene und richtige Platz für sie.

Mildred Layton lehnte es ab, sich zu diesem Thema zu äußern, aber wenn man ihr auf eine der möglichen indirekten Weisen die einfache Frage stellte: Hatte Mabel ihren Plan, einen zahlenden Gast aufzunehmen, mit Oberst Layton besprochen? dann ließ sie kaum einen Zweifel daran, daß die Antwort nein lautete. Sie und John erfuhren davon erst, als sie in Ranpur die Anzeige lasen.

Trotzdem schien das Verhältnis zwischen Mabel und Mildred Layton ungetrübt zu sein. Dem innersten Kreis der Frauen von Pankot, die es sich zur Gewohnheit gemacht hatten, in Rose Cottage hereinzuschauen, um sich zu vergewissern, daß Mabel noch da war und repräsentierte, was repräsentiert werden mußte, fielen keine ungewöhnlichen Spannungen auf. Mildred und ihre beiden Töchter erschienen selbst häufig in Rose Cottage; in den ersten Wochen nach dem Eintreffen aus Ranpur benutzte Mildred Rose Cottage sogar, als wäre es logischerweise eine Erweiterung ihres Lebensbereichs – und das war es auch, denn das Haus lag nur wenige Minuten mit der Tonga vom Club entfernt – und als habe sie ein Recht darauf, was ebenfalls stimmte, denn nach Mabels Tod würde Oberst Layton das Anwesen und eine, wie man glaubte, beträchtliche Summe erben.

Die Mädchen benutzten Rose Cottage weniger freizügig; Sarah kam häufiger als Susan, die ganz in dem Bestreben aufzugehen schien, so vielen jungen Subalternoffizieren wie möglich zu gefallen, die ihre Zeit und ihre Gesellschaft mit Schwimmen, Reiten und Tennis in Anspruch nahmen. Die Besucher bemerkten, daß bei der älteren Schwester das Wort »benutzen« weniger angebracht schien. Sarah war weniger flatterhaft und nicht so selbstverständlich besitzergreifend wie ihre Mutter. Sarah schien das Haus sehr zu lieben, und den Garten ganz besonders. Sie beschäftigte sich auch mehr mit Mabel (die sie und ihre Schwester Tante nannten), und sie hatte mehr Geduld mit Miss Batchelor, die auf sie einredete wie auf alle, von ihr jedoch höfliche Antworten auf Fragen und Äußerungen erhielt.

Sarah war ein ruhiges Mädchen. Wie ihre Mutter erzählte, litt sie sehr unter ihrer Periode – ebenso wie Mildred gelitten hatte, bevor sie Sarah bekam. Mrs. Paynton, Mrs. Fosdick und Mrs. Trehearne – die drei Frauen konnten sich auf ein gewisses Vertrauensverhältnis zu der schweigsamen Hausherrin von Rose Cottage berufen – registrierten das wohlerzogene und manchmal sicher stoische Verhalten mit Sympathie und Wohlwollen. Oberst Laytons ältere Tochter war ein bescheidenes, intelligentes Mädchen; sie hatte ein etwas zu knochiges Gesicht, um hübsch genannt zu werden, und sie nahm ihre Pflichten offenbar ernst. Ihr stilles Wesen weckte bei ihnen den Eindruck, daß sie die Verwirrung ihrer englischen Jahre noch nicht überwunden hatte. Vermutlich hatte sie ein paar merkwürdige Vorstellungen, denn das Leben zu Hause war nicht mehr wie früher, aber Sarah besaß Rückgrat. Im Vergleich zu ihr war die Schwester so klar und unkompliziert wie der helle Tag. England hatte ihr nichts anhaben können, sondern nur den notwendigen Schliff gegeben, um die Krusten zu entfernen, die sich in dem ruhigen Wasser einer anglo-indischen Kindheit gebildet hatten: nur Privilegien und keine

Verantwortung – eine sehr verderbliche Sache, wenn sie nicht durch die Schule in England korrigiert wurde. Aber hier war sie nun, die junge Susan, mit dem Schliff der Heimat, ein sauberes, lebhaftes Mädchen. Es war herzerfrischend, sie auch nur anzusehen. Sie schien es zu wissen, und das konnte gefährlich sein. Aber sie würde sich schon bald einleben, und der Ernst des anglo-indischen Lebens würde das hübsche Gesicht früh genug zeichnen.

Ihre Frische würde verschwinden. Das bezaubernde Lachen würde einem Lachen weichen, aus dem die Dankbarkeit für alles sprach, was den Sinn für Humor übte und verhinderte, daß er verkümmerte. Die Jahre würden die rosige Haut verwüsten, den beweglichen Mund hart werden lassen und die Sehnen am Hals bloßlegen, der sich jetzt so anmutig drehte, wenn sie sich umsah und es nie müde wurde, auf die Anregungen der Umgebung zu reagieren, die die Erwachsene in ihr ansprachen und die Erinnerungen an die Kindheit weckten.

Im Garten von Rose Cottage schien Susans Fröhlichkeit besonders aufzublühen. Das bezaubernde Wesen leuchtete für die anderen Frauen noch mehr, da ihnen traurig bewußt war, daß diese Blüte bald ebenso welken würde wie ihre eigene. Aber noch war es nicht soweit, und vorher würde ein Mann sie pflücken und entführen. Wenn Susan einmal, was selten genug vorkam, allein im Rose Cottage erschien, dann fanden sich später die jungen Männer ein und lockten sie schnell davon – entweder sie allein oder zusammen mit Sarah, die als vernünftige ältere Schwester die Rolle der Anstandsdame übernahm.

Mabel schien mit all dem völlig einverstanden zu sein, obwohl deutlich wurde, daß sie Susans schwarzen jungen Labradorhund Panther nicht besonders liebte, denn er drohte, die Rosenbeete zu verwüsten. Aber er folgte Susans Ruf und mußte auf die harte Weise lernen, daß der Garten nicht ihm gehörte. Die Erziehung des Hundes (bis er Susan im Garten in seiner drollig tolpatschigen Weise gehorsam bei Fuß folgte und sich dabei einer besonderen Gunst bewußt zu sein schien) war, wenn man von Sarahs etwas zurückhaltenderem Benehmen im Rose Cottage absah, Mildreds und Susans einziges öffentliches Eingeständnis, daß sie alle dort nur wenig mehr als eine besondere Gunst genossen. Ein Tier als Symbol dieses Eingeständnisses wies auf die Unzufriedenheit mit den Umständen hin, die verhinderten, daß sie dort wohnten. Der spöttisch-ernste Ton in Mildreds und Susans Stimmen und die ungeduldigen Gesten, mit denen Susan den Hund ermahnte und ihm befahl, ruhig zu sein, sich hinzulegen, zu kommen, nicht zu sabbern, die Pfoten vom Tisch zu nehmen und sich anständig zu benehmen, waren eindeutig nicht dazu bestimmt, den Hund zu erziehen, sondern schienen auf eine Gereiztheit über etwas anderes als die Ausgelassenheit des Hundes hinzuweisen und dem Ärger darüber Luft zu machen.

Mabel erhob keine Einwände gegen die Invasion und erlaubte, daß sie sich ungehindert entfaltete, bis kaum noch ein Tag verging ohne ständiges Kommen und Gehen auf der vorderen Veranda, Platznehmen in den Sesseln auf der Rückseite und ein ständig klingelndes Telefon, aber Mabel ließ sich nicht in diese Aktivitäten hineinziehen. Das unterstrich ihre Distanziertheit, verstärkte sie noch und vergrößerte ihren Radius. Es gab jetzt mehr, von dem sie sich distanzieren konnte. Gefangen in diesem ungewöhnlichen Treiben, legte sie eine Tarnfarbe an und verschmolz mit dem Hintergrund der Normalität, den dieses Treiben entstehen ließ.

Wenn Mildred beabsichtigte, das Thema zu forcieren, dann stellte Mabels Fähigkeit, die Illusion zu wecken, sie besitze nichts, woran jemand das Interesse haben könne, es ihr zu nehmen, oder das er sie zwingen wolle, mit ihm zu teilen, ein sehr wirkungsvolles Abschreckungsmittel dar – jedenfalls sehr viel wirkungsvoller als Miss Batchelors Anwesenheit.

Miss Batchelor besaß ganz eindeutig das, was Mildred vermutlich wünschte, aber, aus ihren Reaktionen zu schließen, wurde ihr immer deutlicher und von Tag zu Tag unangenehmer bewußt, daß sie etwas genoß, worauf sie vergleichsweise wenig Anrecht besaß; und sie schwankte zwischen den widersprüchlichen Bestrebungen hin und her, sich entweder angenehm oder rar zu machen.

Gleichgültig, wozu die arme Frau sich entschloß, auf Mildred hatte es immer dieselbe Wirkung: Nach außen behandelte sie die Missionslehrerin mit unveränderlicher Gleichgültigkeit, und Miss Batchelor konnte vor den Besuchern nicht verbergen, daß sie Angst vor Mildred hatte. Zunehmend begleiteten nervöse Gesten ihre belanglosen Äußerungen; sie führte die Hand an den Hals, rieb sich die Hände, umklammerte den Ellbogen; sie sprang immer wieder auf, um etwas zu holen, sorgte sich um die Bequemlichkeit der Gäste und eilte zum Telefon. Soviel Energie wies darauf hin, daß selbst ihr bemerkenswertes Kraftwerk überlastet war. Im nächsten Moment konnte ein Riß im Gebäude ihres Wesens sichtbar werden, und sie würde inmitten einer kleinen Staubwolke in tausend Stücke zerspringen: Mildred Layton würde sich von diesem Anblick sicherlich abwenden, als sei er eine alltägliche Erscheinung; sie würde ihn nur im Bruchteil der Sekunde unbestimmt bedauern, die sie brauchte, um die Aufmerksamkeit einem anderen seltsamen Phänomen des anglo-indischen Lebens zuzuwenden.

In Gesellschaft unternahm Mabel nichts, um Miss Batchelor vor Mildred zu schützen. Man bezweifelte, daß die Missionslehrerin sich werde halten können; und man wußte wirklich nicht, ob Mabel das eine oder das andere am Herzen lag. Immerhin war es möglich, daß das Wiederauftauchen der Frau ihres Stiefsohns und ihrer beiden Stiefenkelkinder und deren Nähe, Bedürfnisse und Stellung Mabel an ihre Pflicht gegenüber Pankot erinnerten.

Denn Mildred Layton – daran gab es keinen Zweifel – besaß eine Würde, eine Auszeichnung, die sie von allen anderen Frauen abhob und ihr eine Bedeutung verlieh, die nichts mit ihrer tatsächlichen Stellung zu tun hatte. In dieser Hinsicht rangierte sie nicht vor Nicky Paynton, deren Mann ein Bataillon der Ranpurs befehligte, oder vor Clara Fosdick, deren verstorbener Mann Chirurg gewesen war und deren Schwester mit einem Richter am Obersten Gericht in Ranpur verheiratet war. Dem Rang nach kam sie hinter Maisie Trehearne, der Frau des kommandierenden Oberst des Pankot-Rifle-Depots, und natürlich hinter der Frau des Offiziers, der im Flagstaff House residierte.

Mildred Laytons besondere Würde zeigte sich also nicht in dem Platz, den sie in der offiziellen Hierarchie einnahm, auch nicht darin, daß ihr Vater, General Muir, in den zwanziger Jahren Oberbefehlshaber in Ranpur gewesen war und daß sie und ihre Schwestern in Ranpur und Pankot im Flagstaff House aufgewachsen waren. Die Würde beruhte nicht darauf, die Frau eines Mannes zu sein, dessen Vater (Mabels zweiter Ehemann) eine hohe Stellung in der Kolonialregierung bekleidet hatte. In Pankot und der Umgebung erinnerte man sich immer noch an ihn, im Regierungspalast in Ranpur hing sein Porträt in dem Saal, in dem die Ratsversammlung tagte, und dort hatte er sich besonders hervorgetan, bevor er 1917 an einer Amöbeninfektion starb.

Mildreds Stellung als John Laytons Gattin brachte einen dem Geheimnis ihrer Würde näher; doch es handelte sich um eine Würde, die den Laytons hätte entgehen und auf anderen Schultern ruhen können. Die ganze Geschichte ihrer bedeutenden Familie fiel ins Gewicht, nachdem ihr diese Würde verliehen worden war, aber die Würde an sich war das Geschenk eines Umstands, dessen sichtbare Quelle dort unten im Tal in den verstreuten Gebäuden der Militäranlagen zu finden war, die Barbie bei ihrer Ankunft von dem Miniaturpaß aus gesehen hatte. Sie entsprang einem niedrigen, häßlichen weitläufigen Gebäude aus Stein und Holz: der Offiziersmesse der Pankot Rifles.

Dieses Gebäude war wie ein Tempel ein künstlich geschaffener Ort, aber in ihm konzentrierte sich symbolisch der besondere Geist Pankots. Pankots Stolz, seine Vorurteile und seine Geschichte waren tief in seinen berühmten Rifles verwurzelt; damit unterschied es sich von keinem anderen Ort, dessen Vergangenheit untrennbar mit einem Regiment verbunden war. Die sanft gewellten Hügel, das saftige Grün, die zarten Nebel: das alles täuschte. Soweit das Auge reichte, und auch in dem zerklüfteten Land dahinter, das sich bis zu den Bergen am Horizont erstreckte, gab es kein Dorf, das nicht von der Regimenttradition von Pankot durchdrungen gewesen wäre.

In den Rauch der Feuer am Morgen und am Abend mischte sich der geisterhafte Rauch früherer Feldzüge. In der Luft lag immer eine gewisse Undurchlässigkeit. So sauber, hart und klar die Sonne auch schien, ihre Strahlen fielen scheinbar immer auf Kanonen. An einem heißen Tag klang das Knacken eines Kiefernastes im Wald wie ein Schuß aus dem Hinterhalt. Plötzlich aufflatternde Vögel lenkten das Auge von sich weg auf die unbelebte, verdächtige Stelle, die sie verlassen hatten. Die Landwirtschaft wirkte irgendwie belanglos.

Der Geist konnte sich nie völlig von den harten Bedingungen befreien, die das Militär dem Land aufgezwungen hatte. Man mochte sich über diese Bedingungen lustig machen, aber sie lagen tiefer, als ein Witz über die Ehre des Regiments je drang. Ein Fremder, der nach Pankot kam und den man auf die eigenartige Ausdruckslosigkeit in den Augen hingewiesen hatte, hätte unter mehreren Männern in Zivil deutlich die Offiziere der Pankot Rifles erkennen können. Bei den Uniformierten war diese Vorsicht im Blick noch auffälliger: ein sichtbares Zeichen für das Bewußtsein eines Mannes, daß seine Würde eine sofortige Anerkennung forderte; sie war ihm lästig, aber er fand es richtig, daß man sie ihm entgegenbrachte. Ein höherer Offizier konnte sie einem rangniederen desselben Regiments gewähren, aber in diesem Fall beruhte die Anerkennung auf Gegenseitigkeit. Die wahre Besonderheit dieser Würde lag in der Anerkennung, die sie in Pankot von jedem Offizier verlangte, unabhängig von Rang, Regiment oder Waffengattung. Im Leben von Pankot galt ein Maßstab, nach dem ein hier stationierter Unteroffizier der Pankot Rifles höher rangierte als ein General, der in der Wahl seines Regiments weniger ehrgeizig gewesen war.

Und es gab einen Maßstab innerhalb des Maßstabs – und darin lag das Geheimnis von Mildred Laytons Würde. Die Würde der Männer übertrug sich auf ihre Frauen, und nach dem Maßstab innerhalb des Maßstabs zählte das Bataillon ebenso wie der Rang. Ein Unteroffizier der 1. Pankots verkörperte diese Würde mehr als ein Unteroffizier der 4./5., die in der kühlen Jahreszeit im fernen Majapur stationiert waren. Nachdem man im Rang durch viele Versetzungen innerhalb und außerhalb des Regiments nach oben geklettert war, erreichte man den logischen Gipfel mit dem höchsten aktiven Regimentskommando: dem Kommando über das 1. Bataillon. Dieser Gipfel erstrahlte in einem besonderen Glanz, wenn ein Offizier die Auszeichnung erlangte, dessen Stammbataillon es war, wie im Fall von John Layton. Aber kein Offizier der Pankot Rifles hätte bereitwillig eine Ernennung angenommen, gleich, wie verlockend sie sein mochte, wenn er Grund zu der Annahme hatte, daß das Kommando des 1. Bataillons der Pankot Rifles als Alternative in Reichweite lag. Doch selbst wenn er es einmal innegehabt hatte, so berechtigte ihn das nicht dazu, diese besondere Würde auch weiterhin zu beanspruchen; sie wanderte wie eine Krone weiter; sie war in sich unwandelbar und schmückte die Häupter, die kamen und gingen. Trehearne hatte sie getragen, ein Mann der 4./5., inzwischen mit roten Streifen und Abzeichen, ein Oberst und der Vater des Regiments. Aber die Krone schmückte zur Zeit John Layton, auf dessen Haupt sie in der Sonne des Mittleren Ostens glänzte. Und nach diesem Maßstab besaß seine Frau Mildred eine größere Würde als Mrs. Trehearne, die in jeder anderen Hinsicht vor ihr rangierte.

In dem 1. Bataillon der Rifles beurteilte sich Pankot, fühlte es sich beurteilt, setzte es sich Gefahren aus und schickte Gesandte in die Welt. Auf dieser Ebene war eine Spur von Gefühl zulässig, aber es handelte sich um ein Gefühl, das auf einem Zustand beruhte, den nichts erschüttern oder schwächen konnte, es sei denn ein Riß im Felsen – Unzuverlässigkeit und Untreue. Alles andere konnte vergeben werden: Unfähigkeit, Versagen, Niederlagen, selbst Feigheit, denn das war eine private, persönliche Sache und keine kollektive Schwäche.

Da war also Mildred Layton – eine immer noch gutaussehende Frau; wie es sich gehörte, verriet ihr Gesicht nicht den leisesten Anflug der Besorgnis, die sie um ihren Mann empfinden mußte, der in Nordafrika kämpfte, und es blieb unverändert, wenn sie die redselige und eingeschüchterte Mitbewohnerin ihrer Stiefschwiegermutter mit diesem Ausdruck ständiger und vollkommen beherrschter Hingabe an ihre Pflicht anblickte und durch sie hindurchsah; diese Pflicht verlangte von ihr, die zahllosen Ärgernisse an sich abgleiten zu lassen, denen Engländerinnen in Indien natürlich ausgesetzt waren.

Wenn in den Augen der Männer kein Ausdruck lag, so war der Blick der Frauen – nach Mildreds Blick zu urteilen – verschlossen, als seien sie, die Angehörigen des schwächeren Geschlechts, zu diesem zusätzlichen Schutz berechtigt; und der Mund – wiederum nach Mildred zu urteilen – war weniger entschlossen, als es Männern erlaubt gewesen wäre; er durfte sich in den Mundwinkeln leicht nach unten ziehen; dadurch konnte fälschlich der Eindruck von Mißbilligung entstehen, so wie man Mildreds apathische Haltung beim Sitzen für Langeweile halten konnte (beobachtete man sie, wenn sie stand oder ging, dann bekam man eher den Eindruck, daß die Ökonomie der Bewegungen in langjähriger Erfahrung entstanden war, den Tag mit so wenig Anstrengung wie möglich zu überstehen – wie jemand in ihrer Stellung es mußte).

Aber im Fall von Rose Cottage half Mildred ihre Stellung nichts. Die ältere Mrs. Layton blieb davon völlig unbeeindruckt; und allmählich schien etwas davon auf Barbara Batchelor abzufärben. Man nahm an, die Missionslehrerin müsse Mabel unumwunden angeboten haben zu gehen, und nachdem man sie aufgefordert hatte zu bleiben, wappnete sie sich für diese Aufgabe. Die Grundlage ihrer Bemühungen, sich angenehm zu machen, änderte sich, aber so allmählich, daß es unmöglich war, Tag und Umstände zu bestimmen, die dazu führten, daß die Unsicherheit der Sicherheit wich.

Unmerklich erwarb sie einige Eigenschaften einer Gastgeberin, eines Familienmitglieds. Sie nahm die Hilfe von Aziz in Anspruch, um etwas zu holen und zu tragen – anfangs tat sie das verstohlen, dann jedoch offen, denn Aziz hatte die Gewohnheit, herauszukommen und sie zu fragen, was sie ihm aufzutragen hatte, für die Gäste zu tun. Sie übernahm die Verantwortung für den Hund, indem sie sich mit ihm anfreundete, ihm den Ball in eine unsichtbare, aber deutlich markierte Zone warf, innerhalb deren Grenzen er keinen Schaden anrichten konnte, und dafür sorgte, daß er Futter bekam, oder auch mit ihm spazierenging, wenn seine Herrin Susan ihn im Stich ließ, weil unterhaltsamere Abenteuer auf sie warteten.

Den Mädchen gegenüber verhielt sie sich wie eine Tante, die wußte, daß ihre Nichten gehört hatten, wie man Nachteiliges über sie erzählte, die aber nicht anders konnte, als ihnen ihr Interesse und etwas von ihrer Zuneigung zu zeigen. Sie schien sich sogar eine dicke Haut zuzulegen, die eine solche Frau haben mußte, wenn ihre Gefühle nicht ständig durch Nichtbeachtung ihrer Fragen, Ansichten und ihres Vorrats an langweiligen Geschichten verletzt werden sollten.

Nach ein oder zwei Monaten wurden die Besuche seltener, als seien die Ferien vorüber und man müsse sich mit ernsteren Dingen beschäftigen. Es gab Anzeichen dafür, daß man sich widerwillig mit dem schäbigen Dienstbungalow abfand. Er lag (gab Mildred zu erkennen) bequemer für Susans Verehrer und bequemer für sie, denn ihre Pflichten banden sie mehr an das Leben des Regiments; so unterstützte sie Maisie Trehearne dabei, ein mütterliches Auge auf die jungen Männer zu werfen, die das Glück gehabt hatten, diesem Regiment zugeteilt zu werden. Wenn Mildred das durchblicken ließ, änderte sich nichts an ihrem Gesichtsausdruck, der Miss Batchelor Furcht einflößte. Daran mußte sich auch nichts ändern, denn es war ein Ausdruck für alle Gelegenheiten – der Ausdruck gehörte zu einer Person, die sich nicht erlauben kann, daran zu zweifeln, daß sie recht hat, die immer das Richtige tut und deshalb, selbst wenn man sie nicht richtig behandelt hat, keine Erklärung zu geben braucht, es sei denn Leuten, die das nicht verstanden; und solchen Leuten schuldete man ohnehin keine Erklärung.

Aber Ausdruck hin, Ausdruck her, Mildred konnte aus den Köpfen der Leute die Vorstellung nicht vertreiben, daß sie eine Niederlage erlitten hatte. Fraglich blieb, ob sie darunter litt. Später, als sich in dem scheinbar undurchdringlichen Panzer eine bestimmte Schwachstelle zeigte, verstärkte sich der Eindruck, daß sie stärker verletzt worden war, als sie sich vielleicht eingestand.

Ein Familienstreit hatte etwas besonders Unerquickliches, denn er konnte das Fundament einer größeren und unverzichtbaren Solidarität untergraben. Man wußte nichts von einem Streit zwischen Mabel und Mildred, aber Familiengefühle waren nicht sonderlich zur Schau gestellt worden. Das Blut hatte sich nicht als dicker denn Wasser erwiesen. »Mabel ist so, seit ich sie kenne«, bemerkte Mildred einmal, »wie John sagt, war sie so, als er aus dem Ersten Weltkrieg zurückkehrte. Sie hatte sich völlig verändert seit der Zeit, als er noch Unteroffizier gewesen war. Er glaubt, sie hat den Tod seines Vaters nie überwunden.«

Nur diese Bemerkung stand in einem Zusammenhang mit der Weigerung ihrer Stiefschwiegermutter, diese Batchelor loszuwerden. Aber sie bestätigte den Eindruck, daß Mabel und Mildred noch nie gut miteinander ausgekommen waren. Es war nur natürlich, sich zu fragen, weshalb nicht – auch wenn Mabel kein Mensch war, bei dem man sich so leicht eine enge Beziehung zu jemandem vorstellen konnte.

Es war merkwürdig, daß Mabel an eine pensionierte Missionslehrerin etwas verschwendete, worauf Mildred eindeutig ein Anrecht hatte. Sie würde dem Haus Ehre machen, wie diese Batchelor es nie konnte. Indem sie Mildred dieses Recht entzog, entzog sie ihr etwas anderes: Vertrauen. Es war, als könne man Mildred in Mabels Augen nicht trauen; man fand diese Vorstellung damals lächerlich und fand sie später ebenso lächerlich, als die Schwäche sichtbar zu werden begann.

Man mußte diese Schwäche, die Mildred so bewundernswert und auf so typische Weise unter Kontrolle hielt, auf eine besondere Ursache zurückführen, auf einen tapfer ertragenen Schlag. 1941 traf die Nachricht ein, daß die 1. Pankots in Nordafrika aufgerieben worden waren und Oberst Layton mit den Resten seiner Truppe in italienische Kriegsgefangenschaft geraten war – ein zusätzlicher Schlag für den Stolz.

Nach Eintreffen der Nachricht trug Mildred Layton ein bis zwei Wochen lang eine unerschütterliche Haltung zur Schau, die sie auch hinterher nie verlor, die man aber in der Anfangszeit als vorbildlich empfand. In Pankot lebten keine Frauen derjenigen Offiziere ihres Mannes, die gefallen waren oder in Gefangenschaft saßen. Aber Mildred schrieb all diesen Frauen, versicherte sie ihres Mitgefühls und bot Hilfe an, wo sie gebraucht wurde. In Begleitung des Depotadjutan-

56

ten Kevin Coley ritt sie in die umliegenden Dörfer, um mit den Frauen und Witwen der indischen Unteroffiziere und Sepoys des 1. Bataillons zu sprechen. Mit allen, die aus den ferneren Distrikten nach Pankot kamen, um Bestätigung oder eine Erklärung der Nachricht, Hilfe und Rat oder Auskunft über zustehende Soldzahlungen zu suchen, und den Wunsch äußerten, sie zu sehen, unterhielt sie sich im Depot auf der Veranda des Adjutanten; ein oder zweimal empfing sie Abordnungen vor dem Dienstbungalow.

»Wie traurig«, sagte sie zu ihrer alten Bekannten, Isobel Rankin, der neu angekommenen Bewohnerin von Flagstaff House, »sie glauben, John kann sich im Gefangenenlager immer noch um die Männer kümmern. Aber natürlich sind die Männer von ihren Offizieren getrennt worden, und ich muß den Frauen die Lage erklären. Dann bitten sie mich, dem italienischen General zu schreiben, damit man John erlaubt, sie zu besuchen, und ich muß ihnen sagen, daß es höchst unwahrscheinlich ist, daß er jedoch von mir nicht erinnert werden muß, falls man es ihm doch erlaubt. Damit sind sie anscheinend zufrieden.«

Auf diese Weise gab Mildred dem neuen Gebietskommandanten und seiner Frau, Dick und Isobel Rankin – deren Weg sie und John in Lahore, Neu Dehli und Rawalpindi gekreuzt hatten (sie redeten sich mit Vornamen an) – zu verstehen, daß sie ihrerseits nicht damit zufrieden war.

Die Garnison teilte ihre Ansicht. Als sei das Unglück der 1. Pankots nicht schon schlimm genug, würde man im Gefangenenlager den gemeinen Soldaten auch noch das unveräußerliche Recht auf Kameradschaft, auf die Führung und uneingeschränkte moralische Unterstützung ihrer Offiziere nehmen, und den Offizieren das Privileg, ihnen das alles zu geben. Der Krieg brachte so etwas mit sich, aber bei einem Regiment wie den Pankots, das in einem Tal stationiert war und seine Soldaten traditionell aus dem umliegenden Bergland rekrutierte, rüttelte es an den Fundamenten des Vertrauens zwischen Offizieren und Mannschaft.

War es der Versuch, dieses Vertrauen zu beschwören, der Mildred schwächte, oder war es die Reaktion auf den Schlag, den sie persönlich hatte einstecken müssen? Oder war ihr auf dem Weg in die Dörfer plötzlich bewußt geworden, daß sie eine Scharade spielte, an die weder sie selbst noch die Frauen, die sie tröstete, auch nur einen Augenblick glaubten?

Sehr oft entfacht das Gefühl, daß das Leben zu einer unerträglichen Komödie geworden ist, jenen Brand, der nur durch süchtiges Trinken gelöscht werden kann. Was in Mildreds Fall auch der Grund sein mochte, die Vorstellung von ihrer musterhaften Haltung überlebte den dezenten, jedoch eindeutigen Beweis nicht, daß sie zu früh am Tag mit Carew's Gin begann und zum Bridge, zu Komiteesitzungen, zu morgendlichen Kaffeerunden, zum Mittagessen mit einem Ausdruck und einer Ausstrahlung erschien, die darauf hinwiesen, daß sie für die Strömungen und Gegenströmungen im Raum weniger empfänglich war als alle anderen. Ihre natürliche Teilnahmslosigkeit, die man kannte und die sie leicht wie einen schützenden Mantel getragen hatte, schien eine Spur schwerer, und ihre Gesten schienen überlegter zu sein, als erforderten sie etwas mehr Anstrengung als gewöhnlich. Anfangs blieb ihr Ausdruck so unverändert, wie er gewesen war, aber bald verlor er die Klarheit, obwohl er sich nicht veränderte, als beginne das Gesicht, das ihn beherrschte, allmählich zu erschlaffen.

Inzwischen waren die Leute jedoch mit der Vorstellung vertraut, daß Mildred trank, und man sprach kaum davon. Sie frönte dem Alkohol mit soviel Stil, daß nichts an ihr herabgesetzt wurde. Auf eine eigenartige Weise hob es ihre Auszeichnung, ihre Würde noch deutlicher hervor. Der Alkohol förderte bei ihr keine jener vulgären oder peinlichen Züge zutage, die bei Menschen aus weicherem Holz durch Nüchternheit getarnt werden. Der Alkohol verlieh jenen Kanten ihrer Persönlichkeit zusätzliche Schärfe, und das machte sie zu einer Frau, mit der sich kein vernünftiger Mensch anlegen würde. Man begegnete ihr mit der gleichen Zurückhaltung, die auch sie an den Tag legte, jedoch vielleicht etwas mehr in dem Bewußtsein, daß man sich etwas anderes nicht leisten konnte.

Sie war nicht mehr vorbildlich und ließ sich von Alkohol stützen, den sie sich nicht leisten konnte, wie man wußte; und so kam es zu Anlässen, bei denen alle, die Mildred gut kannten, das Gefühl hatten, ihre Tapferkeit sei eine Tapferkeit, die sie nicht nur um ihrer selbst willen unter Beweis stellte, sondern für sie alle, und infolgedessen trinke sie auch stellvertretend für sie alle: Es war der Widerstand gegen einen Druck, von dem sie nur zu gut wußten, daß sie ihm alle ausgesetzt waren, und der wahrscheinlich noch wachsen würde. Aus den undurchdringlichen, verschleierten Augen und der leichten Aufwärtskurve der nach unten gezogenen Lippen sprachen die Autorität der alten Ordnung und eine Intelligenz, die die Chancen genau zu berechnen und sie als Hinweis darauf zu deuten wußte, daß das Spiel (das nie ein Spiel gewesen war) sehr wahrscheinlich aus war.

Und so trank Mildred; sie trank zwanghaft und systematisch: Sie war allen zwei oder mehr Gläser voraus, wenn das Trinken in einer stark trinkenden Gesellschaft offiziell begann, und hatte den Vorsprung am Ende noch vergrößert. Man gewöhnte sich so sehr an das Trinken, daß es so etwas wie ein selbstverständlicher Bestandteil ihres Verhaltens wurde, das in Verbindung mit der makellosen Herkunft und dem über alle Vorwürfe erhabenen Benehmen den Ruf ihrer absoluten Verläßlichkeit stets gefördert hatte und es noch immer tat. Selbst die unbedeutende Sache mit den wachsenden Bridge-Schulden konnte man in einem gewissen Licht als die Ausnahme betrachten, die die Regel ihrer Untadeligkeit bestätigte. Mildreds Vergeßlichkeit war ärgerlich und peinlich, aber gleichgültig, ob ihr das Glück lächelte oder nicht, ob sie gewann oder verlor (meist verlor sie), konnte man sich des Gefühls nicht erwehren, daß sie Schulden nur im Zusammenhang größerer und wichtigerer Themen sah. Wenn man dann behutsam mit Sarah sprach (nur auf diese Weise kam man zu seinem Geld), mußte man zwangsläufig verstehen, daß in diesem größeren Zusammenhang selbst etwas so Geheiligtes wie Spielschulden von einer Aura der Belanglosigkeit umgeben war.

Schließlich war es nicht nur eine Frage der Ehre, sondern auch des Geldes. Mildred besaß für Geld eindeutig die Verachtung der Oberklasse, was bedeutete, sie beklagte sich darüber, nicht genug zu haben, obwohl das kein Grund war, kein Geld auszugeben. Unbezahlte Rechnungen in den Geschäften am Ort und überfällige Zahlungen für Bestellungen beim *Army and Navy* konnte man ihr nicht persönlich anlasten. Sie mußte ein Niveau halten, zwei Töchter und sich selbst einkleiden, allen voran Susan, die ganz genau wußte, daß ausgefallene Dinge zu ihrem Typ und ihrer Figur am besten paßten. Die beiden hatten sich inzwischen freiwillig zum Frauenhilfscorps gemeldet und arbeiteten zusammen mit Carol und Christine Beames, den Töchtern des Oberarztes, im Büro des Gebietshauptquartiers; das bedeutete, sie trugen während der Woche die meiste Zeit Uniform. Die neuen Kleider, die Susan brauchte, verringerten sich dadurch auf eine weniger unerschwingliche Zahl, wie Mildred es ausdrückte, doch im Gegensatz zu Sarah, die häufig in Uniform blieb, zog Susan sich sofort um, wenn sie nach Hause kam – und das geschah sehr oft sehr früh. Im Daftar gab es für eine Frau nicht allzuviel zu tun, wenn sie es nicht als ihre Aufgabe betrachtete, Arbeit zu suchen, oder wenn es ihr zu dumm war, beschäftigt zu wirken, wenn sie es nicht war. In Susans Fall führte die Stelle im Büro von Dick Rankin zur Verdopplung ihrer Verehrer. Es war ihre Pflicht, frisch und hübsch auszusehen – und es war Mildreds Pflicht, ihr dabei zu helfen.

Man fragte sich, wie oft die alte Mabel Layton wohl aushalf. Wie oft wurden Rechnungen (Sarah hatte es hilfsbereit auf sich genommen, sie zu begleichen, ehe es peinlich wurde) mit Schecks von dem Geld bezahlt, das die Stiefmutter von Mildreds abwesendem Mann überwiesen hatte? Mit dem halben Sold eines Obersten ließ sich der Lebensstil nicht finanzieren, den Mildred gewohnt war und den sie viel besser beibehielt als alle anderen. Auch in Friedenszeiten wurde das nicht erwartet. Der Gedanke entbehrt nicht einer gewissen Ironie, daß die Eleganz der herrschenden Engländer, die den Zorn der Inder hervorrief, schon immer weitgehend mit privaten Vermögen finanziert wurde. Angefangen beim Vizekönig führte die Diskrepanz zwischen Besoldung, Zuschüssen und notwendigen Ausgaben dazu, daß ein Mann üblicherweise arm war, der das Empire regierte, verwaltete oder verteidigte. Man war an Schulden, Einschränkungen und bevorstehende Ärmlichkeit gewöhnt, wenn die Pensionierung näherrückte. Nach ein oder zwei Kriegsjahren war die Ärmlichkeit noch nähergerückt. Sie schien sich wie eine Staubschicht auf alles zu legen und bestimmte Bereiche zu trüben – etwa den Grund dafür, warum man überhaupt in Indien war. Alles, was den Staub abwehrte und nicht annahm und den strahlenden Glanz einer hartnäckigen Überzeugung behielt, war kostbar, denn es ragte heraus, war eine Herausforderung an dunkle und vielleicht stärkere Kräfte; und das bedeutete, wenn man unterlag, wußte man ziemlich genau, wofür man kämpfte und unterlag.

Mildred ragte heraus, ragte beinahe hochmütig heraus. Die Auszeichnung, die sich auf sie als Frau von Oberst Layton übertrug, festigte sich durch die anderen Auszeichnungen ihrer familiären Bindung mit der Garnison. Man mußte nur (wie Barbie es getan hatte) über den Friedhof von St. John's gehen und die Namen Layton und Muir auf den Grabsteinen sehen, um zu begreifen, daß in diesen moosbewachsenen Anzeigetafeln für Seelen eine Erklärung für Mildred lag und sogar ein Hinweis auf ihre Trinkgewohnheit: die leicht beschwipste Schräglage, die ihnen das Alter und das Einsinken in den Boden aufgezwungen hatten – Mildred jedoch noch nicht.

Das würde auch nicht geschehen. Sie würde nicht dort ruhen, würde es nicht wollen. Ihre Teilnahmslosigkeit entsprach nicht der eines Menschen, der auf eine überlegene Weise das Vergehen des goldenen Zeitalters bedauerte. Die schiefen Steine im hügligen Gras warfen ein kontrastreiches Licht auf Mildred Layton: Kontraste in Schlußfolgerungen und Erwartungen bei identischen Voraussetzungen und Anlagen. Mildreds Feind war die Geschichte, nicht ein früher Tod im Exil, aber weder das eine noch das andere Ende wäre zu vermuten gewesen, und Beweise für das Ende, den ein klarer Blick in die Zukunft möglicherweise enthüllt hätte, entbanden sie nicht von ihrer Pflicht gegenüber der bestehenden Ordnung der Dinge, wenn sie weiterhin daran glaubte.

Durch das Bild, das man sich von ihr hätte machen können, wenn sie zu ihrer nicht sehr geheimen Quelle (die Flasche in der *Almirah,* um ihr die Unbequemlichkeit zu ersparen, Mahmoud zur Hausbar zu schicken, der Flachmann in der Handtasche als Vorsichtsmaßnahme gegen die Qual, zur falschen Stunde in einer trockenen Ecke festgehalten zu werden) Zuflucht nahm, stellte sich die Frage ihres Glaubens, wurde jedoch nur vieldeutig beantwortet; aber das Bild gleicht sehr dem Bild von Barbie, die im Hagel auf den Knien liegt (der einzige Sturm, den die Andachtsmaschine scheinbar noch heraufbeschwören konnte). Wäre Mildred fromm gewesen, hätte sie vielleicht für John gebetet, für die Überreste seines Bataillons, für die Frauen und Witwen, denen sie so huldvoll einen Trost gebracht hatte, den keine Frau einer anderen oder sich selbst schenken kann. Am Jahreswechsel (1941–1942) hätte sie für Leib und Seele all jener beten können, die vor der zerstörerischen Flutwelle der ungewöhnlichen, grausamen kleinen Japaner stehen, darin zugrunde gehen oder sich daraus befreien würden – darunter auch ihr noch unbekannter Schwiegersohn Teddie Bingham, der in den ersten Monaten des Jahres 1942 auf der Bildfläche erscheint. Teddie Bingham, eine blasse Gestalt, die an der Spitze einer dezimierten Kompanie Muzzafirabad Guides quer über die Berge des nördlichen Burma in Richtung Indien humpelt, in die zeitweilige Sicherheit, in Susans Arme, einem Augenblick der Wahrheit und dem Untergang in Flammen entgegen. Teddies Beitrag klingt zwar bedrückend, doch man kann sicher sein, er hätte eine grundsätzlich fröhliche Vorstellung davon gehabt.

Aber Mildred war nicht fromm, und – der Alkohol weist darauf hin – wenn sie fromm gewesen wäre, hätte sie wie Barbie nicht um etwas Bestimmtes, sondern um etwas Allgemeines gebetet: sie hätte um die Gnade gebetet, von einem wachsenden und beunruhigenden Glauben (den der Alkohol beschwichtigte) befreit zu werden, das heißt, mit den Problemen eines Lebens alleingelassen zu sein, das von allen Seiten unter Beschuß stand und das ihr nur die ehrenhafte Möglichkeit bot weiterzumachen, als sei nichts geschehen.

IV

Früher verbrachten Provinzregierung und Militäroberkommando die Hälfte des Jahres in Ranpur und die andere Hälfte in Pankot. Das bedeutete, der Ort in den Bergen erlebte zwischen April und Oktober eine offizielle Saison mit allem Zeremoniell; der Gouverneur und seine Gattin bewohnten die Sommerresidenz, und der kommandierende General und seine Gattin bewohnten Flagstaff House.

Im Sommer 1939 hatte es die letzte volle offizielle Saison gegeben. Sie endete am ersten Oktober, als der Gouverneur seinem Stab, den Büroangestellten, Akten, Lastwagen und Bahnwaggons voller Gepäck voraus- oder nachreiste. Das geschah einen Tag, bevor Barbie mit ihren Gepäckstücken aus der Gegenrichtung eintraf.

Der Gouverneur nahm ein paar Wochen später, wie alle Gouverneure in den anderen Provinzen, in denen nach den Wahlen von 1937 die Kongreßpartei die Regierung übernommen hatte, den Rücktritt aller Minister entgegen – an ihrer Spitze Mohammed Ali Kasim, ein bekannter Moslem in der Kongreßpartei, der viele Engländer nachsagten, trotz des Anspruchs, ganz Indien zu vertreten, die Partei der Hindus zu sein.

Der Gouverneur nahm die Rücktritte an, die den Provinzialministern verfassungswidrig von einer Partei aufgezwungen waren, deren Führung gegenüber der konstitutionellen indischen Wählerschaft keine direkte Verpflichtung und eine offensichtliche Antipathie dagegen besaß, den Engländern zu helfen, die Demokratie zu erhalten und Hitler auf seinen Platz zu verweisen. Der Gouverneur übernahm die direkte Regierungsgewalt, wozu er nach der Sicherheitsklausel im Gesetz von 1935 berechtigt war, in dem man den Versuch unternommen hatte, den Indern ein Stück entgegenzukommen, die hartnäckig die Selbstbestimmung forderten. Danach regierte er die Provinz wieder im alten Prä-Reform-Stil vom Gouverneurspalast in Ranpur aus.

In Pankot gab es 1940 eine halbe Saison. Flagstaff House hatte seine Pforten geöffnet; sie waren eigentlich nie geschlossen gewesen, denn nach der Kriegserklärung entschloß sich der kommandierende General von Ranpur, der damals den Sommer in Pankot verbrachte, zu bleiben, aber der Gouverneur konnte mit seiner Gattin erst im Mai kommen, und im Juni mußten sie plötzlich nach Ranpur zurückkehren.

Zu den Auswirkungen der Übernahme der Regierungsge-
schäfte durch die Kongreßminister von 1937-1939 gehörte
es, daß die Mehrheit der Ministerien für den Sommer nicht
mehr nach Pankot umzog, und obwohl der Gouverneur nach
Übernahme der autokratischen Regierungsgewalt den traditionellen Umzug in alter Form gern wieder eingeführt hätte,
so wäre es ihm schwer möglich gewesen, mehr als ein Gerippe seines Verwaltungsapparates in Pankot unterzubringen,
denn inzwischen hatte das Militär sich in den Gebäuden breit-
gemacht, in denen früher die Behörden sechs Monate im Jahr
die kühlere Luft genossen.

Der Gouverneur sah sich in seinem Versuch enttäuscht, von
Pankot aus eine Regierung zu leiten, die zum größten Teil in
Ranpur geblieben war, und ihm war auch das schlichte Bedürfnis versagt, ein friedliches Leben zu führen, denn der Vizekönig unternahm nach der Kapitulation Frankreichs neue
Versuche, sich mit den unkooperativen indischen Führern zu
einigen. Deshalb stürmte ein cholerischer und wütender Gouverneur nach Ranpur zurück und von dort weiter nach Simla,
zu – wie er es ausdrückte – noch mehr nutzlosen Gesprä-
chen mit dem Vizekönig, die in noch einen fruchtlosen Versuch mündeten, die verdammte Pax Britannica zu verwirklichen, und noch mehr nutzlose Gespräche mit dem verdammten Gandhi und dem verdammten Dschinnah bedeuten würden, obwohl im Grunde nichts anderes nötig war, als die Inder soweit auf Vordermann zu bringen, daß sie sich wieder
am Krieg beteiligten, und man dazu nichts anderes brauchte
als ein oder zwei Regimenter britischer Infanterie und einen
Brigadier, der soviel Mumm in den Knochen hatte wie der
alte Brigadegeneral Dyer, der 1919 in Amritsar Hunderte von
verdammten Braunen niedergemacht hatte. Niemand gab sich
die Mühe, seine Exzellenz daran zu erinnern, daß der Gouverneur des Pandschab, der damals an Dyers Seite stand und in
den folgenden Jahren, nach Dyers Degradierung, in Amt und

Würden war, erst in diesem Jahr in einem verspäteten Racheakt in London von einem Inder erschossen worden war, und zwar ausgerechnet in Caxton Hall. Man glaubte ohnehin, der Gouverneur müsse nicht daran erinnert werden; er war ein Mann der alten Schule (fast schon eine Zumutung) und gehörte zu jenen, die einen ordentlichen Streit vorzogen, wenn sie keinen Frieden haben konnten, und die sich vielleicht sogar darüber gefreut hätten, wenn man auf sie schoß – sei es nun heute oder erst in zwanzig Jahren. Seine Gattin folgte ihm, ebenso blaß, wie er dunkelrot, und ebenso redselig, wie er zwischen zwei Wutausbrüchen schweigsam war. Sie beraubten Pankot der beiden Menschen, die seinen offiziellen Anlässen den größten Glanz verliehen.

1941 endete die Amtszeit des cholerischen Gouverneurs, und ihm folgte ein neuer, Sir George Malcolm. In Pankot gab es kaum eine Saison (wenn man von der provisorischen absah, für die Isobel Rankin sorgte, die tatkräftige Gattin des neuen GOK in Flagstaff House). Die Rankins machten ihre Anwesenheit spürbar, aber natürlich auf die richtige Weise. Man erzählte, Malcolm sei ein Beispiel für die eher alarmierende Sorte Menschen, die der Krieg nach oben brachte; sie besaßen eine ungeheure und unerschöpfliche Fähigkeit zu arbeiten und hatten keine Nachsicht mit einer Tradition – zum Beispiel dem jährlichen Umzug von Ranpur nach Pankot und wieder zurück –, wenn sie auch nur die geringste Belastung für eine überarbeitete Exekutive bedeutete.

»Sir George wird schon noch ruhiger werden«, sagten die Leute, und man erhoffte sich für 1942 wieder eine volle Saison. Aber an der Jahreswende stand der Krieg, der so weit weg zu sein schien, plötzlich vor Indiens Toren. Zuerst fiel Malaia an die Japaner und dann Singapur, Burma folgte. Mit diesen unfaßlichen Verlusten versank die Hoffnung still in der Versenkung, daß es einmal wieder so sein würde wie zuvor. Und als sei die Lage mit dem Feind vor den Toren noch nicht schlimm genug, meldete sich ein zunehmend unerfreulicher Feind im Innern zu Wort: Die indischen Führer verkündeten lauthals, die Niederlage in Malaia und Burma sei ein Vorspiel der Niederlage in Indien; die Engländer hätten sich als unfähig erwiesen, das zu verteidigen, was zu verteidigen ihre Pflicht sei, was jedoch nicht verteidigt werden müßte, wenn sie nicht mehr da wären und die Japaner aufstachelten, die mit den Indern keinen Streit hatten.

Vom März bis zum Sommer 1942 brodelte die politische Situation gefährlich und explodierte im August mit solcher Heftigkeit, daß man von einem neuen Aufstand sprach.

Für jeden mit einem Funken Menschenverstand war es voraussehbar und an sich auch bedauerlich, aber trotzdem nicht ganz unwillkommen. Es reinigte die Luft. Die Politik, die Inder zu beschwichtigen und gleichzeitig den Krieg weiterzuführen, hatte versagt, wie es kommen mußte. Man konnte die Frage einer größeren indischen Selbstbestimmung für die Dauer des Krieges vertagen. Man bedauerte, daß dies nicht bei Kriegsausbruch schon geschehen war, als die indischen Politiker unter Beweis stellten, daß es unter ihnen kaum einen Mann mit staatsmännischen Qualitäten gab.

Nach dem absurden Debakel von 1939, als die indische Kongreßpartei alle politischen Vorteile, die sie gewonnen hatte, über Bord warf, indem sie sich wegen prinzipieller Gründe aus den Provinzregierungen zurückzog (der Vizekönig hatte es unterlassen, die indischen Führer zu konsultieren, ehe er, als Vertreter des indischen Empire Seiner Majestät, Deutschland den Krieg erklärte, und sie lehnten es ab, sich an einem Krieg zu beteiligen, mit dessen Zielen sie angeblich sympathisierten, zu denen jedoch, wie sie sagten, die sofortige Freiheit der Inder gehört hätte, zu tun und lassen, was sie wollten), wurden alle unliebsamen Hitzköpfe (zum Beispiel dieser Subhas Chandra Bose) nach den indischen Notstandsgesetzen sicher hinter Schloß und Riegel gesetzt; aber man glaubte, der Vizekönig hätte noch energischer durchgreifen sollen.

Bei dem fraglichen Vizekönig handelte es sich um Linlithgow; in Pankot hielt man ihn für einen komischen Vogel, der zwar in Ordnung, aber taktlos sei, und wie üblich nicht ganz der Richtige, da er zu wenig über das Land wußte. Das war bei den Vizekönigen meistens der Fall, und kaum einer besaß wie Curzon die Unverfrorenheit, aus der Unwissenheit noch eine Tugend zu machen. Die Kongreßführung hatte Linlithgow hereingelegt, indem sie die Politik der offiziellen Zustimmung zum Krieg gegen Hitler übernahm, die Voraussetzungen jedoch mißbilligte, unter denen man ihnen erlaubte, sich daran zu beteiligen. Und nur jene, die in aller Öffentlichkeit den Mund zu weit aufrissen, wurden durch das Gefängnis zum Schweigen gebracht.

Hätte die Kongreßführung politische Gerissenheit und politische Hartnäckigkeit besessen, wären die Provinzregierungen im Amt geblieben, wie die wenigen von der Moslem-Liga gestellten Regierungen es taten. Sie hätten sich so weit wie notwendig am Krieg beteiligt, ihre politischen Erfahrungen und ihre Macht vergrößert und damit auch ihren Einfluß auf die Verwaltung, so daß es bei Kriegsende schwer gewesen wäre, sowohl ihren Anspruch zurückzuweisen, für die Mehrheit der Inder zu sprechen und zu handeln, als ihnen auch das Recht zu versagen, sich immer mehr der uneingeschränkten Selbstbestimmung innerhalb des Commonwealth zu nähern.

Aber sie hatten ihre Gelegenheit verschenkt, und man begann sich zu fragen, ob sie dadurch ihre Sache nicht auf einen Punkt zurückgeworfen hatten, an dem die Unabhängigkeit am Nachkriegshorizont ebenso weit entfernt sein würde, wie sie es am Vorkriegshorizont gewesen war. In der Kongreßführung gab es vernünftige Leute; zum Beispiel der ehemalige Regierungschef in Ranpur, M. A. Kasim (allgemein als MAK bekannt), aber sie standen entweder alle in Gandhis heiligem Bann, oder sie waren zu schwach, um sich daraus zu befreien. Und der heilige Bann Gandhis war schließlich als das entlarvt worden, was er eigentlich war: ein Deckmantel für die politischen Machenschaften eines ehrgeizigen, aber naiven indischen Anwalts, dem der Erfolg zu Kopf gestiegen war.

Die Forderung, die er nun erhob, die Engländer sollten sich aus Indien zurückziehen, sollten Indien »Gott oder der Anarchie« überlassen, klang gut, mutig, verzweifelt und erleuchtet, aber es bedeutete, die Engländer sollten Indien den Japanern überlassen, die bereits am Chindwin standen und mit denen Gandhi offenbar hoffte, ein politisches Geschäft machen zu können. Aber man machte mit den Japanern keine Geschäfte – es sei denn, man war dumm –, sondern man bekämpfte sie. Selbst der liberale amerikanische Jude Roosevelt war gezwungen gewesen, das einzusehen, und es ging Churchill (der sich nichts vormachen ließ und auch wußte, die Amerikaner waren ausschließlich daran interessiert, daß der indische Subkontinent eine verläßliche Drohung im Rücken der japanischen Ambitionen im Pazifik blieb) nur darum, Roosevelt zu beschwichtigen, als er diese sozialistische alte Jungfer Stafford Cripps herschickte, um zu tun, was nicht getan werden konnte (wie Churchill sehr wohl wußte): Die indischen Zivilisten und Politiker umzustimmen, indem er ihnen anbot, was man ihnen bereits angeboten hatte, was ein Rosaroter wie Cripps, im Amt völlig unerfahren, jedoch als neu, großzügig, vorteilhaft und eine Erfindung des linken Flügels sehen würde. Den Engländern in Indien entging die Farce dieser Konfrontation eines rosaroten Engländers mit den raffgierigen indischen Führen keineswegs. Das völlige und unvermeidliche Scheitern traf Cripps tief, der neben seinem albernen Gemüse auch diese bittere Pille schlucken mußte, als er die Möglichkeit erhielt zu beweisen, daß ein moderner britischer Sozialist erreichen konnte, was der alten Rechten nie gelungen war: Einigkeit unter den Indern und politische Zusammenarbeit zwischen Indern und Engländern; und dann brach er unter der Verantwortung seines Amtes auch noch zusammen – einer Verantwortung, die ganz einfach bedeutete, er mußte erreichen, daß die Dinge funktionierten.

Natürlich konnte er das nicht erreichen, denn die indischen Politiker wollten noch mehr, wenn man ihnen überhaupt etwas anbot. Cripps verstand das nicht, und er kehrte nach Whitehall mit einem Lächeln zurück, das einer Messingplatte auf einem Sarg glich, und der Überzeugung, jemand sei nicht kooperativ gewesen – allerdings wußte er nicht genau, wer. Nach seiner Abreise gewann die »Quit India«-Kampagne an Kraft; auch das war komisch, denn plötzlich sah es so aus, als habe Cripps sie erfunden. Anfang August nahm die Kongreßpartei offiziell die Resolution an und forderte die Engländer auf, Indien zu verlassen oder die Folgen zu tragen. Endlich schien die Regierung in Neu Delhi einmal vorbereitet zu sein. Innerhalb weniger Stunden wurden in einer Verhaftungswelle die führenden Kongreßmitglieder nach dem Notstandsgesetz verhaftet, und zwar alle, angefangen bei Gandhi bis hin zu den Mitgliedern der Ortsausschüsse in den kleineren und größeren Städten. Man meldete sogar, daß der gemäßigte frühere Regierungschef Mohammed Ali Kasim verhaftet worden sei.

Das Land hielt den Atem an; dann erhob sich der führerlose Mob mit einer beispiellosen Heftigkeit, und drei Wochen lang waren die Behörden buchstäblich blockiert.

V

Überfall auf Engländerinnen

Es wurde soeben offiziell mitgeteilt, daß am Nachmittag und Abend des neunten August im Distrikt Majapur dieser Provinz zwei Engländerinnen Opfer gewalttätiger Überfälle geworden sind. Im ersten Fall, der sich in der Gegend um Tanpur ereignete, wurden bis jetzt noch keine Verdächtigen verhaftet. Im zweiten, zu dem es in der Stadt Majapur kam, hat man sechs jugendliche Hindus festgenommen. Man geht davon aus, daß Anklage gemäß Paragraph 375 des indischen Strafgesetzbuchs erhoben wird. Man wird der Polizei von Majapur für ihr rasches Eingreifen, das innerhalb von zwei Stunden nach der Tat zur Festnahme der Verdächtigen führte, Beifall zollen. Das Einsatzkommando stand unter der persönlichen Leitung des Distriktspolizeichefs.

In einer Presseverlautbarung erklärte der DPC: »Es liegt nicht im öffentlichen Interesse, zu diesem Zeitpunkt den Namen der Frau bekanntzugeben. Sie arbeitete als Freiwillige im Allgemeinen Krankenhaus von Majapur. Ihre Familie hat sich im Dienst an Indien ausgezeichnet. Nach ihrer Aussage wurde sie von etwa sechs indischen Männern überfallen, die sie abends auf dem Nachhauseweg anhielten. Sie kam gerade von einem Ort, wo sie ebenfalls freiwillig karitative Dienste für Kranke und Sterbende aus der Kaste der Unberührbaren versieht. Sie wurde vom Fahrrad gezerrt, in ein einsames Gelände, das als Bibighar-Park bekannt ist, geschleppt und mißbraucht.«

Der Distriktspolizeichef bestätigte, daß sich unter den Verhafteten auch ein Mann befindet, den sie durch ihre Arbeit in dem Armenhospital kannte.

Der Vorfall in Tanpur ereignete sich am hellichten Tag. Edwina Crane, die Leiterin der protestantischen Missionsschulen im Distrikt Majapur wurde von einer großen Bande angegriffen, die ihren Wagen auf der Rückfahrt von Dibrapur zur Schulverwaltung in Majapur anhielt. D. R. Chaudhuri, der Lehrer der Missionsschule von Dibrapur, befand sich in ihrer Begleitung. Er hatte die Schule verlassen, um seine Vorgesetzte vor Gesindel zu schützen, das Gerüchten zufolge nach Bekanntgabe der Verhaftung von Gandhi und anderen Führern der Kongreßpartei die Gegend verunsicherte.

J. Poulsen, der stellvertretende Distriktskommissar, berichtete, er habe Majapur am neunten August gegen 15.45 Uhr in einem Mannschaftswagen der Polizei verlassen, um Berichten nachzugehen, wonach die Telefonleitung zwischen Dibrapur und Majapur zerstört worden sei und sich in den ländlichen Gebieten Unruhestifter zusammenrotteten. Wörtlich sagte er: »In Candgarh fanden wir die dortigen Polizisten in ihren eigenen Zellen eingesperrt. Nach ihrer Befreiung machten wir uns an die Verfolgung der Meute, die sie bedroht hatte. Es regnete. Wenige Meilen hinter Tanpur entdeckten wir zuerst einen ausgebrannten Wagen und hundert Meter weiter Miss Crane. Sie saß am Straßenrand und hielt Wache bei Mr. Chaudhuri, den man mit Knüppeln erschlagen hatte. Sie war naß bis auf die Haut. Beim Versuch, Mr. Chaudhuri vor dem Mob zu retten, der offenbar etwas dagegen hatte, daß ein Inder mit einer Engländerin im Auto saß, war Miss Crane mehrmals geschlagen worden. Als sie wieder zu Bewußtsein kam, entdeckte sie den toten Chaudhuri. Von den Männern war keine Spur mehr zu sehen.«

Miss Crane befindet sich zur Zeit im Allgemeinen Krankenhaus von Majapur; ihr Gesundheitszustand bessert sich zwar, gibt jedoch immer noch Anlaß zur Besorgnis. Obwohl in Ranpur Ruhe herrscht, kam es in Dibrapur und Majapur zu heftigen Ausschreitungen. In Dibrapur wurde die Kongreßfahne auf dem Gerichtsgebäude und dem Wohnhaus des Richters gehißt. Berichten zufolge befinden sich Truppen auf dem Weg nach Dibrapur, um die Lage unter Kontrolle zu bringen, und sind in Majapur in Erwartung eines Hilfsersuchens von seiten der Zivilverwaltung in Alarmbereitschaft versetzt worden. Der befehlshabende Offizier in Majapur ist Brigadier A. V. Reid, DSO, MC.

Die Situation hat sich nach Annahme von Gandhis »Quit-India-Resolution« durch den Kongreß am 8. August in Bombay mit einer solchen Schnelligkeit verschlechtert, daß man auf Pläne schließen kann, die lange vor diesen Ausschreitungen entstanden sind. Das Ausmaß, in dem in dieser und anderen Provinzen ziviler Ungehorsam geleistet wurde, ständig eintreffende Berichte von Plünderungen, willkürlicher Zerstörung, Brandstiftung und gewaltsamen Ausschreitungen, steht im Widerspruch zu den Behauptungen einiger Kreise, es handle sich dabei um »spontane Demonstrationen der empörten Bevölkerung wegen der ungerechten Gefangennahme ihrer Führer.«

Die Verantwortlichen haben in weiser Voraussicht wenige Stunden nach Annahme der Resolution Mitglieder der Kongreßpartei verhaftet. Das verlangt von uns allen, gleichfalls auf der Hut zu sein. Und man kann nur hoffen, daß die Schuldigen an diesen heimtückischen und unerhörten Überfällen auf zwei unschuldige Engländerinnen und die Mörder des indischen Lehrers schnellstens vor Gericht gestellt werden.

Diese Bestätigung von Gerüchten, daß unten in der Ebene Engländerinnen überfallen worden waren, führte in Pankot zu einem großen Andrang bei der Versammlung im Club. Die Leute erschienen mit ihrer Ausgabe der *Ranpur Gazette;* sie hatten die Seite mit dem Bericht aufgeschlagen, um ihn womöglich jemandem zu zeigen, der ihn noch nicht gelesen hatte – was natürlich unwahrscheinlich war. »Wie ich sehe, hat jeder die Eintrittskarte«, sagte ein Mitglied. Aber bei dieser Sache gab es nichts zu lachen.

Die Versammlung war vor einigen Tagen angesetzt worden; man wollte die Maßnahmen besprechen, mit denen Leben und Eigentum im Fall von Unruhen in Pankot geschützt werden sollten. Das erschien zu diesem Zeitpunkt als so unwahrscheinlich, daß man nur mit der Hälfte der Leute gerechnet hatte, die tatsächlich kamen. Die Versammlung wurde um eine Viertelstunde verschoben, während das Personal im großen Clubraum mehr Stühle aufstellte. Schließlich eröffnete Oberst Trehearne die Versammlung in seiner Funktion als ranghöchstes Mitglied des Garnisonsrates. Seine Stimme war zwar melodisch, aber es fehlte ihr an Kraft. »Ich kann nichts hören!« rief jemand im Hintergrund und wurde zum Schweigen gebracht. Leute mit Erfahrung wußten, daß Trehearnes Beitrag in einer öffentlichen Versammlung zum Folgenden etwa im gleichen Verhältnis stand wie eine Ouvertüre zur Oper: Man versäumte nichts, wenn man erst kam, nachdem er sich bereits gesetzt hatte.

Nach ihm sprachen zwei Beamte der Distriktsverwaltung in Nansera: Bill Craig, der Assistent des Stellvertetenden Kommissars – er versicherte den Anwesenden, der Distrikt sei bislang von den Unruhen in der Ebene nicht betroffen und man erwarte, daß sich daran nichts ändern werde; und Ian MacIntosh von der indischen Polizei – er bestätigte Craigs Bericht und Beurteilung. Dann fügte er hinzu, man habe gerade drei Männer aus Ranpur wegen Landfriedensbruch verhaftet, die schon länger unter Beobachtung der Kriminalpolizei standen und die versucht hatten, die Bewohner eines nahegelegenen Dorfes aufzuhetzen. Mr. MacIntosh erklärte, er benutze das Wort »versucht« bewußt, denn die Dorfbewohner hätten die Männer ausgelacht und vielleicht gesteinigt, wenn nicht ein Wagen voller Polizeibeamter eingegriffen und sie in Sicherheit, das heißt ins Gefängnis gebracht hätte.

Zu Beginn der Versammlung war die Atmosphäre auf Grund des Berichts in der *Ranpur Gazette* gespannt gewesen, aber jetzt wurde sie beinahe wieder normal. Die Wellen der Empörung, der Entschlossenheit, sich nichts gefallen zu lassen, der Angst, der bekümmerten Verärgerung, daß es so weit hatte kommen können, wurden eingedämmt von dem Gegendruck gemeinsamer guter Laune, die beinahe an Ausgelassenheit grenzte.

An diesem Punkt erhob sich ein indischer Offizier von General Rankins Stab, Major Chatab Sing, liebevoll Chatty genannt (mit Recht, denn er redete gern), und erläuterte in groben Umrissen die militärischen und zivilen Pläne, um in Pankot und Nansera (das zehn Meilen entfernt an der Straße in Richtung Ranpur lag) die Lage unter Kontrolle zu halten, sollte sich das Undenkbare ereignen. Es sollten Sammelstellen für Einwohner eingerichtet werden, die bei Unruhen und Überfällen auf Eigentum und Einrichtungen der Weißen Schutz suchten: Man dachte zum Beispiel an alleinlebende Frauen, an Frauen mit Kindern oder Frauen, deren Männer nicht in der Garnison Dienst taten oder im Falle ernsthafter Unruhen im Gebiet wahrscheinlich nicht anwesend sein würden. Ein Sammelpunkt würde der Club sein. Chatty sagte, er wisse es zu würdigen, daß man diese Stellen von nun an als Heldenkeller bezeichnen würde, aber er hoffe, das würde die Leute nicht daran hindern, sie bei Bedarf zu benutzen.

Er sprach klar und humorvoll. Seine hübsche Frau, die an der Spitze der kleinen Gruppe der Ehefrauen indischer Militärs stand, machte genaue Notizen. Man lachte über seine Witze, die nicht allzu gut waren. Wäre das der Fall gewesen, hätte der Verdacht entstehen können, daß der adrette Chatty in seinem turbanbedeckten Kopf bittere Gedanken hegte.

Nach einer kurzen Pause für Fragen und Antworten erhob sich Isobel Rankin und kündigte an, daß sich die Vorsitzenden der verschiedenen Frauenkomitees nach den Erfrischungen im Spielzimmer treffen würden. Diese Frauen waren dazu auserkoren, das neue Notstandskomitee der Frauen von Pankot zu gründen. Isobel Rankin sagte, sie hoffe, es werde sich um die Eröffnungs- und gleichzeitig um die Schlußsitzung des Komitees handeln. Sie nahm Stellung zu der Meldung in der *Ranpur Gazette* und zu Gerüchten von Überfällen, die in den letzten Tagen in Umlauf gewesen waren, und erklärte, sie seien in Hinblick auf die Zahl der verletzten Frauen maßlos übertrieben.

Sie beteuerte, sie beabsichtige nicht, den Ernst der Ereignisse in Majapur herunterspielen, warne jedoch vor den Auswirkungen einer übertriebenen Reaktion, wie sie es nannte. Ehe sie das Rednerpult verließ, erkundigte sie sich, ob Mrs. Smalley anwesend sei, und als sich herausstellte, daß sie es war (daran bestand überhaupt kein Zweifel), bat Isobel Rankin sie, im Notstandskomitee als Sekretärin zu fungieren. Mrs. Smalley war bereits Sekretärin in drei ständigen Komitees.

»Es tut mir leid, Ihnen noch eine Arbeit aufzuhalsen, aber es bietet sich einfach an«, sagte Mrs. Rankin.

»Oh, das ist schon in Ordnung«, erwiderte die kleine Mrs. Smalley, nahm Platz und verschwand, klein wie sie war, auf der Stelle. Man lächelte. Mrs. Smalley wäre gekränkt gewesen, wenn die Gattin des Generals diese Aufgabe einer anderen übertragen hätte. Sie konnte nicht genug Arbeit bekommen.

Die meisten Garnisonen hatten ihre Smalleys; eine ganze Reihe Garnisonen hatten irgendwann einmal diese Smalleys gehabt. Sie wirkten so nichtssagend und anspruchslos, daß sie keinen Neid und selten Argwohn erregten. In Pankot lebten sie seit Ende 1941; sie erschienen gemeinsam auf Gesellschaften und trennten sich dann, als wollten sie ihre langweiligen Erscheinungen an so viele Stellen im Raum wie möglich verteilen. Beim Abschied gingen sie Arm in Arm und erweckten den Eindruck, ein wesentlicher Bestandteil ihres Privatlebens und ihrer gegenseitigen Zuneigung sei dadurch gewahrt worden, daß sie in einer öffentlichen Veranstaltung getrennte Rollen gespielt hatten.

Die Smalleys waren etwas langweilig, aber sehr nützlich: Major Smalley mit seiner Sachkenntnis in den alltäglichen Quartierfragen in der Gebietskommandantur und die kleine Lucy Smalley mit ihren Stenographiekenntnissen und ihrer geduldigen Art, mit Papier umzugehen – das perfekte Arbeitstier für jedes Komitee. In Gesellschaft galten sie nicht gerade als Glanzlichter, aber es konnte nie schaden, jemanden um sich zu haben, der nicht glänzte. Der Anblick von Lucy und Tusker, die nach einer Cocktailparty Arm in Arm auf der Veranda standen, in die Dunkelheit starrten und vergeblich nach der Tonga Ausschau hielten, die wieder einmal nicht dageblieben oder nicht zurückgekommen war, weckte die Samariterinstinkte der fröhlicheren und umsichtigeren Gäste, denn dieses ständige Mißlingen von Plänen im Hinblick auf persönliche Annehmlichkeiten schien die bereitwillige Tüchtigkeit zu unterstreichen, die sie in Dingen an den Tag legten, die die Gemeinschaft insgesamt betrafen. Die Smalleys fanden immer jemanden, der sie nach Hause brachte.

Sie wohnten in Smith's Hotel. Sie hatten eine Suite: ein kleines dunkles Wohnzimmer und ein noch kleineres, noch dunkleres Schlafzimmer. Tusker verkündete, er sei mit diesem Quartier völlig zufrieden (er bekam einen Mietzuschuß, weil er keine Dienstwohnung hatte), und obwohl man Lucy öfter davon sprechen hörte, sie wäre doch glücklich, wenn sie einen kleinen Bungalow fänden, wo es einfacher wäre, ihre Freunde zum Abendessen einzuladen, war Pankot mit diesem Arrangement ebenfalls zufrieden. Cocktailpartys waren eine Sache, Abendessen eine ganz andere. Das Erlebnis, bei einem offiziellen Anlaß neben einen der beiden Smalleys gesetzt zu werden – er in Paradeuniform, die er trotz Ausnahmebewilligung, in Kriegszeiten auf solche Förmlichkeiten zu verzichten, hartnäckig trug und die ihm über den Schultern spannte, und sie in ihrem leuchtend roten Taftkleid (nach einer Weile ein nur allzu vertrauter Anblick, und so sah man in ihr einen kämpfenden kleinen Orientierungspunkt geduldiger Bescheidenheit in einer ruhelosen und manchmal rücksichtslosen Welt) –, hatte in Pankot zu der vernünftigen Ansicht beigetragen, die Smalleys seien dort, wo sie waren, am besten untergebracht. Der Gedanke, sie sich nicht im Rahmen von Smith's Hotel vorzustellen, wurde beinahe unangenehm: Sie paßten gut zu den Tischtüchern und den Palmen in Töpfen, und da sie in einem Hotelzimmer schliefen, umgab sie das interessante Flair ewiger Flitterwochen – selbst nach zehnjähriger kinderloser Ehe. In diesem Licht erschien ihre Arm-in-Arm-Eintracht nicht nur angemessen, sondern auch zufriedenstellend erklärt.

Als Lucy Smalley im Spielzimmer ihren Platz einnahm und Notizblock und Bleistift ordentlich auf ihren ordentlich aneinandergedrückten Knien balancierte, bedeutete das den letzten Tupfer am Bild der Frauenhierarchie, der anzugehören sie – in ihrer scheuen, aber hartnäckigen Art und ungeachtet dessen, in welcher Garnison sie sich befand – anstrebte. Ihre schüchternen Blicke gingen tiefer, als es den Anschein hatte. Sie gab sich damit zufrieden, mittelmäßig und unbedeutend zu erscheinen, hielt aber ständig Ausschau nach Gelegenheiten, Ansichten zu äußern, die man für klug genug hielt, um die eigene Ansicht zu bestätigen, daß Lucy zwar unbedeutend war, aber nicht zu unbedeutend, und zwar mittelmäßig, aber auf die richtige, pflichtbewußte und hilfreiche Weise.

Man hatte sechs Kartentische zusammengerückt, damit das Komitee bequem arbeiten konnte. Um die Tische saßen: Isobel Rankin, Maisie Trehearne, Mildred Layton, Nicky Paynton, Clara Fosdick und Clarissa Peplow, die Frau von Ehrwürden Arthur Peplow, dem Pfarrer von St. John's und Geistlichen der Garnison. Lucy Smalley saß an einem Ende etwas abseits, den Blick auf Isobel Rankin gerichtet, die mit aufgestützen Ellbogen am anderen Tischende saß. Abgesehen von Isobels Platzwahl hatte man keine besondere Sitzordnung eingehalten. Die Damen hatten es wohl bewußt unterlassen; eine gewisse Gleichheit war auf diese Art hergestellt worden.

Es handelte sich um ein zwangloses Treffen. Isobel hatte eine Tagesordnung skizziert und formulierte im Laufe des allgemeinen Gesprächs immer wieder Punkte, die Lucy protokollierte.

Maisie Trehearne sprach am wenigsten. Sie war groß, schlank und stattlich in der Art, wie eine Frau mit einer persönlichen Meinung es sein kann, wenn sie die Statur dazu hat. Niemand kannte Maisie Trehearnes Meinung. Es mag eine andere Erklärung für den Eindruck gegeben haben, daß sie über wichtigere Dinge nachzudenken habe als die zur Debatte stehenden Fragen.

Es gab Leute, die behaupteten, ihr Kopf sei so leer wie ihr blasses Patriziergesicht vergleichs- und unfairerweise faltenlos; aber sie zögerte nie, wenn man sie bat, sich zu einer gerade vertretenen Ansicht zu äußern. Sie lächelte selten, aber sie regte sich auch nur selten auf. Über Maisie Trehearnes Gefühlsleben wußte man nur, daß sie Tiere liebte und Grausamkeit gegenüber Tieren entsetzlich fand. Sie sprach von dieser Liebe und dem Entsetzen jedoch ebenso ruhig wie über andere Themen.

Niemandem war es bisher gelungen, ihren eisernen Kern bloßzulegen, den eine militärische Laufbahn in Indien üblicherweise erforderte und der in ihrem Fall vermutlich dafür verantwortlich war, daß sie sich selbst beim Hinsetzen so aufrecht hielt. Vielleicht sorgte ein unbequemes Korsett für ihre aufrechte Haltung, aber dazu wirkte sie zu ausgeglichen. Ausgeglichenheit war das Charakteristischste an ihr. Ohne den

Krieg wäre ihr Mann bald pensioniert worden, doch sie ließ weder Freude noch Enttäuschung über das Wartenmüssen auf Cheltenham – in ihrem Fall eine sonderbare, aber passende Wahl – erkennen.

Von den anderen Frauen besaß nur Clarissa Peplow eine gewisse äußerliche Ähnlichkeit mit Maisie. Auch Clarissa war blaß, allerdings rundlich. Sie war stattlich, aber in ihrem Fall war es die Stattlichkeit einer Frau, die sich der Würde der kämpfenden christlichen Kirche bewußt war. Abgesehen von Lucy Smalley war Clarissa die unbedeutendste Frau im Raum – unbedeutend nach weltlichen Begriffen. Ihre klaren blauen Augen sprachen deutlich von Regionen, in denen andere Begriffe galten.

Ihr gegenüber saß die verwitwete Clara Fosdick, deren Schwester mit Richter Spendlove vom Obersten Gerichtshof in Ranpur verheiratet war. Clara war grobknochig und gut genährt. Sie besaß eine resonante, tiefe Altstimme, die ihr ermöglichte, überzeugend zu argumentieren, selbst wenn sie sich ihre Meinung ganz offensichtlich durch einen gefühlsbetonten Denkprozeß und nicht durch logische Schlußfolgerungen gebildet hatte. Sie kam gut mit jungen Männern zurecht, denn sie entsprach in vieler Hinsicht der Vorstellung eines jungen Mannes von der vollkommenen Mutter. Die jungen Männer empfanden sie als liebevoll, gutmütig, fröhlich und friedlich, hart, wenn nötig, aber gesegnet mit einem beachtlichen Maß an Verständnis und Nachsicht in jenem Teil, den man in ihrem Alter und bei ihrem Aussehen angemessenerweise als Busen bezeichnen konnte. Es überraschte diese jungen Männer nicht, wenn ihre Freundin Nicky Paynton ihnen erzählte, daß Mrs. Fosdick ihr einziges Kind, einen Sohn, verloren hatte, der mit fünf Jahren im Pandschab an Typhus gestorben war.

Mrs. Paynton, die mit Clara Fosdick einen Bungalow teilte, redete in der Runde am meisten. Sie war eine drahtige, strenge, energische und unter Spannungen stehende Frau. Ihr Mann, Bunny Paynton, der Kommandeur der 1. Ranpurs, befand sich in Burma, an der Front im Arakan-Gebirge. Ihre beiden Söhne gingen in Wiltshire zur Schule, und sie hatte sie seit dem kurzen Heimaturlaub mit Bunny 1938 nicht mehr gesehen. Sie hatte auch sonst wenig von ihrem Mann gesehen. Nur die Häufigkeit, mit der sie den abwesenden Bunny und die weit entfernten Kinder ins Gespräch brachte, verriet, daß sie selten einmal nicht an sie dachte. Aber es klang immer alles unbeschwert, und daraus sprach eine Disziplin, wie die Garnison sie von einer solchen Frau erwartete. Jetzt redete sie von Bunny und dem Bericht in der *Ranpur Gazette;* man hatte einen Brigadier Reid als Kommandanten der Truppen in Majapur erwähnt, wo die beiden Engländerinnen überfallen worden waren.

»Ich werde Bunny nicht schreiben, daß Reid eine Brigade hat. Wir kannten ihn nie sehr gut, hielten ihn aber immer für eine Spur vertrottelt. Ich dachte, er sei immer noch in Rawalpindi, wo wir ihm zum letzten Mal begegnet sind. Du erinnerst dich doch an Alec und Meg Reid, nicht wahr, Mildred?«

»Undeutlich.«

»Meg Reid war auch eine Art lahme Ente. Ich kann mir nicht vorstellen, warum sie Alec eine Brigade gegeben haben. Er saß seit Jahren nur noch hinter dem Schreibtisch. Wenn ich Bunny schreibe, daß Alec Reid eine Brigade hat, dreht er womöglich durch.«

»Wollen wir wieder zur Tagesordnung zurückkommen?« sagte Isobel Rankin.

Sie klopfte mit dem Bleistift auf ihr Blatt Papier. Man bemerkte ihre Fingerknöchel. Sie wirkten hart. Sie hatte leuchtend rot lackierte Nägel. Bei Isobel Rankin gab es keine Teilnahmslosigkeit. Sie erlaubte bei einem freundlichen Treffen wie diesem etwas Klatsch, hielt ihn jedoch in Grenzen und beteiligte sich nicht daran. Sie sorgte dafür, daß alles in der

Richtung lief, die sie anstrebte. Auch die kleinste Geste – der Zeigefinger, der die Lesebrille auf dem Nasenrücken zurechtrückte – verriet Dynamik.

Die konzentrierte Energie unterschied sie von den anderen Frauen am Tisch, auch von Nicky Paynton, deren potentiell ebenso großer Vitalität im Vergleich dazu die Richtung zu fehlen schien. Aber Isobel Rankin konnte sich schließlich nicht erlauben, sich entspannt zurückzulehnen wie die anderen Damen. Sie trug die Bürde der Vorsitzenden. Die Aufgabe hätte ebensogut einigen anderen Frauen zufallen können – Mildred, Nicky, Maisie –, und sie hätten sie ebenso kompetent erfüllt. Die Frage, wer als Frau des Gebietskommandanten am Kopfende saß, war durch die Wahl der Ehemänner entschieden worden. Bei einem langen Krieg und etwas Glück konnte Bunny Paynton nicht nur mit einer Brigade, sondern mit einer Division betraut werden, und Mildreds Mann hätte vermutlich inzwischen bereits eine Brigade gehabt, wenn seine Erwartungen auf Beförderung im Krieg nicht in Nordafrika unsanft gebremst worden wären.

Aber das waren militärische Rollen. Dick Rankin würde nie ein Kommando im aktiven Dienst übernehmen. Er saß in der militärischen Administration, war jung und hatte genug Verbindungen, um erwarten zu können, daß seine Laufbahn von militärischen Ernennungen auf Regierungsebene gekrönt werden würde.

Ein Hauch von Macht, die sehr viel weiter reichte als das Heer, umgab Isobel. Sie bereitete sich auf die Welt vor, in der die Dinge geordnet und wichtige Entscheidungen getroffen wurden. Eine gewisse Verschwiegenheit, als Diskretion getarnt, deutete bereits eine Vertrautheit mit dem an, was hinter den Kulissen geschah.

Außerhalb des inneren Kreises ihrer Freundinnen stieß sie natürlich auf viel Unverständnis. Alle, die sich von ihr nicht so gut eingesetzt glaubten, wie sie es verdienten, hielten ihre

Geistesblitze und die natürliche Härte ihres Tonfalls für Beweise von Bosheit und ihre Ungeduld bei Diskussionen für ein Zeichen von geistiger Unbeweglichkeit. Sie war weder boshaft noch dumm, sondern entdeckte sehr schnell Bosheit und Dummheit bei anderen. Und sie war alles andere als die kleinlich auf Regeln bedachte Pedantin, für die Leute sie halten mochten, die ihre schroffe Art verwirrte, mit der sie Zeitverschwender, Dummköpfe und Voreingenommene abblitzen ließ, und die dann zu der Ansicht kamen, daß sie sich gesellschaftlich daneben benommen hatten.

Aber heute befand sie sich – abgesehen von Clarissa und Lucy – unter Freundinnen, und hätte sie nach dem Zurechtrücken der Brille ihre persönliche Meinung geäußert, anstatt den nächsten Punkt anzuschneiden – die besonderen Vorkehrungen für indische Mütter und Kinder, die Schutz vor Vergewaltigung, Überfällen und Brandstiftung in den verteidigten Zonen suchten –, hätte sie ein gewisses Maß an Zustimmung gefunden, denn in ihr lebte der Geist des untergehenden, aber immer noch verantwortungsbewußten Imperialismus in einer hochentwickelten Form.

Sie liebte die Menschen und das Land, in dem sie so viele Jahre ihres Lebens verbracht hatte, auf eine herbe Weise, und sie kannte keine persönlichen Vorurteile gegen Inder als Inder. Bei den Angehörigen ihrer eigenen Rasse ließ sie sich von ihren Instinkten leiten, und das tat sie auch bei den Indern, wenn es darum ging zu entscheiden, mit wem sie gern Umgang hatte, mit wem sie offiziell verkehren mußte und wen sie ignorieren konnte. Sie rechnete eine beachtliche Zahl indischer Männer und Frauen zu ihren Freunden, aber wie bei ihren englischen Freunden hatte sie das Gefühl, daß es sich dabei um Leute handelte, auf die man sich verlassen konnte, wenn es darum ging, zu Indiens Wohl alles zu bewahren, was Engländer und Inder zusammen geschaffen hatten und was man als bleibenden Wert ansehen konnte. Sie gab sich keinen

Trugschlüssen über die Fehler hin, die ihr Volk in Indien in der Vergangenheit begangen hatte und immer noch beging. Aber wenn man sie gefragt hätte, auf welche Weise Indien am meisten von der britischen Verbindung profitierte und was man zum Ausgleich für Fehler, Irrtümer, sogar Niedertracht anführen könne, dann hätte sie ohne Zögern geantwortet, es sei das Vorbild so oft bewiesener persönlicher Vertrauenswürdigkeit: Dieser moralische Wert war das Resultat von Vernunft, Mut, Ehrlichkeit und Treue zu dem, was sich für sie nur als gut definieren ließ. Isobel sah nicht, wie ein Mensch oder ein Land ohne diesen Wert überleben konnte.

Sie zweifelte nicht daran, daß sich in den meisten Dingen, die Indien mit einiger Sicherheit ermöglichen würden, in der Nachkriegswelt aus eigener Kraft zu überleben, das Vorbild persönlicher Glaubwürdigkeit widerspiegelte, das ihre Landsleute in der Vergangenheit gegeben hatten. Sie war sich unsicher in Hinblick auf die möglichen Vorteile für Indien, wenn die Verbindung mit England noch sehr viel länger aufrechterhalten würde. Sie fand sich mit der Tatsache ab, daß Ihre Leute zu Hause sich den indischen Angelegenheiten gegenüber oft gleichgültig verhalten hatten und daß diese Gleichgültigkeit der Unwissenheit entsprang. Aber diese Gleichgültigkeit gegen Indien hatte früher wenig gezählt, als die Regeln, nach denen sie lebte, in England im großen und ganzen hochgehalten wurden, denn alle, die nach Indien kamen, um Verantwortung zu übernehmen, konnten sich weitgehend auf moralische Unterstützung in der Heimat verlassen. Isobel wußte, daß diese Werte in den letzten Jahren in England unterhöhlt worden waren, und sie glaubte, daß dies sehr schwer wog, denn wenn man Indien regierte, sei es vom Palast des Vizekönigs, vom Gouverneurspalast, vom Bungalow des Kommissars, dem Distriktgericht oder einem militärischen Hauptquartier aus, so befand sich die Kraftquelle der Regierung im Mutterland, und das war immer so gewesen; das moralische Klima dort beeinflußte notwendigerweise das Klima, in dem der imperiale Besitz verwaltet wurde.

Bei der Beurteilung des moralischen Klimas maß sie den Faktoren kaum Bedeutung bei, die normalerweise herausgestellt wurden, um den Niedergang zu beweisen. Isobel war in vielen Fragen, die bei anderen Intoleranz auslösten, eine tolerante Frau. Sie vertrat die Ansicht, es sei für die Gesellschaft schlecht, sich nicht zu verändern; sie müsse danach streben, in Bewegung zu sein und ihre Belohnungen gerechter und die Chancen gleicher zu verteilen. Sie glaubte nicht, daß zwischen ihrer Vorstellung davon, wie eine Gesellschaft sich verändern sollte, und ihrer Überzeugung, daß bestimmte Prinzipien von jeder Veränderung unangetastet bleiben sollten, ein Konflikt bestand. Ihr entging jedoch nicht, daß es in den Köpfen anderer einen solchen Konflikt gab. Sie brachte den Vorurteilen des engstirnigen Traditionalismus ebensowenig Sympathie entgegen wie den anarchistischen Einflüssen jener, die so oft versuchten, ihn zu Fall zu bringen. Sie glaubte, durch den Versuch, die Macht der alten Autoritäten zu brechen, könne sich die Vorstellung breitmachen, jede Art von Autorität sei verdächtig. Für Isobel Rankin war eine Welt ohne Autorität jeglichen Sinns beraubt. Ohne Kontinuität der Führung konnte es keine Kontinuität des Vertrauens geben. Sie fürchtete, in einem solchen Klima könnte es zum Verzicht ihres Volkes auf die Macht in Indien kommen, einen Verzicht, den man in dieser Form als unehrenhaft bezeichnen müßte, wenn er – wie es sein sollte – die völlige Abgabe jeder Verpflichtung bedeutete.

Jetzt wollte sie eine solche Verpflichtung abgeben.

»Das Problem mit Müttern und Kindern besteht darin, daß die Mütter sich zum Schaden der allgemeinen Disziplin nur um ihre eigenen Familien kümmern. Wir brauchen eine energische Frau, die gut mit Kindern umgehen und sie beschäftigen kann, während die Mütter ihren Beitrag für die Gemeinschaft leisten.«

»Das ist mit indischen Müttern schwierig«, meinte Clara Fosdick.

»Wir müssen von einem hypothetischen Fall ausgehen, von einer Belagerung, die etwa eine Woche dauert«, fuhr Isobel fort. »Die Lehrer in den Regimentsschulen können sich um die Jungen kümmern, aber ich denke an die Mädchen. Mildred, wie wäre es mit dieser ehemaligen Missionslehrerin, die bei Ihrer Stiefschwiegermutter lebt?«

»Barbara Batchelor«, sagte Clarissa Peplow, ehe Mildred die Möglichkeit hatte zu antworten. »Ich glaube, Barbara wäre eine ausgezeichnete Wahl.«

»Aber sie läßt Mabel niemals im Stich«, gab Clara Fosdick zu bedenken. »Und Mabel würde Rose Cottage auch dann nicht verlassen, wenn die Horden von Dschingis Khan die Berge heruntergaloppiert kämen.«

»Vielleicht doch, ich meine gezwungenermaßen«, sagte Isobel. »Mildred? Was meinen Sie? Wäre Miss Batchelor in der Lage, eine Gruppe indischer Jungen und Mädchen in Schach zu halten?«

»Vermutlich hat sie sich in der Vergangenheit darum bemüht. Ich könnte mir vorstellen, unter Clarissas Aufsicht könnte sie von Nutzen sein.«

»Ich brauche jemanden, der selbständig ist«, warf Isobel ein. »Könnten Sie das übernehmen, Mrs. Peplow?«

»Es ist mehr Barbaras Gebiet.«

Nicky Paynton zündete sich eine Zigarette an und sagte: »Aber Clara hat völlig recht. Sie würde Mabel niemals alleinlassen. Sie werden zusammen auf der Veranda von Rose Cottage sterben. Aziz ebenfalls.«

Lucy Smalley hüstelte.

»Was gibt es, Mrs. Smally?« Isobel hatte den Wunsch von Lucy registriert, etwas sagen zu dürfen.

»Ich bin sicher Mrs. Fosdick und Mrs. Paynton haben recht, und es wäre schwierig, Miss Batchelor von Rose Cottage wegzulocken, solange die alte Mrs. Layton beschließt, dort zu bleiben. Aber ich glaube, es wäre noch aus einem anderen Grund, na ja, ich meine, nicht gut.«

»Aus welchem Grund?«

»Sie ist heute morgen in einer schrecklichen Verfassung, denn die Frau, die man im Distrikt Majapur überfallen hat, ist ihre Freundin. Ich meine die Missionslehrerin, deren Name genannt wurde. Miss Crane.«

Die Aufmerksamkeit der Versammlung richtete sich voll auf sie. Zu den Vorteilen, Mrs. Smalley in Komitees zu haben, zählte ihre bessere Kenntnis der Vorgänge in den unteren Rängen. Isobel wandte sich an Mildred.

»Ach wirklich? Eine gute Freundin?«

»Meine liebe Isobel, fragen Sie mich nicht. Ich weiß absolut nichts über Miss Batchelors Bekanntenkreis.«

Isobel richtete den Blick wieder auf Mrs. Smalley und hob das Kinn, um sie zu weiteren Äußerungen aufzufordern.

»Ich wüßte es auch nicht«, sagte Lucy, »wenn ich sie nicht vor ein paar Tagen im Basar getroffen hätte. Sie machte sich große Sorgen wegen der Berichte über die Lage in Majapur. Ich hörte nicht so genau hin, denn sie, na ja, sie redet und redet. Man muß bei ihr nicht auf jedes Wort achten. Aber als ich heute morgen beim Lesen der *Gazette* den Namen dieser Frau sah, fiel mir wieder ein, daß Miss Batchelor von einer Freundin in der Mission in Majapur namens Crane erzählt hatte, die, wie es klang, vor Urzeiten eine Heldin gewesen war. Also rief ich nach dem Frühstück Miss Batchelor an. Sie hatte den Bericht gerade ebenfalls gelesen, und man konnte kaum vernünftig mit ihr reden. Sie schien mich für jemand anderen zu halten, der *Nachrichten* von ihrer Freundin hatte. Deshalb glaube ich, daß sie sich nicht sehr gut dazu eignet, die Kinder zu übernehmen, wenn wir Unruhen in Pankot haben. Aus ihren Worten hätte man den Eindruck bekommen können, ihre Freundin sei das arme Mädchen, wer immer es auch sein mag, dem man Gewalt angetan hat.«

»Vergewaltigt hat man sie!« fauchte Isobel. Lucy Smalley errötete. »Sie heißt Miss Manners. Ihr Onkel war Ende der zwanziger, Anfang der dreißiger Jahre Gouverneur in Ranpur. Man hat versucht, ihren Namen geheimzuhalten, aber wie nicht anders zu erwarten, ist er durchgesickert. Kannten Sie Sir Henry Manners, Mildred?«

»Wir waren während seiner Amtszeit in Peschawar und Lahore. Er war ziemlich pro-indisch, nicht wahr? Ich meine politisch.«

»Nicky?«

»Wir waren auch nicht am Ort.«

»Dickey sagt, er hatte einen guten Ruf«, erklärte Isobel. »Ich nehme an, seine Witwe lebt immer noch in Rawalpindi. Aber über das Mädchen weiß niemand etwas. Nach dem, was ich gehört habe, kann es ein kniffliger Fall werden.«

Was sie genau gehört hatte, sagte Isobel nicht. Sie klopfte wieder auf die Tagesordnung.

»Also gut«, sagte sie, »wir klammern Miss Batchelor demnach aus. Aber mir liegt nichts daran, Chatty Singhs Frau *alles* zu übertragen, was mit der indischen Gemeinde zu tun hat. Sie ist ohnehin schon überlastet. Wie wäre es mit der Bibliothekarin Mrs. Stewart?«

»Meine liebe arme Edwina«, (schrieb Barbie), »es war ein großer Schock für mich, in der *Ranpur Gazette* von Ihrem wahrhaft schrecklichen Erlebnis zu lesen. Völlig durcheinander lief ich eine Ewigkeit hin und her, wollte helfen, wußte aber nicht, wie. Majapur ist so weit weg, und wie auch immer, was könnte ich tun? Als meine gute liebe Freundin ins Zimmer kam und meine Rastlosigkeit sah, die große, überwältigende Angst, und den Grund erfuhr, sagte sie sofort:

Wenn Sie durchkommen, rufen Sie an, finden Sie heraus, wie es ihr geht, und hinterlassen eine Nachricht. Sie ist wirklich eine praktische Frau! Ich folgte ihrem Rat. Es dauerte eine Ewigkeit. Aber schließlich hatte ich das Amt in Majapur, dann das Krankenhaus und sprach mit einer Schwester Luke, die sagte, es gehe Ihnen ganz gut, die Krise sei überstanden, und versprach, Ihnen meine Grüße und natürlich meine Briefe zu überbringen, die ich schicken werde. Die Krise überstanden! Ich wagte nicht danach zu fragen. Schwester Luke schien zu glauben, ich sei informiert. Nur der Himmel weiß, wie ich es sein sollte. Wieder lüftete Mabel den Schleier meiner Ungewißheit. Sie meinte, nach dem Schock und dem Warten ... dem Warten im Regen, müssen Sie Fieber, vielleicht sogar eine Lungenentzündung bekommen haben. Meine arme Edwina. Sie müssen, da Sie sich jetzt auf dem Weg der Besserung befinden, vorsichtig sein, vorsichtig sein.

All das war gestern. Ich habe mit dem Brief an Sie bis heute gewartet, um meine Gedanken etwas zu ordnen. Ich meine, wenn es Ihnen bald besser geht, wird die Mission sicher darauf dringen, daß Sie einen Erholungsurlaub machen, um wieder richtig zu Kräften zu kommen. Bitte seien Sie so vernünftig und tun Sie das. Nur Gott allein weiß, wie lange diese schrecklichen Unruhen dauern werden – in diesem wunderschönen friedlichen alten Ort merken wir nichts davon –, aber wir können nur hoffen und darum beten, daß sie bald aufhören, ehe sie mehr Menschenleben fordern. Sie, *sie,* diese armen Menschen werden am Ende darunter zu leiden haben.

Also, wenn es Ihnen besser geht, wenn Sie in der Lage sind, herzukommen, dann wartet hier ein Zimmer auf Sie. Mabel hat diesen Vorschlag gemacht. Sie weist darauf hin, daß ich noch nie einen Gast gehabt habe. Es wäre so unglaublich schön, Sie hier zu haben, so lange, wie es Ihnen möglich ist, ehe Sie sich wieder an die Arbeit machen, was Sie tun werden, wie ich wohl weiß. Aber Sie müssen sich etwas Zeit lassen. Im Augenblick sage ich nicht mehr. Betrachten Sie es als einen Plan und denken Sie darüber nach. Pankot ist sehr schön. Ich bin hier sehr glücklich, wie Sie aus meinen anderen Briefen wissen. Sie können sicher sein, man wird Sie hier auf das Freundlichste willkommen heißen, Ihnen aber Ihre Privatsphäre und soviel Zurückgezogenheit lassen, wie Sie wünschen oder nicht wünschen. Es hat sich sehr schnell herumgesprochen, daß ich Sie kenne, und die Leute haben sich sehr freundlich nach Ihnen erkundigt. Heute im Basar wurde ich oft angehalten und nach Neuigkeiten von Ihnen gefragt. Von allen, die Sie aus meinen früheren Briefen kennen, soll ich Ihnen besonders gute Wünsche ausrichten: Ehrwürden Arthur Peplow und seine Frau Clarissa, Mr. Maybrick, der die Orgel in St. John's spielt, natürlich auch von Mabel und der reizenden Sarah. Susan habe ich seit ein oder zwei Tagen nicht gesehen. Man macht sich schreckliche Sorgen um diese jungen Mädchen, ich meine, wenn man an die Berichte über die andere arme Frau aus Majapur denkt. Ihr Name stand nicht in der *Gazette,* aber die Gerüchte waren schneller hier, und jetzt sprechen Leute, die es zu wissen scheinen, offen davon, daß sie Manners heißt und die Nichte eines früheren Gouverneurs der Provinz ist. Das arme Mädchen, das arme Mädchen! Sie kennen sie vermutlich, denn offenbar hat sie viel karitative Arbeit für die Unberührbaren geleistet und wohnte bei einer indischen Dame, einer Freundin ihrer Tante, die als Witwe in Rawalpindi lebt und sehr leiden muß. Man ist so verwirrt. Man ahnt ein Geheimnis, etwas Unergründliches – ich meine, wenn man an jene denkt, die wie Sie, Edwina, verletzt worden sind. Auch Sie haben *ihnen* Ihr Leben so ganz und gar gewidmet. Ich werde Ihnen sehr, sehr bald wieder schreiben. Bis dahin sende ich Ihnen meine Liebe und meine Gebete. Möge Gott Sie durch Jesus schützen. Von ganzem, ganzem Herzen wünsche ich Ihnen gute Besserung. Barbie.«

Miss Crane, Miss Manners; Miss Manners, Miss Crane. Manchmal neigte man dazu, die beiden miteinander zu verwechseln. Man vergaß vorübergehend, welches der beiden Opfer Miss Batchelor kannte, ehe ein kurzes Nachdenken die Verbindung mit der Mission herstellte; doch dann entstand eine andere Verwirrung: Da es nichts gab, um Miss Crane zu identifizieren, war es das Nächstliegende, ihr das vertraute Gesicht und die Gestalt ihrer Freundin Miss Batchelor zu geben. Wenn Barbie mit großen Schritten hinunter zum Basar eilte, stand einem deshalb vielleicht ohne besonderen Grund plötzlich und flüchtig Edwina Crane vor Augen, die das gleiche tat. Es geschah ohne besonderen Grund, es sei denn, um die Gedanken des Beobachters zu fesseln und auf ein besonderes Thema zu lenken: auf die Sicherheit der Frauen.

In die kiefernwürzige, graublaue Luft mischte sich jetzt eine steife Brise. Das Besondere daran war, sie kühlte, ohne daß man sie tatsächlich spürte; im Kielwasser von Miss Batchelor, Miss Crane sammelten und vervielfältigten sich alle möglichen Schrecken und verliehen ihr das Aussehen einer Frau, die in Gefahr war und nichts davon ahnte, während sie im hellen Tageslicht die Straße entlanglief und einen Überfall herausforderte, also die Bedingungen schuf, unter denen ein Überfall stattfinden konnte.

Kam sie einem entgegen, wirkte sie so überrascht und erleichtert wie jemand, der gerade einen Angriff überlebt hatte. Es war irritierend, daß sie nichts wußte, das heißt, nichts, wenn man sich die Mühe machte, den Berg ihrer belanglosen Worte nach etwas Brauchbarem zu durchsuchen.

»Das erinnert mich«, sagte sie, »an Miss Sherwood. Amritsar, 1919. Sie war auch eine Schulleiterin. Ich habe sie nie kennengelernt. Sie war nicht bei der Bishoph Barnard Mission. Aber Edwina kannte sie, daran zweifle ich eigentlich nicht. Sie hatte so einen hübschen Vornamen: Marcella. Vielleicht haben sie es auf Missionare abgesehen, denn sie halten uns für Boten der Dunkelheit, obwohl wir natürlich Boten des Lichts sind. Sie kam gerade noch mit dem Leben davon. Eine Hindufrau hat sie gerettet. Es war in dieser engen Gasse, die wir später abgeriegelt haben, wo die Menschen zur Strafe im Staub und Schmutz auf dem Bauch kriechen mußten. Manchmal glaube ich, daß uns nichts von all dem vergeben wurde.«

Das Wort »vergeben« schien unter den gegenwärtigen Umständen falsch zu sein, und ein neuer Name, eine Miss Sherwood, eine unnötige Komplikation. Miss Sherwood war weder Miss Crane noch Miss Batchelor, sie war schließlich nur sie selbst und befand sich nicht in Gefahr. Miss Batchelor hatte nur die Kriegszeit in Pankot überlebt – ohne jedoch richtig dazuzugehören. Nach drei Jahren relativer Unauffälligkeit erlangte sie eine kurzlebige Berühmtheit als Freundin des weniger interessanten Opfers von Majapur.

Sie war jedoch eine vertraute Erscheinung, die man schon aus der Ferne erkannte, etwa am anderen Ende des Basars. Sie hatte die Angewohnheit, auf der belebten Straße im Basar ständig von der einen Seite auf die andere zu gehen oder energisch mitten auf der Straße zu laufen; dabei entging sie nur knapp Zusammenstößen mit Tongas, Fahrrädern und Militärlastwagen; sie wollte zahllose und offenbar dringende Dinge in der Bank, auf der Post und in Geschäften so schnell wie möglich erledigen. Schnell nach ihrem Ermessen. Die Ökonomie dieser Methode durfte angezweifelt werden, aber vermutlich hatte die alte Mabel Layton nichts dagegen. Miss Batchelor hatte Schritt für Schritt die Führung von Mabels Haushalt übernommen. Hätte Mabel jemanden gesucht, der ihr den Rückzug aus der Gesellschaft erleichtern würde, hätte sie keine bessere Wahl als die pensionierte Missionslehrerin treffen können. Offenbar war Miss Batchelor ein Mensch, der danach schrie, benutzt zu werden, wie eine Kuh mit vollem Euter brüllt, damit der Hirte sie zum Melkeimer führt.

Aber die Ausbeute an Informationen war gering, und es entstand der Verdacht, daß sie Miss Crane weniger gut kannte, als man anfangs allgemein aus ihrem Benehmen schloß. Wäre die Sache mit der überfallenen Missionslehrerin nicht so ernst gewesen, hätte Miss Batchelors Verbindung mit dem Opfer einer gewissen Komik nicht entbehrt; aber die Sache war zweifellos ernst, und es gab Fragen, auf die man gerne Antworten gehabt hätte: Was für eine Bedeutung hatte es zum Beispiel, daß der ausgebrannte Wagen hundert Meter entfernt von der Leiche des Lehrers stand. War der Inder aus dem Wagen gesprungen und auf der Straße in Richtung Dibrapur gerannt, um seine Haut zu retten, ehe der Mob ihn einholte? Und warum blieb Miss Crane bei dem Lehrer, nachdem er tot war, und suchte nicht im nächsten Dorf Zuflucht? Würde sie einen der Männer wiedererkennen, die sie geschlagen hatten?

So befriedigend die Klärung solcher Fragen auch gewesen wäre, so war das Bild der alten Miss Crane, die im strömenden Regen neben einer Leiche auf der Straße saß, von geringerem Interesse als das andere Opfer: die vergewaltigte Miss Manners, die niemand in Pankot kannte, von der niemand hier je etwas gehört hatte, wenn der Name Manners auch all jenen bekannt war, deren Verbindung mit der Provinz zehn oder fünfzehn Jahre zurückreichte. Es überraschte die meisten, daß der verstorbene Sir Henry eine Witwe hatte, die in Rawalpindi lebte; noch überraschender war es, daß sie eine Nichte hatte, die bei einer Inderin in Majapur wohnte (wie berichtet wurde).

Offenbar hieß sie mit Vornamen Daphne. Daher hatten alle, die sich noch bruchstückhaft an die klassische Mythologie erinnerten, ein Bild vor Augen: Ein Mädchen entflieht der Umarmung des Sonnengottes Apollo, während ihre Glieder und das wallende Haar bereits die Umrisse der Baumgestalt annehmen, die ihre Keuschheit – für immer grün – bewahren und umschließen werden. Der Gott kann nur noch ihre Blätter pflücken. Doch dieses Bild half nicht weiter. Die andere, die unbekannte Daphne, stolperte aus dem antiken, lorbeergesprenkelten Sonnenlicht in die schlichte häusliche Dunkelheit; sie war eingehüllt in ihre Anonymität und etwas Schlichtes, Weißes, das zu ihrer vermuteten Zartheit, Schönheit und Verletzlichkeit paßte; halb sitzend, halb liegend ruhte sie in einem abgedunkelten Raum auf dem Sofa, hielt die Augen geschlossen, legte eine Hand an die schmerzende Stirn und blieb stumm in Gegenwart der Freunde, die sie anlächelten, ansonsten aber finster blickten.

Die Gewalt, die man ihr angetan hatte, war noch nicht vorüber. Wie die Vorschriften verlangten, würde sie das abgedunkelte Zimmer verlassen müssen und vom Sonnenlicht geblendet (oder vom Regen durchnäßt) die Qual der Zeugenaussage auf sich nehmen müssen – es sei denn, man konnte es ihr ersparen, was jedoch unwahrscheinlich war, denn so sehr hatte die demokratische Entwicklung die persönlichen Privilegien untergraben. Für Miss Manners würde es keine geschlossenen Türen geben; die Presse würde dafür sorgen. Und den verhafteten Männern würde es nicht an geschickten bengalischen Anwälten mangeln, die ohne Honorar die Verteidigung übernahmen, weil sie die Öffentlichkeit suchten und die Gelegenheit, mit Schmutz zu werfen, um die Moral einer jungen Engländerin in Frage zu stellen. Der Fall würde vor dem Obersten Gerichtshof verhandelt werden, mit einer vollbesetzten Zuschauergalerie, während die Polizei in vollem Einsatz versuchte, in der Stadt die unvermeidlichen Demonstrationen zugunsten der Angeklagten aufzulösen. Der Richter würde wahrscheinlich ein Inder sein. Das hoffte man. Es würde sich besser machen, wenn Richter Chittaranjan die Urteile zu lebenslänglichem Strafgefangenenlager verkündete und nicht Clara Fosdicks Schwager Billy Spendlove. Und dann, aber erst dann, mochte die arme Miss Manners zurück in die Anonymität sinken, aus der man sie so grausam gezerrt hatte.

Aber ihr Name würde in den Annalen verewigt sein.

Die Unruhen breiteten sich bis nach Ranpur aus. Mehrere Lastwagen mit englischen und indischen Truppen verließen Pankot, angeblich zu Kolonnenübungen, in Wirklichkeit sollten sie jedoch vor der Stadt Stellung beziehen. In Ranpur feuerte die Polizei in die Menge, um sie zu zerstreuen. Das Militär eilte ihr zweimal zu Hilfe. Man entdeckte rechtzeitig einen Sabotageversuch auf der Bahnverbindung zwischen Ranpur und Pankot. Von nun an fuhr eine bewaffnete Wachmannschaft mit dem Nachtzug in die Berge und mit dem Tagzug in die Ebene. Die Telefonverbindung war für mehrere Stunden unterbrochen. Als der Schaden behoben war, liefen die Nachrichten in rascher Folge ein. Die Fenster in den Büros der *Ranpur Gazette* waren eingeschlagen worden. Eine aufgebrachte Menschenmenge war in das Zivilistenviertel vorgedrungen, um die Residenz des Gouverneurs zu belagern. Die Menge trug Transparente, auf denen man die Freilassung der »unschuldigen Opfer von Bibighar« forderte – gemeint waren die Jugendlichen, die man wegen Vergewaltigung verhaftet hatte. In absurden Flugblättern beschuldigte man die Polizei von Majapur, die sechs jungen Hindus zu foltern und zu verunreinigen, indem man sie auspeitschte und zwang, Rindfleisch zu essen. In den Fabriken ruhte die Arbeit, und die öffentlichen Transportmittel standen still. Man berichtete, im Zivilistenviertel von Ranpur herrsche Ruhe, aber zweifellos die Ruhe vor dem Sturm. Man hörte, weiter weg sei die Lage schlimm, besonders in Majapur und Dibrapur.

Ranpur erlebte politisch gesehen eine schwere Zeit; in Pankot blieb alles friedlich, und das Wetter war wunderbar: tagsüber klarer Himmel, nachts erfrischender Regen. Es war eine vollkommene und seltene Kombination, selbst im alten Pankot, das durch eben die Berge vor dem eintönigen, regennassen Südwestmonsun geschützt wurde, die dafür sorgten, daß es in Ranpur so feucht und naß war. Isobel Rankin sagte, zumindest das Wetter sei pro-britisch.

In Rose Cottage wurde Bridge gespielt – zum ersten Mal wieder seit längerer Zeit. Mildred erklärte, sie habe genug vom Club, wo die Notstandskomitees von Pankot getagt hatten. Durch die offenen Glastüren drangen der samtige Rosenduft und der Zeltpavillongeruch von frisch gemähtem Gras. Um die Mittagszeit servierte Aziz Drinks auf der Veranda, und die Damen ließen die Karten im Stich. Mabel schnitt im Garten noch Blumen für das Haus. Miss Batchelor machte Einkäufe im Basar. Das Haus gehörte Mildred Layton, Maisie Trehearne, Clara Fosdick und Nicky Paynton. In Kürze würden die Mädchen mit ein paar Verehrern auftauchen, und zum Mittagessen im Club sollte es ein Curry geben.

Aber in diese Idylle, in diese Szene, die an friedlichere Zeiten erinnerte, platzten unerwartet Barbie mit einem Gefolge von Geistern blutüberströmter Opfer und Ehrwürden Arthur Peplows Frau, die blauäugige Clarissa, deren Gesicht eine ständige Herausforderung für den Teufel war – eine unangenehme, aber nützliche Eigenschaft, solange sie nicht außer Kontrolle geriet, worüber bis jetzt allerdings nichts bekannt geworden war. Ihre Anwesenheit wirkte als eine Art Korrektiv für übermäßigen Optimismus und gleichzeitig beruhigend. Sie besaß eine ruhige, klare Stimme, die sie bezeichnenderweise wie ein Geschenk der Natur behandelte, das professionell genutzt wurde.

»Natürlich«, sagte Miss Batchelor, »waren wir in der Bishop Barnard Mission an solche Dinge überhaupt nicht gebunden... Oh, guten Tag, guten Tag. Ich habe Clarissa gerade gesagt, daß es praktisch von Anfang bis Ende und immer nur um den Unterricht ging – ganz besonders nach dem Ersten Weltkrieg. Miss Jolley gehört einer Freikirche an, und dahinter verbirgt sich eine Vielzahl von Sünden. Zu meiner und Edwinas Zeit mußte es die anglikanische Kirche sein. Es liegt in meiner Kiste, zumindest sollte es dort liegen. Ich werde danach suchen und bringe es heraus, damit alle es sehen können – wenn ich es finde. Trotz aller guten Vorsätze, ordentlich und sauber zu sein, ist der Mensch nicht besser als eine Elster... sagte mein Vater immer.«

Sie verschwand im Haus. Es entstand ein vielsagendes Schweigen. Mildred brach es schließlich und schlug Clarissa vermutlich um Haaresbreite.

»Was erwartet uns?« fragte sie.

Ihre Ellbogen lagen auf den Armlehnen des Korbsessels, die Finger ihrer beiden schlaffen Hände hielten das Glas vor die Brust, und damit schien sie das Ausmaß ihres Beitrags zum öffentlichen Interesse an Miss Batchelor als Freundin eines Opfers der Unruhen abzugrenzen. An ihrer Gleichgültigkeit gegenüber Miss Batchelor als Mitbewohnerin von Mabels Reich hatte sich nichts geändert. Clarissa saß kerzengerade auf einem Hocker, hatte die Füße nebeneinandergestellt und hielt die Handtasche auf den Knien. Sie richtete ihren christlichen Blick auf Mildred, fand nichts an ihr auszusetzen – es sei denn, das große Glas Gin mit Zitrone –, bot ihre ruhige, klare Stimme auf und sagte: »Eine Art Bild, soviel ich verstanden habe. Dieses Bild hat etwas mit ihrer Freundin zu tun.«

»Wie *geht* es ihrer Freundin?« fragte Nicky Paynton.

»Mich beschäftigt mehr die Frage, wie geht es *ihr*? Sie hat sich auf der Club Road gerade höchst merkwürdig benommen.«

Miss Batchelor ging zu Fuß, ohne die nötige Vorsicht walten zu lassen, den langen Weg von Church Road den Berg hinauf, wo die Tongas hinunterholperten oder langsam und mühsam hinaufrollten. Sie brachte sich und andere in Gefahr. Dort ging man nicht zu Fuß, oder wenn, dann nur mit der Gefahr eines Unfalls vor Augen; man blieb dicht an der Böschung am Golfplatz und behielt Pferde, Fahrräder und Fahrzeuge im Auge. Barbara dagegen lief auf der linken Seite der Straße oder gar in der Mitte; blieb ständig stehen, eilte unvermittelt weiter und lenkte die eigene Aufmerksamkeit oder die eines unsichtbaren Begleiters auf einen Ausschnitt des Panoramas von Pankot, den sie bereits ungezählte Male gesehen haben mußte. Und sie redete – nicht laut, aber sie redete eindeutig mit sich selbst.

»Ich dachte«, sagte Clarissa, nachdem sie dieses merkwürdige und gefährliche Verhalten beschrieben hatte, »daß sie sich in Gesellschaft ihrer Freundin Miss Crane glaubte. Ich ließ meine Tonga anhalten und nahm sie mit. Schon beim Einsteigen sagte sie mir, wie nett es von Mabel sei, ihr zu erlauben, Miss Crane nach Rose Cottage einzuladen, wenn es ihr besser gehe. Dann begann sie, von einem Bild zu reden, und bestand darauf, daß ich mit hereinkomme und es mir ansehe.«

Eine Dame nach der anderen drehte Kopf oder die Augen in Richtung Garten – Clarissa als letzte. Dort stand Mabel abgesehen von Händen und Armen bewegungslos und schnitt Rosen. In der stillen Luft hörte man deutlich das Klicken der Schere. Das Geräusch wirkte leicht enervierend, aber plötzlich hörte man andere Geräusche – Stimmen im Haus, bis auf eine waren es nur Männerstimmen. Ein Hund bellte, der schwarze Panther erschien hechelnd auf der Veranda und begrüßte die Damen eine nach der anderen mit einem neugierigen Schnüffeln und einem untertänigen Schwanzwedeln, ehe es ihn wieder zur Glastür trieb, jedoch nur, um bellend rückwärts zu springen, als Susan an der Spitze von vier netten jungen Unteroffizieren herauskam. »Nigel kennt ihr«, sagte sie, »das ist Bob, Derek und das Tommy. Meine Mutter, Mrs. Trehearne, Mrs. Paynton, Mrs. Fosdick, ach und Mrs. Peplow, guten Tag, Panther, komm her.«

»Ich nehme an, es gibt kaltes Bier«, sagte Mildred. »Vielleicht läutet einer von euch, und, ach Nigel, wir könnten noch etwas zu trinken brauchen. Der Wagen mit den Flaschen ist im Haus. Nein, bemühen Sie sich nicht, Aziz ist Ihnen zuvorgekommen. Aber sagen Sie ihm doch bitte, er soll das Bier bringen, und wenn Sie nichts dagegen haben, sich nützlich zu machen, holen Sie mir noch so ein Glas und allen, die auch noch etwas wollen. Susan, du siehst erhitzt aus. Auf dem Wagen steht auch Limo, aber begrüße doch zuerst deine Tante Mabel, während einer der Herren dir ein Glas holt, und sorge um Himmelswillen dafür, daß Panther nicht verrückt spielt. Kommt Sarah auch, oder treffen wir sie im Club?«

»Sie hat gesagt, sie würde uns im Club treffen und sich vielleicht etwas verspäten. Komm schon, Panther, komm schon, Kleiner. Ach sei doch nicht albern. Es ist schon gut.« Sie packte den Hund am dicken Lederhalsband, zog ihn die Stufen hinunter – zu dem Platz häufiger Strafen, wie er noch gut wußte. In diesem Augenblick erschien Barbie wieder auf der Veranda.

»Ich hab es«, verkündete sie. Die jungen Männer machten ihr und sich gegenseitig Platz. Barbie hielt ein gerahmtes Bild im Format dreißig mal zwanzig Zentimeter in der Hand, dessen Glas sie mit dem Jackenärmel reinigte. Dabei hielt sie den Aufschlag mit den Fingern fest, um eine glatte Fläche zu haben, mit der sie reiben konnte. »Es ist doch erstaunlich, wie vertraut einem etwas ist, wenn man es sieht, nachdem man es eine Weile aus den Augen verloren hatte. Wie der alte Mann die Almosenschale hält, und der andere sich auf seinen Stab stützt. Hätte man von mir verlangt, es aus dem Gedächtnis zu zeichnen, wäre es mir nicht gelungen. Aber nachdem ich einen Blick darauf geworfen habe, denke ich: Natürlich, so stehen sie, so hat der Künstler sie gezeichnet und gelassen, hat sie mitten in der Geste festgehalten, so daß sie die Gesten immer machen, und man glaubt, sie könnten nie ermüden.«

Sie gab das Bild Mrs. Peplow, stellte sich breitbeinig (der Rock spannte an den Waden) einen Schritt seitlich hinter sie, hielt die Hände auf dem Rücken, neigte den Kopf und blickte Clarissa über die Schulter.

»Man muß es sich natürlich sehr viel größer vorstellen. Es hing an der Wand im Schulzimmer hinter dem Lehrerpult, und alle Kinder versammelten sich darum, wie die Leute sich um die Königin versammeln. Edwina stand mit einem Stock davor. Ich habe nie gesehen, wie sie eine Stunde gab, denn sie verließ Muzzafirabad, ehe ich dorthin kam. Aber Mr. Cleghorn führte es mir einmal vor, weil er wollte, daß ich es ebenfalls versuche, aber ich sagte, nein, nein, jeder muß sein Feld selbst beackern. Ich sehe es immer noch vor mir, wie er Edwina imitierte: Hier ist die Königin. Die Königin sitzt auf ihrem Thron. Die Uniform des Sahib ist scharlachrot. Der Himmel hier ist blau. Wer sind diese Leute im Himmel? Es sind Engel. Sie blasen goldene Trompeten. Sie schützen die Königin. Die Königin schützt die Menschen. Die Menschen bringen der Königin Geschenke. Der Fürst trägt auf einem Samtkissen ein Juwel. Das Juwel ist Indien. Die Königin wird das Juwel in ihrer Krone tragen.«

»Ja, ich verstehe«, sagte Clarissa. Sie hielt sich das Bild wie einen Spiegel vor das Gesicht. »Wirklich sehr bewundernswert. Englisch und Treue zu lehren. Vielen Dank, daß Sie es mir gezeigt haben.«

Sie reichte das Bild zurück. Miss Batchelor nahm es, schritt über die Veranda und streckte es Mildred entgegen, die das gefüllte Glas in beiden Händen hielt, so daß ein junger Mann mit Sommersprossen und dunkelroten Haaren galant nach dem Bild griff und es so hielt, daß Mrs. Laytons Blick darauf fallen konnte, was auch flüchtig geschah.

»Reichen Sie es herum«, sagte Miss Batchelor. »Es ist die Reproduktion eines Bildes, das meine Freundin Edwina Crane vor vielen, vielen Jahren im Unterricht benutzte. Die Kinder liebten es. Bilder sind so wichtig, wenn man die Kleinen unterrichten will. Aber man muß vorsichtig sein. Edwina erzählte mir einmal, sie habe den sehr begründeten Verdacht, daß die Kinder sie am Ende mit Königin Victoria verwechselten! Ist das nicht lustig? Sie müssen zugeben, Mrs. Fosdick, der Künstler hat an alles gedacht. Der dort mit der Pergamentrolle und dem selbstgefälligen Ausdruck ist Disraeli. Generale, Admirale, Staatsmänner, Fürsten, arme Leute, Babus, Banyas, Soldaten, Bauern, Frauen und Kinder. Und in der Mitte die alte Victoria. Sie sitzt unter einem Baldachin auf ihrem Thron. Ausgerechnet im Freien, was natürlich ziemlich absurd, aber natürlich allegorisch gemeint ist. Sie war nie in Indien. Finden Sie nicht auch, Mrs. Trehearne, sie wirkt irgendwie bestürzt. Aber ich glaube, das liegt an der Verkleinerung. Das Bild an der Schulzimmerwand war zehnmal so groß, und soweit ich mich erinnern kann – danke, Mrs. Paynton –, sah sie darauf unglaublich klug, freundlich und verständnisvoll aus.«

Sie erhielt das Bild von Mrs. Paynton durch einen jungen Mann mit einem blonden Schnurrbart zurück und betrachtete es wieder. »Es schien mir immer eher ein Bild über die Liebe als über die Treue zu sein. Aber vielleicht läuft das auf dasselbe hinaus. Was meinen Sie?«

Sie sah den schnurrbärtigen jungen Mann an, der vor Konzentration die Lippen vorschob und an seinem linken Ohrläppchen zog.

»Sind Sie mit dem Wagen hier?« fragte Mildred einen der Männer, der erwiderte, ja, das seien sie. »Dann sollten wir uns auf den Weg zum Club machen, meine Herren, sobald Sie Ihr Bier ausgetrunken haben.«

Die Gesellschaft machte sich zum Abschied bereit. Zwei junge Männer gingen in den Garten, um Susan zu befreien.

»Oh, Sie gehen alle?« fragte Miss Batchelor in ihrer volltönenden Klassenzimmerstimme. »Ich möchte nur sagen, daß ich mich sehr darüber freue, wie nett und besorgt alle um Edwina sind.«

Sie schlug einen Nagel in die Wand über dem alten Feldherrnschreibtisch und hängte das Bild auf. Aziz billigte es. Er unterbrach von da an immer wieder seine Arbeit und betrachtete das Bild wie eines der Kinder von Muzzafirabad, das alt geworden, aber immer noch fasziniert davon war. Barbie hatte ihm von ihrer Freundin Miss Crane erzählt und ihm erklärt, sie liege verletzt im fernen Majapur im Krankenhaus, weil sie versucht habe, jemanden zu retten, der angegriffen und getötet worden war. Und wenn es ihr wieder besser gehe, werde sie vielleicht ein oder zwei Wochen im kleinen Gästezimmer wohnen. Auf indische Art nickte Aziz und gab damit zu erkennen, daß er verstanden hatte. Bei Aziz war das eine äußerst sparsame Geste. Er besaß die Würde der Menschen aus den höheren Bergen, die in Decken und Geheimnisse gehüllt Ausflüge nach Pankot unternahmen, wo sie mysteriöse Dinge erledigten, deren Zweck Barbie nicht ergründen konnte, denn sie kamen und gingen mit leeren Händen, als wollten sie sich lediglich umsehen und versichern, daß nichts in dem Tal geschah, was sie mißbilligten.

Auf ihren einsamen, in letzter Zeit allerdings selteneren Spaziergängen schlug Mabel dieselbe Richtung ein. Auf ihren Gängen in die entgegengesetzte Richtung, den Berg hinunter, hatte Barbie inzwischen langsam das Gefühl, wie eine Taube ausgeschickt zu werden, um den Wasserstand zu überprüfen. Nach drei Jahren lag die Dunkelheit immer noch auf Mabels Seele, und Barbie war etwas entmutigt. Aber seit dem Vorfall auf der Straße von Dibrapur nach Ranpur schien sich der Charakter ihrer Gänge verändert zu haben, und der vertraute Weg war unvertraut geworden. Sie erwartete eine Enthüllung.

In ihrer Vorstellung bewachte auch sie den Leichnam. Er lag an der Club Road in der Nähe des Meilensteins auf halbem Weg nach oben (oder nach unten). Wenn sie am Meilenstein vorüberging, fühlte sie sich benommen; sie glaubte beinahe zu schweben. Edwinas Tat, bei dem Leichnam zu wachen, war von verblüffender Einfachheit und Reinheit gewesen; vermutlich konnte nur eine Frau wie Edwina die Gelegenheit bekommen, diese Tat zu vollbringen, und das Vollbringen war die Summe der Bedeutung ihres Lebens in Indien. Von der Schulzimmertür in Muzzafirabad bis zu dem Punkt an der Straße von Dibrapur nach Ranpur bestand eine Entfernung, die in Meilen, in Jahren meßbar war, aber zwischen den beiden Ereignissen gab es keine Distanz. Edwina stand Gott von Anfang an nahe, und deshalb auch sich selbst. Nicht lehren, sondern lieben. Man hätte das bei ihrem unscheinbaren Gesicht, bei ihrem Verhalten vielleicht nie geahnt. Nur durch ihre Taten. In dieser letzten Tat, dem Wachen neben einem toten Inder, schien Edwina in Barbies Augen ihre Apotheose erreicht zu haben.

»O, wie ich mich danach sehne«, sagte Barbie und blieb plötzlich stehen, nachdem sie gerade am Meilenstein vorübergegangen war und sich mit der traurigen Tatsache abgefunden hatte, daß dort kein toter Inder lag, bei dem sie wachen durfte, »wie sehne ich mich nach meiner Apotheose. Nun ja, es muß nichts Aufsehenerregendes sein, keineswegs etwas Grandioses, nicht einmal etwas Großes wie bei Edwina. Aber wie bei ihr sollte es etwas Stilles mit einem ruhenden Pol haben, das nicht meine Erlösung vom irdischen Leben beweist, obwohl es das vielleicht auch tun könnte, sondern von der Unklarheit und Unsicherheit, von der schrecklichen Gewohnheit spricht, daß es auf jede Frage zwei Antworten gibt. Es wäre meine Erlösung davon, und ich würde Ruhe finden und wissen, daß meine Arbeit vernünftig, gut und vielleicht nützlich war, vielleicht auch nicht, aber in und mit Liebe getan wurde, natürlich auch in Bescheidenheit, ja, in der Tat mit Bescheidenheit und nur in der einen Absicht und aus ganzem Herzen. Das ist das Wichtigste von allem.«

Aber da sie nicht wußte, was für eine Apotheose das sein konnte, ging sie weiter in Richtung Basar, um die Rechnungen bei Jalal-Ud-Din und Gulab Singh Sahib zu begleichen und noch mehr Briefmarken für weitere Briefe an Edwina zu kaufen, die nicht antwortete. »Keine Nachricht«, sagte sie zu Sarah, die sich nach Edwina erkundigte. Sie war ebenfalls bei Jalal-Ud-Din und überprüfte eine Rechnung, auf der in großen Zahlen die steigendenden Lebenshaltungskosten in der nicht endenwollenden Abwesenheit ihres Vaters standen. »Keine Nachricht ist eine gute Nachricht.« Barbie hoffte für sie beide, daß es so sei.

Sie liebte Sarah Layton und auch Susan, aber Sarah mehr, denn sie schien es mehr zu brauchen. Barbie liebte Pankot und das Leben dort – und den Wind im Winter und ihre Pflicht gegenüber Mabel. Sie fürchtete sich davor, Mr. Maybrick zu lieben, der in St. John's die Orgel spielte, Witwer war und sich aus dem Teegeschäft zurückgezogen hatte, denn er war erstens ein Mann und zweitens ein Mann mit Temperament und einem Anflug von Verschlossenheit, der normalerweise nicht zu Beweisen der Zuneigung verlockte, auch nicht zu solchen, wie Barbie sie ihm entgegenbrachte und die sich nicht auf das Körperliche erstreckten. Jedenfalls hatte er große Hände und mehr Haare auf den Handrücken als auf dem Kopf. Wenn er Orgel spielte, wirkten seine Hände erstaunlich lebendig und kühn. Er lebte allein in einem kleinen, sehr unordentlichen Bungalow in der Nähe des Pfarrhauses in derselben baumbestandenen Straße und hatte nur einen Hausdiener aus Assam. Im Bungalow hingen viele Fotos seiner verstorbenen Frau; auf den meisten hielt sie die Hand über die Augen, um sie vor der Sonne zu schützen: Das gab Barbie immer das Gefühl, draußen zu sein, während sie doch drinnen war.

Auf dem Heimweg vom Basar ging sie in die Kirche, um sein Notenalbum mit Händelwerken abzuholen, das auseinanderfiel; sie hatte sich bereit erklärt, es zu reparieren. Mr. Maybrick übte. Schon als sie sich der Kirchentür näherte, hörte sie die Orgel: Bach, Toccata und Fuge.

Sie setzte sich in eine Bank und hörte zu. Sie stellte sich Mr. Maybricks rotes Gesicht und den kahlen Kopf im Spiegel über den Tasten vor. Der Spiegel war ein gerahmtes Bild. Wer ist das? Es ist der Pflanzer. Die Sonne hat das Gesicht des Pflanzers gerötet. Das ist seine Frau. Sie schützt die Augen vor dem Licht. Sie kommt aus dem Norden und leidet unter dem Klima, hält aber durch. Was tut der Pflanzer? Er zeigt den Kulis, wie man nur die zarten Blätter pflückt. Während er ihnen das zeigt, singt Gott durch seine Finger. Die Blätter sind grün. Nach dem Trocknen sind sie braun. Die Musik wird später in den Teedosen aufbewahrt. Gemeinsam bringen der Pflanzer und die Kulis Tee in die Kannen der Nation.

Barbie dachte: Ich werde mit Edwina in die Kirche gehen, damit sie Mr. Maybrick beim Üben an der Orgel hört und sonntags Arthur Peplows Predigt. Anschließend gehen wir zu Rose Cottage zurück. Und ich werde wieder groß und auf ein Ziel ausgerichtet sein, Edwina so nahe, daß Gott sich an mich erinnert. Er wird mich nicht länger als abwesend auf der Anwesenheitsliste vermerken.

Die alte Königin, die sich leicht vorneigte und beide Hände ausstreckte, wurde plötzlich zu einem Bild von Edwina am Straßenrand, die schützend die Hände über den toten Inder hielt. Die Flammen des brennenden Autos fanden ihren Widerschein am Himmel, wo engelgleiches Licht die dicken Monsunwolken durchbrach.

In diesem Bild hatte sie einen Ersatz für Gott, eine Vermittlungsstation auf halbem Weg, die vielleicht die schwachen Signale von der Binsenmatte verstärken und sie durch den knisternden, aufgeladenen Äther senden mochte, den ihre Gebete nicht direkt durchdringen konnten. Sie kniete aufrecht vor dem Schreibtisch und dem Bild (das zeigte, es gab wirklich eine christliche Tat) und streckte die geöffneten Hände aus, um das zu empfangen, was ihr gegeben werden würde. Sie entblößte die Brust bis weit unterhalb des goldenen Kreuzes an der Kette, damit es als Blitzableiter dienen konnte;

manchmal spürte sie, wie das reflektierte Licht des brennenden Wagens es erwärmte; das war ein vielversprechender Anfang. Ansonsten blieb alles, wie es gewesen war.

Einmal in der Woche ging sie in die Leihbibliothek des Clubs – für Mabel und selten für sich, denn sie fand das Buch des Lebens, wie Mr. Cleghorn es genannt hatte, unterhaltsam und rätselhaft genug, um sie zu beschäftigen, ohne daß sie zum Druck und dem Papier erfundener oder aufbereiteter Abenteuer Zuflucht nehmen mußte.

In Gedanken versunken stand sie vor den Regalen, zwischen denen sie und Edwina hindurchgehen würden, als sie hörte, wie jemand sagte: »Wie man mir erzählt hat, ist alles so schwierig, weil sie in den Inder vernarrt war. Sie hätte alles getan, um ihn zu retten.« Barbie erkannte an der Stimme die kleine Mrs. Smalley, die Klatschbase der Garnison. Dann hörte sie Clarissa erwidern: »Woher wollen Sie das wissen?« Worauf Lucy Smalley antwortete: »Die Leute in Majapur sagen das, wie Tusker mir erzählt hat. Und die sind in der Lage, es zu beurteilen. Wie sie sagen, ist sie ständig mit ihm ausgegangen und hat in der Öffentlichkeit seine Hand gehalten. Jetzt droht sie, ganz furchtbare Dinge gegen die Behörden zu sagen, wenn die festgenommenen Männer angeklagt und vor Gericht gestellt werden, weil *er* darunter ist. Der Polizeibeamte, der die Verhaftungen durchgeführt hat, ist völlig außer sich.«

Bewaffnet mit einem aufgeschlagenen Band Emerson tauchte Barbie im Gang auf. Sie hielt den Daumen noch auf die Zeile: »Der Mensch ist erst durch nicht weniger als seine gesamte Geschichte erklärbar«, bei der ihr noch vor einem Augenblick der Atem stockte. Sie rief: »Von wem sprechen Sie?«

Nicht von Edwina, wie es schien, sondern – wie Lucy Smalley erklärte, die sich schnell wieder von dem bösen Schock erholte zu erleben, daß Barbie plötzlich wie eine Furie auf sie zustürmte – von der jungen Manners, dem anderen Opfer. »Sie glauben doch nicht, wir hätten über Ihre Freundin geredet?«

Barbie nahm Emerson mit nach Hause. Sie hatte es nicht beabsichtigt, doch sie hielt ihn in der Hand, als sie vor Mrs. Stewarts Tisch stand, die ihn mit hochgezogenen Augenbrauen in die Leihkarte eintrug, denn Mrs. Stewart, eine Witwe aus Madras mit literarischen Neigungen, war mehr daran gewöhnt, Barbies Interpretationen von Mabels Dauerauftrag für »etwas Leichtes« entgegenzunehmen, was im allgemeinen Kopf und Schoß so wenig beschwerte, daß Mabel in ihrem Ohrensessel darüber einschlief, nachdem sie vorher verkündet hatte, »es sei genau das Richtige«.

Als Barbie ihr die Essays von Emerson gab, sagte Mabel: »Ach, die habe ich schon als junges Mädchen gelesen. Ich glaube nicht, daß ich mir die Mühe noch einmal mache.«

»Ich bringe das Buch morgen zurück«, versprach Barbie, »es war ein Fehlgriff oder vielmehr Geistesabwesenheit. Ich war abgelenkt, wie das nur allzu leicht geschieht. Na ja, Sie wissen schon... Sie wissen schon. Es tut mir *so* leid.«

Mabel lächelte nur und berührte Barbie am Arm, wie sie es hin und wieder tat, als wolle sie wiedergutmachen, daß sie bei vielen Gelegenheiten vielleicht versäumt hatte, ihr zu zeigen, wie sehr sie Barbie schätzte.

Barbie saß am Schreibtisch und öffnete das zurückgewiesene Buch. »Wenn die Gesamtheit der Geschichte in einem Menschen liegt«, las Barbie, »läßt sie sich völlig anhand individueller Erfahrung erklären. Es besteht ein Zusammenhang zwischen den Stunden unseres Lebens und den Jahrhunderten der Zeit.« Sie schloß energisch das Buch und machte sich im Zimmer zu schaffen – sie öffnete Schubladen und ordnete den Inhalt.

Sie brachte Emerson nicht in die Bibliothek zurück, sondern näherte sich ihm täglich wie ein kleiner Spatz, der sich durch das leiseste Geräusch von den verheißungsvollen Brotkrumen verscheuchen läßt, und mit dem nagenden Gefühl, mehr Pflichten als Intelligenz zu haben. Es war ziemlich deutlich, daß sie nicht für ein philosophisches Leben geschaffen war. Aber durch Emerson fiel es auf sie wie der Schatten eines hockenden Raubvogels, der geduldig das Ritual des Überlebens unter sich beobachtet. Der Vogel hätte ein Engel sein sollen.

Sie begann das zu fühlen, was Emerson, wie sie glaubte, wollte, daß sie fühlen sollte: In ihrer eigenen Erfahrung lag eine Erklärung nicht nur der Geschichte, sondern des Lebens anderer lebender Menschen; und daher war es eine Erklärung der Dinge, die Edwina widerfahren waren und Miss Manners, von der sie nur eine vage Vorstellung hatte – und zwar die, die man sich allgemein in Pankot von ihr machte: eine ruhende Gestalt in Weiß in einem abgedunkelten Zimmer. Aber jetzt hatte sich das Bild verändert. Die Hand der jungen Frau lag nicht mehr auf der Stirn, sondern wurde von einer anderen Hand gehalten, die so braun war wie die des toten Lehrers. Das Bild schimmerte, zerfloß langsam, Farben und Formen zerrannen. Wenn Barbie am Schreibtisch saß und auf das Bild an der Wand blickte, wußte sie nicht mehr genau, was sie sah: Edwina, die bei dem Toten Wache hielt, Mabel, die kniete, um Unkraut zu jäten, oder sich vorbeugte, um Rosen zu schneiden, oder sie selbst, Barbie, im Kreis der Kinder, die sie sich angemaßt hatte, zu Gott zu bringen, oder Miss Manners mit einer Art unerwünschter Beziehung zu dem Mann einer anderen Rasse, den sie unbedingt retten wollte.

Aus all dem tauchte eine Gestalt auf. Es war die Gestalt eines unbekannten Inders: tot in einer Hinsicht, lebendig in einer anderen. Nach einiger Zeit kam ihr der Gedanke, daß der unbekannte Inder das verkörperte, worum es in ihrem Leben in Indien gegangen war. Der Gedanke erschreckte sie.

Sie hatte noch nie auf diese Weise darüber nachgedacht und wußte nicht, was sie damit anfangen sollte, nachdem sie es getan hatte. Sie konnte ihn wohl kaum suchen, denn sie wußte nicht, wo sie ihn hätte finden sollen. Aziz zum Beispiel schien zufrieden zu sein, auch wenn er der Mann aus den Bergen mit einer Decke und einem Geheimnis war. Es kam ihr nicht vor, als leide er in irgendeiner Form.

Aber der tote Mann in der Nähe des Meilensteins hatte sich bewegt. Über Nacht hatte sich die Lage seiner Arme und Beine verändert, als habe er sich in der Dunkelheit aufgesetzt und geschrien. In den Bergen lebten Schakale. Den Menschen war es noch nicht aufgefallen. Aber sie glaubte, daß sie von nun an den Schrei des Mannes vom Heulen der Tiere unterscheiden könnte.

Sie begann wieder einen Brief an Edwina.

»Vierter September. Weshalb schreiben Sie nicht, Edwina? Ich brauche Ihren Brief.« Sie zerriß das Blatt und begann noch einmal vernünftig.

»Es waren Leute aus Majapur hier. Ich habe sie nicht getroffen. Clarissa Peplow erzählte, eine Frau namens Smalley, die in dem kleinen Smith-Hotel lebt, wo diese Leute ein paar Tage wohnten, habe gesagt, daß nach Aussage dieser Besucher, die, wie ich glaube, Patterson oder Pattison hießen, berichtet wird, Sie seien auf dem Weg der Besserung und würden bald entlassen. Diese Nachricht hat mich sehr dankbar gemacht. Ich habe nicht wieder im Krankenhaus angerufen – wegen der Kosten und weil es so lange dauert, bis man durchkommt, und dann erhält man nur eine sehr knappe, offizielle Antwort auf die Fragen. Aber ich habe mehrmals geschrieben. Ich hoffe, meine Briefe sind alle angekommen. Bei der Postbeförderung kam es zu großen Verzögerungen und sogar zu Unterbrechungen. Sollten Sie bereits entlassen sein, wird das Krankenhaus Ihnen meinen Brief sicher in den Bungalow nachschicken. Ich werde auf dem Umschlag vermerken, daß man ihn weiterleiten soll, und Ihnen vermutlich noch ein paar Zeilen nach Hause schreiben. Wie glücklich Sie sein müssen, wieder dorthin zurückzukehren. Ich hoffe, ich hoffe, Sie sind wirklich wieder gesund, Edwina.

Besteht eine Möglichkeit, daß Sie nach Pankot kommen? An der Einladung hat sich nichts geändert. Mabel hat mich gebeten, das zu betonen, und Ihnen auch zu versichern, daß wir die aufdringlichen und neugierigen Leute von Ihnen fernhalten werden. Ich hoffe doch, daß man Ihnen bei dem Nachspiel zu dieser schrecklichen Geschichte nicht zu viele Unannehmlichkeiten zumutet. Offiziell heißt es, daß die Lage im Land sich wieder normalisiert, und das ist bestimmt ein Zeitpunkt, um Großmut an den Tag zu legen. Aber man hört die bedauerlichsten Geschichten und die unerfreulichsten Bemerkungen. Meine liebe Edwina, ich bin etwas in Sorge um Sie, und das hat mit einer Bemerkung von Clarissa zu tun, die wiederholte, was Lucy Smalley und vermutlich diese Pattersons oder Pattisons gesagt haben. Es wäre ungeheuerlich, wenn man Sie nach allem, was Sie durchgemacht haben, auch nur im geringsten dafür kritisiert, daß Sie gesagt haben, Sie könnten niemanden aus dieser wilden Meute beschreiben oder wiedererkennen. Es muß ein Alptraum gewesen sein, und nach einem Alptraum vergißt man oft gnädigerweise die Einzelheiten. Nur Rachsüchtige können wünschen, daß Sie Einzelheiten wieder ans Tageslicht holen, die ihnen die Möglichkeit geben sollen, vielleicht übertrieben gerecht und höchstwahrscheinlich ungerecht zu handeln. Bestimmt glauben Sie wie ich, daß Gott strafen wird und vielleicht schon gestraft hat. Wie Clarissa sagt, einige der Männer, die Sie verletzt und den Lehrer getötet haben, können inzwischen durchaus während der Aufstände getötet worden sein. Göttliche Vergeltung!«

Hier zögerte Barbies Füllhalter wie von selbst. Sie konnte nicht weiterschreiben. Göttliche Vergeltung war ja schön und gut. Dem unbekannten Inder half sie nicht, der an diesem Morgen heftiger aber immer noch lautlos nach Gerechtigkeit und nicht nach Linderung seiner Qualen zu schreien schien. Es fiel ihr schwer, zwischen dem Lehrer, der bei dem Angriff auf Edwina gestorben war, und dem Inder zu unterscheiden, der angeblich Miss Manners den Kopf verdreht hatte. Lucy Smalley vertrat die Ansicht, der junge Inder müsse eine Art Hypnotiseur gewesen sein. Aber vielleicht war Liebe ohnehin eine Art Hypnose. Hatte Barbie nicht selbst das vor vielen, vielen Jahren zu spüren bekommen?

Mein Leben ist unglaublich kompliziert geworden, dachte sie. Es gibt mehr als eine Barbie. Und eine – ich bin mir aber nicht sicher welche – hat eine wichtige Pflicht zu erfüllen. »Ich finde es wirklich schrecklich (schrieb sie plötzlich, und der Waterman-Füllhalter durfte den nun wieder ungehinderten Tintenfluß auf das Papier bringen), wie die arme Daphne Manners innerhalb weniger Wochen zu ›der jungen Manners‹ geworden ist.« In dieser Art füllte Barbie ein oder zwei Seiten und wurde dabei eine Projektion dieses armen mißhandelten Geschöpfs, das – wie man erzählte – schließlich doch nicht hübsch und zart, sondern eher groß, linkisch und auf eine Brille angewiesen war, so daß die unerklärliche Verwandlung von Barbie zu Daphne und zurück sich leichter bewerkstelligen ließ, als es möglich gewesen wäre, wenn sich die Vorstellung von Miss Manners als zart, ätherisch, schön und in das Weiß des Opfers gehüllt bewahrheitet hätte.

Statt dessen sah es nach Berichten von Leuten, die in der Lage waren, es zu beurteilen, ganz anders aus. Daphne trug ein ziemlich schmutziges Kleid, das zu den Umständen paßte, die ihr außergewöhnliches Benehmen heraufbeschworen hatte; sie riß Jalousien auf, blinzelte kurzsichtig, drohte, eine Szene zu machen, und stand in Sonnenstrahlen, in denen der Staub wirbelte. Barbie verstand dieses Bild besser als das andere.

Miss Manners erklärte, die verhafteten Männer seien die falschen. Barbie fragte sich, wie das möglich sein konnte, war aber von der Hartnäckigkeit beeindruckt, mit der Miss Manners – wie gemeldet – darauf beharrte, was alle anderen empörend fanden, so wie sie bereit waren, sich über Edwinas Hartnäckigkeit zu empören, mit der sie darauf beharrte, daß sie nichts zur Identifikation einiger Männer aus einer großen Menge beitragen könne. Unter solchen Umständen sahen die Inder in ihren schmuddligen Lendentüchern, den Gandhi-Käppchen und schmutzigen Turbanen ohnehin alle gleich aus. Und der Gestank! Die leidende, schwitzende, stinkende, gewalttätige Menschheit. Vor diesem Hintergrund mußte man sich das Wirken Jesu vorstellen. Diesen wichtigen Aspekt SEINER Gegenwart vergaßen die Menschen – Edwina nicht. Und Miss Manners? Oder wollte sie nur die Polizei verunsichern, um ihren Liebhaber zu retten? Anscheinend veränderte sie ihre Geschichte immer wieder. Wie die Pattersons erzählt hatten, drohte sie sogar, für den Fall, daß die sechs jungen Männer, zu denen ihr Liebhaber gehörte, angeklagt und wegen Vergewaltigung vor Gericht gestellt würden, im Zeugenstand zu sagen, die Männer, die sie überfallen hatten, könnten ebensogut britische Soldaten mit geschwärzten Gesichtern gewesen sein.

In dieser Drohung, diesem Angriff, der ihre Landsleute schockiert hatte, entdeckte Barbie etwas, was sie für Verzweiflung der jungen Frau hielt, und bedauerte sie. Barbie hätte Miss Manners gerne in die Arme genommen und getröstet. Sie war jedoch nicht davon überzeugt, daß Miss Manners die ganze Wahrheit sagte. Deshalb bedauerte sie auch den Polizeibeamten, der die Männer verhaftet hatte und von ihrer Schuld überzeugt war. Die Pattersons oder Pattisons hatten gesagt, der Polizeibeamte habe Miss Manners vor dem Umgang mit diesem Inder gewarnt, der gut aussah, wenn man so etwas mochte, und behauptete, in England zur Schule gegangen zu sein; er war für seine gesellschaftliche Stellung eindeutig zu gebildet und bereits im Zusammenhang mit politischen Freunden vernommen worden. Barbie fand, von außen betrachtet, konnte der Inder ebensogut schuldig wie unschuldig sein. Er spielte Miss Manners Liebe vor, lachte hinter ihrem Rücken über sie, wie Lucy Smalley vermutete, und plante, sie auf dem Rückweg von einer ihrer karitativen Pflichten in der Dunkelheit zusammen mit fünf seiner verwestlichten Studentenfreunde zu überfallen: Sie schlichen von hinten an sie heran, zerrten sie vom Fahrrad und in den Bibighar-Park, verhüllten ihr den Kopf mit dem eigenen Regenumhang, vergewaltigten sie, verschwanden und ließen sie allein unter Schmerzen, Qualen und völlig durcheinander nach Hause wanken.

Wenn die Männer ihr den Kopf verhüllt hatten, wie konnte sie dann sehen, wer sie waren? Wann hatten sie ihr den Kopf verhüllt? Erst nachdem sie einen Blick auf sie geworfen hatte (wie sie jetzt aussagte), einen so langen Blick, daß sie in der Lage war, darauf zu beharren, es seien schmutzige Bauern gewesen und nicht gepflegte, europäisch gekleidete junge Männer vom Typ der Verhafteten. Es hatte auch eine gewisse Verwirrung um ihr Fahrrad gegeben. Hatte die Polizei das Fahrrad im Graben vor dem Haus des jungen Inders gefunden? Zuerst war das behauptet worden, aber später hatte es der Polizeibeamte selbst widerrufen. Das Beweiskräftigste war jedoch nicht widerrufen worden: Die Polizei überraschte den jungen Inder dabei, wie er sich Kratzwunden und Prellungen wusch. Er wollte nicht sagen, woher sie stammten, erklärte nichts und weigerte sich, überhaupt zu sprechen. Die anderen Verhafteten leugneten jede Komplizenschaft, jede Verbindung mit seiner englischen Freundin und gaben vor, den ganzen Abend in einer Hütte in der Nähe des Bibighar-Parks, dem Ort des Überfalls, illegal gebrannten Alkohol getrunken zu haben. Man hatte sie in der Hütte festgenommen.

Nun hatte man sie alle ohne Verfahren als politische Gefangene ins Gefängnis gesteckt. Miss Manners schien gewonnen zu haben. Aber was hatte sie gewonnen, außer der Ungnade ihrer Landsleute? Und ihr indischer Freund? Womit war er davongekommen?

Barbie kannte noch nicht einmal seinen Namen. Sie begann, von ihm zu träumen. Aber in diesen Träumen war er der Inder, den Edwina zu retten versucht hatte. In diesem Traum war er an grauem Star erblindet. Er hatte einen kraftvollen, muskulösen Hals, was man deutlich sah, weil er den Kopf hob, den Mund aufriß und einen nicht enden wollenden, lautlosen Schrei ausstieß.

VI

Die verächtliche Ablehnung, die in jeder gewalttätigen Herausforderung der Autorität liegt, verletzte am meisten und ließ die zarten Ranken der Zuneigung verdorren, die sich um die bröckelnden Pfeiler des Gebäudes wanden und sie stützten. In dieser Zeit der Bedrängnis fielen die Schatten grüblerischer Melancholie auf Gesichter, die einerseits bereits verzerrt waren von der Anstrengung, Selbstvertrauen zu zeigen, andererseits von dem leichten aber hartnäckigen Leiden, das Organismen befiel, die eigentlich nicht dazu geschaffen waren, dem Klima zu trotzen, auch wenn das Gesicht – unabhängig davon, was tatsächlich oder angeblich empfunden wurde – Verachtung oder Gleichgültigkeit, Belustigung oder Zorn zum Ausdruck brachte. In die schockierten und entrüsteten Ausrufe, mit denen Berichte über Opfer angehört und weitererzählt wurden, und in die Forderungen nach der verdienten Bestrafung der Schuldigen gelang es, einen klagenden Ton einzubringen, der zu dem melancholischen Schatten paßte. Es war ein Ton, in dem das Bewußtsein mitschwang, daß die Opfer Menschen gewesen sein mußten, in denen der Drang, in der Ausübung ihrer Pflicht Zuneigung zu zeigen und zu empfinden, stärker als allgemein üblich, sogar stärker als klug gewesen war; deshalb sah man hinter dem Gewirr von Mißgeschick und Umständen das jeweilige Unglück als ein Opfer an.

Doch im Nachhinein, als der Status Quo wiederhergestellt war, wurden diese ursprünglichen Opfer durch die Gestalten jener ersetzt, die versucht hatten, sie zu rächen, und dabei selbst zu Opfern geworden waren. Dann vertrieben Feuer der Ironie diese melancholischen Schatten, erhellten die Gesichter und verliehen ihnen das Leuchten von Menschen, die entdeckt hatten, daß sie auf einer Ebene lebten, die irgendwo zwischen der des Märtyrers und des Tyrannen lag.

Die Ironie gründete sich auf die Tatsache, daß diese neuen Opfer von der eigenen Seite im Rahmen von Beschwichtigungsmaßnahmen für nötig befunden wurden, um die Ordnung wiederherzustellen und um das Vertrauen der Inder wiederzugewinnen. Das war schon früher geschehen, es würde wieder geschehen, aber das machte es keineswegs annehmbarer, als es nun geschah. Bereits Anfang September, als die Gefängnisse überfüllt, das Land und die Verwaltung beinahe wieder zum Normalzustand zurückgekehrt waren, erzählte man, daß Brigadier Reid, den die Inder offen beschuldigten, beim Niederschlagen der Unruhen ein Übermaß von Gewalt angewendet zu haben, nicht die Unterstützung von oben erhalte, die er rechtens erwarten durfte. Am Ende des Monats wurde gemeldet, man habe ihn versetzt.

Nicky Paynton sagte: »Ich finde, Alec Reid hat völlig richtig gehandelt. Die Zivilisten erwarten immer von uns, daß wir bereitstehen, um für sie die Kastanien aus dem Feuer zu holen. Aber wenn wir es tun, beklagen sie sich, daß wir *ihnen* die Finger verbrannt hätten.« Sie sprach damit aus, was man allgemein als richtig empfand. In Reids Fall war die allgemeine

Sympathie sehr stark, denn er hatte in Majapur zwar sein britisches Bataillon eingesetzt, befehligte jedoch auch ein Bataillon der Pankots (die 4/5) und eines der Ranpurs. Allerdings wurde diese Sympathie durch die Nachricht verstärkt, daß auf dem Höhepunkt der Unruhen in Majapur seine Frau in Rawalpindi an Krebs gestorben war. Man wußte auch, daß die Japaner seinen einzigen Sohn im selben Jahr in Burma gefangengenommen hatten. Diese Nachricht konnte Meg Reids letzte Monate weder für sie noch für Alec erträglicher gemacht haben. Aber als die Zivilmacht nach militärischer Unterstützung rief, hatte er, soweit man wußte, entschlossen und wirkungsvoll seine Pflicht getan. Wenn in Majapur und Dibrapur überdurchschnittlich viele Inder getötet oder verwundet wurden, lag das daran, daß die Unruhen in diesen beiden Städten heftiger waren als in jeder anderen Stadt des Landes, und auch daran, daß die Zivilverwaltung ängstlich gezögert hatte und nicht willens gewesen war, das Militär zu rufen, bevor die Situation außer Kontrolle geraten war.

Für Leute vom Militär fehlte es der Zivilverwaltung eindeutig an Verstand. Abgesehen von der beinahe kriminellen Nachlässigkeit, die das zu lange Zögern verriet, die Truppen um Hilfe zu bitten, hatte man auch zugelassen, daß der empörende Fall, die Vergewaltigung von Miss Manners, auf höchst skandalöse Weise im Sand verlief. Nach allgemeiner Meinung in Pankot hatten sich nur der Brigadier und der Distriktspolizeichef gut gehalten. Er hatte die Verdächtigen innerhalb einer Stunde nach der Vergewaltigung verhaftet. Und jetzt erzählte man, dieser Beamte sei wie Reid bei seinen Vorgesetzten schlecht angeschrieben.

Natürlich brauchte man Informationen aus erster Hand; dazu mußte man warten, bis Leute wie die Pattersons aus Majapur eintrafen. Sie hatten Interessantes zum Thema Miss Manners berichtet. Aber sie waren als Zivilisten eine schlechte Nachrichtenquelle im Hinblick auf das angebliche

Übermaß an militärischer Gewalt. Der erste Mann aus Majapur, der in Pankot erschien, war ein Subalternoffizier eines britischen Regiments, das erst vor kurzen aus der Heimat eingetroffen war. Man bemühte sich sehr um ihn. Aber er schien andere Dinge im Kopf zu haben. Zum Thema Vergewaltigung sagte er zum Beispiel: »Man hatte schließlich beinahe den Eindruck, es habe gar keine Vergewaltigung gegeben.« Den militärischen Einsatz zur Unterstützung der Polizei kommentierte er mit den Worten: »Die Schose erinnerte einen an ein bißchen Gilbert und Sullivan zusammen mit dem letzten Akt von Hamlet.« Man entdeckte früh genug, um seine Ansichten in die richtige Perspektive zu rücken, daß der junge Mann im Zivilleben Schauspieler gewesen war und nach Delhi fuhr, wo ihn ein ruhiger Posten im Fürsorge- und Unterhaltungsbereich erwartete. Er sah unanständig gut aus. »Wahrscheinlich ein Revuetänzer«, meinte Mrs. Fosdick.

Nach dem theatralischen Leutnant trafen ein ganzes Dutzend Männer und Frauen ein, die zur Zeit der Unruhen in Majapur gewesen waren. Sie sagten, die Zahl der Toten in Majapur, die von den Behörden als unerfreulich hoch bezeichnet wurde, sei hauptsächlich darauf zurückzuführen, daß die Leute in den Fluß gesprungen und ertrunken waren, als sie beim Lärm von Schüssen und dem Anblick von Truppen auf beiden Seiten der Mandir Gate-Brücke in panischer Angst geflohen seien. Dibrapur war eine andere Sache. Dort kämpften die Aufständischen mit selbstgebastelten Bomben und Landminen. Sie bekamen, was sie verdienten. Brigadier Reid hätte beinahe eine ganze Schützenkompanie verloren, die durch eine gesprengte Brücke abgeschnitten wurde. Wenn man sich das einmal vorstellte und daran dachte, daß die Kompanie zu einer Brigade gehörte, die er auf den Einsatz gegen die Japaner vorbereitete, um sie daran zu hindern, in Indien einzumarschieren, mußte man zugeben, daß es unmenschlich war, ihn dafür zu kreuzigen, daß er schneidig eingegriffen hatte.

Reid besaß offensichtlich mehr Schneid, als nach Ansicht der Schreibtischhengste ein britischer Offizier in dieser Zeit an den Tag legen sollte. Sie bereiteten alles darauf vor, ihn kaltzustellen. Das Kommando der Brigade war Alecs erste wirkliche soldatische Aufgabe seit mehr als zehn Jahren. Ohne das Debakel in Malaia und Burma hätte er sich vermutlich bis zum Ende seiner Laufbahn am Schreibtisch quälen dürfen. Jetzt hatte man ihm eine Brigade übergeben, die kurz davor stand, an die Front zurückzukehren. Aber es gab Gerüchte, nach denen das Generalhauptquartier es für besser gehalten hatte, ihn in eine Stellung zu befördern, wo er schnell beweisen würde, daß er dieser Aufgabe nicht gewachsen sei, als ihn folgsam in den Stab zurückzuversetzen, weil die Zivilverwaltung in Majapur um seine Person Staub aufgewirbelt hatte.

Unter den Indern in Majapur erzählte man sich einen bösen Witz: Buchstabiere Reid rückwärts, und es klingt so wie Dyer, der im Jallianwallah Bagh in Amritsar 1919 jene unbewaffneten Menschen erschossen hat. Es dauerte nie lange, bis die Leute wie Geier über den Ruf eines anständigen und fähigen Offiziers herfielen. Der einzige Trost bei dieser Sache war, daß Reid ein besseres Schicksal erwartete als den alten Dyer, wenn er sich als zu alt erwies, um eine Brigade mit kampfgewohnteren Truppen zu befehligen. Wahrscheinlich würde er eine Generalsmütze bekommen, und selbst wenn er sie nirgends anders hinhängen konnte als an den Kleiderständer in einem klimatisierten Büro, so wäre der Sold im Dienst und die Pension danach doch eine gewisse Entschädigung.

Der Adjutant des Bataillons von dem britischen Regiment, das mit einem Bataillon der Ranpurs und dem in Majapur stationierten Bataillon der Pankots unter Reid zur Kampfausbildung zu einer Brigade zusammengelegt worden war, erhielt als erster Offizier die volle Aufmerksamkeit Pankots. Er befand sich auf einem kurzem Urlaub. Er wußte so gut wie nichts über Indien, aber er war Berufssoldat und gab einen faszinierenden Bericht über den Militäreinsatz an der Mandir Gate-Brücke in Majapur, bei dem eine bedauerlich hohe Zahl Frauen und Kinder im Fluß umgekommen waren. Natürlich kannte er den bereits abgereisten theatralischen Leutnant. Er überraschte aber alle, indem er ihn als hervorragenden Zugführer bezeichnete, der als Gefreiter in Dünkirchen gekämpft und mit einem MM (Militärorden) ausgezeichnet worden war. Er behauptete, den berühmten Ausspruch zu dem Rückzug geprägt zu haben: »Der Lärm! Die Menschen!« In Gesellschaft von Männern äußerte der Adjutant, er vermute, der junge X sei wahrscheinlich stockschwul, aber wenn es so sei, dann besitze er den Mut einer Amazone. Der Leutnant habe bei dem Einsatz einen Zug britischer Soldaten geführt. Er habe sich gut gehalten, aber vielleicht hatte ihm das Erlebnis, auf unbewaffnete Zivilisten zu schießen, »den Magen umgedreht«. Der Adjutant erinnerte sich daran, im Quartier gesehen zu haben, wie der junge Mann sich übergab. Der Adjutant wollte sich eigentlich erkundigen, weshalb der Leutnant sich nicht nach dem Einsatz in der Stadt zurückgemeldet hatte. »Mein lieber Junge«, hatte der Schauspielersoldat gesagt, »ich übergebe mich, weil die Statisten in einer ordentlichen Produktion nie wirklich sterben. Das kleine Stück heute war weiß Gott mehr als schlecht geprobt.«

Der nächste Ankömmling war eine noch vielversprechendere Informationsquelle. Es handelte sich um Ewart Mackay, den Brigademajor, den Reids Nachfolger durch einen Mann seiner Wahl ersetzt hatte. Mackay blieb ein paar Tage in Pankot. Er hatte die Fahrt zu seinem Regimentsdepot in Muzzafirabad in der Provinz an der Nordwestgrenze unterbrochen, wo man ihm, wie er erwartete, das Kommando über das Bataillon der Muzzafirabad Guides übertragen würde, das nach dem verlustreichen Rückzug aus Burma wieder aufgefüllt wurde.

Anfangs schien er mehr daran interessiert zu sein, an der

Bar im Club zu stehen und zu trinken, als Fragen über Majapur zu beantworten, die er mit dem frostigen Hauch seines eisgekühlten Carew's Gin-Atems und noch kälteren Blicken aus den durchdringenden blauen Augen abwehrte. Durch ständiges Zwirbeln seiner ruhelosen Finger sorgte er hartnäckig dafür, daß sein sandfarbener, ständig abstürzender Schnurrbart oben blieb.

Aber nachdem er im Verlauf von zwei Stunden zwölf Doppelte gekippt hatte (ein Clubmitglied wollte es beschwören), wurde er munterer, informativer und brachte einen spekulativen Ansatz in die Debatte, bei der man sich bisher immer klar darauf hatte einigen können, daß Reid schlecht behandelt worden war.

Ewart Mackay hatte offensichtlich eine gute Meinung von White, dem Distriktskommisar in Majapur. Er sagte:»Wir wußten alle, daß der Sohn des Brig bei den Japsen in Kriegsgefangenschaft saß. Und wir wußten, daß seine Frau oben in Pindi im Krankenhaus lag. Aber ich wußte als einziger, daß sie im Sterben lag, weil sie Krebs hatte, und ich erfuhr es auch erst sehr spät. Ich glaube, wenn der DK das gewußt hätte, wären er und der Brig besser miteinander ausgekommen, denn er hätte mehr Nachsicht gezeigt. Aber so mußte ich oft Öl auf die Wogen gießen. Besonders in der Zeit, als der Brig ihn drängte, die Truppen anzufordern, und der DK sich energisch sperrte und versicherte, die Polizei werde mit der Lage fertig. Es ist unsinnig zu behaupten, es wäre ein Übermaß an Gewalt ausgeübt worden. Aber hätten wir die Truppen, sagen wir, einen Tag früher eingesetzt, wäre das Ergebnis vielleicht nicht so schlecht ausgefallen. Ich glaube, der DK hätte die Truppen einen Tag früher angefordert, wenn er dem Brig hätte mehr vertrauen können und gewußt hätte, wie er die Truppen einsetzen wollte. Der alte Alec Reid ist nämlich ein Eisenfresser. Und die Zivilisten trauen uns heutzutage nicht mehr, wenn es aussieht, als suchten wir nur eine Gelegenheit, um loszuschlagen. Ich glaube, wenn die Frau im Sterben liegt, man an einem Ort wie Majapur sitzt und die Hölle los ist, dann will man es genau wissen. Aber es ist nie gut für einen Mann an der Spitze, unter emotionalen Spannungen zu stehen. Wie auch immer, den alten Alec Reid hat man schäbig behandelt. Daß man ihm diese andere Brigade gegeben hat, geschah doch nur, damit er und das Militär nicht das Gesicht verloren. Er wird die Brigade nicht behalten. Ich kenne den Mann, dem man gesagt hat, daß er sie bekommt. Zu Weihnachten ist Reid wieder in Delhi.«

Und Miss Manners? Nein, er hatte nicht das Vergnügen gehabt, sie kennenzulernen. Er sprach ihren Namen übertrieben schottisch aus, also mit dem bewußten Schrillen der Pfeifen und einem Wirbeln des Kilts. Seit dieser bedauerlichen Angelegenheit hatte er natürlich einiges über sie erfahren. Nein, nachdem was er gehört hatte, war sie nicht besonders attraktiv. Also groß und ungeschickt, soweit er wußte. Sie wohnte in einem der ältesten Häuser in Majapur, dem MacGregor-Haus, das ein schottischer Nabob im frühen neunzehnten Jahrhundert gebaut hatte. Jetzt gehörte es aber Lady Chatterjee, einer der Inderinnen, mit denen der DK und seine Frau Bridge spielten. Miss Manners war ziemlich neu in Indien. Zwar war sie hier geboren, aber ihre Eltern hatten sie noch als kleines Kind nach Hause gebracht. Sie verlor beide Eltern vor dem Krieg, und ihr Bruder war gefallen. Während der deutschen Luftangriffe auf London hatte sie Krankenwagen gefahren, war aber aus gesundheitlichen Gründen untauglich geschrieben worden. Ihre nächste lebende Verwandte, ihre Tante, die alte Lady Manners, Witwe des ehemaligen Gouverneurs Sir Henry, leitete alles in die Wege, damit sie zu ihr nach Rawalpindi kommen konnte. Dort lernte sie Lady Chatterjee kennen. Sir Henry Manners und Sir Nello Chatterjee, ein bengalischer Industrieller, waren alte Freunde gewesen, und nach dem Tod der beiden Männer hielten die Frauen die

Freundschaft aufrecht. Lady Chatterjee war eine Radschputin und Chatterjee ihr zweiter Mann. Ihr erster, ein Fürst, hatte sich beim Polo den Hals gebrochen. Chatterjee wurde geadelt, weil er das Technische College von Majapur gegründet hatte und finanzierte, das junge indische Ingenieure hervorbrachte und keine Geisteswissenschaftler, die man nicht beschäftigen konnte. Man fand allgemein, Lady Chatterjee sei in Ordnung.

Major Mackay hatte Lady Chatterjee in Erfüllung seiner gesellschaftlichen Verpflichtungen einmal kennengelernt. Möglicherweise war Miss Manners ebenfalls auf der Veranstaltung gewesen. Aber er konnte sich nicht daran erinnern, sie gesehen zu haben. Vermutlich war sie anderweitig beschäftigt. Nachdem sie zu Lady Chatterjee ins MacGregor-Haus gezogen war und als Freiwillige im Allgemeinen Krankenhaus arbeitete, freundete sie sich mit diesem indischen Journalisten an, der zu den sechs jungen Männern gehörte, die der Distriktspolizeichef nach der Vergewaltigung verhaftete.

Man bot Mackay noch einen Gin an. Er nahm dankend an und sagte nichts mehr, bis er das Glas in der Hand hielt. Nach ein paar Schlucken brachte er seinen Schnurrbart wieder in die Höhe und sagte: »Eine ganz merkwürdige Sache. Sie erschwerte das Leben zusätzlich, weil die Unruhestifter etwas hatten, um besonders laut zu schreien. Ich denke, Sie haben alle die Geschichten gehört, daß die Polizei die Burschen gefoltert und verunreinigt hat, indem man sie zwang, Rindfleisch zu essen, damit sie die Tat gestanden. Viele unserer Leute fanden, wenn das wahr sei, hätten sie nur bekommen, was sie verdienten. Ich nehme an, man hat sie nicht allzu sanft behandelt. Manche dieser indischen Inspektoren und Unterinspektoren kennen kein Erbarmen, aber der Pöbel beschuldigte den DPC. Es wurde so schlimm, daß der DK einen indischen Richter beauftragte, jeden einzelnen zu befragen. Aber keiner beklagte sich über Mißhandlungen. Vielleicht hatte man sie vorher eingeschüchtert. Das änderte so und so nichts. Die Menge schrie immer noch Zeter und Mordio. Ich hatte nie viel für den DPC übrig. Er war nicht mein Bier. Aber der Brig mochte ihn. Und wenn man bedenkt, daß die Menge es auf ihn abgesehen hatte, war er ziemlich kaltblütig. Ich habe ihn einmal im dichtesten Gedränge auf dem Pferd gesehen, während er seine Leute anfeuerte, die aussahen, als hätten sie genug. Wenn auch nur einer der Aufständischen ein Gewehr gehabt hätte, wäre er ein toter Mann gewesen. So verfehlte ihn ein großer Stein nur um Haaresbreite. Trotzdem, Mumm zählt nicht, wenn man in anderer Hinsicht versagt. Er hat es nie geschafft, daß die Anklagen wegen Vergewaltigung hieb- und stichfest waren, und ich denke mir, seine Vorgesetzen werden ihm das nie vergessen. Aber so ist das eben. Wenn du Erfolg hast, vergibt man dir eine Menge. Wenn nicht, verschwindest du in der Versenkung.«

Einer der Männer sagte: »Nach dem, was wir gehört haben, ist es nicht seine Schuld, sondern die Schuld der Frau. Mir klingt es danach, als sei sie verrückt.«

Mackay sah den Mann an, leerte das Glas, stellte es auf die Theke und bestellte die nächste Runde.

»Glauben Sie?« fragte er.

»Sie nicht?«

»Ich glaube, sie war verliebt. Nicht verrückt und nicht vernarrt. Nicht eingeschüchtert. Verliebt.«

»In diesen Journalisten?«

»Jawohl.«

»Selbst nachdem er und seine Freunde sie vergewaltigt hatten?«

»Vergessen Sie die Freunde. Das Problem in diesem Fall ist, daß niemand in der Lage ist, die Freunde zu vergessen oder von der schlichten Voraussetzung auszugehen, daß Miss Manners diesen Kumar liebte und immer noch liebt. Und dieser Kumar liebte sie und liebt sie noch immer.«

»Heißt er so?«

»Es waren sechs Namen. Aber ich glaube, Kumar war der fragliche Bursche. Hari Kumar.«

»Harry?«

»H,a,r,i. Er ist in England aufgewachsen. Er war in Chillingborough.

»Großer Gott!«

»Genau. Interessant, nicht wahr?«

»Also, was hat er dann bei einem Käseblatt in einem Ort wie Majapur verloren?«

»Ich habe gehört, daß sein Vater vor dem Krieg in England bankrott gemacht hat und gestorben ist. Kumar kam ohne einen Pfennig zurück zu seinen einzigen Verwandten, zu einer Tante in Majapur. Sie war eine Witwe und lebte von dem, was die orthodoxe Hindufamilie des verstorbenen Mannes ihr gab. Der junge Kumar muß eine schwere Zeit gehabt haben, um sich *damit* abzufinden. Vielleicht hat er sich nicht damit abgefunden. Die Polizei hatte ein Auge auf ihn. Er war politisch verdächtig. Das ist die andere falsche Spur.«

»Falsche Spur?«

»Sie macht die Sache schwierig. Sie macht es schwer, die Voraussetzung nicht aus dem Auge zu verlieren, daß er und Miss Manners sich lieben.«

»Was ist die andere falsche Spur?«

»Die Freunde. Die Polizei hatte auch Akten von ihnen. Ich glaube, man muß die Politik, die Freunde, ja sogar die Vergewaltigung vergessen und sich nur auf die eine Voraussetzung konzentrieren: Sie haben sich geliebt.«

»Was meinen Sie damit, die Vergewaltigung vergessen?«

Mackays Glas war leer. Er stellte es auf die Theke. Ein Mann aus der Gruppe ließ es nachfüllen.

»Ich meine, man muß sie vergessen, weil sie unwichtig ist.«

Das Wort »unwichtig« lallte er leicht, und die Aufmerksamkeit seiner Zuhörer ließ etwas nach. Aber mit seinem nächsten Satz hingen alle wieder an seinen Lippen.

»Sie ist schwanger, müssen Sie wissen. Sie ist schwanger nach Pindi zurückgekehrt. Es gibt Leute, die sagen, sie werde abtreiben. Aber ich bezweifle das. Ich halte mich an die Voraussetzung, daß sie und Kumar sich geliebt haben und sich immer noch lieben ... er im Knast und sie schwanger in Pindi. Und sie bekommt, wie sie glaubt, sein Kind ... wie sie glaubt, hofft oder weiß. Man kann es nicht sagen. Vielleicht kann sie es auch nicht. Es sei denn auf diese Weise, wie Frauen es zu können glauben, mit der lieben alten Intuition.«

Ein Mann, ein Zivilist mit rotem Gesicht und spärlichen Haaren fragte: »Was ist Ihre Theorie Major Mackay?«

»Nun ja, ich habe eine Theorie. Ich bin froh, daß Sie danach gefragt haben. Also meine Theorie: Wenn man sich liebt und eine Heirat nicht möglich oder nicht so leicht möglich ist, treibt mans früher oder später miteinander, um es einmal ungeschminkt zu sagen. Nach meiner Theorie haben Miss Manners und dieser Kumar es an diesem Abend im Bibighar entweder zum ersten Mal oder zigsten Mal miteinander getrieben. Aber an diesem Abend, das wievielte Mal es auch war, warteten seine sogenannten Freunde, die nicht nur ahnten, daß er es mit ihr trieb, sondern auch herausgefunden hatten, wo, darauf, daß die Vorstellung anfing. Und als es vorbei war, sind sie auf ihn losgegangen, haben ihn festgehalten und dann ...«

Major Mackay machte eine Bewegung mit dem Arm.

»Warum hat Miss Manners das nicht gesagt?«

»Was gesagt? Daß sie und Mr. Kumar abends in einem verwilderten Park miteinander geschlafen und damit keinem Menschen geschadet haben, als seine Freunde plötzlich auftauchten und sagten: »Also Hari, mach Platz?«

»Weshalb nicht? Darüber ist man sich doch einig, daß sie nicht zu der zimperlichen Sorte gehört. Und wenn das stimmt, was Sie vermuten, und die Frau und der Journalist wären mit der Wahrheit herausgerückt, hätte man diesen Teil der Geschichte vielleicht verschwiegen und die anderen angeklagt und verurteilt.«

»Sie glauben, auch nur einer von denen hätte das Kumar durchgehen lassen? Sie hätten ihn im Handumdrehen da mit hineingezogen. Sie hätten behauptet, es sei Kumars Idee gewesen, sie mit ihm zu teilen.«

»War das nicht so? Die Polizei glaubte das doch.«

»Damit wären wir wieder bei meiner Voraussetzung. Wenn es so gewesen wäre, hätte er ihr vorspielen können, was er wollte, sie hätte es durchschaut und ihn nicht mehr geliebt. Wenn man sich an meine Voraussetzung hält, daß sie sich liebten, sich lieben, ist alles sonnenklar. Seine sogenannten Freunde haben ihn angefallen und zusammengeschlagen. Vielleicht hat sie nicht gesehen, wer es war. In diesem Fall hat er es ihr hinterher gesagt und ihr von der Drohung erzählt, daß sie ihn beschuldigen würden, das Ganze geplant zu haben, falls es Schwierigkeiten geben sollte. Na ja, sie waren nicht gerade die Dümmsten. In Majapur wußte jeder, daß sie mit ihm ausging. Infolgedessen war keiner von beiden beliebt. Er hätte nicht die geringste Chance gehabt, gleichgültig wie sie seine Unschuld beteuert hätte. Deshalb dachten sie sich die Geschichte aus, daß sie sich seit Tagen nicht mehr gesehen hatten, und hielten verdammt gut daran fest... bis zum Ende. Allerdings hatte sie nicht damit gerechnet, daß Lady Chatterjee sie beim DPC bereits als vermißt gemeldet hatte, als sie nach Hause kam. An diesem Abend erwartete man, daß die Bombe platzen würde, und Miss Manners war nicht zur üblichen Zeit zurückgekommen. Sie war nicht im Club und auch bei niemandem von Lady C.'s Freunden, und die alte Dame machte sich große Sorgen. Und als sie endlich nach Hause kam, ließ sich nicht verheimlichen, was geschehen war. Das Kleid war zerrissen, und sie war übel zugerichtet. Lady C. ließ auf der Stelle eine Ärztin aus dem Purdahkrankenhaus kommen. Vielleicht geriet Miss Manners in Panik. Aber sie sagte, sie sei von einer Bande Männer überfallen worden. Und das war der Stand der Dinge, als der DPC eintraf. Er hatte nichts übrig für Hari Kumar. Er hatte ein Auge auf ihn. Er hatte Miss Manners vor dem Umgang mit einem solchen Burschen gewarnt. Also denkt der DPC sofort an den jungen Kumar. Er rast in den Bibhigar-Park, findet Kumars Kumpels nicht weit weg in einer Hütte, wo sie sich vollaufen lassen, verhaftet sie und rast zu Kumars Haus. Er überrascht ihn dabei, wie er Kratzer und Prellungen im Gesicht behandelt – Wunden, die vielleicht jemand hat, der eine Frau überfällt, die sich wehrt. Was für Beweise brauchte er noch? Er kam zu dem Schluß, zu dem die meisten kommen würden. Meiner Meinung nach hatte er recht – nur in dem einen Fall nicht, im Fall von Mr. Kumar, der nie erklärt hat, aus welchem Grund sein Gesicht so aussah, sondern schlicht und einfach wie auch sie darauf bestand, daß sie sich seit dem Abend nicht mehr gesehen hatten, an dem sie zusammen einen Tempel besuchten.«

»Und die anderen?«

»Oh, die stellten sich auch dumm. Sie gaben vor, den ganzen Abend in der Hütte getrunken zu haben. Sie blieben bei ihrer Geschichte. Aber wenn Hari Kumar sie beschuldigt hätte, dann hätten sie ihn mit hineingezogen. Da war etwas sehr Merkwürdiges mit dem Fahrrad passiert, also dem Fahrrad, von dem sie angeblich gezerrt wurde. Die Polizei erklärte zuerst, man habe es vor Kumars Haus gefunden, und dann sagte der DPC, nein, das sei falsch, es habe im Bibighar-Park in der Nähe der Stelle gelegen, wo sie vergewaltigt worden war und sei in den Polizeiwagen gelegt worden, mit dem man zu Kumar fuhr. Ein Unterinspektor, der erst später auf der Bildfläche erschien, habe geglaubt, einer der Polizisten hätte es im Graben vor dem Haus gefunden und das in seinen Bericht geschrieben. Die Inder behaupteten, der DPC habe das Fahrrad selbst dort hingelegt und dann gemerkt, daß dieser ›Beweis‹ viel zu durchsichtig war. Meine Theorie ist, daß die anderen fünf das Fahrrad mitnahmen und vor Kumars Haus liegen ließen. Der DPC hat weder Kumars Fingerabdrücke noch die eines anderen daran gefunden, weil die Burschen so schlau waren, sie zu beseitigen, und hofften, ihn allein zu belasten. So etwas Verrücktes würden Kerle, wie die es sind, tun und dabei vergessen, daß sie keine Chance hätten, wenn Kumar etwas nachgewiesen werden konnte.«

»Das würde aber bedeuten, daß dieser Polizist wichtige Indizien zurückgehalten hat.«

»Unsaubere Indizien. Frisierte Indizien. Ohne Kumars Fingerabdrücke am Lenker oder am Sattel Indizien, die er nicht wollte. Er wollte Kumar. Die Geschworenen wären sehr mißtrauisch geworden, wenn man das Fahrrad der Frau vor Kumars Haus gefunden hätte, selbst wenn keine Fingerabdrücke zu finden gewesen wären. Ich glaube, die anderen interessierten ihn nicht. Wenn die Leute mit ihm über den Fall sprachen, drehte sich für ihn immer alles um Kumar. Ich glaube, er mochte ihn nicht, weil er ein ganz bestimmter Typ ist: erstklassige englische Public-School Bildung, aber pechschwarz, politisch unzuverlässig und außerdem noch mit einem englischen Mädchen befreundet.«

»War er politisch unzuverlässig?«

»Ein junger gebildeter Inder? Das ist doch mehr als wahrscheinlich... oder nicht? Andererseits gehörte die Zeitung, bei der er arbeitete, einem Inder und war engländerfreundlich. Das hat natürlich nichts zu sagen. Die Polizei mußte genug Material über alle sechs gehabt haben, damit die Regierung entschied, sie ohne Verfahren als politische Gefangene hinter Gitter zu bringen, nachdem die Anklage wegen Vergewaltigung nicht haltbar war. Aber jeder weiß, da man sie einsperren mußte, wollte man das Gesicht wahren. Das konnte die Frau nicht verhindern. Aber bei Gott, sie verhinderte die

Anklage und sie verhinderte das Verfahren. Der stellvertretende Kommissar bekam eine Höllenangst vor dem, was sie aussagen würde. Sie hatten nicht die geringste Hoffnung, die Kerle vor Gericht zu bringen mit Miss Manners als einziger Zeugin der Anklage, die blindlings bereit war zu schwören, daß die Kerle, die sie vergewaltigt hatten, Bauern waren, und Gott weiß was sonst noch sagen würde. Man muß sie bewundern. Ja, ja. Das tut man, wenn man von meiner Voraussetzung ausgeht, daß Kumar sie gehabt, aber nicht vergewaltigt hat und daß die beiden sich furchtbar lieben.«

»Kannte der DPC sie gut?«

»An einem Ort wie Majapur kennt jeder jeden. Wenn Sie meinen, ob er in sie verliebt war... das kann ich nicht sagen. Er war nicht verheiratet. Und selbst, wenn sie so unscheinbar war, wie man erzählt, wäre sie für einen Mann wie ihn ein guter Fang gewesen. Aber er kam mir so kalt wie ein Fisch vor. Er dachte nur an seine Arbeit. Kein geselliger Typ. Enthaltsam. Ich habe ihn nie einen Witz erzählen hören. Der alte Reid mochte ihn allerdings. Aber Reid bewunderte einen Mann immer, wenn er Schneid hatte. Alles andere kam erst lange danach. Also, so war das. Das ist meine Theorie. Wer hat noch Durst außer mir?«

Niemand. Die Theorie war einfach unannehmbar. Eine Stunde später, nachdem die Bar schon einige Zeit geschlossen war, wurde Major Mackay von drei Dienern vom Hocker gehoben, in sein Zimmer getragen, ausgezogen und ins Bett gelegt. Er lächelte im Schlaf. Und so, konnte man sagen, hatten die Schwierigkeiten ein gutes Ende gefunden.

Barbie erhob sich von der Binsenmatte, knöpfte das hochgeschlossene Nachthemd zu und zitterte. Es war inzwischen kalt genug für den elektrischen Heizofen im Schlafzimmer, aber sie hatte begonnen, die kleinen Formen der Selbstkasteiung zu erforschen, und Aziz gebeten, ihn nicht wie in Mabels

Zimmer eine Stunde vor der Schlafenszeit einzuschalten. Sie stieg fröstelnd ins Bett, schaltete die Lampe aus, lag eine Weile auf dem Rücken und blies Pusteblumen, von denen sich eine so nutzlos erwies wie die andere. Die grauweißen Schirmchen schwebten schon beinahe davon, ehe ihr Atem sie erreicht hatte, und sie hielt nur den albernen schlaffen Stengel in der Hand. Heute abend half auch die Alternative nicht: das Riechen an Rosen. Sie dufteten nicht und waren am Verwelken, knollige Samenkapseln mit ein paar so losen Blütenblättern, daß Barbie kaum wagte, sie zu berühren. Sie zählte Schafe. Aber die Schafe waren störrisch, und das Gatter war zu hoch.

Sie zählte Kinder. Sie unterwarfen sich ihrer Zählung mit unverhohlenem Mißmut über diese Kontrolle. Sie verlas die Anwesenheitsliste und strich die Namen mit einem blauen Stift durch. Als alle Namen durchgestrichen waren, blieb ein Kind übrig, das sie nicht aufgerufen hatte: das kleine indische Mädchen, dem der blaue Stift gehört hatte. Barbie konnte sich nicht an den Namen des Mädchens erinnern; auch das kleine Mädchen konnte sich nicht daran erinnern und beschuldigte sie stumm, ihm den Namen und den Farbstift genommen zu haben. Das kleine Mädchen wollte nicht weichen, ehe sein Name aufgerufen worden war. Sie befanden sich in einer Sackgasse. Wir kommen nicht weiter, sagte Barbie, und das ist absurd, denn du hast Krischna, und ich habe Jesus. Für uns wird auf verschiedene Weise gesorgt. Geben wir uns die Hand und lassen wir es dabei. Aber das kleine Mädchen legte die Hände auf den Rücken und behielt sie dort.

Halte es höher, sagte ihre Mutter; also hielt sie das Stachelschwein höher und zählte Stecknadeln, die ihren Platz fanden, wo der Ausschnitt und die Schultern geändert, geweitet werden mußten. Gott geweiht. Ihre Mutter stach zu tief. Kleine Blutperlen erschienen wie rote Schweißtropfen auf dem weißen Satin. Die Braut lächelte immer noch wie der junge Spartaner mit dem gestohlenen Fuchs unter dem Hemd. Siehst du, sagte die Mutter, das sind die Vorteile der strengen Erziehung in einer Familie von Rang.

Ihr Vater sang eines seiner lustigen Lieder. In meinem wildem Leben hab ich dies und das getan. Barbie sang es ihrer Mutter vor. Hör mit diesem ordinären Lied auf, sagte ihre Mutter. Also sang sie es leise, wenn sie allein war. Aber sie hatte bis auf die erste Zeile alles vergessen. Im Treppenhaus war es immer dunkel; es roch nach Feuchtigkeit, nach Gasherden und altem Linoleum. Die Tapete an den Wänden war braun und fleckig. Sie sang die erste Zeile des ordinären Liedes immer und immer wieder, während sie die Treppe hinaufstieg; aber sie sang leise, weil ihr die Treppe Angst machte. Sie zählte die Stufen, aber es waren einschließlich Treppenabsatz immer nur zwanzig gewesen. Zwanzig Stufen waren nicht genug, damit sie einschlief.

Barbie schaltete die Lampe ein. Langsam erreichte sie wieder Indien, und als sie nach Indien zurückkehrte, bekam sie Heimweh, lächerliches, unerklärliches, unaussprechliches Heimweh. Der alte Wächter würde in seine Decke gehüllt auf der vorderen Veranda schlafen und wie ein müder Hirte aussehen. Unruhe erfaßte sie, dann hörte sie das schaurige Heulen der Schakale und fühlte sich verloren in einem unermeßlichen Land der Erfahrung, dem ganzen Land, das sie von Kindheit und Jugend trennte. Sie stellte es sich als ein Land vor, denn die Trennung schien räumlich, nicht zeitlich zu sein.

Sie setzte sich auf und schlang die Arme um ihren Körper. Das Licht der Nachttischlampe fiel nicht auf die Wände, aber das schützende Glas auf dem Bild schimmerte schwach. Hinter dem Glas war nichts; das Bild war weg.

Sie dachte: Ich bin weg; DU bist weg; er, sie, es ist weg.

Sie griff nach Emerson, der nicht weg war, sondern zu Mrs. Stewarts Verwunderung verlängert und verlängert wurde.

»Jedes neue Gesetz, jede politische Veränderung ist von Bedeutung für dich«, las Barbie und war überzeugt, daß es so sein mochte, denn Emerson sagte es ihr. »Stelle dich vor jede der Gesetztestafeln und sprich: ›Dies ist eine meiner Hüllen. Unter dieser wunderbaren oder verhaßten oder gnädigen Maske hat sich meine Proteus-Natur verborgen.‹ Das korrigiert den Fehler unserer zu großen Nähe zu uns selbst.«

Sie legte Emerson beiseite und griff nach dem Taschenwörterbuch. Proteus. Verwandlungsfähig, unbeständig, bei Mensch oder Dingen. Amöbe, Wechseltierchen. Bakterienarten. Sie legte das Wörterbuch beiseite und nahm Emerson wieder von der Bettdecke. Sie fand die Stelle nicht mehr, aber das schien bei Emerson nie etwas auszumachen.

»Die Welt besteht zur Erziehung jedes einzelnen Menschen. Es gibt in der Geschichte kein Zeitalter, keinen Zustand der Gesellschaft und keine Form des Handelns, die nicht in irgend einer Weise zu seinem Leben in Beziehung stünde. Auf höchst wunderbare Weise neigt alles dazu, sich zu verdichten und ihm seinen Wert zu überlassen. Er sollte erkennen, daß er in seiner Person die gesamte Geschichte leben kann. Er muß alles daran setzen, zu Hause zu bleiben, und darf nicht dulden, daß Könige oder Reiche ihn tyrannisieren. Er muß wissen, daß er größer ist als die ganze Geographie und alle Regierungen der Welt...«.

Plötzlich wurde ihr die tiefe Stille von Rose Cottage bewußt... die tiefe Stille und der schwache Geruch nach etwas Verbranntem. Sie legte Emerson weg, stand auf und zog die Pantoffeln und ihren langen blauen Morgenmantel an. Sie machte sich Gedanken. Vielleicht hatte Mabel vergessen, den Elektroofen abzustellen, vielleicht bestand die Gefahr, daß etwas verkohlte oder Feuer fing.

Sie ließ die Tür offen, damit sie im Flur etwas sah. Unter Mabels Tür drang ein schmaler Lichtschein hervor. Barbie zögerte. Der Geruch war verschwunden. Sie ging zur Tür und klopfte ganz leise an. Keine Antwort. Sie klopfte noch ein-

mal und sagte: »Mabel.« Sie wollte zurück ins Bett, denn ihr
wurde klar, wie albern es war, von einer Schwerhörigen zu
erwarten, sie würde sie hören; Barbie wollte auch nicht die
Tür öffnen und Mabel erschrecken. Aber die mögliche Gefahr zog sie in ihren dumpfen Bann. Sie öffnete Mabels Tür,
bis der Spalt groß genug war, um Kopf und Schultern hin-
durchzustrecken.

Mabel lehnte gegen die Kissen und schlief. Das Licht
brannte noch. Ihr Kopf war zur Seite gesunken und die Lesebrille nach vorne gerutscht; es sah aus, als könne sie herunter-
fallen, zerbrechen und Mabels Augen oder Gesicht verletzen.
Sie bemerkte ein aufgeschlagenes Buch auf der Bettdecke.
Die Hand, die es gehalten hatte, lag reglos daneben.

Der Elektroofen brannte nicht mehr. Barbie ging zum Bett.
Sie nahm das Buch, legte das Lesezeichen mit den Fransen
zwischen die aufgeschlagenen Seiten, klappte es zu und legte
es auf den Tisch. Dann entfernte sie sehr vorsichtig die gefährliche Brille und steckte sie in das Lederetui. Sie richtete die
Kissen und zog Bettlaken und Decken höher. Sie wollte auch
Mabels Hände zudecken, tat es jedoch nicht, aus Angst, sie
dadurch aufzuwecken. Sie schien bereits unruhiger zu werden. Sie stieß einen Seufzer aus. Dann klang es beinahe, als
würde sie etwas sagen.

Barbie blickte auf ihre Freundin hinunter. Ganz kurz hatte
sie die lächerliche Vorstellung, sie nicht zu mögen, wußte jedoch gleichzeitig, daß sie Mabel liebte. Sie wußte auch, daß
Mabel sie mochte, obwohl sie niemanden besonders zu mögen
schien. Es war eine merkwürdige Beziehung. Wie eine Beziehung zwischen zwei Menschen, die sich noch nicht kennen,
die sich jedoch lieben werden, wenn sie sich kennengelernt
haben. Mabel war näher daran, Barbie kennenzulernen, als
sie Mabel. Nach drei Jahren wußte Barbie immer noch so gut
wie nichts über ihre Freundin, aber selbst wenn man das außer acht ließ, was Mabel wegen ihrer Taubheit nicht hörte,

mußte sie inzwischen beinahe alles über Barbie wissen, denn Barbie hatte es ihr immer und immer wieder erzählt. Mabel Geschichten zu erzählen gehörte zu der Aufgabe, sich um sie zu kümmern; es war beinahe wichtiger, als Dinge zu erledigen, um sie von Haushalts- und anderen Pflichten zu entlasten. Barbie glaubte, ohne ihr unablässiges Reden würde Mabel die Stille, in der sie zu leben schien, nicht so sehr schätzen. Nur von ihrem geheimen Leid erzählte ihr Barbie nie etwas. Wenn sie Mabel ansah, wie sie es jetzt tat, glaubte sie, Mabel wisse ohnehin darum, habe es von Anfang an gewußt.

Sie dachte: In gewisser Weise ist Mabel mein geheimes Leid. Ich weiß nicht, wieviel von mir zu ihr durchdringt. Ich bin wie eine Welle, die gegen einen Felsen schlägt; ich mache Geräusche, die genauso klingen. Da ist Mabel; das ist der Felsen; da ist Gott. Sie sind praktisch eins.

Mabel regte sich; aber sie wachte nicht auf. Wie alt sie im Bett aussah, wie unermeßlich alt. Barbie streckte die Hand aus, um die Lampe auszuschalten. Wieder gab die alte Frau das kehlige Geräusch von sich, als beunruhige sie der Schatten von Barbies Arm. Sie tat es noch einmal. Sie murmelte etwas; die Töne drangen aus ihrer Kehle, denn die Lippen waren durch die Droge des kleinen Todes eines jeden Tages schon zu weit voneinander entfernt, um sich richtig zu treffen. Sie murmelte ein paar Sekunden lang vor sich hin, brach ab und sagte dann etwas, das Barbie aufhorchen ließ, so daß Zeigefinger und Daumen unentschlossen auf dem kleinen Ebenholzschalter der altmodischen Messinglampe verharrten; sie zwang das Echo der Töne innezuhalten, ehe sie weiter in eine Zone entschwanden, aus der man sie nicht zurückrufen konnte. Zuerst fing sie den Rhythmus wieder ein, dann die Vokale und danach die Konsonanten. Ein Name; ein Frauenname: Gillian Waller.

Sie musterte Mabels Gesicht, aber es verriet nichts. Mabel murmelte nicht mehr. Sie hatte ihr Ziel erreicht, wo es auch sein mochte. Hinter Gillian Waller hatte sie die Dunkelheit des traumlosen Schlafs gefunden.

Ranpur 29. Oktober 1942

Tragischer Tod einer englischen Missionarin

Aus Majapur wird berichtet, daß vor zwei Tagen Edwina Crane, die Leiterin der protestantischen Missionsschulen des Distrikts, gestorben ist. Sie wurde während der Unruhen im August von einer Menschenmenge mißhandelt und kam nur knapp mit dem Leben davon, während ein Lehrer, D. R. Chaudhuri, ermordet wurde. Der Polizei ist es bislang nicht gelungen, die Schuldigen festzunehmen.

Bei einer gerichtlichen Untersuchung in Majapur legte die Polizei eine Aussage des Dieners der Toten vor. Danach hatte seine Herrin diesen Mann um 15.45 Uhr in den Basar geschickt, um in der Apotheke etwas abzuholen. Seit ihrer Entlassung aus dem Krankenhaus hatte er solche Besorgungen öfter erledigt. Diesmal erklärte der Apotheker jedoch, von einem Rezept für Miss Crane sei ihm nichts bekannt. Der Diener kehrte nach Hause zurück.

Als er dort ankam, roch es nach einem Brand, und er sah Rauch. Ein Schuppen auf dem Gelände stand in Flammen. Diener aus der Nachbarschaft versuchten, das Feuer zu löschen. Sie riefen ihm zu, Miss Crane sei im Schuppen.

Die Polizei legte auch eine Aussage dieses Mannes vor. Kurz vor 16.00 Uhr hatte er eine Frau im weißen Sari auf dem Gelände des Bungalows der Missionslehrerin gesehen. Er glaubte, es handle sich um eine Frau, die dort nichts zu suchen habe, und stellte sie zu Rede. Sie bedeutete ihm, sich zu entfernen. Der Mann sah, daß die Frau im weißen Sari Miss Crane war. Weder er noch ihr Diener hatten je beobachtet, daß sie diese Art Kleidung trug. Der Mann beobachtete, wie sie in den Schuppen ging, und kehrte danach an seine Arbeit zurück. Kurze Zeit später roch er Rauch und entdeckte, daß der Schuppen brannte.

Die Polizei legte auch einen an den Leichenbeschauer gerichteten Brief vor, den man in ihrem Arbeitszimmer gefunden hatte. Ein Sprecher der Mission bestätigte, daß es sich um die Schrift von Miss Crane handelte. Der Brief wurde während der Untersuchung nicht verlesen, aber von der Polizei als ausreichender Beweis dafür angesehen, daß Miss Crane entschlossen war, sich das Leben zu nehmen.

Dr. Jayaprakash, Untersuchungsarzt am Begum Mumtez Zaidkhan Purdahkrankenhaus und offizieller Arzt der Missionsschulen, sagte aus, er habe Miss Crane seit einigen Jahren behandelt. Normalerweise sei ihr Gesundheitszustand ausgezeichnet gewesen, aber seit dem Überfall im August habe sie sich nicht wieder richtig erholt. Nach der Entlassung aus dem Krankenhaus verschrieb er ihr Stärkungsmittel und gab ihr den Rat, Urlaub zu nehmen. Bei seiner letzten Visite, etwa eine Woche vor dem tragischen Tod, erklärte sie ihm, sie habe beschlossen, sich aus dem Missionsdienst zurückzuziehen.

Der Befund lautete auf Selbstmord im Zustand geistiger Verwirrung.

Es kam zu einem rührenden Augenblick, als Miss Cranes Diener, der die Untersuchung mit einer Verhandlung zu verwechseln schien, fragte, ob »Madam frei- und ihm zurückgegeben« werde. Ein Kollege von Miss Crane führte den weinenden Mann aus dem Saal und berichtete dem Reporter, der Mann namens Joseph habe für Miss Crane schon als Küchenjunge in der Mission von Muzzafirabad gearbeitet, wo Miss Crane vor dem ersten Weltkrieg unterrichtete. »Sie war für ihn eine Heldin. Sie stand allein an der Schultür, um die Kinder zu schützen, und stellte sich einer Horde bewaffneter Aufrührer, die drohten, die Schule niederzubrennen.«

Das Begräbnis fand später am selben Tag statt. Vor dem Friedhof warteten mehrere Inderinnen, Mütter einiger Kinder, die die Missionsschule besuchen. Nach den Begräbnisfeierlichkeiten beobachtete der Reporter, daß diese Frauen auf den Friedhof gingen und Blumen auf das Grab legten.

Sie ging ins Bad, verschloß die Tür, auch die Tür zur Veranda und die Tür zum kleinen Gästezimmer. Sie kniete sich auf den kalten Boden und umklammerte den Rand des glatten weißen Waschbeckens, tastete nach dem feuchten Waschlappen und steckte ihn in den Mund, um das Haus nicht aufzuschrecken. Sie streckte die Hand aus und drehte den Wasserhahn ganz auf. Das Wasser schoß in das Waschbecken, verschwand im Ablauf und in der offenen Rinne, die es nach draußen leitete. Sie sank in sich zusammen, bis ihr Oberkörper beinahe die Schenkel berührte und schluchzte laut.

Edwina hatte gesündigt. Aber Barbie weinte nicht deshalb. Es überstieg ihr Vorstellungsvermögen, was mit Edwinas Seele geschehen würde. Das würde in der Hölle entschieden werden. Die Hölle war für Barbie ein trostloser, unfaßbarer, aber realer Ort, den Gottes Atem kalt und das Gesicht des Teufels dunkel machte. In dieser kahlen, neutralen Region warteten zitternd und nackt die Toten. Hier konnten sie nichts mehr tun, um ihrem Anspruch auf das eine oder andere Königreich Nachdruck zu verleihen. Selbstmord war etwas Böses. Ihr Vater hatte sich durch den Alkohol umgebracht; er geriet betrunken am Themseufer unter die Räder und Pferdehufe einer Kutsche. Ihre verwitwete Mutter hatte sich nicht, wie die Leute sagten, mit Arbeit umgebracht, sondern mit einer Mischung aus herzloser Liebe und herzlosem Stolz, besser bekannt als »den Schein wahren«. Ihre Tode waren im Vergleich zu Edwinas schrecklicher Selbstzerstörung kleine Sünden, aber Barbie hatte schon seit langem gelernt, in den persönlichen kleinen Verzweiflungen, von denen der Alkohol und der Stolz zeugten, flüchtig das Gesicht des Teufels zu sehen: Nachdenklich stützte er das Kinn in die Hand, bot Entschädigung, versprach schmerzstillende Mittel, die etwas anderes waren, nämlich Suchtmittel, die das Böse förderten, das er tat.

Barbies Teufel war kein Dämon, sondern ein gefallener Engel, und seine Hölle war nicht der Ort von Feuer und Schwefel, sondern ein Bild des verlorenen Himmels. Dort gab es keine einsamere Seele als ihn. In seiner großen Liebe zu Seelen stand er Gott in nichts nach, aber er hatte nur seine eigene Verzweiflung zu bieten. Er bot sie so unerschöpflich wie Gott Liebe. Er *war* die Verzweiflung, wie Gott die Liebe war.

Deshalb weinte Barbie. Blind vor Tränen kniete sie noch immer und begriff; sie erreichte den Moment, der sie in das Zentrum des höchsten Mysteriums hätte bringen sollen, aber es gab kein Mysterium. Sie war eine alte Frau wie Edwina. Edwina hatte bei dem toten Inder Wache gehalten – ihr Leben in Indien hatte zu nichts geführt.

Sie weinte, denn die Geste, die so erhaben gewirkt hatte, enthüllte eine Edwina, die stumm vor Verzweiflung und nicht von Liebe gereinigt war. Die Enthüllung von Edwinas Verzweiflung legte ihre eigene bloß, zeigte ihre Tiefe, ihre Unermeßlichkeit. Sie hätte das Wissen ertragen, würde es ertragen müssen; für Edwina mußte es grausam gewesen sein. Edwina schien immer so stark zu sein, soviel Vertrauen in Gott und Gottes Absichten zu haben; sie schien so begnadet zu sein, daß man ihr nur nahe sein mußte, um an ihrem Geschenk teilzuhaben und zu spüren, wie die eigenen Zweifel aus Mangel an Nahrung erstarben.

Und doch mußte auch Edwina das ständige Schwächerwerden der Verbindung gespürt haben, die räumliche Trennung, als Gott unerklärlicherweise SEIN Gesicht von dem bescheidenen Dienst abwandte, den ER nicht länger annehmbar fand, obwohl ER zu freundlich war, um ihn zurückzuweisen.

Barbie erhob sich mühsam und hielt den Waschlappen unter das fließende Wasser, drückte ihn sich triefend auf das Gesicht und wiederholte das so lange, bis das Gesicht kühl war und nur noch die Augen brannten. Edwinas Glaube mußte dem ihren weit überlegen gewesen sein, und infolgedessen mußte ihre Verzweiflung groß genug gewesen sein, um sie aus dem Gleichgewicht zu bringen. Aber man konnte ihre geistige Verwirrung nicht als Milderungsgrund anführen, denn sie war ein Werk des Teufels. Barbie blickte in den Spiegel über dem Waschbecken. An der gegenüberliegenden Wand hing ebenfalls ein Spiegel. Sie wurde vorn und hinten vervielfältigt. Auf der Vorderseite war sie Barbie und näherte sich Barbie, auf der Rückseite entschwand ein anderes Ich durch ein kleiner werdendes Bild nach dem anderen in eine Art erschreckender Unendlichkeit.

Sie spürte ihre Haut kalt und hart werden, während die Wärme aus ihrem Blut wich. Im Bad roch es plötzlich nach der stinkenden, fauligen Übelkeit, doch in dieser Fäulnis lag ein Anflug von unendlicher Geduld und unendlichem Verlangen. Sie griff sich an den Bauch und Hals, beugte sich über das Becken und übergab sich. Sie würgte und keuchte. Das Wasser floß immer noch und nahm das Widerliche mit sich. Sie umklammerte haltsuchend das Waschbecken. Sie ließ das Wasser fließen, bis das weiße Porzellan wieder glänzte. Sie fühlte sich am ganzen Körper kalt und feucht. Langsam kehrte die Wärme zurück.

Sie spülte sich immer und immer wieder den Mund aus und drehte dann den Hahn zu. Als das letzte Gluckern verstummt war, breitete sich eine Stille wie nach einem Seufzer aus.

»Armes Wesen«, sagte sie und schloß die Augen. »Ich weiß, wer du bist, und ich weiß, daß du immer noch da bist. Bitte geh.«

Sie wartete, und beim Geräusch schwerfälliger, sich langsam entfernender Flügelschläge – als versuche ein großer Aasgeier, die Schwerkraft zu überwinden – hielt sie den Atem an. Sie wartete ein paar Minuten, wusch sich dann ausgiebig Gesicht und Hände, öffnete, immer noch nicht ganz zufrieden, die Tür ihres Zimmers, holte frische Sachen, kehrte ins Bad zurück und warf die getragenen Sachen nacheinander in den Wäschekorb, bis sie nackt war. Umgezogen und erfrischt mit Eau de Cologne, ging sie in ihr Zimmer zurück und bürstete ihr Haar.

Schönheit existiert im Auge des Betrachters, hatte ihre Mutter gesagt; aber sie hatte nicht gesagt, wer der Betrachter sein mochte.

TEIL ZWEI

Eine Frage der Loyalität

Eine Frage der Loyalität

Meldungen in der Times of India im Mai 1943.
Geburten:
MANNERS, Parvati, Tochter von Daphne; am siebten Mai in Srinagar.
Sterbefälle:
MANNERS, Daphne, Tochter der verstorbenen Mr. & Mrs. George Manners; die geliebte Nichte von Ethel Manners und dem verstorbenen Sir Henry Manners.
Bevorstehende Eheschließungen:
HAUPTMANN E.A.D. BINGHAM und Miss SUSAN LAYTON
Ihre Verlobung geben bekannt: Hauptmann Edward Arthur David Bingham, Muzzafirabad Guides, der einzige Sohn des verstorbenen Major A.E.D. Bingham, MC (Muzzafirabad Guides) und der verstorbenen Mrs. S.A. Hunter, Singapur, und Susan, die jüngste Tochter von Oberstleutnant John Layton und Mrs. Mildred Layton, Pankot.

I

So tritt Teddie auf und ist bereits durch eine unheilvolle Verbindung gezeichnet.

Sarah Layton beschrieb ihn später als einen Mann, der einem nicht ans Herz wächst, der etwas an sich hat, das sich

143

schnell abnutzt. Sie hatte anfänglich als einzige bei ihm den starken Eindruck von Hohlheit, wenn auch fröhlicher Hohlheit. Seine zukünftige Schwiegermutter Mildred beklagte sich damals, es gebe wenig, woran man sich bei ihm halten könne. Obwohl sie dabei ausschließlich an praktische Dinge dachte (nämlich, was sie Oberst Layton schreiben sollte, der inzwischen von einem italienischen in ein deutsches Kriegsgefangenenlager verlegt worden war; allein dieser Umstand ließ es noch zwingender erscheinen, einen klaren und ausführlichen Bericht über den Mann zu geben, den seine Tochter Susan zu heiraten gedachte), verband sich bei ihr die Vorstellung, daß es wenig gab, woran man sich bei Teddie halten konnte, mit der Vorstellung, daß er einem nicht ans Herz wuchs. Das führte unvermeidlich dazu, ihn für einen Menschen zu halten, der in jeder Hinsicht mit der Klischeevorstellung von einem jungen Mann übereinstimmte, der nichts im Kopf hat, aber einen Vorrat angelernter und leerer Reaktionen und eine fröhliche Zufriedenheit besitzt, die dafür sorgen würden, daß er nichts außergewöhnlich Dummes, doch auch nichts Herausragendes tun würde.

Wie nahe er daran war, in den ersten Monaten des Jahres 1942 aus seiner Zufriedenheit herausgerissen zu werden, verriet möglicherweise sein Verhalten, als er ein Jahr später im Stab von Dick Rankin in Pankot auftauchte. Er zeigte sich »ziemlich enttäuscht« vom unmittelbaren Ergebnis seines Lehrgangs auf der Stabsschule in Quetta, »hoffte jedoch auf etwas Besseres in der Zukunft«. Vermutlich war er auch ziemlich enttäuscht gewesen, als er feststellen mußte, daß die Japaner sich als »die Besseren in einer Rauferei« erwiesen hatten – besser als das britische und indische Heer zusammen. Während er sich mit den Überresten seiner Einheit durch den Dschungel zurück nach Indien schleppte (denn diese Richtung schlug jeder ein, der noch gehen konnte), hoffte er auf eine baldige »Besserung« der Lage.

Man kann ihn sich vorstellen, wie er müde, schmutzig und hungrig durch den Dschungel marschiert, dabei mehr als seinen Anteil an Waffen trägt (um ein paar erschöpften Sepoys die Last zu erleichtern), wie er durchhält und lächelt, weil er persönlich an einer überwältigenden Niederlage, einer absoluten Katastrophe unschuldig ist – wie man das Geschehene seiner Meinung nach wohl bezeichnen mußte. Er hatte kein Recht, unglücklich auszusehen, und jeden Grund, ein Beispiel dafür zu geben, wie man durchhält, selbst wenn die Glieder am Körper mit etwas befestigt waren, das sich wie schlaffe, heiße Gummibänder anfühlte.

Es besteht eine Lücke zwischen diesem Bild von Teddie auf dem Rückzug aus Burma und dem Bild seiner Ankunft ein Jahr später. Aber das ist eine von vielen Lücken, und sie spielt in einem Bericht über ihn eine angemessen vereinfachende Rolle, denn für Teddie selbst schien seine Lebensgeschichte eine Reihe von Lücken gewesen zu sein, die ein paar bemerkenswerte Ereignisse miteinander verbanden. Dieser Eindruck könnte angesichts der ungewöhnlichen Schwierigkeiten entstehen, die Mildred hatte, überhaupt etwas aus ihm herauszubekommen, abgesehen von ein paar nackten und nicht sehr ermutigenden Informationen und einem leichten Stirnrunzeln der Konzentration, was sehr wohl auf die Erkenntnis zurückzuführen sein mochte, daß er und Mildred eine Pflicht zu erfüllen hatten.

»Ich habe einen Onkel«, sagte er und fügte hinzu, »genauer gesagt in Shropshire«, als mache diese Erläuterung den Onkel lebendiger und identifizierbarer. Teddie lebte bei seinem Onkel, als er aus Indien gekommen war, um in England zur Schule zu gehen, so wie Sarah und Susan bei ihrer Tante Lydia, Mildreds älterer Schwester, in London lebten. Teddies Vater hatte bei den Muzzafirabad Guides gedient – deshalb gehörte Teddie jetzt zu ihnen –, brach sich jedoch den Hals auf der Jagd, als Teddie vierzehn war. Seine Mutter heiratete wieder, und zwar einen Geschäftsmann namens Hunter (also Jäger – das war merkwürdig, wenn man an die Todesursache ihres ersten Mannes dachte). Sie lebten in Singapur, bis Hunter starb. »Ich kann Ihnen sagen«, erzählte Teddie Mildred, »die Leute behaupten, es ging ihr dreckig bei ihm.« Sie starb plötzlich in Mandalay auf der Rückreise nach Muzzafirabad. Das alles ereignete sich, bevor Teddie nach Indien zurückkam, um in das Regiment einzutreten. Im weiteren Verlauf ging er nach Burma, versuchte – allerdings erfolglos –, ihr Grab zu finden und machte sich deshalb Sorgen, bis ihm wieder einfiel, daß sie eingeäschert worden war. Im weiteren Verlauf kamen die Japaner ebenfalls nach Burma, und es dauerte nicht lange, bis Teddie abzog.

Und das war ungefähr alles. Teddie hatte rotes Haar und weißliche Augenwimpern (Clara Fosdick fand, das sei ein Zeichen von Unzuverlässigkeit). Er war fünfundzwanzig und hatte das schlaksige englische Aussehen eines jungen Mannes, der noch nicht völlig erwachsen und geformt ist; das bedeutete, in wenigen Jahren würde er plötzlich korpulent werden und aussehen, als sei er im mittleren Alter, denn bei solchen Männern schien sich um die Dreißig alles auf einmal zu ereignen – alles, abgesehen vom Weißwerden der Haare. Das war der Pensionierung vorbehalten. Es geschah ebenso plötzlich und war das einzige Zeichen dafür, daß das Alter eingesetzt hatte.

Schule, Militärakademie, Regiment, Feuertaufe, Stabsschule: der nächste logische Schritt war die Heirat, damit sich der Vorgang durch die kontinuierliche männliche Linie wiederholen konnte. Teddie erreichte Pankot, räusperte sich, metaphorisch gesprochen, hob den Kopf und sah sich nach einem Mädchen um, mit dem er diese Sache in Angriff nehmen konnte. Nicht jedes Mädchen kam dafür in Frage. Die Wahl sollte im Idealfall unter den Mädchen getroffen werden, die das Etikett *Heer* trugen; das schloß Carol und Christine

146

Beames mehr oder weniger aus, deren Vater, Oberst Beames, im zivilen Bereich am hiesigen Krankenhaus arbeitete, ebenso verschiedene andere Mädchen, deren Väter in Regimentern dienten, die nach Teddies Meinung nicht seinem Standard entsprachen. Den Muzzis war natürlich kein Regiment überlegen, aber es gab ein oder zwei Regimenter, die ihnen gleichkommen mochten. Teddies Vater hatte diese Auffassung vertreten, und Teddie hatte sie auf ähnliche Weise erworben wie das kleine Vermögen in Form eines unverdienten Einkommens. Allerdings erreichte ihn das Kapital, das ihm dieses Einkommen sicherte, auf dem Umweg über seine Mutter und war daher durch den Geschäftsmann Hunter etwas dezimiert worden, der glücklicherweise durch Alkohol den Tod fand, ehe seine Mutter, wie Teddie vermutete, aus Scham und Kummer starb, denn sonst hätte er möglicherweise nie einen Penny davon gesehen und wäre gezwungen gewesen, entweder in ein Geschäft oder ein weniger angesehenes Regiment einzutreten, und das, so glaubte er, wäre ziemlich schrecklich gewesen. Er bezweifelte, daß sein Onkel eingesprungen wäre, denn seiner Meinung nach mochte der Onkel seinen Vater nicht besonders. Der Onkel war der ältere Bruder gewesen.

»Ich nehme an, Sie werden einmal von Ihrem Onkel Geld bekommen«, sagte Mildred. Sie hielt es für richtig, zur Sache zu kommen, und sie tat es mit Stil in ihrer unbeteiligten, aber rauhen Stimme nach den ersten zwei Drinks des Tages.

»Oh, darauf möchte ich mich nicht verlassen«, erwiderte Teddie. »Er ist im Grunde ein alter Geizkragen. Ich rechne nicht mit mehr als den Sechshundert im Jahr und meinem Sold natürlich.«

»Es wird Jahre dauern, ehe Susan etwas von uns bekommt«, informierte ihn Mildred. »Sie werden sich also anstrengen und zu schwindelnden Höhen aufsteigen müssen.«

»Ja, gewiß.«

»Haben Sie irgend ein Foto?«

»Wovon?«

»Von Ihnen. Ich möchte es John ins Kriegsgefangenenlager schicken. Ich kann mir vorstellen, er möchte gern wissen, wie Sie aussehen.«

»Soll ich mir eins machen lassen?«

»Das wäre eine Hilfe.«

»Eine Ganzaufnahme oder nur Kopf und Schultern?«

Teddie dachte immer praktisch, und das machte seinen Mangel an Phantasie wett. Er wäre nie auf den Gedanken gekommen, Mrs. Layton ein Bild von sich anzubieten, aber nachdem er wußte, daß sie eins wollte, und plötzlich begriff, warum, sah er, daß es wichtig war, alles richtig zu machen. In Uniform oder Zivil? Praktisches Postkartenformat oder größer? Mit oder ohne Mütze? Da er überhaupt nicht eitel zu sein schien, mußte man diese Fragen ernst nehmen. Man konnte ihn nicht mit der beiläufigen Bemerkung abfertigen, »ach, irgendein Bild, wenn es Ihnen nur annähernd ähnlich sieht.«

Er besaß diese Art dicke Haut, die nicht ganz so dick ist, daß man auf Unsensibilität schließen dürfte. Die Sache mit dem Foto langweilte Mildred schon lange, ehe sie sich auf Einzelheiten geeinigt hatten. Teddie bemerkte nicht, daß sie sich langweilte oder daß sie zuviel trank. Vielleicht besaß er überhaupt keinen Blick für Menschen. Manchmal schien er sich selbst nicht wahrzunehmen. Ihm schien es zum Beispiel nichts auszumachen, was ein anderer Mann als eine delikate oder peinliche Situation betrachtet hätte, nämlich in die Familie zu heiraten, wo er ständig Sarah begegnete. Vor seinem Verhältnis mit Susan war er mit Sarah befreundet gewesen. Damals hatte er sich so verhalten, als sei die jüngere Schwester überhaupt nicht vorhanden. Jetzt behandelte er Sarah so höflich, daß man glauben konnte, er würde jeden Moment erklären, weshalb er sich von ihr abgewendet hatte, obwohl Sarah ihn nicht soweit ermutigt hatte, daß sein Sichabwenden einer Erklärung bedurft hätte. Ein Außenstehender, der nichts von dem Vorausgegangenen ahnte, hätte seine Höflichkeit für die Höflichkeit eines Mannes gehalten, die er der Schwester der Frau, die er heiraten will, schuldig zu sein glaubt – jeden Anflug von Entschuldigung in dieser Höflichkeit hätte er als Entschuldigung dafür gesehen, Susan zu heiraten, und nicht dafür, Sarah aufgegeben zu haben. Vielleicht sah Teddie es genauso.

Aber in Pankot gab es mehrere Erklärungen für seine Abwendung, den Sinneswandel oder den Umschwung seiner Gefühle. Hätte er eine dieser Erklärungen gehört, hätte sie ihn überrascht (endlich), denn er hätte das Wort »wankelmütig« im Zusammenhang mit sich sehr wahrscheinlich nicht erwartet. Hätte er von den beiden anderen gewußt, hätte er der ersten zugestimmt: Er habe schließlich nicht mehr übersehen können, wie hübsch Susan war, und er habe nicht vermocht, sich dem starken Gefühl zu widersetzen, das ihr Anblick plötzlich in ihm auslöste. Die dritte Erklärung hätte er vermutlich überhaupt nicht verstanden, und gewiß hätte er sie gar nicht hören wollen.

Die kleine Mrs. Smalley hatte Sarah Layton in Worten beschrieben, die genau genug waren für die ungenauen Schlußfolgerungen, die sie daraus zog, um Teddies Abwendung von Sarah beinahe richtig zu erklären. Aber Teddie hätte mit Mrs. Smalleys Bild von Sarah nichts anfangen können. Er hatte bestimmt nie den Eindruck gewonnen, daß Sarah ihn als Menschen nicht ernst nahm; er hatte auch nie den Eindruck, daß Sarah *es* nicht ernst nahm (*es* bedeutete Indien, die Rolle der Engländer in Indien, die Aufgabe, die die Engländer in Indien erfüllen mußten); er hatte nie den Eindruck, daß Sarah über *es* und infolgedessen über ihn lachte, und da er als Mann *es* ernster nahm als eine Frau, hatte er auch nie den Eindruck, daß Sarah – zwar in jeder anderen Hinsicht bewundernswert – die grundlegende Einstellung fehle, die Männer bei einem Mädchen für wichtig hielten, und dies sei die Erklärung dafür, daß die jungen Männer sich nach kurzer Zeit in Gesellschaft der jüngeren Schwester wohler fühlten. Teddie hätte vielleicht Mrs. Paynton zugestimmt, die alle diese potentiell nachteiligen Smalley-Fäden zu einem vernünftigen zusammenfaßte und erklärte, Sarah müsse nur den richtigen Mann finden, dann käme alles in Ordnung, denn im Grunde sei sie zuverlässig, und, was ihre Mutter angehe, ein Felsen, auf den Mildred sich stützen könne.

Genau das hatte Teddie anfangs gehofft: Er wollte Sarah als Mrs. Bingham heimführen. Für ihn stellte sich die Frage ihrer Zuverlässigkeit nie. Sarah kam eines Tages mit vertraulichen Akten in sein Büro im Hauptquartier. Er erkundigte sich bei seinem Freund und Muzzi-Kameraden Tony Bishop, Dick Rankins ADC, wer diese schlanke blonde Hauptgefreite sei. Man darf annehmen, daß die Antwort ihn unglaublich befriedigte. Wenn er kein Muzzi-Guide-Mädchen fand, würde ein Pankot-Rifle-Mädchen ein guter Ersatz sein; das wäre sogar die bessere Wahl, denn Teddie fand die Vorstellung, innerhalb des eigenen Regiments zu heiraten, leicht inzestuös. Das hatte sein Vater getan, und es war wirklich nicht besonders gut ausgegangen. Teddie war zunächst über sein Schicksal enttäuscht gewesen, das ihn lediglich als Hauptmann in ein stationäres Hauptquartier brachte, wo es ihn doch ebenso gut als G2 in eine aktive Formation hätte führen können; aber jetzt sah es so aus, als habe die Versetzung nach Pankot den einzigen und hervorragenden Zweck gehabt, ihn mit diesem Mädchen aus dem besten Regiment der Garnison zusammenzubringen.

Es wäre falsch zu behaupten, Teddie sei hinter Sarah Layton her gewesen oder habe sie umworben. Er widmete sich ihr, wie er sich jeder Aufgabe widmete, die im Bereich seiner Fähigkeiten lag. Aber da er immer nur an eine Sache gleichzei-

150

tig denken konnte, erweckte er bei allen den Eindruck, einen Frontalangriff auf das Mädchen gestartet zu haben, auf das sein Auge gefallen war und das in ihm zärtliche und leidenschaftliche Gefühle geweckt hatte.

In diesem Licht muß er sich selbst gesehen haben, falls er darüber nachdachte. Er muß darüber nachgedacht und alles tadellos gefunden haben. Schließlich verliebten sich seine Kameraden ständig. Da war nichts besonderes daran, und sie war wirklich sehr nett. Sein Vater hätte es gebilligt.

Möglicherweise sind die interessantesten Lücken in Teddies Lebensgeschichte vielleicht jene Lücken, durch die man die Entwicklung oder die fehlende Entwicklung seiner Beziehung zu Frauen hätte verfolgen können. Man kann annehmen, daß er mit fünfundzwanzig heterosexuelle Erfahrungen gemacht hatte – es fragt sich nur, mit wem und unter welchen Umständen. Aber die Antworten auf diese Fragen liegen weit genug im Dunkel, so daß ihn der reine Duft fröhlicher, männlicher Jungfräulichkeit umgibt, die nur von den Spuren eines schärferen Geruchs befleckt ist: dem Geruch beabsichtigter oder unbeabsichtigter nächtlicher Ergüsse, die seinen Gesichtsausdruck nicht verändern, sondern die unterschwelligen Schatten bescheidener Verwirrung betonen.

Tony Bishop erinnerte sich nicht daran, daß Teddie je »etwas mit einem Mädchen gehabt« hätte, ehe er sich inbrünstig daran machte, etwas mit Sarah Layton zu haben. Bishop kannte ihn aus der Zeit vor Burma und nach Burma, aber nicht während Burma, deshalb erstrecken sich seine Erinnerungen nicht auf eine möglicherweise wichtige Phase in Teddies Entwicklung. Er hatte von Teddie weniger einen persönlichen Eindruck, sondern den Eindruck, den man im Regiment von ihm hatte. Die Muzzi-Guides (erzählte Bishop liebevoll spottend) gehörten zu den Regimentern, bei denen die Regel nicht nur verlangte, in der Offiziersmesse nie Frauen zu erwähnen, sondern die sich auch mit so eiserner Entschlossenheit daran hielten, daß ein Außenstehender zu der Ansicht hätte kommen können, die jungen Subalternoffiziere hätten nicht nur aufgehört, von Frauen zu sprechen, sondern auch, an sie zu denken, bis sie ein gewisses Alter erreichten und vor einer Situation standen, die eine schwierige Entscheidung verlangte: Sollten sie Junggeselle bleiben oder heiraten? Normalerweise lieferte ein anderes ungeschriebenes Gesetz des Regiments die Antwort auf diese Frage: Ein Offizier muß eine Ehefrau haben, ehe er dreißig ist, wenn er nicht in den Ruf ungehöriger Leichtfertigkeit geraten will.

Teddie fühlte sich sehr mit seinem Regiment verbunden – vielleicht war das Regiment das einzige, was er ernst nahm. Die Aura zweifelhafter Klösterlichkeit, die das Regiment umgab, erklärt vielleicht auch Teddies Aura, die besagte, er habe entweder nie etwas mit Frauen gehabt, oder wenn, dann so weit vom Auge des Regiments entfernt, daß man ihn nicht damit in Verbindung brachte – so als habe er sich zu diesem Zweck einen anderen Körper ausgeliehen. Worin der Grund für diese Aura auch liegen mochte, sie umgab ihn, als er auf Sarah zuging, und erweckte den Anschein, als sei er ein Mann, dessen körperliches Verlangen ihm nie zu schaffen gemacht hatte, das aber trotzdem versprach, groß genug zu sein – und das wiederum ließ vermuten, er kenne sich selbst sehr genau.

Es lief schließlich darauf hinaus, daß Teddie hinter einer Idee her war. Anfänglich verkörperte Sarah Layton diese Idee. Nach drei Wochen war er Sarah nahe genug, um zu glauben, als nächstes müsse er nur die Frage stellen, dann sei alles in Ordnung. Man gewinnt den Eindruck, daß Teddie an Sarahs Ja kaum zweifelte. Sie war unglaublich liebenswürdig und unglaublich zugänglich gewesen. Er hatte sie noch nicht geküßt, aber ihre Hand gehalten und mit anderen Gesten ein körperliches Besitzergreifen deutlich gemacht. Sie hatten Tennis gespielt, waren zusammen ausgeritten, Schwimmen, Tanzen und ins Kino gegangen, waren zum Abendessen im chinesischen Restaurant und in Smith's Hotel gewesen. Er hatte sie im Club, im Dienstbungalow, einmal sogar in Rose Cottage abgeholt, wo eine ältere Frau (die etwas mit der Mission zu tun hatte) ziemlich viel über Muzzafirabad sprach, jedoch nicht über jene Seiten des Lebens, die er kannte. Sarah und er gingen zusammen spazieren, fuhren zusammen in der Tonga oder saßen nebeneinander auf der vorderen Sitzbank eines Stabswagens, wenn es ihm gelang, ihn für angeblich offizielle Pflichten locker zu machen und den Fahrer loszuwerden.

Deshalb war der nächste Schritt klar. Er mußte dafür sorgen, daß sie allein waren, damit er den Arm um sie legen, sie küssen und etwa sagen konnte: »Du weißt doch, daß ich dich unglaublich mag«. Das klang ein bißchen langweilig, entsprach jedoch ganz bestimmt der Wahrheit. Nachdem er das gesagt hatte, würde er logischerweise vorschlagen, sie könnten sich sozusagen verloben, wenn sie auch der Meinung sei; man mußte nicht weiter gehen, denn wenn man erst einmal soweit war, würde sich alles andere sicher von selbst ergeben.

Anfangs (sagt Sarah) glaubte sie, Teddie Bingham unterscheide sich nicht von den anderen jungen Offizieren, die annahmen, weil sie da war und die jungen Männer da waren, müßte etwas geschehen. Aber nach einer Weile erkannte Sarah, daß Teddie anders war. Er war wie aufgedreht, schnurrte los, und sie wußte nicht, was sie dagegen tun sollte. Ihr blieb nur die Hoffnung, daß das Räderwerk plötzlich stillstehen oder daß er sich wie so viele andere Offiziere für Susan interessieren würde. Sarah fand ihn nicht unattraktiv; aber genau das lieferte irgendwie den Beweis für etwas, was sie als seine negative Durchsichtigkeit empfand; er war nicht unamüsant; es war nicht unangenehm, sich mit ihm zu unterhalten, und er war bis zu einem gewissen Punkt (den man bald erreichte) auch nicht uninteressant.

Als der Augenblick kam, wußte Sarah instinktiv, daß er da war; eine große Unsicherheit erfaßte sie, wie sie sich jetzt verhalten sollte. Er umarmte sie, küßte sie und geriet in künstliche Erregung; Sarah bemerkte, daß er nach *Pear's*-Seife roch, und das verstärkte ihren Eindruck, er sei durchsichtig, denn nachdem er so aufschäumte, war er es plötzlich nicht mehr. Seine Erregung war leicht peinlich, denn es gelang ihm überhaupt nicht, bei ihr auch nur die geringste Reaktion hervorzurufen. Sarah überlegte, ob das seine oder ihre Schuld sei. Sie befürchtete nicht, Teddie könne etwas Ernsteres vorhaben. Abgesehen von seinen Lippen, die an ihren klebten, tat er mit keinem Teil seines Körpers irgend etwas mit einem Teil ihres Körpers, was er nicht im Ballsaal hätte tun können oder dessen er sich am nächsten Morgen hätte schämen müssen.

Sarah dachte auch, seine Erregung sei weniger auf das Küssen zurückzuführen als auf sein Gefühl, auszubrechen, soweit es ihm die strengen Grenzen seines normalen Verhaltens erlaubten. Aber ein Mann wie Teddie küßte kein Mädchen, wie er es tat, einfach nur so. Sarah erwartete jeden Moment einen Heiratsantrag. Sie bereitete sich auf das unmittelbar bevorstehende Ereignis so ruhig wie möglich vor. Sie hatte nicht die Absicht, einen Heiratsantrag von Teddie Bingham anzunehmen, obwohl sie schlagartig begriff, mit welcher Leichtigkeit die ganze Sache ins Rollen kommen und sie beide mitreißen könnte. Wäre sie nicht mit einem Verstand geschlagen gewesen, der alles in Frage stellte, hätte in diesem Moment nicht viel gefehlt, und sie wäre die zukünftige Mrs. Bingham geworden, denn ihr fiel kein einziger praktischer Grund ein, weshalb die Dinge *nicht* ihren Lauf nehmen sollten, vorausgesetzt, man klammerte die Frage aus, ob sie sich liebten oder nicht – und diese Frage schien niemand sehr ernst zu nehmen.

Jedenfalls hielt Teddie sich von außen gesehen in diesem Punkt gut genug für sie beide. Beziehungsweise hatte er sich gut gehalten. Aber Sarah erkannte, daß es sie langweilte, daß es sie von Anfang an gelangweilt hatte, und plötzlich spürte sie, daß es ihn ebenfalls langweilte. Sie hätte verstanden, wenn er ernüchtert oder ärgerlich darüber geworden wäre, daß seine Verliebtheit nicht ansteckend auf sie wirkte, aber sie hatte den deutlichen Eindruck von Langeweile. Er hörte nicht auf, sie zu küssen, aber der Kuß hatte inzwischen etwas so Unpersönliches und Sinnloses an sich wie ein Wettbewerb im Luftanhalten – und das war er in gewisser Weise auch. Hartnäckig wollte sie nicht als erste aufgeben.

Gerade als sie entschied, sie könne nicht länger durchhalten, löste er sich von ihr und holte tief Luft. Sie starrten sich im dunklen Wagen an. Überraschenderweise war es ein ernster, sogar zärtlicher Moment, und Sarah fürchtete, er würde ihr trotz allem einen Antrag machen. Aber das tat er nicht. Aus Sarahs Sicht hatten sie sich beide gerade noch rechtzeitig von einer Verbindung zurückgezogen, die sie beide nicht wollten, von der Teddie jedoch geglaubt hatte, sie sollten sie wollen. Kurze Zeit später setzte er sich wieder ordentlich ans Steuer, warf einen Blick auf das Leuchtzifferblatt seiner Armbanduhr und sagte: »Ich glaube, wir sollten zurückfahren.«

Zwei Tage später erschien er im Dienstbungalow, als Sarah nicht da war, aber Susan. Und das war es dann. Er war immer noch aufgedreht, das Räderwerk lief immer noch. Sarah glaubte, es würde bald stillstehen und er würde von der Bildfläche verschwinden, wie Susans andere junge Männer, deren Zahl mehr oder weniger konstant blieb, obwohl Namen und Gesichter sich änderten. Aber innerhalb eines Monats verlobte er sich mit Susan, und sie wollten heiraten. Das überraschte Sarah sehr. Gestern war er einfach noch einer von vielen gewesen, die sich um ihre Schwester scharten; heute war er der einzige. Susan schien die Hand ausgestreckt und das Spielzeug gewählt zu haben, das ihr am besten gefiel. Sarah hatte die Vorstellung, daß Teddie mit dem Kopf nach unten und den Beinen nach oben gehalten wurde; seine Räder drehten sich wie rasend, die aufgezogene Feder schnurrte, und er hielt die Augen vor Ekstase geschlossen, weil er ausgewählt worden war und von Susan für immer ans Herz gedrückt wurde.

Aber im wirklichen Leben stand Teddie aufrecht mit beiden Beinen auf der Erde, seine Augen leuchteten vor Freude, wenn auch nicht vor Qual darüber, verliebt zu sein – oder was er dafür hielt; für ihn zählte nur seine Meinung, und in diesem Fall war sie so gut wie die eines anderen. Man gönne ihm dieses Glück und die Illusion, daß sein Glück auf Susan und nicht auf einer Idee beruhte. Der Augenblick mit Sarah im Wagen hätte möglicherweise ein Wendepunkt sein können, aber dazu hätte es einer ungeheuren Mühe bedurft; sie aufzubringen war praktisch unmöglich. Es hätte den Verrat an seiner Erziehung bedeutet, die völlige Umorientierung des Ich, einen kompromißlosen Ausbruch und den Eintritt in eine unbekannte und ziemlich beängstigende Welt. Außerdem ist es besser, die nächstliegende und bequemere Erklärung zu akzeptieren: Er empfand Sarahs mangelndes Interesse schließlich als Ausbleiben einer körperlichen Reaktion, als persönliche Zurückweisung und nicht als einen Hinweis auf die langweilige Künstlichkeit der Situation. Und dabei hätte nur der Hinweis ihm die Augen für die Tatsache öffnen können, daß sein Leben bis zu diesem Zeitpunkt die Aneinanderreihung einer gähnenden Langeweile an die andere gewesen war, denn er tat nie etwas und würde nie etwas tun, was nicht den Regeln entsprach, die für einen Mann seiner Klasse und seiner Stellung festgelegt waren und die ihm genau vorschrieben, was, wie und weshalb er etwas zu tun hatte.

Da gab es natürlich diese kleine (charakteristische) Lücke: die Zeit zwischen dem Nachhausebringen Sarahs und seinem Auftauchen einige Tage später, um mit Susan anzufangen. Vielleicht steht die Lücke in diesem Fall für eine dunkle Nacht seiner Seele (ein Hauch dieses scharfen Geruchs?), für den Kampf zwischen einem beunruhigenden neuen, nur halb empfundenen Instinkt und einem alten, ungefährlichen und glücklichen, der vertraut, zuverlässig und unvermeidlich der stärkere war. In diesem Fall war Teddie die Beute, nicht Susan.

»Mir wäre lieber, sie würden warten«, sagte Mildred zu Sarah. Offenbar dachte sie an eine lange Zeit: Sie sollten auf die Rückkehr von Oberst Layton warten – mit anderen Worten, bis zum Ende des Krieges. Aber Susan wollte nicht warten. Teddie auch nicht. Sie schienen beide den Drang zu empfinden, sich an die Regeln zu halten, solange es noch Regeln gab, an die man sich halten konnte. Die Verlobungsanzeige erschien am selben Tag wie die beiden anderen Anzeigen, die verkündeten, daß eine der Regeln bereits gebrochen worden war. Es war der erste Zufall, und vielleicht war er von Bedeutung. Das ereignete sich in der zweiten Maiwoche. Mildred willigte ein, die Anzeige in der *Times* erscheinen zu lassen, weil Susan darauf bestand und Mildred keinen Schaden darin sah, etwas erscheinen zu lassen, was man ohne weiteres durch eine zweite Anzeige rückgängig machen konnte, denn sie rechnete jeden Augenblick mit der Auflösung der Verlobung – wenn Teddie zum Beispiel das Foto bringen würde, Susan es betrachtete und sich vorstellte, daß ihr nur das Bild und nichts anderes blieb, wenn Teddie wieder im Krieg war, was früher oder später der Fall sein würde.

Aber das Bild war erstaunlich gut. Teddies Lächeln beschränkte sich auf ein zackiges Hochziehen eines Mundwinkels, und das verlieh der unteren Gesichtspartie eine ruhige, männliche Entschlossenheit. Das künstliche, professionelle Scheinwerferlicht rief tatsächlich einmal eine künstlerische Wirkung hervor, eine Art schwachen Heiligenschein, dem ein verträumter Ausdruck in den Augen entsprach, wodurch sein Gesicht erstaunlicherweise zum Gesicht eines Soldaten-Poeten wurde, eines Mannes der Tat, der zu vernünftigen Entscheidungen fähig war. Als Susan es sah, wollte sie sofort einen Abzug im Kabinettformat haben, den sie sich rahmen ließ und auf den Nachttisch stellte. Ende Mai gestand Mildred öffentlich ein, daß es ihr nicht möglich war, die Sache hinauszuzögern, indem sie ankündigte, die Hochzeit werde kurz nach Susans einundzwanzigstem Geburtstag im November stattfinden. Mehr konnte sie nicht tun, um diese Entscheidung mit Umständen in Verbindung zu bringen, die sich ihrer Kontrolle entzogen. Sie schrieb ihrer Schwester Fenny in Delhi, die sofort anreiste, um Teddie in Augenschein zu nehmen. Tante Fenny fand ihn »reizend.« Abgesehen von Susan sah sie vielleicht als erste etwas unter der Oberfläche.

II

Ehe man die notwendige fiktive Anpassung vollzieht, um den Rest des kurzen Lebens von Edward Arthur Bingham beinahe völlig aus seiner Sicht zu betrachten, muß man auf einen kleineren und möglicherweise unwichtigen Aspekt seines Verhaltens hinweisen: Die Kampferfahrungen hatten sein Vokabular vergröbert.

Unter bestimmten Umständen erlaubte er sich in Gesellschaft von Männern inzwischen Worte zu benutzen, die zu gebrauchen er vor dem Einsatz seines ersten Bataillons in Burma sehr selten für nötig erachtet hatte. Sein Maß an Vulgarität überstieg nie das, was bei einem Offizier seines Typs und Rangs als annehmbar galt; er hätte sich nie träumen lassen, in der Offiziersmesse zu fluchen, und schon gar nicht in Gegenwart von Frauen. Die Muzzis verurteilten unanständige Reden in der Offiziersmesse ebenso sehr wie Anspielungen auf das schwache Geschlecht – wenn nicht sogar mehr. »Verdammt« war erlaubt, es zählte nicht, aber bei »verflucht« runzelte man die Stirn, wenn es jemand benutzte, der nicht den oberen Offiziersrängen angehörte. Teddie fand den Umgangston der Unteroffiziere in der Offiziersmesse im Hauptquartier alarmierend, verwerflich und undiszipliniert. Er war schockiert. Auf die Berufsoffiziere aus guten Regimentern konnte man sich immer noch verlassen – sie sparten sich wie Teddie unanständige Ausdrücke für den privaten Bereich oder das Büro auf –, aber in der Offiziersmesse wimmelte es inzwischen von merkwürdigen unmilitärischen Burschen; es waren Offiziere auf Zeit mit dem Benehmen von Zivilisten. Teddie freute sich darüber, daß er nur selten dort essen mußte. Er und Tony Bishop wohnten zusammen mit einem Ingenieuroffizier und einem Artilleristen in einem Junggesellenquartier ein paar Bungalows entfernt von Nicky Paynton und Clara Fosdick. In ihrer Messe achtete Teddie auf förmliches Benehmen und einen gepflegten Umgangston. Er tadelte den Artilleristen einmal sogar wegen der Ausdrucksweise, in der er sich über den Ursprung von »Schnepfentoast« ausließ.

Aber privat, im Schlafzimmer, das er mit Tony Bishop teilte, und im Büro belebten gewisse farbige Bilder und Flüche so häufig Teddies ansonsten vorhersehbare Äußerungen und Reaktionen, daß Tony Bishop sie als etwas Neues an Teddie registrierte und auf Burma zurückführte. Sie deuteten auf eine Art Zügellosigkeit hin, die selbst ein so fröhlicher und gemäßigter Bursche wie Bingham in sich aufschäumen spürte, wenn (wie er es jetzt ausdrückte) ihm die Scheiße um die Ohren flog und er in Deckung gehen mußte.

Bishop ging so weit, zwei Teddie Binghams zu sehen: Der eine stand aufrecht in der Rüstung des Mysteriums, ein Muzzy Guide zu sein, der andere warf in Krisenmomenten im Büro diese Rüstung ohne Vorwarnung ab und äußerte energisch, aber leidenschaftslos seine Meinung: »Die Situation ist mehr als beschissen! Die wollen uns doch nur die Eier schleifen, und ich habe nicht die Absicht, mich hier vergewaltigen zu lassen.«

Über Funk traf der Befehl für ihn ein, sich in einem Ort namens Mirat zu melden, um im Hauptquartier einer neuformierten indischen Divison die Stelle eines G3(O) zu übernehmen. Der Befehl ging jedoch nach Muzzafirabad. Die Verzögerung und Verwirrung infolge des administrativen Irrtums führten zu einem zweiten, energischeren Funkspruch. Es entstand irgendwie der Eindruck, Teddie sei dafür verantwortlich, nicht dort zu sein, wo er nicht war, und er müsse dies wiedergutmachen, indem er sofort nach Mirat aufbrach.

Ein Sonderbote brachte diesen zweiten Funkspruch, der für Teddie der erste war, durch den er von seinem Pflichtversäumnis erfuhr, an einem Abend Mitte Juli (1943) in das Quartier. Ein Gewitter ging gerade nieder, und das lieferte die zu dem Anlaß passenden dramatischen Blitze. Teddie ließ im Ghusl-khana langsam den langen knochigen Körper in die Zinkbadewanne gleiten. Es war 18.15 Uhr. Ein harter Tag im Büro lag hinter ihm. Um 19.30 Uhr erwartete ihn Susan im Dienstbungalow; sie wollten zusammen ins Kino gehen. Er hatte seinen Burschen gerade furchtbar angeschnauzt, weil der Dhobi-Wallah nicht mit seiner zweiten Khakiuniform aufgetaucht war. Allah Din war mißmutig in das Gewitter hinausgegangen. Der Bhishti hatte ihm das Badewasser zu heiß gemacht, keinen Eimer mit kaltem Wasser dagelassen und ließ sich nirgends blicken.

Als Teddies Hintern mit dem dampfenden Wasser in Berührung kam, überzogen sich seine Schenkel zum Ausgleich mit Gänsehaut. Die Knie rochen nach Leder – das erinnerte ihn daran, wie er als Junge nach dem Fußballspielen heiß gebadet hatte. Er vollendete die Prozedur des Eintauchens und atmete langsam aus. Dann griff er nach der Lifebuoy-Seife (Pear's war für Gesicht und Hände), und in diesem Augenblick erschien Tony Bishop mit dem verhängnisvollen Funkspruch und dem Meldeblock, auf dem Teddie den Erhalt bestätigen mußte.

Teddie besaß eine hervorragende militärische Eigenschaft. Er geriet nie in Panik. Das Wort »sofort« hatte keine elektrisierende Wirkung auf seine intellektuelle Maschinerie. Sofort bedeutete, so schnell wie möglich, denn nichts konnte schneller sein als das. Im vergangenen Jahr hatte er bemerkt, daß gewisse Leute in Führungspositionen taten, als sei es anders. Sie dekorierten ihre Bürowände mit Sprüchen und gaben Anweisungen, die falsche Vorstellungen weckten, zum Beispiel: »Schwieriges erledigen wir sofort, das Unmögliche dauert etwas länger.«

Teddie hielt das für angeberisch und ernster Überlegung nicht wert. Er neigte dazu, den Amerikanern die Schuld daran zu geben (sie verwechselten Aktivität mit Leistung) und den bürgerlichen Kräften im Heer, die nur für den Krieg eingezogen worden waren. Diese Leute wollten natürlich, daß der Krieg so schnell wie möglich vorüber sei, damit sie zu ihren Geschäften zurückkehren konnten, wohin sie auch gehörten. Die Amerikaner und die Zivilisten versuchten, das Tempo der militärischen Operationen zu diktieren; sie wollten das Ganze wie ein Geschäft abwickeln. Karrieremacher und Wichtigtuer im Berufsheer ermutigten sie darin, denn sie sahen im Krieg eine Gelegenheit, sich und ihre exzentrischen Vorstellungen in den Vordergrund zu schieben.

Teddie mißtraute allem, was man mit dem Wort auffallend in Verbindung bringen konnte. Andererseits bewunderte er sehr, was sein Shropshire-Onkel »Stil« nannte. Er wußte nicht genau, was Stil war, und deshalb fand er es manchmal schwierig, Stil von auffallend zu unterscheiden. Er glaubte, sein Onkel müsse recht gehabt haben, wenn er behauptete, Stil sei immer weniger gefragt und werde in einer Zeit nicht mehr bemerkt, die das Vulgäre öfter bewunderte als verabscheute. Teddie war stolz darauf, selbst ein gewisses Maß an Stil zu besitzen. Jetzt, nachdem Bishop ihm den Funkspruch geöffnet und vorgelesen, nachdem er sich die Hände getrocknet hatte, um ihn selbst zu lesen, geflucht und den Erhalt im Meldebuch mit seiner Unterschrift bestätigt hatte und Bishop gegangen war, bedeutete das, noch fünf Minuten in der Badewanne sitzen zu bleiben.

Dieses Verhalten konnte unfairerweise den Eindruck entstehen lassen, Teddie sei etwas langsam von Begriff. In seiner Personalakte in Quetta wurde mangelnder »Schwung« vermerkt, obwohl man seiner Fröhlichkeit und Arbeitsfähigkeit den nötigen Tribut zollte. Dieser Ausdruck hatte keinen bleibenden Schmerz in ihm ausgelöst.

Teddie begriff sofort, was die Versetzung alles mit sich brachte. Er brauchte etwas Zeit, weil seine Methode, die für ihn ganz selbstverständlich war, verlangte, die Folgen ungefähr nach Prioritäten geordnet zu überdenken. Wo zum Beispiel lag Mirat? Wie lange würde die Reise dauern? Sollte er seine Ordonnanz mitnehmen? Konnte das wirklich in seinem Interesse sein, da der Bursche nicht einmal seine Wäsche in Ordnung hielt? Wer war der Divisionskommandant? Hatte er im Daftar schon einmal etwas über diese Formation gehört? Würde man ihm im August Urlaub geben, damit er mit Susan und ihrer Familie die späten Ferien in Srinagar verbringen konnte? Würde er gegen Ende des Jahres Urlaub für die Hochzeit in Pankot bekommen? Würde Susan Ärger machen, wenn die Pläne umgeworfen werden mußten, falls sich eine Änderung als notwendig erweisen sollte? Die Versetzung brachte ihm keine Beförderung ein. Lohnte es sich deshalb vielleicht, mit General Rankin darüber zu reden, um sie möglicherweise rückgängig zu machen? Wollte er das? War es fair, Susan zu heiraten, wenn es so aussah, als stehe ihm wieder ein Fronteinsatz bevor? Er hatte darüber nachgedacht, sie auch? Sollte er sie fragen, ob es ihr lieber wäre, die Verlobung zu lösen?

Plötzlich kam es ihm sehr wahrscheinlich vor, daß sie einer Auflösung der Verlobung zustimmen werde, denn damit würde seine Welt zusammenbrechen; man kann sich vorstellen, daß Teddie sich an diesem Juliabend in der Zinkbadewanne nicht von dem Gedanken befreien konnte, er sei möglicherweise ein Mann, um den herum alles zusammenbrach; es würde nicht laut geschehen, sondern die Dinge würden langsam, gleitend, unerbittlich in sich zusammenfallen. Er schrubbte sich heftig den Rücken, um diese Vorstellung loszuwerden, hielt aber inne, da sich stattdessen eine andere seiner bemächtigt hatte. Die Reibung der Bürste machte ihn scharf. Das Gefühl hielt an und wollte auch nicht weichen, als er die Bürste beiseitelegte. Es trat seit einiger Zeit ziemlich hartnäckig hin und wieder auf – und zwar seit er sich in den Kopf gesetzt hatte zu heiraten.

Teddie hielt sehr viel von kaltem Wasser. Er schrie nach dem abwesenden Bhishti. Wider Erwarten schwankte der alte Knabe mit zwei vollen Eimern herein. Teddie bedeckte sich mit einem Schwamm, beschimpfte den Bhishti, nicht früher zur Stelle gewesen zu sein, und befahl ihm, die Eimer neben der Wanne abzustellen. Wieder allein, stellte sich Teddie auf und schüttete das kalte Wasser über sich. Es trat keine bemerkenswerte Änderung ein. Das kalte Wasser trug im Gegenteil eher zur Verhärtung bei. Teddie schloß die Augen und stöhnte: »Mein Gott«, stieg auf den Holzrost und rieb sich mit dem Handtuch trocken.

Susan war schon ein Prachtkerl. Sie küßte ihn vor Mildred und Sarah und sagte »Ich gratuliere«, als sei ein G3(O) in einer neuen Division etwas Tolles. Eine Weile glaubte er das auch. Auf dem Weg zum Kino kam ihm ein häßlicher, aber erregender Gedanke zur Rückfahrt. Er kam sich wie ein Held vor und spürte, daß auch sie ihn für einen Helden hielt. Er verstand den Film nicht, aber sein Körper reagierte jedesmal, wenn das Mädchen mit den riesigen Titten angefaßt wurde – und das geschah alle paar Minuten. Am Ende einer Szene hatte sie so gut wie nichts mehr an, und sie war schon am Anfang nur dürftig bekleidet gewesen. Die Soldaten im Parterre trampelten und pfiffen. Der Film endete damit, daß sie, leider völlig angezogen, den Mann mit dem energischen Kinn küßte; er lag von Kugeln durchlöchert auf den Stufen vor einer Kirche. Aus irgend einem Grund schneite es.

In der Tonga hielt Teddie Susans Hand – die ohne Handschuh. Überraschenderweise entzog sie ihm die Hand nicht; sie schien sich sogar zu wünschen, daß er sie hielt. Seine Gedanken folgten keiner logischen Ordnung mehr. Die keuschen Küsse und zärtlichen Gesten, die Susan ihm in der Öffentlichkeit erlaubte, pflegte sie, wenn sie allein waren, zu erschweren, als mißbillige sie das, wozu sie führen könnten.

»Wir könnten bei uns noch einen Kaffee trinken«, sagte Teddie.

»Gehen wir nicht zum Chinesen?«

»Ich meine, nach dem Essen.«

»Oh«, sagte Susan und dann, »ja, das könnten wir.«

Einfach so. Teddies Nacken prickelte. Sie waren nie allein in seinem Quartier gewesen. Seine und ihre Hand waren feucht. Er wagte nicht, sie zu drücken, um Susan nicht zu erschrecken. Sein Herz klopfte unangenehm. Vom Kino bis zum Restaurant waren es nur zwei Minuten. Die Läden im Basar waren alle offen und von elektrischen Glühbirnen oder Gaslampen hell erleuchtet. Auf der Straße wimmelte es von englischen Soldaten. Einige lehnten lässig an den Säulen der Arkaden, hatten die Hände vielsagend in den Hosentaschen vergraben und unterhielten sich mit Eurasierinnen, die weiße Schuhe mit hohen Absätzen trugen. In einem Laden spielte ein Radio indische Filmmusik. Die Tonga hielt vor dem Restaurant.

Teddie stieg aus. Das Licht der bunten Lampen fiel auf Susans Gesicht. Sie sah hinreißend aus. Aber sie wirkte nicht glücklich.

»Teddie, ich habe eigentlich keinen großen Hunger.«

»Oh.«

Er stieg wieder ein. Ein Muskel in seiner linken Wange zuckte unwillkürlich.

»Also nur Kaffee?«

»Ja.«

Teddie drehte sich um und redete mit dem Tonga-Wallah. Die Tonga wendete auf der Straße und behinderte dadurch die anderen Fahrzeuge. Die Kutscher schrien aufeinander ein, und eine Weile mußten alle Tongas warten. Die Kutscher fuchtelten mit den Armen. Teddie ärgerte sich, denn er und Susan befanden sich im Mittelpunkt des Sturms. Er haßte Szenen, und durch diese schien alles an die große Glocke gehängt zu werden.

Er gab dem Kutscher einen Schlag auf die Schulter und befahl ihm loszufahren.

Der Mann gehorchte, schimpfte aber weiter mit den anderen in der Schlange, denen er die Durchfahrt versperrt hatte. Der Tonga-Wallah direkt hinter ihnen schimpfte ebenfalls – angeblich mit ihrem Kutscher, tatsächlich jedoch mit ihnen. Der verdammte Kerl grinste sie auch noch an, als wisse er Bescheid.

Sie hielten nicht Händchen. Als die Tonga die beleuchtete Gegend hinter sich ließ, hielten sie immer noch nicht Händchen. In Abständen tauchten die Lichtkreise der unregelmäßig verteilten Straßenlampen auf. Zwischen den Lampen war die Nacht vielversprechend dunkel und feucht. Wenn er sie bei anderen Gelegenheiten in den Bungalow einlud, war es ihr immer gelungen, das Gespräch darauf zu bringen, wer noch da sei, ehe sie zusagte. Er begriff jedoch immer deutlicher, daß sie heute abend nicht beabsichtigte, ihn danach zu fragen, und daß sie genau mit dem rechnete, was sie vorfinden würde: niemanden. Tony Bishop war zum Abendessen im Flagstaff House; Bruce Mackay, der Ingenieur, in Ranpur, und Bungo Barnes, der Artillerist, traf sich mit der QA-Krankenschwester, dem Süßen Häppchen; er würde erst im Morgengrauen zurückkommen. Teddie war nur einmal mit dem Süßen Häppchen ausgegangen. Sie hieß eigentlich Thelma; er fand sie äußerst unattraktiv und erschreckend gewöhnlich für eine Frau im Offiziersrang. Bungo stand im Ruf, seine Zeit nicht an eine Frau zu verschwenden, die, wie er es ausdrückte, nicht wollte. Das Süße Häppchen wollte, wie Teddie vermutete, und scheinbar öfter als vernünftig, denn Bungo traf sich seit zwei Wochen jeden Abend mit ihr und saß dann völlig ausgelaugt beim Frühstück. Wo sie es trieben, wußte er nicht. Er hielt nicht viel von Bungo Barnes. Er beneidete ihn auch.

Als sie das Junggesellenquartier erreichten, beneidete er Bungo mehr denn je, denn Teddie begriff, daß die ganze Sache hoffnungslos war. So etwas konnte man mit Susan einfach nicht machen. Die Parole der Jungfräulichkeit bis zum Traualtar schützte den gepflegten kleinen Körper. Susan mochte sich etwas anderes wünschen, aber so war es nun einmal für sie und für ihn. Wie gewöhnlich brannten die Lampen vor dem Eingang, im Flur und im Wohnzimmer. Prabhu, der Bursche von Bungo Barnes (ebenso geil wie sein Herr), kam wie ein Kuppler aus dem Eßzimmer, um nachzusehen, was geschah.

»Ach, hast du Dienst, Prabhu? Wir hätten gern Kaffee.«

»Hättest du etwas dagegen, daß ich es mir anders überlege und Tee trinke?« fragte Susan. Sie stand vor dem Kamingitter, beschäftigte sich in dieser unnachahmlichen Weise von Frauen mit Handschuhen und Handtasche.

»Du kannst alles haben, was du willst, mein Schatz«, erwiderte Teddie. »Ich glaube, ich genehmige mir einen Whisky. Wäre dir das lieber?«

»Nein, ich möchte Tee. Ich habe ziemliche Kopfschmerzen.«

»Mein Gott, dann nimm lieber ein Aspirin.«

»Nein, ich möchte kein Aspirin, Teddie, ich möchte Tee.«

»Stark oder schwach?«

»Das ist mir egal.«

»Ich warne dich, hier schmeckt er meistens wie Spülwasser.« Er befahl Prabhu, Tee zu bringen und darauf zu achten, daß das Wasser wirklich kochte.

»Also setz dich doch...«

»Gleich.«

Sie standen sich gegenüber und lächelten sich an. Teddie fand das Zimmer für eine rein männliche Behausung immer leicht chichi. Heute abend fand er es unheimlich nett, denn sie war da. Sie trug ein Kleid mit weißen und marineblauen Blumen.

»Sag mal, ist das neu?«

»Ja.«

»Unheimlich hübsch.«

Ihm war das Kleid im Dienstbungalow nicht aufgefallen, denn dort beschäftigte ihn nur der Gedanke, wie Susan die Neuigkeit aufnehmen würde. Später war es die meiste Zeit dunkel gewesen. Er streichelte ihre Schulter. Das Fleisch fühlte sich warm und weich unter dem dünnen seidigen Stoff an. Das Kleid hatte einen eckigen Ausschnitt, und er sah gerade die Spalte zwischen den Brüsten. Winzige kleine Sommersprossen bedeckten ihre Haut. Auch auf den Armen sah er Sommersprossen. Entzückend. Seine Hand glitt am Arm entlang bis zur weichen Haut an der Innenseite des Ellbogens.

Er sagte: »Es ist furchtbar, zu gehen und dich zurückzulassen.«

»Ich weiß.«

Seit er ihre Schulter berührt hatte, sah sie ihn nicht mehr an. Susan hatte wundervolle, lange geschwungene Wimpern. Auch um den Nasenrücken entdeckte er ein paar Sommersprossen. Teddie war tief bewegt, und sein Beschützerinstinkt erwachte. Ihre Schönheit war so einfach, so ungekünstelt. Sie strahlte vor Gesundheit. Sie hatte Sommersprossen, weil sie sich immer in der Sonne aufhielt. Susan war für ein sauberes, gesundes, einfaches und liebevolles Leben geschaffen. Plötzlich packte er sie und preßte sie an sich. Ihre Haare dufteten und kitzelten. Er küßte sie durch die Haare auf die Stirn. Sie war schrecklich verkrampft. Ihr Körper schien so hart wie ein Schädel zu sein. Er mußte sie küssen und küssen, dann würde sie auftauen. Ihre Körper würden durch die Kleider hindurch miteinander verschmelzen. Er küßte sie wieder und wieder, bis er eine höchst schändliche und stattliche Erektion hatte. Es war ihm gleichgültig. Die Parole schützte Susan immer noch. Auch die Erektion war eine Parole, und sie war ebenso eindeutig – aber auf negative Weise.

»Su, ich liebe dich so sehr.« Er nahm ihren Kopf in beide Hände, küßte die geschlossenen Lider, die weiche, wunderbare, lebendige Wärme. Hier würde das Schmelzen beginnen. »So sehr, wirklich, wirklich.«

Er hörte das Teegeschirr klappern wie die Sandalen eines Mönchs, riß sich von ihr los, drehte ihr und dem näherkommenden Prabhu den Rücken zu und ging schmerzlich-süß behindert zur Hausbar. Als er hörte, wie das Tablett abgestellt wurde, sagte er, ohne sich umzusehen: »Danke, Prabhu. Stell es einfach hin.« Er öffnete eine Flasche Johnnie Walker und goß sich großzügig ein. Seine Augen brannten hohl. Arme und Beine gehorchten ihm noch, aber er hatte das Gefühl, sie täten es nicht mehr lange. Er bezweifelte, daß sein Blut noch bis in die Fußsohlen kam. Die Knie wirkten merkwürdig deplaziert in den Beinen; sie schienen sich nicht mehr ganz an der richtigen Stelle zu befinden. Er wollte eigentlich kein Soda, war jedoch noch nicht in der Lage, sich der Situation zu stellen. Deshalb öffnete er eine Flasche und machte sich einen Longdrink. Er dachte an die therapeutische Wirkung von Alkohol und daran, was er der Leber antun konnte. Hunter, der zweite Mann seiner Mutter, konnte am Ende so gut wie keine Leber mehr gehabt haben.

Als er sich von der Hausbar abwandte, saß Susan in einem der Chintzsessel und blickte auf das Teetablett, das Prabhu auf einem wenig vertrauenerweckenden Tischchen mit Perlmutteinlagen abgestellt hatte. Es war zum Verrücktwerden, wie leicht es einen übermannte, wie schwer man etwas dagegen tun konnte, wenn einem etwas an Dingen wie Ehe und beiderseitigem richtigen Verhalten lag. Susan sah ziemlich blaß aus. Er hatte sie noch nicht gefragt, ob es ihr lieber sei, von ihrem Versprechen befreit zu werden und sich darauf zu einigen, daß sie sich beide während seiner Abwesenheit nicht gebunden fühlen mußten. Jetzt wagte er nicht, es zu tun – nicht, weil sie die Chance hätte ergreifen können, sondern weil das nach seiner heftigen Umarmung eine Unverschämtheit gewesen wäre. Susan griff plötzlich mit beiden Händen nach der Teekanne; dabei glitzerten die kleinen Diamanten des Verlobungsrings kläglich. Selbstaufopferung und das Verhalten eines verantwortungslosen Rohlings schienen gefährlich dicht nebeneinander zu liegen.

Er setzte sich in die Sofaecke in der Nähe von Susans Sessel und beobachtete sie, wie sie die kleinen hausfraulichen Pflichten erfüllte. Ein ganzes Leben mit Teetabletts schien, mit etwas Glück, vor ihnen zu liegen. Er spürte einen Hauch wie die Vorahnung, daß er aus dem Hut des Glücks eine Niete gezogen habe und Susan entweder für kurze Zeit zum Ausgleich bekommen hatte, oder um ihm einen Geschmack von dem zu geben, was ihm entgehen würde. Er wollte gerade erklären, daß er beabsichtige, Dick Rankin am nächsten Morgen zu bitten, seine Beziehungen spielen zu lassen, damit er in Pankot bleiben könne, als Susan zu seiner großen Erleichterung (denn diese Absicht war eine nackte zitternde Hand, in der eine glatte, glänzende weiße Feder lag) sagte:

»Natürlich mußte es so kommen. Ich meine, diese richtige Aufgabe. Ich habe nur gehofft, es würde nicht so schnell geschehen, und das war natürlich dumm von mir. Aber deshalb ändert sich doch nichts, oder?«

»Ändern?«

»Für uns.«

»Was sollte sich schon ändern?«

»Ich glaubte, du könntest meinen, wir sollten warten und keine endgültigen Pläne machen... Uns auf eine lange Verlobungszeit einstellen.«

»Sollten wir das deiner Meinung nach?«

Susan warf einen Blick in die Teekanne, um zu sehen, wie voll sie war. »Nein«, erwiderte sie, »wenn nötig, sollten wir meiner Meinung nach alles eher beschleunigen.«

Sie hob die Tasse an die Lippen, und Teddie hob das Glas. Sie zitterten beide. Teddie wußte nicht, warum, aber der Augenblick schien sehr bewegend und sehr ernst zu sein. Plötzlich hörten sie einen Wagen auf dem Kies vorfahren, und kurz darauf erschien Tony Bishop in seinem besten Staat. Die Rankins hatten zum Abendessen hochkarätigen Besuch von außerhalb gehabt, aber Tony hatte Teddies Versetzung zur Sprache bringen können. General Rankin meinte, Teddies neuer Kommandant sei ein richtiger Draufgänger, ein jüngerer Mann, der im Ruf stand, unorthodox zu sein.

Teddie stöhnte: »Ich glaube, ich rede morgen als erstes mit den zuständigen Leuten über meine Abreise.«

»Das kannst du dir sparen, es ist bereits alles arrangiert. Mirat hat angerufen und sich erkundigt, wo du bleibst. Sie wollen, daß man dich morgen früh nach Ranpur, zum Flugplatz in Ranagunj bringt, und morgen abend sollst du nach Mirat fliegen.«

»Fliegen? Ich bin noch nie im Leben geflogen! Und wenn mir schlecht wird?«

»Ich glaube, daran mußt du dich gewöhnen. Dein neuer General ist geradezu versessen darauf, daß seine Offiziere so oft wie möglich fliegen. Er ist ein Flugzeugfanatiker.«

»Und was ist mit meinem Gepäck? Sie sind doch sehr streng mit dem Gewicht, oder nicht?«

»Sehr streng. Du nimmst am besten so wenig wie möglich mit, und ich schicke dir deine Kiste nach, sobald du dich meldest.«

»Was ist mit Allah Din?«

»Tut mir leid. Keine persönlichen Dienstboten. Wir schikken ihn nach Muzzafirabad zurück.«

»Und was soll ich ohne Allah Din anfangen?«

»Vermutlich mußt du eine Ordonnanz mit einem anderen Offizier teilen. Dir steht ein ziemlich spartanisches Leben bevor.«

»Das ist geradezu unanständig. Ich meine, schließlich ist Mirat auch nur eine Garnison. Wir werden vielleicht Monate dort sein. Schließlich soll ich ja nicht geradewegs zum Arakan.«

Teddie empfand wieder diese hohle Empörung. Der neue General hatte vermutlich den Spruch an der Wand hängen: »Gestern ist gerade früh genug.« Wie sich herausstellte, irrte er sich nicht allzu sehr. Der Spruch lautete: »Heute ist fast schon zu spät!«

Teddie brachte Susan in dem Wagen nach Hause, mit dem Tony Bishop die Gäste der Rankins gefahren hatte. Als er vor dem Haus eine Tonga sah und erriet, wer zu Besuch war, ließ er den Wagen freundlicherweise warten. Der Tonga Wallah beschwerte sich, weil ihm die Rückfahrt zum Dienstbungalow entging, doch der Obergefreite freute sich, er gehörte zu jenen Indern, die unermüdlich zu jeder Tages- und Nachtzeit am Steuer saßen, solange ein Offizier die Fahrt abzeichnete. Teddie und Susan genossen die bequemen Rücksitze. Sie hielten Händchen. Teddie war nicht mehr scharf, sondern eher sentimental, aber auch fröhlich, denn sie befanden sich beide in der gleichen emotionalen Situation: Zum letzten Mal für längere Zeit waren sie miteinander aus, und vermutlich blieben ihnen nur noch wenige Minuten des Alleinseins.

»Vielleicht macht das Fliegen Spaß«, sagte er.

»Ja, vielleicht.«

»Weißt du, was Spaß machen würde?«

»Was?«

»Zur Hochzeit zurückzufliegen.«

»Du sagst es ihnen doch gleich, wenn du dort bist, nicht wahr?«

Die praktische Susan.

»Natürlich. Ich werde sofort mit dem Ge eins reden.«

»Und was ist, wenn die Division sich mehr oder weniger sofort in Marsch setzt?«

»Das ist ziemlich unwahrscheinlich. Und wenn, findet sich auch eine Lösung. Sie geben einem Offizier immer Urlaub für die Hochzeit. Da mußt du dir keine Sorgen machen.«

»Ich werde mir Mühe geben.«

Er drückte sie an sich. Sie war immer noch verkrampft. Aber was für ein Mädchen! Keine Szene, kein Gezeter, nur ungeheurer Schneid und Entschlossenheit. Als der Wagen in die Rifle Range Road einbog, blies eine kühle nächtliche Brise von dem offenen Gelände der Pankot Rifles durch das offene Wagenfenster herein. Die Luft drückte spielerisch eine Locke von Susans Haar gegen seine Wange. Hinter den Hügelkuppen im Süden leuchtete plötzlich der Himmel auf. Unten in der Ebene tobte der Monsun wie ein feuerspeiendes Ungeheuer.

Teddies Onkel in Shropshire sagte immer, bei einem Gewitter wird die Milch in der Vorratskammer sauer. Teddie fiel plötzlich auf, daß sein Onkel sehr einsam sein mußte, wenn er so etwas bemerkte.

172

III

Das leere Bett in Teddies Zimmer machte allmählich auf sich aufmerksam. Wie sein Bett war es ein einfaches Holzgestell. An den vier Bambusstöcken, die an den Beinen festgebunden waren, hing ein zusammengerolltes Moskitonetz. Drei hellbraune Matratzen und ein bezogenes Kissen lagen am Kopfende. Ansonsten war das Bett bis auf die Schnurbespannung leer und wartete auf einen Benutzer.

In Mirat regnete es ununterbrochen. Heftige Stürme stellten sich als nächtliche Besucher ein. Sie weckten Teddie. Auf dem leeren Bett schienen Irrlichter zu tanzen. Das Bett geisterte unerschütterlich durch die Nacht, halb Schiff, halb Katafalk. Am friedlichen frühen Morgen war seine Botschaft einfacher, aber trotzdem nicht zu unterschätzen.

Zehn Nächte nach Teddies Ankunft beruhigte sich das feuerspeiende Ungeheuer, und er schlief zum ersten Mal ungestört. Trotzdem erwachte er, noch ehe sein Bursche Hosain mit dem Chota Hazri kam. Seine Augen registrierten, daß das andere Bett von seinem Moskitonetz verhüllt wurde, ehe ihm das als etwas Neues auffiel. Teddie hob den Kopf vom Kissen und starrte durch die Maschen seines Moskitonetzes: Im anderen Bett lag jemand. Teddie hob das Netz. Sehr merkwürdig. Er überdachte seinen Schlaf und seine Träume, konnte sich jedoch an nichts erinnern, was die Anwesenheit dieser ruhenden Gestalt erklärte. Nichts hatte seinen Schlaf gestört. Die Gestalt schien sich langsam im Laufe der Nacht materialisiert und nun das Stadium der Sicherheit über sich und ihre Umgebung erreicht zu haben. Teddie runzelte die Stirn. Er war nicht an phantasievolle Gedanken gewöhnt. Er blickte zum Fenster.

Seine Kleider waren am üblichen Platz: Die Jacke hing nachlässig über der Stuhllehne, die Hose lag auf dem Sitz und die Unterhose auf dem Boden. Auch auf dem anderen Stuhl entdeckte er Kleider; aber sie waren ordentlich zusammengelegt. Daneben stand ein großer Lederkoffer mit einer Bettrolle. Man hatte sie offensichtlich aufgebunden, um Bettücher und Schlafanzug herauszunehmen, dann wiederzusammengerollt, aber nicht mehr mit den Riemen verschnürt. Der Mann konnte doch das alles unmöglich im Dunkeln getan haben... und ihm mußte eine Ordonnanz behilflich gewesen sein, möglicherweise sogar der junge Hosain.

Teddie griff nach seinen Hausschuhen, schlug sie automatisch auf den Fußboden, um einen heimtückischen Skorpion daraus zu vertreiben, der sich in der Nacht darin verborgen haben mochte. Er stellte sie nebeneinander, schwang die Beine aus dem Bett und schlüpfte hinein. Das Bett knarrte. Der Mann mußte sich so leise wie eine Katze bewegt haben; offensichtlich war er ein rücksichtsvoller Mensch. Teddie griff nach seinem Bademantel. Die Luft war sehr feucht. Der Deckenventilator kreiste langsam. Teddie drehte den Knopf ein paar Stufen weiter und wurde von einem schwachen gleichmäßigen Luftzug um die Stirn belohnt. Er ging vom Schalter unter den Ventilator und betrachtete die Jacke seines neuen Zimmerkameraden. Ein Hauptmann. Pandschab-Regiment. Aber über der Stuhllehne hing eine grüne Armbinde. Nachrichtendienst. Vermutlich ein akademischer Knabe, bestimmt kein richtiger Pandschaboffizier. Uniform und Streifen sahen neu aus; das Gepäck wirkte sehr alt. Teddie verdrehte den Kopf, um einen Namen zu entdecken. Aber die Bettrolle lag so auf dem Koffer, daß man den Namen auf der Leinenhülle, falls sich einer darauf befand, nicht sah. Der Koffer war aufschlußreicher; aber Teddie erkannte nur die Initialen R.M. Im Zimmer stand keine Kiste. R.M. war wie er selbst mit möglichst wenig Gepäck nach Mirat gekommen. Aber wie?

Sein Blick fiel als nächstes auf den Schreibtisch. Dort waren

174

mit bemerkenswerter Präzision eine Aktentasche, eine Felddienstmütze und ein lederumwickeltes Offiziersstöckchen angeordnet. Das Stöckchen lag parallel zum Boden der Aktentasche und die Mütze mit dem Abzeichen nach vorne zwischen beiden, scheinbar auf einer unsichtbaren Linie im rechten Winkel zu den beiden anderen. Diese drei Gegenstände lagen auf der linken Seite der Schreibunterlage, um darauf hinzuweisen, daß diese Schreibtischseite dem Neuankömmling gehöre, und zwar in Übereinstimmung mit seinem Platz im Zimmer – auf der linken Seite des Zimmers vor dem Fenster, dem Stuhl mit seinen Kleidern und dem Bett, in dem er schlief. Eine weiße Linie von der Mitte des Fensters bis zur gegenüberliegenden Wand hätte den Bereich gekennzeichnet, den er in den frühen Morgenstunden mit ungeheurer Präzision, aber stumm in Beschlag genommen hatte.

Auf der Schreibunterlage, auf Teddies Seite der Linie, entdeckte er einen Eindringling: In einer der Lederecken steckte ein Stück Papier. Teddie bemerkte, daß es sich um ein Blatt von einem Feldnotizblock handelte. Darauf stand in klarer, ziemlich enger Handschrift: »Ich hoffe, ich habe Sie nicht gestört. Der Mann, der mir geholfen hat, mein Quartier zu finden, sagte, unser Bursche heißt Hosain. Ich wäre Ihnen dankbar, wenn Sie ihn bitten würden, mich um 8.30 Uhr mit Tee zu wecken. Aber bitte nicht früher, denn ich bin erst um 3 Uhr heute morgen angekommen. Der Zug hatte große Verspätung. Wie ich höre, gibt es zwischen 8 Uhr und 9.30 Frühstück, aber ich werde darauf verzichten. Ich freue mich darauf, Sie im Laufe des Tages kennenzulernen. Vielleicht treffen wir uns beim Mittagessen in der Messe. Bis dahin vielen Dank, und entschuldigen Sie bitte, falls ich Sie heute nacht gestört haben sollte. Ronald Merrick.«

Teddie dachte: Aus diesen Zeilen spricht ebensoviel Selbstsicherheit wie Rücksichtnahme. Er fuhr mit dem Fahrrad zuerst in die Offiziersmesse und dann ins Büro. Um 11.30 Uhr war er wieder zurück in seinem Quartier, packte eilig seine Bettrolle – Merrick war nicht da – und fuhr mittags mit dem G.1, Oberstleutnant Selby Smith, zum Flugplatz. Um 12.30 Uhr saß er in einer Dakota der Luftwaffe und befand sich auf dem Weg nach Delhi, wo er zum ersten Mal dem Divisionskommandanten begegnen sollte. Er blieb sechs Tage in Delhi. Bei seiner Rückkehr fühlte er sich völlig erschöpft, aber glücklich, dem General täglich als »der junge Muzzy-Offizier, der heiraten will« unter die Augen gekommen zu sein. Teddie stellte fest, daß Hauptmann Merrick sich auf einem Lehrgang befand. Inzwischen war Teddies Kiste aus Pankot eingetroffen. Auch Merricks Kiste war von irgendwoher gekommen. Sie sah ebenso alt und mitgenommen aus wie Teddies. Die Rangbezeichnung »Hauptmann« war jedoch neu aufgepinselt, und ein frischer Balken schwarzer Farbe verdeckte alles, was unter dem Familiennamen gestanden hatte.

Teddie lehnte Klatsch mit Dienstboten ab, und er konnte gerade noch der Versuchung widerstehen, den jungen Hosain danach zu fragen, was für ein Mensch Hauptmann Merrick Sahib war. Ihm fiel auf, daß der Bursche die Dinge, die Merrick zurückgelassen hatte, sehr sorgsam behandelte. Das mißfiel ihm irgendwie und weckte in ihm das Unbehagen über seine Unterbringung.

Ein ähnliches Unbehagen bereitete ihm seine Arbeit. Das Divisionshauptquartier war noch nicht straff organisiert, und deshalb fiel es ihm schwer nachzuvollziehen, was eigentlich vor sich ging. Der General hatte in Delhi sehr viel von Beweglichkeit gesprochen, wie er es nannte, und über diesen Wingate, der vor kurzem in Burma mit einer Spezialeinheit hinter die feindlichen Linien vorgedrungen war, um zu versuchen, die japanischen Verbindungswege zu zerstören. Man hatte ihn aus der Luft versorgt. Teddie hielt diese Operation für eine aufwendige und großspurige Variante der Rolle der alten Kavallerie, die manchmal in feindliches

Gebiet vorgedrungen war, über die Proviantzüge des Feindes herfiel und wieder nach Hause zurückgaloppierte. Das war alles ganz nützlich und ein Mittel gegen die Langeweile, aber wohl kaum eine saubere Kriegsstrategie. Bekanntlich war der Nachschub durch die Luft zu einem Fiasko geworden, sobald Wingates Truppen den Dschungel verließen und sich im Flachland befanden. Um nicht vom Feind entdeckt zu werden, mußten sie so schnell vorrücken, daß alles, was sie angefordert hatten, abgeworfen wurde, nachdem sie den vereinbarten Platz schon lange verlassen mußten. Das bedeutete, es fiel den Japsen in die Hände. Aber in Teddies Augen war das Schlimmste, daß Wingate nach beendeter Operation seine Männer in Gruppen aufteilte und ihnen befahl, sich so gut wie möglich durchzuschlagen. Für Teddie bedeutete das, ein Offizier gab seine Verantwortung in dem Augenblick auf, in dem er am meisten Verantwortung trug. Offenbar war es in dieser Situation zwar das Klügste gewesen, aber das bewies nur, wie unmilitärisch die ganze Operation gewesen war.

Trotzdem waren die Verluste alarmierend hoch. Noch alarmierender war jedoch für Teddie, daß sein General davon sprach, Wingates Unternehmen habe den Schlüssel zum Sieg über die Japaner geliefert. Der Berufssoldat in Teddie verachtete alles, was unter Guerilla-Taktiken fiel. Er wollte nicht unrasiert und mit einem Sack Reis durch den Dschungel ziehen und Brücken sprengen. Und jetzt wußte er auch nicht mehr so genau, ob er große Lust hatte, in einem so hochgestochenen Laden wie diesem Divisionshauptquartier den Laufburschen zu spielen. Er vermißte die Kameradschaft seines alten Bataillons. Er vermißte das gute Gefühl, den Namen jedes Sepoys zu kennen, den Namen seines Dorfes, Zahl und Alter seiner Kinder, den Gesundheitszustand seiner Frau – alles Dinge, die einen Mann aus einer Nummer oder einer statistischen Größe in der Schlachtordnung in einen Menschen verwandelten, dessen persönliches Wohlergehen von hoher Bedeutung war.

Aber dann dachte Teddie an Susan, an die schwindelerregenden Höhen, die zu erklimmen ihre Mutter ihm nahegelegt hatte, und akzeptierte seinen gegenwärtigen Status als eine unverzichtbare Probe und Prüfung seiner Fähigkeiten. Wie schade, man konnte nicht ewig ein fröhlicher Unteroffizier oder Kompanieführer bleiben.

»In Delhi war alles ziemlich hektisch«, berichtete er Susan im ersten der vierzehntägigen Briefe, die er in Mirat nach seiner Rückkehr wieder schreiben konnte, »ich habe es nicht geschafft, deine Tante und deinen Onkel, Major und Mrs. Grace, vor dem letzten Abend zu besuchen. Ich sagte ihnen, daß eindeutig keine Hoffnung mehr für mich besteht, euch alle entweder im August oder September in Srinagar wiedersehen. Natürlich bin ich enttäuscht darüber, aber wir haben ja nicht wirklich damit gerechnet, Liebling, nicht wahr? Zur Hochzeit kann ich sagen, wir sollten, wie es hier üblich ist, uns an die bereits gemachten Pläne halten, uns aber auf kurzfristige Änderungen einstellen. Es war schön, deine Tante Fenny wiederzusehen. Sie hat die Erkältung, die sie sich in Pankot geholt hatte, überwunden, als sie wieder in Delhi war. Ich habe mich auch gefreut, deinen Onkel Arthur kennenzulernen. Er sagte, er sei froh über die Gelegenheit, den jungen Mann kennenzulernen, dem er dich am Altar übergeben wird. Er hat mir den Namen und die Adresse der Hausbootvermittlung in Kaschmir gegeben, die alles für euch erledigt. Also kann ich dir schreiben, damit du bei deiner Ankunft einen Brief vorfindest. Es wird bestimmt ein schöner Familienurlaub. Ich wünschte, ich könnte ebenfalls kommen. Aber ich werde zu viel zu tun haben, um Trübsal zu blasen. Also mach dir keine Sorgen. Mirat gefällt mir, und inzwischen weiß ich, wo es langgeht. Ich habe den Mann immer noch nicht kennengelernt, mit dem ich das Quartier teile. Bedanke dich bitte in

178

meinem Namen bei Tony und sage ihm, die Kiste ist wohlbehalten hier angekommen. Jetzt kann ich mich richtig einrichten. Es hat unheimlich geregnet, aber zur Zeit geht es. Wenn ich unregelmäßig schreibe, mußt du wissen, liegt es nur daran, daß die Arbeit vor dem Vergnügen kommt.«

Er hatte schreiben wollen: »... mußt du wissen, es liegt nur daran, daß wir dauernd zu Manövern und zum Exerzieren im Einsatz sind«, aber selbst Informationen zur Ausbildung von Truppen konnten Spionen nützen. Teddie achtete sehr auf Sicherheit, seit sein Bataillon in Burma von Männern der fünften Kolonne unterwandert gewesen war (das hätte er schwören können!).

Durch den Regenvorhang wirkte die Festung in der Ferne wie ein gestrandetes Schlachtschiff. Die Artillerie des Generals hatte die Mauern zwei Stunden lang mit 5.5ern beschossen. In vier Minuten sollte das Sperrfeuer enden, und dann würden seine Luftlandetruppen südlich der Festung mit Fallschirmen abspringen, eine Vorpostenlinie bilden, um der Besatzung des Forts den Fluchtweg abzuschneiden, vorrückende feindliche Verstärkung aufhalten und Widerstandsnester ausräumen. Die Panzer sollten von Norden als Vorhut der Lastwagen der Infanterie anrücken. Zwei Bataillone hatten bereits in einem weiten Bogen Stellung bezogen, um von links anzugreifen, und ein drittes hielt die rechte Flanke.

Der General stand mit angewinkeltem Arm im Freien und blickte unverwandt auf die Armbanduhr. Der Regen tropfte von der Mütze mit den roten Streifen. Das Funkgerät im Kommandowagen knatterte. Plötzlich sank der Arm des Generals herab. Er legte den Kopf zurück, hielt das Gesicht in den Regen und lächelte kurz darauf beseligt. Eine Gruppe Offiziere, zu denen auch Teddie auf seinem Motorrad gehörte, blickte in den Himmel. Ein giftiger Blitz zerriß plötzlich die Wolken. Teddie zuckte geblendet von dem grellen Licht zusammen und war wie betäubt von dem krachenden Donnerschlag. Als der Donner grollend und rollend in der Weite verstummte, wohin ihn der alte Zeus geschleudert hatte, hörte Teddie ein vertrauteres Geräusch, das die besseren Ohren des Generals schon vorher wahrgenommen hatten: brummende Flugzeugmotoren. Aus den Monsunwolken tauchte eine einsame Dakota auf und flog dröhnend tief genug über sie hinweg, daß sie in der offenen Luke die Gestalt eines Mannes sahen – vermutlich der Verbindungsoffizier –, und verschwand wieder in den Wolken.

»Meine Herren«, sagte der General, »ich glaube, wir dürfen annehmen, daß wir Mandalay eingenommen haben. Gehen wir nach Hause.«

Teddie murmelte: »Gut.« Sie waren seit zwei Tagen im Gelände. Er sehnte sich nach einem heißen Bad und einem doppelten Whisky in der Messe. Das Divisionshauptquartier verteilte sich auf die unterschiedlichen Geländefahrzeuge; Teddie trat seine Maschine an und fuhr rutschend den holprigen Schlammweg hinunter, um sicherzustellen, daß der Stabswagen des Generals an der Kreuzung wartete. Ein paar Offiziere agierten als Reservebrigade und standen kläglich unter den wenigen Ästen der Bäume. Die Festung Premanagar war hinter dem Regenvorhang verschwunden.

Teddie kam im Dunkeln zurück. Im Fenster seines Zimmers sah er Licht und wußte, die Dienstboten waren vorbereitet und Hosain wartete auf ihn. Beim Hineingehen löste er die Schnallen seiner triefenden Ausrüstung, schrie nach dem Burschen, ließ Gürtel, Pistolenhalfter, Gurte und Tornister auf den Boden fallen und blieb verwundert stehen. Er betrachtete die Anzeichen dafür, daß das Zimmer wieder bewohnt war: ein Reihe glänzend polierter Schuhe, frische Unterwäsche und Socken – nicht seine eigenen – lagen bereits ordentlich auf einem Stuhl für den nächsten Morgen. Die Moskitonetze beider Betten waren heruntergelassen. Davor standen Hausschuhe, und auf dem Schreibtisch türmten sich auf der Seite des anderen Offiziers Bücher und Broschüren. Auf seiner Seite des Schreibtischs sah Teddie auch etwas: ein rundes Chromtablett mit einem Wasserkrug und einem Glas unter perlengesäumten Musselindeckchen. Ein solches Tablett konnte man nur aus der Bar in der Offiziersmesse bekommen, wenn man dafür unterschrieb und eine Ordonnanz damit beauftragte, es aufs Quartier zu bringen. Er hörte, wie Hosain auf der Rückseite des Hauses nach dem Bhishti rief. Unter dem Glas lag ein Blatt Papier. Teddie zog es heraus. »Ich hätte gerne gewartet, um mit Ihnen zu Abend zu essen. Aber ich habe eine Verabredung. In Anbetracht des Wetters, das Sie im Manöver hatten, wie ich gehört habe, dachte ich mir, daß Sie außer einem heißen Bad auch das brauchen können. R.M.«

Im Glas wartete auf ihn ein doppelter Whisky.

»Donnerwetter«, sagte Teddie.

Unerhört anständig! Teddie schnupperte am Whisky, trank etwas davon, schrie dann noch einmal nach Hosain, setzte sich in den Korbsessel und streckte die nassen Beine aus. Der Bursche erschien mit einer frisch gebügelten Uniform.

»Gut gemacht, Hosain«, sagte Teddie. Aber es war Hauptmann Merricks Uniform. Teddie mußte warten, bis Hosain sie mit der Hand glattgestrichen und in eine der Almirahs gehängt hatte, ehe er sich bereitfand herüberzukommen, um ihm die Schuhe aufzuschnüren und auszuziehen. Er hatte sie sechsunddreißig Stunden angehabt. Nachdem seine Füße davon befreit waren, fühlten sie sich abwechselnd heiß und wund, kalt und wund an. Er rauchte, trank und hörte das Platschen des Wassers, mit dem der Bhishti die Zinkbadewanne im Bad nebenan füllte. Er griff nach einem von Merricks Büchern, schlug es auf und starrte auf den unverständlichen japanischen Text auf der rechten Seite. Auf der linken Seite standen Fragen in Englisch und darunter dieselben Fragen noch einmal in Lautschrift, um zu verdeutlichen, wie man sie japanisch aussprechen mußte. Ihre Erkennungsnummer? Name oder Nummer Ihres Regiments? Zu welcher Division gehört Ihr Regiment? Sagen Sie mir den Namen Ihres Divisionskommandanten. Welche Einheit stand auf der linken Flanke Ihrer Einheit, als Sie gefangengenommen wurden?

»Träume«, sagte Teddie laut. Wenn man an einen japanischen Soldaten nahe genug herankam, um ihn anzusprechen, dann war entweder er oder man selbst im nächsten Augenblick tot. So war der arme alte Sergeant Shafi Mohammed umgekommen. Er berichtete, daß ein verwundeter Japaner draußen lag, und hatte sich freiwillig gemeldet, ihn zu holen. Der Japaner hatte eine Granate unter der Uniformjacke. Er mußte sie vorsätzlich gezündet haben, als der Sergeant nur noch wenige Schritte von ihm entfernt war. Sie machten sich beide zusammen auf den Weg ins Jenseits. Merrick verschwendete seine Zeit, wenn er ein paar Brocken Japanisch lernte.

Teddie blätterte die Seite um und verschob dabei ein kariertes Blatt. Bis zu dieser Stelle mußte Merrick gekommen sein. In seiner engen, ordentlichen Handschrift stand darauf: »Vortragsnotiz: 1942, ungefähr zehntausend; Berlin, Tokio, Singapur, Juli 43. Mohan Singh. Bangkok Konf.«

»Sahib«, sagte Hosain und wies scheu in Richtung des Badehauses. Teddie legte das Buchzeichen wieder zurück, nahm sein Glas mit nach nebenan und zog sich aus.

Er kam früh aus der Offiziersmesse zurück. Er fühlte sich sogar zu müde für einen Brief an Susan. Er schrieb ein paar Zeilen und heftete das Blatt an Merricks Moskitonetz. »Danke für den Drink. Morgen gebe ich Ihnen einen aus.« Er ließ Merricks Nachttischlampe brennen, schaltete die eigene aus, kroch unter das Moskitonetz und schlief beinahe sofort ein.

Hosain weckte ihn um sieben Uhr. Er brachte nur ein Tablett mit Tee. Hosain wies auf den schlafenden Merrick, legte beide Hände an die Wange, neigte den Kopf und schloß die Augen. Teddie kratzte sich am Kopf. Er begriff, daß er gebeten wurde, ruhig zu sein, und ging zur Toilette. Als er sich um 8.00 Uhr auf den Weg zur Offiziersmesse machte, hatte Merrick sich immer noch nicht gerührt.

Es ist möglich, daß der Tod langsam, sogar sanft und höflich kommt, als bemühe er sich darum, das Ganze so schmerzlos wie möglich zu machen. An dieser Stelle denkt man an den Tod, denn Merrick bedeutete Teddies Tod. Neben der Höflichkeit und Rücksichtnahme könnte man ein gewisses Zögern bemerken, als habe Merrick das gewußt und Teddie immer wieder die Möglichkeit gegeben, seine Siebensachen zu packen, ehe sie tatsächlich zusammentrafen. Eine letzte Gelegenheit bot sich an jenem Morgen, denn Teddie sah Merrick und hörte ihn gute zwanzig Minuten lang sprechen, ehe der Augenblick gekommen war, seine Bekanntschaft zu machen und die besondere Beziehung herzustellen. Aber nichts an Merrick löste bei Teddie Beunruhigung aus.

Nach seinen Geländeübungen hielt der General hinter den verschlossenen Türen des Besprechungssaals Manöverkritik. Im Lauf seiner Dienstzeit hatte Teddie zahllose Stunden »im Gebet« abgesessen, wie er und die anderen Offiziere der unteren Ränge das nannten. Er stellte fest, daß sich die Gebete des Generals durch Kürze, tödlichen Ernst und – neben dem bunten Gemisch von Divisions-, Brigade-, Bataillons- und Unterstützungstruppenoffizieren – die Anwesenheit von VCOs und britischen und englisch sprechenden indischen NCOs der höheren Ränge (sie saßen nicht direkt unter den Blicken des Generals, aber doch so, daß sie sich in ständiger Gefahr befanden, sie auf sich zu ziehen) von denen anderer Generäle unterschieden.

Wie Teddie feststellte, gehörte es zu seinen Aufgaben, darauf zu achten, daß die Unteroffiziere der britischen Bataillone nicht hartnäckig unter sich blieben, sondern sich unter ihre indischen Kameraden mischten. Selby Smith sagte, gegenseitiges Vertrauen sei einer der Ticks des Generals, und dazu gehöre auch, dem gemeinen Soldaten das Gefühl zu geben, »mit einbezogen zu werden«. Teddie hielt gegenseitiges Vertrauen mehr für eine Frage der Achtung vor den Leistungen eines anderen im Feld und weniger des Vergnügens, neben einem Mann zu sitzen, den man nicht kannte und den man aus Mangel an Zeit auch nicht kennenlernen konnte. Er glaubte nicht so recht an den Wert des Miteinbezogenseins in die Angelegenheiten der Kompanie, wenn das bedeutete, daß ein Offizier auf eine Frage des Generals eine dumme Antwort gab und sich dadurch vor den unteren Rängen lächerlich machte.

Die Manöverkritik begann um 11.00 Uhr. Ein Brigadehauptquartier befand sich fünfundzwanzig Meilen östlich von Mirat, ein anderes zwanzig Meilen nördlich, und einige Bataillone waren in noch größerer Entfernung stationiert. So mußten die meisten der anwesenden Offiziere frühmorgens aufbrechen. Einige hatten in Mirat übernachtet und sahen dementsprechend aus. Aber gepflegtes Aussehen und korrekte Kleidung gehörten zu den Dingen, die dem General nicht besonders wichtig zu sein schienen. Der General trug einen Baumwolloverall aus dem neuen (noch nicht allgemein verwendeten) dschungelgrünen Stoff, der so geschnitten war, daß er wie eine Kampfjacke und Hose wirkte. Füße und Waden steckten in den schwarzen Stiefeln der Meldefahrer. Zu Teddies Entsetzen hatte er sich an diesem Morgen einen Wollschal im Kaschmirmuster um den Hals gebunden.

Er stand am Rednerpult und zog beim Sprechen seine Notizen zu Rate. Sein Adjutant und ein Nachrichtenunteroffizier brachten riesige, sauber gezeichnete Planskizzen und hefteten sie geschickt nacheinander an die Tafel, um die Ausführungen des Generals zu veranschaulichen. Nach einiger Zeit mußte Teddie eingestehen, daß ihm allmählich alles klar wurde. Zum ersten Mal begriff er die Zielsetzung des Manövers. Er entdeckte sogar eine Art Schönheit darin. Diese formlose, beinahe gestaltlose Schönheit lag in dem subtilen Zusammenhalt scheinbar unvereinbarer Teile und in dem außergewöhnlichen Spielraum, den jeder Punkt der Strategie ließ, damit alles sich ineinanderfügen konnte.

Plötzlich verblaßten in seiner Vorstellung die starren und vorhersehbaren Modelle, die es so leicht machten, traditionelle militärische Operationen auf dem Papier zu verstehen, die sich aber so schwer in der Praxis verwirklichen ließen, wenn es heiß herging. Sein Herz klopfte schneller, weil er plötzlich an seinem Beruf etwas Neues und Aufregendes entdeckte. Die klaren und engagierten Worte des General waren für Teddie reine Poesie. Er saß wie üblich ruhig und mit dem ausdruckslosen Gesicht eines Mannes da, der nicht ohne weiteres für eine Idee empfänglich ist, die erst lange und ausführlich dargelegt werden muß. Hätte der General ihm besondere Aufmerksamkeit geschenkt und ihn öfter angesehen, um festzustellen, welchen Eindruck er auf den jungen Mann machte, hätte er glauben können, daß er überhaupt keinen Eindruck auf ihn machte. Dann hätte er sich wahrscheinlich vorgenommen, dem G.1 aufzutragen, ihn durch einen aufgeweckteren und aktiveren Offizier zu ersetzen. In diesem Fall hätte er Teddie Unrecht getan, denn Teddies Seele, die noch vor kurzem unbeteiligt gewesen war, hatte sich aufgerichtet und versuchte tapfer, sich völlig der Offenbarung zu öffnen.

Wäre das Erkennen von Talent gleichbedeutend damit gewesen, es selbst zu haben, wäre Teddie vielleicht vor den Augen des Generals aufgeblüht. Als der General zu Fragen aufforderte, setzte sich Teddies Seele. Sie fühlte sich benommen und wollte sich wieder verschließen. Aber sie hatte eine vielversprechende Fahne gehißt. Teddie war überzeugt worden –

wovon wußte er nicht genau. Aber die schwarzen Schnürstiefel und der Schal gehörten jetzt zu dem Mann, dessen Mann Teddie glaubte jetzt werden zu können. Man konnte nicht sagen, die Schnürstiefel und der Schal seien ein Ausdruck von Stil, aber auffallend waren sie auch nicht, fand Teddie. Sie waren eigenwillige Zeichen der Identifikation.

Der General beendet die Manöverkritik mit einer kurzen aber verständlichen Zusammenfassung der wichtigsten Lektionen, die dabei gelernt worden waren, und einem Ausblick in die Zukunft, der Teddie einen flüchtigen, aber zufriedenstellenden Blick in die eigene ermöglichte, denn von einer bevorstehenden Verlegung aus Mirat war nicht die Rede. Der Verband befand sich immer noch in der Phase vorbereitender Übungen, auf die eine längere, intensive Ausbildung für den Kampf im Dschungel folgen sollte.

»Ich glaube, Sie dürfen damit rechnen«, endete der General, »daß unsere Rolle dort im Osten liegt. Einige von uns sind mit den Bedingungen im Dschungel vertraut. Ich rate Ihnen, sie zu vergessen, denn wir haben den Dschungel in einer schlechten Zeit erlebt, und unser Bild ist falsch. Ich glaube, glücklicherweise ist keiner von uns vom Mythos der japanischen Unbesiegbarkeit angesteckt. Mann gegen Mann gibt es keine Probleme. Mehr habe ich heute morgen nicht zu sagen. Aber ich bitte Sie, jetzt Ihre Aufmerksamkeit einem meiner jüngeren Offiziere zu schenken, einem Mann, der vor kurzem meinem Nachrichtenstab zugeteilt wurde. Falls höhere Offiziere sich wundern, daß sie hierbleiben und sich anhören sollen, was ein Hauptmann zu sagen hat, sollte es ihre verständliche Ungeduld zügeln, wenn ich erstens darauf hinweise, daß alles, was er sagen wird, geheim und wichtig für das Bild ist, das wir uns von dem Feind machen müssen, auf den wir vermutlich treffen werden. Zweitens, daß er länger im Dienst der indischen Regierung stand, als sehr viele der anwesenden Offiziere. Er ist so etwas wie ein seltener Vogel, ein Beamter der Regierung, dem es gelungen ist, von seiner Behörde die Erlaubnis zu erhalten, für die Dauer des Krieges zum Heer überzuwechseln. Hauptmann Merrick bekleidete als Zivilist eine verantwortungsvolle Stelle und hatte einen hohen Rang. Ich kann es kaum glauben, wenn er mir sagt, daß in seinem Distrikt so wenig los war, daß selbst seine Vorgesetzten zu der Ansicht kamen, man könne ihn anderswo nützlicher einsetzen. Ich glaube ihm, wenn er mir sagt, daß er bereits 1939 zum ersten Mal den Antrag gestellt hat, zum Militär überwechseln zu dürfen, und diesen Antrag immer wieder gestellt hat. Ich vermute, es lag nicht daran, daß in seinem Distrikt wenig los war, daß seine Behörde zu der Ansicht kam, man müßte ihn in den Krieg ziehen lassen, wenn man vor ihm Ruhe haben wollte. Seine frühere Arbeit brachte es mit sich, daß der Nachrichtendienst der geeignetste Platz für ihn war. Sein Rang im Zivilleben hätte ihn zu einem höheren Rang im Heer berechtigt als dem, den er jetzt innehat. Ich weiß, und ich möchte ihn nicht in Verlegenheit bringen, denn von seiner jetzigen Aufgabe kommt er so leicht nicht wieder los, er hatte die Wahl zwischen diesem Posten und einem anderen, der glänzendere Schulterklappen eingebracht hätte. Er entschied sich für die aktivere Rolle und den niederen Rang, denn er suchte eine aktive Aufgabe. Ich freue mich, ihn in diesem Verband begrüßen zu können. Ich wiederhole noch einmal, was er uns zu sagen hat, ist geheim. In den Einheiten sollte dieses Thema nicht erörtert werden und mit Sicherheit nicht außerhalb. Hauptmann Merrick übernimmt zwar die üblichen Aufgaben eines G.3, doch dieses Thema wird sehr wahrscheinlich eines seiner Spezialgebiete werden. Im Hinblick darauf und auf den Grad der Vertraulichkeit wird er ständige Verbindung mit den Nachrichtenstäben der Brigade und der Bataillone halten. Brigadier Crawford, Hauptmann Sowton und ich werden zu seinem Vortrag nicht bleiben, denn er hat uns gestern nach dem Abendessen einen umfassenden und detaillierten Bericht gegeben. Danke, meine Herren. Stehen Sie nicht auf, denn das schafft nur Unruhe. Würden Sie bitte übernehmen, Oberst Selby-Smith?«

Der General verließ die Bühne, Crawford und Sowton schlossen sich ihm an, und zusammen gingen sie durch den Mittelgang hinaus. Man hörte draußen im Foyer das Knallen von Stiefeln auf dem Steinboden, als die Wachen salutierten. Selby-Smith erhob sich und machte eine auffordernde Geste. Teddie sah, wie sein Zimmergenosse, der sich ihm bisher entzogen hatte, sich am äußersten Ende der zweiten Reihe rechts erhob. Auf den ersten Blick wirkte er jünger, als Teddie nach dem Hinweis des Generals auf seinen hohen Rang vermutet hatte. Er war groß, blond, schlank und hatte eine gute Figur. Er bewegte sich so zackig, wie Teddie es vielleicht von einem feschen Kadetten oder einem jungen, schneidigen Major erwartet hätte. Aber hinter dem Rednerpult im Scheinwerferlicht auf der Bühne verblaßte das Blond der Haare, und man sah das nicht unverbrauchte Gesicht. Er konnte ebensogut dreißig wie vierzig sein.

Im Saal war es bemerkenswert ruhig. Die lobende Ankündigung und Erklärung des Generals hatte einen alten Instinkt geweckt, jeden sofort unsympathisch zu finden, den ein gewisses Geheimnis umgab, ein Anderssein, also jeden, der nicht durch Rang, Stellung und Regiment völlig einzuordnen war und der seinen Kameraden gegenüber eine undurchsichtige, aber eindeutige Überlegenheit zu besitzen schien. Teddie entging das nicht, denn er empfand selbst eine Spur Ablehnung. *Ich hätte gerne gewartet und mit Ihnen zu Abend gegessen. Aber ich habe eine Verabredung.* Abendessen beim General. Wie und wann war das arrangiert worden? Der General war mit dem Stabswagen zwei oder drei Stunden früher von Premanagar zurückgekommen als Teddie auf seinem knatternden Motorrad, der in einem Umkreis von mehreren Quadratmeilen unwegsamen Geländes zuerst den Laufbur-

schen gespielt und dann den Offizieren von auswärts geholfen
hatte, in Mirat eine Unterkunft für die Nacht zu finden. Ein
doppelter Whisky konnte viel bedeuten, so wie die Postkarten, die seine Mutter ihm aus Singapur geschickt hatte, auf
denen stand: »Du fehlst mir«, während sie sich die ganze Zeit
mit diesem Hunter bestens amüsierte.

Während der ersten Minuten von Merricks Vortrag hielt die
Stille an, wurde jedoch weniger undurchdringlich, weil Merrick auf der einen Seite sich mit seiner kräftigen und reso-
nanten Stimme Kanäle der Aufmerksamkeit erzwang und auf
der anderen Seite das wachsende Interesse seiner Zuhörer an
dem, was diese Stimme sagte, Kanäle öffnete, bis sie sich wie
Tunnelbauer trafen, die sich von zwei Seiten in einen Berg gegraben haben und sich in der Mitte auf einer hindernisfreien
Straße treffen. Merrick machte jetzt einen trockenen Witz, als
sei ihm bewußt, daß die Verbindung hergestellt war, und ern-
tete mehr Gelächter, als der Witz verdiente. Teddie dachte
später darüber nach und glaubte, die meisten Männer hätten
mit Sicherheit gleich zu Anfang versucht, einen Witz zu machen, um die unfreundliche Atmosphäre zu beseitigen. Merrick mußte sich der stummen Kritik bewußt gewesen sein, mit
der sein Erscheinen am Rednerpult begrüßt wurde. Aber er
überging sie, begann einfach zu sprechen, während er am Pult
stand, seine Unterlagen aus der Aktentasche zog, sie auf einen
Stuhl stellte und seine Papiere ordnete. Er hatte es scheinbar
nicht eilig gehabt, sich den Anschein eines Mannes zu geben,
der einen Vortrag hielt, obwohl er es bereits tat.

»Im Dezember 1940 floh ein wichtiges Mitglied des Gesamtindischen Nationalen Kongresses aus Indien, nach unseren
Informationen über die Grenze nach Afghanistan. Seine ex-
tremistischen Ansichten waren den anderen Mitgliedern der
Kongreßführung inzwischen unangenehm und uns ein Är-
gernis geworden. Der Mann hieß Subhas Chandra Bose. Bei

Kriegsanfang war er verhaftet, jedoch wieder entlassen worden, nachdem er in Gefangenschaft in Hungerstreik getreten war und die indische Regierung fürchtete, das könne zu seinem Tod führen. Trotz scharfer Überwachung durch Polizei und Sicherheitsdienst gelang es ihm, aus dem Haus, in dem er lebte, zu entkommen und vermutlich in Verkleidung Kabul zu erreichen, wo er offenbar mit dem deutschen Konsulat in Verbindung stand. Danach tauchte er logischerweise in Berlin auf, und zwar mit der erklärten Absicht, den indischen Freiheitskampf, wie er es nannte, von dort zu führen. Es lohnt sich, in diesem Zusammenhang auf zwei Punkte hinzuweisen. Erstens: Ein Mann, der eine so hohe Meinung von sich und seinen Talenten hat, daß er glaubt, er könne allein erreichen, was dem Kongreß als Ganzes nicht gelungen ist, und der sich die Mühe macht, zwischen sich und seine Häscher eine so große Entfernung zu bringen, leidet mit aller Wahrscheinlichkeit in einem gewissen Maß an Größenwahn. Der zweite Punkt ist die Richtung und das Ziel seiner Flucht: Berlin. Die beiden Faktoren – der Mann, für den man Bose halten kann, und der Ort, an den er sich begeben hat – sind als Aspekte unserer Einschätzung der Situation nicht unvereinbar. Ja, all das ergibt ein völlig vernünftiges Bild. Hitler, Ribbentrop, Goebbels, Subhas Chandra Bose.

In diesem Stadium des Krieges, nämlich 1940, hätte man Bose natürlich zugute halten können, daß er glaubte, die Deutschen würden den Krieg gewinnen und seine Mission sei eine barmherzige Tat, um das Leid Indiens nach einer englischen Niederlage so gering wie möglich zu halten. Man kann deutlich sehen, wie das Erscheinen Boses als Gauleiter von Indien den Exzessen der Sturmtruppen in Städten wie Delhi entgegengewirkt hätte. Man lernt wieder einmal, daß historisch gesehen das Handeln eines Menschen – wie fragwürdig es im Augenblick auch erscheinen mag – sich später üblicherweise als altruistisch darstellen läßt. Ohne Zweifel hat

Bose sich im Interesse seines Landes geopfert. Seine Odyssee verdient es, bekannter zu sein. Das wird bestimmt auch einmal der Fall sein, denn sie ist noch nicht zu Ende. Wie viele große Abenteuer hat sie ihre amüsanten Randerscheinungen. Ich weiß aus bester Quelle, daß Bose zwar den größten Teil des Wegs durch Afghanistan zu Fuß zurückgelegt hat, daß er in Kabul aber in einer Tonga einfuhr.«

Gelächter erfüllte die Halle. Auch Teddie lachte. Er war nicht sicher, ob er genau wußte, wer Subhas Chandra Bose war. Es gab so viele Inder, die Bose hießen. Sein Interesse an indischer Politik und indischen Politikern war schon immer sehr gering gewesen. In seiner Vorstellung waren alle irgendwie komisch. Die Vorstellung, daß ein beleibter Mann in Dhoti, Hemd und einer Gandhikappe auf seinem Weg zum deutschen Konsul in einer klapprigen, zweirädrigen Pferdetonga durchgerüttelt wurde, fand er köstlich. Teddie verschränkte die Arme – wie immer ein Zeichen von Zufriedenheit. Dieser Merrick wußte Bescheid, obwohl seine selbstsichere und überzeugende Art zu reden... nun ja, nicht ganz pukka war. Bei den Vokalen konnte man die Mittelklasse hören.

»Nichts von dem, was ich bisher gesagt habe, ist geheim. Boses Flucht und seine Aktivitäten werden zwar von der Regierung nicht gerade an die große Glocke gehängt, sind aber vielen bekannt. Vielleicht sind sie unter Zivilisten bekannter als beim Militär und indischen Offizieren besser als englischen. Zivilisten haben mehr Zeit, zu reden und die unwichtigeren Nachrichten in den Zeitungen zu lesen. Indische Offiziere interessieren sich wahrscheinlich mehr dafür, was ein indischer Politiker sich einfallen läßt, als ihre britischen Kollegen. Aber im großen und ganzen wird die Sache mit Bose mehr als ein Witz und weniger als Bedrohung empfunden. Er hat von Berlin aus im Rundfunk Reden gehalten und damit ebensowenig Eindruck gemacht wie der anglo-britische

Kommentator Lord Haw-Haw. Männer wie Bose neigen dazu, scheinbar öffentlich losgelöst von dem zu leben, was wir geneigt sind, für die Realitäten zu halten. Deshalb mag es einige von Ihnen überraschen zu erfahren, was er in Deutschland tat. Mit Hitlers Erlaubnis stellte er eine Einheit in Bataillonsstärke aus indischen Kriegsgefangenen auf, die sich vermutlich freiwillig zu diesem ehrenvollen Dienst meldeten, um Hitler im Kampf gegen uns zu unterstützen.«

Die Luft im Saal schien sich spürbar abzukühlen. Ganz kurz schob sich die Barriere noch einmal zwischen Zuhörer und Redner. Teddie betrachtete die Nacken der beiden indischen Offiziere vor ihm und überlegte, wie sie sich um Himmels willen vorkommen mußten.

»Das Vorhandensein dieser Einheit«, fuhr Merrick fort, »wird zum ersten Mal offiziell im Januar 1942 gemeldet. Mit anderen Worten, Mr. Bose brauchte zumindest ein Jahr, um acht- oder neunhundert Männer zu finden, die den Köder angeblicher Befreiung aus dem Kriegsgefangenlager schluckten, und eine Truppe zu formieren, die er zweifellos als den Kern einer großen Armee patriotischer Inder beschrieb, die mit den Engländern und keiner anderen Nation im Streit lagen. Wir wissen nicht, ob Hitler über diese jämmerliche Reaktion enttäuscht war oder ob ihm das lediglich seine Meinung über Bose bestätigte und ihn belustigte. Als Kampftruppe oder auch nur als Einheit scheint dieses Bataillon nicht überlebt zu haben. Nach Meldungen ist es überall in Hitlers Europa zerstreut. Besonders in den Niederlanden werden Boses Männer zur Verteidigung unbedeutender Küstenabschnitte eingesetzt und mit Polizei- und Wachaufgaben betraut. Aber denken wir daran, ehe wir diese Männer kritisieren, als Kriegsgefangene hatte man sie von ihren Kompanie- und Bataillonskommandeuren getrennt. Die Heimat war sehr weit, und ihnen hatte man das Eine geraubt, worauf die indische Armee zurecht immer stolz war:

das hohe Maß an Vertrauen zwischen Mannschaften und Offizieren, das auf der echten Sorge dieser Offiziere – seien sie Engländer oder Inder – um das Wohlergehen dieser Männer beruht. Es ist deutlich, daß Boses Fehlschlag in Deutschland darauf zurückzuführen ist, daß er einfach nicht genug Offiziere der indischen Armee fand, die ihm halfen, frierende, hungrige und unglückliche indische Sepoys abtrünnig zu machen.«

In der vorderen Reihe, wo die meisten höheren englischen Offiziere saßen, ertönte zustimmendes Gemurmel.

»Bose befand sich immer noch in Berlin, als die Japaner ihre Blitzangriffe im Fernen Osten auf Pearl Harbour, in Malaia und Burma starteten. Berichte des Geheimdienstes zeigen, daß er mit dem japanischen Botschafter in Berlin in Verbindung stand. Man braucht nur wenig Phantasie, um dahinter zu kommen, daß zu den Dingen, die er diesem Herrn vorgeschlagen haben muß, gehört: Die Japaner sollten die Bildung ähnlicher Truppenformationen aus indischen Kriegsgefangenen ermutigen, die sie bei ihren Operationen auf den Kriegsschauplätzen im Fernen Osten unterstützen könnten. Aber an diesem Punkt begegnen wir einem anderen Herrn namens Bose...«

Teddie lächelte. Bitte, Bose war so verbreitet wie Smith.

»... Rash Behari Bose – ein alter indischer Revolutionär, der in Japan im Exil lebt. Auch Rash Behani Bose unterbreitete den Japanern einen Plan dieser Art. Im ersten Anlauf, bei seiner Begegnung mit Feldmarschall Suguyama, hatte er keinen Erfolg. Der Feldmarschall stellte sich auf den Standpunkt des Soldaten und erklärte, Inder könnten nie etwas anderes sein als Feinde, da Indien Teil des britischen Empire sei. Mehr Erfolg hatte Bose im japanischen Kriegsministerium. Rash Behani war in Japan bereits Vorsitzender einer Organisation, die sich indische Unabhängigkeitsliga nannte. Mit der Unterstützung der japanischen Regierung war er jetzt in der Lage, daraus in allen Gebieten, in denen die Japaner einmarschiert waren, ein gut funktionierendes Unternehmen zu machen. So wurde zum Beispiel in Bangkok eine Zweigstelle der indischen Unabhängigkeitsliga errichtet, die ihre Beauftragten mit den japanischen Streitkräften nach Malaia schickte. Sie sehen, meine Herren, woher der Wind jetzt weht. Rash Behani Bose spielt sich vermutlich damit auf, daß die indische Unabhängigkeitsliga während der Feindseligkeiten Leben und Eigentum von Indern gerettet hat. Es wird tatsächlich berichtet, daß in vielen Fällen japanische Soldaten indische Zivilisten in Malaia danach fragten, ob sie Anhänger des Mahatma seien, und sie in Frieden ließen, wenn sie es bejahten.

Es war jedoch nur ein sehr kleiner Schritt von der Rettung unschuldiger Zivilisten vor den Grausamkeiten der Japaner bis zum Anstiften indischer Truppen zur Abtrünnigkeit. Man könnte sagen, es war ein winziger Schritt. An diesem Punkt unserer Geschichte betritt leider kein frierender, hungriger Sepoy die Bildfläche, sondern ein Offizier: Hauptmann Mohan Singh vom 1/14. Pandschabregiment. Hauptmann Mohan Singh geriet schon am Anfang des Feldzugs in Nordmalaia in Kriegsgefangenschaft, unseren Berichten zufolge in Alor Star. Als nächstes hören wir von ihm, daß er als Anführer einer kleinen Gruppe indischer Offiziere mit einem japanischen Nachrichtenoffizier namens Fujiwara zusammenarbeitete. Bei Fujiwara befand sich auch ein Beauftragter der indischen Unabhängigkeitsliga in Bangkok. Infolgedessen läßt sich eine direkte Linie von Rash Behani Bose über Bangkok und Fujiwara zu Hauptmann Mohan Singh ziehen. Mohan Singh begann, gefangene indische Soldaten zu kleinen Kampftruppen zusammenzustellen, die von nun an die japanischen Streitkräfte auf den Feldzügen in Malaia und Burma begleiteten.

Es gibt auch wieder Beweise dafür, daß das Leben indischer Soldaten und Zivilisten gerettet wurde. Aber zu welchem Zweck? Antwort darauf gibt uns unmißverständlich das außergewöhnliche Ereignis, das im Februar letzten Jahres stattfand, als General Percival sich dem japanischen Kommandanten ergab. Entgegen den üblichen Gepflogenheiten wurden die Inder, das heißt indische Offiziere ebenso von britischen Offizieren getrennt wie indische Truppen von britischen. Die indischen Offiziere und Truppen wurden in Farrer Park öffentlich durch den japanischen Kommandanten... wem übergeben? Keinem anderen als unserem alten Freund, der nun nicht mehr Hauptmann, sondern General Mohan Singh ist. Er hielt eine Ansprache vor den Truppen, machte die Engländer dafür verantwortlich, daß sie die Schlacht verloren und ihre indischen Kameraden im Stich gelassen hatten. Er verkündete, die Zeit des britischen Imperialismus sei zu Ende und es sei die Pflicht eines jeden patriotischen Inders, einer Armee beizutreten, die den Japanern helfen sollte, die Engländer ein für alle mal aus Indien zu vertreiben.«

Merrick machte zum ersten Mal eine Pause und warf einen Blick auf seine Zuhörer, wie um die Stimmung einzuschätzen.

»Nun also waren ideale Umstände für die beiden Boses eingetreten. Es gab ein Potential – der Zahl nach Tausende – gut ausgebildeter, erfahrener indischer Soldaten, die man nur überreden mußte, die Treue zu einem Regime zu brechen, das dem Anschein nach völlig, vielleicht könnte man sogar sagen, schmählich geschlagen worden war, und in eine Streitmacht einzutreten, wie sie Rash Behari in Tokio und Subhas Chand in Berlin vor Augen stand: die Armee des neuen Indien, eines freien Indien. Die Azad Hind Fauj, also die Indische Nationale Armee, kurz die INA. Dieses Heer würde mit den Japanern marschieren – nicht als Verräter und Handlanger, sondern als Patrioten und Männer, die das Schicksal in die Hand nahmen. Ich glaube, wir sollten uns darüber klar sein – ich meine, über die Gefühle, die einer Tat zugrunde liegen, die nach rein juristischen Begriffen als Verrat bezeichnet werden muß. Ich habe Hauptmann Mohan Singh erwähnt. Ihm zur Seite standen andere, deren Namen ebenfalls bekannt sind. Vielleicht ist es ungerecht, ihn herauszustellen, und seine folgenden Taten tragen nicht alle zu dem Bild eines Mannes bei, der kein Ehrgefühl besitzt, der nur auf den eigenen Vorteil bedacht ist. Er leidet bereits unter der Unbeständigkeit des Schicksals. Aber er wird unvermeidlich als der Offizier des Königs in die Geschichte eingehen, der in Farrer Park auf der falschen Seite stand und von den Japanern ein Geschenk annahm. Ich meine damit, er hat das Kommando über Männer angenommen, die Kriegsgefangene waren, aber noch immer Soldaten des Kaisers und Königs.

Wir wissen nicht, wie leicht oder schwer sich Mohan Singh eine Entscheidung machte, die offensichtlich schon in Alor Star fiel. Damals war eine britische Niederlage wahrscheinlich, aber noch nicht eingetreten. Der Zeitpunkt seines Übertritts und die scheinbare Geschwindigkeit, mit der er erfolgte, belasten ihn, wie Sie mir sicher zustimmen werden. Aber man darf nicht den Mann von Rash Behari Bose vergessen, ich meine den Beauftragten der Indischen Unabhängigkeitsliga in Bangkok. Er war sicher ein redegewandter und überzeugender Mensch, wenn er sich mit gefangenen indischen Offizieren unterhielt. Möglicherweise hatte sich Mohan Singh schon einige Zeit über seine Situation als Offizier des Königs in Indien Gedanken gemacht. Vielleicht empfand er sie schließlich als unvereinbar mit seinen nationalistischen Überzeugungen. Uns liegen Informationen vor, die zeigen, daß er als Führer der Indischen Nationalen Armee lautstark Beschuldigungen erhob. Er behauptete, die indischen Offiziere in Malaia seien immer als zweitklassig behandelt worden, besäßen angeblich weniger Privilegien als ihre britischen Kameraden und bezögen einen niedrigeren Sold. Die britischen Offiziere hätten sich als Angehörige einer herrschenden Klasse, von der die Sicherheit Indiens im wesentlichen abhing, einen höheren Status angemaßt. Während der Kämpfe mit den Japanern und ganz abgesehen von der sogenannten eklatanten Unfähigkeit des britischen Oberkommandos seien die englischen Offiziere in Panik geraten und hätten nur noch daran gedacht, ihre eigene Haut zu retten. Kurz gesagt, sie hätten alles getan, um sich zu retten und die indischen Offiziere im Dreck sitzen lassen, indem sie ihnen das Kommando über die Nachhut übertrugen, die den Abzug deckte.

Man weiß, daß Mohan Singhs englischer Bataillonskommandant zur selben Zeit und am selben Ort wie er gefangengenommen wurde, und das beweist, daß seine Behauptungen in diesem Fall nicht zutreffen können. Trotzdem glaube ich, wir müssen sagen, Mohan Singh war ernüchtert und glaubte, die malaische Katastrophe zerstöre für alle Zeit den Mythos von der Überlegenheit des Raj, und es habe deshalb keinen Tag länger das Recht, Indiens Zukunft zu bestimmen. Darüberhinaus glaubte er, es sei seine Pflicht, nur noch daran zu denken, wie er seinem Land und seinen Landsleuten am besten dienen könne.

Sie wissen, in einigen indischen nationalistischen Kreisen wird ein eigenartiges und in unseren Ohren höchst naives Argument vertreten, wonach die Japaner keinen Anlaß zum Streit mit Indien und den Indern haben. Diese Leute behaupten, nur die britische Präsenz und die Benutzung Indiens als Basis für militärische Operationen zwinge Tokio zu einer aggressiven Haltung gegenüber dem Subkontinent. Das ist ein Gandhi-Gedanke. Er stand hinter den schweren Unruhen vor zwölf Monaten.

Wenn ein Gandhi so etwas von den Japanern glauben kann und es ihm gelingt, daß Millionen indischer Bürger es glauben, dann hatte Hauptmann Mohan Singh vermutlich keine großen Schwierigkeiten, Tausende von natürlicherweise verstörten indischen Kriegsgefangenen dazu zu bringen, daran zu glauben. Es ist vielleicht bemerkenswert, daß er zwar viele überzeugt zu haben scheint, daß jedoch noch mehr – sogar sehr viel mehr – sich nicht überreden ließen. Ich sage, das ist bemerkenswert, denn die Folgen für die Kriegsgefangenen, die es nach sich zog und nach sich zieht, den Überredungskünsten zu widerstehen, können nicht angenehm sein. Vor den Augen eines standhaften Kriegsgefangenen, sei er Offizier, Unteroffizier oder Sepoy, geschahen zweifellos Dinge, die ihm die Entscheidung erschwerten, Kriegsgefangener zu bleiben und der Krone die Loyalität zu wahren. Darüberhinaus mußten diese Männer mitansehen, wie Mitglieder des Raj, die weißen Sahibs, all die Entehrungen ertragen mußten, die die Japaner mit wahrer Meisterschaft erfinden, wie wir inzwischen wissen. Man stelle sich zum Anblick dieser Entehrungen die Androhung von Hunger, Durst und Folter vor, und man begreift, daß eine besondere Standhaftigkeit des Herzens erforderlich ist, um den Schmeicheleien der Männer zu widerstehen, die noch gestern Führer und Kameraden waren und die einem heute anbieten, wieder Führer und Kameraden bei einem Unternehmen zu sein, das als patriotisch angepriesen wird. Ein Kriegsgefangener hat Heimweh, und da ist nun Hauptmann Mohan Singh, den inzwischen leider viele andere indischen Offiziere unterstützen. Er verspricht dem Kriegsgefangenen, ihn auf eine besonders ruhmreiche Weise in die Heimat zurückzuführen. In die Heimat, die die Engländer für immer verlassen haben, in die Heimat, in der die alten nationalen Führer, von denen viele im Gefängnis gelitten haben, ihn als Helden begrüßen werden, als Befreier, als den wahren Sohn eines Indiens, für das auch sie gekämpft haben.«

Merrick machte wieder eine Pause.

»Man kann die Frage, was Loyalität ist, nicht leicht beantworten.«

Diese Feststellung vertiefte das Schweigen noch. Merrick blickte in seine Notizen.

»Die Indische Nationale Armee unter Mohan Singh bestand

aus ungefähr zehntausend ehemaligen kriegsgefangenen Offizieren und Soldaten. Nach unseren Informationen waren aber nur wenig mehr als die Hälfte von ihnen bewaffnet. Wären jedoch Waffen und Ausrüstung zur Hand gewesen, hätte sich die Zahl von zehntausend beträchtlich erhöht. Kurz gesagt, indische Kriegsgefangene lassen sich mittlerweile in drei Kategorien einordnen: Erstens Inder, die sich bis jetzt allen Überredungskünsten widersetzen und Kriegsgefangene bleiben. Zweitens Inder, die sich nicht widersetzten und ihre Bereitschaft erklärt und zu erkennen gegeben haben, in der INA zu dienen, und drittens Inder, die bereits eingetreten sind. Diese Information ist geheim. Wenn Sie an die Zahl zehntausend denken und an die offizielle Stellungnahmen der indischen Regierung und der Gegenpropaganda, werden Sie erkennen, daß man eine Politik verfolgt, deren Ziel es ist, die Aufmerksamkeit von dieser Situation abzulenken, indem man die Bedeutung herunterspielt und die Behauptungen des Feindes lächerlich macht. Aber die Nachrichtensendungen des Feindes werden von allen im Land gehört, die reich genug sind, um Radiogeräte zu besitzen, mit denen sie diese Sendungen empfangen können. Ausländische Sendungen sind natürlich eine Kommunikationsform, die die Regierung nicht verbieten kann. So haben zum Beispiel indische Familien die Stimmen von Verwandten erkannt, die Offiziere in der indischen Armee waren, jedoch inzwischen Offiziere der INA sind und mitreißend berichten, welche großen Dinge die INA in Kürze vollbringen wird.

Die Frage ist: Wird sie das? Ich habe schon einmal von der Unbeständigkeit des Schicksals gesprochen. Die Japaner scheinen die INA von Anfang an mit einer gewissen Verachtung betrachtet zu haben. Das ist nicht weiter verwunderlich. Andererseits scheint die INA die japanischen Absichten mit einem gewissen Argwohn verfolgt und sich den japanischen Versuchen widersetzt zu haben, die INA als Anhängsel ihrer kaiserlichen Streitmacht zu behandeln. Theoretisch war die INA unter Mohan Singh der militärische Arm einer zivilen Unabhängigkeitsbewegung, an deren Spitze Rash Behari Bose stand. Nach einer Konferenz in Bangkok setzte sich diese Bewegung zum Ziel, nur noch Schritte zu unternehmen, die in völliger Übereinstimmung mit der nationalistischen Politik stehen, die hier in Indien vom Gesamtindischen Kongreß verfolgt wird.

Sie erinnern sich daran, daß der Kongreß in Indien von Februar bis August 1942 von den Engländern verlangte, Indien zu verlassen. Sie sollten, nach Gandhis denkwürdigem Ausspruch, ›Indien Gott oder der Anarchie überlassen‹. Es blieb auf dem Papier ziemlich unklar, was geschehen würde, wenn die Engländer nicht abzogen, was auch der Fall war. Was geschah, ist klar genug.

Ich glaube, man darf nicht vergessen, welche Wirkung diese Forderung und die Folgen dieser Forderung auf die indischen Kriegsgefangenen in Malaia und Burma hatten – besonders auf die Inder, die der INA beigetreten waren. Es mußte für sie so aussehen, als stehe Indien im Begriff, sich zu erheben, um die Engländer aus dem Land zu vertreiben, als zeichneten sich große Ereignisse ab und die Geschichte treffe die Entscheidung für sie. Gewiß, den Buchstaben nach hatten sie dem König und dem Land Treue geschworen. Wenn das Vaterland den König jedoch nicht wollte und sich von ihm lossagte, blieb ihnen nur noch das Land, zu dem sie zweifellos gehörten. Es war schließlich ihr Land. Aber abgesehen von den Engländern gab es noch die Japaner. Welche Absichten verfolgten sie in Wahrheit? Würden sie Indien wirklich in Frieden lassen, wenn es gelang, die Engländer zu vertreiben? INA-Offiziere haben ihren Truppen in aller Offenheit erklärt, sie müßten bereit sein, gegen die Engländer zu kämpfen – selbst gegen alte Offiziere und Kameraden: Sie müßten aber ebenso bereit sein, gegen die Japaner zu kämpfen, wenn es so aussah, als beabsichtigten sie, den Union Jack durch die Aufgehende Sonne zu ersetzen. Noch eine große Unsicherheit herrschte in der INA. Würde der Kongreß die Azad Hind Fauj wirklich gutheißen?«

Merrick machte eine Pause, scheinbar, um die Frage wirken zu lassen. Vielleicht war das auch sein Hauptanliegen, aber plötzlich sah er zu Oberst Selby-Smith hinunter und sagte: »Sir, ich glaube, die Schilder ›Rauchen verboten‹ gelten nur für die Manöverbesprechungen. Ich nehme an, eine Reihe der Anwesenden wäre dankbar, wenn Sie Erlaubnis zum Rauchen geben würden.«

Vermutlich nickte Selby-Smith zustimmend, denn Merrick hob den Kopf und nickte in den Saal, in dem es sofort lebendig wurde. Auch Teddie öffnete in nervöser Dankbarkeit das Zigarettenetui. Innerhalb weniger Sekunden erinnerte der Saal an einen indischen Basar zur Zeit des Divalifestes; doch das Anzünden der Zigaretten vollzog sich in ungewöhnlicher Geschwindigkeit. Schon nach einer halben Minute herrschte wieder Ruhe im Saal.

»Das war also die Frage: Würde der Kongreß die Azad Hind Fauj wirklich gutheißen? Würde er ein Unternehmen billigen, das zu einem blutigen Zusammentreffen einer aufständischen nationalistischen Armee mit der regulären indischen Armee führen konnte? Die INA rechnete damit, bei ihrem Erscheinen auf indischem Boden würde sich die indische Armee auflösen und ihre Sepoys würden an der Seite ihrer aufständischen Brüder weiterkämpfen. Aber auch wenn der Kongreß das ebenfalls glaubte, konnte er die INA als legales Instrument seiner Politik der Selbstbestimmung anerkennen?

Abgesehen von den Gemäßigten und Konstitutionalisten, also von Kongreßmitgliedern, die ihren Kollegen Subhas Chandra Bose für einen extrem gefährlichen Mann hielten, mußte man das andere Gandhi-Prinzip der Gewaltlosigkeit berücksichtigen. Man suchte die Antwort auf diese

Frage und beschloß, eine Gruppe INA-Offiziere nach Burma zu schicken. Sie hatten eine Funkausrüstung dabei, sollten heimlich nach Indien vordringen und Kontakt mit den politischen Führern aufnehmen. Das geschah im August 1942. Das Unternehmen erwies sich als ein völliger Fehlschlag, denn einer der ausgewählten Offiziere nutzte die erste Gelegenheit, um sich von der Truppe abzusetzen, Verbindung mit uns aufzunehmen und alles auszuplaudern. Die anderen kehrten enttäuscht nach Malaia zurück, und der Offizier, der ihnen ein Schnippchen geschlagen hatte, brachte uns nützliche Dokumente und Informationen. Der Name des Offiziers wird nicht genannt, aber er ist ein Lichtstreif an einem ansonsten dunklen Horizont. Dieser Offizier glaubt, daß eher mehr als weniger Offiziere und Soldaten der INA in der Absicht beigetreten sind, sie entweder von innen zu unterwandern oder bei der ersten Begegnung mit dem Heer, zu dem sie wirklich gehören, in treuer Pflichterfüllung zurückzukehren. In anderen Worten könnte das bedeuten, daß sie die INA als einen ungewöhnlichen Fluchtweg aus dem Kriegsgefangenenlager benutzen, denn, wie wir alle wissen, hat ein Soldat die Pflicht, wenn möglich aus der Gefangenschaft zu fliehen.«

Ein Offizier in der ersten Reihe rief: »Hört, hört!« Alles klatschte. Merrick wartete. Er hielt den Blick auf das Rednerpult geheftet und wendete ein Blatt seiner Unterlagen. Dann fuhr er fort.

»Der Lichtstreif am Horizont wäre jedoch heller, wenn alle Offiziere des Geheimkommandos genauso gehandelt hätten. Wir müssen deshalb ziemlich große Vorbehalte im Hinblick darauf haben, inwieweit das Eintreten in die INA ein Vorspiel für die Rückkehr zu den eigentlichen Pflichten und daher ein wesentlicher Faktor beim Aufbau der INA war und ihre Motive beeinflußt. Trotzdem muß man bei einer künftigen Begegnung mit INA-Truppen und Formationen daran denken, daß nicht alle INA-Soldaten sozusagen auf der anderen Seite stehen und beabsichtigen uns anzugreifen. Einige suchen vermutlich nur nach einer Gelegenheit, sich mit ihren Waffen wieder uns anzuschließen und gegen die Japaner zu kämpfen. Wie viele es sind, werden wir erst wissen, wenn es soweit ist und wirklich geschieht.

Aber unter indischen Sepoys und den einfachen Soldaten der englischen Bataillone wird natürlich die Neigung bestehen, diese scheinbaren Deserteure und Verräter zu verachten, und die Neigung, ihnen nicht mit der militärischen Fairneß zu begegnen, die wir im Feld den Gefallenen, Verwundeten und Gefangenen entgegenbringen müssen.

Zu den wichtigsten Zielen dieser Rede gehört es, gewisse Fakten klarzulegen und etwas zu liefern, was hoffentlich ein nützliches Grundwissen darstellt, damit wir die schlimmsten Auswirkungen vermeiden können, die entstehen, wenn man das Problem verkleinert oder vergrößert, das diese Armee für uns bedeutet. Ich bin der Ansicht, daß man ein generelles Urteil solange zurückstellen muß, bis alle Fakten bekannt sind, ganz gleichgültig, wie man persönlich auf diese Sache reagieren mag. Mittlerweile können wir die geheimen Informationen in aller Ruhe verarbeiten, und vielleicht helfen sie uns, auf die Männer, die uns unterstehen, einen mäßigenden Einfluß auszuüben, wenn es soweit kommen sollte, daß die Divison an der Front auf Einheiten oder Formationen der INA trifft. Ich möchte den Überblick mit einem Bericht über das beschließen, was nach dem Fehlschlag des Geheimkommandos geschehen ist.

Es besteht kein Zweifel daran, daß die politischen Ereignisse in Indien im August 1942, die in den schweren Ausschreitungen nach der Verhaftung von Mitgliedern der Ausschüsse und Unterausschüsse der Kongreßpartei gipfelten, zumindest potentiell der Rekrutierung von Kriegsgefangenen in die INA Auftrieb gaben. Aber die INA scheint eine schwere Vertrauenskrise durchgemacht zu haben, die sich an den japanischen Absichten und an den eigenen entzündet hat. Die wesentliche Frage, ob die Kongreßpartei die INA gutheißen würde, blieb unbeantwortet. Nachdem alle einflußreichen Führungsmitglieder des Kongreß im Gefängnis saßen, bestand auch keine Hoffnung mehr, eine solche Antwort zu bekommen.

Natürlich befand sich Hauptmann Mohan Singh im Mittelpunkt dieser stürmischen Vertrauenskrise. Ich möchte nicht soweit gehen zu behaupten, daß er sich persönlich den Standpunkt der Azad Hind Fauj zu eigen gemacht hat, doch als Führer der INA wird er natürlich damit identifiziert. Wir dürfen ihm gewisse Zweifel zugutehalten und, wie ich bereits angedeutet habe, ein hartnäckiges Festhalten an ehrenhaften Prinzipien, wie man das bezeichnen könnte. Im wesentlichen ging es dabei um Verantwortungsbereiche. Die INA erklärte, daß sie für Indien und nur für Indien verantwortlich sei, und betonte in Übereinstimmung damit, sie wolle nichts mit anderen japanischen Militäraktionen zu tun haben – zum Beispiel mit Einsätzen gegen burmesische nationalistische Guerillas. Alle Kräfte im japanischen kaiserlichen Heer, die verächtlich die INA als Anhängsel ansahen, konnten diesen Standpunkt nicht hinnehmen, und wir dürfen davon ausgehen, daß auf Mohan Singh erheblicher Druck ausgeübt wurde, nachzugeben und seine Streitmacht bedingungslos den Japanern zur Verfügung zu stellen. Ebenso großen Druck übten zweifellos INA-Offiziere auf ihn aus, die die Politik verfolgten, nur in Übereinstimmung mit den Prinzipien des Kongresses zu handeln, und die darin unverzichtbare Prinzipien des Handelns und Denkens innerhalb der INA sahen. Man gewinnt den Eindruck, daß die INA als Organisation dicht vor der Auflösung stand.

Im vergangenen September verhafteten die Japaner Mohan Singh. Die Gründe, die zu seiner Verhaftung führten, sind nicht bekannt, obwohl man vermutet, daß Rash Behari Bose dahinterstand. Rash Behari besaß als Politiker wahrscheinlich das Talent, auch im größten Sturm wie ein Kork auf der Wasseroberfläche zu tanzen, denn seine Position war nicht unmittelbar bedroht. Aber in den ersten sechs Monaten dieses Jahres hatte man den Eindruck, die Azad Hind-Bewegung und mit ihr die INA sei nur noch ein schwankendes Rohr im Wind. Man brauchte einen starken Mann, um es zu stützen, einen Mann, der das Talent besaß, mit seinen Ansichten, seinen politischen Zielen und seinen Führungsqualitäten beide Seiten zufriedenzustellen – also die Inder und die Japaner.

Wer sonst konnte das sein als Subhas Chandra Bose. Aber er war in Deutschland. *War* in Deutschland. Vor wenigen Wochen, im Juni, tauchte dieser im wahrsten Sinn des Wortes allgegenwärtige Herr in Tokio auf. Denn nach unseren Informationen brachte man ihn im U-Boot dorthin – ein für ihn typisches, aufsehenerregendes und scheinbar gefährliches Abenteuer –, aber, das muß man festhalten, ein Abenteuer, das er nur mit der Zustimmung und dem ausdrücklichen Wunsch der Regierung in Tokio wagen konnte. Von Tokio aus hat er in Rundfunkreden alle Zweifel daran ausgeräumt, daß er in seinen Augen der Mann des Schicksals ist, auf den die Azad Hind-Bewegung und die Japaner gewartet haben. Subhas Chandra wurde im letzten Monat in Singapur zum Präsidenten der Indischen Unabhängigkeitsliga gewählt, nachdem der andere Bose, Rash Behari, zurückgetreten war, um ihm Platz zu machen. Es sieht nun folgendermaßen aus: Mohan Singh sitzt im Gefängnis, wie wir glauben in Sumatra, Rash Behari hat abgedankt, der Lohn des Versagers, und an ihrer Stelle befindet sich: Subhas Chandra Bose.

Offiziell hat er das Kommando der INA noch nicht übernommen, aber es kann nur noch eine Frage der Zeit sein. Wir dürfen sogar erwarten, daß Mr. Bose sich zum Oberhaupt aller indischen Nationalisten im Fernen Osten aufschwingt und sich dafür eine Art Legalität verschafft, indem er eine freie indische Exilregierung bildet, die zumindest auf dem Papier von den Japanern und ihren Alliierten anerkannt wird. Sie sprechen in diesem Zusammenhang von dem gemeinsamem Aufschwung Asiens. Bose ist dazu der richtige Mann. Seine Führungsqualitäten dürfen nicht unterschätzt werden. In der Vergangenheit haben nicht wenige hohe Kongreßpolitiker diese Qualitäten gefürchtet. Sie glaubten, er habe das Zeug zu einem Diktator. Man fühlt sich geneigt, dem zuzustimmen.

... Dieser Bericht endet deshalb mit dem einigermaßen verläßlichen Hinweis, daß die INA weiterbestehen und wachsen wird. Es wäre töricht, sie als Kriegsinstrument zu schätzen, aber ebenso töricht wäre es, sich durch ihr Vorhandensein und unvermeidliches Wachsen von dem eigentlichen, immer noch sehr gefährlichen und äußerst ehrgeizigen Feind, den Japanern ablenken zu lassen. Mir erscheint es sehr wahrscheinlich, daß sich die INA selbst unter Bose, der mit Sicherheit nach außen ein herzliches und kooperatives Einverständnis mit dem japanischen Oberkommando demonstriert, nur unwillig in die japanische Militärmaschinerie einfügen wird, und das könnte sehr wohl zu ihrem Niedergang beitragen. Die anderen wesentlichen Faktoren, die zu ihrem wahrscheinlichen Untergang beitragen, sind natürliche logistische Probleme, die unterschiedliche Psyche und die unterschiedlichen Motive der Männer. Im Hinblick auf ihre Fähigkeit, sich zu bewaffnen, entweder im Zusammenwirken mit oder in Konkurrenz zu den Japanern, muß man die INA als untergeordnete Organisation einstufen. In Hinblick auf ihre psychologische Basis und Motivation rangiert sie etwas unter einem Heer, das in der Lage ist, eine hohe und standhafte Moral zu erreichen. Inwieweit ihr das nicht gelingt, wird von der Magie des Herrn Bose abhängen, aber selbst der geschickteste Zauberer kann nicht lange die Illusion eines gemeinsamen Ziels aufrechterhalten, wenn das Ziel in sich selbst so vielschichtig ist. Das wird sich als ein wichtiger Faktor herausstellen, wenn die indischen Soldaten der INA, die Indien befreien wollen, auf die indischen Soldaten stoßen, die unter unserem Kommando stehen und in Treue entschlossen sind, das Land gegen jeden zu verteidigen, der es wagt, den Fuß auf indischen Boden zu setzen, und mit dem Gewehr auf sie zielt.«

Merrick nahm seine Unterlagen und griff nach seiner Aktenmappe, ehe seine Zuhörer richtig begriffen hatten, daß sein Vortrag zu Ende war. Der Beifall setzte zwar ein, noch ehe er das Podium verlassen hatte, aber er blieb nicht, um entgegenzunehmen, was nach einer persönlichen Ovation hätte aussehen können. Und so näherte er sich bereits seinem Platz, als der Beifall den Höhepunkt erreichte.

Selby-Smith erhob sich und ging auf die Bühne. Am Rednerpult klatschte er viermal, um seine Zustimmung zu demonstrieren und ein Zeichen für das Ausklingen des Beifalls zu geben. Als er mit dem Klatschen aufhörte, schien er Ruhe zu fordern, die sich auch schnell einstellte.

Er sagte: »Diese Versammlung hat nun länger gedauert, als viele von Ihnen erwartet haben, doch was uns eben so gekonnt und interessant dargeboten wurde, war es wert, angehört zu werden. Ich glaube, in diesem Punkt sind wir uns alle einig. Im Namen aller bedanke ich mich bei Hauptmann Merrick, daß er sich die Mühe gemacht hat, uns ein klares Bild dieses unerquicklichen Themas zu zeichnen. Zum Abschluß der Versammlung möchte ich noch einmal nachdrücklich daran erinnern, daß der Divisionskommandant wünscht, daß Sie das Thema INA allgemein oder untereinander nicht diskutieren. In anderen Worten, behalten Sie das, was Sie heute morgen gehört haben, für sich. Besonders Unteroffiziere und NCOs haben die Pflicht, auf Klatsch und Gerüchte unter der Mannschaft zu achten und darüber zu berichten, jedoch ohne etwas dagegen zu unternehmen, bis sie Anweisung haben, auf welche Weise das zu geschehen hat. Das wäre alles, meine Herren.«

Das soeben Gehörte löste bei Teddie einige Verwirrung aus, und er ergriff die Möglichkeit nicht, die sich ihm jetzt bot, seinen Zimmergenossen kennenzulernen. Er fand es bequemer, sich dem Strom der Männer in Richtung der Türen anzuschließen, als sich ihm entgegenzustellen und nach vorne zu gehen, wo Merrick allein stand und die Riemen der Aktentasche schloß. Kurz vor dem Foyer – die Wachen hatten die Türen geöffnet und festgestellt – änderte er beinahe seine Absicht, denn die Vorstellung, daß Merrick dort ganz allein stand, gab ihm das Gefühl, nicht so freundlich zu sein, wie er das eigentlich sein sollte. Aber im selben Moment sprach ihn jemand an, und als er wieder an Merrick dachte, kletterte er gerade als letzter von fünf auf einen Militärlastwagen. Der Fahrer schloß die Rückklappe, und im nächsten Moment reihte sich der Wagen in die Schlange vor der Ausfahrt ein.

In der B-Messe saß er mit zwei anderen Offizieren im Vorraum und bestellte sich ein Bier. Fünf vor eins kam Merrick herein. Jetzt war er nicht mehr allein. Ein indischer und ein englischer Offizier begleiteten ihn – es waren Gäste einer Brigade. Wieder zögerte Teddie, aber plötzlich fiel Merricks Blick auf ihn, und es wirkte, als sehe er ihn bewußt an. Teddie erhob sich, ging quer durch den Raum und streckte die Hand aus.

»Ich bin Teddie Bingham«, sagte er. »Was darf es denn sein?«

Er hatte kurz das Gefühl, Merrick überlege, ob ihm der Name bekannt vorkommen solle. Er ergriff Teddies Hand zögernd, als sei ihm der körperliche Kontakt mit jemandem, den er nicht gut kannte, im allgemeinen nicht sehr angenehm. Der Händedruck war kein Erfolg. Teddie wollte gerade erklären, wer er sei, als Merrick sagte: »Also lernen wir uns endlich kennen.« Er hielt Teddies Hand immer noch, drückte sie plötzlich unerwartet und ließ sie dann schnell los.

Teddie empfand eine Diskrepanz zwischen dem Mann am

Rednerpult und dem Mann, der vor ihm stand. Als er später darüber nachdachte, hielt er die Diskrepanz für dieselbe, die ihm vor Jahren in London aufgefallen war. Damals war er Zwölf, und seine Mutter nahm ihn mit zu einer Nachmittagsvorstellung ins Theater. Hinterher führte seine Mutter ihn hinter die Bühne, um einen der Darsteller kennenzulernen. Der Schauspieler war immer noch geschminkt, sprach aber mit normaler Stimme und wirkte eher schüchtern. Wie zum Ausgleich legte er Teddie beim Abschied den Arm um die Schulter und gab ihm zehn Pfund.

»Whisky oder Gin?« fragte Teddie, »oder trinken Sie mittags nur Bier?«

»Sehr freundlich von Ihnen«, erwiderte Merrick. Teddie stellte fest, daß ihm das Blau von Merricks Augen besonders auffiel, weil Merrick ihn so unverwandt ansah. »Aber ich bin ziemlich in Eile. Ich soll um vierzehn Uhr woanders sein und muß deshalb sofort in den Eßsaal. Können wir uns auf heute abend vertagen?«

»Ja natürlich...«

Merrick nickte. »Gut. Es wird Zeit, daß wir uns kennenlernen.« Er lächelte, wollte gehen, drehte sich aber noch einmal um. »Übrigens, herzlichen Glückwunsch.«

»Glückwunsch?«

»Wie mir Hosain sagt, heiraten Sie bald.«

»Oh, hat er das gesagt? Ja, das stimmt. Danke.«

Teddie beobachtete, wie Merrick mit seinen Gästen in den Eßsaal ging, ihnen an der Tür die Hand auf den Rücken legte und sie dadurch aufforderte vorzugehen. Der Kellner brachte Teddies Bier. Neben ihm stand der Adjutant des britischen Bataillons der Brigade, die in der Nähe von Premanagar stationiert war. »Das war interessant heute morgen, nicht wahr?« sagte der Adjutant. »Ich hatte davon keine Ahnung, aber ich bin natürlich auch erst seit sechs Monaten im Land. Wissen Sie, was er war, ich meine, in der indischen Regierung?«

Der Mann meinte damit »im Zivildienst« und verriet eine erstaunliche Unwissenheit. Teddie erwiderte, er habe keine Ahnung, und das hätte eigentlich genügen müssen, aber es genügte nicht.

»Wohl eine Art Spion, was meinen Sie?« fragte der Adjutant. Sein Benehmen und die Aussprache wirkten sehr plebejisch. Solche Typen fand man zu Hause in der Umgebung von Kingston-on-Thames – in den Bars der Hotels im Tudorstil. Dieser Kerl zwinkerte ihm auch noch zu, wie solche Typen es offenbar immer taten. Die Vulgarität des modernen englischen Lebens war plötzlich zuviel für Teddie. Sie überschwemmte Indien und verpestete alles. Er lächelte dem Adjutanten kühl zu, murmelte eine Entschuldigung und ging. Er wollte sein Bier austrinken und dann essen gehen, aber ein plötzliches, undeutliches flaues Gefühl im Magen warnte ihn. Er stellte das Glas ab, eilte durch den Raum in Richtung der Tür, die zu den Toiletten führte. Dort entdeckte er, daß sein normalerweise gesunder und regelmäßiger Stuhlgang plötzlich unangenehm flüssig und unzuverlässig war. Auf seiner Stirn standen Schweißtropfen. Er fühlte sich nicht wohl. Der Gedanke an Essen reizte ihn nicht besonders. Er mußte sich etwas geholt haben.

Er verließ die Offiziersmesse durch einen Seiteneingang und erreichte die überdachten Wege, die von der B-Messe zu den kleinen Häusern der Offiziere der unteren Ränge führten. Die ganze Anlage wirkte irgendwie improvisiert. Als letztes hatten dort die Ausbilder einer Schule für chemische und psychologische Kriegsführung gewohnt. Der Geruch ihrer Gaspatronen und ihrer Propaganda hing immer noch in der Luft. Teddie hatte das einmal jemanden sagen hören. Er fand es zutreffend. Er erreichte sein Quartier und stellte fest, daß die Tür mit dem Vorhängeschloß gesichert war. Hosain hatte Dienst in der Messe. Teddie verwünschte seine derzeitige Wohnsituation. Er kramte nach dem Schlüssel und hielt plötzlich inne. Etwas höchst Merkwürdiges fiel ihm ins Auge. An der Wand unter dem Fenster lehnte ein Fahrrad – oder genauer gesagt das, was davon übrig war. Im ersten Augenblick dachte er, jemand sei eingestiegen, habe sein oder Merricks Fahrrad herausgeholt, ein Rad abmontiert und ein Schutzblech verbogen, um ihnen einen Streich zu spielen. Aber das erklärte den Rost nicht. Und dieses Wrack unter dem Fenster hatte keine Stange: Es war ein Damenrad. Teddie beeilte sich, das Vorhängeschloß abzunehmen und die Tür zu öffnen.

Die Fahrräder standen wegen der Gefahr möglicher Diebstähle im Innern. Aber beide Räder befanden sich an ihrem Platz. Teddie ging hinaus, um noch einmal einen Blick auf das unsinnige, mysteriöse Ding zu werfen, und dabei entdeckte er etwas anderes: Kreidezeichen auf der Schwelle zur Veranda. Ein Muster. Es wirkte kabbalistisch.

Teddie schnupperte in die Luft, um vielleicht den Geruch eines Übelwollenden zu entdecken, und überlegte, ob es ihm gelingen würde, diesen Geruch von den anderen Gerüchen zu unterscheiden, an die er sich inzwischen gewöhnt hatte. Er konnte es nicht. Er stieg über die Kreidezeichen hinweg und ging zum Verandageländer. Weit und breit war keine Menschenseele zu sehen, nur eine Reihe von Türen, die wie die seine aussahen und mit Vorhängeschlössern verschlossen waren; hinter jedem kleinen Haus befand sich ein Platz, und in fortlaufender Reihe folgten weitere kleine Häuser. Ein Stacheldrahtzaun direkt gegenüber trennte die Quartiere wie ein Gefangenenlager von dem freien Gelände ab. Über den Zaun konnte niemand klettern; aber das war auch nicht nötig. Auf dem Militärgelände trieben sich alle möglichen Leute herum. Sie kamen an den Stellen herein, wo dem städtischen Bauamt entweder das Material ausgegangen war oder die Arbeiter keine Lust mehr gehabt hatten, den Zaun fortzuführen. Die Quartiere galten nicht als Sicherheitszone. Vielleicht hatte einmal jemand die Absicht gehabt, sie dazu zu machen.

Teddie betrachtete das zerbeulte Fahrrad. Vielleicht hatte Hosain es gefunden und dorthin gestellt, um zu beweisen, wie ehrlich er war. Er hätte vom Fahrradhändler im Garnisonsbasar ein paar Annas dafür bekommen. Aber es mußte ein Zusammenhang zwischen dem Rad und den Zeichen bestehen. Hosain hätte die Zeichen machen können. Wäre der Bursche ein Hindu gewesen, hätte Teddie bereitwilliger an diese Erklärung geglaubt, daß Fahrrad und Kreidezeichen eine merkwürdige Form von Puja seien, das heißt ein Bittopfer für das Wohlergehen der Bewohner, ein Opfer, das ihnen eine sichere Reise auf all ihren Wegen bescheren sollte durch die Fürsprache einer modernen Bereicherung des Hindu-Pantheons: des Gottes der mechanischen Transportmittel.

Aber Hosain war Moslem. Es war höchst unwahrscheinlich, daß der Bhishti oder der Putzjunge soviel Interesse an den Offizieren nahm, für die sie arbeiteten, daß sie zu einer so wohlmeinenden Geste für einen oder für sie beide fähig gewesen wären. Außerdem wirkten die Zeichen irgendwie unheilvoll. Teddie zögerte und unterdrückte das Bedürfnis, sie wegzuwischen. Seine Eingeweide begannen, sich wieder zu regen. Er spürte einen stechenden Schmerz, und der Schweiß trat ihm auf die Stirn. Er starrte auf die kabbalistischen Zeichen, die plötzlich für den Aufruhr seiner Eingeweide, für die Störung in seinem Leben verantwortlich zu sein schienen; er spürte, daß alles an diesem Morgen sich verschworen hatte, sie herbeizuführen. Er scharrte mit den Gummisohlen seiner Schuhe über die Zeichen und verwischte die Konturen; er hörte erst auf, als nur noch ein graues Geschmier zurückblieb. Danach fühlte er sich besser.

Im Zimmer fand er auf seiner Schreibtischseite einen Brief von Susan. Er riß ihn auf. Er war vor fünf Tagen geschrieben worden. »Lieber Teddie, morgen brechen wir nach Kaschmir auf. Tante Fenny und Onkel Arthur werden in Delhi zu uns stoßen, und dann reisen wir zusammen nach ›Pindi‹.« Inzwischen würden sie demnach in Srinagar sein. Er steckte den Brief in die Jackentasche und ging zur Toilette an der Rückseite. Sein Zustand hatte sich nicht gebessert, aber er schwitzte nicht mehr. Teddie hoffte, er würde nicht richtig krank werden. Er las Susans Brief zu Ende. Wieder im Zimmer, legte er sich auf das Bett und hoffte, kurz schlafen zu können. Nach zehn Minuten war er immer noch hellwach, setzte sich auf, zündete sich eine Zigarette an und las Susans Brief noch einmal. In Srinagar würden viele Offiziere auf Urlaub sein. Teddie sah die Gefahr, Susan an einen Mann zu verlieren, der mehr zu bieten hatte, an einen Mann mit Talent und Geld, einen Mann, der die Dinge richtig einschätzte, einen Mann, der alles verstand, worüber Merrick am Morgen gesprochen hatte, und es glauben konnte, ohne das Gefühl zu haben, wenn das die Wahrheit sei, sei nichts mehr heilig, man könne sich auf niemanden mehr verlassen und die ganze Welt sei ein einziger Dschungel.

Teddie stand auf und drückte die Zigarette aus. Er fühlte sich aufgewühlt, ohne genau zu wissen weshalb. Lag es an der Aussicht, von Susan den Laufpaß zu bekommen? Oder konnte er nicht glauben, daß das malaische Bataillon der Muzzis, das in der Nähe von Kuala Lumpur gefangengenommen worden war, sich diesem Bose angeschlossen hatte? Teddie wußte nur das Eine: Alles, was falsch für ihn lief, war im Grunde die Schuld dieses Proleten Hunter. Er hatte das Geld seiner Mutter vertrunken, ihr dann die Lebenskraft geraubt und sie nach seinem Tod noch ins Grab getrieben. Allerdings gab es überhaupt kein Grab. Es wäre für Teddie beruhigender gewesen, wenn es ein Grab gegeben hätte.

Es regnete wieder, als er sich aufmachte, um ohne Mittagessen ins Büro zurückzugehen. Er konnte den Gedanken nicht ertragen, den verschwitzten Regenumhang anzuziehen und mit dem Fahrrad zu fahren. Er setzte die Mütze auf und legte das Vorhängeschloß vor. Das kaputte Fahrrad kam ihm lächerlich vor. Er lief die überdachten Wege entlang bis zur Vorderseite der Offiziersmesse; dort winkte er eine der Fahrradtongas herbei, die vor dem Haupttor draußen warteten.

IV

Im Verlauf des Nachmittags vergaß Teddie das Fahrrad und die Kreidezeichen, erinnerte sich jedoch wieder daran, als er um sechs Uhr zu seinem Quartier zurückging. Hosain hockte vor dem Zimmer. Die Tür stand offen; sie war an der Außenwand festgemacht, und man sah die Fliegentür. Als der Bursche sah, daß Teddie die Stufen hinaufkam, stand er auf. Er hatte auf der Stelle mit den verschmierten Kreidezeichen gekauert. Von dem Fahrrad war nichts mehr zu sehen.

Teddie fragte danach. Hosain wies auf das Zimmer, ging voraus und deutete auf die beiden fahrbereiten Räder. Teddie erklärte ihm die Sache mit dem kaputten Fahrrad. Hosain ging hinaus, sah sich die Stelle an, kam zurück und sagte, dort sei kein Fahrrad.

»Ich weiß«, sagte Teddie, »aber es war dort. Wann bist du vom Dienst in der Messe zurückgekommen?«

Hosain erwiderte, er sei um 14.30 Uhr zurückgekommen, sei aber zuerst in sein Quartier gegangen, habe sich umgezogen und für Merrick Sahib im Basar Besorgungen gemacht. Um 16.30 Uhr sei er zurückgekommen, habe das Zimmer aufgeschlossen, aber kein Fahrrad gesehen. Wenn vorher ein Fahrrad dort gestanden hatte, mußte es jemand weggenommen haben... möglicherweise derjenige, der es hingestellt hatte. Hosain wollte die Burschen anderer Offiziere fragen und sich bei dem Bhishti erkundigen. Aber was wollte man mit einem Fahrrad anfangen, dem ein Rad fehlte?

»Genau, das ist es. Darum geht es ja.«

Teddie ärgerte sich, weil Hosain ihn ansah, als glaube er,

Teddie habe vor, dem Personal Schwierigkeiten zu machen, nur weil er sich einbildete, etwas gesehen zu haben. Plötzlich rief Merrick aus dem Badehaus nach Hosain. Hosain antwortete: »Sahib!« und eilte davon. Es war nicht Merricks Schuld, aber seit seiner Ankunft hatte Hosain Merrick eindeutig bevorzugt behandelt. Es war lächerlich, einen Burschen mit jemandem teilen zu müssen. Und genaugenommen war es ebenso lächerlich, das Zimmer mit jemandem teilen zu müssen.

Teddie setzte sich in den Sessel und streckte die Füße zum Ausziehen der Schuhe von sich. Bald darauf hörte er Hosain lachen und eine nette, freundliche, allerdings unverständliche Bemerkung von Merrick. Es dauerte keine Minute, bis er hörte, wie die Tür an der Rückseite entriegelt wurde, Hosain nach dem Bhishti schrie, und Merrick nackt, nur mit einem Handtuch um die Hüfte und offenen Sandalen an den Füßen hereinschlurfte. Er rieb sich mit einem anderen Handtuch die Haare trocken.

Merricks Anblick löste bei Teddie spontan Bewunderung aus, in die sich dunkel Neid mischte. Merrick hatte einen dieser Körper, bei dem sich jede Sehne klar und deutlich abhebt, richtig proportioniert ist und sich harmonisch mit den anderen verbindet. Dieser Mann schien kein Gramm Fett an sich zu haben. Man konnte die Muskelstränge am Bauch zählen.

»Ach, Sie sind da!«, sagte Merrick, »das mit heute mittag tut mir leid.« Er hörte auf, sich die Haare zu reiben, und schlang das Handtuch um den Hals. »Wir scheinen seit Tagen umeinander herumzutanzen. Ich habe Sie gar nicht im Eßsaal gesehen.«

»Na ja, ich muß ein bißchen kurz treten.«

»Oh, Miratdünnpfiff?«

»Sozusagen, aber ich glaube, es ist vorbei.«

»Ich habe so ein Zeug, das garantiert hilft, falls es noch nicht vorbei ist. Ich nehme an, Sie haben unter dem Ventilator gesessen oder zuviel kaltes Bier getrunken. Nehmen Sie zur Sicherheit etwas davon. Warten Sie, ich hole es.«

Irgendwie widerstrebte Teddie diese Fürsorglichkeit, aber er war auch dankbar. Ihm kam es vor, als ermahne ihn ein älterer Junge, auf seine Gesundheit zu achten, oder als werde er zum Sanitäter gebracht, weil jemand bemerkt hatte, daß er still vor sich hin litt. Merrick kam, gefolgt von Hosain, mit einem Fläschchen zurück. »Ich mache das schon«, sagte Merrick, »denn es kommt immer tropfenweise und dann plötzlich mit einem Schuß.« Er träufelte ein paar Tropfen auf den Löffel, und plötzlich schoß der Saft heraus. Er war braun und sah ekelhaft aus. Merrick beugte sich vor, und Teddie öffnete folgsam den Mund. Das Zeug schmeckte wie sehr starker Hustensaft. Es brannte beim Schlucken bis hinunter in den Magen.

»Das stopft«, erklärte Merrick, »wenn Sie es morgen früh noch einmal nehmen, ist alles wieder in Ordnung.«

»Danke.«

Merrick winkte Hosain, der vor Teddie niederkniete und ihm die Schnürsenkel aufband. Merrick brachte die Medizinflasche und den Löffel ins Bad. Beim Zurückkommen rieb er sich wieder die Haare trocken.

»Es muß an der Feuchtigkeit liegen«, sagte Teddie, »ich bin das in letzter Zeit nicht mehr gewöhnt. In den vergangenen Monaten war ich oben in den Hügeln stationiert.«

»Dann spüren Sie es natürlich. Aber die Luftfeuchtigkeit ist hier nicht so hoch. Waren Sie einmal in Sundernagar?«

»Ich habe noch nicht einmal etwas von Sundernagar gehört.«

»Ich war dort, ehe sie mich für die Armee freigestellt haben. Da werden die Schuhe über Nacht grün. Ich hatte einen Inspektor, der behauptete, ihm würden Schwimmhäute wachsen, und das war ein Inder.«

»Ein Inspektor? Waren Sie bei der Polizei?«

»Ja, ich war DPC von Sundernagar. In diesem Gebiet leben hauptsächlich Stämme. Ziemlich langweilig, wenn man nicht gerade Amateuranthropologe ist. Mein Vorgänger war das. Er wollte unbedingt wieder zurück, und ich war ebenso scharf darauf, wieder wegzukommen.

»Waren Sie lange dort?«

»Zu lange.«

Teddie nickte. DPC bedeutete Distriktspolizeichef, der höchste Mann im Distrikt nach dem obersten Verwaltungsbeamten und dem Richter. Er war froh, daß Merrick nicht aus der Verwaltungsbehörde kam. Die wenigen Beamten, die Teddie kennengelernt hatte, waren alle zugeknöpfte, schlaue Typen und für seinen Geschmack viel zu intellektuell. Mit den Leuten von der Polizei war das anders, mit denen konnte man besser zurechtkommen. Manche beneideten einen, weil man in der Armee war. Somit war Merrick jetzt zufriedenstellend eingeordnet und erklärt. Trotz seiner hohen Stellung bei der Polizei fühlte Teddie sich ihm wohltuend überlegen, sowohl im Hinblick auf Beruf, Typ, Werdegang als auch – und je länger er ihm zuhörte, desto deutlicher wurde es – Klasse. Die Polizei war nicht immer so anspruchsvoll, wie das in anderen Bereichen üblich war.

Teddie vergaß das Fahrrad und die Kreidezeichen wieder, bis er im Bad saß. Plötzlich kam ihm blitzartig eine Erleuchtung. Er hatte eine Erklärung gefunden, die den ganzen Vorfall mit Merrick und nicht mit ihm in Verbindung brachte, und jetzt widerstrebte es ihm, darüber zu sprechen. Er beschloß, es aus Sicherheitsgründen trotzdem zu tun.

Er trocknete sich ab, zog erst frische Unterwäsche und den Bademantel an, ging ins Zimmer zurück und setzte an: »Sagen Sie, Merrick...«, sprach aber nicht weiter. Er hatte das Gefühl, in eine gespannte Situation zu platzen. Er konnte nicht genau erklären, was zwischen Merrick und Hosain vorging. Doch in der Luft lag eine persönliche Auseinandersetzung, ein Wutausbruch oder Gewalt. Hosain wirkte mürrisch, aber auch, als sei er den Tränen nahe. Er verließ das Zimmer. Merrick war inzwischen angezogen. Er erweckte den Anschein, als habe ihm Teddies Auftauchen die Möglichkeit genommen, etwas durchzusetzen, was ihm kurz zuvor noch wichtig gewesen war.

Merrick sagte: »Also, dann sehen wir uns in der B-Messe. Was wollen Sie trinken?«

Teddie entgegnete überrascht: »Nein, ich bin an der Reihe.«

»Nun ja, wir werden sehen.«

Merrick ging. Teddie sah sich im Zimmer um, als erwarte er, etwas zu sehen, das erklären würde, was er sich nicht erklären konnte. Mit einem Achselzucken rief er Hosain und begann, sich anzuziehen. Als er zu den Schuhen kam, rief er noch einmal nach Hosain. Schuhe und Stiefel an- und auszuziehen, hielt er nicht für seine Sache, wenn ein Bursche da war, der ihm das abnehmen konnte. Er hatte in Muzzafirabad gelernt, diese Grenze zu ziehen, als sein erster Kommandant, Oberst Gawstone, ihm riet, sich nie zu bücken, wenn es sich vermeiden ließ. Das Klima war nicht danach. Mrs. Gawstone hatte sich gebückt, um einen Handschuh aufzuheben, war dabei zu Boden gesunken und nicht mehr aufgestanden. Am nächsten Tag wurde sie begraben.

»In Indien kommt alles plötzlich, Bingham«, hörte Teddie den alten Hooghly Gawstone immer noch sagen. »Der Sonnenaufgang, die Nacht, der Tod, Begräbnisse. In der Hitze hält sich nichts.« Und in Shropshire wurde bei kühlem Wetter die Milch sauer. Ein eigenartiger Gedankengang. Teddie hatte vergessen, weshalb man Gawstone Hooghly nannte, erinnerte sich aber undeutlich an eine Geschichte, in der ein Elefant und die im Wasser treibende Leiche eines Sadhu vorkamen. Oder war das eine andere Geschichte? Waren es vielleicht sogar zwei Geschichten?

Er ging zur Tür und blickte hinaus. Keine Menschenseele.

Das Kreidegeschmier war nicht zu erkennen, denn es wurde gerade dunkel, und der Lampenschein im Zimmer warf Teddies Schatten darüber. Plötzlich kam ein Mann um die Ecke des Häuschens. Es war Merrick. Er stieg die Stufen hinauf und sagte: »Ich habe etwas vergessen.«

Es klang wenig überzeugend. »Etwas«. Was? Den Schlüssel? Die Brieftasche? War er zurückgekommen, um herauszufinden, ob Hosain Teddie den Grund für die Auseinandersetzung berichtete, wenn es eine Auseinandersetzung gewesen war? Von einer Auseinandersetzung hatte Teddie nichts gehört.

»Haben Sie Hosain weggeschickt, um etwas zu erledigen?« fragte Teddie.

»Nein. Ist er nicht da?«

»Nein, verdammt noch mal. Er ist einfach verduftet.«

»Wollen Sie etwas Bestimmtes von ihm?«

»Der kleine Gauner soll mir nur die Schuhe anziehen.«

Teddie ging ins Zimmer zurück, setzte sich und schlüpfte in die geputzten Schuhe.

»Hier«, sagte Merrick und warf ihm einen langen Schuhlöffel aus Schildpatt zu. Das erleichterte die Sache. Aber Teddie war zu gereizt, um mehr als beinahe unhörbar »Danke« zu murmeln. Es ärgerte ihn, sich die Schuhe selbst anziehen zu müssen, und es ärgerte ihn, daß Merrick dabei zusah. Er hätte schwören können, daß dieser Mensch an einem Punkt, als es besonders mühsam wurde, beinahe herüber gekommen wäre, um ihm zu helfen. Die Vorstellung machte ihn nervös. Er kam mit den Schnürsenkeln nicht zurecht. Er ging ins Bad und wusch sich die Hände. Als er ins Zimmer zurückkam, stand Merrick in der offenen Tür, als halte er nach jemandem Ausschau. Aber vermutlich wartete er nur geduldig, bis Teddie fertig war.

»Ich bin soweit. Haben Sie, weshalb Sie zurückgekommen sind?«

»Ja, danke.«

»Vermutlich schließen wir auch die Hintertür ab. Ich finde, das Ganze geht ein bißchen zu weit.«

»Was?« fragte Merrick, nachdem Teddie die Tür des Badehauses von innen verriegelt, die Tür zwischen Bad und Zimmer abgeschlossen hatte und neben ihm an der offenen Verandatür stand.

»Was heißt was?«

»Was geht Ihnen ein bißchen zu weit?«

»Daß man sich selbst die Schuhe anzieht und das Zimmer abschließen muß. Der faule Sack hat doch praktisch nichts zu tun. Ich habe große Lust, ihm in den Arsch zu treten, wenn ich ihn wiedersehe... einfach so zu verduften!«

Teddie wollte aus dem Zimmer heraus, in die frische Luft und hinüber zur Offiziersmesse, um etwas Anständiges zu trinken. Aber Merrick stand ihm im Weg. Auf seinem Gesicht lag ein Ausdruck, den Teddie als Mißbilligung deutete. Vielleicht gehörte Merrick zu den Leuten, die moralische Einwände gegen Kraftworte hatten. Teddie war selbst nicht glücklich darüber, aber in letzter Zeit stand er unter großen Spannungen, die er nicht verstand. Solche Worte halfen, sie abzubauen, das heißt, sie halfen nicht, wenn jemand wie Merrick sie schweigend mißbilligte und sie einem im Hals stecken blieben. Vielleicht war er fromm.

Merrick sagte: »Ich glaube, ich bin schuld daran, daß Hosain sich nicht blicken läßt. Ich mußte ihm dem Kopf waschen. Es war das erste Mal, und er ist ziemlich erschrocken.«

»Und warum haben Sie ihm den Kopf gewaschen?«

»Wegen einer Kleinigkeit.«

Vielleicht lag es daran, wie Merrick ihn ansah (Teddie hätte den Blick ohne das vorsichtige Lächeln als berechnend gedeutet), aber Teddie fühlte sich mit einer Anschuldigung konfrontiert, die Merrick, wie er glaubte, ihm hatte ersparen wollen. Er fragte: »Hat Hosain sich über mich beschwert?«

Merrick schien es so wenig eilig zu haben, darauf zu antworten, daß die Antwort sich erübrigte. Dann sagte er: »Ich habe den Eindruck, er fühlt sich überfordert ... zwei Offizieren zu dienen. Ich hatte nicht den Eindruck, daß seine Beschwerde sich gegen einen von uns im besonderen richtet.«

»Aber darauf läuft es hinaus.«

»Nur, wenn man davon ausgeht, daß es natürlich ist, das Thema Überforderung mit dem Offizier zu besprechen, für den man lieber arbeitet. Aber sie wählen nicht immer den natürlichen Weg, nicht wahr? Vielleicht hat er mir direkt ins Gesicht gesagt, daß er sich über mich beschwert – natürlich sehr feinsinnig.«

»Ich würde Hosain nicht als feinsinnig bezeichnen.«

»So gesehen, sind alle Inder feinsinnig. Bei so ungebildeten Burschen von Hosains Art ziehe ich oft das Wort verschlagen vor. Tut mir leid, wenn Sie das verletzt. Ihr Berufsoffiziere seid ziemlich empfindlich, wenn es um die Mannschaft geht. Aber leider haben mir meine Erfahrungen als Polizeibeamter jede Illusion genommen, daß der einfache Inder aus dem Dorf sich geradezu danach drängt, dem Raj, den Sahibs seine Ergebenheit zu zeigen.«

»Oh.«

Scheinbar gab es nichts mehr zu sagen. Andererseits fühlte sich Teddie weder so schockiert noch so unglücklich, wie er es seiner Ansicht nach hätte sein sollen. In seinem Hinterkopf wimmelte es von wahren Geschichten, die die Beziehung zwischen dem weißen Marin und dem Inder in einem heiligen, strahlenden Licht erscheinen ließen. Aber keine ragte so heraus, keine drängte sich in sein Bewußtsein und brachte ihn dazu, diese Beziehung zu verteidigen. Merrick trat beiseite, Teddie zögerte und ging dann auf die Veranda. Hosain war ohnehin kein gutes Beispiel für die Art Inder, die Teddie sich dabei vorstellen wollte. Er wartete, bis Merrick die Tür geschlossen und mit dem Vorhängeschloß gesichert hatte.

»Das war interessant, was Sie heute morgen gesagt haben«, meinte Teddie.

»Das freut mich zu hören. Mit solchen Themen macht man sich leicht ein wenig unbeliebt. Es ist immer heikel, einen Mythos zu zerstören. Um die Fakten überhaupt schmackhaft zu machen, muß man den Leuten die Illusion geben, daß der Mythos immer noch intakt ist oder daß man ihn selbst wiederhergestellt hat.«

Teddie hatte nicht die leiseste Ahnung, wovon Merrick sprach. Er paßte sich Merricks Schritt an.

»Einen Augenblick lang«, sagte Merrick, »... gegen Ende mußte ich das Gefühl haben, die Ehre der indischen Armee liege in meiner Hand. Die Beziehung zwischen einem Menschen und seinem Thema ist sehr eng. Die Leute neigen dazu, sie miteinander zu verwechseln. Ich konnte unmöglich die Tatsachen für sich allein sprechen lassen. Sie mußten so gnädig und annehmbar wie möglich präsentiert werden, allerdings nicht notwendigerweise so, daß trotz allem, was ich gesagt hatte, die Leute den Saal mit einer guten Meinung von mir verlassen würden, sondern daß sie optimistisch in die Zukunft blicken. Man muß eine positive Reaktion hervorrufen, keine negative. Die Fakten über die INA sind eine Negierung der meisten Dinge, an die das Militär, die Leute insgesamt als *möglichen* Verhaltenskodex geglaubt hatten.«

»Ich weiß nicht, aber ich habe das Gefühl«, begann Teddie. Weil er zögerte, legte ihm Merrick die Hand auf die Schulter und wies ihm dadurch die Richtung. Sie standen an einem Punkt, wo viele dieser überdachten Gänge zusammentrafen. Inzwischen war es ziemlich dunkel. Sie fanden ihren Weg und orientierten sich gewohnheitsmäßig am Sternenmuster der erleuchteten Gebäude. Sie folgten dem richtigen Weg zur B-Messe; Merrick nahm die Hand nicht von Teddies Schulter.

»Was? Was für ein Gefühl haben Sie?«

»Nun ja, daß neunzig Prozent der Männer, die der INA beigetreten sind, die Absicht haben, bei der ersten Gelegenheit zurückzukommen. Sie haben das ja auch erwähnt.«

Es dauerte ein paar Sekunden, ehe Merrick sagte: »Ich habe nichts dergleichen erwähnt. Sie haben gehört, was Sie hören wollten. Sie sind der lebende Beweis.«

»Welcher Beweis?«

»Der Beweis, daß die Tatsachen nicht so wichtig sind wie das Licht, in dem sie dargestellt werden. Interessant an dieser ganzen Sache ist im wesentlichen, daß eine Menge dieser Männer sich vielleicht einreden, sie seien der INA beigetreten, weil sie darin den schnellsten Weg sahen, zu ihrer Einheit zurückzukehren. Aber ich bezweifle sehr, daß das in mehr als einer Handvoll Fälle der wahre Grund ist.«

»Was ist Ihrer Meinung nach der wahre Grund?«

»Herdeninstinkt. Selbstschutz. An der Spitze bei Männern wie Bose ist es eine Mischung aus Herden-Führer-Instinkt und Selbstverherrlichung. Patriotismus hat damit nichts zu tun. Es ist ebensowenig eine Frage der Loyalität. Am Ende wird es schlicht das Problem zweier gegensätzlicher Auffassungen von Legalität sein. Und selbst das wird auf einer rein theoretischen Ebene gelöst werden.«

»Wie?«

»Man kann nicht zehntausend oder noch mehr Verräter hängen.«

»Man kann die Offiziere erschießen.«

»Oder nur Bose? Um den anderen eine Brücke zu bauen?«

»Vielleicht ersparen sie uns die Mühe und erschießen sich selbst.«

»Würden Sie das tun?«

»Großer Gott, ja. Es wäre doch der einzige Ausweg. Ich meine, wenn ich so etwas getan hätte und von den eigenen Leuten gefangengenommen würde.«

»Wäre es auch der einzige Ausweg für einen Mann, der sich als Patrioten versteht?«

»Sie haben gesagt, das hätte damit nichts zu tun.«

»Ich glaube, es hat nichts damit zu tun. Aber viele von ihnen werden sich für Patrioten halten.«

»Tut mir leid, aber es gibt immer noch ein paar Dinge, die man einfach nicht tut. Ich habe noch Verständnis für den einfachen Soldaten, aber wenn Offiziere des Königs ihre Männer – unsere eigenen Männer – gegen uns ins Feld führen... irgendwo hört es auf.«

»Heißt das, es gibt eine Grenze?«

»Ja, und das geht weit darüber hinaus. Was immer das auch heißen mag.«

»Es heißt, außerhalb des Erlaubten«, sagte Merrick, der ihn zu wörtlich nahm, »der Punkt, die Grenze, die Linie... also der Punkt, an dem man die Grenze zwischen einer Sache und einer anderen zieht... zum Beispiel zwischen richtig und falsch.«

»Diese Grenze gibt es doch bereits. Wir müssen sie nicht ziehen.«

»In Farrer Park war auch ein englischer Offizier dabei. Er erklärte den indischen Gefangenen, sie müßten von nun an den Japanern ebenso gehorchen, wie sie den Engländern gehorcht hatten. Ich glaube nicht, daß er Gehorchen ganz in diesem Sinn gemeint hat. Aber das wird problematisch werden, wenn nach dem Krieg das juristische Geschwafel beginnt. Und das wird der Fall sein, wenn wir den Krieg gewinnen.«

»Ein englischer Offizier?«

»Ein hoher englischer Offizier.«

»Davon haben Sie heute morgen nichts gesagt.«

»Ich hielt es für klüger.«

Teddie nickte. Er fühlte sich merkwürdig benommen. Er hatte das Gefühl, nicht ganz derselbe zu sein wie sonst, und gleichzeitig das Gefühl, in Merrick einen der ungewöhnlichsten Männer zu sehen, dem sein anderes Ich je begegnet war.

Er hatte das Gefühl, daß er aus sich herausging, daß er sich entfaltete. Das war gefährlich, denn wenn man sich entfaltete, wurde man größer, aber die Welt blieb genau, wie sie war. Sie wurde nicht größer, um einem Platz zu machen.

Der Vorraum der B-Messe war beinahe leer. Hier würde man sich nie zu Hause fühlen. Es herrschte in diesem Raum die Durchgangsatmosphäre eines Wartesaals. Teddie war froh, Merrick bei sich zu haben. Er bestellte zwei Whisky mit Soda und dachte daran, sich leicht zu betrinken... vielleicht auch richtig zu betrinken.

»Wann ist die Hochzeit?« fragte Merrick.

»Im Dezember oder vielleicht auch vorher.«

»Doch sicher vorher! In ein paar Monaten sind wir nicht mehr hier. Und dann werden Sie kaum noch Gelegenheit zum Heiraten haben.«

»Ich hatte mir gedacht, ich könnte während der Ausbildung im Dschungel oder direkt danach Urlaub nehmen.«

»Darauf würde ich mich nicht verlassen. Wenn Sie wirklich beschlossen haben zu heiraten, rate ich Ihnen, es so bald wie möglich zu tun... zum Beispiel hier in Mirat. Es gibt nicht weit von hier einen hübschen Ort in den Bergen: Nanoora. Dorthin könnten Sie für die Flitterwochen. Wenn Sie Glück haben, bekommen Sie um Weihnachten oder kurz danach noch einmal Urlaub für zweite Flitterwochen. Aber ich glaube es eigentlich nicht.«

»Sie scheinen gut informiert zu sein.«

»Gut beraten. Ich nehme an, Sie haben mit Selby-Smith gesprochen.«

»Oh ja, wir haben das Thema angeschnitten. Er weiß es und der General auch.«

»An Ihrer Stelle würde ich darauf drängen. Verlangen Sie eine klare Aussage... zur Situation.«

Er betonte die beiden letzten Worte. Sie begannen, sich in Teddies Kopf zu wiederholen. Die Situation. Die Situation. Welche Situation? Heiraten war die einfachste Sache der Welt. Man brauchte dazu nur das Mädchen, den Ring, den Pfarrer, ein paar Minuten Zeit, und das war es auch schon. Der Haken bei der Sache waren die paar Minuten und das Problem, sie zu Stunden, Tagen, ein oder zwei Wochen auszudehnen. Die Situation hing mit der Zeit zusammen. Man hatte nicht genug Zeit, um einen Teil als Zeit für sich bezeichnen zu können. Es sei denn, nachdem es organisiert und genehmigt worden war. Auf die eine oder andere Weise brauchte man für alles im Leben eine Genehmigung.

Teddie runzelte die Stirn und kippte seinen Whisky mit Soda. Jeder lebte sein Leben mit Genehmigung. Wessen Genehmigung? Es gab genug Leute, deren Genehmigung man einholen mußte. Aber um die Genehmigung geben zu können, mußten auch sie sich die Genehmigung von einem anderen holen. Wohin zum Teufel führte das alles? Wo war die höchste, die letzte Autorität? Man sollte das eigentlich wissen, denn logischerweise schuf diese höchste, letzte Autorität die Situation, die eine so einfache Sache wie die Hochzeit mit Susan so verdammt schwierig machte.

Er rief den Kellner herbei und bestellte noch zwei doppelte Whisky. Mit einem Lächeln wehrte er Merricks Versuch ab, die zweite Runde zu übernehmen.

Teddie sagte: »Ich nehme an, die Hochzeit sollte der wichtigste Tag im Leben eines Menschen sein. Für andere ist sie eine lästige Störung.«

Er glaubte, damit eine unerwartet tiefsinnige Äußerung zur relativen Unwichtigkeit des Einzelnen im größeren Zusammenhang gemacht zu haben, und das verstärkte angenehm seine Vorstellung, an diesem Abend nicht ganz der Mann zu sein, den seine Freunde kannten. Merrick schien ihn mit der intensiven Aufmerksamkeit eines Menschen zu betrachten, der besser spürt als die meisten, was in einem steckt. Er fühlte sich zu weiterem Tiefsinn ermutigt, mußte aber feststellen, daß ihm der Weg dorthin versperrt war. Er fragte: »Sind Sie verheiratet, Merrick?«

Merrick zog an einer Zigarette. Er nahm sich Zeit, den Rauch ein- und auszuatmen. »Nein, das bin ich nicht.« Ein Rauchring umrahmte jedes Wort. Teddie erhielt den Eindruck, Merrick habe in dieser Hinsicht eine traurige Vergangenheit, eine hoffnungslose Liebe, wie man es nannte. Vielleicht erklärte die Glut dieser Liebe das kühle, leuchtende Blau von Merricks Augen. Jeder hatte seine Mauern, hinter denen er sich verschanzte. Vermutlich ist die Fröhlichkeit mein Schutz, dachte Teddie. In letzter Zeit fand er das Lächeln auf seinem Gesicht nicht mehr so unbeschwert. Unter der Oberfläche entstanden diese Spannungen. Sie sind wohl hauptsächlich sexueller Natur, sagte er sich. Er dachte an das weiche Fleisch an der Unterseite von Susans Arm in der Nähe des Ellbogens. Er zeichnete dem Kellner die zweite Runde ab, hob das Glas und sagte: »Prost.«

Unerklärlicherweise stieg ihm der zweite Whisky sofort in den Kopf. Da ihm der sinnliche Kontakt mit Susan versagt war, die in diesem Moment für ihn alle Frauen verkörperte, sehnte er sich nach dem Ersatz: intime Vertrautheit mit einem Mann, in diesem Fall mit Merrick. Er saß ihm so bewundernswert ruhig und beherrscht gegenüber, hatte all diese verborgenen Muskeln entspannt, die für ihn zweifellos eine Quelle der Sicherheit und des Selbstbewußtseins waren und Teddie Neid und widerwillige Achtung einflößten. Ihm kam plötzlich der Gedanke, daß Merrick – wie sollte er es ausdrücken? – ein Geheimnis darstellte, das ihn lockte. Er erzählte Merrick von seinen Eltern, von Hunter, von der vergeblichen Suche nach dem Grab seiner Mutter in Mandalay. Auf Merricks offenem, hübschen, aber erfahrenen Gesicht entdeckte er einen Ausdruck, der ihn ermutigte, sich mehr als Herr der Dinge in seinem Leben zu sehen und sich der Bedeutung seiner Lebensgeschichte besser bewußt zu sein, denn sie erwies sich zu seiner Überraschung als recht umfangreich. Das Gespräch mit Merrick gab ihm das Gefühl, er habe zum Lauf der Welt beinahe etwas beigetragen. Er glaubte, Merrick habe das erkannt und schätze diesen Beitrag richtig und angemessen ein. Er freute sich, daß Merrick ihn weiterhin interessiert ansah und ihm Fragen stellte, denn dadurch vermittelte ihm dieser Mann den Eindruck, daß er den Beitrag nicht als unwesentlich beiseiteschob. Der dritte doppelte Whisky, den Merrick übernahm, rief in Teddie eine befangene Zärtlichkeit für ihn hervor.

Ihm wurde plötzlich auch übel. Die Medizin hatte das eine Ende vielleicht verstopft, aber nicht das andere. Er überlegte, ob die Übelkeit verschwinden werde, wenn er sie ignorierte. Er erging sich in einer Beschreibung Susans, betonte, was für ein wunderbares Mädchen sie sei und welches Glück er habe. Je mehr er darüber nachdenke (sagte er), desto größer erscheine ihm sein Glück. Hübsche Mädchen waren meist flatterhaft, nicht wahr? Sie war verdammt hübsch, aber ungeheuer vernünftig, und es machte Spaß, mit ihr zusammenzusein. »Sie müssen Susan kennenlernen«, sagte er. »Und wenn wir hier heiraten, wie Sie vorgeschlagen haben, wird das auch geschehen.« Das schien wirklich eine gute Idee zu sein. Dann konnte er den Leuten hier in Mirat zeigen, was für ein sauberes Mädchen er hatte. Seine Stirn wurde feucht.

»Geht es Ihnen wieder schlecht?« fragte Merrick.

Teddie antwortete: »Es ist gleich vorbei. Das hoffe ich auch sehr, denn ich will mich heute so schön vollaufen lassen, und das dauert bei mir immer seine Zeit.« Teddie gab dem Kellner ein Zeichen, noch zwei Whisky zu bringen, aber Merrick sagte: »Für mich nicht. Ich trinke nicht viel. Es gab eine Zeit, da habe ich kaum Alkohol angerührt. Ich habe immer gestaunt, wieviel manche Leute vertragen können. In Sundernagar habe ich es mir dann angewöhnt. Aber mehr als zwei Gläser trinke ich vor dem Essen immer noch nicht.«

»Mein Onkel hat mir das Trinken beigebracht.« Teddie erinnerte sich, wie er mit siebzehn in Shropshire mit dem Glas in der Hand unter den kritischen aber wohlwollenden Blicken seines Onkels damit angefangen hatte. Aber dann erzählte er doch nicht, weshalb ihm das eingefallen war: Sein Onkel hatte nämlich gesagt: Ein Gaumen für guten Alkohol ist eines der wenigen Dinge, das einen Gentleman immer noch von anderen unterscheidet. Aber Merrick schien auch das zu begreifen, denn er sagte: »In meiner Familie gab es nie Alkohol, abgesehen von Weihnachten, und dann gab es Portwein.«

»Mein Onkel ist ein Portweinkenner«, sagte Teddie entgegenkommend. »Er redet immer davon, für mich ein paar Flaschen in den Keller zu legen. Aber es würde mich überraschen, wenn er es täte.«

Merrick lächelte. »Den Portwein, den es bei uns gab, legt man sich nicht in den Keller. Es war australischer Portwein*verschnitt*. Als Junge glaubte ich, Wein sei Port und komme immer aus Australien. Solche Dinge machen gescheiten Kindern, die aus bescheidenen Verhältnissen kommen, das Leben schwer. Man leidet viel zu sehr darunter. Die Jungen sind äußerst boshaft, und ihre Eltern nicht immer frei von Vorurteilen. Ich bezweifle, daß es einen unerfreulicheren Anblick gibt als einen Lehrer, der sich bei einer Klasse einschmeichelt, indem er sich über den Jungen lustig macht, der aus anderen Verhältnissen kommt als die übrigen. In einer solchen Situation muß man hart im Nehmen und intelligent sein. Glücklicherweise war ich beides.«

»Auf welcher Schule war das?«

»Auf einem Gymnasium. Normalerweise wäre ich in der Mittelschule gelandet. Nur durch ein Stipendium kam ich auf das Gymnasium, und meine Familie war sehr stolz darauf. Meine Eltern waren nicht arm, aber im Vergleich zu anderen Eltern geradezu bettelarm. Untere Mittelschicht. Ich fing an zu boxen und fand meinen Platz.«

»Boxen Sie noch immer?«

Etwas anderes fiel Teddie nicht ein.

»Nein. Aber mein sportliches Können und meine schulischen Leistungen öffneten mir den Weg in die indische Polizei. Außerdem half mir das Interesse, das mir der stellvertretende Direktor entgegenbrachte. Er war Geschichtslehrer, und das war eines meiner besten Fächer. Ich verdanke ihm viel. Auch als ich nach Indien kam, standen wir noch im Briefverkehr, bis er starb.«

»Ich war kein großes Licht in der Schule«, gestand Teddie. Er machte sich ebensowenig etwas aus der Bemerkung der Stabsschule in der Personalakte wie daraus, in der Schule dumm und im Sport nur Durchschnitt gewesen zu sein; ganz sicher schämte er sich deshalb nicht.

Die Schule gehörte schließlich nur zu den Institutionen, die den Erwachsenen helfen, sich die Kinder vom Hals zu schaffen, während sie heranwachsen. Er nahm an, für Leute wie Merricks Eltern sei es anders, stellte sich aber vor, daß trotzdem eine gewisse Ähnlichkeit bestand. Auf jeden Fall saßen sie beide nun hier, im selben Ort, mit demselben Rang und denselben Privilegien auf demselben Sofa; sie hatten dasselbe Zimmer und denselben Diener, der Merrick als Herrn vorzog, obwohl der nicht in einer Welt aufgewachsen war, in der Diener eine Rolle spielten und wo man sich Port in den Keller legte.

Sofort erinnerte sich Teddie an das Fahrrad, die Kreidezeichen und an seine Vermutung, daß diese komische Sache eine Botschaft an Merrick war, die Warnung eines INA-Sympathisanten, der wußte, daß Merrick ein großes Interesse an diesem Thema hatte, und vielleicht sogar wußte, daß er an diesem Vormittag einen Vortrag darüber hielt. Aber er verstand immer noch nicht, was ein Fahrrad und kabbalistische Zeichen mit diesem Thema oder mit Merricks Interesse daran zu tun haben sollten.

Er fragte: »Hat ein Fahrrad für Sie eine besondere Bedeutung?«

Teddie hatte noch nie eine solche Veränderung an einem Menschen erlebt. Zumindest konnte er sich nicht daran erinnern, so etwas schon einmal gesehen zu haben. Sie war kurz, aber – es gab kein anderes Wort dafür – elektrisierend. Das Prickeln vermittelte sich sogar Teddie. Merrick sah einen Augenblick lang so aus, als sei er von einer Maschine geschaffen worden und erwarte, daß jemand kommen und ihn abschalten werde, damit er in seine Komponenten zerfalle, denn er konnte von dem elementaren, lebensspendenden Funken nicht zum Leben erweckt werden. Es verwirrte Teddie, daß die Veränderung in Merrick in ihm solche Gedanken weckte. Er fragte sich: Werde ich überempfindlich? Habe ich mir irgend etwas geholt, was mein Nervensystem angreift, meine Reaktionen anregt und meine Einbildungskraft deshalb außer Kontrolle gerät? Seit seiner Ankunft in Mirat war etwas Merkwürdiges mit ihm geschehen. Es gab da diese seltsame Vorstellung von dem leeren Bett als brennendem Schiff oder als Katafalk. Vielleicht war es eine Wirkung der Flugzeuge. Die Höhe schmerzte in seinen Ohren, und nach jedem Flug dauerte es ein bis zwei Tage, ehe sein Gehör wieder richtig funktionierte. So etwas konnte das physische Gleichgewicht stören, warum also nicht auch das psychische?

»Ein Fahrrad?« fragte Merrick. »Was meinen Sie mit besondere Bedeutung?«

»Ich weiß nicht. Ist es ein Symbol der INA?«

»Nicht daß ich wüßte. Warum?«

Teddie sagte es ihm.

»Nur das?« wollte Merrick wissen, nachdem Teddie ihm alles erzählt hatte. »Ein kaputtes Fahrrad?«

»Es gab da auch noch die Kreidezeichen. Ich habe sie leider verwischt.«

Merrick murmelte: »Wie schade.« Er trank einen Schluck

Whisky. »Können Sie sich bei den Zeichen an etwas besonderes erinnern?«

»Ich fürchte, nein. Sagen Sie, habe ich Ihrer Meinung nach recht?«

»Womit?«

»Mit der INA.«

Merrick gab keine Antwort. Er studierte die Linien seiner linken Hand. Dann meinte er: »Vielleicht. Haben Sie mit jemandem darüber gesprochen?«

»Ich habe Hosain danach gefragt. Er hat nicht verstanden, wovon ich sprach. Ich vermute, der Lump dachte, ich würde ihn beschuldigen.«

»Ich verstehe. Das erklärt einiges. Er sagte oder gab zumindest zu verstehen, daß Sie seine Ehrlichkeit in Frage gestellt haben. Aber ich höre mir Beschwerden des Personals über andere Offiziere nicht an. Deshalb habe ich ihm den Kopf gewaschen. Haben Sie über das Fahrrad und die Kreidezeichen sonst noch mit jemandem gesprochen?«

Teddie ahnte ein Geheimnis und fühlte sich geschmeichelt.

»Dann würde ich es an Ihrer Stelle auch nicht tun.« Mit einem Blick auf Teddies Glas sagte er: »Ich bestelle Ihnen noch einen vor dem Essen. Es bringt das Innenleben wieder in Ordnung.« Er winkte den Kellner herüber. Als sie zehn Minuten später in den Eßsaal gingen, fühlte sich Teddie euphorisch. Beim Essen trank er Bier und danach mehrere Brandys. Merrick trank nur einen. Ohne Merricks Führung hätte er sich im Gewirr der überdachten Gänge verirrt. Als sie schließlich ihr Quartier erreichten, war Teddie blau wie ein Veilchen, aber er ging immer noch aufrecht. Er protestierte, als Merrick ihm half, die Schuhe auszuziehen. Er wußte nicht mehr, wie er ins Bett kam.

Er erwachte mit einem schweren Kopf, als Hosain sie um halb acht mit dem Morgentee weckte. Er erinnerte sich so deutlich an einen Traum, daß es kaum ein Traum gewesen zu sein schien, obwohl es einer gewesen sein mußte, denn er konnte nicht mitten in der Nacht aufgewacht sein und einen Inder – einen Afghanen in einem langen Gewand – mitten im Zimmer gesehen haben.

Als Teddie das Thema seiner Hochzeit zur Sprache brachte, wie Merrick empfohlen hatte, konnte er ihre grandiose Bedeutungslosigkeit nicht mehr übersehen, wenn man an die Aufgabe dachte, die er und jeder andere Offizier im Divisionshauptquartier zu erfüllen hatten. Er stellte fest, daß er die Hochzeit mit derselben Nachsicht und Ungeduld behandeln mußte, wie Oberst Selby-Smith sie an den Tag legte (er runzelte die Stirn und löste sich aus dem Hauptstrom seiner vielfältigen Sorgen), so daß Teddie erst als er sich allein in seinem Zimmer befand, der Tatsache voll bewußt wurde, daß er jetzt nicht klüger, sondern zu einer Art Panikhandlung verpflichtet war. Er hatte keine Ahnung, wie er seine Angelegenheiten auf dieser Basis durchsetzen sollte. Er wußte auch nicht, wie er die Neuigkeiten Susan und ihrer Mutter mitteilen sollte. Er wünschte, er hätte die Hochzeit nicht zur Sprache gebracht, erkannte jedoch, daß die Sache dann vermutlich katastrophal ausgegangen wäre. Merrick gegenüber empfand er gemischte Gefühle. Er war ihm dankbar für den Rat, gab ihm aber auch die Schuld an dem unbefriedigenden Ergebnis.

Selby-Smith hatte ihm gesagt, es sei unwahrscheinlich, daß er zwischen Mitte Oktober und Weihnachten Urlaub bekäme, denn gerade in diese Wochen werde vermutlich die wichtige Phase des letzten Drills fallen, und zwar in einem der schwierigeren Gebiete Bengalens. Jeder könne sich selbst ausrechnen, wie die Aussichten auf Urlaub nach Weihnachten stünden; seiner persönlichen Ansicht nach waren sie gleich null. Die Urlaubslisten für Bataillone und Brigaden rangierten an letzter Stelle. Mit Ausnahme von Teddie hatte jeder Offizier im Divisionshauptquartier Urlaub genommen, ehe er nach

Mirat gekommen war. Der General setzte alles daran, einen kontinuierlichen vollen Einsatz zu gewährleisten, nachdem sich die Division formiert hatte. Er war entschlossen, einem Offizier nur unter außergewöhnlichen Umständen Urlaub zu geben. Selby-Smith versprach, mit dem General beim Mittagessen über die Sache zu reden, da bei Teddie zwar keine außergewöhnlichen Umstände vorlägen, die Situation jedoch anders sei. Am Nachmittag erhielt Teddie das Votum des Generals. Er konnte die Hochzeit entweder bis nach Weihnachten verschieben und damit das Risiko eingehen, daß sie überhaupt nicht stattfand, oder er konnte bis zur dritten Oktoberwoche jederzeit in Mirat heiraten und zweiundsiebzig Stunden Urlaub haben, um seinen neuen Stand zu genießen.

Zunächst fühlte er sich wie im siebten Himmel; er fuhr mit dem Fahrrad nach Hause und sah Mirat durch die rosarote Brille eines verliebten jungen Ehemannes. Aber plötzlich drängte sich ihm die Fremdheit dieser Gegend auf, und er konnte sich Susan hier nicht vorstellen. Alle möglichen praktischen Fragen wollten für eine Hochzeit überdacht sein; und diesmal gelang es ihm nicht, sich der Reihe nach mit ihnen zu beschäftigen. Als er sein Zimmer erreichte, konnte er keinen vernünftigen Gedanken mehr fassen und überlegte, wie Tony Bishop am schnellsten zu erreichen sei, denn als Trauzeuge mußte er ihm das Denken eigentlich abnehmen. Hosain brachte Tee, und Teddie begann, einen Brief zu schreiben. »Liebe Susan...«

Das leere Blatt Papier unterstrich nur die ungeheure Entfernung, in die sie gerückt war; Teddie glaubte, diese Entfernung nicht überbrücken zu können. Er verschob den Brief und begann statt dessen eine Liste, die nach ein oder zwei Punkten der Liste eines Quartiermeisters verdächtig ähnlich zu sehen begann. Er hatte gerade das Wort Unterkunft vermerkt – ein durchaus richtiger, ja sogar wesentlicher Gesichtspunkt –, und schon wurde ihm die volle Tragweite dieses Wortes bewußt. Namen und Gesichter der Leute drängten sich ihm auf, für die Unterkunft beschafft werden mußte; diese Leute forderten Bequemlichkeit und in einem angemessenen Maß sogar Luxus: Die Braut, die Brautjungfer (Sarah), die Brautmutter, die Brautführerin, Mrs. Grace (Tante Fenny), der Brautvater, Major Grace (Onkel Arthur), der Trauzeuge. Es wäre doch einfacher für ihn, nach Pankot zu gehen. Die Reise würde achtundvierzig der kleinlich bewilligten zweiundsiebzig Stunden beanspruchen. Dann würden er und Susan kaum eine Nacht für sich allein haben.

Teddie brüllte nach Hosain, befahl ihm, dem Bhishti wegen des Badewassers Beine zu machen. Ein Gewitter brach los. Die Elektrizität fiel fünfzehn Minuten lang aus. Teddie fächelte sich mit dem Briefblock. Die Lösung präsentierte sich ihm in der ihr eigenen grauen und achtunggebietenden Logik. Die Hochzeit würde erst nach dem verdammten Weihnachtsfest und nach dem verdammten Bengalen stattfinden. Wahrscheinlich würde es überhaupt keine verdammte Hochzeit geben. Er ging auf die Toilette, saß dort kläglich zusammengekauert und stützte die Stirn auf die Fäuste.

Im ersten Jahr des Exils in England, im Haus des Shropshire-Onkels, hatte er sich oft in die unfreundliche Einsamkeit der kalten englischen Toiletten geflüchtet, um über das außerordentliche Leid seines Lebens nachzudenken. Bei dieser Erinnerung wurden seine Augen vor Mitgefühl feucht. Es dauerte einige Sekunden, bis er bemerkte, daß etwas höchst Beschämendes geschah: Er schluchzte.

»Liebe Susan«, begann er, ein paar Tage nachdem Merrick, dieser ungewöhnliche und brauchbare Mann, das Problem für ihn gelöst hatte. Er teilte ihr die Neuigkeit voll Begeisterung mit. »Was die Unterkunft betrifft«, fuhr er fort, »so ist alles höchst einfach, ja sogar aufregend. Ich weiß nicht mehr, ob ich erwähnt habe, daß Mirat ein Fürstentum ist (er hatte es nicht erwähnt, denn er hatte es nicht bemerkt; Merrick hatte es ihm gesagt). Der Palast und all das befinden sich auf der anderen Seite des Sees (Teddie hatte auch den See kaum bemerkt), aber offenbar hat der alte Nawab ein Gästehaus, das er der Garnison für besondere Gäste zur Verfügung stellt, die keine entsprechende Unterkunft finden. Ich habe mit dem SSO gesprochen, und das Gästehaus steht für die von mir vorgeschlagenen Oktobertermine zur Verfügung. Ich habe es auf jeden Fall schon reservieren lassen; ich kann es natürlich auch wieder ändern, wenn dir dieser Zeitpunkt nicht möglich ist. Es gibt eine Menge Zimmer für euch alle, damit meine ich auch Tante Fenny und Onkel Arthur. Der SSO sagt, das Gästehaus sei sehr bequem, sogar luxuriös. Abgesehen von der Verpflegung ist alles kostenlos; der alte Nawab scheint gerne Engländer dort zu haben. Das Gästehaus befindet sich auf dem Palastgelände. Es steht etwas abseits und wird natürlich bewacht. Mach dir also keine Sorgen. Ich glaube, es müßte ein großes Vergnügen sein, dort zu wohnen. Im Garnisonsviertel gibt es eine hübsche alte Kirche, und dort soll es stattfinden. Hinterher können wir in die Hügel von Nanoora brausen – die erreichen wir von hier in ein paar Stunden...«

Er brach ab, blickte in den Regen hinaus und erlebte die Ewigkeit nach dem Wort Stunden – zumindest versuchte er es. Teddie war noch nicht in Nanoora gewesen, und es fiel ihm schwer, sich für Susans Haar, das er sehen und riechen konnte, einen Hintergrund vorzustellen. Er sah ihr Haar immer nur im Zusammenhang mit Pankot. Nanoora konnte sich eigentlich ebenso gut als Hintergrund eignen. Wenn man sich daran gewöhnt hatte, unterschied sich ein Ort kaum vom anderen. Er richtete den Blick wieder auf den Schreibtisch und schrieb »Ich werde Tony Bishop auch ein paar Zeilen schicken, aber vielleicht kannst Du oder Deine Mutter ihn ebenfalls benachrichtigen. Ich zweifle nicht daran, daß General Rankin ihm lange genug Urlaub gibt, damit er

Euch alle hierher begleiten kann, selbst wenn Ihr eine Woche vorher kommt. Ich kann ihm ein Zimmer im Club reservieren lassen; mach Dir also auch deshalb keine Sorgen. Susan, Liebling, genieße Srinagar. Wie sehr wünsche ich, daß wir zusammen dort sein könnten. Aber es sollte nicht sein.«

Etwas anderes sollte auch nicht sein. Fünf Wochen später – eine Woche vor dem Eintreffen der Hochzeitsgesellschaft in Mirat – rief Susan von der Standortkommandantur in Pankot im Divisionshauptquartier in Mirat an. Sie ließ sich mit Teddie verbinden und teilte ihm mit, daß Tony Bishop mit Gelbsucht im Krankenhaus lag und als Trauzeuge nicht in Frage kam. Teddie war verwirrt; ihn beunruhigte weniger die Nachricht und das Problem, vor das ihn diese Neuigkeit stellte, als der geschäftliche und völlig unromantische Ton von Susans Stimme, die er so lange nicht gehört hatte. Susan befahl ihm klar und deutlich, alles zu unternehmen, damit nicht noch ein Hindernis auftrat.

Teddies Schreibtisch stand mit der Schmalseite an einem Fenster mit Blick auf die große Veranda des Gebäudes, in dem der Führungsstab saß. Susan sagte: »Also Teddie, du mußt jemanden bei euch finden, der dir an Tonys Stelle die Hand hält.« In diesem Augenblick ging Ronald Merrick draußen vorüber.

Teddie lächelte. »Keine Angst, mein Schatz, kein Problem! Ich nehme vermutlich den Mann, mit dem ich das Zimmer teile. Er ist hilfsbereit und macht es sicher gern.«

Koda

Ich habe eine riesengroße Bitte, hatte er zu Merrick gesagt. Aber in Wirklichkeit war es eine große Ehre für Merrick, der es sich als Junge nie hätte träumen lassen, als Trauzeuge eines Offiziers der Muzzafirabad Guides zu fungieren: Diese Ehre konnte man nicht auf die leichte Schulter nehmen und bestimmt nicht mit einer Wunde an der Wange und einem Pflaster erwidern, einem Hindernis für die zärtliche Annäherung von Haut zu Haut.

Beim Rasieren hatte er das Gefühl, ausgenutzt worden zu sein; er fand, eine flüchtige Freundschaft sei mißbraucht worden; das Gefühl schlug sich ihm wie eine Kralle zwischen die Schulterblätter (die ansonsten nicht von Spuren der Leidenschaft gezeichnet waren. Ihre Finger hatten ein Zögern verraten, das er als kaum etwas Besseres denn Abneigung deuten mußte). Teddie betupfte Wange und Kinn mit einem Handtuch, schnitt ein Stück Heftpflaster ab und klebte es über die Wunde.

Merricks Wunde. Teddie hatte sie mit einer Gleichmut hingenommen, hinter der sich Ungläubigkeit verbarg. An diesem Morgen war ihm das Gesicht im Spiegel jedoch vertraut genug und interessant genug, um eine Erklärung für das Ereignis bei der Hochzeit zu verlangen; und noch ehe er sie bekam, hielt er sie für fadenscheinig, ja unglaubhaft. Sie war Teil eines besonders heimtückischen Vertrauensmißbrauchs. Teddie spürte, das Gesicht im Spiegel gehörte einem Mann, dem er nicht vertrauen konnte. Er hatte zu schmale, unstete Augen unter den weißblonden Wimpern und eingefallene Wangen, als habe er sich vor kurzem erfolglos an einem Laster versucht; die Wangenknochen beschatteten sie mit einer Mischung aus Scham und unveränderten Absichten.

Sie waren gestern in Nanoora eingetroffen. Morgen mußten sie zurückkehren. Der eine ganze und ungestörte Tag hatte begonnen. Die vielen Stunden, die vor ihm lagen, konnte er beinahe nicht ertragen, denn ihr ganzes Gewicht schien auf seinen Schultern zu liegen; es schien, als habe er diesen Tag nur für seine Zwecke erfunden. Er ging ins Schlafzimmer zurück. Dort lag Susan zusammengekrümmt und schlief... oder wünschte zu schlafen – er wußte es nicht genau. Sie schien aufgegeben worden zu sein, aber nicht von anderen Menschen, sondern von sich selbst. Der Vorhang verbarg das zu große Fenster, das vorwitzige und muntere Sonnenstrahlen umrahmten, die ins Zimmer drangen. Ansonsten gehörte das Zimmer immer noch den intimen Offenbarungen seiner Hochzeitsnacht; daran würde sich auch nichts ändern, bis der Kellner den Tee brachte und den Vorhang zurückzog. Und bis dahin blieben noch vierzig Minuten.

Nach der Dusche und dem Rasieren spürte Teddie Durst und Hunger. Aber da gab es noch diesen anderen hartnäckigeren, größeren Appetit. Er war so groß, daß er offenbar nie gestillt werden konnte. Er konnte nie genug bekommen. Bereits bei ihrem Anblick straffte und spannte er sich. Seine Genitalien schmerzten, aber sie gierten schon wieder und übernahmen das Kommando. Er dachte nur noch an das eine. Er zog sich aus und legte sich geräuschlos ins Bett; trotzdem glaubte er, gestöhnt zu haben. Seine Arme zitterten in Erwartung. Sie roch nach der Nacht, eine warme, aromatische Mischung aus Brüsten, Schenkeln und dem hochgerutschten Nachthemd, das seinen gierigen Händen keine Ruhe ließ, sondern sie mit nicht enden wollendem, erschöpfendem und tyrannischem Widerstand quälte.

Offenbar brutal geweckt, schrie sie leise auf. Keuchend öffnete sie abrupt nachgebend die Beine, nicht aber die Augen und half, so gut sie konnte; aber die Dualität ihres Tuns verband sie nicht. Das tat nur sein Glied; in dieser Richtung zeigte sie Fortschritte; und nur das zählte im Augenblick; das hatte er auch verdient, nachdem er mit verkniffener Geduld daran gearbeitet hatte. Der Kampf war vorüber, und er linderte erschlafft ihre Wunden mit Küssen.

Später ließ er ihr das Bad ein, streute großzügig süß duftendes, albernes rosa Badesalz in das Wasser. Eine halbe Stunde lang saß er am Zimmerfenster und ließ den unbekannten Anblick von Nanoora auf sich wirken, das vom Tag überrascht wurde. Er trank Tee und lauschte auf die unregelmäßigen, aber beruhigenden Geräusche des Schwamms, der ins Wasser getaucht und ausgedrückt wurde. Er versuchte, sich einzureden, das Bad sei nicht ihre Zuflucht, sondern ein Ort der Vorbereitung für das Geben, Teilen und Übernehmen ihres Platzes an diesem Tag, der – wie eine Tiermutter ihre Jungen im Maul – irgendwie eine ganze Zukunft in Sicherheit bringen mußte.

Was hatte er getan? Hatte er sie körperlich verletzt? Hatte er sie mit seiner Gier erschreckt? War er rücksichtslos gewesen in seiner Leidenschaft, weil er nicht versuchte, sein Übermaß an Glück zu verbergen, obwohl er Rücksicht und Geduld übte? Sein Schock war der Schock legitimer, bekräftigter, abgesegneter Freude gewesen, auf deren Schultern nichts Düsteres, Verbotenes hockte. Er hatte innerhalb der Grenzen seine persönliche Zone der Freiheit entdeckt. Dorthin war sie ihm nicht gefolgt; das mußte sein Fehler sein. Es war ihm nicht gelungen, sie zu erregen. Er hatte die traurige Vorstellung, daß sie ihn nicht mochte. Sein Körper sehnte sich schmerzlich nach ihrer Zuneigung.

TEIL DREI

Das Silber in der Offiziersmesse

I

Barbie hatte nie die stürmischeren Geheimnisse des Lebens kennengelernt, und sie besaß auch nicht den Schlüssel zu seinen höchsten sinnlichen Wonnen. Deshalb war für sie das mystische Element einer Hochzeit etwas sehr Reales. Sie beobachtete voll Freude die Sanftheit und Ruhe, die sofort nach der Verlobung für Susan charakteristisch wurden. Das Mädchen hatte sich verändert. Sie war sich ihrer Liebe bewußt geworden, das verbannte alles andere aus ihrem Kopf und schenkte ihrem Körper Ruhe. Früher hatte sie sich sehr darum bemüht, im Mittelpunkt der Aufmerksamkeit zu stehen. Doch jetzt befand sie sich in einem Mittelpunkt, als sei es ihr angestammtes Recht, und blickte lächelnd auf die Welt – selbst auf den Teil der Welt, in dem Barbie lebte.

Barbie beobachtete Sarah genau und stellte zufrieden fest, daß sie nicht an gebrochenem Herzen litt. In den wenigen Wochen, in denen Teddie und Sarah ständig zusammen gewesen waren, hatte Barbie das Gefühl gehabt, daß sie nicht richtig zueinander paßten. Barbie sah in den beiden Mädchen ihre eigenen Töchter, die sie zur Welt gebracht hatte; sie waren auf dramatische Weise von ihr getrennt worden und lebten jetzt in Barbies Nähe, ohne etwas von ihren mütterlichen Rechten zu ahnen. Es war eine harmlose Selbsttäuschung, die niemandem schadete – vielleicht nur ihr selbst.

Barbie war sehr enttäuscht, als die Laytons früher als geplant aus den Ferien in Kaschmir zurückkamen und erklärten, die Hochzeit werde nicht im Dezember in Pankot stattfinden, sondern sobald wie möglich in Mirat, wohin Teddie versetzt worden war. Barbie wollte ursprünglich in der Kirche sein, selbst wenn Mildred es nicht übers Herz bringen würde, sie zu dem anschließenden Empfang einzuladen. Sie hatte sich eingeredet, man werde sie einladen, und hatte bei Gulab Singh zwölf Apostel-Teelöffel als Hochzeitsgeschenk bestellt. Sie wollte sich ein neues Kostüm in einer festlichen Farbe schneidern lassen. Sie begutachtete Stoffe beim Durzi. Ein Stoff in Heliotrop stach ihr ins Auge. Sie hielt viel von rechtzeitiger Planung, sprach jedoch mit niemandem darüber. Sie fürchtete, der Durzi würde trotz ihrer Anweisung im Rose Cottage auftauchen, die vielen bunten Stoffe auf der Veranda ausbreiten und damit ihre Hoffnungen und Erwartungen verraten.

Das tat er auch. Es geschah am Abend des Tages, an dem die Laytons aus Kaschmir zurückgekommen waren und sich abends uneingeladen zusammen mit Clara Fosdick und Nicky Paynton im Rose Cottage einfanden, um die Probleme zu besprechen, die durch diese plötzlich geänderten Pläne entstanden. Daher hatten sie alle zunächst den Eindruck, der Durzi habe die Neuigkeit erfahren und sei sofort zur Stelle, da er mit der dringenden Bestellung einer Brautausstattung rechnete, über die man bis jetzt nur halbherzig gesprochen hatte.

»Eine gute Leistung, was Information und Vorgehen anbelangt«, sagte Mildred zu ihm, »zeigen Sie uns, was Sie haben.«

Er legte das weiß eingepackte Bündel allerdings vor Barbies Füße, öffnete es verblüfft über so viele und so interessierte Zuschauerinnen und entrollte Wollstoffe in so vielen Farben und Mustern, daß es jeder der anwesenden Frauen den Atem verschlug, außer der einen, die bloßgestellt war. Der Durzi nahm den heliotropfarbenen Stoff zwischen Daumen und Zeigefinger und sagte: »Reine Wolle.« Er sagte es zu Barbie.

»Ich interessiere mich für diesen Stoff«, erklärte Barbie den Damen. Aber die Wahrheit war nur allzu deutlich. Sie trug nie »Farben.« Dieser Stoff war eindeutig für einen besonderen Anlaß im Winter gedacht. »Ich kann mich nicht entscheiden, und der Spitzbube versucht, mir die Entscheidung abzunehmen. Was meinst *du*?« Barbie nahm Zuflucht zu dem Hund. »Na los, Panther. Wie findest *du* ihn?« Als Antwort erhielt sie nur ein schwaches Schwanzwedeln. Jawohl, Haustiere verblühen in diesem Klima noch schneller als Frauen.

»Die Frage ist nur, kann ich es tragen? Meine Mutter sagte immer zu ihren Kundinnen: ›Ich bin nicht sicher, ob Sie das tragen können‹, oder ›das ist nicht für jeden, aber Sie könnten es tragen.‹ Ich stellte mir einen schwierigen Stoff immer als eine ungeheuere *Last* vor.«

Und das war es auch. Barbie hätte sich die Last gerne erleichtert und gleichzeitig diese peinliche Szene überspielt; sie sah eine Möglichkeit, stürzte sich auf die Stoffballen und warf sie wie große, unhandliche Papiergirlanden über die Veranda, bis der Boden unter Bergen von Heliotrop, grellem Blau, giftigem Grün und schreiendem Rosa verschwand. Sie lächelte verzerrt vor entnervter Fröhlichkeit.

»Vermutlich *ist* es ein bißchen festlich. Vielleicht das Richtige für Weihnachten, oder wäre das übertrieben?« Sie lachte verlegen und drehte sich nach dem knienden Durzi um. »Nein, nehmen Sie alles wieder mit. Vielleicht ein andermal. Jetzt ist nicht der richtige Zeitpunkt.«

»Aziz«, sagte Mildred, »sagen Sie ihm, er soll morgen um elf zum Dienstbungalow kommen.«

Das tat Aziz. Der Durzi packte zufrieden sein Bündel zusammen, verabschiedete sich mit einer Verbeugung und ging. Er war ein alter gebeugter Mann, der jederzeit bereit war, seine Fähigkeiten auf beiden Gebieten seines Gewerbes unter Beweis zu stellen – Verkaufen und Nähen. Seine Stoffe waren besser und billiger als die von Jalal-Ud-Din. Abends saß er mit gekreuzten Beinen in seinem offenen Laden auf dem Podest unter einer Kerosinlampe und einem Öldruck, auf dem Krischna im Mondschein für ein paar Jungfrauen Flöte spielte. Der Durzi hatte auf der Nase eine Brille mit halben Gläsern. Er blickte über den Rand lächelnd auf, legte die Handflächen aneinander, als brauche ein Hindu nicht nur Aufmerksamkeit und gutes Benehmen, sondern müsse auch dazu auserwählt sein, in einem Moslembasar seine Geschäfte zu betreiben. Barbie stellte sich vor, wie er auf dem Rückweg von den *Würgern,* also dieser geheimen Mordbande, als Opfer für die Göttin Kali überfallen und erwürgt wurde, auf dem Rücken und in seinen Stoffen lag (die geschwollene Zunge hatte die Farbe des zurückgewiesenen Stoffs). Währenddessen hörte sie Mildred zu, die sich mit Clara Fosdick und Nicky Panyton unterhielt.

Offenbar hatte Mildred in Kaschmir darauf bestanden, daß das Hausboot von seinem ursprünglichen Platz weggezogen wurde. Es war ein lauter, unruhiger Ankerplatz gewesen. Ihr Boot lag zwischen zwei anderen Hausbooten, auf denen amerikanische Offiziere bis in die frühen Morgenstunden mit einem tragbaren Plattenspieler Musik machten. Unter den Sonnensegeln lagen junge Eurasierinnen. Die Offiziere hatten versucht, Sarah und Susan zu ihren nächtlichen Parties einzuladen.

Mildred ließ das Boot an eine ruhige Stelle ziehen, wo sie und John Layton einen Teil der Flitterwochen verbracht hatten, und etwa hundert Meter von einem anderen Hausboot entfernt festmachen, das bereits dort lag. Auf dem Boot war alles ruhig; es schien kaum vorhanden zu sein; es herrschte dort eine solche Stille, daß das Boot eine Illusion seiner selbst zu sein schien, als könne es im nächsten Augenblick in seine Bestandteile und in Luft, Licht und Wasser zerfallen.

Zumindest stellte Barbie es sich so vor, nachdem sie Bruchstücke von Mildreds Bericht in sich aufgenommen und neu zusammengefügt hatte. Sie war nie in Kaschmir gewesen und mußte das Bild aus der eigenen Phantasie erschaffen, wobei die Erinnerung an Bilder aus Büchern und Postkarten ihr dabei half. Kaschmir bedeutete für sie zur gleichen Zeit Schnee und Äpfel, ein tiefer See, in den der geschmolzene Schnee floß und in den die Äpfel fielen. Im Frühling weideten dort Schafe, die Wolle für die feinen Schals lieferten. Und im Herbst roch es nach dem Holz der Zimmerer. Das immer ruhige Wasser wirkte grau und dunstig. In der Nacht leuchteten die Sterne, aber der Himmel wirkte sehr fern. Er schien weit hinter den Sternen zu liegen, wie es in den Bergen der Fall ist. Während sie Mildred zuhörte, ließ sie in ihrem Bild von Kaschmir zum ersten Mal die Realität von Farben und Sonnenschein zu. Und so wirkte das Wasser jetzt grün und tief; Weiden beschatteten es, deren Zweige über das geschnitzte, durchbrochene Holz von Hausbootdächern strichen.

Und an diesem langen, warmen, verschlafenen Nachmittag drang über die hundert Meter Wasser ein Schrei – das Schreien eines Kindes. Und das war merkwürdig. Außer den Dienstboten hatten sie bis jetzt nur eine ältere Frau gesehen. Nach einigen Diskussionen hatte man dieser Frau Visitenkarten geschickt; das Schreien des Kindes klang zunächst wie die vieldeutige Antwort. Daran änderte sich auch nichts bis zum Eintreffen der entsprechenden, winzigen Karte mit dem in Kupfer eingravierten Namen.

Lady Manners.

Der See lag immer noch ruhig; nichts kräuselte das Wasser. In der Ferne reckten sich die Berge immer noch in scharfen Konturen. Der Schatten blieb dunkel wie indigofarbener

Samt. Schmetterlinge säumten diesen scheinbar zum Greifen ausgebreiteten Stoff, und Barbie – erlebte die Situation. Sie beobachtete die Menschen und hörte das Schreien wieder und wieder. Sie spürte die Faszination der Situation, ehe sie begriff, welch mißliche Lage durch die Nähe entstand – diese schreckliche Nähe zu dem unsäglichen Umstand, der sich mit dem Namen Manners verband. Das war der Name dieser Frau und dank ihrer unerklärlichen Erlaubnis auch der Name des Kindes, das einen der sechs abscheulichen Inder zum Vater hatte. Da war die alte Frau; früher stand sie einmal an der Spitze, residierte im Gouverneurspalast von Ranpur und der jetzt praktisch unbenützten Sommerresidenz in Pankot. Sie ruhte auf dem Sonnendeck eines Hausbootes und war von der Welt isoliert, die zuerst über ihre Nichte und jetzt auch über sie schockiert war.

Die Nichte, die junge Manners (die arme, rennende, keuchende Daphne), hatte den Preis ihrer Torheit bezahlt und war gestorben. Sie hatte das winzige Ungeheuer des Bibighar zur Welt gebracht, das schon im Mutterleib hätte getötet und den Schuldigen oder ihren elenden Priestern vor die Füße geworfen werden sollen – wie jemand vorgeschlagen hatte. Miss Manners hatten doch sicher keine religiösen Skrupel an einer Abtreibung gehindert, sondern eher die Überzeugung, den Vater zu kennen!? Die Implikationen dieser Überzeugung waren so erstaunlich, daß man sie sich beinahe nicht vorstellen konnte, ebensowenig wie die Motive einer alten Frau, die den Tod und die Geburt einer Welt verkündete, die es vorzog, alles zu vergessen.

Natürlich, erzählte Mildred, konnte man das Ritual nicht fortsetzen, das man aus Unkenntnis mit dem Austausch der Visitenkarten begonnen hatte. Sie ließ den Blick ihrer leicht verschleierten Augen vielsagend in den Garten schweifen, wo die Mädchen in dem ursprünglich von Barbie festgelegten, erlaubten Bereich unschuldig mit dem Hund spielten. Aber, so fügte Mildred hinzu, es hatte unangenehme zwiespältige Momente gegeben: Etwa, wenn von beiden Hausbooten gleichzeitig Schikaras ablegten oder wenn sich nicht vermeiden ließ, daß nur ein paar Meter Wasser eine Begegnung verhinderten, man sich aber nahe genug kam, um den Kopf neigen zu müssen, da die Fahrgäste der Boote sich auf dem Papier kennengelernt hatten und die Last des unhöflichen Scheins nicht auf sich nehmen konnten, das sei nicht geschehen und man könne vorgeben, sie seien sich völlig fremd, selbst wenn das stillschweigende Einverständnis herrschte, daß diese Bekanntschaft nicht fortgesetzt werden sollte, von der keine der beiden Seiten profitieren würde und durch die eine Seite (die Mädchen, die dort auf dem Rasen mit Ball und Hund, also den Attributen des sauberen englischen Lebens, spielten) nur Schaden nehmen konnte.

»Wie sieht sie denn aus?« erkundigte sich Nicky Paynton.

»Das konnte man nicht sehen. Gott sei dank waren wir nie *so* nahe, und sie trug selbst unter dem Sonnendach der Schikara einen alten Tropenhelm mit einem Schleier.«

Teddies Brief mit den neuen Plänen für die Hochzeit war beinahe eine Erleichterung gewesen, denn er lieferte ihnen einen guten Grund, daß sie das Boot wieder an seinen ursprünglichen Liegeplatz schleppen ließen (selbst wenn das wie ein verlegener Rückzug aussah), damit sie schneller als erwartet die ersten dringenden Einkäufe erledigen und die vorzeitige Rückfahrt nach Rawalpindi im Wagen und weiter nach Delhi mit der Bahn organisieren konnten (dort trennten sich Tante Fenny und Onkel Arthur von ihnen), von dort weiter nach Ranpur und zurück nach Pankot. Der Brief versetzte sie auch in eine leichte Hysterie, denn die Hochzeit war nun plötzlich so nahe gerückt und nach Mirat verlegt worden – Mirat, eine Stadt der Paläste, Moscheen und Minarette.

Gäste des Nawab! Barbies Visionen drangen jetzt durch ornamentales Steingitterwerk, das so viele Gebäude der Mogularchitektur schmückte. Durch diese Gitter spähte sie auf Rasenflächen, auf Teiche, Springbrunnen und sah dort Susan im bräutlichen Weiß in ihrer neugefundenen Ruhe. Ein leichter, nach Rosen duftender Wind, der aus der Wüste kam, spielte mit ihrem Schleier.

Barbie entdeckte sehr schnell, daß es mit diesem Buch etwas Geheimnisvolles auf sich hatte. Aber sie führte es auf dieses merkwürdig ausweichende Verhalten zurück, das Sarah aus Kaschmir mitgebracht hatte, als sei es ein Virus, den sie noch nicht wieder los geworden war.

Das Buch war sehr elegant, hatte einen dunkelroten Ledereinband mit Goldprägung und Papier, in dem man noch die Holzfasern der Pulpe sah. Die arabischen Schriftzeichen des Textes konnte Barbie nicht entziffern, obwohl sie das gesprochene Urdu fließend beherrschte. Aber sie sah, daß es sich um Gedichte handelte.

Das Buch sollte das Dankgeschenk der Laytons für den Nawab von Mirat sein, in dessen Gästehaus auf dem Palastgelände sie wohnen würden. Sarah brachte es eines Tages mit, um es Mabel zu zeigen. Sie packte das Buch aus und reichte es Mabel, als sei es ein Geschenk, das sie erhalten hatte, und nicht ein Geschenk der Familie für jemanden.

»Eigentlich war das ein großes Glück«, sagte sie.

»Weshalb Glück?« fragte Mabel, die Sarahs Worte gehört hatte.

»Glück, die Verwandtschaft zu entdecken.«

»Verwandtschaft? Von wem sind die Gedichte?«

»Von Gaffur.«

»Oh!« mischte Barbie sich ein, »Gaffur ist ein klassischer Urdudichter. Ich kannte ein paar Verse von ihm. Was meinen Sie mit Verwandtschaft?«

»Er war im achtzehnten Jahrhundert Dichter am Hof eines

Nawab von Mirat. Ein Verwandter. Er stammte aus derselben Familie wie der Nawab. Ein Kasim.«

»Du darfst nicht sagen, Gaffur‹«, erinnerte sich Barbie plötzlich, »›daß die Rose eine Schöpfung Gottes ist. Obgleich sie himmlisch duftet.‹ Oh, wie geht es noch weiter?«

»Ja«, sagte Sarah, »wie?«

Ihr Gesicht war sehr blaß. Das war ungewöhnlich.

»Ich weiß nicht. Aber ich weiß, daß sie sich in jedem Gedicht beim Namen nennen – ich glaube, sie tun es nur einmal... also nicht bei ihrem richtigem Namen, sondern ihrem Schriftstellernamen. Ich wußte nicht, daß Gaffur ein Kasim war.«

Sie zögerte und hob den Finger. »Du darfst nicht sagen, Gaffur, daß die Rose eine Schöpfung Gottes ist. Obgleich sie himmlisch duftet.‹ Dadamm, dadam, dadamm. Es nutzt nichts. Ich habe es vergessen. Besteht da auch eine Verbindung zwischen dem Nawab und Mohammed Ali Kasim, dem Politiker?«

»Ja«, sagte Sarah, »der Nawab und er sind auch miteinander verwandt... aber ziemlich weitläufig.«

»Wie erstaunlich und wie... ominös. Ich meine, ist das das richtige Wort?«

»Was meinen Sie, Barbie?« fragte Mabel. Barbie antwortete mit ihrer Bauchstimme. Es war ein Lehrerinnentrick, der die Stimmbänder schonte. Ihr ganzer Körper wirkte dann als Resonanzboden.

Sie sagte: »Der Nawab von Mirat ist mit Mohammed Ali Kasim verwandt, der zur Zeit im Gefängnis sitzt.«

»Oh«, sagte Mabel, »wirklich?« Es wurde nicht klar, was sie damit meinte – die Verwandtschaft oder das Gefängnis.

»Der ehemalige Ministerpräsident der Kongreßpartei in Ranpur«, erläuterte Barbie.

»Ich weiß«, sagte Mabel, »mein zweiter Mann war einmal der Kollege *seines* Vaters.«

Sie fragte Sarah: »Wer ist auf die Idee mit dem Buch gekommen?«*

»Jemand, den wir in Srinagar getroffen haben.«

»Und wie hießen diese Leute?«

Eine Pause.

»Die Idee kam einfach im Gespräch auf. Wir haben so viele
Leute getroffen«, antwortete Sarah schließlich.

Sarah nahm das Buch zurück, und Barbie mußte plötzlich
an ein altes Spiel denken, das sie in Camberwell immer im
Wohnzimmer gespielt hatten. Ich schlage das Buch auf. Ich
blicke in das Buch. Ich schlage das Buch zu, und ich gebe das
Buch weiter. Der Trick dabei war, daß man die Beine überein-
anderschlagen mußte, wenn man das Buch an den nächsten
Spieler weitergab, sonst schied man aus. Dies Spiel – wie auch
andere dieser Art – hatte Barbie geängstigt, bis sie alt genug
war, um es albern zu finden. Aber selbst dann spürte sie die
eiskalte kleine Hand tief im Nacken – die Hand des unsichtbaren Gastes, der böse Geist der Gesellschaft. Er wußte die
Antworten auf alle Rätsel und Fragen, und er führte mit erregender Bosheit den Vorsitz, addierte die Punkte und gab
bestimmte Opfer der Lächerlichkeit, wenn nicht Schlimme-
rem preis: die dumme Tante, der kränkliche Vetter, der heulte,
wenn Barbies Vater auf seine makabre Art die »unschuldigen

---

* Nicht du darfst sagen, Gaffur
  Daß die Rose eine von Gottes Schöpfungen ist,
  Auch wenn ihr Duft vom Himmel kommt.
  Rose und Dichter werden beide einmal sterben.
  Wer soll dann darüber befinden?
  (Übers. Edwin Tippitt, Major d. ind. Armee, i. R.)

  Du darfst nicht sagen, Gaffur,
  Daß Gott die Rosen erschuf,
  Mögen sie auch noch so himmlisch duften.
  Du mußt an die Zeit denken, wenn ihr beide
     gestorben seid und widerlich riecht
  Und die Leute sich nur für eure Nachfolger interessieren.
  (Übers. Dmitri Bronowski)

Kinder« spielte. Dabei saß er in einer Wanne unter dem Tisch, so daß man nur die nackten Knie sah. Auf jedes Knie hatte er mit einem verkohlten Stück Kork ein grinsendes Gesicht mit geschlossen Augen gezeichnet.

Als Sarah das Buch wieder in der Hand hielt, betrachtete sie es selbst. Sarahs Ruhe unterschied sich von Susans Ruhe. Wenn Ruhe das richtige Wort war, dann wirkte Susan, als stehe sie dicht davor, in den Zustand der Gnade zu treten. Während man bei Sarah den Eindruck hatte, sie sei darin geboren worden und müsse lediglich darauf warten, daß diese Gnade sie sichtbar umgab und Sarah und die Gnade sich gegenseitig erkannten. Noch war es nicht geschehen. Aber etwas war in Kaschmir geschehen, das diesen anderen Eindruck von ihr verstärkte. Sie vermittelte diesen Eindruck schon immer: Sie glaubte wenig; sie zog es vor, den Dingen selbst auf den Grund zu gehen. Das Geschehene verstärkte diesen Eindruck und wahrscheinlich auch ihre Erkenntnis, daß dies keineswegs leicht war. Und dann kam Barbie der Gedanke, daß Sarah das Kind vielleicht gesehen, mit Lady Manners vielleicht gesprochen hatte, indem sie eine der Gelegenheiten ergriff, bei denen sie typischerweise allein war, und den Besuch machte, den ihre Familie vermied.

Barbie sah es vor sich: Die junge Frau und die alte Frau; in der Nähe das Kind. »Ich bin gekommen«, sagte die junge Frau, »weil ich nicht gehen konnte, ohne Ihnen guten Tag gesagt zu haben.« Also sagte sie guten Tag, unterhielt sich mit der alten Frau, und man zeigte ihr später das Kind. Das Kind: eines von Gottes Geschöpfen. Obwohl das, wie Gaffur behauptete, niemand sagen durfte. Die Idee zu dem Buch konnte durch den Besuch entstanden sein, weil das Gespräch vielleicht auf die bevorstehende Reise nach Mirat und den Anlaß zu dieser Reise kam. So etwas würde die alte Frau wissen: die Verwandtschaft zwischen einem Dichter, einem Fürsten und einem im Gefängnis sitzenden Politiker.

Barbie war überzeugt, die Lösung für das Rätsel des Buches gefunden zu haben, und blickte Sarah voll Ehrfurcht und Neugier an; ihre Entschlossenheit und Kühnheit machte Barbie Angst. Sarah besaß die Würde ihres Vaters. Aber sie hatte sich einer anderen Sache verschrieben – zumindest schien es so zu sein. Sie hatte sich der Aufgabe verschrieben herauszufinden, welche Sache die Würde verdiente und wo ihre Pflicht lag. Im Hinblick auf seine Pflicht hatte der Vater offenbar keine Zweifel. Deshalb hatte er seine Würde vertan. Der Unterschied in der Würde fiel den Leuten auf, und im Fall von Sarah deuteten sie ihn falsch. Leute wie diese Smalleys zum Beispiel, sahen in dem Unterschied etwas, das sie für gefährlich »ungesund« hielten. Er führte zu dem Unvermögen, sich die Zuneigung passender und ehrbarer junger Offiziere zu erhalten. Barbie dachte: Es sind Toren; Sarah ist mehr wert als zehn von ihnen. Der Mann, der sie bekommt, kann sich glücklich schätzen, aber er muß schon etwas sehr Besonderes sein. Sarah betrachtet mein altes liebesvolles und albernes Gesicht. Ich glaube, sie sieht hindurch. Sie sieht, was hinter der Zerstörung liegt. Sie hört, was hinter diesem sinnlosen, unaufhörlichen Geschwätz liegt. Sie blickt geradewegs auf meine Verzweiflung, aber auch weiter bis zu diesem großartigen Kern, der eigentlich in mir liegt: die Freude, die ich in Gott und die sie im Leben finden würde. Das läuft beides auf dasselbe hinaus. Aber wenn sie nicht vorsichtig ist, wird sie feststellen, daß sie nicht lebt, sondern nur anderen hilft zu leben. Vielleicht habe ich nie etwas anderes getan. Wenn, dann ist das nicht viel, und ich nehme an, vermutlich ist das nicht genug . . . besonders dann nicht, wenn ich mich frage: Wie viele dieser Kinder habe ich wirklich zu Jesus geführt?

Sarah sah sie an.

»Was meinten Sie mit ominös, Barbie?«

»Ich meinte, merkwürdig und schwierig, Gäste eines Mannes zu sein, dessen Verwandten wir hinter Gitter gebracht haben. Aber Indien ist voll von diesen Merkwürdigkeiten, nicht wahr? Vielleicht hält der Nawab nicht viel von seinem Politiker-Verwandten. Wenn nicht, dann hat er offenbar zumindest nichts gegen uns. Aber schließlich mögen die Fürsten uns mehr als die anderen Inder, nicht wahr? Wir haben sie unterstützt, und wie man weiß, verdienen es einige nicht. Eine meiner Freundinnen arbeitet für eine Zenanamission, wie man das nennt, und verbrachte einmal ein Jahr im Palast eines winzigen Radschputenstaats. Ich glaube, es war in Radschputistan. Sie sollte den Frauen und Töchtern des Herrschers, die alle verschleiert waren oder bald den Schleier tragen würden, die Grundlagen einer modernen Bildung vermitteln. Sie liebte die Kinder sehr. Aber sie sagte, manchmal habe sie um ihr Leben gefürchtet. Ich meine, sie wurde nie wirklich bedroht. Aber sie hörte so schreckliche, ziemlich barbarische Dinge. Ich bin sicher, so ist Mirat nicht.«

»Nein, ich bin sicher, es ist nicht so«, sagte Sarah, »ich muß jetzt gehen.«

Sie stand auf, beugte sich hinunter, küßte Mabel, die sich dafür bedankte, daß sie ihr das Buch mit den Gedichten gezeigt hatte. Barbie begleitete Sarah vor das Haus, wo die Tonga wartete.

»Sie hat sich gefreut. Sie wäre gern zur Hochzeit gekommen, aber nach Mirat ist es so weit . . . zu weit. Es war schrecklich nett von Ihnen, extra heraufzukommen und ihr das Buch zu zeigen. Werden Sie den Nawab zur Hochzeit einladen?«

»Ich nehme es an, Barbie. Sie wären doch auch gern gekommen, nicht wahr?«

»Oh ja! Aber ich könnte Mabel nicht allein lassen. Hat Hauptmann Bishop die Erlaubnis, Sie zu begleiten?«

Sarah saß jetzt in der Tonga und blickte auf Barbie hinunter. »Er hat sie, aber er wurde gerade ins Krankenhaus eingeliefert. Wir glauben, er hat Gelbsucht. Mutter besucht ihn heute nachmittag, um es herauszufinden.«

»Aber was wollen Sie denn um alles in der Welt machen?«

»Wenn es Gelbsucht ist, wird Susan Teddie anrufen und ihn bitten, so schnell wie möglich einen anderen Trauzeugen zu finden.«

»Und was ist mit der Reise?«

»Das ist schon alles in Ordnung. Wir werden Tante Fenny in Ranpur treffen und fahren zusammen weiter.«

»Und Ihr Onkel Arthur, Major Grace?«

»Er kann frühestens am Donnerstag vor der Hochzeit aus Delhi weg.«

»Auf dem ganzen Weg kein Mann, der sich um Sie kümmert?«

Sarah lächelte. »Im Zug werden bestimmt genug Offiziere sein. Uns geschieht schon nichts, machen Sie sich keine Sorge.«

»Die Löffel«, wollte Barbie sagen, »die zwölf Apostel. Sie sind heute gekommen. Mein Geschenk für Susan und Teddie. Zwölf Zeugen der Liebe in ihrer erhabensten Form.« Aber nachdem Barbie die Löffel erhalten hatte, wußte sie nicht, wie und wann sie ihr Geschenk überreichen sollte. Sie beobachtete, wie die Tonga wendete, und winkte der sich entfernenden Sarah nach. Sarah hielt sich mit einer Hand an den Streben des Dachs fest und umklammerte mit der anderen das Buch in ihrem Schoß.

Du darfst nicht sagen, Gaffur, daß die Rose eine Schöpfung Gottes ist, auch wenn ... selbst wenn ihr Duft ... ihr Duft vom Himmel kommt ... himmlisch ist. »Mein Gedächtnis«, sagte sie laut, »ist auch nicht mehr, was es einmal war.«

Sie überlegte, was mit all diesen Gedanken geschah, die man bewahrte, nachdem man sie gehabt hatte. Und sie überlegte, was mit den Gedanken geschah, die verloren gegangen zu sein schienen, die man nicht verfügbar hatte. Barbie stand mitten in ihrem Zimmer – ein Aufbewahrungsort in einem anderen. Ein leises Entsetzen erfüllte sie: Die Vorstellung, jemand könnte kommen und auch nur eine Kleinigkeit von dem zurückfordern, was entweder in ihr oder im Zimmer lag. Diese Vorstellung war entsetzlich, denn wenn man die Möglichkeit einer Forderung einräumte, mußte man einräumen, daß wahrscheinlich mehrere und schließlich viele Forderungen folgen würden und schließlich tausende, so daß das logische Ende die völlige Entleerung von Zimmer, Körper und Seele war, und man tot, aber aufrecht wie ein Denkmal an ein historisches Ereignis erinnerte.

II

Die Enttäuschung der Leute, denen ein Ereignis entging, das dem Leben etwas von dem notwendigen Glanz verliehen hätte, ließ sich etwas leichter ertragen, als die Laytons aus Mirat zurückkamen und bekannt wurde, daß die Hochzeit durch eine Reihe kleinerer Pannen gestört worden war.

Mildred erreichte mit ihren Versuchen, sie zunächst als unwesentlich abzutun, nur, daß diese Mißgeschicke an Bedeutung gewannen. Bald tauchte das Wort Katastrophen in den Köpfen der Leute auf und wurde mehrmals tatsächlich ausgesprochen.

Hätte Susan niedergeschlagen gewirkt, hätte sich die Vorstellung von einer Katastrophe verbreitet; aber als wolle Susan Pankot für das entschädigen, was ihm entgangen war, strahlte sie und zog die fehlende Zeremonie und den Empfang wie einen transparenten Schatten hinter sich her, der im klaren Licht des späten Oktobers schimmerte. Dieser Schatten war eine Spur dunkler, als es der Situation angemessen gewesen wäre, aber das machte ihr keinen Kummer. Es brachte ihr eine Achtung ein, auf die sie ein Anrecht hatte: Ein Mädchen hatte Pankot blaß und schön verlassen und war rosig, glücklich, ganz die Alte zurückgekommen. Aber nun besaß sie diese zusätzliche Dimension, in die ehrbare Gesellschaft der Strohwitwen aufgenommen zu sein. Noch lag der Schmelz der Orangenblüten auf ihren Wangen, und schon befand sich ihr Mann auf der ersten Station seiner Rückkehr an die Front, um für den Bestand dieser härteren Welt zu kämpfen, in der sie jetzt lebte.

Als die Mißgeschicke in eine Art chronologische Ordnung gebracht worden waren, als man sie in Ruhe betrachtete, konnte man selbst den Stein, der die Glasscheibe zerbrochen und Teddie Bingham auf dem Weg zur Kirche an der Wange verletzt hatte, als annehmbares Symbol der Angriffe sehen, mit denen Leute, die nur versuchten ihre Arbeit zu tun, inzwischen leider nur allzu vertraut waren.

Anscheinend hatte der Stein nicht Teddie gegolten, sondern seinem Begleiter, dem in letzter Minute gefundenen Ersatz für Tony Bishop. Er war ein äußerst interessanter Mann, da konnte man sagen, was man wollte. Ein Mann, der scheinbar unter Indern einer gewissen Sorte so viel Abneigung hervorgerufen hatte, daß sie ihn verfolgten, daß sie ihm auf den Fersen blieben, wohin er auch ging, und dann auf eine Gelegenheit warteten, um ihn zu quälen und bloßzustellen. Am Tag der Hochzeit waren es zwei Gelegenheiten gewesen: Auf dem Weg zur Kirche und auf dem Bahnsteig, als Susan und Teddie auf dem Weg in die Flitterwochen am Fenster ihres Abteils standen und zum Abschied winkten.

Zwischen diesen beiden Ereignissen lag ein drittes, für das Hauptmann Merrick kaum verantwortlich zu machen war – es sei denn, man erwartete von einem Trauzeugen, daß er nicht nur an den Bräutigam dachte, sondern an *alles*. Aber in Hinblick auf die Hochzeit war dieser mittlere Zwischenfall der schlimmste oder beinahe der schlimmste. In gewisser Hinsicht konnte für die Braut nichts schlimmer sein, als ein oder zwei Minuten vor der Abfahrt zur Trauung zu erfahren, daß es eine Störung gab, die eine halbstündige Verspätung zur

Folge hatte. Und als sie schließlich zum Altar schritt, mußte sie auch noch entdecken, daß dort der blasse Bräutigam mit einem schiefen Lächeln und einem großen Pflaster auf der Wange stand.

»Man muß zugeben«, sagte Lucy Smalley, »es ist auch etwas Komisches daran.« Aber niemand außer ihr war bereit, das zuzugeben, wenn eine Laytontochter und ein Muzzy Guide-Offizier die Hauptpersonen in diesem Schauspiel waren.

Die Tatsache, daß eine Laytontochter und ein Muzzy-Offizier die Betroffenen waren, sprach am meisten gegen den Ersatztrauzeugen, der ansonsten ein rühmliches Ziel für eine unrühmliche Attacke gewesen war. Er hätte Teddie klar und deutlich sagen müssen, wer er eigentlich war.

Mildred erzählte, nach der Hochzeit habe er zugegeben, daß man ihn auf die eine oder andere Weise verfolge, seit er Majapur verlassen hatte und in einen trostlosen Ort namens Sundernagar gekommen war, wo er solange als Distriktspolizeichef fungierte, bis er für die Dauer des Krieges in die Armee entfliehen konnte. Vermutlich hätte er schwerlich für den Tag der Hochzeit eine gegen ihn gerichtete Demonstration voraussehen können, sagte Mildred. Aber wenn er Klarheit geschaffen, wenn er Teddie von Anfang an gesagt hätte: »Hör zu, ich bin der Polizist, dem man in diesem widerlichen Mannersfall den schwarzen Peter zuschiebt, der Mann, der diese Schurken verhaftet hat« – und selbst wenn er nicht hinzugefügt hätte: »Ich werde immer noch von Indern verfolgt und belästigt, die glauben, ich hätte die falschen Männer eingesperrt und sie schlecht behandelt...«, selbst wenn er *diese* nützliche Information nicht hinzugefügt hätte, dann hätte er, als der Stein durch das Fenster des Wagens flog, der ihn und Teddie zur Kirche brachte, sagen können: »Der galt mir« und auf der Stelle oder später erklären, weshalb. Es wäre zwar lästig und schrecklich unangenehm gewesen, doch dann hätte jeder gewußt, was los war, und Teddie hätte nicht sagen können, man habe ihn nicht darüber aufgeklärt, daß sein Trauzeuge auf unangenehme Weise im Scheinwerferlicht der Öffentlichkeit stand. Anscheinend hatte Teddie einen Horror davor, in pöbelhafte Szenen hineingezogen zu werden. Er glaubte zuerst, der Stein gelte ihm, weil er ein britischer Offizier war, oder es habe ihn jemand geworfen, der gegen den Nawab protestieren wollte, denn der Palast hatte alle Wagen für die Hochzeit zur Verfügung gestellt, und sie trugen die Krone des Nawab auf den Türen. So oder so, er war über diesen Vorfall sehr deprimiert – von der tiefen Wunde ganz zu schweigen.

Nach Mildreds Worten zu schließen, war die Sache mit dem Stein nichts als splitterndes Glas und ein bißchen Aufregung für Teddie gewesen. Außerdem hatte sich Mr. Merrick eindeutig nicht ganz wie ein Offizier und ein Gentleman verhalten. Diesen Eindruck untermauerte Mildred noch, indem sie berichtete, man könne auch beim besten Willen nicht behaupten, er komme aus einer besonders guten Familie; und schließlich sah es so aus, als sei es beinahe eine besondere Freundlichkeit gewesen, daß Teddie ihn als Trauzeugen gewählt hatte – also ein unbewußter Ausgleich für die schlechte Behandlung seitens der Behörde im Fall Manners, nachdem er alles versucht hatte, den Fall zu lösen und zum Abschluß zu bringen.

Nach dem Steinwurf kam es zu dem Vorfall im Club. Man durfte vernünftigerweise vermuten (deutete Mildred an), daß ohne den Vorfall mit dem Stein das Peinliche im Club nicht geschehen wäre.

Die englischen Militärpolizisten, die vor dem Club Wache standen, verweigerten dem Nawab und seiner Begleitung den Eintritt zum Empfang. Die Militärpolizisten waren eine Vorsichtsmaßnahme und nur dorthin beordert worden, damit es nicht zu weiteren ungehörigen oder unerklärlichen Vorfällen kommen sollte. In der Annahme, daß keine Inder im Mirat Gymkhana Club persona grata seien, hinderten sie den Nawab, seinen Regierungschef und seinen persönlichen Sekretär, die Schwelle zu überschreiten. Das hätte unliebsame diplomatische Nachwirkungen haben können, wenn der Clubsekretär nicht davon erfahren, die Gäste persönlich aus dieser mißlichen Lage befreit und in den Club geleitet hätte. Es war das erste Zusammentreffen der Hochzeitsgesellschaft mit dem Nawab und seinem Regierungschef, dem Grafen Bronowski, einem weißrussischen Emigranten, der inzwischen wie einer der vertrockneten Moslems von Dschinnas Sorte aussah. Die beiden hatten sich zu einem Staatsbesuch in einem benachbarten Fürstentum aufgehalten. Der persönliche Sekretär war eine andere Sache – vielleicht eine kompliziertere. Es war Achmed Kasim, der jüngere Sohn des ehemaligen Regierungschef in Ranpur, M. A. Kasim. Nur der Himmel wußte, was dieser junge Mann von all dem hielt. Falls er es übelnahm, verbarg er seine wahren Gedanken gut. Er hatte sich in dieser Woche sehr nützlich gemacht – man konnte nicht sagen, er sei charmant oder reizend –, dazu war er zu förmlich und korrekt gewesen. Er begleitete Sarah morgens einmal beim Ausritt, und sie hatte an seinem Verhalten nichts auszusetzen, obwohl Tante Fenny sich deshalb Sorgen gemacht hatte. Er sprach nie von seinem Vater oder davon, daß er im Gefängnis saß. Er schien überhaupt keine politischen Interessen zu haben. Vielleicht hatte sein Vater ihn deshalb als hoffnungslosen Reaktionär nach Mirat geschickt, damit er in einem Fürstentum arbeitete. Wenn es also um M. A. Kasims Söhne ging, mußte der alte Kongreßmann den politischen Stolz begraben und viele Enttäuschungen schlucken: Der ältere Sohn, ein Offizier des Königs, befand sich zur Zeit als Kriegsgefangener in Malaia und der jüngere arbeitete für einen indischen Fürsten und sorgte für die Bequemlichkeiten von Gästen, die zum Raj gehörten.

Mildred erzählte: »Eigentlich hat Susan die Situation gerettet. Als der alte Nawab schließlich immer noch aufgebracht über diese Beleidigung auf den Rasen kam, ging Susan auf ihn zu und machte einen Hofknicks, der zwar nicht ganz dem Protokoll entsprach, aber das Blatt wendete.«

Bewundernde Blicke richteten sich auf Susan, wo immer sie bei diesen zwei oder drei Gelegenheiten war, an denen Mildred das Bild von ihr in Brautkleid und Schleier im Sonnenlicht auf dem Rasen entstehen ließ, wie sie eine Situation zusammenhielt, die drohte auseinanderzufallen. Ein bewundernswertes Mädchen. Der Nawab mußte sich sehr geschmeichelt gefühlt haben.

Der dritte Vorfall beschäftigte Barbie am meisten und gab ihr ein Rätsel auf, denn so wie sie ihn verstand, schien er von einer anderen Art zu sein. Er reichte über die Hochzeit hinaus und warf zahllose Licht- und Schattenflecken. Die Lichtflecken enthüllten nichts, denn das Licht fiel auf nichts. Es leuchtete immer wieder auf und erlosch, so daß die Flecken wie geheimnisvolle, glühende Stellen waren, die sich durch das Gefängnis der dichten Dunkelheit hindurchzubrennen versuchten. Sie bewegten sich nicht; und wenn sie aufleuchteten, waren sie schon wieder erloschen, ehe man ihre Lage oder auch nur ihre Beziehung untereinander genau bestimmen konnte.

»Was«, fragte sie Sarah, »ist eigentlich wirklich auf dem Bahnhof passiert?«

Sie gingen im Garten von Rose Cottage spazieren – vielmehr war Sarah dort spazierengegangen, und Barbie hatte sich zu ihr gesellt. Scheinbar waren sie zusammen, aber Barbie hatte nicht dieses Gefühl. Sie behandelte Sarah mit Vorsicht. Sie hatte die Vorstellung, es könne unklug sein, Sarah zu berühren. Der Nawab hatte sich über den Band mit Gaffurs Gedichten gefreut, wie Mildred sagte. Sarah hatte das Buch nicht mehr erwähnt. Sie hatte auch Mirat nicht erwähnt, oder daß sie mit Achmed, dem jungen Kasim, ausgeritten war. Obwohl Barbie über diesen Ausflug gern etwas gehört hätte. Es war, als sei Sarah überhaupt nicht auf der Hochzeit gewesen oder sie sei nicht mehr zurückgekommen, sondern habe nur ihr Spiegelbild nach Hause geschickt. Aus dieser Entfernung blickte sie jetzt Barbie an.

»Auf dem Bahnhof? Nicht mehr, als Sie schon gehört haben.«

»Aber ich habe es gehört, ohne es zu verstehen.«

»Ich glaube, so haben wir es in diesem Augenblick alle empfunden. Wir haben es nicht verstanden. Aber eigentlich war es sehr einfach. Eine ältere Inderin drängte sich durch die Menge und warf sich ihm vor die Füße.«

»Dem Hauptmann Merrick?«

»Ja.«

»Hat sie ihn angefleht?«

Sarah hielt die Hände auf dem Rücken, blieb stehen und blickte auf ihre Füße, als könne sie die Frau dort sehen.

»Angefleht«, stimmte sie zu, »ja, das ist ein gutes Wort dafür.«

»Aber wer war die Frau?«

»Die Tante des jungen Inders, in den Miss Manners angeblich leidenschaftlich verliebt war. Er war der Hauptverdächtige, und er sitzt immer noch im Gefängnis.«

»Die arme Frau. Wie hat sie denn ausgesehen?«

»Grauhaarig. Sie trug einen weißen Sari wie eine Witwe.«

»Einen weißen Sari?«

»Ja.«

»Und das war alles?« fragte Barbie nach einiger Zeit.

»Das war alles. Sie drängte sich durch die Menge, fiel Mr. Merrick zu Füßen und mußte weggebracht werden. Dann fuhr der Zug ab, und wir winkten Susan und Teddie zum Abschied.«

»Das war wirklich ziemlich unverständlich.«

»Das war es, zumindest in diesem Augenblick.«

»Wann... wann wurde es denn verständlich? Als Sie wuß-ten, wer Mr. Merrick war?«

»Oh, das wußten wir bereits. Es kam beim Empfang heraus. Er war sehr verlegen, denn es hatte den Anschein, als habe er versucht, es zu verbergen. Aber, wie er sagte, versuchte er nur, das alles zu vergessen. Ich vermute, als die Leute ihn fragten, was er bei der Polizei gewesen sei, hat er nicht wirk-lich gelogen, als er antwortete: DPC in Sundernagar.«

»Ja, das stimmt. Wie ist es denn herausgekommen?«

»Graf Bronowski erinnerte sich an seinen Namen.«

»Wer ist Graf Bronowski?«

»Der Regierungschef des Nawab, ein alter Russe. Er unter-hielt sich mit Tante Fenny. Er äußerte sich lobend darüber, wie hervorragend der Trauzeuge auf den Zwischenfall mit dem Stein reagiert und dafür gesorgt habe, daß man im Pa-last erfuhr, der Empfang werde später beginnen. Tante Fenny erzählte ihm, Mr. Merrick sei bei der Polizei gewesen und ge-wöhnt, auf Krisen zu reagieren. Da identifizierte Graf Bro-nowski ihn sofort als den DPC von Majapur. Ich denke, der Fall Manners hatte ihn interessiert, vielleicht besaß er auch nur ein außergewöhnliches Gedächtnis. Er machte sich auf die Suche nach Mr. Merrick, und sie hatten ein langes Ge-spräch auf der Terrasse. Aber Tante Fenny sorgte dafür, daß die Neuigkeit unter den Gästen bekannt wurde, noch ehe sie wieder hereinkamen. Teddie behandelte ihn sehr reserviert, und das war nicht ganz fair. Aber ich glaube, inzwischen hatte jemand die Meinung geäußert, wenn Mr. Merrick zur Zeit des Manners-Falls DPC in Majapur gewesen war, habe der Stein vermutlich ihm gegolten und nicht dem Wagen des Nawab. Die Sache auf dem Bahnhof setzte dem Ganzen die Krone auf. Trotzdem blieb alles noch ziemlich unverständlich. Ich begriff die Zusammenhänge erst abends, als Mr. Merrick im Gästehaus erschien, um sich bei Mutter zu entschuldigen.«

Barbie dachte: Mildred hat nie etwas von einer Entschuldigung erwähnt.

»Aber nur ich war wach«, erzählte Sarah weiter, »die anderen ruhten sich noch aus. Ich wartete auf den Einbruch der Dunkelheit und das Auftauchen der Glühwürmchen. Also saßen Mr. Merrick und ich auf der Veranda und warteten zusammen. Er verließ Mirat noch am selben Abend und fuhr in das neue Manövergebiet in Bengalen. Er erzählte mir ziemlich viel. Nachdem alles ans Licht gekommen war, schien er darüber reden zu wollen. Er erklärte mir, wer die Frau im weißen Sari war. Er sagte, er bedaure diese Frau, sie sei, wie er es nannte, ein gewöhnlicher, anständiger Mensch und habe das alles für ihren Neffen getan, der im Gefängnis sitzt. Er hatte sie zum letzten Mal in Majapur gesehen, aber er wußte, daß ihm Inder auf den Fersen waren, die versuchten, die Sache so darzustellen, als habe er die falschen Männer verhaftet und mißhandelt. Und diese Leute waren auch für die Zwischenfälle bei der Hochzeit verantwortlich. Er sagte, sie benutzten die Frau schamlos für ihren Plan, ihm das Gefühl zu geben, ein gezeichneter Mann zu sein. Mir schien das alles etwas weit hergeholt, aber vermutlich ist es die einzige Erklärung.«

»Erinnerte er sich an meine Freundin Edwina Crane?«

»Tut mir leid, ich habe nicht daran gedacht, ihn danach zu fragen.«

»Nun ja, vermutlich erinnerte er sich nicht an sie, obwohl er als DPC von Majapur alles über den Überfall gewußt haben muß. Aber sicher hat einer seiner Beamten diese Sache übernommen. Er hatte mit diesem schrecklichen anderen Fall alle Hände voll zu tun. Glaubt er noch immer, er habe richtig gehandelt, oder glaubt er, doch einen Fehler gemacht zu haben, indem er diese jungen Männer verhaftete? Miss Manners schien so sicher zu sein, daß es nicht die richtigen waren, wenn wir dem glauben wollen, was wir gehört haben.«

Sie erreichten den Schatten einer Kiefer, die am Ende des

Gartens stand. Hier öffnete sich der Blick auf die fernen Hügel und Berge. In ein oder zwei Wochen würden die schneebedeckten Gipfel oft hinter Wolken verschwinden. Sarah setzte sich, und Barbie folgte ihrem Beispiel.

»Er glaubt, richtig gehandelt zu haben«, sagte Sarah. »Er schien sehr sicher zu sein, sehr sicher sogar. Aber je länger er darüber redete, desto mehr bekam ich den Eindruck, daß er sich irrt. Das wäre schrecklich, nicht wahr? Ich meine, wenn er sich irrt und für den Rest seines Lebens glaubt, er sei im Recht. Verstehen Sie, was ich meine? Ich weiß, es ist auch schrecklich für die jungen Männer, im Gefängnis zu sitzen und ... nun ja ... sie ist tot, und das ist auch schrecklich, wenn auch auf andere Weise. Aber einen Fehler gemacht zu haben, und es nie einzusehen ... es nie zu erkennen ...«

Sarah griff in ein Häufchen Kiefernnadeln, ließ sie nachdenklich durch die Finger gleiten. Plötzlich sprach sie weiter.

»Er sagte, er habe sich selbst auch einmal für sie interessiert, sei vielleicht sogar in sie verliebt gewesen. Es klang wie ein Geständnis, als habe er beschlossen, in jedem Punkt ehrlich zu sein, doch ich hatte die ganze Zeit den Eindruck, daß er das nicht war. Ich weiß nicht, warum ich es so empfand, aber alles, was er sagte, klang einstudiert. Während er etwas sagte, spürte ich, daß er die Wirkung seiner Worte genau registrierte und sogar wußte, wie sie sein würde.«

»Sie mochten ihn nicht.«

Sarah schwieg und schüttelte dann den Kopf.

»Nein, ich mochte ihn ganz und gar nicht«

Barbie dachte, vielleicht liegt es daran, daß du das Kind gesehen und mit der alten Frau gesprochen hast. Du hast auch die andere Frau gesehen, die Frau im weißen Sari, und die Gegenwart des unbekannten Inders gespürt, du hast dich gefragt, wie es bei all dieser Problematik Schuld neben der Unschuld geben kann, und ob es nicht in Mr. Merricks Macht gelegen hätte, die Schuld von der Unschuld zu trennen.

Barbie blieb sitzen, obwohl sie einen Krampf bekam, denn Sarah rührte sich nicht, und sie wollte das Mädchen nicht alleinlassen.

»Was haben Sie gesagt?« fragte Sarah und schien nach langer Zeit wieder aus ihren Gedanken aufzutauchen.

»Ich habe nichts gesagt.«

Sarah starrte sie einen Moment an und sagte: »Tut mir leid. Ich dachte, Sie hätten etwas gesagt.« Barbie überlegte, ob es möglicherweise der Fall gewesen war...

Seit Jahren führte sie richtige und imaginäre Gespräche mit Menschen, mit sich, mit Gott, mit jedem, der da war, um zuzuhören oder nicht zuzuhören. Aber ein imaginäres Schweigen war etwas Neues. Wenn man nicht wußte, daß man redete, wußte man auch nicht, was man sagte. Barbie versuchte, sich genau an ihre Gedanken zu erinnern, für den Fall, daß sie ihre Gedanken laut ausgesprochen hatte; aber ihr Kopf schien leer gewesen zu sein nach dem Bild von Sarah, die mit der alten Frau und dem Kind zusammensaß, über die Frage von Schuld und Unschuld nachdachte und über die Rolle, die Mr. Merrick dabei gespielt oder nicht gespielt hatte, Schuld oder Unschuld festzustellen.

»Sie scheinen davon verfolgt zu werden«, sagte Barbie, »ich meine, diese schreckliche Sache. Zuerst waren Sie in Kaschmir dem Hausboot so nahe, und jetzt die Geschichte mit Hauptmann Merrick.«

»Jemand sollte davon verfolgt werden«, sagte Sarah.

Plötzlich wußte Barbie, daß sie recht hatte. Sarah hatte die Frau besucht und das Kind gesehen. Barbie wollte das Kind auf den Arm nehmen, in die Kirche bringen und es taufen lassen.

»Ja«, sagte Barbie, »vielleicht sollte es uns verfolgen.« Sie stand auf. »Bleiben Sie. Ich möchte Ihnen etwas für Susan mitgeben.«

Sie ging ins Haus und brachte das Kästchen mit den

Apostel-Teelöffeln und die Karte, die sie dazu geschrieben hatte, mit zurück. Sie kniete sich wieder neben Sarah und reichte ihr das Kästchen.

»Mein Geschenk für die Hochzeit und zum einundzwanzigsten Geburtstag. Nichts Besonderes, nur ein paar Teelöffel. Ich wäre Ihnen dankbar, wenn Sie es Susan geben.«

»Vielen Dank, Barbie, das ist wirklich sehr nett.«

Sarah stellte das Kästchen auf die Kiefernadeln und betrachtete den Umschlag, auf den Barbie geschrieben hatte: Mrs. Edward Bingham...

»Vielleicht verlasse ich Pankot«, sagte Sarah.

»Oh. Sarah, warum? Wohin gehen Sie?«

»Ich möchte einfach etwas Nützlicheres tun. Vielleicht Kranke pflegen, oder das gleiche, was ich jetzt mache, aber nur an einem Platz, der dem Krieg etwas näher ist. Finden Sie das egoistisch?«

»Weshalb egoistisch?«

»Weil ich Mutter und Susan verlasse. Da Daddy in Kriegsgefangenschaft ist, schien es meine Aufgabe zu sein, mitzuhelfen, daß alles gut geht.«

»Susan ist jetzt eine verheiratete Frau.«

»Ja. Deshalb dachte ich auch, ich könnte gehen.«

»Ich werde Sie schrecklich vermissen, nun ja, wir alle werden Sie vermissen, aber es wäre falsch, Sie zurückzuhalten. *Das* wäre egoistisch.«

Sarah blickte auf. Eine Weile sahen sie sich ernst an. »Ich wünschte, ich könnte alles klar genug sehen, um so sicher zu sein«, sagte Sarah. »Aber das kann ich nie. Ich muß gehen.«

Sie stand energisch auf.

»Vielen Dank für Susans Geschenk. Bitte machen Sie sich nicht die Mühe, mich hinauszubegleiten.«

Ehe Barbie sich erheben konnte, war Sarah gegangen. Barbie blickte ihr nach, bis sie außer Sicht war, und folgte ihr dann langsam.

Mabel arbeitete nicht im Garten, auch nicht auf der Veranda, und das bedeutete, sie mußte entweder auf der anderen Seite des Hauses sein oder einen ihrer immer seltener werdenden einsamen Spaziergänge machen.

Ich muß es ergründen, dachte Barbie und sagte laut: »Ich muß das Geheimnis des imaginären Schweigens ergründen.« Als sie ihre Stimme hörte, stellte sie fest, daß sie sich von ihrem Klang distanzieren konnte, so daß er ihr zu entschwinden schien oder sie ihm entschwand, bis sie einen Zustand der Unbeweglichkeit oder unbestimmter Beseeltheit erreichte und von etwas umgeben war, was sie nur als ein lebendiges Gefühl von sich als neu und unverbraucht beschreiben konnte, was weder zu ihren Lasten noch zu ihren Gunsten ging, und sie befand sich in keiner Weise mit ihren Zahlungen im Rückstand, denn das Konto war noch nicht eröffnet worden.

Sie sah das alles sehr klar, ahnte jedoch, es würde nicht mehr so sein, wenn die Unbeweglichkeit aufgehoben wurde. Barbie dachte: Emerson irrt. Unsere Geschichte erklärt uns überhaupt nicht, vielmehr stellt sich unsere Geschichte einer einleuchtenden Erklärung von uns in den Weg.

Sie genoß das Gefühl mitanzusehen, wie ihre Geschichte und die Geschichte anderer Menschen wie abgefallene Blätter davongeweht wurden; aber dann fiel ihr ein, daß sich unter den Blättern auch ihr Glaube und ihre religiösen Prinzipien befanden. Und während sie die ernste, immergrüne Stille der waldbestandenen Hügel betrachtete, fühlte sie sich bestätigt und von neuem weise belehrt.

Ein imaginäres Schweigen sollte nicht dazu dienen, eine Verbindung zu zerstören, sondern dazu, sie zu schaffen. Barbie ging auf der Suche nach Mabel auf die andere Seite des Hauses, fand sie aber auch dort nicht. Mabels Stock stand auf der vorderen Veranda, das hieß, sie machte auch keinen Spaziergang. Sie ging ins Haus, klopfte an Mabels Tür und öffnete sie.

Mabel saß auf dem Bettrand und sah Aziz zu, der den Inhalt einer alten Truhe vorsichtig auf eine Decke am Boden legte.

»Hallo Barbie«, sagte Mabel und hob den Kopf. »Wir sortieren die Sachen für den Winter aus.«

Barbie hatte dieses Ritual im Rose Cottage noch nicht miterlebt, aber sie wußte, daß es stattfand. Sie trat in das Zimmer, denn schon seit ihrer Kindheit faszinierte es sie, die Dinge anderer Leute zu betrachten, denn sie besaßen die magische Aura des Rühr-mich-nicht-an, die zu Märchen gehörte; in solchen Geschichten war eine Ausnahme möglich, allerdings nicht selbstverständlich, und jede Aufforderung näherzutreten war wie ein süßes Geschenk.

»O nein, Aziz«, sagte Mabel, als er die Lagen Seidenpapier zurückschlug, um ihr ein graues Kostüm zu zeigen.

»Han«, beharrte er, »Bondstreet.«

Mabel lächelte. »Ich kaufte es in dem Sommer, als ich zum letzten Mal in England war«, erklärte sie Barbie. »In diesem Sommer starb Johns Großvater. Damals war Susan erst zehn oder elf, also können Sie sich vorstellen, wie altmodisch es ist. Aziz versucht jeden Winter, es in den Kleiderschrank zu hängen, weil es dieses Etikett hat.«

»Bondstreet«, wiederholte Aziz, »pukka.«

Er hatte inzwischen das Kostüm auf der Decke ausgebreitet. Es besaß die schlichte Eleganz aller teuren Kleider.

»Sie könnten den Rock kürzen«, schlug Barbie vor. »Es würde nichts am Schnitt verderben.«

»Meinen Sie?«

Ermutigt durch Barbies Interesse, sagte Aziz: »Han. Rock kürzen.«

»Vielleicht, wenn ich noch hineinkomme.«

Mabel griff nach unten, zog das Kostüm an sich und befühlte den Stoff. Barbie überlegte, wie leicht oder schwer es sein würde, Mabels Interesse an den Dingen außerhalb von Rose Cottage wieder zu wecken: an Kleidern, Besuchen, am

Einkaufen. Sie konnten zusammen Ferien machen, nur kurz und nicht weit weg. Sie konnten nach Ranpur fahren, um ein paar Weihnachtseinkäufe zu machen. Sie würde Mabel in die Mission mitnehmen und sie mit Helen Jolley bekanntmachen. In solchen Ferien konnte sie das Heliotropkostüm tragen.

»Also gut, Aziz«, sagte Mabel, »leg es auf den Stapel.«

Aziz nickte. Er legte das Kostüm ehrfürchtig wieder zusammen, verteilte die getrockneten Lavendelzweige, in deren Duft sich Sandelholz und Mottenkugeln mischten, und legte das Kostüm im Seidenpapier auf den kleineren der beiden Stapel. Plötzlich griff er in die Truhe und sagte: »Memsahib!«

»Nein, nein«, wehrte Mabel ab. Sie machte eine Geste, als wolle sie ihn daran hindern, aber er kümmerte sich nicht darum. Er wollte Barbie unbedingt einen Schatz zeigen. Er hob ein Paket aus der Truhe und zog schwungvoll das Seidenpapier weg.

»Sarah bachcha«, sagte er. Barbie trat näher. Ein Hochzeitsschleier? Nein, ein Kleidchen. Sie sah den Ausschnitt und winzige, übereinandergelegte Ärmel. Sarah bachcha. Sarah als Baby? »Oh, ein Taufkleidchen! Gehört es Sarah?«

»Han. Sarah Mem.«

Aziz kreuzte die Daumen und bewegte die gespreizten Finger auf und ab. »Schmetta-linge«, sagte er und lachte über Barbies verdutztes Gesicht. Er schob eine Hand unter die elfenbeinfarbenen Spitzen des Kleidchens. Barbie entfuhr ein Ausruf der Überraschung. Der Saum des feinen Batistunterkleidchens war mit kleinen Perlen bestickt. Aber es gab noch mehr Überraschungen. »Sehen Sie«, sagte er und bewegte die Hand. Die Spitzen wurden lebendig. Schmetterlinge tanzten auf seiner rosabraunen Handfläche. Drei, fünf, sieben, ein Dutzend und noch mehr. Das Kleidchen war aus Spitzenschmetterlingen gemacht.

»Oh ist das schön«, sagte Barbie. »Hat Susan es auch getragen?«

Mabel erwiderte: »Nein, Susan hatte etwas Neues.«

Nachdem das Spitzenkleidchen vor ihnen lag, schien Mabel bereit, sich damit zu beschäftigen. Als Barbie die Hand ausstreckte, spürte sie, daß sie in einen der vielen Teile von Mabels verborgener Geschichte vorstieß. Sie zog die Hand zurück.

»Nein, nehmen Sie es ruhig in die Hand«, ermunterte sie Mabel. »Es ist schöne Spitze. Die Mutter meines ersten Mannes schenkte sie mir für unsere Kinder. Aber wir hatten nie Kinder. Es gibt noch ein ganzes, unverschnittenes Stück. Es reicht für eine Stola. Aziz, zeigen Sie es Barbie Mem.«

Aziz griff in die Truhe und hob ein anderes Paket in Seidenpapier heraus. Er öffnete es und entrollte die Spitzen, wie der Durzi seine Stoffballen. Die Spitzen bauschten sich auf seinen und Barbies Knien. Die Schmetterlinge schwebten, landeten, setzten sich, erhoben sich und setzten sich wieder. Einige hatten die Flügel gefaltet, andere waren gerade dabei, es zu tun, und wieder andere breiteten sie aus.

»Wunderbar«, sagte Barbie. Sie wagte kaum, die Spitzen zu berühren. »Sie sind so zart und lebendig.«

»Es ist wirklich bemerkenswert, wenn man weiß, daß die alte Frau, die diese Spitzen geklöppelt hat, blind war.«

»Blind!«

»Nicht von Geburt an, aber viele Jahre lang. Sie wohnte ganz oben im Turm eines alten französischen Schlosses, das der Familie meiner Schwiegermutter gehörte. Die alte Frau sagte, die Schmetterlinge seien ihre Gefangenen.«

Barbie schob beide Hände unter den Spitzenstoff und hob ihn hoch. Die Schmetterlinge zitterten, als hingen sie in einem gespannten Netz; sie waren Teil des Netzes.«

»Ja«, sagte Barbie, »sie sind gefangen. Wie gut Sie die Spitze gepflegt haben.«

»Das macht Aziz. Möchten Sie das Stück?«

Barbie ließ den Spitzenstoff sinken. »Das ist sehr freundlich von Ihnen«, sagte sie, »aber die Spitzen sind viel zu schön für mich. Ich wüßte überhaupt nicht, wofür ich sie benutzen sollte. Außerdem sind sie kostbar und gehören der Familie.« Barbie dachte an die Hochzeit und die möglichen Folgen. »Jetzt kommen sie vielleicht gerade gelegen.«

»Bitte?«

»Wenn Susan und Teddie Kinder haben.«

»Sarahs Kleidchen ist schließlich fertig, und steht zur Verfügung, wenn es gewünscht wird. Sind Sie sicher?«

»Ganz sicher. Aber vielen Dank für das Angebot.«

III

»Mrs. Layton«, begann die Karte, »Miss Layton und Mrs. Bingham geben sich die Ehre, Sie in die Offiziersmesse der Pankot Rifles einzuladen.« Das Ereignis sollte in zwei Wochen um die Mittagszeit stattfinden. Rechts unten stand: »Kaltes Buffet«, und links: »U.A.w.g.« Im Rose Cottage wurden zwei Karten abgegeben.

In dem Umschlag für Barbie lag außerdem ein Brief von Susan. »Liebe Barbie«, schrieb sie, »vielen Dank für die schönen Apostel-Teelöffel. Ich werde es Teddie schreiben, der, wie ich weiß, möchte, daß ich mich auch in seinem Namen bei Ihnen bedanke. Ich habe vor ein paar Tagen von ihm gehört; er sagt, es geht ihm sehr gut, und natürlich arbeitet er sehr hart. Mammi und ich haben beschlossen, zum Ausgleich dafür, daß die Hochzeit in Mirat stattfinden mußte, eine kleine Party zu geben. Wir meinen, es sei gut, damit auch meinen einundzwanzigsten Geburtstag zu feiern. Viele Hochzeitsgeschenke waren auch gleichzeitig für den Geburtstag gedacht. Ich hoffe, daß Sie und Tante Mabel kommen können. Mammi sagt, es ist Jahre her, seit Tante Mabel zum letzten Mal in der Offiziersmesse gewesen ist, und viele junge Offiziere haben von ihr gehört, sie aber nie kennengelernt und können es kaum erwarten, sie einmal zu sehen, denn sie ist richtig berühmt. Nicht nur wegen Daddy, sondern weil ihr erster Mann das viele Silber gestiftet hat, das bei besonderen Gelegenheiten benutzt wird. Übrigens werden wir die Hochzeitsgeschenke aufstellen, und Ihre Löffel werden in dem blaugefütterten Kästchen unglaublich hübsch aussehen. Herzlichst, Susan.«

»Ich nehme an, Sie würden gern gehen, Barbie«, sagte Mabel.

»Nur, wenn Sie auch gehen.«

»Nun ja, ich werde wohl müssen, aber ich möchte wieder weg, ehe sie mit dem Essen anfangen. Ich kann es nicht ertragen, im Stehen zu essen oder unter vielen Menschen. Mildred weiß es. Sie wird nichts dagegen haben. Alle werden zufrieden sein, wenn ich mich überhaupt sehen lasse. Aber Sie bleiben und lassen es sich schmecken.«

»Essen unter vielen Menschen bekommt mir auch nicht. Wir kommen und gehen zusammmen. Wir werden es so einrichten, daß wir unauffällig wieder weg können.«

Ich werde mir das Heliotrope machen lassen, beschloß Barbie. Wenn ich in den Spiegel blicke und meine grauen Haare sehe, weiß ich, daß ich heliotrop tragen kann.

Gegen Abend ging sie hinunter in den Basar, denn diese Zeit liebte sie sehr, besonders im November. Dann war es schon ziemlich kühl, die Kohlenpfannen glühten, die ersten Laternen brannten, und der Geruch von Holzkohle und Weihrauch lag in der Luft. Barbie stand vor dem Laden des Durzi. Ein Chokra winkte sie hinein, staubte einen Stuhl ab, bot ihr Platz an und verschwand hinter dem Vorhang, der sich bald wieder teilte, als der alte Mann und der Chokra mit einem dunkelvioletten Stoffballen zurückkamen.

»Ah, Sie wissen also, weshalb ich hier bin«, sagte sie. Der Mann entrollte drei oder vier Längen und hielt den Stoff hoch.

Barbie betrachtete ihn, suchte nach einer Spur der alten Unsicherheit und stellte fest, daß sie verschwunden war. »Das Wort heliotrop«, sagte Barbie, »kommt von dem griechischen Wort helios, das heißt Sonne, und trepo heißt wenden. Heliotropion. Eine Pflanze, die ihre Blüten der Sonne zuwendet.«

»Memsahib, haben Sie sich entschieden?«

»Ja, und Sie haben meine Maße. Der übliche Schnitt, ein gerader Rock mit der Gehfalte hinten, die Jacke mit Taschen unterhalb der Taille. Sie müssen groß und tief genug sein, damit ich die Hände hineinstecken kann. Wie beim letzten Kostüm, dem grauen. Das Futter überlasse ich Ihnen, es paßt immer ausgezeichnet. Wann soll ich zur Anprobe kommen?«

Die Anprobe war nur eine Formalität. Jahr um Jahr handhabte er Schere und Nadel mit derselben Präzision; Jahr um Jahr nahm sie weder zu noch ab, und ihre Figur veränderte sich auch sonst nicht. Er mußte nur seine Notizen zu Rate ziehen, die er entweder in einer Schublade unter dem Namen Bachlev, Baba aufbewahrte oder in seinem Gedächtnis – die heilige Frau von der Mission. Sie einigten sich darauf, daß die Anprobe eine Woche später und wieder abends stattfinden sollte. Er versprach, das Kostüm einen Tag vor der Party morgens zu liefern. Der Durzi gab ihr eine Stoffprobe mit; Barbie legte sie in die Handtasche. Das Stückchen Stoff würde nützlich sein, wenn sie die passenden Schuhe, Handschuhe und Handtasche aussuchte oder den Farbton der Bluse und der Samtblumen für das Revers.

»Wie hübsch Sie aussehen, Barbie«, sagte Mabel. »Was für eine schöne Farbe«. Sie schien es beinahe eilig zu haben abzufahren. Aber auf halbem Weg nach unten drehte sie sich plötzlich um, als habe sie ihre Meinung geändert und würde dem Tonga-Wallah sagen, er möge sie wieder zurückbringen. Am Revers des Kostüms aus der Bondstreet glitzerte eine kleine Diamantbrosche, ein winziges Regimentswappen der Pankot

Rifles. Mabel trug sonst keinen Schmuck. Die Brosche war das Geschenk ihres ersten Mannes, der am Khyberpaß gefallen war. Ein grauer Filzhut mit einem breiten Rand beschattete das Gesicht. Anstelle des Hutbandes hatte sie einen rehbraunen Chiffonschal darumgebunden, dessen Enden ihr zum Schutz gegen die Sonne in den Nacken hingen. Mabel hatte immer noch schlanke und wohlgeformte Beine; sie verschwanden viel zu oft in der abgetragenen Gartenhose. Im Sitzen reichte der gekürzte Rock bis zu den Knien, im Stehen bedeckte er sie gerade. Ihre rauhen Hände steckten in rehbraunen Handschuhen.

»Wir könnten nach Ranpur fahren«, hatte Barbie am Abend zuvor gesagt, »um Weihnachtseinkäufe zu machen.«

»Oh, ich werde nie mehr nach Ranpur kommen«, erwiderte Mabel, »nur noch zu meinem Begräbnis.« Barbie schien das eine merkwürdige Äußerung zu sein, bis ihr einfiel, daß der zweite Mann ihrer Freundin dort begraben war – auf dem Friedhof von St. Luke. Als Mabel sich jetzt umdrehte, wie um dem Tonga-Wallah zu sagen, er möge umkehren, schien sie momentan durcheinander zu sein, als beschäftige sie der Gedanke, sie fahre zu diesem makabren Anlaß nach Ranpur, und ihr sei bewußt geworden, daß die Zeit noch nicht gekommen war, und man deshalb die Fahrt hinunter abbrechen, beziehungsweise verschieben müsse. Dann fiel ihr Blick jedoch wieder auf Barbies Heliotropkostüm, und sie erinnerte sich an das Ziel des Ausflugs. Deshalb lehnte sie sich wieder zurück, beobachtete, wie die Straße sich unter den Füßen abrollte, und sagte nichts, sondern hörte zu oder hörte nicht zu, während Barbie redete –

– Oder redete und schwieg. Sie glaubte, Gott habe lange darauf gewartet, daß sie erkennen würde, daß sie auf die Last ihrer Worte nicht zu achten brauche, die sich aufeinandertürmten, bis sie einstürzten, aber nur, um von ihr wieder und wieder aufgebaut zu werden und auf ihren Schultern zu lasten. Es hatte lange gedauert, ehe sie bewußt einen persönlichen Bereich des inneren Schweigens betreten konnte und lernte, sich darin aufzuhalten, während ihr Körper in der gewohnten Art geschäftig weiter agierte und ihre Zunge nicht stillstand; wie jetzt, als sie Schritt hielt mit dem Klappern der Pferdehufe, während die Kutsche am Basar vorbei durch die Garnisonsstraße in Richtung des Militärbezirks fuhr.

»Wir sind spät dran«, hörte sie sich rufen. In der Welt, in der sie redete, in der alle redeten, besaß die Zeit eine besondere Bedeutung. In der Rifle Range Road begegneten ihnen keine Fahrzeuge. Sie fuhren an den Dienstbungalows vorüber und bogen kurz darauf links in die Straße zur Messe ein. Die geometrisch angeordneten Häuschen hoben sich schwarz vor dem Grün ab, und das Grün selbst war spärlich und zertrampelt. In der Ferne exerzierten Sepoys in Gruppen. Eine Tafel in den Farben der Pankot Rifles mit einem riesigen goldenen und farbigen Regimentswappen kennzeichnete ihr Ziel. Sie bogen im rechten Winkel ab, fuhren durch einen Durchlaß auf einen Vorplatz, näherten sich der langen Auffahrt mit den quadratischen Säulen und fuhren vor. Als die Tonga anhielt, hörte Barbie von innen Stimmengewirr. Diener in langen weißen Jacken und weiten weißen Hosen standen am Eingang. Die Bänder im Nackenschutz und die breiten Schärpen hatten breite horizontale Streifen in den Regimentsfarben. Ein großer, dicklicher älterer Diener trat vor, salutierte und bot Mabel den Arm.

»Memsahib!« sagte er.

Mabel legte ihm automatisch die Hand auf das Handgelenk, aber die Dringlichkeit in seiner Stimme ließ sie zögern. Ihr Körper schien vor Unsicherheit zu erstarren. Der Diener sprach weiter, und Barbie hörte aufmerksam zu, damit sie Mabel laut und in Englisch berichten konnte, was er sagte.

»Er fragt, ob Sie sich an ihn erinnern, jetzt, wo er alt ist und einen Bart hat.«

»Wie bitte?«

Barbie wiederholte es, wußte jedoch nicht genau, ob Mabel sie verstand. Sie blickte auf den Mann hinunter; sie stützte sich mit der Hand immer noch auf seinen Arm.

»Ist das Ghulam?«, fragte sie schließlich, »Ghulam Mohammed?«

Der alte Mann nickte, und sie blickten sich eine Weile stumm an. Dann drehte er die Hand, so daß ihre Handfläche seine berührte.

»Geht es Ihnen gut, Ghulam Mohammed?« fragte sie in Urdu.

»Es geht mir gut. Ihnen auch?«

»Mir auch.«

»Gott ist gut.«

»Gelobt sei Gott. Ghulam, das ist meine Freundin, Miss Batchelor.«

»Memsahib!«

»Wir müssen hineingehen«, sagte Mabel auf englisch. Er winkelte den Arm an, half ihnen beim Aussteigen und dann die flachen Stufen hinauf in das dunkle Innere.

»Danke«, sagte Mabel und – als wolle sie den Namen einem Gedächtnis einprägen, dem sie nicht trauen konnte – fügte sie hinzu, »Ghulam Mohammed.«

Die Eingangshalle hatte Säulen. Die Stimmen drangen aus einem Raum auf der linken Seite, dessen Doppeltüren offenstanden. Barbie entdeckte Mildred mit einem geblümten Hut, Oberst und Mrs. Trehearne und die jünger als einundzwanzig wirkende Susan. Sie unterhielt sich mit Kevin Coley, dem Depotadjutanten, der seine Frau beim Erdbeben von Quetta verloren hatte. Er war inzwischen der älteste Hauptmann im Regiment und erklärte, keine weiteren Ambitionen zu haben. Barbie fand, er habe das Gesicht eines Märtyrers aus dem Mittelalter – einer der unwichtigen, wie sie scharenweise auf dem Scheiterhaufen verbrannt waren.

Als die beiden sich den Türen näherten, änderte sich der Rhythmus der Stimmen; er verlangsamte sich und wurde ruhiger. Barbie erinnerte sich später, daß sich eine gedämpfte Stille im Saal ausbreitete und daß die Leute den Kopf drehten, um Mabels Ankunft zu sehen. Sie kehrte nach langer, unerklärlicher Abwesenheit an den Ort zurück, den sie vor längerer Zeit als irgend einer der Anwesenden zum ersten Mal betreten hatte – und das verlieh ihrer Anwesenheit an diesem Tag eine mystische Bedeutung. In Mabel ruhte gewiß noch der alte Geist der Härte. Dieser Geist gehörte in die Tage der Sicherheit, des Selbstbewußtseins und der absoluten Überzeugung.

Vor Mabel lagen noch mehrere Schritte. Sie zögerte, als wolle sie umkehren, und Barbie wünschte plötzlich, das könnten sie beide. Aber Mabel sagte: »Es ist so voll hier«, und ging entschlossen vorwärts, als Mildred ihr entgegenkam, um sie zu begrüßen. Die Ränder ihrer Hüte erzwangen einen gewissen Abstand bei der Umarmung, aber Mildred wirkte aufrichtig erfreut und begrüßte sogar Barbie dankbar, deren zitternde Hand mit einer Geste ergriffen wurden, die auf eine größere Freundlichkeit schließen ließ, als die gesellschaftlichen Umstände Mildred erlaubten zu zeigen. »Ihr habt es beide geschafft«, sagte sie. »Wie schön! Mabel, hier sind ein paar junge Männer, die dich unbedingt kennenlernen möchten, aber furchtbare Angst vor dir haben. Also sei um Himmels willen nett zu ihnen. Einer heißt Dicky Beauvais. Sein Onkel war ein junger Offizier bei Bob Buckland. Ich weiß, er hofft ganz besonders darauf, mit dir sprechen zu können.«

»Guten Tag, Tante«, sagte Susan. »Es ist sehr nett von dir, daß du gekommen ist. Und vielen Dank für das wunderbare Geschenk.« Sie gab ihrer Tante einen Kuß und dann überraschenderweise auch Barbie. Sie sagte: »Was für eine hübsche Farbe!« und führte sie zu den immer noch schweigenden

Gästen. Dabei vergrößerte sich die Entfernung zwischen Barbie und Mabel unmerklich, denn die Trehearnes schoben sich zwischen sie und geleiteten Mabel langsam zu den Rankins, während die Peplows Barbie für sich beanspruchten. Mabel blickte verwirrt über die Schulter zurück, aber die bereits schwache Verbindung wurde durch Mildreds großen Hut und Kevin Coleys Märtyrerschulter zerrissen. Barbie fühlte sich aus der Mitte an den Rand gedrängt. Mrs. Stewart sagte: »Ich habe Ihr plötzliches Interesse an Emerson nie verstanden.« Ich möchte nicht über Emerson oder überhaupt über etwas reden, sagte Barbie, aber im Innern, in dieser persönlichen Zone des Schweigens. Hörbar sagte sie etwas ganz anderes. »Ist Sarah hier?« fragte sie Clarissa. »Sie war nicht an der Tür, es sei denn, ich habe sie übersehen, und das wäre schrecklich. Nein, ich kenne Mrs. Jason noch nicht. Guten Tag.«

Hin und wieder entdeckte sie in der Ferne den Filzhut und den Chiffonschal. Sie waren ein Orientierungspunkt, nach dem ihr Auge ständig suchte. In dem dunkel getäfelten und mit persischen Teppichen ausgelegten Raum war es unangenehm warm und eng. Die halb heruntergelassenen Matten zwischen den Säulen der Veranda schützten vor der grellen Sonne. Ein Kellner kam mit einem Tablett, und Barbie nahm ein Glas Sherry, um etwas in der Hand zu halten. Mit der Trennung hatte sie nicht gerechnet; sie begriff, daß es bewußt geschehen und von Mildred mit der unschuldig blickenden Clarissa abgesprochen worden war, die die Pflicht übernommen zu haben schien, dafür zu sorgen, daß Barbie unterhalten, versorgt, vorgestellt und von gewissen Leuten ferngehalten wurde. Barbie fürchtete allmählich, sie werde Mabel nicht finden, wenn es Zeit war, unauffällig zu gehen. Das war lächerlich, denn es wurden nur dieser eine Raum und die Veranda auf der anderen Seite des langen Buffets benutzt. Dort standen die Fenster offen, und frische Luft kam herein. Barbie suchte nach dem Tisch mit den Hochzeitsgeschenken, sah ihn jedoch ebensowenig wie den Hut mit dem Chiffonschal. Der Raum machte ihr Angst.

»Was für ein hübsches Kostüm, Barbie.«

Es war Sarah. Barbie ergriff ihre Hand. »Glauben Sie, Mabel hält es aus in dieser Menge? Ich habe das Gefühl, ich sollte bei ihr sein, aber natürlich wollen so viele mit ihr reden.«

»Sie haben ihr einen Stuhl geholt«, sagte Sarah. »Sie sitzt dort drüben in der Ecke. Man kann sie von hier aus nicht sehen: Aber es ist alles in Ordnung.«

»Wissen Sie, wir wollen nämlich vor dem kalten Buffet unauffällig gehen.«

»Ja, ich weiß. Barbie, Sie kennen doch Tony Bishop, nicht wahr? Er ist nach Bombay versetzt worden. Da hat er Glück gehabt, nicht wahr?«

»Wir haben uns im Rose Cottage kennengelernt, aber bei all den vielen jungen Leuten werden Sie sich vielleicht nicht mehr an mich erinnern.«

Barbie streckte dem krank aussehenden jungen Mann die Hand entgegen, der Teddie Binghams Freund gewesen war. »Haben Sie die Gelbsucht überwunden?«

»Danke, ja.«

»Man wird so schwach, jedenfalls stelle ich mir das so vor. Ich hatte nie Gelbsucht, aber ich habe es mir sagen lassen. Ich war immer unglaublich gesund, und das ist vermutlich unanständig, vielleicht ein Zeichen fehlender Sensibilität. Diese unverwüstliche Konstitution habe ich von meinem Vater geerbt; sein Leben fand unter den Rädern einer Kutsche oder eines Busses, ich weiß es nicht mehr genau, am Themseufer ein vorzeitiges Ende, obwohl alle glaubten, er werde an Leberzirrhose sterben, die jeder normale Mensch bei seinem Alkoholkonsum bekommen hätte. Ach Sarah, habt ihr es euch mit den Geschenken doch anders überlegt? Susan sagte, sie würden aufgestellt, aber vielleicht war es doch zu schwierig, ich meine, sie müßten schließlich bewacht werden, nicht wahr?«

Aber die Geschenke waren aufgestellt, und zwar auf der Veranda. Ein Naik und zwei Sepoys bewachten sie. Die drei standen unbeweglich in »Rührt-Euch«-Stellung und mieden die Blicke der Gäste, denn ihr Mißtrauen hatte nicht den Gästen zu gelten, sondern Eindringlingen oder dem fremden Personal, das der glänzenden Zurschaustellung von Besteck, Gläsern, Tee- und Kaffeegeschirr, Tabletts, Tischlampen, Vasen und geschnitzten Kästchen zu nahe kam. Es hatte sich eine Art Schlange gebildet. Als gälte es, an einem Sarg vorbeizudefilieren, dachte Barbie, als sie fünfzehn Minuten später, begleitet von den Peplows und Mrs. Stewart, hinausging, um zu besichtigen, was von der Hochzeit übriggeblieben war. Auch auf der Veranda drängten sich die Leute.

Bäume versperrten teilweise den Blick auf den Dienstbungalow, den Barbie nie von innen gesehen hatte, denn sie lehnte Sarahs Einladung, mit ins Haus zu kommen, immer ab, wenn sie manchmal zusammen im Basar eine Tonga nahmen und Barbie einen Umweg machte, um Sarah nach Hause zu bringen. Barbie glaubte, das Bellen von Panther zu hören. Vom Exerzierplatz drangen Rufe herüber. Aber auf der Veranda der Messe schienen die Voraussetzungen für ein Echo zu fehlen; Stimmen und Geräusche klangen hart und hohl. »Wavell ist der erste Viezkönig, der etwas über das Land weiß. Aber natürlich ist er auch ein Soldat«, sagte jemand zu ihr. Aber als sie den Kopf drehte, hatte der Sprecher sein Gesicht nicht ihr, sondern einem anderen Mann zugewendet. Barbie kannte sie beide nicht. Als sie den beladenen Tisch erreichte, konnte sie die Löffel nicht entdecken.

»Wirklich phantastisch, das finde ich auch«, sagte sie und wiederholte damit Clarissas Feststellung, »einfach phantastisch.«

Barbie gab nach einer Weile ihre fieberhaften Versuche auf, die Löffel zu finden, und ließ den Blick langsam und systematisch von einer Ecke zur anderen und von vorne nach hinten schweifen. Am liebsten hätte sie Clarissa gefragt: »Sehen Sie irgendwo meine kleinen Apostel-Löffel«, wagte es jedoch nicht. Sie glaubte, womöglich nicht mehr genau zu wissen, wie sie in ihrem Kästchen aussahen, und betrachtete Kuchengabeln und jedes Kästchen mit einem geschlossenen Deckel zweimal. Sie beugte sich vor, um sie vielleicht dort zu entdecken, wo man sie nicht so leicht sah, wenn man aufrecht stand. »Entschuldigung«, sagte jemand. Barbie richtete sich abrupt auf, um eine Frau hinter sich vorbeigehen zu lassen, und mußte sich dabei schnell und schwer auf den Tisch stützen, so daß sie einen Augenblick fürchtete, einen peinlichen und unverzeihlichen Zwischenfall zu verursachen. »O Barbie, seien Sie vorsichtig«, rief Clarissa. »Ich glaube, wir bleiben besser etwas weiter weg.« – »Es war nicht meine Schuld«, erwiderte Barbie und entfernte sich aus der Gefahrenzone, um nicht den Unwillen der anderen zu erregen.

Welch eine Demütigung, sich vorzustellen, man habe bemerkt, wonach sie Ausschau hielt. Aber die Löffel lagen nicht auf dem Tisch. Das war Demütigung genug, und dieser Tatsache konnte sie nicht ausweichen. Der Fluchtweg aus den einstürzenden Türmen ihrer Worte war versperrt. »Was für ein Gedränge«, stöhnte sie, »und ich finde mich unter so vielen Menschen nicht mehr zurecht. Ich kann mich nicht mehr denken hören, obwohl ich nicht annehme, daß Sie glaubten, ich könnte das jemals.« Sie grinste Clarissa an, die sie besorgt ansah. (Mit einem solchen Blick würde Clarissa den barmherzigen Samariter bei seinem Tun beobachten.) »Wissen Sie«, sprach Barbie weiter, »ich bin noch nie in einer Messe gewesen. Ich meine, in einer Offiziersmesse. Ist das nicht komisch? Ich glaube, dieses Zimmer hier ist der Vorraum. Ist das die richtige Bezeichnung? Hier versammeln sich doch die Offiziere, ehe sie in den Speisesaal gehen, einen Toast auf den Kaiser und König ausbringen und ihre Gläser dann in den Kamin werfen. Oder kommt das nur im Film vor?«

O ja, auch ich könnte mein Glas in einen Kamin werfen, sagte sie (aber zu Clarissa sagte sie etwas anderes und fand damit wieder in diesen gesegneten Bereich zurück, in dem die gesprochenen Worte nicht zählen) – es würde in tausend scharfe Stücke zerspringen, und das Geräusch würde Aufmerksamkeit erregen, und ER würde fragen: Was bekümmert dich? Wie heißt du? Wann haben wir zum letzten Mal miteinander gesprochen? Denn das wünsche ich mir am meisten: daß man mit mir spricht. Ich möchte um mich herum ein Schweigen erschaffen, damit es vielleicht gebrochen werde, wenn auch nicht von mir. Aber ich bin von einem Babel umgeben. Und dazu habe ich mein ganzes Leben lang beigetragen – genug für ein Dutzend Leute. ER hält sich die Ohren zu und läßt uns einfach weitermachen.

Von Clarissas fürsorglicher Hand und Clarissas christlichem Herzen ermuntert, begab sie sich wieder in den Menschenstrom; unvermittelt war ihr ein eigenartiger, unerwarteter und kurzer Anblick gegönnt: Zufällig und durch die Bewegung der Leute herbeigeführt, öffnete sich eine Gasse, an deren Ende sie den Filzhut, den Chiffonschal und Mabel in einem Ledersessel wie auf einem Thron sah. Junge Männer umgaben sie in erstarrten ehrerbietigen, fragenden Posen. Einer, ein junger Inder, beugte sich vor, während Mabel die Hand an das schwerhörige Ohr hielt, sie wieder in den Schoß sinken ließ und die Hände faltete; das Lächeln der jungen Männer war nicht so voller Verständnis wie das ihre, aber bereit, einer bevorstehenden Offenbarung zu applaudieren – welcher Offenbarung, das wußten nur sie. Barbie konnte jetzt nichts mehr sehen, denn fleischige Gesichter, Arme, Busen, Kinnbacken und Epauletten schoben sich als Barrieren dazwischen; das Bellen und Zirpen der menschlichen Stimme schuf Worte, die die Illusion intelligenter Wesen hervorriefen.

Hinter dieser Menschenmenge lebte Mabel vermutlich weiter, aber Barbie hätte gern einen Beweis dafür gehabt. Sie dachte daran, sich einen Weg zu bahnen und ihre Freundin schützend und besitzergreifend in die Arme zu nehmen.

»Geht es Ihnen gut?« fragte Sarah, die plötzlich wieder auftauchte. »Können wir Ihnen noch etwas zu trinken beschaffen? Kennen Sie Hauptmann Beauvais? Dicky, das ist Mrs. Batchelor, Tante Mabels Begleiterin.«

»Ich glaube, Begleiterin ist das richtige Wort. Guten Tag. Wie ich sehe, sind Sie auch bei den Pankot Rifles.« Für einen Hauptmann wirkte Dicky Beauvais sehr jung. Er hatte eine glänzende rosa Haut, einen kleinen blonden Schnurrbart und den enthusiastischen Blick der Mittelmäßigkeit, den Barbie nach den vielen Jahren, in denen sie in den Spiegel blickte, inzwischen kannte. »Sind Sie Mabel schon vorgestellt worden? Sie *sind* doch der junge Mann, der, wie Mildred erwähnte, sie wegen eines gewissen Bob Buckland sprechen wollte?«

»Ganz richtig«, erwiderte Hauptmann Beauvais, »und ich habe mit ihr gesprochen. Nehmen Sie einen Sherry?« Er hielt den barfüßigen Kellner zurück. »Seine Füße«, sagte Barbie, »in diesem Gewühl!« Sie erhielt ein neues Glas, von dem sie sofort trank. »Kennen Sie Muzzafirabad?« fragte sie. »Ich war dort vor Urzeiten, aber natürlich gibt es keinen Grund, warum Sie es kennen sollten, denn Sie sind kein Muzzy.«

»Ich kenne es. Haben Sie Verbindungen dorthin?«

»Nicht zu den Muzzis. Ich war in der Mission, nicht beim Militär. Gehören Sie zu Dick Rankins Stab, oder sind Sie beim Regiment?«

»Ich war beim Regiment, aber die Kommandantur hat mich dazu verdonnert, Teddie Binghams Stelle zu übernehmen.«

»Aber Sie kennen Muzzafirabad. Vermutlich hat es sich verändert. Teddie kannte es auch, aber wir schienen von zwei verschiedenen Orten zu reden. Ich war bei der Bishop Barnard-Mission, aber an der Schule für die kleinen Kinder. Eigentlich war es nur eine Hütte, also sehr, sehr klein.

Die Kinder kamen hauptsächlich wegen der Chappattis. Es herrschte großer Hunger, und es gab natürlich auch viele Krankheiten, das gehört zusammen. Es ist auch heute noch so. Man ist erschüttert, erschüttert und denkt – kann man nie etwas dagegen tun, ist es wirklich so hoffnungslos? Die Liebe zu Gott kann keinen leeren Magen füllen, und wenn er voll ist, denkt man selten daran, sich bei ihm zu bedanken.«

»Wir nehmen heutzutage auch ziemlich magere Burschen auf, aber sie nehmen schnell zu.« Seine Augen suchten nach Fluchtwegen. »Da wir von Essen reden, ich glaube, es geht los. Darf ich Ihnen etwas bringen?«

»Das ist sehr freundlich, aber wir gehen vor dem Buffet.«

Sie entfernte sich rückwärts von Hauptmann Beauvais, verschüttete dabei etwas von dem Sherry, entschuldigte sich deshalb bei jemandem, stellte das Glas ab und drehte sich um. Sie bemerkte jedoch, daß die Menge sich unerbittlich vorwärtsbewegte und sie wieder in Richtung Tisch schob, auf den die barfüßigen Diener des Pächters, die scheinbar dutzendweise von der Veranda hereinkamen, große Platten und Terrinen stellten. »Entschuldigung«, sagte sie, »aber ich muß zur alten Mrs. Layton. Entschuldigen Sie bitte. Ich bitte vielmals um Entschuldigung.« Und so entfernte sie sich von der Menge, der kalten Consommé, der Pastete, dem Huhn, dem Truthahn, dem Schinken, dem Lachs in Mayonnaise und von Beauvais' mageren Rekruten, deren stockdünne Arme und Beine vom Fleisch in der Armee bereits dicker wurden, von dem namenlosen Mädchen und dem unbekannten Inder. Sie wollte Mabel finden, die sich von all diesen Dingen schon vor langer Zeit zurückgezogen hatte, als wisse sie: All das war zum Untergang verurteilt und hoffnungslos.

Die Gasse öffnete sich; sie eilte hindurch und sah den leeren, verlassenen Sessel. Sie blickte sich suchend um, entdeckte jedoch keine Spur von dem Filzhut mit dem Chiffonschal. In der Nähe saßen zwei junge Inderinnen in ihren besten Saris auf einem Ledersofa. Sie lächelten höflich distanziert ins Leere und warteten darauf, daß ihre Ehemänner wieder die Verantwortung übernahmen.

»Haben Sie Mrs. Layton gesehen, die ältere Mrs. Layton?« fragte Barbie die eine.

»O nein.«

»Ich meine die Dame mit dem grauen Hut und dem Schal, die dort in dem Sessel saß.«

»O nein. Ich glaube, sie ist gegangen.«

»Sie kann nicht gegangen sein«, sagte Barbie, »es sei denn, sie war überhaupt nicht hier, und das alles ist nur ein Traum.« Sie kämpfte sich noch einmal durch die Menge, versuchte, dorthin zurückzukehren, wo sie gestanden hatte, für den Fall, daß Mabel sie gesehen hatte und dorthin gegangen war, um ihr zu sagen, es sei Zeit aufzubrechen. Vielleicht suchte Mabel sie sogar auf der Veranda und betrachtete die Geschenke. Sie würde nicht allein gehen.

Mabel war nicht auf der Veranda.

Barbie eilte über die Veranda und trat durch die offene Tür, die vom Personal benutzt wurde, wieder in den Vorraum. Von dort hatte sie einen ungehinderten Blick auf den leeren Sessel. Sie ging durch den schmalen Gang zwischen der geraden Linie der Wand und der Wellenlinie von Rücken und Ellbogen. Der Lärm war ohrenbetäubend. Sie hielt nach einem bekannten Gesicht Ausschau, aber auf dieser Seite des Raums schien ihr keins vertraut zu sein. Gabeln verschwanden in den Mündern der Gesichter. Barbie wunderte sich über die Menge der Gespräche. Sie hungerte plötzlich nach Essen, Unterhaltung und Erbarmen. Sie fühlte sich schwach, ihr wurde leicht übel; sie streckte die Hand aus, um sich zu stützen, und stellte fest, daß die Hand auf einer Tür lag. In Hüfthöhe befand sich ein Messingknopf, der kalt und abweisend wirkte. Sie griff danach, drehte ihn um und stemmte sich dagegen. Die Tür war sehr schwer. Barbie schob sich durch die Öffnung und drückte die Tür hinter sich zu. Überrascht stellte sie fest, daß sie leichter zu- als aufging. Sie fiel laut ins Schloß.

Das Geräusch hallte in dem langen Korridor wieder, in dem sie jetzt stand. Als es erstarb, breitete sich eine tiefe Stille aus. Der Lärm der Menschen war wie durch ein Wunder verstummt. Die Tür am anderen Ende schien sehr fern zu sein – so fern, so unerreichbar wie das obere Ende der furchteinflößenden Treppe in dem düsteren kleinen Haus in Camberwell. Sie dachte daran, welche Gnade die Gabe der Levitation bedeuten würde, stellte jedoch fest, daß sie ihr auf der Suche nach Mabel versagt blieb. Die Erde hielt sie so fest wie immer. Wäßriges Licht erfüllte den Korridor. Es fiel durch die schmutzigen Lünetten, deren lange Schnüre mit militärischer Präzision um Haken geschlungen waren, so daß die Enden gleichlang herabhingen. Zwischen den Schnüren bedeckten Trophäen die Wand. Auf der anderen Seite standen schwere Marmorbüsten unerschütterlich auf gedrungenen, sich verjüngenden Sockeln. An ihnen mußte sie vorbei. Es war ein Spießrutenlauf, bei dem sie den wächsernen, blicklosen Gesichtern von Mabels Ahnen und den Stoßzähnen und Hauern und starren Augen der Tiere, die sie bewachten, trotzen mußte: die Jäger und die Gejagten. Jetzt waren sie stumm und unbeweglich, aber sie vereinte die gemeinsame Aufgabe, Eindringlinge und Fremde in Angst und Schrecken zu versetzen.

In der Mitte der schwarzweißen Rauten des Steinfußbodens lag ein persischer Läufer, der das Geräusch der Schritte schluckte. Barbie blieb in der Mitte eines der blauroten Medaillons stehen. Ein paar Schritte vor ihr befand sich links eine breite, gewölbte Nische mit einer zweiflügligen Mahagonitür. Der eine Türflügel stand halb offen. Barbie war immer noch ein ganzes Stück von der geschlossenen Tür am Ende des Korridors entfernt. Diese Tür vermittelte den Eindruck, als befinde sich Mabel nicht in dem dahinterliegenden Raum.

Die halb offene Tür dagegen ließ vermuten, daß sie vor kurzem hindurchgegangen war. Barbie ging entschlossen ein paar Schritte vorwärts, drückte die Tür weiter auf und trat ein.

Riesig. Dunkel. Ein langer Raum. Er war so lang wie der Korridor, aber höher. Die Läden vor den Fenstern waren geschlossen. Auch hier fiel das Licht nur durch die Lünetten. In der Mitte des Zimmers spiegelten sich auf einem riesigen Mahagonitisch zwei große Tafelaufsätze, die auf der dunklen, glatten Oberfläche schwammen wie silberne Boote auf einem gläsernen nächtlichen See. An den gegenüberliegenden Ufern standen Stühle Arm an Arm dicht nebeneinander in Reih und Glied und warteten darauf, daß sich jemand setzte. Die Wände waren bis an den oberen Rand der hohen mit Läden verschlossenen Glastüren mit dunklem Holz getäfelt. Darüber waren sie weiß gestrichen. Auf dem Weiß steckten so dicht nebeneinander – wie die Schmetterlinge im Kasten eines Sammlers in Halterungen – Fahnen, von denen manche so dünn und zerschlissen wirkten wie Mumienbinden; dort hingen Standarten und heraldisch angeordnete Waffen: Schwerter, Säbel, Lanzen, Musketen. Zwischen den Fenstern standen Anrichten und Serviertische mit schwerem Silbergeschirr. An den Stirnseiten befanden sich riesige offene Kamine und darüber goldgerahmte Schlachtenbilder. An der Wand zum Korridor standen drei Glasvitrinen. Das Silber darin warf die schräg einfallenden Lichtstrahlen zurück. Vor der letzten Vitrine stand Mabel.

Barbie öffnete den Mund, um etwas zu sagen, tat es aber nicht. Mabel stand vor der Vitrine, wie man vor einem Reliquienschrein steht. Sie war unberührbar, unerreichbar geworden; die große, kalte Würde des Raums schützte sie; hier (das spürte Barbie) war vor langer Zeit eine absolute Gewißheit erreicht und unerbittlich und sicher eingeschlossen worden. Die Gewißheit verlangte nichts anderes als die bedingungslose Hinnahme der Wahrheit, auf der sie beruhte.

Mabel hatte Barbie immer noch nicht bemerkt; sie ging jetzt zu dem Kamin am anderen Ende, stellte sich davor und blickte zu dem dunklen Bild hinauf, auf dem Barbie einen Schimmel und undeutlich darauf eine Gestalt in Uniform erkennen konnte; dieser Reiter blickte vor dem Hintergrund von Wolken und Kanonenrauch in pathetischer Pose ins Weite. Wie ein Kreuzigungsbild über dem Altar, so zwang dieses Gemälde den Raum zur schweigenden Verherrlichung des Mysteriums des hier herrschenden Geistes.

Ich habe sie verloren, dachte Barbie. Mabel wollte nicht kommen, aber nachdem sie hier ist, konnte sie dem Drang nicht widerstehen, das innerste Heiligtum der Welt zu betreten, von der sie sich vor langer Zeit gelöst hatte; nachdem sie es betreten hat, erweisen sich die Bande als zu stark. Ja, ich habe sie verloren, wiederholte Barbie, aber wenn man es genaunimmt, habe ich sie nie wirklich gefunden.

Mabel drehte sich um, und Barbie überlegte, ob sie ihre Gedanken laut ausgesprochen hatte. Nervös legte sie die behandschuhte Hand an die Wange. Einen Augenblick lang schwiegen sie beide und sahen sich nur über die ganze Länge des ungastlichen Tischs an, bis Barbie den bedrückenden Eindruck hatte, Mabel würde ihr als erstes Vorwürfe machen und sie wegschicken.

»Ist es Zeit, daß wir gehen, Barbie?«

Sie nickte. Barbie fürchtete, wenn sie sprach, würde sie nicht mehr aufhören können, und ihre gemeinsame Zukunft schien gebieterisch zu fordern, daß sie an diesem Ort den Mund hielt.

»Es tut mir leid, wenn Sie sich meinetwegen Sorgen gemacht und sich gefragt haben, wo ich geblieben bin«, sagte Mabel. Sie ließ den Blick noch einmal über den Tisch, die Wände und die Vitrinen mit dem Silber gleiten, dann ging sie auf Barbie zu und umfaßte ihr Handgelenk, wie sie das Handgelenk des bärtigen alten Dieners umfaßt hatte.

»Wir können durch die Tür der Garderobe am Ende des Korridors hinaus, wenn Sie soweit sind.«

»O ja«, sagte Barbie, »das bin ich.« Sie drehte die Hand und drückte mit der Handfläche aufmunternd gegen die ihrer Freundin. Aber Mabel blieb regungslos stehen. Plötzlich sagte sie:

»Ich dachte, es hätte sich vielleicht etwas verändert. Aber nein, es ist alles noch genauso wie vor über vierzig Jahren, als ich es zum ersten Mal gesehen habe. Ich kann darüber nicht einmal zornig sein. Aber jemand sollte zornig sein.«

Barbie nahm die gefährliche Brille ab und legte sie neben die Tischlampe. Sie richtete die Kissen und zog Laken und Decken hoch, damit die Hände ihrer Freundin zugedeckt waren. Dann blieb sie wie gewöhnlich noch zehn Minuten sitzen, ehe sie das Licht ausschaltete. Beim Frühstück am nächsten Morgen würde Mabel nicht sagen: »Sehr merkwürdig. Ich bin über meinem Buch eingeschlafen, aber heute morgen ohne Buch und Brille aufgewacht. Deckt Aziz mich zu, oder sind Sie es?« Barbie wußte, Mabel würde nichts sagen, denn sie hatte bei keinem der vielen früheren Anlässe etwas gesagt.

An diesem Abend murmelte Mabel nicht; sie bewegte nicht einmal die Lippen. Barbie stand auf, schaltete das Licht aus und wartete, bis sie sicher sein konnte, daß Mabel ungestört weiterschlief. Zurück in ihrem Zimmer näherte sie sich der Bußzone der Binsenmatte und stellte plötzlich fest, daß es ihr widerstrebte, eine Verbindung auf diesem Weg zu suchen. Ich werde ein imaginäres Schweigen haben, sagte sie, setzte sich an den Schreibtisch, schlug Emerson auf – ihr eigenes Exemplar. Sie hatte es gekauft, um das ausgeliehene zurückgeben zu können – und begann der Klasse laut aus seinem Essay über Selbstvertrauen vorzulesen.

»Die Gesellschaft ist eine Welle. Die Welle bewegt sich vorwärts; das Wasser, aus dem sie besteht, jedoch nicht. Ein Partikel steigt nicht vom Tal zum Kamm auf. Die Einheit ist nur ein Phänomen, eine Erscheinung. Die Menschen, die heute eine Nation bilden, sterben im nächsten Jahr, und ihre Erfahrung stirbt mit ihnen.«

Und manche sind mit ihr begraben (dachte Barbie, während ihre Stimme weiter den Essay las und dann unhörbar wurde, als ihr imaginäres Schweigen sich ausbreitete) – manche sind hier auf dem Friedhof von St. John begraben und manche auf dem Friedhof von St. Luke in Ranpur – unter anderem Mabels zweiter Mann, der kein Soldat war und an einer Krankheit, nicht an einer Verwundung starb. Es ist ihr Wunsch, einmal an seiner Seite zu ruhen, denn sie sagt: »Ich werde vor meiner Beerdigung nie mehr nach Ranpur fahren.« Aber wer waren Bob Buckland, Ghulam Mohammed und Gillian Waller?

Eine Frage antwortete: Ist das wichtig?

Sie griff sich erschrocken an den Hals. Die Stimme hatte so deutlich gesprochen. Es war nicht ihre Stimme. Ihre Stimme las immer noch Emersons Worte. Erschrocken kehrte sie wieder zu Emerson zurück. »Arbeite an deinem Willen und lerne, und du hast das Rad des Zufalls an dich gekettet und wirst es immer hinter dir herziehen. Ein politischer Sieg, eine Erhöhung der Einnahmen, die Gesundung deiner Kranken, die Rückkehr abwesender Freunde oder irgendein äußeres Ereignis hebt deine Stimmung und du denkst: Vor mir liegen gute Tage. Glaube es nicht. Es kann niemals so sein. Nichts kann dir Frieden bringen außer du selbst. Nichts kann dir Frieden bringen als der Triumph der Prinzipien.«

Barbie schrie unwillkürlich auf, erhob sich und schob den Stuhl zurück. Sie ging in Richtung Matte und begann zu zittern, denn sie konnte die Matte nicht erreichen und ihre Knie beugten sich nicht. Sie schien in dieser stolzen, anmaßenden Haltung erstarrt zu sein. Auch ihre Kiefer waren blockiert. Der Mund stand offen, als wolle er dem Aufschrei ermöglichen zurückzukommen. Barbie konnte sich an ihre Prinzipien nicht mehr erinnern.

Wenige Wochen später kündigte Mildred an, Susan werde ein Kind bekommen, und Sarah, die einen Antrag auf Versetzung in die Nähe der Front gestellt hatte, habe ihn pflichtschuldigst zurückgezogen.

IV

Wenn Romeo tot ist,
sollte er in kleine Sterne zerschnitten werden,
um den Himmel zu schmücken.

(Emerson, Essay über die Liebe)

Inzwischen hielt sie die Verbindung zur Welt außerhalb von Rose Cottage aufrecht, indem sie Briefe an Helen Jolley schrieb. Sie hatte Miss Jolley nie gut gekannt. Zwischen ihnen lag das richtige Maß sauberer Distanz. Miss Jolley hatte nur einmal geantwortet, und Barbie erwartete nicht, noch einmal etwas von ihr zu hören. Deshalb schickte sie ihre eigenen Briefe nicht mehr ab und schrieb sie auch nicht auf Briefpapier. Sie benutzte alte Schulhefte aus der Kiste mit den Erinnerungsstücken an die Mission. Viele dieser Hefte waren nicht vollgeschrieben und hatten noch nützliche leere Seiten. Das war eine beträchtlicher Ersparnis an Briefmarken und Papier und machte es leicht, sich auf frühere Äußerungen zu beziehen.

MEINE LIEBE MISS JOLLEY,

an diesem besonderen Abend wäre es gut, Sie würden bei der
Leitung der Bishop Barnard-Schule eine Pause einlegen und
sich fragen (wie ich es tue), welche Geschenke unsere Mission den Kindern Indiens gemacht hat, und ob dazu auch das
Geschenk der Liebe gehörte. Ich spreche nicht von Mitleid;
ich spreche nicht von Mitgefühl; ich spreche nicht von Unterweisung, und ich spreche auch nicht von der Aufopferung
für die Interessen des Kindes oder der Institution. Ich spreche von Liebe. Ich bezweifle, daß ohne dieses Geschenk je
ein Kind zu Jesus geführt werden konnte und kann. Nachdem ich viele Jahre zu wissen glaubte, was Liebe ist, habe ich
jetzt den Verdacht, daß ich es nicht weiß. Das heißt, ich weiß
auch nicht, was Gott ist, und ich habe es nie gewußt. Wissen Sie es? Lassen Sie sich von meinem selbstsicheren Gesichtsausdruck nicht täuschen. Mißtrauen Sie meinem zuver-
sichtlichem Schritt. Verschließen Sie die Ohren vor meinem
Geplapper. Das ist alles illusorisch. Ich stelle meine Existenz
in Frage, mein Recht darauf. Ich hoffe zuversichtlich, das ist
nicht Verzweiflung. Übrigens, wenn Sie schon dabei sind (ich
meine beim Beten – wenn Sie sich tatsächlich dieser Disziplin unterwerfen, obwohl Sie mit so vielen anderen Dingen
beschäftigt sind), könnten Sie für die Seele von Edwina Crane
beten. Ich kann nicht dafür garantieren, daß meine Gebete erhört werden. Doch für Edwina ist es im Augenblick wichtiger
als für Sie oder mich... ganz besonders heute Abend. Herzlichst, B.B.

LIEBE HELEN,

es ist alles in Ordnung mit Edwina. Lassen Sie es mich Ihnen schildern, während mir die Einzelheiten noch frisch im Gedächtnis sind. Seit der Nachricht, daß der Feind auf indischen Boden vorgedrungen ist, sind wir in Alarmbereitschaft. Als ich heute morgen aufstand, wußte ich, daß etwas von größter Bedeutung für unsere Sicherheit geschehen war. Ich rief nach Aziz, bekam aber keine Antwort. Ich klopfte an Mabels Tür und trat in der Erwartung, sie im Bett zu finden, ins Zimmer, denn es war noch früh. Sie hatte in ihrem Bett geschlafen, aber es war leer. Ich suchte nach ihr, konnte sie aber nirgends finden. Sie und Aziz waren weg. Die Dienstbotenunterkünfte waren verlassen. Ich begriff schnell, daß alle auf dem Weg zum Bahnhof waren und daß für mich ein Platz im Zug neben Mabel reserviert sein würde. Ich erinnerte mich sogar daran, daß vorher alles sorgfältig geplant worden war für den Fall, daß Pankot vom Feind bedroht würde.

Ich packte ein paar Sachen, schloß und verriegelte alle Türen, Fenster und Läden und verließ das Haus. Sie können sich meine Erleichterung vorstellen, als ich eine Tonga warten sah. Der Kutscher schwang die Peitsche und trieb mich zur Eile an. Ich dachte: »Ich kann mich beeilen. Aber kann das Pferd es auch?« Ich hielt es eher für einen Esel, dachte jedoch, es wäre dem Kutscher peinlich, wenn ich ihn darauf hinwies. »Steigen Sie schnell ein!« rief er, »sie kommen nämlich, und alle andern sind schon weg, um den letzten Zug zu erreichen.«

Ich traute ihm nicht mehr. Er bemerkte mein Zögern und sagte in einem anderen Ton: »Worauf warten Sie noch, Barbie? Na los!« Es war der verkleidete Mr. Maybrick. Auf der Bank hinten lagen stapelweise die unordentlich gebündelten Orgelpartituren. Ich kletterte hinauf und machte mir Platz zum Sitzen. Schon ging es los! Das Pferd war nicht so langsam, wie ich erwartet hatte. Wir kamen sehr schnell vorwärts. Ich fühlte mich in Hochstimmung wie früher, wenn mein Vater mich auf einen Ausflug mitnahm und ich meinen Hut festhalten mußte. (Er hatte einen breiten Rand und künstliche Blumen, die meine Mutter aus bunten Samtabfällen nähte.) Wir holperten den Hügel hinunter und am Golfplatz vorbei, und ich dachte: Dort sind ja Leute, die alle solche Hüte tragen, erkannte jedoch, daß sie bunte Schirme aufgespannt hatten: bunte Papierschirme. Mr. Maybrick sagte, es sei die Fünfte Kolonne und der Golfplatz ihr Sammelpunkt. Wir waren in Gefahr, abgeschnitten zu werden, und hatten nicht mehr die Zeit, den Zug zu erreichen. Wir wollten in der St. John's-Kirche Zuflucht suchen.

An diesem Punkt wurde alles sonderbar. Sie werden sagen, ich habe geträumt. Aber was ist ein Traum? Alles »ereignet sich« im Kopf, was immer auch die Ursache des Geschehens sein mag. Wir fuhren jetzt einen Vierspänner; zuerst trieb Mr. Maybrick und dann ich die Pferde peitschenknallend die Club Road hinunter zum sicheren Hafen der Kirche. Meine kurzen grauen Haare wehten lang und schwarz im Wind, und mich erfüllte eine frohe Sehnsucht und Erwartung. Ich war nicht ich selbst.

Ich fühlte mich in der Lage, mit jedem möglichen Ereignis fertig zu werden, und war ruhig, weil ich wußte, der HERR würde mir helfen. Wir erreichten die Kirche. Aber alles hatte sich verändert. Ich und Mr. Maybrick (er trug wieder seine normalen Kleider, aber ein Bäffchen wie Mr. Cleghorn) standen auf dem Gelände der Missionsschule in Muzzafirabad. Mein Diener Francis läutete die Glocke und rief damit die Kinder zum Unterricht. Er läutete elfmal. Wir konnten den Golfplatz sehen. Die Zahl der Papierschirme hatte sich erhöht, und die Japaner waren zu den Angehörigen der Fünften Kolonne gestoßen. Wir sahen gelbe Gesichter und Gewehre, die sie anstelle der Golftaschen trugen. Mr. Maybrick hatte ebenfalls ein Gewehr. Er sah mich an und sagte: »Wir müssen für jeden von uns eine Kugel aufsparen.« Ich glaubte nicht daran, daß ein so schrecklicher Schritt nötig sein würde. Als ich wieder aufblickte, sah ich nicht den Feind, sondern Gruppen von Kindern, die zum Unterricht marschierten. Ich rief die Kinder, denn ich wollte sie zur Eile antreiben, doch ohne sie zu erschrecken. Francis flüsterte mir zu, die Gefahr sei noch nicht vorüber. Ich fürchtete, sein Gesichtsausdruck würde seine Verzweiflung verraten, und deshalb sagte ich zu jeder Gruppe, die an mir vorbei und durch die Tür in die Schule ging: »Es besteht keine Gefahr mehr.«

Schließlich befanden sich alle Kinder im Haus. Mr. Maybrick und ich gingen zu ihnen hinein. Dann war ich nicht mehr Edwina, sondern ich selbst, und das Schulzimmer war schließlich doch die Kirche, und ich war allein. Mr. Maybrick saß an der Orgel und spielte. Sonst war die Kirche leer, still, sicher und heiter. Ich kniete mich in eine Bank, um Gott für unsere Rettung zu danken. Als ich das tat, kam mir ein unglaublich wohltuender Gedanke. Eine Stimme sagte mir: Für mich ist jetzt alles gut. Ich wußte, es war Edwina. Sie wollte mich wissen lassen, daß Gott ihr die Todsünde vergeben und sie in seine Barmherzigkeit und seinen ewigen Frieden aufgenommen hatte.

Das war eine Form der Verbindung, nicht wahr, von SEINER Seite im Zusammenhang mit Edwina? Das heißt, ich bin nicht verlassen, obwohl ich glaube, daß ich jetzt, nachdem Edwina für immer aus meinem Leben gegangen ist, nicht uneinsam bin. Aber diese Einsamkeit kann ich ertragen.

28. April 1944

LIEBE HELEN,
Tun Sie, was ich getan habe. Stellen Sie sich ans Fenster, wenn es dunkel ist, blicken Sie zum nächtlichen Firmament hinauf

und stellen Sie sich die Frage: Ist der Himmel schöner als er war?

Teddie Bingham ist tot. Er starb an der Front. Das Haus hallt immer noch wieder von dem einem Schrei: von Susans gequältem Aufschrei. Der Abdruck ihres Körpers verschwindet nicht von meinem Bettrand, wo sie danach, abgeschnitten von allen Menschen, in versteinertem Schweigen saß. Meine arme Susan... das ungeborene Kind im Leib und von dem Verlust niedergedrückt. Sie selbst kaum mehr als ein Kind. Ich konnte vor den anderen Frauen meine Tränen nicht zurückhalten.

Ich vergoß Tränen beim Tod meines Vaters. Ich glaubte, er sei durch meine Schuld gestorben. Ich war so unscheinbar, unbeholfen und ungeschickt in allem, was man von einem kleinen Mädchen erwartet. Beim Anblick der Säume, die ich nähte, verzog meine Mutter den Mund. Wenn ich seine Schuhe putzte, wischte ich sie so hektisch, daß ich ihm die Socken verschmierte, und er sagte: »Um Himmels willen, Kind!« Aber der Himmel stand nicht offen, um mich aufzunehmen und vor seiner Vergebung zu schützen. Sein Begräbnis war, wie es unter den Armen von London üblich ist, prächtiger als sein Leben. So viele Blumen! Eine überfüllte Kirche! Diese Männer hatte ich noch nie bei uns zu Hause gesehen. Sie trugen steife, schwarze Anzüge und erwiesen ihre förmliche Achtung einem Leben, das fröhlicher gewesen war, als es hätte sein sollen. Aber jetzt hatte es sein Ende gefunden und ließ Fragmente einer geheimen männlichen Kameraderie zurück, die weder etwas in unserer Familie noch im Haus Gottes zu suchen hatte. Und da war eine junge Frau, die meine Mutter beim Verlassen der Kirche im Vorübergehen entdeckte, und bei deren Anblick sie schwarze Funken sprühte; sie erstarrte knisternd in ihrem Korsett, das ihre Taille zu einem unbezwingbaren Bollwerk machte, jedoch nicht gerade einem Bollwerk der Liebe.

Zu Hause bei Schinken und Bier legte sie plötzlich warnend die Hand unter das Herz und kündigte so die kommenden Jahre ihres Märtyrertums und ihrer geduldigen Ansprüche auf meinen Körper, meine Seele und meine Erinnerungen an. Dabei wurden mir die eigenartige Poesie und Vielfalt des Lebens und seine schwierigen Treuepflichten bewußt, die mich beraubt und mit dem Entschluß zurückließen, an eine Quelle zu gelangen – in diesem Fall zu einem Beschluß, den der Spiegel im voraus ankündigte. Gott wollte mich; deshalb sehnte ich mich nach IHM. Aber antwortete ER wirklich?

Ich blicke zum Nachthimmel auf, an dem Teddie verstreut ist, und mich erfüllt Ehrfurcht angesichts dieser Unendlichkeit. Unvorstellbare Entfernungen! Bestimmt kann kein Gebet sie überwinden. Mich erfaßt Demut angesichts dieser erhabenen Macht. Aber im nächsten Augenblick versuche ich mir vorzustellen, was vor seiner Erschaffung existierte. Ich versuche, mir *kein* Universum vorzustellen. Nichts. Nichts! Versuchen Sie, sich das vorzustellen. Versuchen Sie, sich in all dieser erschreckenden Schwärze *keine* Schwärze vorzustellen. Nichts. Nicht einmal ein Vakuum, sondern nichts. Nicht einmal soviel wie ein Gedanke. Raum, der des Raums beraubt ist, in dem er existiert. Ziehen Sie die Milliarden Lichtjahre von Raum, Sternen und Dunkelheit zusammen. Pressen Sie, pressen Sie, bis alles Sein, aller Raum, alle Leere nur noch die Größe eines Staubkorns hat.

Dann blasen Sie es davon.

Der menschliche Geist kann sich diese Situation nicht vorstellen. Der Geist fordert, daß es etwas gibt und deshalb auch etwas vor dem Etwas. Ist das Universum ein ordnungsloses Gebilde? Weint Gott irgendwo außerhalb des Universums und ruft den darin Gefangenen zu, sie sollten sich befreien und zu IHM kommen? Wenn sich das alles durch Chemie erklären läßt, dann ist die Chemie etwas Erhabenes. Sie kann nur zu der großartigsten Explosion führen, die Gott hören wird, während wir verbrennen, uns auflösen und in Stücke zerfallen.

Ich mache mir Sorgen um Mabel. Sie sprach einmal nicht von Gott, sondern von Göttern, als handele es sich um eine Art Ausschuß, und sie sei es müde, vor diesem Ausschuß Zeugnis abzulegen. Abends schläft sie über ihrem Buch ein, und die Brille sitzt gefährlich schief auf der Nase. Ich habe Alpträume, in denen ich sehe, wie sie sich auf dem Kissen umdreht, die Gläser zerbricht, sich schneidet und die geschlossenen Lider langsam bluten, so daß es aussieht, als weine sie blutige Tränen. Sie erwartet mit spartanischer Standhaftigkeit das Ende ihres Lebens. Ihre Tage sind eine Feier des natürlichen Kreislaufs von Samen, Wachstum, Blüte, Zerfall und Samen.

Eines Tages sagte sie zu mir: »Keine Blüte gleicht genau einer anderen derselben Art. Man ist immer wieder überrascht angesichts des erstaunlichen Charakters jeder einzelnen Rose an einem Strauch. Aber vom Haus sieht man nur einen Garten, und letztlich ist es auch nichts anderes.«

Vielleicht ist das ihre Art, die Welt zu sehen. Sie legt mir die Hand auf den Arm, und ich bin gefesselt von ihrer Fähigkeit zu überleben. Verurteilt zum Leben, und sie erduldet diese Strafe mit Geduld, Nachsicht und mit kleinen Freuden, die sie nach Minuten und nicht nach Stunden mißt. Ist das innere Ruhe? Im Schlaf ist sie nicht ruhig. Dann bedrängen sie vergangene Dinge.

Die Kämpfe in Manipur waren heftig. Aber es sieht so aus, als würden wir den Feind zurückdrängen. Auf dem Golfplatz von Pankot wird es keine Papierschirme geben. Wie Mabel sagte: Alles wird genauso sein, wie es schon immer war.

MEINE LIEBE MISS JOLLEY,

Kurz nach dem Gedenkgottesdienst, der hier für Hauptmann Bingham stattfand, ereignete sich etwas Mysteriöses. Im Gästebuch, das am Tor von Flagstaff House ausliegt, tauchte ein Name auf. Die Person, die sich eintrug, gab keinen Hinweis auf ihre Adresse in Pankot. Sie beschränkte sich auf das Wort Rawalpindi hinter der Unterschrift, als wolle sie keinen Zweifel daran lassen, während sie gleichzeitig die Möglichkeit zur Kontaktaufnahme verweigerte. Sie schien sagen zu wollen: Denkt daran, ich bin hier in eurer Mitte.

Aber keine Fremde ist aufgetaucht. Niemand hat sie gesehen oder jemanden, der es sein könnte. Gestern abend stellte ich Sarah vorsichtig diese Frage. Ich deutete an, sie sei ihr in Kaschmir nahe genug gewesen, um sie wiederzuerkennen. Aber Sarah sagte nein. Ich hielt es nicht für gut, in sie zu dringen, sie direkt mit der Frage zu konfrontieren, ob sie in Srinagar die Frau besucht, mit ihr gesprochen und das Kind gesehen hatte.

Ist das Kind ebenfalls hier ... ungetauft? Sie werden wissen, von wem ich spreche, wessen Unterschrift im Buch auftauchte. Sie werden nicht wissen – niemand von uns weiß es –, weshalb sie in Pankot ist oder wo sie wohnt. Falls die Unterschrift nicht, wie jemand vermutete, ein Witz war, muß sie sich in der Gegend um den Westhügel versteckt halten, wo reiche Inder ihre Sommerhäuser haben. In diese Gegend kommen die Leute vom Osthügel nie. Ihre Ankunft und gleichzeitig ihr Verschwinden unterstreicht nur die scharfe Trennung zwischen unserm Indien und dem ihren. Ich schäme mich dieser Trennung. Ich habe nichts, nichts getan, um sie zu beseitigen. Meine arme Edwina kauerte im Regen am Straßenrand und hielt die Hand des toten Mannes. Das – ich sehe es immer wieder – war bedeutsam. Für mich ist diese Szene wie eines der alten Bilder, die im letzten Jahrhundert so beliebt waren. Sie erzählten Geschichten und erteilten eine moralische Lektion. Ich sehe die Bildunterschrift: »Zu spät!«

Sarah ist gestern abend heraufgekommen, um sich zu verabschieden. Sie ist heute nach Ranpur gefahren, um den heutigen Postzug nach Kalkutta zu nehmen. Es ist nur ein kurzer Besuch, aber aus einem bestimmten Anlaß. Sie tut es für Susan und will Hauptmann Merrick besuchen, mit ihm sprechen. Er liegt dort im Krankenhaus, da er im selben Gefecht, in dem der arme Teddie gefallen ist, verwundet wurde – wie Susan glaubt, schwer. Er scheint tatsächlich an diesem Tag auf dem Höhepunkt der Kämpfe in der Ebene von Imphal bei ihm gewesen zu sein und eine heroische Tat vollbracht zu haben, mit der er – vergeblich – versuchte, Teddie das Leben zu retten. Ein Offizier von Teddies Division schrieb Susan und berichtete ihr von Hauptmann Merricks Tapferkeit. Inzwischen hat sie einen Brief von Hauptmann Merrick aus dem Krankenhaus bekommen – allerdings nicht von seiner Hand. Das belastet Susan. Wenn sie ihm die Ereignisse übelgenommen hat, die ihr den Hochzeitstag verdarben, dann ist sie jetzt entschlossen, zu vergeben und zu vergessen. Als Tochter eines Soldaten empfindet sie es so oder so als ihre Pflicht, dem Kameraden ihres gefallenen Mannes dankbar die Hand zu reichen. Sie hat Sarah gebeten, ihn zu fragen, ob er bereit ist, Taufpate zu sein, wenn das Kind geboren ist.

Dafür bin ich dankbar. Susan war in den letzten Wochen, wie viele von uns fanden, bedenklich in sich zurückgezogen. Sie lag Tag für Tag hier oben auf der Veranda wie vor Teddies Tod, als sie wegen der Schwangerschaft nur noch wenig unternehmen konnte – jedoch damals ohne diesen nach innen gerichteten Blick. Ich hörte wie eine Frau, Lucy Smalley, sagte: »Die arme Susan erinnert mich an die Tochter von Poppy Browning.« Aber als sie bemerkte, daß ich in Hörweite war, sprach sie nicht weiter. Und als Sarah kam, um sich zu verabschieden, fragte ich sie, wer Poppy Browning sei. Sie wußte es nicht. Sie weiß auch nicht, wer Gillian Waller war oder ist, denn ich war so töricht, sie auch danach zu fragen. Also mußte ich alles erklären, mußte mich als die dumme alte Frau zu erkennen geben, die eine andere alte Frau, die im Schlaf redet, abends zudeckt.

Vor kurzem erzählte ich Susan von dem Spitzenstoff. Nachdem Sarah und ich miteinander gesprochen hatten, ging sie in Mabels Zimmer und bekam dieses wunderschöne Taufkleidchen, um es ihrer Schwester zu bringen. Das Kind soll im nächsten Monat zur Welt kommen. Sarah wird in Kalkutta bei ihrer Tante Fenny und ihrem Onkel Arthur wohnen. Sie sind von Delhi dorthin gezogen. Er ist jetzt Oberstleutnant. Ich hätte sie so gern begleitet, um nach Möglichkeit die alte Missionszentrale zu sehen und den verwundeten Mann zu besuchen, der Edwina vielleicht kannte. Wird Sarah diesmal nicht vergessen, ihn nach ihr zu fragen?

Ihre
Barbara Batchelor.

Sie setzte ihre Unterschrift darunter und schloß das Schulheft, das einem kleinen Mädchen namens Swaroop gehört hatte. Sie entkleidete sich, zog den Morgenmantel an und öffnete die Tür, um zu lauschen und die Lage einzuschätzen. Mitternacht war schon vorüber. Sie ging zu Mabels Tür, öffnete sie leise und erstarrte. Mabel lehnte wach in den Kissen und mußte beobachtet haben, wie die Tür sich öffnete.

»Können Sie auch nicht schlafen?« fragte sie, und Barbie erinnerte sich an den Tag vor beinahe fünf Jahren, als sie auf die Veranda gegangen war und Mabel dort bei der Arbeit angetroffen hatte. An diesem Tag hatte sie damit gerechnet zu hören, daß sie gehen müsse, wenn die Ferien vorüber waren.

»Können Sie auch nicht schlafen?« hatte Mabel gesagt, »ich kann es Ihnen nicht verdenken. Es ist ein so schöner Tag.«

Mabel hatte das Buch bereits weggelegt und die Brille ins Etui gesteckt. Barbie freute sich, wie sie sich darüber gefreut hätte festzustellen, daß eine Schülerin eine schwierige Lektion gut gelernt hatte.

»Ich habe es noch nicht versucht«, sagte sie, »ich habe Briefe geschrieben, um auf dem laufenden zu bleiben. Dabei ist die Zeit so schnell vergangen. Kann ich etwas für Sie tun?«

»Nein danke, Barbie. Ich brauche nichts. Aber ich bin nicht müde. Es ist sehr schwül, nicht wahr?«

»Ein bißchen.«

Mabel nickte. Anscheinend war sie froh, daß sich ihr Eindruck bestätigte.

»Es wird nicht mehr lange dauern, bis der Regen kommt«, sagte Mabel. Sie blickte auf die zugezogenen Vorhänge der Fenster, als könne man dahinter den herannahenden Regen sehen. »Habe ich Ihnen schon einmal erzählt, daß es regnete, als ich zum ersten Mal nach Indien kam? Ich weiß, daß ich sehr enttäuscht war. Ich hatte strahlenden Sonnenschein erwartet. Und es schien eine lange Reise dafür gewesen zu sein, daß man naß wurde und den grauen Himmel sah. Aber ich hatte die Hitze noch nicht erlebt und wußte deshalb den Unterschied noch nicht zu schätzen.

»Hier oben ist er nicht so ausgeprägt.«

Barbie kam ins Zimmer und trat neben das Bett. Sie warf einen prüfenden Blick auf den Wasserkrug unter dem Musselindeckchen, obwohl sie sah, daß das Glas unbenutzt war.

»Bleiben Sie und erzählen Sie mir etwas«, sagte Mabel. Die Bitte kam so unerwartet, daß Barbie sich einen Moment lang fragte, ob Mabel sich über sie lustig mache. Aber das Gesicht ihrer Freundin verriet keine Ironie.

»Erzählen? Was?«

»Irgend etwas... aus Ihrer Jugend. Das höre ich immer gern.«

»Wirklich? Wirklich?«

Barbie setzte sich auf den Bettrand. Sie konnte sich nicht mehr daran erinnern, jemals jung gewesen zu sein, erinnerte sich dann aber doch. »Ich fürchtete mich immer ein bißchen, die Treppe hinauf zu Bett zu gehen. Also summte ich ein Lied, das meiner Mutter, wie ich fürchte, mißfiel. Das heißt, ich summte nur den Anfang. Also ich meine, ihr mißfiel nicht nur der Anfang. Natürlich summte ich nicht, denn Worte kann man nicht summen, sondern ich sang den Anfang immer und immer wieder leise vor mich hin. Am Ende wußte ich nicht einmal mehr, wie es weiterging, und es ist mir auch nie wieder eingefallen. Ist das nicht merkwürdig? In meinem wilden Leben hab ich dies und das gesehen.«

»In was?«

»In meinem wilden Leben.«

»Oh«, Mabel lächelte, »eines der lustigen Lieder Ihres Vaters.«

»Er liebte die Music Hall leidenschaftlich. Er versprach oft, mich mitzunehmen, was er natürlich nie tat, denn er fürchtete, was meine Mutter dazu sagen würde, wenn sie es herausfand. Außerdem war er sowieso immer knapp bei Kasse, wie er es nannte. Einmal verlor er vor Weihnachten auf dem Heimweg die Geschenke für meinen Strumpf. Er war weiß wie ein Leintuch, als er sehr, sehr spät zur Tür hereinkam, aber nicht betrunken. Das sagte zumindest meine Mutter, als sie es mir Jahre später erzählte, als er tot war, sie ihm vergeben hatte und sie mir sagte, daß es den Weihnachtsmann überhaupt nicht gibt. Ich ahnte nicht, daß ich einmal beinahe keinen Weihnachtsstrumpf bekommen hätte. Ich kann mich an kein Weihnachten erinnern, an dem ich nicht etwas darin gefunden hätte. Mutter erzählte, als er nach Hause kam und sagte: ›Ich habe die Sachen für den Strumpf verloren... die

305

Geschenke für die arme Barbie‹, suchten sie stundenlang in allen Schubladen und Schränken nach allem möglichen, um mich nicht zu enttäuschen. Und ich sagte dann: ›So einen schönen Strumpf habe ich noch nie bekommen!‹ Aber vielleicht hatte das meine Mutter auch nur so in Erinnerung. Aber es zeigte mir, daß sie mich liebten. Ich liebte den Weihnachtsmorgen. Ich wachte immer auf, wenn es noch dunkel war, und bewegte die Zehen hin und her, um zu spüren, wie schwer der Strumpf war, und zu hören, wie es knisterte und raschelte. Dann setzte ich mich auf und sog langsam die Luft ein, um so den Zauber zu riechen, ich meine den Zauber, daß jemand dagewesen war, der über die eisigen Dächer fuhr und so viele Kamine zu versorgen hatte, meinen jedoch nie vergaß.«

»Ja«, sagte Mabel, »daran erinnere ich mich auch... die Vorstellung, daß ein eigenartiger Geruch im Zimmer lag. Aber ich glaube, ich habe es nie in Worte gefaßt.«

»Ich vermutlich auch nicht. Heute beschreibe ich es nur so. Als Kinder nehmen wir Zauber als einen normalen Bestandteil des Lebens hin. Alles wurzelt darin, alles kreist um Zauberworte.« Sie lachte. »Selbst die Streitereien in unserem Haus hatten etwas von dunkler Magie an sich. Sie waren merkwürdig, unverständlich und bedrohlich, wie Magie oft ist. Ich erwartete immer, auf der Treppe würden Kröten herumhüpfen und aus den Schränken Kobolde springen.«

»Arme Barbie.«

»Nein! Für mich war das Leben nie langweilig.«

»Ist es das jetzt?«

»Jetzt am allerwenigsten.«

Barbie hatte plötzlich den starken Wunsch, sanft niederzusinken, von der älteren Frau in die Arme genommen zu werden, und dort friedlich und einträchtig liegenzubleiben, bis sie beide einschliefen. Dann würde sie zufrieden sein, wenn sie nie mehr aufwachte, sondern für immer umschlossen, vor jedem Schaden bewahrt, sich den Träumen überließ. Ganz kurz kam es ihr vor, daß ein solcher Hafen, wenn sie einen suchte, ihr nicht verschlossen sein würde. Mabel würde sie aufnehmen und glücklich mit ihr in dieses Vergessen der Ruhe und Erfüllung sinken.

Aber Mabel schloß langsam die Augen, als verschließe sie diesen Fluchtweg, und sagte ganz ruhig: »Jetzt kann ich schlafen. Vielen Dank, Barbie.« Barbie stand auf, zog die Bettdecke glatt und achtete darauf, den beunruhigenden Kontakt mit den Händen ihrer Freundin zu vermeiden. Sie flüsterte: »Ich mache das mit dem Licht.« Als Mabel nickte, griff sie nach dem Ebenholzschalter und drehte ihn herum. Sie tastete sich im Dunkeln zurück in die Eingangshalle und weiter in ihr vertrautes Zimmer, in die vertrauten Verhältnisse.

Meditation in der Kirche St. John
am 7. Juni 1944 um 16.30 Uhr.

1

Du hast gesagt: Bleib hier und erzähl mir etwas, denn ich kann nicht schlafen. Also bin ich geblieben und habe dir etwas erzählt. Ich habe dir von der Treppe erzählt und einem Weihnachtsstrumpf. Nach ganz kurzer Zeit hast du gesagt: Jetzt kann ich schlafen.

Als ich dich wieder sah, war es Morgen. Du hast auf der Veranda eine Tasse Tee getrunken und dich dafür entschuldigt, ohne mich gefrühstückt zu haben. Ich dachte nicht daran, Aziz zu fragen, was du gegessen hattest. Vielleicht hätte er es mir nicht gesagt, weil du ihn bereits angewiesen hattest, es nicht zu tun, damit ich nicht sagen könnte: Das ist kein Frühstück! und anfangen würde, mir Sorgen zu machen und mich aufzuregen. So habe ich mich zu dir gesetzt, ebenfalls Tee getrunken und nichts gesagt, weil mir nichts auffiel.

Das war gestern. Ich muß nach Hinweisen auf Momente suchen, in denen du vielleicht dicht davor warst, wie am letzten Abend eine Bitte auszusprechen. Bleib. Erzähl mir etwas. Diese kurzen Augenblicke auf der Veranda beim Teetrinken gehörten nicht dazu. Als Aziz mich zum Frühstück hineinrief, hast du nichts gesagt. Du hast weiter in einem Gartenkatalog gelesen. Aber du warst immer noch da, als ich zurückkam. Ich glaubte, du wärst damit beschäftigt, den Garten für das nächste Jahr zu planen.

Ich habe gesagt: Ich kümmere mich heute morgen um die Rechnungen. Wenn du nach dem Mittagessen die Schecks unterschreibst, nehme ich sie mit hinunter in den Basar und gebe sie auf dem Weg zu Mr. Maybrick in der Bank ab.

Ich mußte es wiederholen. Das war nichts Ungewöhnliches. Für den Fall, daß du es vergessen haben solltest, habe ich dich daran erinnert, daß ich Mr. Maybrick vor drei Tagen versprochen hatte, ihn in seinem Bungalow zum Tee zu besuchen und seine Bach-Partituren zu reparieren.

Du hast gesagt: Oh, ich dachte, das sei morgen. Deshalb sagte ich: Nein, es war für heute verabredet, für den sechsten Juni.

Ist das heute? hast du gesagt und über den Garten geblickt.

Ich ging hinein, setzte mich an deinen Sekretär und begann, die Ausgaben für Mai zu addieren. Nach einer Weile bist du aufgestanden; du hast den Hut aufgesetzt und bist mit dem Korb hinaus in den Sonnenschein gegangen. Ich habe dich durch das Fenster dabei beobachtet. Um elf Uhr ist Mildred mit Susan gekommen. Kurz danach trafen Mrs. Fosdick und Mrs. Paynton ein. Aziz machte sich Sorgen. Er sagte zu mir: Memsahib hat nichts vom Mittagessen für so viele Leute gesagt. Ich versicherte ihm, daß nur Susan zum Mittagessen bleiben werde und daß Mildred und die anderen bald in den Club gehen und dort den ganzen Tag Bridge spielen würden. Um sechs Uhr abends würde Mildred Susan wieder abholen.

Er hat gesagt: Memsahib, wann sind *Sie* wieder zurück?

Ich habe an die Bach-Partitur gedacht und daran, wie schwer es war, von Mr. Maybrick loszukommen. Vielleicht gegen sieben, habe ich gesagt, oder halb acht. Ganz bestimmt um acht, also rechtzeitig zum Abendessen.

Als die anderen weg waren, bin ich zu Susan hinaus auf die Veranda gegangen. Das Umstandskleid spannte über dem dicken Bauch. Ich habe sie gefragt: Gefällt Ihnen das Taufkleid? Sie hat gesagt: Ja, es ist sehr schön. Also habe ich ihr die Geschichte von der blinden Frau erzählt, die diese Spitzen geklöppelt und diese Schmetterlinge ihre Gefangenen genannt hatte. Nach einiger Zeit hat Susan gesagt: Ich mag Dinge, die eine Geschichte haben. Irgendwie werden sie dadurch wirklicher. Dann schloß sie die Augen, um mir zu zeigen, daß sie allein sein wollte. Ich bin wieder an den Sekretär gegangen, um die Rechnungen abzuschließen. Ich habe die Schecks ausgestellt, damit du sie nur noch unterschreiben mußtest. Dann fand sich noch ein Besucher ein: Hauptmann Beauvais. Er brachte Susan ein Buch. Aziz servierte ihm etwas zu trinken. Er und Susan unterhielten sich leise. Er war schon wieder gegangen, als du zum Mittagessen aus dem Garten gekommen bist.

Beim Essen hast du gefragt: Wann kommt Sarah zurück? Susan hat gelacht und gesagt: Oh Tante, sie ist gerade erst gefahren. Sie ist erst heute morgen in Kalkutta angekommen.

Du hast gesagt: Also wird sie noch ein paar Tage weg sein.

Nach dem Mittagessen habe ich Susan geholfen, es sich wieder auf der Veranda bequem zu machen. Ich wollte, daß sie ein bißchen im schattigen Teil des Gartens spazierenging. Aber sie hat gesagt, sie sei müde. Ich habe dich am Sekretär gefunden. Du hast gerade den letzten Scheck unterschrieben. Wie immer hast du gesagt: Vielen Dank, daß du das alles erledigst. Ich bin mit den Schecks und den Rechnungen in mein Zimmer gegangen und habe mich eine Weile hingelegt. Gegen drei Uhr habe ich Aziz gebeten, den Jungen des Mali nach einer Tonga zu schicken. Dann habe ich mich für Mr. Maybrick zurechtgemacht und dich gesucht, um dir zu sagen, daß ich mich auf den Weg mache. Du warst im Garten, aber nicht im Schatten. Ich habe gefragt: Ist es dir nicht zu heiß. Du hast gesagt: Nein, ich mag die Sonne. Und dann: Bleibst du lange? Ich habe gesagt: Ich werde kurz nach sieben zurück sein. Das schien dich zu verwirren. Du hattest Mr. Maybrick wieder vergessen. Ich mußte dich wieder an meine Verabredung mit ihm erinnern. Du hast gesagt: Ach ja, du bist verabredet. Viel Spaß!

Ich habe mich noch einmal umgedreht und gesehen, daß du mir nachgeblickt hast. Du hast die Hand gehoben. Das war unüblich. Aber ich habe mich darüber gefreut. Ich habe zurückgewinkt. Ich bin außen um das Haus gegangen. Ich wollte Susan nicht stören.

Ist es nicht sehr schwül? Bleibe. Erzähle mir etwas. Ist das heute? Wann kommt Sarah zurück? Bleibst du lange?

Das waren deine Bitten, die ich nicht gehört habe. Ich habe auch die Bitte von Aziz nicht gehört. Wann kommen *Sie* zurück? Er hat den Sonnenschein und den Schatten gesehen und in seinem Herzen richtig gedeutet. Aber er hat sich deiner Stimmung und deinem Beispiel angepaßt. Als ich in der Tonga losgefahren bin, hatte er für Susan Tee gemacht. Niemand weiß, was er danach getan hat. Die Küche war ordentlich aufgeräumt. Darauf hat er immer geachtet.

2

Mr. Maybrick fuchtelt mit den Armen. Seinen Händen entfällt seitenweise Bach. Die Blätter kreisen, fallen, wirbeln durch die Luft und sinken zu Boden. Er verzerrt das Gesicht in der Qual eines Mannes, der Ordnung braucht, aber sie nicht halten kann. Wir stehen aufrecht im Sturm der Papiernoten. Ich drehe mich um und gebe vor zu gehen; ich bin gerade erst gekommen. Er wartet, bis ich an der Tür bin, dann ruft er: »Kommen Sie zurück!« Ich fürchte mich überhaupt nicht mehr vor Mr. Maybrick, aber ich gehorche, denn er spielt gerne den Wüterich. Ich sehe vor mir, wie er die Kulis in Angst und Schrecken versetzt, aber hinter seinem Rücken grinsen sie, denn er tut ihnen nie etwas zuleide. Ich sehe vor mir, wie er seine Frau herumkommandiert, ehe sie kränkelte, und ich sehe die Frau; sie schützt mit der einen Hand nicht nur die Augen vor dem Licht, sondern verbirgt dahinter auch das Lächeln, mit dem sie darangeht, seine Forderungen zu erfüllen; aber sie tut es auf ihre Weise, so, wie es ihr gefällt, denn sie weiß, so wird es ihm auch gefallen.

Sie sitzen ganz schön in der Patsche, sage ich ihm. Ich setze mich in den einen Sessel, auf dem sich nicht alles mögliche türmt, was auf einem Sessel nichts zu suchen hat. Wir stecken knöcheltief in Bach. Die Lage sieht hoffnungslos aus – sie ist für ihn hoffnungsloser als für mich, denn die Seiten sind numeriert; um wieder Ordnung in das Chaos zu bringen, braucht man nur Geduld und Ausdauer, und diese Eigenschaften besitzt er normalerweise nicht. Die Partitur neu zu binden ist das Problem. Mr. Maybrick beklagt sich über den schlechten Klebstoff, den ich das letzte Mal benutzt habe; er beklagt sich über den schlechten Originaleinband, darüber, nicht mehr wie früher genügend Platz zu haben, um alles richtig aufzubewahren, über das Klima, in dem alles auseinanderfällt, über den Niedergang des handwerklichen Könnens, darüber, daß niemand sich überhaupt noch um etwas kümmert, wie er sagt, und schließlich – das ist der wunde Punkt, die Erklärung, weshalb er die Seiten in kindlicher Wut durcheinandergewirbelt hat – jammert er, weil ein Doppelblatt fehlt.

»Haben Sie auf der Orgelempore danach gesucht?« frage

ich. Er erklärt, das fehlende Blatt kann unmöglich auf der Orgelempore liegen. Er schimpft: »Es nützt nichts, die Blätter anzustarren. Worauf warten Sie?«.

Ich erwidere: »Auf Tee.« Ich sage ihm, daß ich zuerst eine Tasse Tee brauche und daß ich dann zur Kirche hinuntergehen und das Blatt auf der Orgelempore suchen werde, während er sich daranmachen kann, die Unordnung wieder zu beseitigen, die er angerichtet hat.

Auf dem Weg zur Kirche erkenne ich plötzlich, welche unglaublichen Fortschritte ich hier in Pankot gemacht habe. Ausdauer besaß ich schon immer, und auch Geduld, wenn auch eine etwas fragwürdige. Wäre ich früher mit den Überresten von Bach konfrontiert gewesen, hätte ich mich eifrig auf die zerstreuten Seiten gestürzt, und es wäre mir irgendwie gelungen, die Unordnung noch zu vergrößern; ich hätte nie gewagt, auf Tee zu bestehen.

Ich erkenne, daß ich Autorität und Führungsqualitäten erworben habe. Einen Augenblick bin ich unangemessen stolz auf diese Leistung. Mich erfüllt große Zufriedenheit. Ich schreite energischer aus. Obwohl es sehr heiß ist, trage ich das Heliotropkostüm. Die Sonne sinkt auf den westlichen Hügel hinunter; ich wende ihr mein Gesicht zu. Ich bin glücklich. Ich habe, wie ich glaube, immer mein Äußerstes gegeben, und nun erhalte ich meinen Lohn auf dieser Erde, die gegen Abend eine heitere, gelassene Schönheit besitzt.

Als ich den Kirchhof betrete, schlägt die Uhr halb sechs. Ich gehe in die Kirche und steige sofort zur Orgelempore hinauf. Das Licht ist nur schwach. Ich bücke mich und suche. Ich entdecke das Blatt in einer Ecke, mit dem staubigen Abdruck von Mr. Maybricks Schuhsohle. Ich lächle. Dann höre ich ein Geräusch; der Schnappriegel der kleinen Seitentür, durch die auch ich gerade gekommen bin, wird aufgedrückt, die Tür qietscht leise in den Angeln und wird dann geschlossen. Mr. Maybrick ist mir gefolgt.

Ich stehe auf, rufe: »Hurra!« und blicke nach unten, wo er sein sollte. Aber da ist niemand. Die Kirche ist leer. Ich rufe noch einmal, aber nun nicht mehr so laut. Keine Antwort. Ich halte das fehlende Blatt in der Hand. Mit der anderen greife ich mir automatisch an den Hals, dann an die Kette und an das Kreuz.

Langsam verlasse ich die Kirche. Ich sage mir, daß ich jemanden beim Gebet gestört haben muß; dieser Jemand ist mir beim Hereinkommen nicht aufgefallen, und er hat die Gelegenheit benutzt, um unbemerkt zu gehen, als ich zur Orgel hinaufgestiegen bin. Ich folge langsam diesem einsamen Gläubigen auf dem Kiesweg, der an den Grabsteinen vorbeiführt, aber er – oder sie – ist immer noch unsichtbar. Ich gehe zu Mr. Maybrick zurück.

Er sitzt auf dem Boden, die verstreuten Blätter liegen unberührt um ihn herum. Er hört die Nachrichten im Radio und bedeutet mir zu schweigen, als ich gegen seine Untätigkeit protestiere. Ich füge mich und schaffe mir wieder Platz im Sessel. Er bedeutet mir noch einmal, leise zu sein. Ich gebe nach. Eine Weile höre ich nicht auf die Nachrichten, doch als ich es schließlich tue, begreife ich, daß es etwas Wichtiges ist. Trotzdem verstehe ich den Zusammenhang nicht. Die Nachrichten sind zu Ende, aber der Sprecher wiederholt noch einmal den Anfang, und dann folgt Militärmusik.

Offenbar sind die Engländer und die Alliierten in der Normandie gelandet; jetzt gibt es eine zweite Front. Mr. Maybrick brüllt nach dem Diener, zerrt mich aus dem Sessel und wirbelt mich herum. Seine Begeisterung ist ansteckend. Der arme Bach ist in Gefahr, zertrampelt zu werden. Mr. Maybrick befiehlt dem Diener, Sherry zu bringen. Er sagt, wenn die Deutschen besiegt sind, werden sich die Alliierten mit aller Macht auf die Japaner werfen, und dann können wir alle wieder ein zivilisiertes Leben führen.

»Und alle Kriegsgefangenen in Deutschland werden befreit!« rufe ich. »Ich muß im Rose Cottage anrufen…« Ich gehe in die Diele, nehme den Hörer ab und warte ungeduldig auf ein Amt. Ich möchte unbedingt, daß Susan es erfährt, denn es betrifft ihren Vater. Ich lasse mich verbinden und warte. Das Fräulein vom Amt sagt mir, die Nummer sei besetzt. Enttäuscht gehe ich ins Wohnzimmer zurück. Ich denke mir, daß Mildred die Neuigkeit im Club gehört hat und bereits mit Susan telefoniert. Wir trinken Sherry. Zehn Minuten später versuche ich es noch einmal, aber das Fräulein vom Amt sagt, es werde immer noch gesprochen. Mildred ist vermutlich im Rose Cottage und ruft alle ihre Freundinnen an. Ich gebe es auf, die Überbringerin guter Nachrichten sein zu wollen. Kommen Sie, sage ich zu Mr. Maybrick, wenden wir uns dem armen Bach zu.

3

»Ausdauer«, sagte Barbie, »übrigens war das ein Lieblingswort meines Vaters, wenn auch keine seiner Tugenden, es sei denn, man kann Ausdauer beim Trinken und Kartenspiel als Ausdauer bezeichnen – Mr. Maybrick, Ausdauer wird belohnt.«

Sie schlug klatschend mit der flachen Hand auf die letzte Seite Bach, richtete sich auf und stieß einen leisen Schrei aus – teils aus Schmerz, weil sich die verkrampften Muskeln entspannten, und teils aus Staunen über Mr. Maybricks festen Kuß. Er küßte sie nur auf die Stirn, trotzdem schoß ihr das Blut heiß in Gesicht und Hals.

»Barbie, Sie sind ein Engel«, sagte er. »Zwar ungeschickt mit Klebstoff, aber trotzdem ein Engel. Was halten Sie von Lammcurry mit Reis?«

»Nichts.«

»Mehr nicht?«

»Wären Sie etwas freundlicher im Hinblick auf den Klebstoff gewesen, hätte ich danke hinzugefügt. Sie können mir beim Aufstehen helfen.«

»Das tue ich, wenn Sie bleiben. Es ist alles vorbereitet. Lammcurry mit Reis für Zwei.«

»Von wem vorbereitet?«

»Von mir.«

»Mr. Maybrick, Sie haben zuviel Sherry getrunken. In Ihrem Alter sollte man das nicht.«

»Sie haben auch nicht gerade wenig getrunken. Schlagen Sie sich an die eigene Brust!«

»Ich habe zwei Gläser getrunken, mehr nicht.«

»Die hin und wieder zwischen den Fugen nachgefüllt wurden, ohne daß sie etwas gemerkt haben.«

»Ich sehe, Sie wollen Schwierigkeiten machen.« Barbie stand ohne Hilfe auf. Ihre Knochen waren steif. Sie blickte auf die Uhr. Viertel nach sieben. Mehr als eine Stunde war sie auf dem Boden herumgekrochen und hatte kniend Blätter sortiert. Mr. Maybrick war eher ein Hindernis als eine Hilfe gewesen.

Er sagte: »Wenn Sie zum Abendessen bleiben, können Sie hinterher mit dem Binden anfangen.«

»Wenn ich zum Abendessen bliebe, würde ich bestimmt nichts dergleichen tun. Das Binden wird warten müssen. Aber ich wäre Ihnen sehr dankbar, wenn Sie Kaisa Ram nach einer Tonga schicken würden. Ich wasche mir jetzt die Hände, und wenn ich zurückkomme, erwarte ich, daß die Tonga unterwegs ist.«

»Sie sind hartherzig geworden, Barbie. Ich habe mich so darauf gefreut.«

»Dann hätten Sie es vor drei Tagen sagen und es nicht dem Zufall und Ihrer Überredungskunst überlassen sollen. Sie wissen genau, wenn ich Ihre Einladung annehme, müssen Sie in die Küche stürzen und Kaisa Ram anweisen, mehr Fleisch in den Topf zu werfen; er wird sich beschweren; Sie werden ihn anschreien, ein angebranntes Essen bekommen, für den Rest des Abends schlechte Laune und die ganze Nacht Magenbeschwerden haben.«

Sie ging zur Tür, die durch das Schlafzimmer zum Bad führte.

»Kaisa Ram braucht fünfzehn Minuten, um eine Tonga zu holen«, sagte Mr. Maybrick, »aber nur fünf, um noch ein Lammkottelet abzuschneiden...«

»Und eine Stunde, um es richtig zu kochen. Bitte schicken Sie ihn zum Tongastand. Wenn ich zurückkomme, nehme ich noch einen Sherry. Ich glaube kein Wort Ihrer Geschichte vom heimlichen Nachfüllen.«

Sie ließ ihn stehen, sah aber noch das aufblitzende Lächeln, das er so gut wie möglich verbergen wollte. Das Schlafzimmer war vollgestopft mit den riesigen Möbeln seiner Teepflanzerzeit; es herrschte noch größere Unordnung als im Wohnzimmer, und alles wurde beherrscht von dem majestätischen Bett in der Mitte. Wie immer verschwand es unter dem fürstlichen Baldachin eines verblichenen weißen Moskitonetzes. In Pankot brauchte man es nicht, und wenn man ein Moskitonetz gebraucht hätte, wäre das von Mr. Maybrick ungeeignet gewesen, denn es war voller Löcher und Risse, die Kaisa Ram nicht ausbesserte. Mr. Maybrick behauptete jedoch, er könne in einem Bett ohne Moskitonetz nicht schlafen. Barbie hatte Verständnis dafür, denn sie dachte daran, daß sie jedesmal, wenn sie aus einem Moskitogebiet in eine kühle, luftigere Gegend gekommen war, das fehlende Netz anfangs erschreckend gefunden hatte; es war ein Grund zu Ängsten und Befürchtungen, womöglich aus dem Bett zu fallen und schlimmstenfalls von nächtlichen Eindringlingen überfallen zu werden.

Das Badezimmer war trostlos. Eine nackte Glühbirne beleuchtete die schmuddeligen weißgestrichenen Wände und den Zementfußboden. In der Ecke befand sich eine Kabine; darin stand die Toilette in Form eines geschnitzten hohen Nachtstuhls, auf den Mr. Maybrick sehr stolz war. Der Nachtstuhl war glücklicherweise immer makellos sauber, das Badezimmer selbst sehr schmutzig, und man sah öfter Schaben.

Bei ihren Besuchen in Mr. Maybricks Haus machte sich Barbie meist sehr eilig hier zurecht. An diesem Abend stellte sie fest, daß sie langsam war. Die Bedeutung dieser Umgebung machte sie betroffen – die Realität dieser Gewöhnlichkeit, ja Schäbigkeit, der Beweis von Unrat hinter der Fassade imperialer Macht und Pracht. Sie hatte das Gefühl, es handle sich dabei nicht um vergangenen oder vergehenden Ruhm, sondern um dessen ursprüngliche und unverändert gebliebene Bedeutungslosigkeit für die Anwesenheit in Indien, und das galt ebenso für sie und Mr. Maybrick wie für die Offiziere der Messe, in deren Allerheiligstem sie im letzten Jahr, eingeschüchtert von den Geistern früherer Benutzer der in Reih und Glied ausgerichteten Stühle, gestanden hatte.

Nach dem Einseifen und vor dem Abspülen der Hände hielt sie inne, da sie sich plötzlich vorstellte, daß Hauptleute und Könige hier Schlange standen, um sich an Mr. Maybricks Becken die Hände zu waschen, nachdem sie sich auf Mr. Maybricks Mahagoninachtstuhl in die Porzellanschüssel mit den Rosen erleichtert hatten; sie fanden daran nichts Ungewöhnliches oder Falsches, waren auch nicht in ihrer Würde verletzt und gingen durch das heillose Durcheinander in Mr. Maybricks Schlafzimmer, ohne auch nur einen Blick auf die halb offenen Schubladen zu werfen, aus denen Socken, Unterwäsche und Hemden quollen, die ausgebessert werden mußten, denn der menschliche Geist konnte sich immer zumindest mit Chaos und Unglück abfinden. Alles Geordnetere und Bessere war ein Geschenk, das man sich verdienen mußte.

Barbie schloß die Augen und stand wieder in der Küche

in Camberwell, und dann im dunklen Flur. Sie stieg die ersten Stufen der Treppe hinauf, und hinter ihr warteten all die Hauptleute und Könige, um ihr zu folgen. Oh, sagte sie, das Geheimnis am oberen Ende der Treppe ist gezwungenermaßen unser aller Ziel; mein Vater hat das begriffen, aber nicht meine Mutter. Barbie öffnete die Augen. Der Schaum an den Händen war zu einer gelblichen Kruste getrocknet. Sie spülte die Hände ab und trocknete sie an dem mindestens eine Woche alten Handtuch ab. Sie betupfte sich die Handgelenke mit dem Eau de Cologne aus dem Fläschchen in ihrer Handtasche und beträufelte auch das Batisttaschentuch. Chaos, Unglück, unterbrochen durch harmlose Flucht in persönliche Eitelkeiten. Sie drückte die Handtasche zu. Das Klicken war so befriedigend wie eine Entscheidung.

»Mr. Maybrick!« rief sie beim Betreten des Wohnzimmers. Er kam aus dem Flur.

Er sagte: »Ach, da sind Sie ja, Barbie. Arthur Peplow ist hier. Er möchte Ihnen etwas sagen.«

4

»Ich sagte, ich werde auf mein Tun achten: damit meine Zunge niemanden beleidigt. Ich werde meinen Mund im Zaum halten, solange das Sündige vor meinen Augen ist. Ich hütete meine Zunge und sprach kein Wort. Ich wahrte Schweigen, ja, und sparte auch die guten Worte, aber das bereitete mir Schmerz und Leid. Mein Herz glühte, und während ich grübelte, flammte das Feuer auf, und schließlich löste sich meine Zunge: Herr, laß mich mein Ende wissen und die Zahl meiner Tage, damit mir bestätigt werde, wie lange ich zu leben habe.«

5

Wo die Schaumkruste gewesen war, befand sich nun Arthur Peplows Hand. In der Pause zwischen dem Wort »Schlaganfall« und den Worten »es geschah ganz plötzlich«, hörte sie die Kirchturmuhr halb acht schlagen.

Mr. Peplow sagte: »Ich glaube, wir dürfen annehmen, daß sie keinen Schmerz empfand, sondern sehr friedlich gegangen ist. Susan war unglaublich tapfer. Die Arme war ganz allein. Als sie begriff, was geschehen war, rief sie sofort Oberst Beames an, und dann ihre Mutter. Sie konnte Aziz nirgends finden. Haben Sie eine Vorstellung, wo er sein kann?«

»Aziz?«

»Macht nichts. Clarissa und ich möchten, daß Sie gleich zu uns ins Pfarrhaus kommen. Hauptmann Coley wird die Nacht im Rose Cottage verbringen, um sich für Mildred dort um alles zu kümmern. Clarissa läßt ein Bett für Sie vorbereiten.«

»Ich habe ein Bett«, erwiderte Barbie. Und entzog Arthur Peplow die Hand, um aus Mr. Maybricks Hand, die zitterte, ein Glas Sherry entgegenzunehmen. Sie hielt es fest, konnte jedoch nichts damit anfangen. Sie verschüttete etwas von der dunkelbraunen Flüssigkeit auf den Heliotroprock. »Ich möchte es doch nicht«, sagte sie. Arthur nahm ihr das Glas ab. Er wußte nicht, wohin er es stellen sollte.

Sie beobachtete, wie Arthur Peplow sich erhob. Ein paar Bücher und Zeitschriften, die er beiseitegeschoben hatte, um auf dem Sofa Platz für sie beide zu schaffen, rutschten wieder zurück. Barbie bemerkte den Blick, den er mit Mr. Maybrick wechselte, ehe er das Glas Sherry auf den Flügel stellte. Barbie freute sich über die momentane Erleichterung, die ihr eine so prosaische Einzelheit in dem zunehmend schrecklicher werdenden Alptraum gewährte; sie erinnerte sich, daß der Flügel völlig verstimmt war, denn niemand hatte mehr darauf gespielt, seit Clarice Maybricks Finger über die vergilbten, fleckigen Tasten geglitten waren. Sie erinnerte sich auch daran, daß Mr. Maybrick ihr erzählt hatte, daß Clarice vor dem Spielen immer die Ringe von den Fingern zog und sie auf den Ebenholzrand neben den Baßtasten legte.

Arthur Peplow ging hinaus in den Flur. Sie hörte das Ping, das ertönte, wenn man den Telefonhörer abnahm. Aber man konnte telefonisch keine Tonga bestellen. Plötzlich schloß sich die Tür zwischen Flur und Wohnzimmer, und das bedeutete, Arthur wollte nicht, daß sie hörte, was er sagte und zu wem. Barbie blieb, wo sie war, und hielt sich an eine alte Gewohnheit: an die Vernunft und den guten Willen der Obrigkeit zu glauben. Die Wellen der Rebellion schlugen zwar bereits hoch und waren, wie sie vermutete, nur vorübergehend geglättet. Mr. Maybrick kam zum Sofa und setzte sich neben sie, nachdem er die Bücher und Zeitschriften beiseite geschoben hatte. Er stützte die Ellbogen auf die Knie, faltete die Hände und starrte auf das abgetretene Stück Teppich zwischen seinen Füßen.

»Als ich heute nachmittag das Haus verließ«, sagte Barbie und ließ dabei die Tür zum Flur nicht aus den Augen, denn dahinter ertönte inzwischen Arthurs resonante Stimme und skandierte längere Pausen, »sah sie mir nach und wartete darauf, daß ich mich umdrehte; dann hob sie die Hand, um mir nachzuwinken.«

Mr. Maybrick nickte, sagte aber nichts.

»Sie verstehen doch sicher, Mr. Maybrick, daß ich unmöglich bei Arthur und Clarissa oder irgendwo anders schlafen kann, sondern nur im Rose Cottage. Hauptmann Coley muß nicht dort bleiben. Ich finde diese Vorstellung völlig unmöglich. Aziz und ich werden mit allem fertig. Ich sehe ein, daß Mildred nicht bleiben kann; sie muß die arme Susan nach Hause bringen und sich um sie kümmern. Aber Hauptmann Coley ist doch nicht vonnöten. Ich bin bereit, hier noch etwas zu warten, aber irgendwann, nein, ziemlich bald, muß ich nach Hause zurück.«

»Wenn Sie möchten, werde ich Sie begleiten.«

»Vielen Dank. Das wäre sehr freundlich. Aber es muß klar sein, daß ich im Rose Cottage bleibe.«

Die Ungeduld machte Barbie streng. Es mußte so viel geschehen, und zwar schnell. In Indien erledigte man diese Dinge immer schnell. Es mußte so sein. Wahrscheinlich würde es wegen der besonderen Umstände viele Probleme geben. Auch sie mußte sich für die Reise nach Ranpur vorbereiten. Das Packen würde sie ablenken.

»Und ich muß packen«, sagte Barbie. »Ich muß mich auf die Abreise morgen vorbereiten. Hochwürden Ian Wright war der Pfarrer – von St. Luke's in Ranpur. Vielleicht ist er es immer noch; Arthur wird es wissen.«

Mr. Maybrick nickte wieder. Sie wußte nicht, ob er zuhörte, aber seine stumme Zustimmung ermutigte sie. Die Tür öffnete sich, und Arthur kam zurück. Er strich sich mit einer Hand über den Kopf. Er fragte Mr. Maybrick, ob Kaisa Ram Tee oder Kaffee bringen könne. Mr. Maybrick stand auf, ging hinaus und sagte, er würde sich darum kümmern. Als sie allein waren, sagte Arthur: »Ich habe mit Kevin Coley gesprochen. Ich habe ihm gesagt, daß Sie hinaufkommen wollen, und er hat sich mit Mildred verständigt. Sie ist immer noch mit Susan dort, und ich glaube, sie wäre dankbar, wenn Sie warten, bis sie mit Susan weg ist, denn die Ärmste ist in schlechter Verfassung. Sie leidet sehr unter der Reaktion. Oberst Beames ist vor einer Stunde gegangen, und Susan ging es den Umständen entsprechend gut. Aber er versprach, mit Travers zu reden, denn Travers hat sie während der Schwangerschaft betreut. Sie warten jetzt auf Travers, und Coley versucht gerade, ihn anzurufen. Mrs. Fosdick und Mrs. Paynton sind auch da und helfen Mildred. Sie können praktisch nichts tun, Barbie, und offen gesagt, wäre es meiner Meinung nach das beste, wenn Sie hier eine Weile warten. Falls Sie glauben, Sie sollten hinauf, dann tun sie es und bringen Sie ein paar Sachen für die Nacht mit. Ich werde Sie begleiten.«

»Mr. Maybrick hat bereits versprochen, das zu tun.«

»Gut. Coley sagt, er ruft mich an, sobald Mildred Susan weggebracht hat. Bitte verstehen Sie mich nicht falsch. Mildred weiß, wie erschüttert Sie sein müssen, und wenn Sie Rose Cottage betreten, kann Sie das nur noch mehr erschüttern. Sie hat alle Hände voll damit zu tun, Susan zu beruhigen. Es besteht die Gefahr, daß durch den Schock die Wehen vorzeitig einsetzen. Und Sie können sich doch bestimmt vorstellen, was für ein Schock es war.«

»Ja, Arthur.«

»Coley sagt, Aziz ist immer noch verschwunden. Das ist sehr merkwürdig. Ich habe es bereits erwähnt, aber ich glaube, Sie haben es überhört. Er hat Susan den Tee auf der Veranda serviert, und seitdem hat man ihn nicht mehr gesehen. Sie trank eine Tasse, dann fiel ihr auf, daß es noch nicht vier war; sie schlief wieder ein und wurde nicht richtig wach, als Mabel auf die Veranda kam, sich setzte und einzunicken schien.«

»Um wieviel Uhr war das, Arthur?«

»So gegen fünf. Beames kam um halb sechs an.«

»Vor mehr als zwei Stunden. Das verstehe ich nicht. Ich verstehe nicht, weshalb man mich nicht sofort angerufen hat.«

»Niemand wußte, wo Sie waren.«

»Aziz wußte es.«

»Aber Barbie...«

»Tut mir leid, ich vergesse es immer wieder. Aber Susan wußte es.«

»Susan sagte, sie habe nur gesehen, wie Sie Schecks ausschrieben, und sie glaubte, Sie seien im Basar, um Rechnungen zu bezahlen.«

322

»Ich verstehe.«

»Clarissa war nicht im Haus, als Mildred anrief und mich bat hinaufzukommen. Sonst hätten wir Sie schneller gefunden. Clarissa rief mich um sieben im Rose Cottage an, als sie nach Hause kam und meine Nachricht las. Sie vermutete, Sie seien hier bei Edgar. Deshalb kam ich direkt hierher.«

Das war sehr freundlich von Ihnen, wollte Barbie sagen. Aber sie brachte es nicht über die Lippen, denn sie wußte plötzlich, Arthur Peplow war – selbst wenn er es gar nicht merkte – in den Plan verwickelt, sie fernzuhalten und zu verhindern, daß sie nach Rose Cottage ging. Sie konnte nicht entscheiden, ob man sie damit bestrafen oder schonen wollte. Wollte man sie bestrafen, steckte vermutlich Mildred dahinter. Wollte man sie schonen, konnte Mabel nicht so ruhig und friedlich gestorben sein, wie Arthur geschildert hatte.

Sie sah ihre Freundin mit schwarzem Gesicht, hervorquellender Zunge und erstarrten Gliedern, aus denen das größte und schrecklichste Entsetzen sprach; Susan wich vor ihr zurück, umklammerte den dicken Bauch, schrie gellend nach Aziz, erhielt keine Antwort und dann – nachdem sie Abstand zwischen sich und das Grauen gebracht hatte – stürzte sie ans Telefon, rief wirr um Hilfe, lief zur Tür, rannte den Kiesweg hinunter zum Steingarten an der Straße zum Club, klammerte sich an einen Pfosten der offenen Einfahrt und schrie, bis ganz Pankot davon widerhallte und erzitterte.

Aber so war es nicht gewesen, so hätte es nie sein können. Die Blütenblätter dieser Rose entfalten sich anders als die Blütenblätter jener Rose, mußte Mabel gesagt haben. Sie beugte sich darüber, um das Wunder der Individualität näher zu betrachten, und wurde sich eines Schattens bewußt, der sich über sie beugte; sie richtete sich langsam auf, um den Schock in sich aufzunehmen, und überließ die Rose ihrer Freiheit und Vollkommenheit, drehte sich um und ging vorsichtig mit dem Körbchen in der Hand die wenigen Holzstufen zur Veranda hinauf. Dort erwartete sie das kurz gehaltene Versprechen der Fortdauer: eine schlafende Gestalt und darin eine andere, die geduldig ihre menschliche Form erlangte. Ein grünes Blatt, eines der vielen, die an den Stengeln in den Töpfen auf der Brüstung wuchsen, vermittelte den aus Liebe und Gewohnheit immer noch geschäftigen Fingern flüchtig die Vorstellung von Form und Beschaffenheit seiner Nachfolger.

Aber wieder beugt sich der Schatten über sie, und die Hand, die die Blätter berührt, wird von einer anderen angehalten, deren Wissen majestätischer und furchteinflößender ist. Eine Stimme – dieselbe, die gesagt hat: Ist es wichtig? – sagt: Genug, genug.

Sie sitzt. Die Gnade wird jemandem wie ihr gewährt. Ein Felsen. Die Wellen schlagen. Eine Welle, die sich kaum von den anderen unterscheidet, löscht den nur noch glimmenden Funken aus. Aber an diesem Ort gibt es keinen sichtbaren Unterschied zwischen Schlaf und Tod. Sie war eingeschlafen und entschlafen. Der liebe, unbezwingliche Körper bleibt zurück, bezeichnet die Stelle.

Ich muß wissen, dachte Barbie, ob die Augen offen sind. Sie glaubte, sie müßten offen sein, wußte aber nicht, weshalb; bei Mabel schien es einfach angemessen zu sein.

»Barbie«, sagte Arthur, nahm ihre Hand und umschloß sie mit seinem kalten, aber wohlmeinenden Trost. »Versuchen Sie nicht zu sehr, nicht zu weinen. Sie haben sie geliebt und sich um sie gesorgt. Sie haben es gut gemacht.«

»Aber heute nicht. Sie wollte, daß ich bei ihr blieb. Aber natürlich hätte sie nie im Traum daran gedacht, mich darum zu bitten. Wenn sie es bis in ihr Zimmer geschafft hätte, dann hätte sie es um Susans willen getan.«

»So. So ist es besser.«

»Entschuldigen Sie.«

Aber ehe es sie überwältigte, befreite sie sich aus der Umarmung seines lästigen Mitgefühls. Sie stand auf, griff nach der Handtasche, verschwand in Mr. Maybricks Schlafzimmer und verschloß die Tür. Die körperliche Anstrengung versperrte nutzloser Trauer den Weg. Sie sah Mabel in scheinbar großer Ferne auf sie warten. Sie besaß die Gabe der Levitation und schwebte mühelos durch die Spitze des fürstlichen Baldachins, des Moskitonetzes, nach oben, verließ das Zimmer, in dem die Geister ihrer Trauer mit dunklen Fledermausflügeln flatterten. Sie wollte nur noch fliehen und die Entfernung zwischen diesem schrecklichen kleinen Bungalow und Rose Cottage überbrücken.

Sie schaltete das Licht im Bad ein und schloß die Tür. Sie ging zur anderen Seite, griff nach oben und schob den Riegel der Hintertür auf. Warme Nachtluft streichelte ihre Wangen. Sie stolperte – etwas Unvertrautes überraschte sie – über eine hohe Stufe, und es gelang ihr gerade noch, einen Sturz zu vermeiden. Sie zwängte sich durch eine Öffnung in einem Spalier. In der Luft hingen der betäubend süßliche Nachtduft von Jasmin und der Rauch eines Holzkohlenfeuers im Nebenhaus, wo Kaisa Ram das Lammcurry zubereitete. An der Vorderseite des Bungalows bewegte sie sich vorsichtig, erreichte die Straße und schritt energisch aus.

Sie eilte am Pfarrhaus vorbei, das sich teilweise hinter schützenden Bäumen verbarg. Nur in einem Zimmer brannte Licht. Sie lief den Hügel hinunter, an St. John's vorbei. An der Kreuzung Church Road und Club Road würde sie mit etwas Glück vielleicht eine leere Tonga finden, die vom Club in den Basar fuhr. Aber als sie dort ankam, war die Straße verlassen. Sie hatte keine Zeit zu verlieren und machte sich an den langen Aufstieg. Bald überholten sie zwei Tongas; sie waren beide besetzt. Dann mußte sie stehenbleiben und die Augen vor den beiden gleißenden Scheinwerfern schützen, die sich lärmend näherten, vorbeibrausten und Staub, Benzinwolken und das Echo singender Männerstimmen zurückließen. Am Meilenstein ruhte sie sich aus. Sie hörte, wie die Uhr von St. John in einer anderen Welt acht schlug. Sie stand auf und marschierte weiter.

Hauptmann Coley wartete vor der Eingangstür. Das bedeutete, Arthur und Mr. Maybrick hatten ihre Flucht bemerkt und sie telefonisch angekündigt.

»Wir warten auf Travers«, sagte er. »Wegen Susan. Wir glauben, es geht los.«

»Dann sollte man sie ins Krankenhaus bringen.« Barbie warf einen Blick in die erleuchtete Eingangshalle. Das Haus wirkte bereits, als gehöre es niemandem. »Man hätte sie schon längst nach Hause bringen sollen«, sagte sie, »Oberst Beames hätte darauf bestehen sollen. Wo ist sie denn?«

»Mit Mildred im kleinen Gästezimmer.«

Barbie ging ins Haus. In diesem Moment schrie Susan auf. Gleichzeitig erkannte Barbie an einer Besonderheit des Tons und des Echos, daß sie gekommen war, um etwas zu sehen, das sich nicht mehr im Haus befand. Sie drehte sich um und wollte fragen, wohin man Mabels Leiche gebracht habe, aber Mildred kam ihr zuvor, denn sie rief nach Hauptmann Coley und erschien dann in der Tür des Wohnzimmers.

Barbie bemerkte, daß Mildreds Haar immer noch makellos frisiert war. Eigentlich hätte sie erwartet, daß die letzten Stunden eine Spur in Form einer wenn auch noch so leichten Unordnung der Frisur hinterlassen hätten. Barbie fiel das Haar auf, denn seine gepflegte Vollkommenheit gab den Ton von Mildreds ganzer Erscheinung an. Sie suchte nach Zeichen der Erregung in Mildreds Gesicht, und dabei wurde ihr bewußt, daß sie und Mildred sich einen Moment lang, und seien es auch nur Bruchteile von Sekunden, wie alte Feindinnen anstarrten, die wußten, daß der Waffenstillstand, den sie genauestens eingehalten hatten, jetzt offiziell vorüber war.

»Es tut mir leid, daß ich hier bin, ehe Sie Susan nach Hause bringen konnten«, sagte Barbie. »Aber ich werde niemandem im Weg sein, es sei denn natürlich, ich kann irgend etwas tun.«

»Vielen Dank«, erwiderte Mildred, »aber ich glaube, wir kommen schon zurecht. Vorausgesetzt, Travers erscheint demnächst hier. Wie sieht es aus, Kevin?«

»Er müßte eigentlich jede Minute hier aufkreuzen. Vermutlich kommt er mit einem Krankenwagen.«

Mildred nickte, wollte zurückgehen, blieb aber stehen und sah Barbie an. Sie fragte: »Haben Sie eine Vorstellung, wo dieser elende Mensch sein kann?«

»Welcher Mensch, Mildred?«

»Aziz«, sagte sie und wiederholte den Namen noch einmal, aber diesmal zischte sie wie eine Schlange: »Aziz.«

»Ich glaube, ja. Ja, ich bin sicher, es war heute. Er hatte Erlaubnis, in einem der Dörfer einen Verwandten zu besuchen.« Die vorsichtige Lüge ging ihr mühelos über die Lippen. Aber Mildred ließ sich nicht täuschen.

»Einen kranken Verwandten vermutlich. Nein, das glaube ich nicht. Die anderen Dienstboten wissen nichts davon. Kevin hat mir versprochen, ihm persönlich einen Tritt in den Hintern zu geben, falls und wenn er sich hier noch einmal blicken läßt.«

»Ich glaube, Sie verstehen nicht. Ich glaube, Sie verstehen Inder wie Aziz einfach nicht.«

»Ich verstehe nur allzu gut. Mein Gott, ich verstehe! Er wußte, was vermutlich keiner von uns wußte. Er wußte, daß sie krank war, und hat es mit der Angst zu tun bekommen. Wir werden ja sehen, wie weit er kommt. Ich habe Beames darum gebeten, mit der Polizei zu sprechen.«

»Die Polizei? Was sagen Sie da?«

». . . nicht, daß es so aussieht, als würde etwas fehlen. Aber es war noch keine Zeit für eine gründliche Überprüfung.«

Ein erneuter Schrei von Susan unterbrach sie. Einen Augenblick schloß sie die Augen und hielt sich mit der einen

Hand am Türrahmen fest. Jemand rief nach Mildred. Barbie erkannte an der Stimme Clara Fosdick. Mildred verschwand im kleinen Gästezimmer.

Barbie hörte, wie Coley hinter ihr sagte: »Sie ist schrecklich durcheinander. Nehmen Sie die Sache mit der Polizei nicht so ernst. Niemand verdächtigt den Alten, etwas weggenommen zu haben. Es ist nur eine notwendige Vorsichtsmaßnahme, zumindest bis Beames die genaue Todesursache kennt.«

Sie drehte sich um und blickte in Coleys Märtyrergesicht, in dem sich bereits die züngelnden Flammen widerzuspiegeln schienen.

»Was wollen Sie damit sagen?«

Angesichts einer so direkten Frage wirkte er gequält.

»Es ist nur eine Formalität. Er glaubt, er sollte den Befund eines Pathologen haben, um seine Ansicht bestätigen zu lassen, daß es ein Schlaganfall war.«

Das Aufheulen eines Motors, den der Fahrer in einen niedrigeren Gang herunterschaltete, um den Wagen in die Einfahrt zu lenken, ersparte Kevin eine weitere Erklärung. Er lief schnell hinaus. Barbie zögerte und näherte sich dann Mabels Schlafzimmer. Sie drückte auf die Klinke und fand ihre Vermutung bestätigt, daß die Tür abgeschlossen war. Im Eßzimmer wiederholte sie den Vorgang. Die Tür zwischen Mabels Schlafzimmer und dem Eßzimmer war ebenfalls abgeschlossen.

Auch im Eßzimmer war irgend etwas neu und merkwürdig. Es dauerte einige Zeit, bis Barbie dahinterkam, was. Die wenigen Silbersachen, die normalerweise auf der Anrichte standen, fehlten. Aziz, Aziz, rief sie stumm, wußte jedoch beinah sofort, daß Aziz nichts damit zu tun hatte. Sie zog an den Türgriffen der Anrichte; auch sie war abgeschlossen. Zweifellos stand das Silber darin.

Sie hörte die Stimmen von Travers und Coley, richtete sich auf und blieb still stehen, während sie hörte, wie die beiden vom Eingang ins Wohnzimmer und von dort in das kleine Gästezimmer gingen. Dann öffnete sie die Glastür zur Veranda, die vom Licht aus Eßzimmer, Wohnzimmer und Gästezimmer erhellt wurde. Dort stand Susans Liegestuhl mit dem Kissen. Das Buch, das Hauptmann Beauvais ihr gebracht hatte, lag ungeöffnet neben einem anderen Buch und einer neuen Ausgabe des *Onlooker*. Ein Tablett mit Teegeschirr stand auf der anderen Seite auf einem Hocker. Hier hatte Susan geschlafen, und nur wenige Schritte entfernt, auf der anderen Seite der Glastür zum Wohnzimmer, stand vor der Balustrade ein anderer Liegestuhl: mit aufrechter Rückenlehne. Er war leer, und daneben stand der Korb.

Barbie trat näher, bückte sich und nahm den Korb hoch. Sie sah die Gartenschere, verblühte Rosen, eine kleine Handhacke, an deren Zinken noch Erde klebte. Barbie berührte all diese Dinge, versicherte sich ihrer Existenz und somit der eigenen.

Dann entdeckte sie auf dem Fußboden den alten, zerschlissenen Strohhut. Vermutlich hatte Beames ihn fallen lassen. Sie bückte sich noch einmal und hob ihn ebenfalls auf.

»Aber das kann nicht sein!« schrie Susan. Barbie hörte es deutlich. »Es kann nicht sein! Das kann nicht sein. Das Kind ist noch nicht *fertig*.«

Barbie trat in den Schatten und blickte durch das offene Fenster in das Gästezimmer. Sie hatten Susan auf die Füße gestellt. Travers stützte sie auf der einen Seite, Mildred auf der anderen. Clara Fosdick hielt ihre und Susans Handtasche in der Hand. Nicky Paynton öffnete die Tür zum Wohnzimmer. Susan schien sich nicht von der Stelle rühren zu wollen. Travers redete auf sie ein. »Kommen Sie, Su, Sie brauchen keine Bahre. Bleiben Sie nur auf den Beinen. Wir schaffen es, Sie werden schon sehen.«

Sie gab ihren Widerstand auf. Folgsam, aber vorsichtig ließ sie sich von Travers und ihrer Mutter aus dem Zimmer führen;

sie schien zu befürchten, jeder Schritt sei für das Kind eine neue, gefährliche Möglichkeit, in die Freiheit zu gelangen.

Nachdem sie gegangen waren, wartete Barbie noch eine Weile, um ihnen Zeit zu lassen, in den Krankenwagen zu steigen. Dann trat sie wieder ins Licht zurück und kehrte, immer noch mit Mabels Strohhut und Korb in der Hand, zu Mabels Liegesessel zurück.

Sie setzte sich.

Hinein konnte sie nicht.

Bald fiel ein Schatten auf ihre Füße, und sie spürte die kleinen Schockwellen eines erregten oder verängstigten Menschen. Sie blickte auf. Es war Kevin Coley. Er glaubte, einen Geist gesehen zu haben.

Er sagte: »Mr. Maybrick ist hier, um Sie für die Nacht zu den Peplows hinunter zu bringen.«

Gut, Hauptmann Coley. Danke. Ich packe nur ein paar Sachen ein.

Im Wohnzimmer fiel ihr auf, daß sie Dinge bei sich hatte, die ihr nicht gehörten, und daß andere, die ihr gehörten, fehlten. »Ich glaube, ich habe meine Handtasche auf der Anrichte im Eßzimmer liegen lassen. Würden Sie bitte nachsehen? Es sind ein paar Dinge darin, die ich übergeben sollte.«

Er kam zurück und hielt die Handtasche so ungeschickt hoch, wie Männer es tun. Sie stellte den Korb ab, legte den Strohhut daneben, griff nach der Tasche, nahm die Quittungen heraus und ging zum Sekretär. Die Klappe war abgeschlossen, und der Schlüssel fehlte. Sie blieb regungslos stehen, bis die Woge der Demütigung in ihr aufgestiegen und wieder verebbt war. Dann drehte sie sich um und reichte Coley die Quittungen. »Bitte sorgen Sie dafür, daß Mildred das bekommt.« Coley nahm sie ihr ab. Sie ließ Hut und Körbchen zurück und ging in die Eingangshalle hinaus, wo Mr. Maybrick wartete.

»Barbie...«, setzte er an.

»Keine Ermahnungen«, sagte sie. »Ich packe meine Tasche. Ich nehme an, Sie haben ein Fahrzeug draußen.«

»Nur eine Tonga.«

»Das genügt. Aber eins können Sie für mich tun. Fragen Sie Hauptmann Coley, wohin man Mabel gebracht hat.«

In ihrem Zimmer suchte sie Nachthemd, Unterwäsche, Morgenmantel, Hausschuhe und Toilettensachen zusammen und stopfte alles in einen alten Pappkoffer, dessen Griff mit Schnur repariert worden war. Zehn Minuten später kam sie in die Eingangshalle zurück; dort standen Mr. Maybrick und Hauptmann Coley einige Schritte voneinander entfernt. Sie schwiegen.

»Hauptmann Coley, falls Aziz zurückkommt, würden Sie ihm bitte sagen, wo ich bin? Ich hoffe, Sie werden ihn mit derselben Höflichkeit behandeln, die Mabel und er sich immer entgegengebracht haben.«

Coley sah sie gequält an. Barbie begriff plötzlich, daß er ein Feigling war. Das war er schon immer gewesen, trotz der Uniform, der Abzeichen, die ihm so teuer waren. Sie legte ihm Daumenschrauben an.

»Also? Habe ich Ihr Wort? Das Wort, das ein englischer Offizier einer Engländerin gibt?«

Coley errötete; er war sich ihres Spotts bewußt und – da er sich die Finger mit Schlüsseln und Wertsachen schmutzig gemacht hatte – seiner Berechtigung. Er wußte, ihr Spott galt nicht nur ihm, sondern der ganzen Lage. Barbie war es gleichgültig. Die Scharade war zu Ende. Schon vor Jahren hatte Mabel das Wort erraten, aber sie hatte vermieden, es auszusprechen. Das Wort »tot«. Tot. Tot. Es war jetzt bedeutungslos, wer es aussprach, das Gebäude war zerfallen, und von der Fassade ließ sich niemand mehr täuschen. Man konnte nur noch darum beten, daß ein Wind kommen und alles davonwehen würde oder so ein Erdbeben, in dem Hauptmann Coleys Frau umgekommen war, ein Erdbeben wie das, in dem

Barbie sah, daß sie ihn vermutlich mit einem Finger zu Fall bringen konnte, denn ihn hielt nur noch seine Trägheit aufrecht.

Aber sie mußte sich um andere Dinge kümmern. Sie beschloß, seine Antwort nicht abzuwarten. Außerdem enthüllte sein Schweigen nach ihrer Bitte, wie wenig sie auf ein Versprechen zählen konnte, das er ihr geben mochte. Mit dem Koffer in der Hand ging sie zur Tonga hinaus.

»Was hat er gesagt?« fragte sie, als Mr. Maybrick sich neben sie setzte.

»Wir sollten uns im Allgemeinen Krankenhaus erkundigen.«

»Dann sagen Sie bitte dem Kutscher, er soll dorthin fahren.«

»Ich muß sagen, Coley hielt es nicht für sehr sinnvoll.«

»Natürlich. Hauptmann Coley findet so gut wie alles sinnlos. Er hätte in den Trümmern von Quetta sterben sollen. In vieler Hinsicht ist er auch schon tot. Gott allein weiß, wozu die Überreste noch da sind.«

Sie saß in der Empfangshalle des Allgemeinen Krankenhauses auf einer unbequemen, glänzend polierten Bank und beobachtete, wie Mr. Maybrick einer der jungen Frauen an der Information, einer hellhäutigen Eurasierin, das Leben schwer machte. Sie griff immer wieder zum Telefon, weil sie es vermutlich auf Mr. Maybricks Verlangen bei anderen Nebenstellen versuchte. Nach zehn Minuten schien eine Entscheidung gefallen zu sein. Die junge Frau wirkte plötzlich beeindruckt und hilfsbereit. Mr. Maybrick kam zur Bank zurück. Er setzte sich.

»Bearnes ist drüben im Anbau, in der Privatklinik. Wenn wir gleich gehen, können Sie mit ihm sprechen. Susan liegt dort, und Mildred wird auch da sein.«

»Ich muß nur mit Oberst Beames sprechen. Es tut mir leid,

daß ich Ihnen so viel Mühe mache, Mr. Maybrick. Wenn Sie nach Hause zu Ihrem Abendessen wollen, komme ich schon allein zurecht.«

Er stand auf, nahm den Koffer und sagte: »Kommen Sie, wir gehen zu Fuß. Es ist nicht weit.«

Draußen folgten sie den Hinweisschildern entlang des asphaltierten Gehwegs. Sie kannten beide die Privatklinik gut. Sie hatten Clarissa dort besucht, als sie Rippenfellentzündung hatte.

Die Empfangshalle wirkte weniger abweisend als im Hauptgebäude. Hier lagen Teppiche, und es gab Blumen in Vasen. Die Frau am Empfang gehörte zum Freiwilligenkorps. Die grauen Haare waren blau getönt.

»Miss Batchelor?« fragte sie, ohne auf Mr. Maybrick zu achten, »Oberst Beames ist beschäftigt. Aber es wird nicht lange dauern.«

Barbie und Mr. Maybrick setzten sich nebeneinander auf ein Ledersofa. Die blauhaarige Frau machte mit einem sehr spitzen Bleistift Vermerke in eine dicke Akte. Wenn sie den Hörer abnahm, meldete sie sich mit: »Privatklinik Pankot, Sie wünschen bitte?« Sie hatte ein kleines Schaltbrett am Tisch und bediente die roten und grünen Schalter geschickt und selbstsicher. Einmal läutete sie energisch. Ein indischer Hausdiener erschien, und sie gab ihm ein gefaltetes Blatt Papier und Anweisungen. Nach zehn Minuten erschien eine andere VAD durch die leisen Pendeltüren.

»Miss Batchelor?«

Barbie stand auf. Sie folgte der Frau in einen Flur mit glänzendem Fußboden. Sie gingen um eine Ecke und in einen anderen Flur, wo sie vor einer weiß lackierten Tür mit der Aufschrift: »PRIVAT« stehenblieben. Die Frau klopfte an, öffnete die Tür, kündigte Barbie an und trat beiseite. Das Zimmer war mit Teppichen ausgelegt. Der Chefarzt erhob sich hinter seinem großen Schreibtisch und kam geräuschlos über den Teppich auf sie zu. In den wenigen Jahren, die sie sich flüchtig kannten, hatten sie kaum ein Wort miteinander gewechselt. Er war ein großer Mann. Nase, Augenbrauen und Unterkiefer sprachen deutlich von seinem Durchsetzungsvermögen.

»Es tut mir leid, daß ich Sie habe warten lassen«, sagte er. Er zog einen Ledersessel dicht neben einen anderen, wartete, bis sie Platz genommen hatte, und setzte sich dann selbst. Er musterte sie eingehend, aber distanziert. Sein Gesicht nahm nichts und gab nichts. »Vermutlich war es für Sie ein größerer Schock als für uns alle. Es tut mir sehr leid. Inzwischen liegt der Bericht meines Pathologen vor, und er bestätigt meine Vermutung. Es war eine Gehirnblutung. Ich glaube, man muß dankbar sein, daß es kein anderer Schlaganfall war, einer, den sie zwar überlebt hätte, aber nur gelähmt. Hat sie in letzter Zeit über Unwohlsein geklagt?«

Barbie schüttelte den Kopf.

»Nun ja, ich nehme an, bei Beschwerden hätte sie sicher nicht darüber gesprochen oder einen von uns gerufen. Sie setzte sich über vieles hinweg, nicht wahr? Mrs. Layton hat Arthur Peplow angerufen und ihm gesagt, daß er die notwendigen Schritte einleiten kann. Leider ist Sarah in Kalkutta. Mrs. Layton wird ihre Schwester anrufen, aber selbst wenn Sarah morgen früh abfährt, kann sie erst übermorgen hier sein. Ich fürchte, für Susan wird es hart werden, nach allem, was Travers sagt. Also kann ihre Mutter sich um die andere Sache nicht persönlich kümmern. Glücklicherweise haben Arthur Peplow und Hauptmann Coley ihr das abgenommen.« Er zog einen kleinen Umschlag aus der Tasche. »Ich möchte, daß Sie die beiden Tabletten mit etwas warmer Milch nehmen, bevor Sie heute abend zu Bett gehen, damit Sie richtig schlafen.«

Barbie nahm den Umschlag. Sie sagte: »Vielen Dank, Oberst Beames.« Sie würde die Tabletten nicht nehmen. »Es ist sehr freundlich von Ihnen und sehr nützlich. Es gibt viel zu tun, und dazu muß man bei Kräften sein.«

»Das stimmt, aber keine Sorge, es wird schon alles erledigt. Schlaf ist das beste für Sie.«

»Können Sie mir etwas über die Vorbereitungen sagen... zum Beispiel über die Vorbereitungen für die Überführung?«

»Überführung?«

»Nach Ranpur. Ich kann mir denken, daß es hier in St. John einen Gottesdienst geben wird, besonders da Mildred Pankot nicht verlassen kann, während Susan das Kind bekommt. Und vielleicht eine kurze Zeremonie in St. Luke am nächsten Tag. Aber ich mache mir Gedanken über den Transport. Verstehen Sie, ich möchte dabeisein.«

»Haben Sie gesagt, St. Luke?«

»Ja, St. Luke in Ranpur. Dort soll die Beerdigung stattfinden, in St. Luke in Ranpur. Sie wollte neben ihrem zweiten Mann, James Layton begraben sein. Hat Mildred das Ihnen gegenüber nicht erwähnt?«

»Nein.«

Sie wartete darauf, daß er noch etwas sagte. Der energische Mund blieb fest geschlossen.

»Dann gehe ich besser zu ihr und erinnere sie daran«, sagte Barbie.

»Und Sie sind sicher, das war der Wunsch der älteren Mrs. Layton?«

»Ganz sicher.«

»Ich verstehe.« Beames machte eine Pause. »Dann werde ich es der jüngeren Mrs. Layton sagen. Ich habe nicht den Eindruck, daß an eine Bestattung in Ranpur gedacht ist. Aber vielleicht bin ich nicht über alles informiert. Ich weiß, daß von einem Gottesdienst morgen am späten Nachmittag in St. John die Rede war. Er warf einen Blick auf seine Uhr. Ich muß jetzt ins Flagstaff House. Aber ich komme später noch einmal zurück, um Mrs. Layton zu sehen. Dann werde ich es ihr sagen.« Er stand auf. »Sie können sich darauf verlassen, daß ich die jüngere Mrs. Layton von dem in Kenntnis setze, was Sie gesagt haben.«

Sie stand auf. Sie beabsichtigte nicht, sich auf Oberst Beames zu verlassen. Aber das, dachte sie, brauchte er nicht zu wissen. Sie ließ sich von ihm zur Tür bringen.

»Sind Sie in Begleitung?« fragte er.

»Ja, Mr. Maybrick ist bei mir.«

»Gut. Haben Sie einen Wagen?«

»Wir haben eine Tonga.«

»Das mit dem Diener ist merkwürdig, nicht wahr? Aber ich kannte einen ähnlichen Fall. Ich vermute, es ist eine Art sechster Sinn in Verbindung mit diesem eigenartigen Fatalismus, den diese alten Leute manchmal entwickeln. Aber es ist kein Beweis von Gefühllosigkeit.«

»Im Gegenteil«, sagte sie, »ganz im Gegenteil.«

Sie standen in der offenen Tür.

»Natürlich möchte ich sie sehen«, sagte Barbie. »Kann ich das jetzt?«

Er betrachtete sie ohne sichtbare Reaktion. Sie spürte, wie auf ihr Gesicht derselbe Ausdruck trat.

»Leider nein. Rufen Sie morgen früh das Allgemeine Krankenhaus an und lassen Sie sich mit Dr. Iyenagar oder seinem Assistenten verbinden, falls Sie es wirklich wünschen.«

»Doktor Iyenagar?«

»Oder seinen Assistenten. Apparat 22.«

»Vielen Dank, Oberst Beames.«

Er machte Anstalten, sie zu begleiten, aber sie versicherte ihm, sie finde den Weg allein. Sie ging durch die Flure zum Empfang zurück. Mr. Maybrick erhob sich. Barbie wendete sich an die blauhaarige Frau.

Sie sagte: »Oberst Beames hat mir gesagt, daß Mrs. Layton heute nacht hierbleibt. Vielleicht muß ich sie morgen früh anrufen. Ist das schwierig?«

»Nein, die Zimmer haben alle Telefon.«

»Welchen Apparat soll ich verlangen?«

Der boshaft wirkende Bleistift glitt die Liste hinunter.

» Apparat acht. Mrs. Layton.«

»Ist das auch die Zimmernummer?«

»Richtig. Ihre Tochter, Mrs. Bingham liegt in Nummer sieben.«

»Vielen Dank, gute Nacht.«

»Wir hätten den Koffer in der Tonga lassen sollen«, sagte Barbie, als sie über den asphaltierten Weg zurückgingen.

»Und den Burschen damit verschwinden lassen«, erwiderte Mr. Maybrick, als seien in dem Koffer Wertsachen. »Vermutlich ist er sowieso weg. Es ist nicht mehr so wie früher. Früher haben sie die ganze Nacht lang gewartet, um ihr Geld zu bekommen. Was hat Beames gesagt?«

»Es war ein Schlaganfall. Es muß also keine Verzögerung geben. Man kann alle Vorbereitungen treffen.«

»Welch ein Segen.«

»*Was* ist vorgesehen, Mr. Maybrick? Hat Arthur Ihnen das gesagt?«

»Er hofft, daß alles bis zum Gottesdienst um fünf Uhr nachmittags so weit ist.«

»Und danach?«

»Danach? Die Beisetzung.«

»Auf dem Kirchhof von St. John?«

»Ja, er war erleichtert, daß Mildred nicht auf einer Verbrennung bestanden hat. Heutzutage tun das so viele Leute, und er ist damit nicht so ganz einverstanden. Aber Mildred hat ihn gebeten, einen Platz auszusuchen.«

»Sind Sie ganz sicher?«

»O ja, er war zufrieden. Er hat seit längerem keine Beerdigung mehr dort gehabt.«

Sie erreichten das Ende des Wegs. »Ich fürchte, man wird

dem Einhalt gebieten müssen, Mr. Maybrick.« Sie blieb stehen und hielt ihn am Arm fest. Sie befanden sich jetzt auf dem asphaltierten Vorplatz vor dem Haupteingang des Allgemeinen Krankenhauses. Der Kutscher rief ihnen etwas zu, und schon tauchte auch die Tonga aus dem dunklen Schatten einiger Bäume auf, deren Zweige über die Auffahrt hingen.

»Was soll das heißen: Einhalt gebieten? Sind Sie mit dem Befund von Beames nicht zufrieden?«

»Das ist es nicht.«

»Was sonst?«

»Die Beerdigung muß in St. Luke in Ranpur stattfinden. Das habe ich ihm gesagt, aber ich fürchte, das genügt vielleicht nicht. Ich muß Mildred sprechen. Ich glaube, ich muß sie heute abend noch sprechen. Entweder sie hat es vergessen, oder Mabel hat es ihr nie gesagt. Mildred kann doch einen solchen Wunsch nicht absichtlich übergehen, nicht wahr?«

»Welchen Wunsch? Wessen Wunsch?«

»Mabels Wunsch. Sie wollte neben ihrem Mann James Layton auf dem Kirchhof von St. Luke in Ranpur begraben sein.«

»Und das haben Sie Beames gesagt?«

»Ja.«

»Was hat *er* dazu gesagt?«

»Er wollte heute abend mit Mildred darüber sprechen, wenn er vom Flagstaff House zurückkommt.«

»Dann tut er das auch. Wenn es so wichtig ist, können Sie es Arthur sagen, und entweder er oder Sie können Mildred morgen früh anrufen und sich überzeugen, daß Beames sein Wort gehalten hat. Kommen Sie, Sie brauchen etwas zu essen, etwas Warmes zu trinken, und dann müssen Sie ins Bett und versuchen zu schlafen.«

Er reichte dem Kutscher den Koffer hinauf.

»Es tut mir leid, Mr. Maybrick, daß ich so hartnäckig bin und Ihnen Ungelegenheiten mache, aber...«

»Um Himmels willen!« sagte er, »können Sie mich nach all den Jahren nicht Edgar nennen?«

»Ja, gut.« Sie nickte. »Edgard. Edgar.« Sie begann zu lachen und hielt sich die Hände vor das Gesicht. Sie konnte nicht mehr aufhören zu lachen. Sie lachte über ihren Schmerz und über seinen Namen, weil er nicht zu ihm paßte. Bald lachte sie auch über Mabel, denn die Alternative zum Lachen wäre ein Schrei hemmungsloser Verzweiflung und Einsamkeit nach dem anderen gewesen, denn Mabel war gegangen. Barbie hatte ihre Aufgabe verloren und erkannte, daß es so war und in den Augen aller immer so sein werde.

»Barbie!« sagte Mr. Maybrick (Edgar). Er hielt sie bei den Schultern, aber sie konnte sich nicht umarmen, ermahnen oder trösten lassen. Sie riß sich los und ging auf die Stufen zu, die zu den Glastüren führten, hinter denen die Lichter der großen Eingangshalle des Krankenhauses leuchteten. Sie suchte in ihrer Handtasche, fand ein nach Eau de Cologne duftendes Taschentuch und trocknete sich damit Wangen und Augen.

»Wohin wollen Sie denn?« rief er.

»Es ist schon in Ordnung. Gehen Sie nach Hause.«

Er holte sie ein, als sie den Fuß auf die erste Stufe stellte.

»Barbie, was haben Sie denn vor?«

»Ich muß einen gewissen Dr. Iyenagar sprechen.«

»Einen Doktor, was?«

Sie erreichten die Tür, und jeder stieß eine blitzblanke Glastür auf, so daß ihr Eintritt die ganze Wucht eines dringenden Notfalls hatte. Die junge Eurasierin blickte überrascht auf. Barbie ging geradewegs zu ihr hinüber. Der Geist der Härte hatte sie erfaßt: eine göttliche Eingebung.

»Oberst Beames hat sicher angerufen«, erklärte sie mit durchdringender Stimme, »bitte sagen Sie Dr. Iyenagar, daß ich hier bin.«

»Aber Dr. Iyenagar ist schon gegangen.«

»Dann sagen Sie es seinem Assistenten, Dr. ... ich weiß nicht, wie er heißt. Apparat 22.«

Die junge Frau drehte sich auf ihrem Drehstuhl und mühte sich mit den Stöpseln am Schaltbrett ab. »Sie sind Miss Batchelor, nicht wahr?« fragte sie.

»Ja. Ich muß Dr. Iyenagar oder seinen Assistenten sehen, im Zusammenhang mit dem Tod von Mrs. Mabel Layton. Sie ist heute nachmittag verstorben. Oberst Beames wollte anrufen, ehe er ins Flagstaff House ging.«

»Ja, ich verstehe. Ich erinnere mich nicht ...« Sie antwortete einer Stimme im Hörer. »Holen Sie bitte Dr. Lal.« Sie blickte zu Barbie auf. »Doktor Lal wird gleich hier sein. Bitte setzen Sie sich.«

»Haben Sie ihn am Apparat?«

»Noch nicht. Ich werde es ihm sagen.«

»Es ist nicht nötig, daß er kommt. Sagen Sie ihm nur, ich bin hier, wie mit Oberst Beames abgesprochen. Haben Sie die Freundlichkeit, mich von jemanden in sein Büro bringen zu lassen.« Sie drehte sich nach Mr. Maybrick um. »Warum gehen Sie nicht ins Pfarrhaus zurück, Edgar, und sagen Clarissa, daß ich in einer halben Stunde da bin? Sie können die Tonga für mich zurückschicken. Es dürfte eigentlich keine halbe Stunde dauern. Aber wenn es hier Probleme gibt, muß ich Isobel Rankin anrufen und sie bitten, Beames zu sagen, daß er es von dort regelt.«

»Ich warte«, sagte Mr. Maybrick und fügte hinzu, »Sie werden mich vielleicht brauchen, wenn Sie es mit Leuten zu tun haben, die Iyenagar, Lal oder sonstwie heißen.« Er warf der jungen Eurasierin einen Blick zu, und sie erwiderte ihn zustimmend. Er sah Barbie an. Sein Gesicht war röter als üblich, aber ernst. Er hatte verstanden.

»Doktor Lal?« fragte die junge Frau, »ich schicke Mrs. Batchelor zu Ihnen. Es geht um die verstorbene Mrs. Mabel Layton. Es ist mit dem Chefarzt besprochen. Es ist dringend.

Danke.« Sie zog den Stöpsel und schlug auf die Glocke. Ein Chaprassi kam. Sie gab ihm eine Anweisung.

»Doktor Lal erwartet Sie, Miss Batchelor«, sagte sie.

»Danke.«

Sie folgte dem Chaprassi durch einen Flur und stellte fest, daß Mr. Maybrick sie begleitete.

»Barbie, um Himmels willen, was haben Sie eigentlich vor?«

»Ich muß es tun«, sagte sie. Der Chaprassi wies auf eine Treppe, die in den Keller führte. Am Treppenabsatz auf halbem Weg nach unten hing ein Hinweisschild: Leichenhalle.

Mr. Maybrick packte sie an der Schulter. »Barbie, das können Sie nicht!« Sie schüttelte ihn ab. In dem niedrigen Flur im Keller war es heiß. Sie blickte zur Treppe zurück und sah, daß Mr. Maybrick an der Wand lehnte und sich die Ellbogen hielt. Er schüttelte den Kopf.

Seine Lippen bewegten sich. Sie nahm ihm das nicht übel... wegen Clarice, die in Assam dahinsiechte, langsam gestorben und – wie Clarissa, die es wußte, erzählte – völlig unkenntlich gewesen war.

Der Chaprassi öffnete eine Tür. Ein dünner junger Inder in einem weißen Kittel erhob sich von einem Hocker, der vor einer Bank mit weißen Emailletabletts und großen Gläsern stand. Die Backsteinwände waren weiß getüncht. Ein wimmernder Ventilator auf einem Chromfuß stand in einer Ecke. Es roch nach Formalin.

»Doktor Lal?«

»Ja, ich bin Doktor Lal.«

»Ich hatte erwartet, Doktor Iyenagar anzutreffen, aber man sagte mir, daß er gegangen ist.«

»Ja, vor einer halben Stunde.«

»Dann sind Sie jetzt der verantwortliche Mann.«

»Sie kommen von Oberst Beames, nicht wahr?«

»Ja. Doktor Iyenagar hat Sie offenbar von meinem Kommen unterrichtet. Oben fürchtete ich schon, man sei unangenehmerweise nicht informiert. Können wir bitte unverzüglich anfangen, Doktor Lal? Ich sollte schon seit zehn Minuten im Flagstaff House sein.«

Der junge Mann wirkte tuberkulös. Seine Augen waren übergroß. Er hatte zu viel studiert und zu wenig gegessen. Er hatte seine Examen gemacht, die ihm eine Welt hätten öffnen sollen. Aber der Weg in diese Welt wurde von Beames und seiner Angst vor Beames, von dessen guter Meinung seine Laufbahn abhing, blockiert. Während sie die zarten, nachttierhaften Züge mit dem derben, feisten Gesicht von Beames verglich, spürte Barbie instinktiv, daß er sich von dieser Meinung wenig erhoffte.

»O ja«, sagte er. Zitterte seine Unterlippe? Die Not zwang ihn zu Offenheit. »Anfangen... womit? Es tut mir leid, aber Doktor Iyenagar...«

»Was ist mit Doktor Iyenagar? Heißt das, Sie haben keine Anweisungen? In diesem Fall wollen wir nicht noch mehr Zeit verlieren. Lassen Sie sich von der Zentrale mit Flagstaff House verbinden. Ich werde mit Oberst Beames sprechen und ihn bitten, Ihnen noch einmal zu wiederholen, was er Doktor Iyenagar bereits gesagt hat.«

Einen Augenblick lang fürchtete sie, er könne aus Gewohnheit, den jeweils letzten Befehl zu befolgen, den er erhalten hatte, tatsächlich ans Telefon gehen. Aber er erwiderte beinahe sofort: »Das sollte nicht nötig sein, wenn Sie mir sagen, was das Problem ist.«

»Es ist kein Problem... zumindest war es das nicht. Es ist eine Frage der Identifikation.«

»Identifikation? Was bitte?«

»Doktor Lal, Sie machen die Sache äußerst schmerzlich und mühsam. Die Sache ist schlimm genug, auch ohne daß man sie hinauszögert. Ich muß die verstorbene Mrs. Layton sehen und identifizieren.«

342

Er wirkte erleichtert und dann verblüfft. Er sagte: »O ja, aber niemand hat gesagt, daß das notwendig ist. Sind Sie eine Verwandte?«

»Ja.«

»Einen Augenblick.«

Er ging zu einer Tür, kam aber wieder zurück und rückte einen Stuhl etwas von der Wand ab. »Bitte setzen Sie sich.« Das tat sie. Er öffnete die Tür und ging hinaus. Sie schloß die Augen und betete um Gnade, betete darum, daß Doktor Lal auch weiterhin keinen Verdacht schöpfte. Sie öffnete die Augen abrupt wieder, denn die Leere hinter den Lidern hatte sie gewarnt. Sie stand auf und öffnete die Tür, durch die er verschwunden war. Der Flur dahinter war enger und niedriger als alle anderen, durch die sie an diesem Abend gegangen war. Aber er war kalt. Am Ende befand sich eine geschlossene Doppeltür, die von Feuerlöschern flankiert wurde. In jedem Türflügel befand sich ein rundes Fenster.

Die Fußbodenplatten bestanden aus einem gummiartigen Material. Sie näherte sich lautlos der Tür und öffnete sie. Vor ihr lag das Leichenzimmer, düster und gekühlt durch eine Klimaanlage mit einem beinahe unhörbar hohen Summen, das sie gleichzeitig zu betäuben und gefühllos zu machen schien. Es versetzte sie in eine frostige Zeit, in eine Landschaft und Zeit, die sie nicht kannte. Sie trat ein und sah wie erstarrt, wie Doktor Lal und zwei Gestalten in weißen Gummianzügen den nackten Körper scheinbar im absurden Versuch, ihn wieder zum Leben zu erwecken, abrieben. Der Körper lag mit erhobenem rechten Arm auf der Seite und wurde von braunen Händen gehalten. Arm und Schultern waren gelblich. Die Verfärbung endete direkt über den schlaffen weißen Brüsten, zog sich jedoch oben über das von zerzausten grauen Haaren umgebene Gesicht. Die Augen standen offen und starrten direkt auf die Tür. Auch der Mund stand offen, und ihm entrang sich eine Klage, ein Schrei der Qual und des Entsetzens.

»Sie hätten nicht hereinkommen sollen!« schrie Doktor Lal
aufgeregt, »das verstößt gegen alle Vorschriften. Bitte gehen
Sie zurück und warten Sie.« Er stand Wache vor der Tür,
durch die er sie gerade fieberhaft hinaus und zurück in den
Flur geschoben hatte. »Es ist noch nicht soweit. Doktor Iyenagar hat mir nichts von einer Identifikation gesagt. Ich sage
es den Männern. Aber plötzlich kommen Sie ohne Erlaubnis
herein und bringen alles durcheinander. Das ist nicht erlaubt!
Und nun haben Sie einen Schreck bekommen. Bitte, bitte, Sie
müssen sich irgendwo hinsetzen, warten und Geduld haben.
Ich bin doch nicht schuld daran!« Die Wand gab ihr Halt. Sie
spürte ihre Härte am Hinterkopf. Sie schloß die Augen und
atmete tief durch den Mund ein.

»Niemand gibt Ihnen die Schuld, Doktor Lal. Niemand wird
Ihnen die Schuld geben. Ich werde nichts sagen. Es wäre klug
von Ihnen, ebenfalls nichts zu sagen. Ich habe gesehen, was ich
sehen mußte. Vergessen Sie einfach, daß ich hier war.«

Sie ging durch den Flur zurück und durch die noch offene
Tür in das Labor. Als sie den breiten Flur erreichte, sah sie
Mr. Maybrick auf der untersten Stufe der Treppe sitzen, die
ins Erdgeschoß hinauf führte. Ihre Blicke trafen sich. Barbie
spürte, sie waren Menschen, die sich vor langer Zeit gekannt
hatten ... vor zu langer Zeit, als daß einer von ihnen vermes-
sen genug gewesen wäre, sich auf eine alte Bekanntschaft zu
berufen, indem er zuerst sprach. Sie kehrten schweigend nach
oben zurück – er aus seiner Erinnerung und sie von ihrem ersten authentischen Eindruck von der Hölle.

Die blauhaarige Frau hatte immer noch Dienst. Barbie ging allein zu ihr. Draußen in der Tonga, deren Kutscher sich hatte
überreden lassen, auf dem schmalen, für Fahrzeuge verbote-
nen Asphaltweg hierher zu fahren, saß Mr. Maybrick immer
noch sprachlos vom Schock über das Wort LEICHENHALLE.

»Ich fürchte, es ist eine Situation eingetreten, die unbedingt erfordert, daß ich Mrs. Layton sehe. Es geht um die heute nachmittag verstorbene Mrs. Mabel Layton.«

»Ach ja. Einen Augenblick.« Sie warf einen Blick auf ihre Armbanduhr. »Mrs. Layton ist keine Patientin. Also nehme ich an, es läßt sich machen. Ich werde mit Schwester Page sprechen.«

»Sagen Sie ihr bitte, ich komme im Auftrag von Hauptmann Coley und Ehrwürden Arthur Peplow. Es ist äußerst dringend. Es betrifft die Vorbereitungen für die Beisetzung, und natürlich muß Mrs. Layton so früh wie möglich darüber informiert werden.«

Die blauhaarige Frau nickte. Sie hielt bereits den Hörer in der Hand, drückte einen roten Schalter und drehte eine kleine Kurbel. Sie verlangte Schwester Page zu sprechen. Offenbar war Schwester Page bei einer Patientin. Die blauhaarige Frau hinterließ eine genaue Nachricht. Sie wiederholte alles, was Barbie ihr gesagt hatte, mußte die Namen jedoch zweimal nennen. Sie wartete. Währenddessen summte es am Schaltbrett. Sie drückte Schalter, meldete sich: »Privatklinik Pankot. Sie wünschen?« und sagte dann: »Einen Augenblick.« Sie drückte andere Schalter, drehte die Kurbel, lauschte und schaltete sich dann vermutlich aus dem Gespräch aus und auf Schwesters Pages Apparat zurück.

»Hallo« sagte sie und lauschte. »Würden Sie das bitte tun? Ich lasse den Besuch inzwischen hochbringen.« Sie legte den Hörer auf, schlug auf die Glocke und sagte: »Schwester Page ist bei Mrs. Bingham. Aber Mrs. Layton ist noch nicht zu Bett gegangen. Ein Hausdiener wird Sie ins zweite Stockwerk führen. Bitte warten Sie bei der Anmeldung im Vorraum. Schwester Page oder Schwester Matthews werden dorthin kommen und Sie zu Mrs. Layton bringen.«

Sie trug dem Hausdiener, der auf das Läuten hin gekommen war, auf, Memsahib nach Wellesley zu bringen. Barbie dankte und folgte dem Mann. Sie fuhren im Fahrstuhl nach oben.

Der Platz von Schwester Page war unbesetzt. Den Tisch umstanden Vasen und Blumenkörbe, die man für die Nacht aus den Zimmern genommen hatte. Eine Uhr an der Wand hinter dem Tisch zeigte zehn Minuten vor zehn. Rechts befand sich ein schwarzer Pfeil und der Hinweis: Zimmer 20-39, links wies ein ähnlicher Hinweis zu den Zimmern 1-19. Barbie betrat den breiten Flur auf der linken Seite. Als sie um eine Ecke ging und in einen schmaleren einbog, tauchte etwa in der Mitte eine Schwester aus einem Zimmer auf und kam ihr entgegen. Sie hatte breite Hüften und dicke Beine.

»Schwester Page?« fragte Barbie.

»Nein, ich bin Schwester Matthews. Haben Sie sich verirrt?«

»Ich glaube nicht. Ich bin hier, um Mrs. Layton zu sprechen. Man hat mir unten gesagt, ich soll heraufkommen.«

»Oh!« Die junge Frau wirkte ratlos, lächelte aber plötzlich. »Ich dachte, es handelt sich um einen Hauptmann Coley mit einer Nachricht von einem Mr. Peplow.«

»Dann hat man das ein bißchen durcheinandergebracht. Es *handelt* sich um eine Nachricht, und zwar um eine dringende. Sie betrifft Mrs. Layton, Mr. Peplow und Hauptmann Coley.«

»Ach so, ich verstehe. Und ich habe Mrs. Layton gerade gesagt, es sei Hauptmann Coley. Nun ja, macht nichts.«

»Wie geht es ihrer Tochter Susan?«

»Mrs. Bingham geht es so gut, wie man es unter diesen Umständen erwarten kann.«

»Ist es also kein falscher Alarm?«

»Nein. Aber die Schmerzen haben etwas nachgelassen. Ich fürchte, es wird keine leichte Geburt sein. Sie ist so verkrampft. Aber kann man es ihr verdenken? Wir haben versucht, ihrer Mutter etwas zu geben, damit sie schlafen kann, denn Hauptmann Travers sagt, so wie es aussieht, wird es mindestens noch bis morgen früh dauern. Aber Mrs. Layton will unbedingt ihre Schwester und ihre andere Tochter in Kalkutta anrufen. Einmal sind wir durchgekommen, aber es war nur so ein Dummkopf von einem Diener am Apparat. Deshalb versuchen wir es um elf heute abend noch einmal. Ich nehme an, sie sind alle ausgegangen und feiern die zweite Front. Das würde ich auch tun, wenn wir nicht so unterbesetzt wären. Ich bringe Sie jetzt zu Mrs. Layton.«

»Machen Sie sich keine Mühe. Ich weiß die Zimmernummer.«

»Es macht keine Mühe.« Sie drehte sich um und ging voraus. Im selben Moment öffnete sich eine Tür, eine andere Krankenschwester kam heraus und sagte:»Oh, Thelma, Gott sei Dank, komm mit und...« Sie brach ab, als sie Barbie sah. »Sofort«, erwiderte Schwester Matthews, klopfte, riß die Tür von Zimmer acht auf, blickte sich um und rief laut:»Ihr Besuch, Mrs. Layton!« und ließ Barbie eintreten.

Ein freudlos festlicher Geruch lag in der Luft. Mildred war offenbar im Bad. Sie rief:»Komm herein, Kevin. Auf dem Frisiertisch steht ein frisches Glas. Gieß du dir bitte ein und füll mir nach?! Ich komme gleich.« Ein Wasserhahn rauschte für ein paar Sekunden. »Was ist passiert?« fragte Mildred, »ich warne dich, viel mehr kann ich heute nicht mehr ertragen. Bringst du mir mein Glas? Du bist ein Engel. Ich werde in diesem Irrenhaus noch verrückt. Ich habe pausenlos in Kalkutta angerufen, aber bei Fenny ist außer einem vertrottelten Bengali niemand zu Hause. Wenn du schon hier bist, kannst du es noch einmal versuchen und sehen, ob du verstehst, was er sagt.« Eine Pause. »Kevin?«

Noch eine Pause. Die Tür zum Badezimmer flog auf. Als Mildred Barbie sah, schlug Mildred schnell den offenen Morgenmantel zu und bedeckte den beinahe nackten Körper.

Einen Augenblick lang rührte sie sich nicht.

Dann sagte sie:»Verdammte Hexe! Verdammtes Weibsstück!«

»Mildred nein, bitte nicht! Sprechen Sie nicht so mit mir. Wir dürfen nicht zulassen, daß sich etwas Unfreundliches zwischen uns und das stellt, was wir zu tun haben. Es ist viel zu wichtig. Es tut mir leid, wenn es zu einem Mißverständnis gekommen ist. Aber es ist nicht meine Schuld. Ich mußte Arthur und Hauptmann Coley erwähnen, denn es *betrifft* sie, und ich wußte, Sie hätten es sonst abgelehnt, mit mir zu sprechen. Aber Sie müssen einsehen, daß es nicht meine Schuld ist, wenn die Nachricht falsch bei Ihnen angekommen ist. Sehe ich etwa aus wie ein Hauptmann Coley? Es ist reiner Unsinn, und Sie machen einen großen Fehler. Aber es ist mir gleichgültig. Nachher können Sie mich nennen, wie Sie wollen. Sie können mich auf jede erdenklich Weise für alles bestrafen, was ich Ihnen Ihrer Meinung nach angetan habe. Aber Sie müssen mir zuhören, und Sie müssen tun, was ich sage. Sie müssen es, sonst wird sie nie Ruhe finden. Nie. Nie! Ich habe sie gesehen, also weiß ich es. Sie wird Sie verfolgen. Sie wird mich verfolgen. Sie wird uns alle verfolgen. Sie ist an diesem schrecklichen Ort und leidet, weil sie weiß, daß Sie Ihr Versprechen vergessen haben oder es nicht halten werden.«

Mildred war zum Frisiertisch gegangen und hatte ihr Glas aufgefüllt. Jetzt sagte sie: »Ich weiß überhaupt nicht, was Sie meinen. Welches Versprechen und wem gegenüber?«

»Das Versprechen, Mabel auf dem Kirchhof von St. Luke in Ranpur zu beerdigen.«

»Was um alles in der Welt reden Sie denn da?«

»Es war ihr Wunsch. Sie hat es mir gesagt. Sie muß es Ihnen gesagt haben.«

»Auf dem Kirchhof von St. Luke? In Ranpur? Davon weiß ich nichts, und das ist völlig ausgeschlossen. Wenn Sie sich die Demütigung ersparen wollen, von Angestellten hier zum Verlassen des Hauses aufgefordert zu werden, dann gehen Sie jetzt lieber.«

»Warum ist das ausgeschlossen? Auf dem Tisch steht ein Telefon. Sie müssen nur Arthur anrufen und ihn bitten, sich mit Mr. Wright in Ranpur in Verbindung zu setzen, um ihm ganz schlicht zu sagen, daß sie wünschte, neben ihrem zweiten Mann, Ihrem Schwiegervater, auf dem Kirchhof von St. Luke in Ranpur begraben zu werden. Arthur und ich werden dann alles Nötige veranlassen. Aber die Anweisung, die Vorbereitungen für die Beisetzung hier abzubrechen, muß von Ihnen kommen.«

»Sie verlassen sofort das Krankenhaus und hören auf, sich in Dinge einzumischen, die Sie nichts angehen. Ich finde diese Idee geradezu widerlich. Es ist Juni. Vielleicht ist es Ihnen aufgefallen, daß es selbst in Pankot warm ist. Von den Kosten für das Eis ganz abgesehen, habe ich nicht die Absicht, die Stiefmutter meines Mannes wie ein Stück tiefgefrorenes Eis transportieren zu lassen, damit sie nach einer Verzögerung von mehreren Tagen auf einem Kirchhof begraben wird, auf dem, soweit ich mich erinnere, schon seit den zwanziger Jahren niemand mehr beigesetzt wird. Und ich habe schon gar nicht die Absicht, das zu tun, nur weil eine schwachsinnige alte Frau sich das in den Kopf gesetzt hat. Selbst wenn meine Stiefschwiegermutter diesen Wunsch in ihrem Testament oder einem der schriftlichen Nachträge geäußert hätte, müßte ich mich darüber hinwegsetzen.«

»Von einem Testament weiß ich nichts. Ich weiß nur...«

»Aber ich. Ich habe eine Kopie des Testaments, seit mein Mann sich im Ausland befindet, und auch Kopien aller Testamentsnachträge. Sie hatte einen Horror davor, daß die Leute in ihren Papieren herumwühlen müssen. Sie war geradezu peinlich und rücksichtsvoll darauf bedacht, ihrer Familie unnötige Sorgen und Mühen zu ersparen. Dieser gräßliche, kleine Geleitzug nach Ranpur, von dem Sie glauben, daß sie ihn wollte, paßt überhaupt nicht zu ihr. Nachdem Sie fünf Jahre lang in einer vermutlich recht engen Beziehung mit ihr zusammengelebt haben, überrascht es mich, daß Sie sie nicht besser kannten. Andererseits...«

Mildred trank einen Schluck Gin, stellte das Glas ab und lächelte.

»Überrascht es mich nicht. Sie sind als Dienstmädchen geboren worden, und Sie sind ein Dienstmädchen geblieben. Indien war sehr schlecht für Sie und Rose Cottage eine Katastrophe. Ich nehme an, Sie haben entweder bis zum Ende des Monats oder bis zum Ende des Quartals bezahlt. In diesem Monat läuft es auf dasselbe hinaus. Ich wäre froh, Sie würden früher gehen, genauer gesagt, so schnell wie möglich. Ich werde veranlassen, daß Sie die entsprechende Rückzahlung bekommen.«

»Mildred.«

»Wie können Sie es wagen, mich Mildred zu nennen! Für Sie bin ich Mrs. Layton.«

»Nein, das ist lächerlich. Das ist einfach gehässig. Mildred ist Ihr Name, Ihr Vorname, den Sie bei Ihrer Taufe erhalten haben. Ich werde Sie nicht anders nennen, nicht vor SEINEN Ohren...«

»O Gott«, stöhnte Mildred. Sie hielt sich ein Ohr zu und krümmte sich, als wolle sie einen Schlag abwehren oder auf einen körperlichen Schmerz reagieren. Die Bewegung stellte eine direkte optische Verbindung mit dem Tisch und dem Telefon her. Sie machte einen Schritt darauf zu und griff danach. Mit einem Satz war Barbie bei ihr, packte ihr Handgelenk, verlor dabei das Gleichgewicht und stürzte schwer und schmerzhaft auf die Knie. Aber sie packte auch Mildreds anderes Handgelenk und ließ nicht locker. Sie war von ihrer eigenen Gewaltätigkeit in dieser Bußhaltung gefangen. Sie schloß die Augen, damit die Woge der Kraft nicht abbrach. Sie floß durch ihre Arme in Mildred. Sie waren in einem Kraftfeld vereint, einer Zone unendlicher Möglichkeiten zu unbehinderter und vollkommener Verständigung.

350

Tränen des Staunens, der Liebe, der Hoffnung und eines unerträglichen Verlangens quollen unter Barbies pergamentähnlichen Lidern hervor. Einen Augenblick lang hatte sie kein Gefühl in ihren Lippen. Sie wollten sich nicht schließen, um ihr zu helfen, den Anfang des notwendigen ersten Wortes der demütigen Bitte zu formen. Sie mußte darauf verzichten und mit einem Geständnis beginnen.

»Es tut mir leid«, sagte sie, »es tut mir leid. Es tut mir leid. Ich bin, was Sie sagen. Aber ich habe sie so sehr geliebt, und es schien, als sei sie meine Chance, ein Geschenk Gottes, damit ich durch sie IHM dienen konnte, nachdem alles andere nicht gut gewesen war, zu nichts geführt hatte. Und gerade eben versuchte sie zu sagen: Hilf mir! Hilf mir! Bitte, Mildred, sie hat um so wenig gebeten. Aber darum *hat* sie gebeten. Weshalb sollte ich darum bitten? Weshalb sollte ich eine Geschichte erfinden? Ich tue alles, alles... alles, was Sie wollen. Aber bitte, bitte beerdigen Sie sie nicht im falschen Grab. Das nicht!«

Sie spürte, daß Mildred sich losriß, und kannte die Antwort. Sie öffnete die Augen, sah jedoch alles undeutlich. Der Schock eines Aufpralls betäubte sie. Kurz dachte sie, Mildred habe sie mit der Hand ins Gesicht geschlagen. Aber dann spürte sie, wie kaltes Wasser ihre Bluse tränkte. Als sie ihre Umgebung wieder deutlich wahrnahm, sah sie die leere Karaffe in Mildreds Hand.

Ohne Wasser gab es kein Eis, keine Frostkristalle, keinen Hagelsturm. Die Gebetsmaschine war in Gestalt von Mildred und einem bereitstehenden Wasserkrug zum Leben erwacht. Die Trivialität der Situation versetzte Barbie schockartig in eine gefährliche Ruhe. Sie fühlte sich zu kaltblütigem Mord in der Lage, fähig, Mildred lebendig zusammen mit Kevin Coley unter einem Haufen leerer Ginflaschen und etwas Silber aus der Offiziersmesse zu begraben und an der Stelle eine der zerschlissenen Fahnen zu hissen.

Sie klammerte sich an der Tischkante fest, fand damit einen Halt, um aufzustehen, was sie zwar ohne Würde, aber ehrenhaft tat. Wer konnte es sagen? Sie wußte es nicht. Würde und Ehre waren nicht untrennbar. Manchmal – so wie jetzt – schienen Ehre und Würde sowohl für Mildred als auch für sie in weiter Ferne zu liegen.

Wortlos hob sie die Handtasche vom Fußboden auf, wohin sie gefallen war, und verließ das Zimmer. Sie schloß die Tür leise. Auf dem Flur wurde ihr bewußt, daß ihr feuchte Haarsträhnen auf der Stirn klebten. Die Vorderseite ihrer Heliotropjacke war schwarz vom Wasser. Die Brust war eiskalt. Sie hob den Kopf und ging mit großen Schritten an Schwester Matthews und einer anderen Krankenschwester vorbei, sagte zu den Gesichtern mit den offenstehenden Mündern »gute Nacht« und stieg mit festen lauten Schritten die Steintreppe hinunter, die sich um den Aufzugsschacht wand. Die blauhaarige Frau im Erdgeschoß telefonierte und lächelte geistesabwesend, als Barbie ihr »gute Nacht!« zurief. Die Scham einer Konfrontation blieb ihr erspart.

Vier junge Offiziere der Pankot Rifles nahmen die Last, den Sarg auf ihre Schultern. Eine zusammengewürfelte Schar, die in der Körpergröße besser hätte zueinander passen können. Die Neigung ihrer Last blieb Schritt um schwankenden Schritt ein paar Grad über dem Winkel, der zu einem makabren Unfall geführt hätte. Barbie erkannte das rosige Gesicht von Hauptmann Beauvais, das durch die Anstrengung seiner militärischen Begräbnispflicht noch rosiger war, und sie fragte sich, ob er auf seinem Weg nach draußen das zusätzliche Gewicht einer Erinnerung an Bob Buckland spürte – wer immer Bob Buckland gewesen war oder sein mochte.

Neben Mildred ging Kevin Coley; den beiden folgten Isobel Rankin und Maisie Trehearne, hinter denen Clara Fosdick, Nicky Paynton und Clarissa kamen. Ein kleines Gefolge.

Barbie blieb noch eine ganze Weile, nachdem der Sarg hinausgetragen worden war und der letzte Trauernde die Kirche verlassen hatte, im Schatten eines Pfeilers weit hinten in der Kirche und im dichteren Schatten ihrer bitteren und schrecklichen Erkenntnisse sitzen.

Das war das Raj (dachte sie); es ging dahin und stützte sich auf die unanfechtbaren Kriterien der Notwendigkeit, Frömmigkeit, ja sogar der Selbstaufopferung, denn Mildred hatte sich eine halbe Stunde von ihrer Wache losgerissen, um dabeizusein, wenn der Sarg in der Grube verschwand, die auf ihre Anordnung hin gegraben worden war. Bald würde sie ins Krankenhaus zurückkehren, wo Susan immer noch in den Wehen lag. Aber in Wirklichkeit wurde ein verbrecherischer Akt der Roheit begangen: die Sünde, sich kollektiv keinen Pfifferling um einen Wunsch, eine Erwartung oder ein Versprechen zu kümmern, solange nur die persönliche Würde gewahrt blieb, und zwar ohne allzu große Anstrengung.

Und so wird es sein (dachte Barbie); so wird es mit unserer Zeit hier sein. Wenn wir gegangen sind, sollen sie den Himmel färben wie sie wollen. Uns ist es dann gleichgültig. Es war nie wirklich unsere Absicht, ihn dauerhaft zu färben, sondern ihn so wolkenlos für uns selbst zu machen, wie wir nur können. So war mein Leben hier tatsächlich vergeudet, denn ich habe es als hierher verpflanztes Anhängsel, als Dienstmädchen gelebt, das als erste zum morgendlichen Gebet erscheint, während die Herrin des Hauses sich hastig den Mantel überwirft und wie ich in Frömmigkeit niederkniet, die eine Absicht verfolgt. Aber wir haben keine Absicht, die Gott als solche gelten läßt. Mögen wir sie auch noch so beschönigen, indem wir hastig den Mantel schließen, um unsere Nacktheit zu verbergen und den Eindruck von Vornehmheit und Würde zu erwecken, wie Mildred es tat und immer noch versucht. Sie besitzt eine Art Größe. Mir ist es im Grunde gleichgültig, ob sie halb nackt vor Kevin Coley erscheint, aber ich glaube Gott und der Welt ist es nicht gleichgültig, daß sie mit ihm in die Täler ritt und Frauen mütterliche Weisheit bringen wollte, die älter und ebenso weise oder noch weiser waren als sie selbst. Das war eine Vermessenheit, der sich Mabel immer widersetzte. Mabel wußte, daß sie nicht einmal einer Rose Trost spendete und erst recht nicht einem Menschen. Mabel brachte mir am Ende keinen Trost. Doch sie zeichnete sich durch das Wissen aus, daß es ohnedies unmöglich war. Deshalb vergibt sie mir vielleicht das Grab und schließt die Augen. Nicht jeder hat gesehen, daß sie offenstanden.

»Die sind für sie, nicht wahr?«

Das fragte Edgar Maybrick. Er nahm den Blumenstrauß, der auf der Bank neben ihr lag.

»Sie sind alle gegangen«, sagte er, »ist das Ihr Koffer?«

»Ja«, sagte sie, stand auf und ließ zu, daß er auch den Koffer nahm. Er führte sie hinaus. Als sie den Platz erreichten – ein bunter Fleck frisch aufeinandergetürmter Blumen –, nahm sie ihm den Strauß ab, blieb weit genug von dunklen Loch stehen, das nie hätte gegraben werden sollen, und warf ihn hinein.

Sie kehrte allein nach Rose Cottage zurück. Als die Tonga vorfuhr, sah sie die Gestalt eines alten Mannes an der Seite des Hauses auftauchen und wartend stehenbleiben. Sie stieg aus und bezahlte den Tonga Wallah. Die Eingangstür stand offen. Die Fenster ihres Zimmers ebenfalls. Sie und der alte Mann sahen sich eine Weile an. Dann rief sie: »Kommen Sie bitte, um mir zu helfen, Aziz? Ich bin sehr müde und hätte gerne eine Tasse Tee.« Sie stieg die Stufen hinauf und ging ins Haus. Hinter sich hörte sie das Gepolter seiner Sandalen, die er auf der Veranda fallen ließ, ehe er ihr folgte.

TEIL VIER

Die Ehre des Regiments

I

Susan wurde am achten Juni, um fünf Uhr morgens von einem gesunden Jungen entbunden, der dem armen Teddie absurd ähnlich sah. Drei Stunden später traf Sarah, die man schnell aus Kalkutta zurückgerufen hatte, mit dem Nachtzug aus Ranpur in Pankot ein – dreiunddreißig Stunden nachdem Susan entsetzt ausgerufen hatte: »Aber das kann nicht sein! Das Kind ist noch nicht fertig.«

Susan sah das Kind nicht an. Sie reagierte nicht auf das, was ihre Mutter sagte, was Travers und die Schwestern sagten, sie wendete den Kopf ab. Es sah nach einem klassischen Fall von Ablehnung aus. Erst als Sarah das Kind auf den Arm nahm und Susan versicherte, es sei völlig gesund und so lebendig, wie man sich nur wünschen konnte, ja sogar ein kleiner Schreihals, der überhaupt nicht mit dem zufriedenzustellen war, was man ihm bisher geboten hatte, erst dann drehte Susan den Kopf, blickte Sarah an, dann das Kind und sagte nichts; aber sie ließ geschehen, daß Sarah ihr das schreiende Bündel so vor die Augen hielt, daß sie sein dunkelrotes Gesicht und die suchenden winzigen Händchen sehen konnte.

Als sie das Kind in die Arme nahm, wurde deutlich, daß sie zögerte, es genauer zu betrachten. Sie fragte: »Ist es fertig? Wirklich?« und es dauerte eine Weile, bis sie sich von den Beweisen überzeugen ließ, die Schwester Page ihr einen nach dem anderen vorführte, und wirklich kein Zweifel mehr bestehen konnte. Die Anstrengung erschöpfte Susan; sie weinte ein wenig, lächelte aber und berührte das Baby an der Wange. Sie schlief und erwachte wieder, und als es an der Zeit war, das Kind zu stillen, widmete sie sich der uralten Aufgabe mit einem Stirnrunzeln spartanischer Konzentration, die allmählich wich, bis auf ihre Stirn ein Glanz trat, der für ihr Gesicht zu alt und zu schwer war. Aber niemand bemerkte es.

Bald versiegte die Milch, und Mildred erklärte, das sei ganz gut so, denn man sollte sich körperlich nicht so binden; es sei für Mutter und Kind das beste; Stillen sei unhygienisch und im Grunde für alle Beteiligten unangenehm und lästig. Mildred hatte sich von Anfang an dagegen ausgesprochen, und die Hartnäckigkeit, mit der Susan darauf bestand, es wenigstens zu versuchen, überraschte sie. Nun ja, überraschte sie auch wieder nicht. Das arme Mädchen hatte sich größte Mühe gegeben, alles richtig zu machen. Sie war wirklich ein Prachtkerl.

»Immerhin«, sagte Mildred, »kann man sich schwierigere Umstände kaum vorstellen.« Sie gab das Zimmer neben der glückbringenden Nummer sieben auf, kehrte wieder in den Dienstbungalow zurück, verbrachte jedoch immer den größten Teil des Tages bei Susan. Isobel Rankin sorgte dafür, daß Oberst Layton über das Rote Kreuz ein Telegramm erhielt; Briefe wurden geschrieben. Man gestand die leichte Besorgnis darüber, was wohl mit den Kriegsgefangenen in Deutschland geschehen werde, nachdem die Truppen der Alliierten in Europa gelandet waren, nicht offen ein; statt dessen sprach man mit Susan darüber, daß ihr Vater bis Weihnachten möglicherweise wieder zu Hause sei.

»Wie schön, wenn es so ist«, sagte Susan. »Jedenfalls für uns. Aber ich finde es eigentlich nicht ganz fair. Er sucht Frieden und Ruhe und möchte umsorgt werden, aber statt dessen erwartet ihn ein schreiendes Baby, das im Mittelpunkt der Aufmerksamkeit steht.« Sie lächelte und fügte hinzu. »Aber ich glaube, er wird nichts dagegen haben, denn es ist ein Enkelsohn.« Sie schloß die Augen, so daß die Besucher leiser sprachen und daran dachten, daß Susan sich bald ernsthaft darüber Gedanken machen müsse, wieder zu heiraten, um dem Sohn einen Vater zu geben – am besten wohl Dicky Beauvais, der sich sehr um sie bemühte und in jeder Hinsicht eine ausgezeichnete Wahl wäre.

Wie alle anderen jungen Männer bisher hatte sich Hauptmann Beauvais ursprünglich für Sarah interessiert. Aber in seinem Fall wäre es unmöglich gewesen, Interesse an Susan zu zeigen, denn als er nach Pankot versetzt wurde, war sie eine verheiratete Frau und dann eine schwangere verheiratete Frau. Er hatte eine brüderliche Rolle übernommen, und erst seit der Nachricht von Teddie Binghams Tod wurde allmählich deutlich, daß es mit der Brüderlichkeit nicht soviel auf sich hatte; und das brachte manche Leute auf den Gedanken, sie sei nie mehr als eine Tarnung für seine wärmeren Gefühle gewesen, die er aber versucht hatte, Sarah vorzubehalten und nur ihr gegenüber zu zeigen. Wieder war es unumgänglich, sich eingehender mit Sarah zu beschäftigen. Mit diesem Mädchen schien etwas nicht in Ordnung zu sein. Es war etwas so Vielschichtiges, daß es sich nicht einfach mit einem simplen Mittel beheben ließ, etwa der sicheren Rückkehr des Vaters oder der Heirat mit dem richtigen Offizier oder indem man ihr erlaubte, sich der familiären Verpflichtungen in Pankot zu entledigen und in größerer Nähe des Kriegsgeschehens eine interessantere Aufgabe zu übernehmen, die sie mehr fordern würde. Auch der Hinweis der kleinen Mrs. Smalley schien nicht gerechtfertigt zu sein. Sie hatte damals, als Teddie Bingham seine Zuneigung auf Susan übertrug, den Verdacht geäußert, Sarah habe vielleicht ungesunde Ansichten. Man konnte nur sagen, daß ihr Verhalten eine Spur weniger als Bewunderung verdiente, denn es mangelte ihr entweder an Begeisterungsfähigkeit oder Spontaneität.

»Sie denkt zuviel«, sagte Nicky Paynton. »Und man kann sagen, was man will, Männer mögen das nicht, wenn es deutlich wird. Sie sollte lernen, es zu verbergen, und das dürfte ihr nicht allzu schwerfallen, denn sie weiß bereits, wie man seine Gedanken für sich behält.«

Aber das war vor der Krise gewesen, die Mabels Tod und Susans vorzeitige Wehen auslösten. Sarah verpaßte beide Ereignisse, weil sie nach Kalkutta gefahren war. Auf der anstrengenden Rückreise nach Pankot mußte sie sich große Sorgen gemacht haben. Sie hatte ihre Großmutter sehr geliebt und nach Teddies Tod unermüdlich versucht, Susan aufzumuntern. Das Schicksal nahm ihr die Möglichkeit, zu einer Zeit zu helfen, wo ihre Hilfe am meisten gebraucht wurde. Aber eine Stunde nach ihrer Ankunft mit dem Nachtzug aus Ranpur saß sie an Susans Bett. Ihre Schwester und ihre Mutter schliefen, aber sie blieb in Susans Zimmer, nickte auf einem Stuhl neben dem Bett ein; eine Hand lag auf der Steppdecke, wo Susan nach ihr greifen konnte, wenn sie erwachte.

So fand Travers die beiden Schwestern. Er war gerührt und erzählte, daß Sarahs Erleichterung darüber, ihre Schwester wohlauf und das Kind gesund vorzufinden, ihr im Schlaf ein Lächeln auf die Lippen gelegt habe. Dieser glückliche Ausdruck lag auch auf ihrem Gesicht, als sie das Baby auf dem Arm hielt und Susan überredete, es anzunehmen. Die anwesende Nicky Paynton kam in diesem Moment zu dem Schluß, daß Sarah endlich zu etwas wie Begeisterung fähig war, und sei es auch aus zweiter Hand: die Begeisterung für das Kind ihrer Schwester. Das wichtigste ist, dachte Mrs. Paynton, der Boden muß bestellt werden. Sarah, so glaubte sie, hatte sich lange unbewußt darum bemüht, dem Vater den gewünschten Sohn zu ersetzen. Mrs. Paynton verstand in diesem Augenblick die Zukunft, die nicht mehr so besorgniserregend war. Die Lösung für Sarah war doch ganz einfach. Sie hatte nur einen stark entwickelten Mutterinstinkt unterdrückt.

»Sarah, hast du Hauptmann Merrick besuchen können?«
fragte sie – denn beim Verlassen von Susans Zimmer fiel ihr
wieder ein, weshalb Sarah nach Kalkutta gefahren war.

»Ja, ich habe ihn gleich nach meiner Ankunft besucht.«

»Wie geht es ihm?«

»Er wartete auf eine Operation.«

»Ist es etwas Ernstes?«

»Ich glaube in medizinischer oder chirurgischer Hinsicht
unkompliziert. Sie wollten ihm den linken Arm über dem Ellbogen amputieren. Entschuldigen Sie mich einen Moment.«

Sarah ging zu Schwester Pages Tisch und unterhielt sich
mit der jungen Frau, die dort saß. Clara Fosdick und Nicky
Paynton warteten in der Nähe des Aufzugs und sahen sich
an. Als Sarah zu ihnen zurückkam, sagte Mrs. Paynton: »Wie
schrecklich!«

»Bitte?«

»Das mit Hauptmann Merrick. Weiß Susan davon?«

»Ja. Hauptmann Travers hielt es für das beste, es unumwunden zu sagen, denn sie hatte die Vorstellung, er habe vielleicht
überhaupt keine Arme mehr. Der Brief an uns aus dem Krankenhaus in Comilla war diktiert.«

Der Aufzug kam. Die Enge der Kabine lud nicht zu einer Unterhaltung ein, ermöglichte jedoch Nicky Paynton
und Clara Fosdick, Sarahs Gesicht eingehend zu betrachten. Später, als sie allein waren, stimmten die beiden darin
überein, es liege in diesem Gesicht eine uncharakteristische
Härte und Entschlossenheit, eine Ungeduld, durch die Sarahs Zärtlichkeit gegenüber ihrer Schwester und dem Kind
noch auffälliger wurde.

Sie stiegen aus dem Fahrstuhl und gingen durch die Halle.
Mrs. Fosdick fragte: »Hat er sich bereit erklärt, Taufpate zu
sein?«

»Nein. Er bedankte sich für den Vorschlag. Aber er glaubt,
er wäre kein guter Pate.«

»Wegen des Arms?«

»Ich nehme an, das spielte auch eine Rolle.«

»Was ist denn geschehen? Hat er das gesagt?«

»Er zog Teddie und den Fahrer aus einem brennenden Jeep und brachte sie in Deckung. Er erlitt dabei Verbrennungen dritten Grades und wurde angeschossen. Den Fahrer konnte er retten, aber für Teddie kam jede Hilfe zu spät. Er wird einen Orden bekommen.«

»Das will ich meinen.«

»Der Verlust der Polizei war offenbar ein Gewinn für das Militär«, sagte Nicky Paynton. »Aber ich bedaure, daß Hauptmann Merrick abgelehnt hat. Er wäre ein Pate gewesen, auf den jeder Junge stolz sein kann.«

»Später einmal vielleicht, wenn der Junge alt genug ist, um keine Angst mehr zu haben. Er hat auch Verbrennungen im Gesicht.«

»O je. Schlimme?«

»Ich konnte es nicht erkennen. Durch die Binden sah man kaum mehr als die Augen und den Mund. Aber Schwester Prior meinte, seine Haare würden mit der Zeit wachsen und er würde vielleicht sogar wieder wie ein Mensch aussehen.«

»Wie kann man so etwas nur sagen!«

»Sie sagte es, um ihren Gefühlen Luft zu machen. Sie hielt von meinem Besuch als mildtätige Dame nicht besonders viel. Sie gehört zu den bissigen Krankenschwestern, die zu Hause niemals diesen Rang hätten, aber sie hat ihn, weil sie als QA hierher gekommen ist. Ich glaube, sie gehört zu den Leuten, die uns dafür verantwortlich machen, daß es überhaupt Krieg gibt. Sie fand es skandalös, Schwerverwundeten Orden zu verleihen, und glaubte, Geld sei angebrachter. Aber bei Ronald Merrick liegt sie damit falsch. Ihn interessieren diese Art Bezahlung oder Leute, die so etwas vorschlagen, nicht.«

»Das nehme ich doch an.«

»Er sagt, er gibt sich selbst die Schuld an Teddies Tod. Dicky

Beauvais hat versprochen, mit dem Dienstwagen hier zu sein. Können wir Sie mitnehmen? Ich gehe ins Büro. Es liegt also auf dem Weg.«

»Das wäre reizend«, sagte Nicky Paynton.

»Ich sehe nach, ob er da ist.«

Sarah ging auf den Vorplatz hinaus, kehrte bald wieder zurück und berichtete, der Wagen werde vorfahren. Hauptmann Beauvais nahm von Mrs. Fosdick eine Rupie entgegen, um den wartenden Tonga Wallah zu bezahlen, und die drei Damen stiegen hinten in den Wagen ein.

»Warum gibt sich Hauptmann Merrick selbst die Schuld?« wollte Mrs. Paynton wissen, nachdem sie saßen.

»Ich glaube, in Wirklichkeit gibt er sich nicht die Schuld. Es ist nur seine Art, sich auszudrücken. Er wollte einen bestimmten Kriegsgefangenen abholen, und Teddie begleitete ihn, obwohl kein Grund dazu bestand. Ich glaube Teddie mischte sich ein. Ich meine damit, er traute Ronald Merrick nicht zu, sich in einer Situation so zu verhalten, wie es seiner Ansicht nach richtig war. Sie verhörten den Gefangenen, und dann nahm Teddie den Jeep, obwohl er es nicht hätte tun dürfen, und fuhr weiter vor. Er hatte den Gefangenen bei sich, denn der Mann behauptete, im Dschungel seien zwei Freunde, die sich ebenfalls ergeben wollten. Ronald wußte nichts davon, und als er es entdeckte, mußte er ihm nachfahren.«

»Das wäre erledigt«, sagte Dicky Beauvais und nahm vorne Platz. Er bedeutete dem Fahrer loszufahren und legte den Arm über die Rückenlehne der vorderen Bank, um sich bequemer am Gespräch beteiligen zu können.

»Sarah erzählt uns gerade von Hauptmann Merrick und dem armen Teddie«

»O ja.«

»Ist es nicht sehr ungewöhnlich«, fragte Mrs. Paynton, »daß japanische Soldaten sich ergeben?«

»Es waren keine Japaner.«

»Was denn?«

»Indische Soldaten aus Teddies altem Regiment.«

Der Wagen fuhr am Ende der Auffahrt langsamer und glitt dann, dank der guten Federung und Polsterung angenehm für die Insassen, über die Straße zum Hauptquartier.

»Muzzys«, fuhr Sarah fort, »aber nicht Teddies Männer, sondern von dem anderen Bataillon, das in Malaia in Gefangenschaft geriet. Sie kämpfen jetzt mit den Japanern gegen uns. Sie kämpften als Soldaten der INA, von der wir gehört haben, die wir aber nicht ernst nehmen sollen. Hauptmann Merrick sagt, es sind weit mehr, als man annehmen darf, aber sie werden schlecht geführt, sind schlecht bewaffnet und halb verhungert, denn die Japaner halten nicht viel von ihnen, besonders nicht von den Offizieren. Jedenfalls folgte er Teddie in einem anderen Jeep, und plötzlich gerieten sie unter Beschuß. Sie wurden von den Japsen *und* der INA beschossen. Der Mann, der Ronalds Jeep fuhr, wendete, um zu seiner Stellung zurückzufahren. Ronald sprang aus dem Wagen und lief zu Fuß weiter. Als er Teddies Jeep erreichte, stand der Wagen in Flammen, und der Gefangene war verschwunden. Er zog Teddie und den Fahrer heraus und brachte sie in Deckung. Dabei wurde er getroffen und holte sich die Verbrennungen. Ich habe Susan nicht alles erzählt. Ronald Merrick hat es zwar nicht ausdrücklich gesagt, aber ich glaube, alle hielten Teddies Vorgehen für falsch und dumm. Vermutlich konnte Teddie den Gedanken nicht ertragen, zwei alte Muzzys hätten sich im Dschungel versteckt und warteten darauf, wieder gefangengenommen zu werden. Offenbar war der Divisionskommandant ziemlich entsetzt, weil er dadurch zwei seiner Stabsoffiziere und einen Jeep verloren hatte. Aber *das Regiment* wäre natürlich sehr zufrieden mit dem, was Teddie versucht hat. Glaubst du nicht auch, Dicky?«

Dicky nickte, sah aber auf den Fahrer und warf Sarah dann einen warnenden Blick zu.

»Schließlich«, sagte Sarah, offenbar ohne etwas zu merken, »tat er es *für* das Regiment. Ronald hat erzählt, als sie den Gefangenen verhörten und der Mann erkannte, daß Teddie ein Muzzy-Offizier war, brach der Arme zusammen, fiel auf die Knie und berührte Teddies Stiefel. Also muß man sich fragen, wie viele Männer der INA beigetreten sind, ohne zu wissen, was sie taten. Bei den Offizieren ist es etwas anderes. Ronald erzählte, in Teddies Augen hätten die INA-Offiziere die Grenzen des Vorstellbaren überschritten. Offenbar ist in Deutschland beinahe das gleiche geschehen, allerdings in sehr viel kleinerem Maßstab. Das stimmt doch, Dicky?«

Dicky schwieg.

Wieder schien Sarah nicht zu bemerken, daß er über dieses Thema vor einem indischen Gefreiten nicht sprechen wollte. Aber in ihren nächsten Worten konnte man versteckte Kritik an seiner Haltung spüren. Sie sagte: »Ich weiß nicht, warum man ein solches Geheimnis daraus macht. Es sieht aus, als fürchten wir, daß es bekannt werden könnte. Aber wie Ronald Merrick erzählte, konnte man in Imphal unsere Sepoys kaum daran hindern, Männer der INA zu erschießen, auch wenn sie versuchten, sich zu ergeben.«

»Es ist das beste«, sagte Nicky Paynton. »Damit spart man später den Strick.«

»Haben Sie heute morgen die Nachrichten im Radio gehört?« fragte Sarah, als beabsichtige sie, das Thema zu wechseln.

»Sie meinen, was Dickie Mountbatten sagt, man muß den Kampf während des Monsuns weiterführen? Da stimme ich ganz und gar zu. Bunny hat schon vor Ewigkeiten gesagt, es ist militärischer Selbstmord, die Waffen niederzulegen, sobald der Monsun einsetzt, wenn man gegen die Japaner kämpft. Da es jetzt Mountbatten sagt, können wir vielleicht weiterstürmen und die kleinen Teufel geradewegs über den Chindwin zurückjagen und müssen nicht drei Monate untätig auf dem Hintern sitzen und darauf warten, daß es aufhört zu regnen.«

»Das habe ich nicht gemeint. Ich dachte an die Nachricht über den ehemaligen Regierungschef Mohammed Ali Kasim. Man hat ihn aus dem Gefängnis entlassen und nach Mirat gebracht.«

»Ach das«, sagte Clara Fosdick. »Na ja, der arme alte Mann ist krank, und es war nie richtig einzusehen, daß man *ihn* eingesperrt hat. Mein Schwager Billy Spendlove hat ihn immer sehr geschätzt. Er erwartete sogar, Kasim werde den Kongreß zum Teufel schicken, als 1939 dieser Unsinn beschlossen wurde, daß alle Provinzregierungen zurücktreten mußten. Billy erzählte, der Gouverneur habe Kasim zweiundvierzig Gelegenheit gegeben, sich vom Kongreß loszusagen, denn er wußte, Kasim mißbilligte praktisch alles, was der Kongreß nach neununddreißig tat. Aber der Mann lehnte ab und erklärte, er gehe lieber ins Gefängnis. Außerdem ist es keine ganz astreine Entlassung. Er muß sich offensichtlich in den Gewahrsam des Nawab von Mirat begeben, zumindest, bis es ihm besser geht. Es ist immer so peinlich, wenn sie krank werden, denn die Leute denken bei einem politischen Gefangenen immer, sein schlechter Gesundheitszustand sei auf die Behandlung im Gefängnis zurückzuführen.«

»Aber«, sagte Sarah, »im Daftar hat heute morgen jemand erzählt, die Sache mit der Krankheit sei eigentlich Augenwischerei. In Wirklichkeit haben sie ihn entlassen, weil sein ältester Sohn, der Offizier in der Armee war und Kriegsgefangener in Malaia, vor kurzem in Imphal als Offizier der INA gefangengenommen wurde. Die Regierung glaubt, Kasim sei der Mann, der nicht versuchen wird, Entschuldigungen dafür zu finden, daß sein Sohn die Seite gewechselt hat, und wenn man jetzt nett zu ihm ist, wird er uns nach dem Krieg sehr nützlich sein, wenn andere indische Politiker INA-Männer als Helden und Patrioten hinstellen wollen. Und das wird zwangsläufig der Fall sein.«

»Warum zwangsläufig?«

»Weil es so viele sind. Wenn nur wenige indische Offiziere und Soldaten zu den Japanern übergelaufen wären, brauchte man sich darüber keine Sorgen zu machen. Wir könnten sie vor das Kriegsgericht stellen, ohne daß es jemand groß zur Kenntnis nimmt oder sich darum kümmert.«

Nicky Paynton schaltete sich ein. »Mir scheint, was für den einen gilt, gilt auch für viele – ganz gleich, wie viele es auch sein mögen.«

»Aber das heißt, die Sache vom prinzipiellen Standpunkt zu betrachten. Wir werden uns das nicht leisten können.«

»Mein Gott, wir sollten es wenigstens versuchen.«

»Dann halten wir uns selbst zum Narren, nicht wahr, Dicky?«

Dicky lächelte düster. Er befahl dem Fahrer, an der nächsten Einfahrt abzubiegen.

Nachdem der Dienstwagen abgefahren war und Mrs. Paynton und Mrs. Fosdick an ihrem Bungalow abgesetzt hatte, sagte Nicky: »Wissen Sie, Clara, Sarah hat mir gegenüber kein Wort über den Tod ihrer Tante Mabel verloren. Hat sie zu Ihnen etwas gesagt?«

»Sie hat ›danke‹ gesagt, als ich ihr versicherte, wie erschüttert wir alle seien.

»Mehr hat sie zu mir auch nicht gesagt. Ich dachte, es habe sie so sehr mitgenommen, daß sie nichts sagen konnte, aber jetzt bin ich mir nicht mehr so sicher. Ich glaube, Mildred wird mit dem Mädchen Schwierigkeiten bekommen. Vielleicht hatte Lucy Smalley doch recht. Im Wagen schien sie Dicky Beauvais provozieren zu wollen.«

»Provozieren? Wieso?«

»Clara, machen wir uns doch nichts vor, Dicky ist ein schrecklich netter Junge, aber er ist nicht gerade sehr intelligent, nicht wahr? Ich hatte den Eindruck, sie wollte ihm

367

eine Bemerkung entlocken, über die sie sich insgeheim lustig machen konnte. Sie hat auch uns provoziert. Man muß sich doch fragen...«

»Was fragen?«

»Also, ich will es so ausdrücken: Mumm hatte sie schon immer. Aber plötzlich besitzt sie auch noch Unverfrorenheit. Man muß sich doch fragen, was in Kalkutta passiert ist.«

»Vielleicht ist es nur die falsche Zeit im Monat.«

»Nein. Man weiß im allgemeinen, wenn sie eine ihrer schlimmen Perioden hat, denn dann wird sie noch stiller als gewöhnlich. Sie war heute morgen nicht still. Dicky Beauvais hätte sie am liebsten aufgefordert zu schweigen, weil der Fahrer zuhörte. Deshalb auch meine Äußerung: Wenn man sie jetzt erschießt, spart man später den Strick. Aber vermutlich hat sie recht. Wenn wir diesen verdammten Krieg je gewinnen, werden wir vielleicht Bose und einen oder zwei der Anführer hängen, aber die anderen müssen wir mit Schimpf und Schande davonjagen oder unehrenhaft entlassen. Nur, wenn es soweit ist, werden wir hier bereits abziehen. Dann müssen die verdammten Inder auf ihre Weise mit ihnen fertig werden. Und verdammt noch mal, sie werden vermutlich Helden aus ihnen machen.«

»Nicky!«

»Aber es stimmt.«

»Es können nicht so viele sein?«

»Können nicht? Es können so viele sein, und es sind so viele. Das wissen wir alle. Wir versuchen so zu tun, als sei es nicht so. Aber es ist so. Die verdammte Fäulnis hat eingesetzt. Wenn ich mir vorstelle, daß Bunny in diesem verdammten Dschungel schwitzt...«

Sie verschwand in ihrem Zimmer, um sich zu beruhigen, und schrieb einen Brief an ihren Mann, der eine Brigade bekommen hatte. »Lieber Bunny, ich hoffe, es geht Dir gut«, begann sie und blickte auf das letzte Bild ihrer zwei Jungen, die in Wiltshire lebten. Die beiden lachten mit der Unschuld der Jugend in die Sonne. »Mildreds jüngere Tochter Su hat gerade einen Sohn bekommen.«

II

Als Mildred verkündete, Susan sei ein Prachtkerl, stimmte Travers ihr zu. Wer miterlebte, wie Susan es schaffte – so drückte er es aus –, wußte, wie unrecht die Leute hatten, die sie für so gefährlich in sich gekehrt hielten wie diese arme Tochter von Poppy Browning. Und als Mildred die Lippen zusammenpreßte, bissig und deutlich tadelnd fragte: »Wer hat das gesagt?« überraschte ihn diese Reaktion und er hielt es für richtiger, nicht zu erwähnen, es sei Sarah gewesen; sie hatte ihm erzählt, was die Missionslehrerin gesagt hatte, damit er es bei Susans Behandlung im Gedächtnis behalte.

»Ich glaube, es war Miss Batchelor.«

»Oh, diese Frau!« rief Mildred. »Was kann sie schon von Poppy Browning oder ihrer Tochter wissen!«

Poppy war vom Ranpur-Regiment gewesen. Ihre Tochter heiratete in die Kavallerie. Die junge Frau war im sechsten Monat schwanger, als ihr fescher Ehemann beim Erdbeben in Quetta ums Leben kam, weil ein Dachbalken auf seinen Rücken stürzte und auf die beiden Arme der Inderin, die unter ihm lag; ihr offener Mund füllte sich mit Mörtel, und sie war ebenfalls tot (erstickt von Schutt und ihrem Liebhaber), als die Rettungsmannschaft sie aus den Ruinen des Bungalows befreite und die Körper voneinander löste. Poppy Brownings Tochter zog die Konsequenzen aus dieser Situation, indem sie ihr Baby zwei Tage nach der Geburt erstickte. Man vertuschte die Affäre, und das war einer der Gründe, weshalb man den Namen der Tochter nie mehr erwähnte, sondern nur von Poppy Brownings Tochter sprach, und so ein klares, sauberes Bild von Poppy bewahrte, deren Leben und Ruf ebenso tadellos gewesen waren wie die ihres Mannes. Der traurige Skandal brachte natürlich ihre indische Karriere zu einem vorzeitigen und dunklen Ende. Man sprach nicht mehr direkt von ihnen. Sie nahmen in den Köpfen der Menschen, die den Wert selbstlosen Dienens, harter Arbeit und eines fröhlichen Wesens sehr wohl zu schätzen wußten, einen besonderen Platz ein. In ihrer besten Zeit, in den zwanziger Jahren, als ihre Tochter noch in England zur Schule ging, waren Poppy und ihr Mann drei Jahre hintereinander Sieger im gemischten Doppel gewesen.

Seit der Quetta-Tragödie blühte der Name Poppy sanft und zart, aber unverwüstlich wie der tapfere Klatschmohn auf dem Stoppelfeld abgeernteter menschlicher Erfahrung. Aber dieser Teil des Feldes war privat. Unter der jüngeren Generation war der Name Poppy Browning kaum bekannt; und ganz bestimmt war es kein Name, mit dem eine pensionierte Missionslehrerin hausieren gehen durfte, eine Frau, die sich überall einmischte, deren Aufdringlichkeit den Gipfel erreicht hatte und die man nicht länger ertragen konnte. Das deutete Mildred an. Sie hatte jedoch die Gewohnheit, ihre Mißbilligung für sich selbst sprechen zu lassen und herabsetzende Äußerungen anstelle erläuternder Kritik von sich zu geben, als sei das ausreichend informativ, und so blieben ihre Zuhörer über die Einzelheiten von Barbies schlechtem Verhalten im Unklaren, die glaubten, sie schuldeten Mildred Anteilnahme und sie setze das auch voraus; alles andere war undenkbar, wenn die Ordnung der Dinge dem Anschein nach bewahrt werden sollte.

»Sie hat diese verrückte Idee«, erzählte Mildred, »Mabel habe gewünscht, in Ranpur beigesetzt zu werden. Kann man sich etwas Groteskeres vorstellen?« Vorstellen nein. Aber es war nicht notwendig, sich das Groteske vorzustellen, als bekannt wurde, daß es einen makabren und nicht genehmigten Besuch in der Leichenhalle gegeben hatte. Der Besuch brachte eine junge Eurasierin am Empfang und einen gewissen Dr. Lal in ernste Schwierigkeiten.

Man sah Miss Batchelor täglich in einer Tonga mit einem Strauß Rosen in der Hand auf dem Weg zum Kirchhof; dieser Besuch dauerte länger, als man brauchte, um die Blumen auf das Grab zu legen, weil sie (wie man erzählte) in der Kirche zu langen Andachten verweilte. Bald beobachtete man, daß sie außer den Rosen auch einen Koffer umklammerte, in dem sie Stück für Stück ihre Habe vom Rose Cottage in das winzige Zimmer im Pfarrhaus brachte, wo Arthur und Clarissa Peplow ihr vorübergehend Zuflucht gewährten.

Weder aus Arthur noch aus Clarissa konnte man etwas über die groteske Vorstellung herausbringen, die Miss Batchelor offenbar von den Wünschen der toten Freundin hatte. Im großen und ganzen vermied man, danach zu fragen, denn bereits das bedeutete, die Frage zu stellen, ob Mr. Peplow Mabel Layton im falschen Grab beigesetzt hatte. Es wurden auch viele Fragen über das Angebot der vorübergehenden Zuflucht gestellt, die Clarissa als die praktischste Lösung für eine unglückselige Situation bezeichnete und als eine christliche Pflicht, obwohl niemand den Eindruck gewinnen sollte, es sei das Vorspiel zu einer Dauerlösung. Das Zimmer war zu klein.

»Ich mache mir bereits Gedanken«, sagte Clarissa, »wegen der vielen Dinge, die Barbara zu besitzen scheint. Wenn es noch viel mehr gibt, muß sie mit Jalal-ud-din über eine vorübergehende Aufbewahrung sprechen.«

Zu Lebzeiten fiel es schwer, die alte Mabel Layton noch mit einzubeziehen; doch ihre Gabe der Stille und das lebendige Gefühl, das ihren alten und unauflösbaren Verbindungen entsprang, hatten die Aufgabe, Mabel einzubeziehen, weniger schwierig gemacht, als man in Anbetracht ihrer Distanziertheit hätte vermuten können. Eigentlich hätte die alte Mabel

Layton jetzt kein Problem mehr sein sollen, sondern wie ein früher einmal störendes Muster, das sich auflöste und im Gewebe langsam verschwand, in den Erinnerungen verblassen müssen. Aber der Tod machte sie im Bewußtsein aller zu einem Denkmal, das plötzlich umgestürzt war und ein Beben erzeugt hatte, das im Gefolge von Miss Batchelor widerhallte und nachhallte – Miss Batchelor holperte Tag für Tag in einer Tonga die Club Road den Hügel hinunter und hütete einen Pappkoffer, als sei er vollgestopft mit den numerierten Bruchstücken des eingestürzten Turms, der ihre Freundin gewesen war. Man konnte glauben, sie habe die Absicht, ihn im Garten des Pfarrhauses wieder aufzurichten, vielleicht auch an der Kreuzung von Church Road und Club Road, wo er – nicht ganz vollständig wieder zusammengesetzt – leicht schief stehen und die ganze Gegend mit seiner eigenartigen und kritischen Ausstrahlung beherrschen werde, so daß es unmöglich wäre, an dieser Stelle vorbeizugehen, ohne daß durch die Umkehrung der Rollen *post mortem* die Zuversicht weiter schwand und die Zweifel wuchsen. Früher hatte man die Gewohnheit, bei der alten exzentrischen Mrs. Layton hereinzuschauen, um sich davon zu überzeugen, daß der Sinn und die Umstände des Exils weiterhin verstanden (auf welch sonderliche Weise sie das auch tun mochte), gefördert und gestützt wurden. Jetzt blickte sie anklagend, aber noch immer stumm aus überragender Höhe auf diesen Sinn, auf diese Umstände. Aber sie schwieg, wie jemand, der wußte, daß die Ereignisse für sich selbst sprechen konnten und es auch tun würden.

Wie auf ein Stichwort tauchten die Wolken des Südwestmonsuns – sie waren von der Reise über die ausgedörrte, ausgehungerte Ebene leicht geworden – am Himmel von Pankot auf, vergossen das noch verbliebene Naß und erneuerten das Bild der Regenzeit: plötzliche kurze Schauer, morgendlicher Nebel, den die Sonne auflösen, der aber auch in ein leichtes, anhaltendes Nieseln übergehen konnte. Wenn die Sonne schien, verbreitete sich eine merkwürdige Gebirgskälte, die man nicht auf der Haut, sondern in der Nase spürte; dort mischte sie sich mit den beherrschenden Gerüchen des warmen Schlamms und duftender Gummibäume. Aber in diesem Jahr enthielten die vertrauten Zeichen des Sommers in Pankot ein Element, das man schwer bestimmen konnte, aber eindeutig empfand, und das irgendwie als irritierender Reiz wirkte.

Mildred Layton schien sich einer besonderen Notwendigkeit bewußt zu sein, denn sie zog ihre Reithose an und unternahm in Begleitung von Hauptmann Coley eine Tagestour in die umliegenden Dörfer; sie wollte den Frauen danken, die Oberst Sahibs jüngerer Tochter und dem Kind kleine Geschenke und Glückwunschbotschaften geschickt hatten, und sie wollte mit ihnen über die inzwischen sehr guten Aussichten auf baldige Rückkehr der so lange abwesenden Männer von der anderen Seite des schwarzen Wassers sprechen. Durch Coley wurde bekannt, daß Mildred tapfer Tasse um Tasse übersüßten Tees getrunken, glühendheiße Chappattis und eine Schale Gemüsecurry gegessen hatte, zwischen den Dörfern von einem plötzlichen Regenschauer überrascht und bis auf die Haut naß geworden war; sie nahm schreiende schwarze Kinder auf den Arm, klopfte einer häßlichen Frau auf die Schulter, weil sie in Abwesenheit ihres Mannes alt und dick geworden war; sie redete mit den Dorfältesten über die Ernte und besprach mit Frauen und Müttern intimere Probleme; und sie sprach über die Aussichten auf Rekrutierung mit scheuen jungen Männern, die von älteren Verwandten vorwärtsgeschoben wurden, um Oberst Memsahib zu begrüßen; schließlich kehrte sie erschöpft, aber aufrecht bei einem der spektakulären Sonnenuntergänge der Regenzeit zurück, der ihre weiße Bluse flamingorosa und die Schatten der Pferde braun tönte.

Es war da ein Glanz, aber er hatte mit der Sache nichts zu tun; er war eine Spur zu theatralisch, um zum Geist vorzudringen, wo er gebraucht wurde. Er verlieh dem Auftritt etwas Gewolltes, so daß man den Eindruck gewann, es sei Mildred in erster Linie darum gegangen, die Aufmerksamkeit auf ein Unternehmen zu lenken, das höchstens einen nostalgischen Anspruch auf den Vorrat erinnerter Pflichten und Verantwortungen erheben konnte, die Zeit und Umstände überholt gemacht hatten; so überflüssig wie Teddies Geste – die Division hatte dazu einen Standpunkt eingenommen, der in besseren Tagen nicht denkbar gewesen wäre, gegen den man jedoch einfach nichts einwenden konnte: Angesichts der Kosten für einen Jeep, der Knappheit der Ausrüstung, ganz zu schweigen von der Flucht des Gefangenen, den Verbrennungen des Sepoyfahrers und Hauptmann Merricks Verlust des linken Arms, erschien der Preis für die Loyalität und den Stolz auf das Regiment unangenehm hoch.

Man sprach am besten nicht über die Umstände, die zu Teddie Binghams Tod geführt hatten; aber solche Umstände sprachen für sich selbst. Sie sprachen lauter als Worte und nährten die Illusion, die aus ihrer Höhe bitter herabblickte, und deren Platz je nach Miss Batchelors Laune verlagert wurde. Miss Batchelor schien sich manchmal unsicher zu sein, was sie mit dem Inhalt des Koffers tun sollte; einmal beobachtete man, daß sie bis Church Road fuhr, dann dem Tonga-Wallah befahl, wieder zum Rose Cottage zurückzukehren (man hatte ihr inzwischen offiziell mitgeteilt, daß sie bis zum Monatsende ausgezogen sein mußte).

Als der stückweise Umzug vom Rose Cottage in das Pfarrhaus ungefähr den Höhepunkt erreichte, hatte Clarissa Einspruch erhoben. »Das sollte sie besser nicht tun«, meinte Nicky Paynton. »Wo soll die arme alte Frau denn sonst hin?«

Eine komische, aber schaurige Vorstellung entstand: Die obdachlose Miss Batchelor saß, umgeben von ihren Trümmern, auf einem Koffer mitten im Basar, packte das Denkmal aus und errichtete es zur Belustigung der Hindu- und Moslemhändler, die in diesem Anblick einen Beweis dafür sahen, daß das Raj insgesamt bald ähnlich auf der Straße sitzen würde.

»Sie schreibt der Mission«, erzählte Clarissa, »zumindest beteuert sie das. Man hofft, aber man hat auch seine Zweifel, daß sie so schnell etwas für sie finden, sei es eine ehrenamtliche Arbeit oder eine dauerhafte Unterkunft. Aber alles deutet darauf hin, daß es ratsam erscheint, wenn sie Pankot verläßt. Wenn man daran denkt, was alles geschehen ist, kann sie hier nie wieder glücklich werden.«

Die Lage wäre anders gewesen, wenn Miss Batchelor im Verlauf der fünf Jahre sich mehr dem herrschenden Geist angepaßt hätte. Zum Beispiel, so deutete Clarissa an, hätte sie mehr für die Kirche in Pankot tun können. Aber kurzsichtig, wie sie nun einmal war, hatte sie ihre persönlichen Interessen ausnahmslos der älteren Mrs. Layton untergeordnet und sich zu sehr mit den Angelegenheiten der einzelgängerischen Frau beschäftigt, »und wie ich sagen muß«, erklärte Clarissa, »oft gegen ihren Instinkt, der ihr riet, die Finger in möglichst vielen Angelegenheiten zu haben, wenn ich mir ein Urteil erlauben darf. Aber ich fürchte, für eine Umkehr ist es jetzt zu spät. Das ist ein Jammer, denn Barbara ist zum Dienen geboren. Und dann ist da ja auch noch ihre Einstellung zu dem alten Mann, die nicht förderlich sein kann, um sich mit Mildred wieder auszusöhnen. Ich meine Aziz. Barbara behauptet, nur sie und Mabel könnten sein Verhalten wirklich verstehen. Sei es, wie es will, Mildred behauptet, wenn es nicht geschehen wäre, hätte Mabel es erfunden, wenn möglich, noch im Grab.«

Das außergewöhnliche, vielleicht unheilvolle Verschwinden von Aziz widersprach allen Erfahrungen und den ungezählten Beweisen, die den tiefen und liebevoll gepflegten Glauben an die Verläßlichkeit alter und treuer Dienstboten rechtfertigten. Im stürmischen Auf und Ab der widersprüchlichen und oft unbefriedigenden Reaktionen des östlichen auf den westlichen Menschen hatte sich eine schlichte Regel hartnäckig behauptet: Die Treue zu dem Mann oder der Frau, dessen Salz man gegessen hatte. Es war ein uraltes Gesetz. Aber es hatte überdauert und war in zahllosen Fällen befolgt worden. Männer waren dafür gestorben, nicht nur in ihrer Jugend auf dem Schlachtfeld, wo sie in den Kriegen der Sahibs kämpften, sondern auch als alte, schwache Männer auf den Stufen der Veranden, um die Frauen und Kinder ihres Herrn zu verteidigen. Auch Frauen waren dafür gestorben – Ammen für ihre Schützlinge, Dienstmädchen für ihre Herrinnen. Das ungeschriebene Gesetz stand in den Herzen geschrieben; und bei so alten Männern wie Aziz konnte man normalerweise erwarten, daß es über die Ebene von Gesetz und Sitte hinausging und im Bereich persönlicher Ergebenheit angesiedelt war.

Nun ja, das hätte man glauben können: So hatte es ausgesehen, so wie es für Mildred und John Layton mit ihrem Mahmoud aussehen würde, für Nicky Paynton mit ihrem alten Fariqua Khan, der Brigadier Paynton monatliche Lageberichte schickte, und für zahllose andere in Pankot, in Ranpur, der Länge und Breite nach über ganz Indien hinweg, wo immer Herr, Herrin und Dienstbote sich aneinander gewöhnt, einander liebgewonnen und zusammen gute und schlechte Zeiten durchlebt hatten. Der Tod eines Sahibs, einer Memsahib ließ diese alten treuen Seelen untröstlich zurück; der Tod eines Fariqua oder eines Mahmoud konnte auch jenen Tränen in die Augen treiben, die an die Disziplin gewöhnt waren, ihre Trauer nicht öffentlich zu zeigen.

Aber Aziz hatte sich nicht daran gehalten; er war nicht untröstlich gewesen. Er hatte nicht geweint, er war den Leuten nicht zwischen den Füßen herumgelaufen, während er rührend versuchte, seinen Anteil an den traurigen und notwendigen Pflichten zu übernehmen. Er hatte sie nicht übernommen. Sein Verschwinden – auch wenn der Oberarzt sagte, er habe einen ähnlichen Fall gekannt – roch nach Gefühllosigkeit. Als er zurückkehrte und sich weigerte, eine Erklärung abzugeben, glich das der Erklärung, das absolute Recht zu besitzen, niemandem für sein Tun verantwortlich zu sein, und in jeder Situation, in der es bewährte und wünschenswerte Verhaltensrichtlinien zu befolgen gab, wenn ihm der Sinn danach stand, nach seinen Wünschen zu entscheiden.

Es war also klar, was Mildred meinte, als sie diese eigenartige Sache über Mabel sagte, die das Verschwinden von Aziz erfunden hätte, wenn es notwendig gewesen wäre. Mildred sah in dem kurzen Treuebruch von Aziz eine Geste, die nicht nur er, sondern auch Mabel gemacht hatte, und in der sich die Summe von Mabels lange aufrechterhaltener und kritischer Distanziertheit vom Leben und dem herrschenden Geist widerspiegelte. Mildred (es hatte immer den Anschein gehabt, als besitze sie nicht Mabels Vertrauen) hatte Mabel mißtraut – und zwar aus besseren Gründen. Solange die alte Frau noch lebte, hielt Mildred sich aus Rücksicht auf John, auf das Regiment, aus Rücksicht auf die Garnison mit ihrer Kritik zurück; selbst jetzt ließ sie sich nicht zu etwas so Rohem wie einem direkten Angriff herab.

Sie reagierte deshalb auch nur mit einem leichten Schulterzucken, als Kevin Coley ihr berichtete, man könne Aziz nichts anhaben, denn ihn schütze Miss Batchelors Behauptung, er sei zurückgekehrt, um *ihr* zu dienen, und sie benötige seine Dienste für die wenigen noch verbleibenden Tage in Rose Cottage, ja bestehe sogar darauf. Sie wollte auch seinen Lohn vom ersten Juni ab bis zum Tag ihres Umzugs in das Pfarrhaus und seiner Rückkehr in sein Dorf und in den Ruhestand bezahlen. Mildred zuckte auch nur mit den Schultern, wenn man in Frage stellen wollte, ob Aziz ein Recht auf die kleine Pension habe, die Mabel ihm in ihrem Testament ausgesetzt hatte.

»Man muß ein Testament respektieren«, erklärte sie. Sie erweckte dabei den Eindruck, als gebe sie Mabel die Schuld, nicht Aziz, und lehne es ab, einen unangenehmen Schritt zu unternehmen, der die Aufmerksamkeit auf die Tatsache lenkte, daß man in einer Zeit lebte, in der der allgemeine Zusammenbruch der Moral unmittelbar bevorzustehen schien; und für diesen Zusammenbruch sei Mabel ebenso verantwortlich zu machen wie alle anderen.

Man erinnerte sich daran, wie die alte Frau am Tag der Hochzeitsfeier schwerhöriger denn je im Sessel saß und den jungen Offizieren das Leben schwer machte, die ihre Aufwartung machen wollten. Ganz besonders schwer hatte sie es dem jungen Beauvais gemacht, dessen Onkel Unteroffizier bei Bob Buckland gewesen war; Bob Buckland war als Unteroffizier ein Kamerad von Mabels erstem Mann gewesen; Mabel hatte ihn gekannt, sie hatte ihn gemocht, und er hatte sie nach dem Tod ihres ersten Mannes und vor der Hochzeit mit James Layton getröstet.

Man erinnerte sich auch daran, daß sie die Feier ohne ein Wort verlassen hatte – offenbar durch eine Hintertür, weil sie »sich nicht wohl fühlte und kein Gespenst der Vergangenheit auf dem Fest sein wollte.« Mit diesen Worten erklärte Mildred später Mabels Verschwinden, das damals keine sonderliche Besorgnis erregt, sich jedoch durch den leeren Sessel als eine so feine Kritik deutlich bemerkbar gemacht hatte, so daß man sie leicht oder richtig hatte deuten können.

Man konnte der Wahrheit nicht länger aus dem Weg gehen. Es war eine Kritik an den Fundamenten des Gebäudes gewesen, an dem Pflichtgefühl, das Stolz, Loyalität und Ehre lebendig hielt. Die Kritik lenkte die Aufmerksamkeit auf eine Situation, die man sich schmerzlich eingestand: Der Gott hatte den Tempel verlassen, und niemand wußte, wann, wie oder warum. Geblieben waren nur die Rituale, die früher aussöhnten, die eine Pflicht gewesen, inzwischen jedoch bedeutungslos geworden waren, denn der Gott war nicht länger da, um sie zu würdigen. Armer Teddie! Sein Ende war wie ein Kommentar, ein letztes Opfer im Versuch, die Gunst des Gottes zurückzugewinnen. Wenn es immer noch einen Glanz geben konnte, wäre er von dort ausgegangen. Aber er tat es nicht. Er ging auch nicht von der Tat dieses Hauptmann Merrick aus, wie es früher der Fall gewesen wäre, denn nichts konnte den Eindruck auslöschen, Merrick sei das frühere Opfer veränderter Umstände, ein Opfer des allgemeinen Vertrauensverlustes, der ernsten Erschütterungen unter den Füßen, während die schützenden Schichten der Autorität von oben dünner und die Schichten feindseliger Haltungen dicker wurden.

An irgendeinem Punkt hatte sich der Zweifel eingestellt. Er lag selbst an einem sonnigen Tag als unsichtbarer Nebel, als Hindernis vor dem klaren Echo des Gewissens. Ein Gewehrschuß fuhr nicht mehr peitschend durch die Luft, schlug klatschend an einem Hang auf, prallte ab und hinterließ den durchdringenden, überzeugenden Geruch von Kordit, schreckte die Sinne auf und ließ das Blut erstarren. Er klang jetzt gedämpft und beunruhigend; seine Botschaft war entstellt; das Auge richtete sich nicht wachsam und Khyber-geübt auf die Hügel in Erwartung des verräterischen Aufleuchtens eines unheilbringenden Mantels, sondern streifte unruhig über das Militärgelände, um die Lage dort zu beobachten und um nach Zeichen des Aufruhrs auf dem Exerzierplatz zu suchen, wo die Pankot Rifles das alte Ausbildungsprogramm mit einer neuen Generation Kandidaten (Altardiener für den Tempel) für die Stammrolle absolvierten.

Und bald – nicht plötzlich, jedoch mit zunehmender Hartnäckigkeit – begann Mildreds Persönlichkeit herauszuragen. Sie war eine Erinnerung daran, was das Leben einmal bedeutet hatte und wie das Leben einmal gewesen war.

So entstand ein interessantes Gegenbild zu Mabel: ein Abbild von Mildred. Es war ebenfalls aus Stein und stand erhaben aufrecht. Es zeigte ihre wahre Würde, denn sie weigerte sich, ihre Herkunft oder ihre Stellung dadurch zu kompromittieren, daß sie sich von etwas Unaufhaltsamem bewegen ließ oder erlaubte, daß etwas Zweckdienliches Vorrang über das gewann, was ihrer Meinung nach richtig war.

Es stellte sich also schließlich doch ein Glanz ein, auch wenn er sich nicht verbreitete. Der Glanz war Mildred. Der wohlbekannte Gesichtsausdruck leuchtete. Er konnte nicht anstecken, aber er konnte erinnern. Und als sie sagte: »Was Teddie versucht hat, war so viel wert wie der ganze verdammte Krieg zusammen«, erkannte man, daß sie mit ihrem unfehlbaren Instinkt geradewegs zum Kern der Sache vorgedrungen war und dabei so unwichtige Dinge wie die Verärgerung in der Division, die Kosten für einen Jeep, den Verlust eines Gefangenen und Merricks verlorenen Arm einfach beiseite schob, bis nur noch Teddies untadeliger Tod zurückblieb, sein lobenswertes Opfer für ein Prinzip, das die Welt nicht mehr geneigt war aufrechtzuerhalten oder beiseite schob, weil ihr die Zeit dafür fehlte.

Im hinteren Teil des Grundstücks, das zum Dienstbungalow gehörte, stieg zwischen den Regenschauern Rauch auf, während Mahmoud das Verbrennen all der Dinge beaufsichtigte, die Mildred nach und nach wegwarf. Es waren Dinge, die sich ungewollt in den Jahren der Enge angesammelt hatten. Diese Jahre waren jetzt vorüber – natürlich waren sie zu spät vorüber. Rose Cottage würde sicher angenehmer und für die meisten Dinge bequemer sein. Die Garnison besaß endgültig nicht mehr die Bedeutung, die sich mit ihrer Anwesenheit dort hätte verbinden können. Mildred schien jetzt zu wünschen, daß man erkannte, sie beanspruche lediglich das, was jetzt Eigentum ihres Mannes war. Sie würde dort leben und das Haus für ihn zu treuen Händen bewahren. Früher hätte es einmal aussehen können, als erhalte sie mit Rose Cottage die für ihre Würde angemessene und richtige Umgebung.

»Susan hat beschlossen, dem Kind alle Vornamen von Teddie zu geben«, erzählte sie, »also wird es wieder einen Edward Arthur David Bingham geben. Im großen und ganzen stimme ich ihr zu.«

Mildred billigte die naheliegende und unsentimentale Kontinuität, daß Teddie durch einen Namen noch lange weiterleben würde, nachdem der beißende Geruch des verbrannten Jeeps sich verzogen und dieser Buchhalter von einem General die Kosten dafür in Rupien ausgerechnet hatte. Dick und Isobel Rankin erklärten sich bereit, die Taufpaten zu sein. Sarah würde die jüngere Patin sein und Dicky Beauvais der zweite Pate. Dem Kind würde es an nichts fehlen. Mahmouds verwitwete Nichte – man nannte sie Minnie, weil ihr richtiger Name unaussprechbar war –, übernahm freudig die Pflichten einer Aja. Die Taufe sollte eine Woche nach Susans Entlassung aus dem Zimmer mit der glücksverheißenden Nummer sieben der Privatklinik in St. John stattfinden.

»Wir werden die Taufe hier feiern«, sagte Mildred und meinte damit den Dienstbungalow. »Ich möchte, daß alles vorbei ist, ehe wir umziehen. Und Su soll sich daran gewöhnen, daß das Kind zu Hause ist. Ihr letzter Besuch im Rose Cottage war nicht gerade sehr erfreulich.« Mildred wollte Mabels Zimmer für sich nehmen, sagte sie. Das kleine Gästezimmer eignete sich ausgezeichnet als Kinderzimmer. Susan und Sarah würden sich das andere Zimmer teilen, aus dem Miss Batchelor gerade auszog. Selbst wenn sie es sich teilten, hätte jede von ihnen mehr Platz als in ihren winzigen Zimmern im Dienstbungalow.

»Ich hätte gerne Verschiedenes renovieren lassen. Aber ich glaube, das muß warten«, sagte Mildred, »den Gärtner werde ich behalten müssen. Aber ich habe Mahmoud gesagt, er soll ein Auge auf ihn haben. Es wird Zeit, daß der Mali endlich einmal sein Brot verdient. Man kann nicht behaupten, er habe sich bei Mabel überarbeitet.«

Sie warf einen Blick auf das halbleere Glas. Nach Teddies Tod schien sie eine Weile weniger zu trinken. Dann kehrte sie aber wieder zu der alten Gewohnheit zurück, als habe sie die Erkenntnis gewonnen, es sei ein Zeichen von Schwäche, etwas aufzugeben. Jetzt konnte sie es sich leisten, denn Mabels Geld ging an Oberst Layton über. Es gab keinen Grund mehr, ihre Trinkgewohnheiten zu kritisieren. Für eine starke Trinkerin, die in letzter Zeit allerhand durchgemacht hatte, trank sie vergleichsweise mäßig. Wenn die Leute sich an die Zeiten erinnerten, in denen es so aussah, als trinke Mildred ebensosehr um der Garnison willen wie um ihrer selbst willen, hatten die Leute das Gefühl, es gebe viele, wenn auch nur wenige erkennbare Gründe dafür, daß sie eigentlich mehr trinken sollte. Es schien, als rechne Mildred damit, daß es in Zukunft noch mehr Gründe geben würde, denn sie hielt sich bewußt mit dem Trinken zurück, um dann in Form zu sein.

III

Ihr Körper hatte sich gehärtet. Er besaß die Festigkeit eines metallischen Materials. Beim Gehen spürte sie, wie er die Luft verdrängte. Zwischen ihr und Aziz bestand ein magnetisches Kraftfeld. Sie sprachen selten miteinander. Es war nicht nötig. In den kurzen Sätzen lag etwas Parabelhaftes.

»Es ist kaum noch etwas oben«, sagte sie zu Clarissa nach mehreren Besuchen im Pfarrhaus und zwängte sich durch den engen Gang zwischen Bett und Wand. Dabei verfing sich ihr Ärmel in den angenagelten Füßen des Kruzifixes aus imitiertem Elfenbein, so daß der HERR schief hing, als sei das Kreuz nicht fest genug in der Erde verankert oder werde in das falsche, zu weite Loch hinabgelassen.

Sie richtete die Gestalt des Geopferten wieder auf, drehte sich um und stellte sich Clarissas Vergebung, die durch ein schnelles Abwenden der Augen deutlich wurde. Es schien, als wolle Clarissa einen drohenden, verhängnisvollen und frevelhaften Unglücksfall nicht sehen.

Vom Pfarrhaus ging Barbie zur Kirche, besuchte das Grab und setzte sich dann im Schatten des Pfeilers in dieselbe Bank wie am Tag der Beerdigung, damit Mabel sie ohne Schwierigkeiten finden würde. Sie hielt diese Andacht täglich zwischen vier und fünf Uhr nachmittags und brachte Rosen, die sie mit Hilfe von Aziz geschnitten hatte. Interessiert stellte sie fest, daß er sehr viel darüber gelernt zu haben schien, wie man die Rosen schnitt, ohne den Strauch zu schwächen oder seine Form zu beeinträchtigen. Sie verstand das Prinzip nicht, vermutete jedoch, daß es ein Prinzip gab, und ließ sich von ihm durch stumme Hinweise oder eine plötzliche abwehrende Geste leiten.

Wenn sie nach Hause zurückkehrte, erhärteten sich Tag für Tag die Beweise für ihren offenbaren Leichtsinn. Konnte eine alleinstehende Frau soviel erworben, soviel gebraucht haben? Die Schubladen in den Kommoden von Rose Cottage waren sehr tief. Manchmal kam ihr der komische Gedanke, ihnen fehle der Boden, und für jeden Gegenstand, der herausgenommen und in einen Koffer gelegt werde, tauche ein neuer auf.

Und Schuhe! Reihenweise Schuhe! Sie standen auf Zehenspitzen ganz unten im Kleiderschrank auf parallelen Messingstangen; jedes Paar war von Aziz und dem Jungen des Mali geputzt und gepflegt worden.

»Ich hänge an meinen Schuhen«, sagte sie und entdeckte plötzlich diese Liebe. Sie brachte ihre Lieblingschuhe ins Pfarrhaus, stellte jedoch fest, daß der Boden des Kleiderschranks sie nur unwillig aufnahm. Er hatte keine Messingstangen, und die Kostümröcke und Kleider reichten bis zum Boden. In einer Zimmerecke gab es eine Nische mit einem Vorhang. Dort stellte sie die Schuhe auf den Boden, aber der Vorhang verbarg sie nicht. Die Schuhe wirkten wie die

Füße alter neugieriger Lauscher an der Wand. In letzter Zeit kamen Barbie die Tränen überraschend schnell. »In einem glücklichen Haus zu weinen«, hatte Clarissa sie ermahnt, »ist dasselbe wie in einem ordentlichen Haus unordentlich zu sein. Und das betrübt Gott.« Barbie trocknete die Augen und sah sich herausfordernd um.

Das Zimmer war klein und dunkel. Sie spähte durch das einzige Fenster hinaus und mußte sich dabei seitlich über den winzigen Toilettentisch beugen, um zu sehen, was es zu sehen gab. Eine Schlingpflanze verdeckte auf dieser Seite den Blick auf das Haus. Sie stieß das Fenster auf, um Luft ins Zimmer zu lassen. Innen befanden sich zum Schutz vor Einbrechern Gitterstäbe. Die Schlingpflanze seufzte und bebte. Ihre Ranken hatten bereits die Fensterbank erobert. Sie tasteten sich verstohlen vorwärts und suchten einen Halt im Zimmer. Barbie schlug nach ihnen, schob sie weg und schloß das Fenster. Aber sie entdeckte eine Ranke, die bereits innen wuchs, und brach sie ab. Sie hatte eine so harte Haut wie Barbie. Der Saft duftete. Barbie hatte schon immer zwei Todesarten gefürchtet: Ertrinken und Ersticken! Sie mußte auf diese Schlingpflanze aufpassen. Sie war ein intelligenter Feind.

Sie kehrte durch den dunklen, aber geweihten Flur in die Diele zurück und suchte Clarissa, um sich bis zum nächsten Tag zu verabschieden. Clarissa telefonierte nicht mehr, wie sie es getan hatte, als Barbie ankam, um Erlaubnis bat, den Koffer in ihren vorübergehenden Zufluchtsort zu bringen, und sie auch durch ein Nicken erhielt.

»Clarissa?« sagte sie, ließ den Koffer auf dem Boden stehen und teilte den altmodischen Perlenvorhang im Türbogen zwischen Diele und Wohnzimmer. Das Wohnzimmer quoll über von Ledersesseln und Korbmöbeln. In Messingtöpfen standen erschöpfte Farne und erfüllten die Luft mit einem grünen, geistigen Miasma. Etwa in der Zimmermitte stand ein ovaler Mahagonitisch mit einer flaschengrünen, wellig gefransten Tischdecke. An diesem Tisch wartete Clarissa. Sie hatte die Hände um die langen Perlen der langen Sandelholzkette geschlungen, die sie nachmittags trug – aus einem unerfindlichen Grund jedoch nie vor dem Mittagessen und nie beim Abendessen.

»Clarissa, ich gehe nur noch zum Grab und dann nach Hause. Ich habe ein paar Schuhe gebracht.« Barbie hielt einen Rosenstrauch in der Hand – gelbe, stark duftende Rosen, die Mabel so sehr geliebt hatte. Clarissa antwortete nur mit einem Nicken.

»Ist etwas, Clarissa?«

Clarissa wurde langsam rot.

»Ja... das schon. Ich muß etwas sagen, was mir sehr schwerfällt. Aber ich muß es sagen. Ich hoffe, in unserer Beziehung hat nie etwas anderes als völlige Offenheit geherrscht. Ich meine natürlich auch andere Dinge... gegenseitige Achtung und die Anerkennung gemeinsamer christlicher Bemühungen, aber immer Offenheit. Sie müssen mir vergeben, Barbie, aber es wäre eine völlig... eine völlig falsche *Haltung* von mir, wenn wir zu unserer Abmachung stehen, ohne daß ich sage, was ich sagen muß.«

»Worum geht es, Clarissa? Um das viele Gepäck? Es *ist* ein bißchen mehr, als ich dachte.«

»Es geht nicht um das viele Gepäck. Aber wenn wir schon darüber reden, ich fürchte, Sie haben bereits mehr hier, als ich eigentlich unterbringen kann, wenn die Dienstboten noch Platz zum Saubermachen haben sollen. Ich möchte nicht rücksichtslos oder kleinlich sein, aber wenn es noch mehr ist als der Koffer, den sie übermorgen bringen – vorausgesetzt, es kommt überhaupt so weit –, dann glaube ich, Sie müssen mit Jalal-ud-din über die Lagerung ihrer Sachen sprechen. Dort besteht diese Möglichkeit.«

»Es wird nicht nötig sein, Clarissa. Ich möchte nicht, daß meine Sachen in einem indischen Lagerhaus verschimmeln.«

»Sprechen wir nicht mehr über das Gepäck. Ich persönlich versuche immer, daran zu denken, daß wir nichts in diese Welt mitbringen und ganz sicher nichts mitnehmen können. Seit meiner Kindheit habe ich dank der richtigen Erziehung in diesem Punkt die Tyrannei des Besitzes entschieden abgelehnt. Und wir alle, die wir in Indien dienen, lernen weiß Gott sehr schnell, wie flüchtig das Geschenk von Heim und Herd ist, nicht wahr? Ich bezweifle, daß wir vor Arthurs Pensionierung hier weggehen. Aber in diesem Zimmer gibt es sehr wenig, das an anderen Orten mit uns war oder uns zum nächsten begleiten würde. Man ist sich nur einer Sache sicher, und zwar der Stärke und der Liebe Gottes.«

Der Rosenduft wurde zuviel. Barbie stützte sich mit einer Hand auf die flaschengrüne Tischdecke. Sie war hart und kratzte wie ein härenes Gewand. Die Röte war Clarissa aus Kopf und Hals gewichen. Clarissa war jetzt bleich wie von einem Gefühl der Ewigkeit und des Willens erfüllt, sich dort einen Platz zu verdienen.

»Ich bin vom Thema abgekommen«, sagte sie, »dem schmerzlichen Thema.«

Barbie befeuchtete mit der Zungenspitze die trockenen Zähne. Die Sandelholzperlen begannen unter Clarissas plötzlich lebendigen Fingern zu klicken.

»Ich war heute vormittag im Club«, begann Clarissa in ihrer pedantischen Art, mit der sie eine Rede hielt oder eine vorgefaßte und einstudierte Meinung äußerte. »Ich war nicht allein, sondern mit anderen zusammen. Mit Menschen, die ich achte und deren gute Meinung ich schätze. Sie kennen diese Menschen. Ich will aber ihre Namen nicht nennen. Es ergab sich so, daß die Frage Ihrer vorübergehenden Aufnahme hier zur Sprache kam. Jemand sagte, nun ja, es wurde gesagt, wie bedauerlich es sei, daß man nach all diesen Jahren keine Möglichkeit finden könne, die es Ihnen erlaubt hätte, im Rose Cottage zu bleiben, um Mildred – und sei es auch nur eine

Zeitlang – die schwere Last zu erleichtern, die sie mit Susan und dem Kind zumindest eine Weile tragen muß. Wie schade, denn wie nützlich und welche Hilfe hätten Sie sein können, da Sie mit dem Haushalt in allen Einzelheiten so vertraut sind!«

Die Perlen hörten einen Augenblick lang auf zu klicken, denn Clarissas dicke weiße Finger (der goldene Ehering steckte am Ringfinger, als sei er dort eingelassen) umklammerten sie. Aber dann bewegten sich die Finger wieder, und das Klicken setzte ein.

»Natürlich war das ein unpraktischer, wenn auch gut gemeinter Vorschlag. Doch dann wurde gesagt, es sei nicht nur unpraktisch, sondern auch höchst, höchst unpassend... es wurde gesagt, ganz besonders unpassend wegen der beiden hübschen jungen Mädchen im Haus. Ich konnte, also ich konnte meinen Ohren nicht trauen. Ich konnte ihnen einfach nicht trauen... so wenig trauen, daß der Augenblick, die Gelegenheit, diese Äußerung anzuzweifeln oder zurückzuweisen, vorübergegangen war, ehe ich genau verstanden hatte, was damit gesagt werden sollte. Aber nachdem ich verstanden hatte, was gesagt, was in Gegenwart von mehreren Leuten angedeutet wurde, muß ich es Ihnen mitteilen, denn sonst wäre meine private und öffentliche Stellung unerträglich. Denn wenn mir das je noch einmal zu Ohren kommen sollte, muß ich den Betreffenden zur Rede stellen. Ich beabsichtige nicht, Barbara, es aus eigenem Antrieb in diesem Haus oder außerhalb noch einmal zur Sprache zu bringen, aber um meinen Seelenfrieden unter diesem Dach nicht zu verlieren, verlange ich... von Ihnen... ein klärendes Wort...«

Barbie war verwirrt. Sie konnte sich kein klares Bild von der Sache machen, bei der es sich um einen besonderen Fehler handeln mußte, denn offenbar regte Clarissa sich sehr darüber auf. »Wenn ich das Wort wüßte, Clarissa«, sagte sie.

»Ein Wort«, wiederholte Clarissa und schüttelte erregt die

Holzperlen, »eine Widerlegung, die Versicherung, daß für eine solche bösartige Unterstellung kein, kein Grund besteht.«

Die Röte stieg Clarissa wieder in die Wangen, soviel Anstrengung kostete sie ihre Forderung, ihre Bitte, oder was immer es auch sein mochte. Plötzlich ließ sie die Perlen los und legte eine Hand unter das Herz. Barbie glaubte, Clarissa fühle sich nicht wohl und leide vielleicht unter der Luftfeuchtigkeit, die beim Einsetzen der Regenfälle oft auftrat. Sie machte einen Schritt vorwärts, weil Clarissa gleichzeitig unwillkürlich einen Schritt zurückgewichen war. Dieser deutliche Beweis körperlichen Abscheus alarmierte Barbie, und sie begriff langsam, *was* gesagt worden war. Die Zornesröte ließ ihre gelblichen Wangen und den alten Hals dunkel werden. Und gleichzeitig durchzuckte sie eine elektrisierende Klarheit, die eine trostlos verkümmerte Fähigkeit wieder aufleben ließ, für geschenkte Zuneigung auch Zuneigung zu brauchen.

»Ja, ich verstehe«, sagte sie. Barbie dachte nach, ehe sie fortfuhr, »natürlich möchten Sie von mir ein klares Dementi. Aber was kann ich sagen? Wenn es wahr wäre, würde ich es vermutlich leugnen, denn im Augenblick weiß ich nicht, wohin ich sonst gehen soll. Und wenn man das über mich sagt, wird es für mich schwierig sein, in Pankot irgendwohin zu gehen. Eine alte Jungfer kann so etwas nur schwer widerlegen. Aber in Wirklichkeit sieht es so aus, Clarissa: Soviel ich weiß, ist an meiner Zuneigung für Sarah und Susan nichts Unnatürliches. Es sei denn, es wäre unnatürlich, daß ich mütterliche Gefühle für sie habe, mich an ihrer Gesellschaft freue und Anteil an ihrem Leben nehme.«

»Danke«, sagte Clarissa. Sie atmete hörbar aus, legte die Hände an die Wangen und setzte sich auf einen krummbeinigen Stuhl.

»Ist das alles, Clarissa?«

Clarissas Mund war immer noch wie zu einem Ausruf geöffnet. Die Spitzen ihrer kleinen Finger hielten ihn in dieser Form. Sie hatte die Augen geschlossen.

»Oh«, flüsterte sie, »das war Bosheit! Das war reine Bosheit!«

»Werde ich hier erwartet, Clarissa? Wie besprochen? Übermorgen?«

Clarissa öffnete die Augen, sah sie aber nicht an. Sie nickte, Barbie drehte sich um, ging hinaus und überließ es ihrer Freundin, das gewohnte Gefühl tiefer christlicher Ruhe wiederzufinden.

Barbie ordnete die grünen Blechvasen, die ihre eigenen Liebesgaben enthielten, ohne die anderen verwelkten Kränze und verblaßten Karten zu berühren. Sie entfernte dornige Stengel, von denen die letzten Blütenblätter abgefallen waren, und stellte die gelben Rosen in eine frische Vase. Der Erdhügel würde sich niemals setzen. Als sie fertig war, stellte sie fest, daß es regnete. Sie ging in die Kirche, setzte sich an den Pfeiler und betete wie üblich darum, daß die Mission auf den hastig geschriebenen Bittbrief nicht antworten werde oder, wenn doch, dann mit abschlägigen und wenig optimistischen Worten. Aber mitten im Gebet hielt sie plötzlich inne und widerrief es. Sie blieb auf den Knien, öffnete die Augen und dachte: Ich sehe nicht, wie ich das ertragen soll.

Und da sie keinen Ausweg sah, erkannte sie, wie stark die Notwendigkeit und das Verlangen zu bleiben waren. Dieses Verlangen war in ihrem Kopf und in ihrem Herzen entstanden, seit Mabel in dem falschen Grab beigesetzt worden war. Sie wollte so lange bleiben, wie notwendig war, um das getane Unrecht wiedergutzumachen – selbst wenn das hieß, auf die Rückkehr von Oberst Layton zu warten, der sich vielleicht dazu bewegen lassen würde, die Wahrheit anzuhören. Mabel *wollte* schließlich an der Seite von Oberst Laytons Vater ruhen.

Inzwischen bedauerte sie den Brief an die Mission mit dem Angebot freiwilliger Arbeit in jeder – selbst der niedrigsten – Stellung für ein Dach über dem Kopf. Inzwischen hatte sie das Gefühl, daß sie und Clarissa sich Schritt für Schritt aneinander gewöhnen und sich gegenseitig von Nutzen sein könnten. Inzwischen stellte sie sich sogar vor, sich mit Mildred auszusöhnen... und das alles um Mabels willen. Das alles, um Mabels Seele die Ruhe zu schenken, die davon abhing, daß Mabels Körper am richtigen Platz ruhte. Barbie hatte geglaubt, sie sollte Pankot nicht verlassen, solange noch Hoffnung bestand. Die Vorstellung, das Grab zu öffnen und die körperlichen Überreste nach Ranpur zu bringen, hatte sie nicht mit Entsetzen erfüllt, sondern mit einem Gefühl der Ruhe und des Friedens, das darauf folgen würde.

Aber jetzt spürte sie Entsetzen; es war das Entsetzen vor ihrer eigenen Schande. Sie sah immer noch Clarissas blasses Gesicht mit den an die Wangen gepreßten Hände vor sich. Sie wollte eine große Entfernung zwischen sich und ihr Leben bringen. Wie soll ich das ertragen? wiederholte sie. Wie kann ich durch den Basar gehen oder hier sonntags mitten in der Gemeinde sitzen und wissen, was gesagt, was angedeutet worden ist? Clarissas Gesicht veränderte sich, wurde zu Mildreds Gesicht, und die Hände lagen nicht mehr an den Wangen, sondern hielten kraftlos ein Glas unter dem Kinn; die nach unten gezogenen Lippen hoben sich in den Mundwinkeln zu einem abschätzigen Lächeln.

»Wie kann ich das ertragen?« fragte sie laut. Das Gesicht veränderte sich noch einmal, wurde zum Gesicht eines anderen, der sie – das Kinn in die Hand gestützt – mit diesem Mitgefühl, dieser Geduld und diesem köstlichen Verlangen betrachtete. Sie zitterte, lehnte sich haltsuchend gegen den Pfeiler und verbarg sich in seinem Schatten. Sie sehnte sich danach, wieder im Rose Cottage zu sein. Außerhalb des Hauses war sie unglaublich verwundbar geworden. Wenn sie Rose

Cottage für immer verließ, würde sie eine Arena der Niederlage betreten, aus der es keinen Ausweg gab. In der stillen Schlichtheit, mit der die Falle gestellt worden war, lag eine Schönheit. Sie spürte bereits das Einsetzen der letzten, der großen Verzweiflung – der Verzweiflung, die erwartet wurde. »Mabel«, flüsterte sie, »Mabel... Mabel.«

Plötzlich wurde ihr kalt, denn sie hörte wie am Tag von Mabels Tod das Geräusch des Schnappriegels. Die kleine Seitentür weit vorne war geöffnet und geschlossen worden. Das schwache Echo hallte durch die Kirche. Barbie klammerte sich an den Pfeiler, lauschte auf die leichten Schritte, die durch den Mittelgang nach hinten kamen. Es waren die Schritte einer Frau. Barbies Haut prickelte, aber in ihren Augen standen plötzlich Tränen der Dankbarkeit, der Ehrfurcht und des liebenden Entsetzens. Sie blieb auf den Knien, drückte sich an den Pfeiler und wagte nicht aufzublicken. Die Nasenflügel bebten in furchtsamer Erwartung des süßlichen Geruchs, den der Geist verströmen würde – eine Mischung aus Blumenduft und Formaldehyd –, der jemandem, der noch nicht lange tot war, anhaften mußte. »Ich bin hier«, murmelte sie, »hier, hier. Ich bin an diesen Pfeiler gefesselt und an das Leben.«

Sie schlug die Hände vor das Gesicht. Der Stein des Pfeilers kühlte die Knöchel ihrer rechten Hand. Die Schritte verstummten ganz in der Nähe. Barbie hörte ein leises Knarren, dann herrschte Stille. Sie brachte den Mut nicht auf, sich zu bewegen. Aber bald fühlte sie sich erstaunlicherweise ruhig und getröstet. Sie dachte: Ich kann alles ertragen, wenn ich es versuche. Sie löste sich aus dem Schatten des Pfeilers. Die Luft strich kühl über ihre heiße Stirn. Sie blickte die Bank entlang, sah aber nichts. Sie neigte den Körper rückwärts, bis sie die Bänke vor sich sah, und hielt erschrocken den Atem an. Dort saß unübersehbar eine Gestalt. Unwillkürlich preßte sie die Hand auf den Mund.

Es war nicht Mabel. Es war keine Frau, die sie kannte. Der Kopf verschwand unter einem altmodischen Tropenhelm mit einem Schleier um den Rand. Nach einiger Zeit wurde die Frau unruhig, als spüre sie, daß sie beobachtet wurde. Sie saß aufrecht in der Bank, hielt den Blick auf das bunte Glasfenster über dem Altar gerichtet, faßte sich plötzlich an den Hals, drehte leicht den Kopf und blickte nach links und nach rechts. Beruhigt nahm sie ihre stille, schweigende Andacht wieder auf und verharrte so, bis eine dieser geheimnisvollen Harmonisierungen sich ereignete: eine geringfügige Verlagerung im Schwerpunkt des leeren Gebäudes, als würde es sich einen Augenblick lang Erleichterung von seinen Spannungen und Lasten verschaffen; und dies bewirkte die Illusion eines Echos ohne erkennbare Quelle, so daß es Barbie vorkam, als habe der Schutzengel der Kirche einen seiner riesigen Flügel halb geöffnet und wieder geschlossen.

Die unbekannte Besucherin erhob sich, trat in den Mittelgang und ging in Richtung Altar. Es war eine ältere Frau, die sich mit der Vorsicht eines Menschen bewegte, der sich der Pflicht bewußt ist, seine Jahre mit Würde zu tragen. Ehe sie zur Seitentür abbog, legte sie haltsuchend die Hand auf eine Bank und beugte mit gesenktem Kopf das Knie. Beim Hinausgehen öffnete und schloß sie die Tür leise. Kurz darauf hörte Barbie das Geräusch eines anfahrenden Wagens – aber nicht auf der Church Road, sondern auf der Seite der West Hill Road.

Während das Geräusch sich entfernte, während der Wagen die Frau in diese verräterische Richtung brachte, begriff Barbie, wer dicht vor ihr gesessen hatte. Aber sie reagierte nur langsam. Alles, was Neugier oder abergläubische Furcht vor solch unmittelbarer Nähe hätte sein können, wurde von dem stärkeren Strom eines Gefühls zum Schweigen gebracht, der sie wärmte und nicht aufstehen ließ. Eine Hand lag immer noch auf dem Pfeiler, die andere auf dem Mund.

Barbie fragte sich, ob es im Verlauf dieser kleinen Abfolge von Ereignissen – die Erwartung, den Geist zu sehen, der Schock beim Anblick der Frau, das Echo hoch oben im Dach (über allem hier), das aus einer unbekannten Quelle kam – noch etwas anderes gegeben hatte... nicht mehr als eine kaum wahrnehmbare Unordnung, eine Umorientierung der Quelle, aus denen sie ihre Eindrücke bezog. Flüchtig schien es ihr, als habe Gott ihre Anwesenheit bemerkt. Sie verharrte regungslos. Der Eindruck verstärkte sich nicht, bestätigte sich in keiner Weise, wurde aber auch nicht zerstört.

Ich gehe jetzt, sagte sie zu Mabel. Sie wartete. Sie bekam keine Antwort. Mit dem leeren Koffer in der Hand, in dem sie die Schuhe transportiert hatte, verließ sie die Kirche. Draußen hob sie den Kopf und machte sich auf die Suche nach einer Tonga.

Als sie nach Rose Cottage zurückkam, füllte sie ihren größten Koffer mit Sachen, die sie wahllos aus dem herausgriff, was in ihrem Zimmer noch geblieben war. Sie ließ Platz für Nachthemd und Toilettenartikel und schüttete dann den Inhalt der Schubladen auf ein Bettuch am Boden. Ohne noch einen Blick auf das zu werfen, was sie zurücklassen mußte, verknotete sie das Bettuch zu einem Bündel, rief Aziz und bat ihn, es wegzubringen, denn sie wollte nichts mehr von den Dingen, die es enthielt, und wollte auch das Bündel nicht mehr sehen. Er kehrte mit dem Jungen des Mali und dem Putzmädchen zurück. Zu dritt schleppten sie das Bündel auf die Veranda und Barbie aus den Augen.

Als es verschwunden war, kam Barbie sich verarmt vor. Sie schien bereits von der Kraft- und Energiequelle abgeschnitten zu sein, die im Bungalow floß. Ihr Blick fiel auf das Zurückgebliebene: der Koffer, der Schreibtisch und die Metallkiste mit den Erinnerungsstücken an die Mission, die sie an diesem Morgen mit Hilfe von Aziz von der Wand zwischen

Frisiertisch und Almirah in die Mitte des Zimmers gezogen hatte. Sie kniete sich auf die Binsenmatte, die davor lag. Sie kniete wie vor einem Altar, wie vor ihrem Leben. Die ehemals schwarze Farbe war rissig und zerkratzt von den Spuren der Reisen und rauher Behandlung; der Name in weißen römischen Großbuchstaben – BARBARA BATCHELOR – war in die graue Anonymität verblaßt, aus der jemand, der sie nicht kannte und der die Kiste in einer späteren Zeit zufällig entdeckte, eine gute Meinung von ihr ableiten könnte.

»Arme Kiste«, sagte Barbie. Sie berührte das Metall. Es war warm wie ein Tier – ein Tier, das sich gleichmütig ihr anvertraute, aber bestimmte Dinge in ihrer Beziehung voraussetzte. »Es ist kein Platz«, sagte sie, »kein Platz bei Clarissa.«

Sie dachte über Alternativen nach. Sie konnte Mr. Maybrick bitten, die Kiste vorübergehend unterzustellen. Aber vernachlässigt in diesem Chaos würde sie nicht überleben. Auch in dem fremden Moslemschatten bei Jalal-ud-din würde sie nicht überleben. Barbie strich zärtlich über den Deckel. Darunter lagen Beweise ihrer Fehlschläge und ihrer Erfolge, Zeugnisse ihres Strebens. Als sie auf den Namen hinunterblickte, schien ihr, als müsse Gott nur Notiz von der Kiste nehmen, nur die Kiste berücksichtigen, und sie selbst sei unwirklich und unwichtig geworden.

Ein überzeugender Gedanke tauchte auf; er floß wie ein Strom aus der Kiste durch ihren Arm: Die Kiste soll im Rose Cottage bleiben, wo ich glücklich war. Aber wo? An einem Platz, wo Mabel sie sehen oder spüren, vielleicht sogar berühren konnte, wenn sie blindlings nach etwas Vertrautem, Freundlichem tastete, das ihren bekümmerten Geist auf seinen Wanderungen zwischen dem Haus und dem fremden Grab einen Moment der Erleichterung verschaffen würde.

Das Messingschloß mit den Schlüsseln hing im unteren Ring des großen Schließbandes. Sie mußte nur die beiden Seitenbänder hochheben, um den Deckel zu öffnen. Aber die

Vorstellung, den Inhalt durchzusehen, erschreckte sie. Sie öffnete das Vorhängeschloß, schob es in den Sicherungsring, drückte es zu und verschloß mit dem Schlüssel die beiden kleineren Schlösser in den Schließbändern. Den Schlüssel legte sie beiseite, um ihn später in der Handtasche zu verwahren. Sie blieb jedoch auf den Knien.

Hinter ihr sagte Aziz: »Memsahib! Sarah Mem.«

Barbie drehte den Kopf, so erschrocken über diese Störung, als habe man sie bei einer stillen Andacht ertappt. In der offenen Tür sah sie zwei Gesichter: das von Aziz und das von Sarah. Barbie wurde rot. Sie stand unsicher auf. Aziz trat beiseite, um Sarah eintreten zu lassen. Seit dem Abend, an dem Sarah aus Kalkutta zurückgekommen war, seit dem Tag nach der Beerdigung war Sarah nicht mehr hier gewesen, und es war nur ein kurzer Besuch gewesen, den ihrer beider Nähe zur toten Mabel, das Zögern, darüber zu sprechen, und das Unvermögen, ein anderes Gesprächsthema zu finden, noch kürzer gemacht hatten. Sarah hatte immer wieder angerufen, um sich nach Barbies Wohlergehen zu erkundigen, und den Weg zu einer Einladung geöffnet. Jetzt war sie aus eigenem Antrieb gekommen, als gebe es Dinge, die man nicht länger aufschieben konnte. Aber nach allem, was man über sie gesagt hatte, fürchtete Barbie das Alleinsein mit ihr.

»Ich muß schrecklich aussehen«, sagte sie, schob eine verirrte Locke ihrer kurzen Haare aus der Stirn. »Ich habe aufgeräumt und versucht, eine Art Ordnung in die Dinge zu bringen. Das ist keine leichte Aufgabe.«

»Es tut mir leid«, sagte Sarah. Was ihr leid tat, sagte sie nicht. »Kann ich Ihnen bei irgend etwas helfen?«

Barbie schüttelte den Kopf. Sarah trug Uniform. Vermutlich kam sie geradewegs aus dem Büro. Sie wirkte soldatisch, aber fraulich. Vielleicht hatte Mildred wirklich den Verdacht, mit ihrer Tochter »stimme« etwas nicht und auch mit Barbie »stimme« etwas nicht. Es hatte einmal ein Buch von zweifelhaftem Ruf gegeben; Barbie hatte es nie gelesen, aber sie erinnerte sich noch an den Titel. Nun ja, rief Barbie innerlich sich selbst, dem stillen Zimmer und den alten Mauern zu, ich *bin* einsam. Einsam! Aber bei Gott, meine Einsamkeit hält jeder Überprüfung stand. Sie sitzt hier an dieser Stelle zwischen meinen Brüsten. Zwischen mir und Sarah, zwischen mir und irgendeiner Frau gibt es nichts, was es nicht geben sollte. Man hat mich verleumdet. Bösartig verleumdet... als Strafe für meine Anmaßung.

Sie ging ins Bad, wusch sich den Schmutz von den Händen, spritzte sich Wasser ins Gesicht, um die Haut und den Zorn zu kühlen, der es verhärtete, und es wieder weich und glatt zu machen. Sie verrieb Eau de Cologne auf den Handgelenken, kämmte sich die grauen Haare und rief Aziz zu:

»Tee! Tee draußen oder...« sie ging in ihr Zimmer zurück, »Sherry?« Sie blieb stehen. Die Karaffen waren in der Anrichte eingeschlossen, und Kevin Coley hatte immer noch die Schlüssel. Sarah stand mit verschränkten Armen am Fenster und betrachte die Aussicht auf der Vorderseite des Hauses. Sie drehte sich um.

»Ich hätte gern Tee, Barbie.«

»Aziz hat es vermutlich vorausgesehen. Sie nicht? Aziz? Aziz!« In der Eingangshalle prallte ihre Stimme gegen die Gongs der Messingteller an der Vertäfelung und wurde vom unerbittlichen Holz der verschlossenen Tür zu Mabels Zimmer zurückgeworfen. Aus der Küche rief Aziz eine kurze Bestätigung seiner Anwesenheit. Barbie ging durch das Wohnzimmer voraus, schob die Riegel der Glastür zurück und trat auf die Veranda. Der Himmel war wieder klar, aber die Zonen des Sonnenlichts waren abendlich schmal und die Schatten lang. Der Duft aus dem Garten war betäubend und wurde durch die Luftfeuchtigkeit noch verstärkt. Der Liegestuhl, auf den Mabel sich gesetzt hatte, stand noch am alten Platz. Auf dem Rasen lagen die abgefallen Blütenblätter der Rosen.

»Noch ein ganzer Tag«, sagte Barbie. Sie stand an der Balustrade. »Der frühe Morgen und die Zeit vom Tee bis zum Einbruch der Dämmerung... das habe ich immer am meisten geliebt.«

Sie hörte das Knarren eines Liegestuhls, als Sarah sich setzte, und bald darauf das Klicken eines Feuerzeugs. Sie wartete, bis der aromatische Zigarettenduft sie erreichte, und drehte sich dann um.

»Übermorgen nach dem Frühstück bin ich hier weg«, sagte sie, »auch Aziz wird dann bereit sein zu gehen. Ich weiß nicht, wie seine Reisepläne aussehen. Wir werden uns hier auf Wiedersehen sagen. Aber wenn es erforderlich ist, wird er warten, bis jemand kommt, um die Schlüssel für den Vorratsraum zu übergeben... vielleicht Mahmoud oder Hauptmann Coley. Sonst schließt er ab und hinterlegt die Schlüssel beim Mali.«

»Ja. Ich werde es Mutter ausrichten.«

Aziz brachte den Tee. Als er gegangen war, bat Barbie: »Würden Sie bitte eingießen?« Dann setzte sie sich und nahm ihre Tasse. Sie erkundigte sich nach Susan. Susan gehe es gut, antwortete Sarah. Sie werde am übernächsten Tag aus dem Krankenhaus entlassen und in den Dienstbungalow zurückkehren. Minnie, Mahmouds verwitwete Nichte, die keine Kinder hatte und selbst kaum mehr als ein Kind war, freute sich sehr auf die neue Pflicht, fürchtete sich aber auch davor. Sarah würde ihr einige Zeit helfen müssen.

Wenn ein Gefühl der Spannung zwischen uns liegt, dachte Barbie, dann bin ich selbst daran schuld. Sarah war, wenn überhaupt, weniger verschlossen als in der Vergangenheit; und unter der Blässe, den Zeichen der Anstrengung lag ein rosiger Hauch, eine gewisse Zufriedenheit im Fleisch des Gesichts, als habe sie einen festen Entschluß in Hinblick auf ihre Situation gefaßt.

»Clarissa hat mir die Neuigkeiten über den armen Hauptmann Merrick berichtet«, sagte Barbie.

»Ja, als ich das letzte Mal hier war, habe ich ihn nicht erwähnt. Ich wollte Ihnen sagen, daß er kurz über Miss Crane gesprochen hat. Aber leider kannte er sie nicht gut.«

»Ich dachte mir schon, daß es unwahrscheinlich ist, daß ihre Wege sich gekreuzt haben.«

»Er kannte sie natürlich vom Sehen und besuchte sie nach dem Überfall im Krankenhaus. Sie konnten nicht viel miteinander reden, denn sie war so krank. Später hat einer seiner Beamten den Fall übernommen, denn zu der Zeit war er mit dieser anderen Sache beschäftigt, die Miss Manners betraf.«

»Und noch später? Als Edwina sich das Leben genommen hatte?«

»Ja, damit hat er sich beschäftigt. Er war in ihrem Bungalow. Daran erinnert er sich. Er sprach lange über ein altes Bild, das er dort gefunden hat. Seiner Beschreibung nach glaube ich, es muß das Bild sein, von dem Sie einen kleinen Abzug besessen und den Leuten gezeigt haben.«

»Das war es bestimmt. Vermutlich liegt meins immer noch in der Kiste.« Barbie dachte an den Tag vor beinahe zwei Jahren auf der Veranda. »Ich kann mich nicht daran erinnern, daß Sie dabei waren, als ich es gezeigt habe.«

»Ich habe davon gehört.«

Barbie nickte. Sie hat sich mit diesem Bild zum Gespött gemacht. Sie fragte: »Weshalb hat Hauptmann Merrick soviel über das Bild gesprochen?«

»Er schien eine Verbindung zwischen dem Bild und Teddie zu sehen. Hat Clarissa Ihnen gesagt, wie Teddie ums Leben gekommen ist?«

»Sie sagt, er hat versucht, ein paar desertierte indische Soldaten zurückzubringen. Ich fürchte, ich habe nicht genau zugehört.«

»Man-bap«, sagte Sarah nach einer Pause – allerdings sehr abrupt.

»Bitte?«

»Man-bap.«

Man-bap. Sie hatte diesen Ausdruck lange nicht mehr gehört. Er bedeutete Mutter-Vater, die Beziehung des Raj zu Indien, die Beziehung eines Mannes wie Oberst Layton zu den Männern seines Regiments, eines Distriktsbeamten zu den Bewohnern seines Distrikts, ihre, Barbies Beziehung zu den Kindern, die sie unterrichtet hatte. Man-bap. Ich bin dein Vater und deine Mutter. Ja, das Bild war eine Darstellung dieses Aspekts der imperialen Bindung: die Mischung aus Härte und Sentimentalität, von der Mabel sich abgewandt hatte. Wenn Teddie bei dem Versuch gestorben war, verirrte Schafe zurückzubringen, dann verstand sie, weshalb Hauptmann Merrick sich an das Bild erinnern mochte. Aber Sarahs Gründe, es zu erwähnen, verstand sie eigentlich nicht. Sie wollte nicht in sie dringen. Sie wollte nicht über Edwina sprechen oder über Teddie und den ehemaligen Polizeibeamten, der einen Arm verloren und den Sarah noch nie gemocht hatte.

Aber – »Das Interessante an Ronald Merrick ist«, sagte Sarah, »er möchte sich gern über Man-bap lustig machen, aber es gelingt ihm nicht ganz, denn im Grunde möchte er lieber wie Teddie daran glauben, falls er daran geglaubt hat. Meinen Sie, er hat daran geglaubt, Barbie?«

»Ich weiß es nicht.«

»Und Miss Crane?«

»Weshalb fragen Sie mich das?«

»Weil Ronald Merrick es glaubte. Er sprach davon, wie sie am Straßenrand saß und die Hand eines toten Inders hielt. Das hielt er für Man-bap. War es das?«

»Nein.«

»Was war es?«

»Verzweiflung.«

Sarah wirkte einen Augenblick betroffen von dem nüchternen Wort, als habe sie das am wenigsten erwartet; aber dann lächelte sie kurz zustimmend.

»Ja«, sagte sie, »das leuchtet ein.«

Sie schwiegen wieder, aber es war das Schweigen Gleichgesinnter.

»Was ist zwischen Ihnen und Mutter vorgefallen, Barbie?«

»Ich nehme an, wenn Sie es nicht wissen, würde sie es vorziehen, daß Sie es nicht erfahren.«

»Sie sagt, Sie hätten die Vorstellung, daß Tante Mabel in Ranpur begraben sein wollte.«

»Dann wissen Sie alles, was es darüber zu wissen gibt.«

»Um mehr ging es nicht? Das war alles?«

»Das war alles.«

»Und Aziz?«

»Das war kein Streitpunkt. Obwohl es Ihrer Mutter nicht gefallen haben kann, daß ich sagte, sie verstehe sein Verhalten nicht.«

»Nein, so etwas würde ihr nicht gefallen.«

»Ich habe es selbst nicht richtig verstanden«, sagte Barbie, »also in dem Sinn, daß ich es hätte erklären können. Aber ich hielt es auch nicht für notwendig, aber Ihre Mutter. Das war der Unterschied. Ich bedaure, wenn ich Ihr Ärger gemacht habe. Sie mußte sich um sehr viel kümmern. Ich hatte nur das... diese eine Sache.«

Sarah nickte. Sie drückte die Zigarette aus. Barbie erwartete, sie würde aufstehen, sich entschuldigen und nach Hause gehen. Aber sie lehnte sich im Korbstuhl zurück.

»Wie geht es Ihrer Tante und Ihrem Onkel?« fragte Barbie.

»Danke, sehr gut.«

»Sie können nicht viel von Kalkutta gesehen haben.«

»Nein, nicht viel... ein bißchen. Man hat mich zum Tanzen ins Grand Hotel ausgeführt und dann irgendwohin, wo indische Musiker spielten.«

»Tante Fenny und Onkel Arthur?«

Sarah lächelte. »Nein, einer der Offiziere, der an Onkel Arthurs Kurs teilgenommen hat. Er und Tante Fenny führen ein

400

flotteres Leben als in Delhi. Sie haben eine von diesen großen, klimatisierten Wohnungen. Üblicherweise ist sie voller junger Leute. Meist sind es die jungen Männer, die den Kurs besuchen.«

»Was ist das für ein Kurs?«

»Über die Aufgaben in Indien im Frieden. Man will damit Leute für den Staatsdienst und die Polizei rekrutieren, die Indien genug mögen, um nach dem Krieg hierzubleiben.«

Barbie versuchte, sich das vorzustellen. Aber ihre Aufmerksamkeit galt nicht nur Sarah. Das Bild der Kiste überlagerte das Bild der Veranda mit dem Teetisch und Sarah, die lächelnd auf der anderen Seite saß, als warte sie darauf, daß Barbie das Lächeln erwiderte.

»Ist der Kurs ein Erfolg?« fragte sie.

»Ich nehme an, ein oder zwei lassen sich vielleicht verlocken. Sie in die Wohnung einzuladen gehört dazu, es ihnen schmackhaft zu machen. Sie verstehen. Die Bequemlichkeit und die Annehmlichkeit vieler Dienstboten, aber in einer modernen Umgebung, die, wie sie zugeben müssen, wirklich sehr passabel ist. Aber ich glaube, sie werden sich vielleicht eher für eine der Firmen interessieren, wo die Zukunft gesicherter ist und sie sich zur Muttergesellschaft nach London versetzen lassen können, wenn es hier den Reiz verloren hat oder wenn sie heiraten und ein richtiges Familienleben haben wollen. Ansonsten glaube ich, finden sie den Kurs ziemlich merkwürdig.« Sarah schwieg. »Es waren junge Männer von der Art, die ich gerade kennenzulernen begann, bevor Susan und ich neunundreißig wieder hierher kamen. Meine Art Leute. Die Art Leute, die wir wirklich sind. Es besteht eine so ungeheure Kluft, ich meine jetzt... mehr aus ihrer Sicht als aus unserer.«

»Tja«, begann Barbie in der Absicht, etwas über Sarahs Art von Leuten zu sagen, über ihre eigene Art von Leuten. Aber sie konnte sich nicht auf das Thema konzentrieren. Sie sagte:

»Ich freue mich, daß Sie ein bißchen Spaß hatten.« Sie erinnerte sich an Schwester Matthews Erklärung, daß an dem Abend, als Mildred versucht hatte, ihre Schwester aus der Privatklinik anzurufen, nur ein Bengalidiener in der Wohnung in Kalkutta gewesen war. Alle anderen mußten ausgegangen sein, um die zweite Front zu feiern. Sie fragte sich, um welche Uhrzeit die Nachricht von Mabels Tod und Susans vorzeitigen Wehen Sarah erreicht hatte, und bedauerte sie. Sie stellte sich vor, wie Sarah rosig von den Erlebnissen eines Abends in der Stadt in Gesellschaft dieser jungen Männer (Männer ihrer Art, Männer, die sie verstand oder einmal verstanden hatte und jetzt beneidete, weil sie Teil von »Zuhause« waren) zurückkam und ihre Tante sagte: »Sarah, deine Mutter hat angerufen. Leider sind es schlechte Nachrichten.« Hatte Sarah sofort an ihren fernen Vater im Gefangenenlager gedacht?

Hatte den Laytonmädchen ein richtiges Familienleben gefehlt? Was hieß das überhaupt? War es wichtig, ein ordentliches Familienleben zu haben? Und war es von Bedeutung, wenn es einem fehlte? Wie in anderen anglo-indischen Familien war Sarahs Kindheit vermutlich von der Disziplin der Trennung von Eltern und Kindern geprägt. Mit einer solchen Trennung hatte Barbie sich nie abfinden müssen. Sie hatte unter einer Trennung gelitten, die dauerhaft und infolgedessen vermutlich erträglicher war, denn mit dem Tod konnte man nicht rechten. Zuerst starb ihr Vater und dann ihre Mutter. Aber sie war erwachsen gewesen, als sie nach Indien kam; sie kam als Wegbereiterin des neuen Bodens, nicht des alten; sie tat es in ihrem, und wie sie geglaubt hatte, in Gottes Namen; sie hatte nie geheiratet und nie Kinder gehabt.

Sie wußte, mit Sarah und Susan war sie dem am nächsten gekommen, was es bedeutete, Töchter zu haben. Hätte sie die Trennung ertragen können, wenn es wirklich ihre Kinder gewesen wären? Würde Susan sie auch einmal ertragen müssen, oder würde sich das Leben in Indien für die Engländer geändert haben, wenn das Kind sieben oder acht war und damit die erste, die Kindheitsphase im anglo-indischen Leben zum Abschluß kam? Bis dahin waren es nur wenige Jahre. Trotzdem konnte sich die Situation dann geändert haben. Vielleicht hatte das Kind Glück.

Aber nicht seine Eltern; nicht Susan, nicht Sarah, nicht der junge Dicky Beauvais. Clarissa hoffte, er werde Susan heiraten. Wenn Barbie Sarah ansah, glaubte sie, etwas von den Gefühlen dieses Mädchens zu verstehen, das in einer nicht klar definierten Welt leben mußte, in einer Welt, die zwischen der alten schwebte, auf die man sie vorbereitet hatte, die jedoch zu sterben schien, und der neuen, auf die man sie überhaupt nicht vorbereitet hatte. Sarah war ein junges, vitales, aufgewecktes Mädchen, aber alle Verhaltensmuster verblaßten, die zu übernehmen man ihr beigebracht hatte. Zufällige Begegnungen hatten ihr bereits bewußt gemacht, daß eine Kluft bestand zwischen ihr und dem Menschen, der sie hätte sein können, wenn sie nicht nach Indien zurückgekehrt wäre, also dem Menschen, der sie »eigentlich« war.

Barbie streckte die Hand aus, um die Tasse auf den Tisch zurückzustellen, zögerte und führte die Bewegung dann mit einer bewußten Anstrengung zu Ende, damit ihre Hand nicht zitterte, und lehnte sich in den Korbstuhl zurück. Es hatte eine Störung gegeben, wieder eine flüchtige Luftbewegung. Aber diesmal war es der unheilvolle Hauch der Emanation. Barbie blickte angespannt über die Veranda und dann über den Garten. Alles war klar, schien jedoch weit weg und unwirklich zu sein, schien in seiner Existenz mehr von der menschlichen Vorstellung als von der Natur abzuhängen, stand der destruktiven ebenso wie der kreativen Energie von Geist und Willen offen.

Barbie hörte sich zu Sarah sagen: »Ich habe ein logistisches Problem, wie ihr das, glaube ich, heutzutage nennt.« Sie verstummte, denn sie hörte gleichzeitig ein leises Ausatmen. Sie kam zu dem Schluß, es müsse ihr eigener Stoßseufzer der Erleichterung gewesen sein, ein Seufzer erneuter geduldiger Erwartung.

»Mein kleines Zimmer«, sagte sie, »ich meine selbstverständlich mein kleines Zimmer bei Clarissa, hat seine natürlichen Grenzen, die man sehr ernst nehmen muß. Clarissa hat gesagt, abgesehen von mir kann ich nur noch einen Koffer voll Sachen mitbringen. Damit bleiben zwei Stücke zurück. Sie sind nur für mich wichtig, für niemanden sonst. Da ist einmal der Schreibtisch.«

Barbie warf Sarah einen Blick zu, die ihn ohne die Sorge und Anteilnahme erwiderte, die der Situation angemessen war. Aber Sarah war schließlich noch sehr jung. Sie kannte die schwere Beeinträchtigung der Bewegungsfreiheit bestimmt noch nicht, die Gepäck im Leben eines Menschen bedeuten konnte.

»Mein Schreibtisch, fuhr sie fort, »nun ja, das läßt sich machen, denn er läßt sich zusammenklappen wie ein Flügel. Er ist tragbar. Er kann an der Wand lehnen oder unter dem Bett verschwinden. Ich denke, Clarissa wird mir den Schreibtisch genehmigen. Und abgesehen von der albernen Anhänglichkeit kann ich ihn auch benutzen. Ich werde wohl ziemlich viel Briefe schreiben. Ich kann ihn dann aufklappen, auf dem Bett sitzen und schreiben, ohne mir Gedanken darüber machen zu müssen, daß Clarissas Zimmer dadurch in Unordnung gerät. Denn die Ordnung kann man schnell wieder herstellen. Aber die Kiste...«

Barbie machte eine Pause, um sich zu sammeln.

»Die Kiste ist etwas ganz anderes. Im Unterschied zu einem Schreibtisch, zu den Kleidern, zu *Schuhen* hat sie keinen *Nutzen*... Aber sie *ist* meine Geschichte. Und nach Emerson bin ich ohne sie einfach nicht erklärt. Ich bin nicht mehr als ein Körper, der hier sitzt. Emerson sagt, ohne sie ist *niemand* von uns erklärt, denn wenn sie meine Geschichte ist, dann ist sie auch Ihre und Mabels Geschichte. Bei Clarissa ist kein Platz für meine Kiste, das heißt, kein Platz für das, was mich erklärt.« Sie lachte. Sarah hatte die Stirn gerunzelt. Barbie konnte es ihr nicht verübeln, daß sie verwirrt war. Die Situation war sehr kompliziert, und Barbie zweifelte daran, daß sie die Situation selbst richtig verstand.

»Ich habe daran gedacht«, sprach sie weiter, »um Erlaubnis zu bitten, meine Kiste in der Obhut des Mali hierzulassen, bis ich sie abholen kann. Er könnte sie in den Schuppen mit den Gartengeräten stellen. Aber...«

»Aber was?«

»Aber wenn ich die Person um Erlaubnis bitten würde, die dazu berechtigt ist, sie zu erteilen, wenn ich also Ihre Mutter um Erlaubnis bitte, wird sie es mit Sicherheit ablehnen. Wäre der Form Genüge getan, wenn ich Sie darum bitte?«

»Ich glaube schon.«

»Sie würden zustimmen, wenn ich frage?«

»Ich werde mich um die Kiste kümmern, Barbie. Sie kann im Zimmer bleiben. Susan und ich werden uns das Zimmer teilen, aber sie kann in meiner Hälfte stehen.«

»Das ist freundlich, sehr freundlich. Aber wenn Sie das Zimmer mit Susan teilen, können Sie es nicht auch noch mit der Kiste teilen. Geben Sie die Kiste dem Mali. Er soll sie im Schuppen aufbewahren. Dann gibt es für uns alle so wenig Unannehmlichkeiten wie möglich. Die Alternative ist Jalal-ud-din. Das hat Clarissa bereits vorgeschlagen. Aber der Gedanke, daß meine Kiste in einem heidnischen Lagerhaus steht, würde mich nicht glücklich machen. In der Kiste bewahre ich die Erinnerungsstücke an meine Arbeit in der Mission auf. Sie ist mein Leben in Indien. Mein Schatten, wie man sagen könnte.«

Sarah nickte, umfaßte die Ellbogen fester mit den Händen und sagte: »Ich darf Sie doch bei Clarissa besuchen, nicht wahr, Barbie?«

Barbie antwortete nicht sofort. Schließlich sagte sie: »Es wäre vielleicht besser, wenn Sie es nicht tun. Zumindest nicht in der ersten Zeit, nicht, ehe ich wieder festen Boden unter den Füßen habe. Das Zimmer ist zu klein und eignet sich nicht dazu, Gäste zu empfangen. Ich bin selbst nur Gast, wenn auch ein zahlender. Sie können natürlich Clarissa besuchen und damit rechnen, daß ich auch da bin. Aber ich möchte nicht, wie das Sprichwort sagt, das Glück herausfordern. Ich will auch nicht Clarissas Zorn auf mich ziehen, indem ich in ihrem Haus ausgelassene und ausschweifende Gesellschaften veranstalte. Ich werde lernen müssen, ja lernen müssen, so leise wie eine Maus zu sein. Das wird nicht einfach werden. Clarissa besitzt nicht den Schlüssel zum imaginären Schweigen. Werden Sie mit Aziz über die Kiste sprechen, Sarah? Denn dann kann er mit dem Mali reden, und es ist offiziell.«

Sarah nickte, und Barbie rief den alten Mann. Als er kam, sprach Sarah mit ihm. Er ging, kehrte bald darauf mit dem Mali zurück, und Sarah sprach auch mit ihm. Als die beiden gegangen waren und Barbie sich bedankt hatte, erhob sich Sarah, um sich zu verabschieden. Die Dämmerung setzte schnell ein.

»Da ist noch etwas«, sagte Barbie. »Mabel hat mir einmal erzählt, sie habe für Aziz gesorgt, wenn er alt ist.«

»Ja, das hat sie.«

»Und wird man... sich daran halten?«

»Ja, Barbie.«

»Entschuldigen Sie, daß ich es zur Sprache gebracht habe. Ich fürchtete, daß Mabel es vielleicht tun wollte, es jedoch nicht schriftlich verfügt hat.«

»Nein, sie hat an Aziz gedacht. Sie hat auch an Sie gedacht, Barbie.«

»Wie bitte?«

»Nicht viel. Eine kleine Leibrente, als Ergänzung zu Ihrer Pension. Sie werden von der Bank in Ranpur bald benachrichtigt werden. Obwohl die Banken natürlich für so etwas eine Ewigkeit brauchen.«

»Ach so. Das hätte sie nicht tun sollen.«

»Warum nicht?«

»Sie hätte es nicht tun sollen. Dadurch bekommen alle anderen weniger, und ich habe nichts erwartet. Aber es ist sehr freundlich, sehr freundlich.«

»O Barbie, nicht doch.«

»Sehr freundlich«, wiederholte Barbie, »so freundlich.«

Sie suchte in der Jackentasche nach dem Eau-de-Cologne-getränkten Taschentuch und putzte sich die Nase.

»Meine Mutter«, sagte sie lachend, »fand das Wort Leibrente immer unglaublich beeindruckend. Für sie war es ein Zeichen wahrer Vornehmheit. Es ist doch merkwürdig, wie solche Dinge auf einen zurückfallen. Sie wäre sehr stolz auf mich. ›Meine Tochter‹, hätte sie gesagt, ›muß sich um Geld keine Sorgen machen, denn sie hat ihre Leibrente‹.«

Barbie saß an diesem Abend vor dem Essen auf dem Bett und sah zu, wie Aziz und der Mali für die Hülle aus Sackleinwand Länge, Breite und Tiefe der Kiste maßen. Der Mali hatte erklärt, seine Frau würde die Sackleinwand zuschneiden und ihm beim Nähen der Hülle helfen. Später folgte ihnen Barbie mit einer Laterne in der Hand zum Schuppen und war dabei, als die verhüllte Kiste in eine freigeräumte Ecke gestellt wurde. Als sie den Schuppen mit der Laterne in der Hand wieder verließ, hörte sie das metallische Klirren der Spaten und Hacken, die der Mali bedächtig an ihren Platz zurückstellte.

Am letzten Morgen in Rose Cottage erwachte sie früh; sie erwachte, noch ehe Aziz die Kanne Tee, die Banane und die dünne Scheibe Brot mit Butter brachte, aus denen normalerweise ihr Chota Hazri bestand. Am Abend zuvor hatte sie die Vorhänge nicht zugezogen, um gleich beim Aufwachen zu sehen, ob es ein klarer oder ein grauer Morgen sei. Es wurde gerade erst hell, aber sie hörte das leise Geräusch dünnen, gleichmäßigen Regens. Sie stand auf und ging barfuß zum Fenster, um sich davon zu überzeugen, daß es regnete. Sie bemerkte die zusammengekauerte, in Decken gehüllte Gestalt des Chaudikar, der nachts Rose Cottage und den Nachbarbungalow bewachte. Er patrouillierte zwischen den beiden Häusern hin und her, aber meistens entdeckte man ihn schlafend auf der vorderen Veranda von Rose Cottage. Der Regen tropfte vom Verandadach, aber in dem Schatten des Gartens lag eine Helligkeit, die darauf hindeutete, daß es später einen klaren, vielleicht sogar sonnigen Morgen geben würde.

Barbie drehte sich um, sah die Binsenmatte und kniete spontan zu einem Morgengebet nieder. Wie sich herausstellte, enthielt das Gebet ebenso viele Informationen wie Bitten. Ich danke DIR für DEINE vielen Gnaden und für die Jahre in Rose Cottage. Bitte wache über diesen Raum, in dem meine beiden Mädchen schlafen werden und nimm die betrübte Seele meiner Freundin Mabel Layton in DEIN Reich auf. Ich habe meine Kiste im Schuppen zurückgelassen. Ich gehe zu Clarissa. Es ist nicht weit von hier.

Sie erhob sich und betrachtete die Rosen, die sie gestern geschnitten hatte. Es sollten eigentlich viel mehr sein, aber ein zweiter und letzter Besuch von Sarah hatte sie unterbrochen und abgelenkt. Als sie Sarah am frühen Abend über den Rasen kommen sah, fürchtete sie, Sarah wolle die Absprache mit der Kiste rückgängig machen. Aber das wollte sie nicht.

Barbie hatte die Rosen für die Nacht in ihr Zimmer gestellt; es waren Knospen, denn sie wollte, daß sie sich entfalteten und das Wesen ihrer Träume und wachen Meditationen in sich aufnahmen, damit sie auf dem Grab ihre besondere Liebe und besondere Dankbarkeit zum Ausdruck bringen konnten. Jetzt beugte sich Barbie über sie, doch sie hatte den Eindruck, daß die Rosen wenig, vielleicht nichts aufgenommen hatten. Jede

Knospe war nur eine noch nicht entfaltete Aussage über sich und über die Schlichtheit des Pflanzenreichs, das sich zufrieden gab mit dem Rhythmus der Jahreszeiten und nicht mehr wollte als den natürlichen Fluß der Säfte und die feste Verankerung der Wurzeln. Die Rosensträucher kamen aus England, aber sie hatten die Verpflanzung gut überstanden und gaben sich mit dem zufrieden, was man ihnen anbot. Sie wollten den Boden nicht ihren Bedürfnissen anpassen oder einen Schleier vor die Sonnenhitze spannen oder den Regen gleichmäßiger über das Jahr verteilen. Sie waren gewachsen und gediehen.

»Ihr seid jetzt einheimische Rosen«, sagte Barbie zu ihnen. »Ihr gehört in dieses Land. Der Garten ist ein einheimischer Garten. Wir sind nur Besucher. Das ist unser Fehler gewesen, und deshalb ist Gott uns nicht hierher gefolgt.«

Sie öffnete die Schubladen des Toilettentischs und der Kommode wie ein scheidender Gast einen Spalt, um zu zeigen, daß sie ausgeräumt und leer waren. Aus ähnlichen Gründen öffnete sie auch den Schrank, holte das Reisekostüm heraus und ließ die Tür offen. Sie nahm ein Bad, und als sie ins Zimmer zurückkam, stand das Chota Hazri auf dem Nachttisch. In Unterwäsche und Morgenmantel trank und kaute sie, blickte jedoch immer wieder auf die Uhr, denn sie rechnete jeden Moment damit, das Taxi zu hören. Mr. Maybrick hatte ihr nämlich hoch und heilig versprochen, es nicht später als acht Uhr zu schicken. Sie hatte Aziz gesagt, sie würde sich nicht die Zeit zu einem richtigen Frühstück nehmen.

Viertel vor acht begann sie mit den letzten Vorbereitungen; fünf Minuten vor acht rief sie Aziz. Zusammen stellten sie den Schreibtisch auf den Kopf und klappten die Beine zusammen. Er trug ihn in die Eingangshalle und holte dann den Koffer. Außerdem brachte er ihr eine Zeitung, um die Rosen einzuwickeln. Dann gab er ihr einen Schlüssel.

»Was für ein Schlüssel ist das, Aziz?«

Er erklärte, er habe ihn auf dem Fußboden gefunden; es müsse der Schlüssel zu ihrer Kiste sein. Sie erkannte ihn wieder und legte ihn in die Handtasche. Dann blieb sie allein sitzen, bis sie den Wagen vorfahren hörte.

Es hatte aufgehört zu regnen. Draußen vor der Veranda standen die anderen Dienstboten. Sie hatte allen am Abend zuvor das letzte Trinkgeld gegeben. Jetzt schüttelte sie dem Mali und seiner Frau die Hand, fuhr dem kleinen Jungen durch die Haare, lächelte der Putzfrau zu, die sich im Hintergrund hielt. Aziz stand als letzter in der Reihe. Er hatte seine Pelzmütze auf dem Kopf, und über seiner Schulter lag ein Schal. Auch er war abreisebereit.

»Auf Wiedersehen, Aziz.«

»Auf Wiedersehen, Barbie Mem.«

»Haben Sie einen weiten Weg?«

Er deutete mit ausgestrecktem Arm und offener Hand unbestimmt auf die fernen Berge. Ein Tagesmarsch, zwei, noch mehr? Barbie wußte es nicht. Er hatte ihr den Namen seines Dorfes und des Distrikts einmal mit ungelenken Blockbuchstaben auf ein Stück Papier geschrieben. Aber sie sagten Barbie nichts. Eines Tages würde sie sich eine Karte der Gegend ausleihen und nach dem Namen dort suchen, wo die höchsten Höhen eingezeichnet waren.

»Gott sei mit dir«, sagte sie.

»Und mit Ihnen«, erwiderte er. Sie gaben sich die Hände und drückten sie kurz. Dann nahm sie im Taxi Platz, dessen Tür der Junge des Mali offenhielt.

IV

Am ersten Sonntag nach Barbies Einzug im Pfarrhaus hielt Arthur einen morgendlichen Dankgottesdienst für die Niederlage der Japaner, die bei Imphal versucht hatten, in Indien einzumarschieren, für die Nachricht, daß der letzte japanische Soldat von indischem Boden vertrieben worden war, und für die weiterhin guten Berichte über die Offensive der Alliierten in Frankreich gegen die Deutschen. Er kündigte der Gemeinde an, daß dies das Thema all ihrer Lieder und Gebete sein sollte, und fügte hinzu, sie würden mit einem eher persönlichen Dank beginnen. Er trat vor die erste Bank. Dort saß Susan mit ihrer Schwester und ihrer Mutter.

»Also hat es dem allmächtigen Gott in seiner Güte gefallen, unserer Schwester einen gesunden Sohn zu schenken, und er hat sie in der großen Gefahr der Geburt bewahrt. Wir danken Gott aus ganzem Herzen und sagen: So der Herr nicht das Haus bauet, ist eure Arbeit vergebens. So der Herr nicht die Stadt schützet, wachet der Wächter vergebens.«

Er kündigte das Lied 358 an, als bemerke er in seliger Unwissenheit nicht, daß verschiedene Gemeindemitglieder (die Smalleys zum Beispiel) die Augenbrauen hochzogen, weil er den Dank für eine Wöchnerin in dieser Form in einen Gottesdienst einbezog, an dem einfache Soldaten und halbreife junge Offiziere teilnahmen. Und als in den hinteren Reihen sich eine Gruppe junger britischer Soldaten geräuschvoll erhob, mochte einer von ihnen einen Blick auf die ältere Frau auf der anderen Seite des Pfeilers zwischen den Bänken geworfen haben, da ihn ein seltsam ersticktes Geräusch, als schnüre man jemandem die Kehle zu, aufmerksam werden ließ. Wenn es so war, konnte er nicht weiter beunruhigt gewesen sein, denn es wurde kein Zwischenfall gemeldet. Der Gottesdienst begann mit Bischof Hebers brausendem missionarischen Lied: *Von Grönlands eis'gen Bergen*, das alle kannten und lauthals singen konnten, ohne besonders auf die Worte zu achten.

Zum Abschluß des Gottesdienstes sangen sie: *Vorwärts, christliche Soldaten*, und alle waren sich darüber einig, daß Arthur Peplow Pankot Ehre gemacht hatte.

Vor der Kirche legte Nicky Paynton die Hand als Schutz gegen die funkelnden sonntäglichen Sonnenstrahlen über die Augen und sagte, es gehe eben doch nichts über einen guten, erhebenden Morgen in der Kirche. Das gebe einem den richtigen Schwung für den Tag. Vor ihnen lag eine ebenso fröhliche Stunde in der Clubbar, gefolgt vom Mittagessen im Club mit Madrascurry, das garantiert reinigende Tränen in die Augen treiben und einem rundum das Gefühl von Wohlbehagen verschaffen würde. Abends waren Clara und Nicky bei den Trehearnes zum Essen eingeladen. Sie fragten, ob sie auf dem Weg dorthin im Dienstbungalow vorbeikommen und das Baby sehen dürften. Mildred war einverstanden. Kevin und Dicky wurden zum Essen im Dienstbungalow erwartet. Sie konnten alle ein Glas zusammen trinken, ehe Clara und Nicky zu Maisie weiterfuhren.

»Der Kleine wird schlafen«, warnte Susan, »ich möchte nicht, daß er aufwacht. Er schläft ein, wenn er sein Sechs-Uhr-Fläschchen gehabt hat. Es ist seine beste Zeit.« Sie zupfte ihre Mutter am Ärmel. »Wir sollten zurück. Hat Mahmoud die Blumen gebracht?«

»Ich werde nachsehen«, sagte Dicky Beauvais und schritt energisch zwischen den Gruppen plaudernder Kirchgänger hindurch.

»Wir haben Mahmoud hinauf ins Haus geschickt«, erklärte Mildred, »um Susan ein paar Rosen zu holen.«

»Für Tante Mabels Grab«, sagte Susan, »denn ich war nicht bei der Beerdigung.«

Dicky kam verlegen mit einem großen Rosenstrauß zurück.

Mahmoud hatte vermutlich vor dem Tor des Kirchhofs gewartet. Susan ging ihm entgegen. Sie wirkte schlank, hübsch und sehr jung. Dicky begleitete sie auf die andere Seite der Kirche, damit sie ihre Gabe auf das Grab legen konnte, das Arthur Peplow zu Mabels Ruheplatz bestimmt hatte. Es lag etwas abseits von den anderen. »Es ist mutig von Susan, so kurz nach der Entlassung aus der Klinik in die Kirche zu gehen«, sagte Clara Fosdick, »und wie aufmerksam von ihr, an die Blumen zu denken.«

»Aber sie möchte schnell nach Hause«, sagte Mildred. »Minnie hat den Kleinen noch nie ganz allein gehabt. Aber ich finde es nur klug, so anzufangen, wie es weitergehen soll. Minnie ist sehr wohl in der Lage, darauf zu achten, daß dem Balg nichts passiert, selbst wenn sie sich bei dem ganzen Drum und Dran noch sehr ungeschickt anstellt. Panther hat den Kleinen ins Herz geschlossen. Er knurrt, wenn Mahmoud nur in die Nähe kommt. Er weiß, das schreckliche schreiende Ding gehört Su. Er hat nichts dagegen, daß Dicky einen Blick darauf wirft, denn Dicky hat sie nach Hause gebracht. Aber gestern abend hat er sich leider nur allzu sehr für die Waden des armen Kevin interessiert. Nicht wahr, Kevin?«

»Die Waden kann man schützen. Auf den Hals muß man aufpassen.«

Susan und Dicky kamen zurück, wurden jedoch in Hörweite der Anderen von Lucy und Tusker Smalley aufgehalten.

»Herzliche Glückwünsche, Susan«, sagte Lucy, und Tusker fügte hinzu: »Ja«.

»Vielen Dank. Und vielen Dank auch für die hübschen Blumen. Ich fürchte, ich habe mich noch nicht bei allen schriftlich bedankt.«

Lucy sagte: »Wie ich höre, nennen Sie den Kleinen Teddie.«

»Nein, nicht Teddie. Edward. Es ist sehr wichtig, daß man sich daran hält. Ich habe etwas gegen Spitznamen und Verniedlichungen bei Männern.«

Sie sah Lucys Mann an. »Wieso nennt man Sie eigentlich Tusker, Major Smalley?«

Smalley wies auf sein Regimentsabzeichen, die Mahwars: ein Elefantenbulle mit Palmwedeln auf dem Rücken.

»Mahwars – Tuskers, also Stoßzähne. Der Spitzname des Regiments.«

»Das weiß ich. Aber weshalb nennt man *Sie* Tusker?«

»Das ist eine längere Geschichte«, erwiderte Tusker bescheiden, aber geschmeichelt.

»... Schließlich«, Susan redete weiter, als habe er nichts gesagt, »haben wir meinen Mann auch nicht Muzzy Bingham genannt und Daddy nicht den alten-Pankot-Layton.«

Es entstand eine Pause. Ein Windstoß bauschte die Röcke der Damen.

»Zu welchem Regiment soll denn der kleine Edward einmal gehören?« erkundigte sich Lucy Smalley. »Das ist sicher eine schwere Entscheidung. Die Pankot Rifles oder die Muzzys. Sie müßten die Entscheidung jetzt schon treffen, wenn Sie einen Jungen für ein Regiment anmelden könnten, wie für eine Schule.«

Mrs. Smalleys Stimme wurde vom Wind erfaßt, davongetragen und von der nachfolgenden Bö verjagt, die durch den Kirchhof fuhr und Susan in Bewegung setzte. Sie schien beinahe herumgewirbelt zu werden, so daß niemand hätte behaupten können, sie habe den Smalleys den Rücken gekehrt oder sie habe sich durch die Gruppe gedrängt, die sich um ihre Mutter scharte, aber es gab eine heftige Bewegung, eine Veränderung der Positionen, ein Platzmachen für sie; diese Bewegung endete plötzlich, indem sie ihre Schwester am Ellbogen berührte, als finde sie ein Fundament, und dann ging sie etwas vor ihr her so schnell den Weg hinunter, daß Dicky sich hastig in Bewegung setzen und hinterher eilen mußte, um die beiden einzuholen.

»Die Kinder essen zu Hause«, sagte Mildred, »und sie fahren mit eigenen Tongas.«

»Geht es Susan gut?« fragte Nicky Paynton.

»O ja, Susan geht es gut.«

Mildred fesselte die Gruppe an sich, indem sie nicht von der Stelle wich, bis die Smalleys sich näherten. Dann drehte sie sich auf dem Absatz um und zeigte ihnen die kalte Schulter, als wolle sie damit sagen, Susan habe sich ihrer Meinung nach bestens benommen, bis es den Smalleys gelungen sei, sie aus der Fassung zu bringen – Lucy, indem sie Teddies Namen erwähnte, und Tusker, indem er das Wort Regiment aussprach; für das Regiment war Teddie schließlich gestorben. Mildred ging an der Spitze der Damen langsam den Weg zwischen den alten Grabsteinen entlang – eine Frau vertrat einen Standpunkt, der weniger klar definiert war, als er empfunden wurde. Vielleicht vertrat sie den Standpunkt: Wenn Susans Verhalten als weiterer Beweis dafür angesehen werden konnte, wie knapp die Zeit für Menschen wie Mildred wurde, dann war alles, was nach einer Auseinandersetzung aussah, vulgär und zu lästig, um darüber nachzudenken, geschweige denn, sich daran zu beteiligen.

Mildred würde diesen Weg das nächste Mal zur Taufe entlanggehen; dann sollte der kleine Arthur Edward David als lebendiges Mitglied der heiligen Kirche aufgenommen werden. Und das wäre das förmliche Ende für eine schwierige Phase der Verantwortung, die sie während der Abwesenheit ihres Mannes getragen hatte. Ihren Worten konnte man entnehmen, es sei ausgeschlossen, daß Susan Dicky Beauvais oder einen anderen Mann heirate, bevor John Layton nach Hause zurückkehrte. Damit deutete sie an, das müsse auch für Sarah gelten. Ein toter und nie gesehener Schwiegersohn, ein lebender Enkel und zwei gesunde Töchter genügten als Beweis für Oberst Layton, daß das Leben, zu dem er zurückkehrte, weitergegangen war und er nicht das Gefühl haben mußte, daß alles durch das Fehlen einer festen Hand auseinandergebrochen sei. Mildred behauptete sich jetzt; sie wollte sich nicht wieder zur Eile antreiben lassen. Es war einmal geschehen, und das Ergebnis war ziemlich katastrophal oder beinahe katastrophal gewesen. Susan hatte die echte Katastrophe abgewendet, indem sie das Baby nicht sterben ließ und nicht an dem Baby gestorben war.

Nicky Paynton meinte, Mildreds saloppe Art mit dem Kind und Worte wie Balg könnten nicht verbergen, daß sie sich darauf freute, Oberst Layton einen Enkelsohn zu präsentieren, wenn er seinen Platz als Familienoberhaupt wieder einnahm. Der Junge war ein halber Layton. John mußte oft bedauert haben, daß er keinen Sohn besaß, der seinen Namen trug, obwohl er seine beiden Töchter liebte und stolz auf sie war. Über die Heirat hatte er sich gefreut. Mildred erzählte, Teddies Bild habe ihn sofort für den jungen Mann eingenommen. Man wußte nicht, wie gelassen er die Nachricht von Teddies Tod aufnahm; es dauerte lange, bis seine Briefe Pankot erreichten, und es gab Beweise dafür, daß Briefe in beide Richtungen verlorengingen. Möglicherweise erhielt er die Nachricht von der Geburt des Kindes und wußte nichts vom Tod seines Schwiegersohns. Möglicherweise ahnte er jedoch auch von beiden Ereignissen nichts. Sie hatten schon einige Zeit nichts mehr von ihm gehört, und mit der zweiten Front mußte man sich vielleicht auf eine Periode des Schweigens und der Unsicherheit einrichten.

Aber sie waren beides gewöhnt. Mildred gab ihre charakteristische Vorsicht zwar nicht auf, aber es gelang ihr, ihre Freundinnen mit einem gewissen Optimismus anzustecken. Die Taufe sollte nach einer ruhigen Zeremonie in St. John im Dienstbungalow gefeiert und ein fröhliches Ereignis werden. »Es wird mehr ein Picknick sein«, warnte Mildred, denn die Umzugskisten wurden bereits gefüllt, weil man anfing, den privaten Besitz der Laytons von den Dingen zu trennen, die dem Heer oder der Verwaltung gehörten.

Nach der Taufe gab es kaum noch einen Grund, den Umzug ins Rose Cottage weiter hinauszuzögern. Die Feier war so etwas wie ein Abschied. Trotz aller Nachteile hatte der Dienstbungalow seinen Zweck erfüllt und verdiente einen freundlichen Abschied. Der Quartiermeister wartete bereits ungeduldig darauf, ihn übernehmen zu können, um darin ein neues Kontingent eingezogener Offiziere unterzubringen. Er wollte an anderen Stellen etwas Luft schaffen. Mildred sagte: »Bis jetzt war das Haus voller Frauen, in Zukunft ist es voller Männer. Vermutlich haben sie nicht soviel dagegen, im Morgengrauen von den Signalen geweckt zu werden, und wenn, dann haben sie weniger Grund dazu.«

Mildred lächelte (im Club, mitten in der Woche), machte den Kellner auf ihr leeres Glas aufmerksam und sagte: »Ich fürchte, Edward wird noch wirkungsvoller sein als ein Signal. Er scheint instinktiv dafür zu sorgen, daß jeder pünktlich um sechs auf dem Exerzierplatz erscheint, nicht wahr, Su?«

»Die meisten Kinder wachen um sechs auf«, sagte Susan. »Bei Tante Lydia in Bayswater und bei Urgroßvater in Surrey bin ich auch um sechs aufgewacht. Und bei ihnen gab es keine Trompetensignale.« »Aber Sie sind eben Heer«, sagte Nicky Paynton.

»Ja«, stimmte Susan zu. Sie saß sehr aufrecht in einem Clubsessel, ließ die Uhr nicht aus dem Auge und beobachtete alle, die hereinkamen und hinausgingen. Sie war seit Monaten nicht im Club gewesen, nicht mehr, seit man *es* gesehen hatte, wie sie es ausdrückte, und sie Umstandskleider trug. Ihre Mutter hatte sie an diesem Vormittag überredet, sich wieder sehen zu lassen, um wieder mit einer ordentlichen Routine zu beginnen.

»Mach dir keine Sorgen, Liebes, entspanne dich«, sagte Mildred. »Du mußt lernen, Minnie zu vertrauen. Du solltest es dir doch überlegen und etwas trinken, selbst wenn es nur eine Limonade ist.«

»Also gut.«

Der Kellner brachte ihr die Limonade. Sie hielt das Glas in beiden Händen und hob es auch mit beiden Händen an die Lippen. »Frierst du?« fragte ihre Mutter. Es hatte den ganzen Morgen geregnet, und die Temperatur war gesunken. Nein, sagte Susan, sie friere nicht.

»Ich hatte den Eindruck, du zitterst«, sprach Mildred weiter. »Ich hoffe, du wirst nicht krank.« Nein, wiederholte Susan noch einmal, sie sei nicht krank. Sie stellte das Glas auf den Tisch und bemühte sich, an der Unterhaltung teilzunehmen, indem sie ihre Aufmerksamkeit auf den richtete, der gerade sprach. Aber nach einer Weile wanderte ihr Blick wieder zur Uhr an der Wand, zu den Leuten, die kamen und gingen, zurück zur Uhr und schließlich auf ihre Armbanduhr. Sie griff mit einer Hand nach dem Glas, hob es hoch und konnte es nicht halten.

Das Glas fiel, die Limonade floß ihr über Rock und Beine, und das Glas zerbrach auf dem Boden in tausend Splitter. Susan blieb sitzen. Im Raum wurde es still, aber dann nahmen die Leute ihre Gespräche wieder auf. Ein Hausdiener wurde gerufen. Clara Fosdick untersuchte ihre Strümpfe und erklärte, sie hätten keine Laufmaschen und seien nur ein bißchen feucht. Aber Susan sei richtig naß, fügte sie hinzu.

»Also«, sagte Mildred, »das war wirklich ungeschickt von dir, Susan. Du wirst dich zu Hause umziehen müssen. Ist dir das nasse Zeug sehr unangenehm?«

»Nein, Mutter.«

»Vielleicht gehst du besser in den Waschraum und trocknest dich mit einem Handtuch ab. Wenn du zurückkommst, bestellst du eben eine neue Limonade. Wir haben wirklich noch viel Zeit.«

»Ich möchte keine Limonade mehr.«

»Dann geh und trockne dich ab.«

»Ich bleibe lieber ruhig sitzen.«

418

Der Hausdiener kam mit Besen und Schaufel. Mrs. Fosdick rückte, ohne aufzustehen, ihren Sessel beiseite und machte ihm Platz, damit er die Splitter auffegen konnte. Aber Susan rührte sich nicht. Sie sah zu, wie er vorsichtig den Boden um ihre Füße fegte. Nachdem er gegangen war, bestellte Mildred noch einen Drink, aber die Unterhaltung kam nicht mehr so recht in Gang, und Susan hob nicht mehr den Kopf. Mildred fragte gereizt:

»Liebes, um Himmels willen, was ist denn mit dir los?«

»Nichts. Ich entspanne mich.«

Sie lächelte und lehnte sich plötzlich mit verschränkten Armen zurück. Sie fragte Nicky Paynton, ob sie in letzter Zeit etwas von ihren beiden Söhnen in Wiltshire gehört hätte. Nicky sagte ja, der Ältere freue sich auf seinen achtzehnten Geburtstag, auf den Schulabschluß, und er wolle ausgerechnet zur Luftwaffe. »Aber ich denke, wir können ihm das ausreden«, fügte sie hinzu. »Es sei denn, er hat es sich wirklich als alternative Laufbahn zum Heer in den Kopf gesetzt, und er läßt sich nicht nur vorübergehend vom Ruhm der jungen Männer in den blauen Uniformen zu Hause blenden.«

»Und der andere?«

»Oh, für ihn kommen nur die Ranpurs in Frage. Aber er ist immer noch in dem Alter, in dem man seinen Vater für das Höchste hält.«

Susan lächelte immer noch, aber den anderen entging nicht, daß das heikle Thema wieder aufgetaucht war und Teddies Schatten heraufbeschwor. Die Unterhaltung erstarb; Mildred blickte aus dem Fenster, leerte das Glas und sagte: »Es hat aufgehört zu regnen. Wir bringen dich jetzt besser nach Hause, damit du aus den nassen Sachen herauskommst.«

»Ja, wenn Sie nichts dagegen haben, würde ich gerne gehen.«

Aber sie wartete, bis die anderen aufgestanden waren, ehe sie sich selbst erhob. Sie folgte ihrer Mutter und den Freundinnen ihrer Mutter mit immer noch verschränkten Armen und ging an den Säulen und Palmen in Töpfen vorbei –

– und in ihr inneres Leben, in ihre Depression: Es war unerklärlich, noch schlimmer als die Sache mit Poppy Brownings Tochter, denn dieses Mädchen hatte eine gewisse Berechtigung für ihre Tat gehabt: einen treulosen Ehemann, den man tot in den Armen seiner indischen Geliebten fand. Aber Susans Mann war tapfer gestorben, und so tragisch die Umstände damals und später bei der Frühgeburt auch waren, so umgaben Susan doch Liebe und Fürsorge, und das Kind war doch sicher eine lebendige Erinnerung daran und an ihre Pflicht, den Sohn liebevoll großzuziehen und ihm zumindest soviel Zuneigung zu zeigen, wie man ihr selbst entgegengebracht hatte.

Sie hatte das auch getan. Deshalb überstieg der Vorfall im Dienstbungalow am Nachmittag das Vorstellungsvermögen der Leute noch mehr, als wenn sie das Kind weiterhin abgelehnt hätte. Aber die Ablehnung hatte nicht lange gedauert; ihre Sorge um das Wohlergehen des Kindes war reizend und rührend, vielleicht etwas übertrieben, aber nicht mehr als die anderen Eigenschaften und Charakterzüge, die zu dieser kleinen strahlenden Persönlichkeit gehörten, die immer eine besondere Entschlossenheit beherrscht zu haben schien, das Richtige zu tun – mit Stil und jugendlicher Frische; zweifellos zog sie damit die Aufmerksamkeit auf sich, aber auch auf den Sinn und Zweck eines Lebens, das auf ein paar einfachen, aber hohen Ideen beruhte.

Mit der einen Tat zerstörte sie das Bild von sich, wie ein Kind vielleicht das sorgsam errichtete Gebäude aus Bauklötzen. In ihrem Verhalten lag tatsächlich ein abzulehnendes spielerisches Element; es sprach daraus eine willentliche oder bewußte Zerstörung eines Abbildes der Erwachsenenwelt, in der sie lebte. Zuerst erzählte man, ihre Tat habe das Leben des Kindes bedroht, aber nachdem man die näheren Umstände kannte, trat an die Stelle einer gerade noch vermiedenen Tragödie ein Verdacht – der Verdacht, auch wenn kein Spott beabsichtigt gewesen war, sei er doch zumindest erreicht worden. Dieser Verdacht erwies sich als ebenso stark wie das Mitleid mit einer jungen Frau in den Fängen einer so schweren post-natalen Depression, die sich kaum von Wahnsinn unterschied.

Aber das Wort Wahnsinn half nichts. Wenn sie den Verstand verloren hatte, dann vermutlich deshalb, weil sie alles in ihrem Leben als unerträglich, als sinnlos empfand. Es half weder, sich daran zu erinnern, daß sie sich nicht nur eingefügt hatte, sondern daß man auch erlebt hatte, daß sie sich einfügte. Sie hatte es versucht. Das hätte nicht notwendig sein müssen, aber offenbar war es für sie notwendig gewesen. Plötzlich hatte sie damit aufgehört; sie hatte nicht nur damit aufgehört, sondern mit ihrer außergewöhnlichen Geste symbolisch all die jahrelangen Bemühungen ausgelöscht.

Am Tag vor der Taufe schickte sie Mahmoud nachmittags in den Basar. Ihre Mutter überwachte im Rose Cottage das Ausmessen der neuen Vorhänge. Sarah war wieder im Daftar, und Susan blieb allein auf sich gestellt. Mahmoud sollte für das Taufkleid blaue Bänder kaufen. Es war Sarahs altes Taufkleid, das Mabel jahrelang in einer Truhe aufbewahrt und erst ein oder zwei Tage vor ihrem Tod Sarah für Susan übergeben hatte. Sie befahl Mahmoud, Panther mitzunehmen, denn sie meinte, der Hund werde aus Mangel an Bewegung dick und faul. Zehn Minuten nachdem Mahmoud sich mit dem widerwillig folgenden Hund auf den Weg gemacht hatte, rief sie Minnie, die gerade Bettücher und Kopfkissen für den Dhobi sortierte, und befahl ihr, Mahmoud nachzulaufen und ihm zu sagen, sie wünsche weiße Bänder, keine blauen.

Minnie eilte davon, kehrte aber wieder um. Als man sie später nach den Gründen fragte, erzählte sie, daß die bösen Geister trotz all ihrer kleinen Opfergaben, die sie ihnen brachte, seit die kleine Memsahib Witwe geworden war, nicht ausgesöhnt und nicht verschwunden seien. Sie suchten immer noch den Bungalow und den Garten heim. Und dieser Tag – der Tag vor dem fremden Ritual der Taufe – sei besonders unheildrohend gewesen. Aus bestimmten Dingen, die die kleine Memsahib getan hatte – sie holte das Taufkleid hervor, glättete es, hielt es in der Hand und redete mit ihm; sie blickte das Baby an, berührte es jedoch nicht, als fürchte sie sich davor –, gewann sie den Eindruck, die kleine Memsahib bemerke die bösen Geister ebenfalls. Minnie gestand, sie habe am Tor kehrtgemacht, weil sie einerseits fürchtete, es könne etwas geschehen, wenn sie ihren Posten verließ, andererseits aber auch neugierig war, weil sie glaubte, die kleine Memsahib plane ein besonderes christliches Puja.

Minnie betete zwar auch zu Allah wie ihr Onkel, aber die Menschen in den Hügeln von Pankot nahmen es nicht so genau mit den strengen Regeln der harten moslemischen Religion. Sie schmückten die Schreine der alten Stammesgötter am Wegrand mit Blumen und glaubten, gewisse Plätze seien von Bhuts und Dämonen bewohnt – etwa ein Baum, eine Wegkreuzung –, und deshalb standen dort manchmal Schalen mit Milch oder ausgelassener Butter. An versteckten Plätzen hatte Minnie auf dem Gelände des Dienstbungalows solche besänftigenden Opfergaben dargebracht und immer wieder erneuert. Es interessierte sie zu beobachten, wie die kleine Memsahib vielleicht etwas Ähnliches tat.

Sie kehrte zum Haus zurück, hielt sich jedoch verborgen. Sie mußte nicht warten. Susan saß jetzt auf der Veranda, zog dem Kind das Spitzenkleidchen an und redete besänftigend auf den Kleinen ein. Nachdem es völlig angekleidet war, blieb sie eine Weile sitzen, ohne zu reden. Sie sah das Kind dabei nicht an, sondern blickte geradeaus, so daß Minnie glaubte, sie sei in eine stumme Anrufung versunken.

Plötzlich erhob sich Susan, trug das Kind die Verandastufen hinunter und ging über den Rasen zu der Mauer, die den Garten von den Dienstbotenunterkünften trennte. Minnie dachte, Mutter und Kind müßten gemeinsam eine bestimmte Anzahl magischer Schritte zurücklegen, und begann automatisch zu zählen. Als Susan stehenblieb und das Kind ins feuchte Gras legte, verflog der Schreck, den Minnie im ersten Moment vielleicht empfunden hatte, weil die eigenartige Prozedur sie sehr faszinierte. Zweifellos war sie nun Zuschauerin eines Rituals, dessen Zeuge noch kein Inder gewesen war, denn sonst hätte sie schon Geschichten darüber gehört. Als Susan sich von dem Kind entfernte, an der Mauer entlang bis zu ihrem Ende ging, zählte Minnie wieder die Schritte. Als Susan sich bückte, eine Kanne ergriff und zurückging, stand Minnie bereits so im Bann der ganzen Handlung, daß sie sich nicht nur mit der Kanne und dem Grund für die Kanne beschäftigte, die mit Petroleum gefüllt war, wie sie wußte, denn Mahmoud entzündete damit die Feuer, mit denen er den angesammelten Müll verbrannte. Petroleum war Öl. War es für Leute wie die kleine Memsahib heiliges Öl?

Und dann tat Susan das Faszinierendste von allem: Sie schritt in einem weiten Kreis um das Kind herum, hielt dabei die Kanne schräg und vergoß das Öl. Sie stellte die Kanne an die Mauer, näherte sich dem Kreis und kniete nieder. Neben der Kanne mußten Zündhölzer gelegen haben, denn sie hielt eine Schachtel in der Hand, entzündete ein Hölzchen und warf es auf das Öl. Flammen züngelten auf und folgten dem Kreis in zwei Richtungen, bis die beiden feurigen Arme sich auf der anderen Seite trafen und das Opfer einschlossen.

Minnie verstand das nicht, aber sie gab sich auch keine Mühe mehr, denn sie hatte das Entscheidende verstanden: Feuer! Mit einem Aufschrei riß sie ein Bettlaken aus dem Wäschebündel und rannte los. Das Gras innerhalb des Kreises war feucht, und die Flammen fanden deshalb keine Nahrung und breiteten sich nicht nach der Mitte zu aus, wo das Kind auf dem Rücken lag, in den Himmel sah und mit Armen und Beinen strampelte. Aber das begriff Minnie auch nicht. Sie handelte instinktiv, warf das Laken auf die Flammen, die bereits bläulich gelb wurden und erstarben. Sie benutzte das Laken als Brücke zu dem Kind. Sie nahm es hoch, wich zurück und rief dabei immer wieder der kleinen Memsahib zu, die weiterhin kniete und in die Mitte des Feuerrings blickte, wo das Kind gelegen hatte. Sie schien nicht mehr zu bemerken, daß das Kind nicht mehr da war und daß Minnie ihr zurief.

Susan kniete immer noch dort, als Mahmoud vom Basar zurückkehrte und Minnie auf der Veranda fand, wo sie das weinende Baby in den Armen hielt, denn sie wagte nicht, sich ihrer Herrin zu nähern, aber auch nicht, sie aus den Augen zu lassen. Sie kniete immer noch dort, als Mildred, von Mahmoud herbeigeholt, eintraf. Susan reagierte nicht auf die Befehle und Bitten ihrer Mutter aufzustehen. Als Travers erschien, reagierte sie auf ihn auch nicht. Sie blieb, wo sie war, bis Sarah – Dicky Beauvais hatte sie im Wagen nach Hause gefahren – hinausging und auf sie einredete. Sie ließ sich von Sarah ins Haus führen und kurze Zeit später in den Krankenwagen, den Travers gerufen hatte, um sie in die Klinik zurückzubringen. Während der ganzen Zeit hatte sie niemanden angesehen, mit niemandem gesprochen, aber gelächelt, als sei sie zum ersten Mal im Leben glücklich.

Die Geschichte verbreitete sich rasch in den Dienstbotenquartieren der ganzen Stadt. Sie erreichte den Basar und die umliegenden Dörfer am selben Abend noch, ehe das letzte Feuer ausgelöscht und das letzte Licht erloschen war. Die besondere Heiligkeit des Wahnsinns hatte die kleine Memsahib ergriffen; in den Hügeln konnte man ihre melancholischen

Schreie hören, die sich kaum von dem Geheul der Schakalrudel unterschieden, das die Hunde beunruhigte und bellen ließ. Man hörte den Klageruf die ganze Nacht, aber gegen Morgen erstarb er allmählich und hinterließ eine tiefe, unheilvolle Stille und ein Schweigen, das die Rassen zu trennen schien – die braunhäutige von der weißhäutigen. Über jeder Bewegung der Weißen schien eine Verstohlenheit zu liegen, die ihnen bewußt sein mußte, wenn man den unbestimmt beschäftigten Gesichtern trauen durfte.

Mit Sicherheit lag etwas Verstohlenes über der Taufe, die Arthur Peplow auf Mildreds Beharren wie vorgesehen um elf Uhr vormittags durchführte. Er geleitete die Beteiligten in die Kirche und sprach nur flüsternd zu ihnen, als sei das Ritual verboten und jeder von ihnen ein potentieller Märtyrer, der Gott, aber auch die Entdeckung fürchtete. Das leise Weinen des Kindes stellte ebenso eine ständige Bedrohung dar wie das nervöse Husten, die scharrenden Füße, Arthurs Gemurmel und die gedämpften Antworten der Paten.

Es fand keine Feier statt. Mildred hatte sie abgesagt. Man hielt es für ein Wunder, daß sie in der Lage war, an der Taufe teilzunehmen. Nachdem die Rankins ihre Pflicht als Paten erfüllt hatten, kehrten sie rücksichtsvoll nach Flagstaff House zurück und überließen es Sarah und Dicky, Mildred nach Hause zurückzubringen. Isobel berichtete im kleinen Kreis, der sich bei ihr zum Mittagessen versammelte, Mildred sei gefaßt aber verschlossen gewesen, wenn man von einer Sache absah. »Was hat die verdammte Frau in der Kirche zu suchen?« hatte sie gefragt und damit diese Miss Batchelor gemeint. Alle hatten gesehen, daß sie so weit vom Taufbecken entfernt wie möglich kniete – nämlich in der ersten Bank, wo man sie noch nie gesehen hatte – und betete, als werde es durch ihre Anwesenheit erst zu einer ›richtigen‹ Taufe.

»Aber ich weiß wirklich nicht«, sagte Isobel, »ob Mildred die Sache mit Miss Batchelor nicht übertreibt.« Als Nicky

Paynton fragte, was sie damit eigentlich meine, zögerte Isobel mit der Antwort. Die Situation sei für Pankot schlimm genug, ohne daß sie durch Kritik und Klatsch noch verschärft werde. Schließlich verriet sie, daß Clarissa Peplow, die wie Isobel am Abend zuvor im Dienstbungalow gewesen war, um zu sehen, ob man etwas helfen könne, von Mildred gezwungen worden war, ein Kästchen mit Teelöffeln entgegenzunehmen, das die alte Missionslehrerin Susan zur Hochzeit geschenkt hatte. Clarissa versuchte, das abzuwehren, aber Mildred geriet in »heftige Erregung«. Sie schwor, seit Susan diese Löffel bekommen habe, sei nichts mehr gut gegangen, und sagte, sie wolle diese Löffel keinen Augenblick länger im Haus haben. Clarissa könne sie wegwerfen, wenn sie es nicht über sich bringe, sie zurückzugeben. Aber mitnehmen müsse sie das Kästchen. Und das, so sagte Isobel, wies darauf hin, daß Mildred von der Vorstellung wie besessen sei, Miss Batchelor sei ein schlechter Einfluß und trage an allem die Schuld.

Mildred (fuhr Isobel fort) sei beinahe so weit gegangen, Barbara Batchelor zu beschuldigen, sie habe Mabel bewußt gegen ihre Familie eingenommen. Sie behauptete, hätte Miss Batchelor nicht von Anfang an Mabel geschmeichelt und sie umtan, hätte Mabel diese verdammte Frau wieder aus dem Haus geschickt, wäre in das kleine Gästezimmer gezogen und hätte Mildred und den Mädchen das Haus überlassen. Wenn das geschehen wäre, hätte Susan vermutlich nie Teddie Bingham geheiratet, der ein anständiger Junge gewesen war, aber nicht der Mann, den Susan verdiente. Vermutlich wäre er nie über einen unteren Stabsrang hinausgekommen. Durch das Kampieren im Dienstbungalow habe Susan die falschen Vorstellungen bekommen; es sei ihr auf die Nerven gegangen und habe sie völlig durcheinandergebracht, bis sie plötzlich die Heirat als Ausweg sah. Sie habe sich für Teddie entschlossen, ohne gründlich darüber nachzudenken, habe ihn geheiratet, sich aber dort wiedergefunden, wo sie gewesen war –

erst Strohwitwe, dann Witwe und schließlich Mutter eines vaterlosen Kindes. Und nur Gott wisse, wie es jetzt mit ihr weitergehe ...

»Wie Travers berichtet, hat Susan noch kein einziges Wort gesprochen. Sie sitzt nur im Zimmer, starrt aus dem Fenster und *lächelt*«, schloß Isobel.

Das schien so erschreckend zu sein: So etwas tun und dann noch lächeln! Aber was hatte sie getan? Je länger man darüber nachdachte, desto unverständlicher wurde es. Selbst die Einzelheiten der Tat – vom Motiv ganz zu schweigen – erschienen unsinnig, bis einer der Männer, kein geringerer als Dick Rankin, sagte, es erinnere ihn an etwas, was Kinder mit Skorpionen taten, um zu sehen, wie sie sich lieber den Todesstich gaben, als lebendig zu verbrennen. »Aber es stimmt nicht«, erklärte Rankin, »wenn man einen Skorpion in einen Feuerring wirft, wölbt er den Schwanz, und es sieht aus, als steche er sich selbst, aber es ist nichts anderes als ein Verteidigungsreflex. Die Biester sterben durch die Hitze, denn trotz ihres Aussehens haben sie eine sehr zarte Haut. Deshalb sind sie auch meist nur in den Regenzeit unterwegs. Bei warmem oder trockenem Wetter verbergen sie sich unter Steinen.«

Aber nur Gott wußte, warum Susan ihr Kind wie einen Skorpion behandelte. Sie mußte völlig den Verstand verloren haben. Vielleicht hatte sie in ihrem verwirrten Zustand versucht, die Umstände von Teddies Tod in den Flammen herzustellen. Aber weshalb der sorgfältig gezogene Kreis? Sachlich betrachtet, hatte sich das Kind nie in Gefahr befunden. Es hätte sich höchstens erkälten können. Aber die kleine Aja hatte die erste Gelegenheit genutzt, um es davor zu bewahren, indem sie es badete und warm einpackte.

»Nun ja«, sagte Rankin abschließend, »ich nehme an, die Psychiater werden daraus schlau. Einen solchen Fall kann man nicht mit Logik lösen. Aber es ist sehr peinlich für Pankot.«

Und damit war man wieder bei dem Lächeln und durch das Lächeln bei dem unbehaglichen Gefühl, daß Susan eine Aussage über ihr Leben gemacht hatte, und irgendwie war es auch eine Aussage über sie alle. Diese Aussage reduzierte einen – nach Dick Rankins Interpretation – auf Insektengröße. Dieses Insekt war von dem zerstörerischen Element völlig umringt, so daß man sich drehen, wenden, angreifen, verteidigen konnte, wie man wollte, man war zum Untergang verurteilt, aber nicht durch die Kräfte, die einen bedrohten, sondern durch die erschreckende Unzulänglichkeit der eigenen Panzerung. Wenn man Panzerung durch Verhalten, Ideen, Prinzipien ersetzte, den Kodex, nach dem man lebte, dann ergab sich ein Sinn, der sich in Susans ansonsten sinnlose kleine Scharade hineinlesen ließ. Es machte einen zumindest nachdenklich.

V

»Es tut mir leid, Barbara«, sagte Clarissa, nachdem sie ihr die Teelöffel zurückgegeben hatte. »Ich weiß, es war falsch von ihr. Sie hatte kein Recht, die Löffel zurückzugeben. Aber mir blieb keine Wahl. So gern ich mich auch geweigert hätte, ich konnte es nicht. So gern ich sie verstecken und vergessen möchte, ich kann es nicht. Ich hoffe, Sie berücksichtigen die außergewöhnlichen Umstände und vergeben ihr.«

»Selig sind die Geschmähten und die man mit Dreck bewirft«, sagte Barbie, »denn ihrer ist das Himmelreich, das zur Zeit herrenlos ist und zum Verkauf steht.«

»Was haben Sie gesagt?«

Barbie wiederholte ihre Worte nicht. Sie sagte: »Verzeihen Sie. Die Umstände sind wirklich außergewöhnlich. Ich bin nicht ich selbst. Mildred ist nicht sie selbst. Du bist du, und Gott ist nicht verhöhnt.«

Clarissas Mund stand offen. Sie umklammerte den nachmittäglichen Rosenkranz aus Sandelholzperlen. Barbie stellte das Kästchen mit den Löffeln neben sich auf das Bett. Mit Clarissa im Zimmer blieb für sie beide kaum genug Platz zum Stehen. Vom Bett aus sah sie in der Zimmerecke die alten Leute, die sich hinter dem Vorhang versteckten.

»Heute morgen habe ich einen Brief von der Bank in Ranpur bekommen, Clarissa. Die Leibrente, die Mabel mir vermacht hat, beläuft sich auf einhundertfünfzig Pfund im Jahr. Es wird einige Zeit dauern, bis die Zahlung für das erste Quartal eintrifft, denn es muß alles über London gehen. Aber es ist eine beträchtliche zusätzliche Sicherheit. Das heißt, ich kann mir leisten, Ihnen mehr für Unterkunft und Verpflegung zu zahlen.«

»Für eine vorübergehende Lösung werde ich ausreichend bezahlt«, erwiderte Clarissa, »Ihr Vorschlag ist großzügig, aber ich kann ihn nicht annehmen.«

»Ich habe noch einen Brief bekommen, Clarissa.« Sie öffnete die Handtasche, nahm den Brief heraus und reichte ihn Clarissa. Darin stand: »Liebe Miss Batchelor, Mr. Studholme in Kalkutta hat Ihren Brief an mich weitergeleitet, weil er selbst keine Vorschläge in Hinblick auf eine ehrenamtliche Beschäftigung in der Mission zu machen hat. Ich soll Sie jedoch bitten, sich bezüglich einer Unterkunft noch einmal an ihn zu wenden, wenn die Angelegenheit bis zum Ende des Jahres nicht geregelt ist. Wie er sagt, kann er Ihnen keine sofortige Lösung anbieten, denn natürlich sind in den vergangenen fünf Jahren noch andere Mitarbeiter pensioniert worden. Da es nach wie vor schwierig ist, Rückreisen nach England zu organisieren, besteht eine größere Nachfrage nach Plätzen in Darjeeling und Naini Tal, als zur Verfügung stehen. Er hat Ihren Brief jedoch hauptsächlich deshalb an mich weitergeleitet, weil er denkt, wir könnten möglicherweise von hier aus einen Vorschlag in Hinblick auf Unterkunft und Beschäftigung machen. Bedauerlicherweise können wir das nicht. Ich hoffe, Sie werden bald etwas Geeignetes finden. Es ist sehr freundlich von Mr. und Mrs. Peplow, Sie inzwischen aufzunehmen. Ich hoffe, es geht Ihnen gut. Hochachtungsvoll, Helen Jolley.«

Clarissa gab ihr den Brief wortlos zurück; die Holzperlen begannen zu klicken.

»Ich war heute morgen nach der Taufe im Smith's Hotel«, fuhr Barbie fort, »denn mit der Leibrente hätte ich mir ihre Preise einige Zeit leisten können. Aber sie haben nichts frei und der Versorgungsoffizier hat auf jedes frei werdende Zimmer eine Option, wie der Geschäftsführer sagte.«

Clarissa ließ die Perlen los und wandte sich zum Gehen.

»Was gibt es Neues von Susan?« fragte Barbie, die nicht wollte, daß sie ging.

»Nichts Neues. Sie blickt aus dem Fenster und lächelt.«

»Lächelt?«

»Lächelt.«

»Oh, dann ist sie glücklich.«

»Glücklich? Wie kann sie glücklich sein, wenn sie nicht bei Verstand ist?«

»Vielleicht hat sie ihn gefunden«, sagte Barbie und hob dann die Stimme, denn Clarissa war gegangen, »vielleicht ist sie deshalb glücklich. Vielleicht lächelt sie deshalb!«

Sie hob den Deckel des Kästchens und blickte lange auf die zwölf reglosen identischen Apostel. Einer von ihnen, Thomas, war angeblich nach Indien gekommen und hatte bei Madras in dem nach ihm benannten San Thome gepredigt. Welcher Löffel war Thomas? Sie überlegte, was die Apostel von ihr und sie von ihnen halten würde, wenn sie plötzlich vor ihr stünden: eine Gruppe lachender, lustiger, schwer arbeitender, sonnenverbrannter einfacher Männer, die mit Netzen und Booten umgehen konnten, die nach Schweiß, nach Fisch und Holz rochen – Männer, von denen die meisten ihren Lebensunterhalt mit den Händen verdienten. »Mit euch würde man in Pankot kurzen Prozeß machen«, sagte sie, »ich würde keine zwei Pence darauf setzen, daß ihr eine Chance hättet, und schon gar nicht, wenn ihr versuchen solltet, dorthin zu gehen, wo das Silber ist, und um Erlaubnis bitten würdet, euch an den Tisch zu setzen, das Brot zu brechen und den Wein zu trinken.«

Sie klappte das Kästchen zu, hielt aber mitten in der Bewegung inne. Das Bild der zwölf Apostel in der Offiziermesse, das sie gerade heraufbeschworen hatte, und die Tatsache, daß die Teelöffel aus Silber, massivem Silber, waren, ließ sie nicht los. Die Löffel hatten nach ihren Maßstäben sehr viel Geld gekostet und waren mit Stolz und Liebe geschenkt worden. Barbie wußte nun, daß Susan vermutlich einen Blick darauf geworfen, ihren Dankesbrief geschrieben und sie vergessen hatte. Deshalb fiel es Mildred nicht schwer, sie wegzulassen, als die anderen Geschenke in der Offiziersmesse aufgebaut wurden. Barbie verübelte es Susan nicht, aber sie konnte ihr die Löffel nie mehr anbieten. Sie würde nie zu Susan sagen können: »Ihre Mutter hat die Löffel zurückgeschickt. Wollen Sie die Löffel nicht doch haben?« Mildred mußte es ihr sagen, falls Susan sich danach erkundigte. Mildred mußte dann die Wahrheit sagen oder lügen.

Barbie wollte die Löffel nicht behalten. Aber sie waren zu gut, um sie wegzuwerfen. Man konnte sie wohl kaum Clarissa anbieten. Sie mußten einen zumindest angemessenen Platz finden, und Barbie glaubte, ihr sei gerade der beste Platz dafür eingefallen.

Sie klappte das Kästchen zu, zog den Schreibtisch von seinem Platz an der Wand zum Bett und klappte die Beine aus. Sie schloß die Schublade auf, nahm hellblaues Briefpapier heraus und die dazu passenden mit himmelblauem Seidenpapier gefütterten Umschläge.

SEHR GEEHRTER OBERST TREHEARNE,
ich lasse Ihnen heute über den Adjutanten ein kleines Geschenk, einen Satz silberner Teelöffel, zugehen, die ich
dem Regiment in Erinnerung an die verstorbene Mrs. Mabel Layton zur Benutzung in der Offiziersmesse übergeben
möchte. Ich hoffe, das Regiment wird diese kleine Gabe
annehmen.
Hochachtungsvoll
Barbara Batchelor

SEHR GEEHRTER HAUPTMANN COLEY,
ich habe heute Oberst Trehearne geschrieben und ihm mitgeteilt, daß ich Ihnen dieses Kästchen mit silbernen Teelöffeln übergebe, die ich in Erinnerung an die verstorbene Mrs.
Mabel Layton zur Benutzung in der Offiziersmesse überrei-
che.
Hochachtungsvoll
Barbara Batchelor

Ehe sie die Umschläge schloß, überlegte sie eingehend, ob
sie sich die Mühe mit Coley überhaupt machen sollte. Sie
konnte die Löffel direkt im Haus des Kommandanten abgeben, ohne ihn einzuschalten; aber sie wollte Coley einschal-
ten, weil Mildred erfahren sollte, wohin die Löffel gingen, ehe
sie tatsächlich dort ankamen. Sie war sicher, daß Coley es
ihr sagen würde. Wenn er das tat, würde Mildred versuchen
zu erreichen, daß er sie zurückschickte, und das konnte er
unmöglich tun, wenn er von dem Brief an Oberst Trehearne
wußte. Er hätte keine andere Wahl, als die Löffel weiterzuge-
ben. Barbie glaubte, selbst Mildred würde nicht wagen, dafür
zu sorgen, daß sie unterwegs verlorengingen. Sie würde auch
davor zurückschrecken, Trehearne zu bitten, so unhöflich zu
sein und sie zurückzuweisen.

Im Flur suchte sie in Clarissas Telefonbuch die Adresse

des Kommandanten. Coleys Adresse fand sie dort nicht. Es gab eine Telefonnummer mit dem Hinweis »Adjt. Büro«. Sie würde zu den Pankot Rifles gehen und sich dort erkundigen müssen. In ihrem Zimmer verschloß sie die Umschläge, adressierte den an Trehearne und machte sich gegen vierzehn Uhr dreißig in festen Schuhen, den Regenmantel über der Schulter, den Stock in der einen und das Kästchen mit den beiden Briefen in der anderen Hand auf den Weg.

Im Basar, den sie innerhalb von zehn Minuten erreichte, kaufte sie Briefmarken und schickte den Brief an Oberst Trehearne ab. Als der Umschlag im Briefkasten verschwand, dachte sie: Jetzt gibt es kein Zurück mehr! Kein Wenn und Aber! Also los! Auf die Barrikaden! Barbie ging mit großen Schritten dem Verkehr entgegen, der ungewöhnlich dicht zu sein schien, während in ihrer Richtung so gut wie nichts fuhr. Allmählich bekam sie das Gefühl, in Gegenrichtung zu einem Flüchtlingsstrom zu marschieren. Die schreienden Tongakutscher, die Träger mit den schaukelnden Lasten auf den Köpfen, die Radfahrer und die Soldaten, die auf den Ladepritschen offener Lastwagen durcheinandergerüttelt wurden, hätten ihr sehr gut zurufen können: »Die falsche Richtung! Die falsche Richtung!« Diese Vorstellung belustigte sie. Zum ersten Mal seit dem Auszug aus dem Rose Cottage fühlte sie sich stark und frei, denn die Unverschämtheit, mit der Mildred die Löffel zurückgegeben hatte, löste bei ihr eine ebenso große, jedoch sehr viel raffiniertere Unverschämtheit aus. »Ich, Barbara Batchelor« deklamierte sie, »Tochter von Leonard und Lucy Batchelor, zuletzt wohnhaft in Lucknow Road, Camberwell, stehe im Begriff, den Offizieren der Pankot Rifles Silber zu schenken. Und wie mein Vater zu sagen pflegte, wenn er in die Nacht oder in den Morgen hinausstürmte: ›Ihr könnt mich alle...‹«

In der Mitte der Garnisonsstraße verstaute sie den Brief und das Kästchen mit den Löffeln in der Tasche ihres Regenmantels, denn an diesem feuchten Nachmittag schwitzte sie an den Händen. Die Wolken hingen tief. Noch regnete es nicht, doch es herrschte ein eigenartiges Licht. Es war hell unter den dunklen Wolken und dunkel an den wolkenlosen Stellen, als flattere ein sich windendes leuchtendes Band zwischen Himmel und Erde. Es würde ihr nichts ausmachen, wenn es regnete. In der Tasche des Regenmantels steckte der Südwester. Der Schirm, sagte ihre Mutter, nimm den Schirm! Dieser schreckliche Schirm! Die schwarze Höhle aus Baumwolle. Die tote Fledermaus. ›Gott weint über die Sünden der Welt!‹ sagte ihre Mutter. ›Lacht, meinst du‹, sagte ihr Vater, ›er lacht, bis ihm die Tränen kommen.‹ Aber Regen war nur Regen. Der riesige Elefant, der Elefantengott, saugte das Wasser aus dem Meer und sprühte es auf das ausgedörrte Land.

Barbie blieb vor dem Haupteingang des Allgemeinen Krankenhauses stehen. Die Privatklinik verschwand hinter Bäumen und einer leichten Bodenerhebung. Beim Weitergehen begleitete sie ein gesichtsloser Geist, dessen Susan-blasse Arme ihr den Weg bahnten, einen dunstigen Vorhang nach dem anderen teilten, als bestehe er auf einer Richtung, auf einem Ziel, einer außergewöhnlichen Enthüllung am Ende eines schwierigen und dunklen Wegs.

Das Licht wurde apokalyptisch. Die Pfützen auf der Straße glänzten weiß und reflektierten eine Reinheit, deren Quelle unsichtbar blieb. Es war eine trostlose Gegend. Auf beiden Seiten der Straße lag Ödland: Rinnen und Risse zogen sich durch die vom Wind zerzausten Grasnarben. Der letzte Flüchtling war vorüber; Barbie war allein und in einem fremden Land. Entschlossen bog sie in die Rifle Range Road ein, die schnurgerade durch das Tal auf die Hügel zuführte. Plötzlich ertönte ein dumpfer Schlag, als seien Hügel unter ihrem Gewicht auseinandergebrochen; und ehe das Echo des ersten ganz verhallt war, ertönte ein zweiter, ein dritter, ein ganzes Dutzend. Die Luft bewegte sich unter dem Druck eines Windes, der in Panik von den Hügeln zu fliehen schien, und die ersten Regentropfen fielen. Die Panik berührte sie nicht, aber der Regen. Sie zog den Regenmantel an, setzte den Südwester auf, klopfte auf die Tasche mit dem Kästchen und dem Brief und marschierte an dem Weg vorbei, an dem der Dienstbungalow lag, ohne mehr als einen kurzen Blick in seine Richtung zu werfen, um sich davon zu überzeugen, daß er noch stand. Sie bog in die Straße zur Offiziersmesse ein. Es war der Tag der Hochzeitsfeier. »Wir könnten nach Ranpur fahren«, hatte Barbie gesagt, »um ein paar Weihnachtseinkäufe zu machen.« »O, ich werde nie mehr nach Ranpur fahren... zumindest nicht mehr vor meiner Beerdigung.« Aber das war ein sonniger Tag gewesen. Die weißen Uniformen der Diener, die aus dem Schatten des Portals in das gleißende Sonnenlicht traten, blendeten die Augen, die smaragdgrünen Blätter der glänzenden Pflanzen in Terracottatöpfen schimmerten wie Krummsäbel und warfen messerscharfe indigoblaue Schatten. Sind Sie es, Ghulam Mohammed? fragte Mabel, und Barbie wußte, nach wem sie sich erkundigen konnte. Sie betrat das Gelände der Offiziersmesse. Der Kies auf dem Pfad glänzte im Regen. Vor ihr in Höhe des Eingangs parkte ein Militärlastwagen, und als sie den langen, schützenden Säulenvorbau erreichte, kam eine Gruppe lachender junger Offiziere aus dem Gebäude. Sie begannen, über die Ladeklappe auf den Wagen zu klettern, während einer stehenblieb, eine Zigarette rauchte und nach dem Fahrer rief.

Er drehte sich um und sah Barbie. Zwei oder drei der anderen Offiziere, die sich gerade auf den Bänken niederließen und mit der flachen Hand übermütig und ungeduldig auf Holz und Metall schlugen, sahen sie ebenfalls. Barbie füllte ihre alten Lehrerinnenlungen, benutzte ihre Memsahibstimme und rief: »Guten Tag! Kann mir einer von Ihnen helfen?«

Aus der Nähe fiel ihr auf, daß ihre Gesichter straff und jugendlich waren. Der eine Streifen an ihrer Uniform wirkte peinlich neu. Keiner von diesen jungen Offizieren konnte vor acht Monaten bei der Feier gewesen sein. Sie erriet, daß den Männern ein Gedanke Hals und Kopf durchzuckte: »Vorsicht! Man weiß nicht, wer sie ist...«

»Können Sie mir sagen, ob Hauptmann Coley in der Messe ist?«

»Coley? Der Adjutant? Nein, ich glaube, er ist nicht hier.«

Der Offizier, der nach dem Fahrer gerufen hatte, sah die drei auf dem Lastwagen an. Sie schüttelten die Köpfe. Einer sagte: »Er war heute morgen nicht im Daftar.«

»O je. Wie schrecklich unangenehm!« Sie lächelte und imitierte die muntere forsche Art von Frauen wie Nicky Paynton und Isobel Rankin, die – wie Barbie aufgefallen war – Männer im allgemeinen dazu brachte, etwas zu tun, ohne daß man sie ausdrücklich dazu aufforderte.

»Ich werde mich erkundigen«, sagte der junge Offizier und wollte in das Gebäude zurückgehen, erinnerte sich aber noch rechtzeitig an seine guten Manieren und bat Barbie voranzugehen. Im Innern wurde die Unsicherheit des Neulings noch deutlicher. Niemand war zu sehen, und er schien nicht genau zu wissen, was er nun tun sollte. Barbie sagte: »Es ist meine Schuld. Ich hätte anrufen sollen. Aber ich bin ohnehin hier vorbeigekommen und dachte, ich könnte zwei Fliegen mit einer Klappe schlagen. Das Problem ist nur, ich habe ihn nie in seinem Quartier besucht und weiß nicht, wo er steckt. Wissen Sie es?«

»Nein, leider nicht.«

Jetzt hörte sie es: die unmißverständliche Londoner Aussprache. Das Wort »leider« verriet es ihr. Barbie wurde warm ums Herz. Auch beim Anblick der viel zu stark geölten Haare, des derben, plebejischen, aber nicht unhübschen Gesichts. Als Soldat mußte er selbstsicher und tüchtig sein, sonst hätte ihn das Regiment selbst in dieser Phase des Kriegs nicht akzeptiert, in der die Regimenter von dem, was sie bekommen konnten, das Beste nahmen. Und das war sehr gut, wie Barbie gehört hatte. Dafür mußten sie ein Auge zudrücken, wenn die Herkunft nicht ganz den Anforderungen entsprach. Als Gentleman genügte er den traditionellen Ansprüchen in Pankot sicher nicht. Das wußte er und fühlte sich deshalb in diesem stummen Mausoleum nicht sehr wohl.

»Wir sind erst letzte Woche von der Offiziersschule hierher verlegt worden«, erklärte er. Ein Kellner kam mit einem Tablett durch die Halle. Der Subalternoffizier hielt ihn an und fragte ihn in schlechtem Urdu, ob Hauptmann Coley in der Messe sei. Der Offizier verstand die Antwort des Kellners nicht, aber Barbie. Hauptmann Coley würde erst nach dem Wochenende wiederkommen. Sie fragte den Kellner, ob er wisse, wo Hauptmann Coley wohne, denn sie müsse ihn sehr dringend sprechen. Er gab eine ungenaue Auskunft, und sie verstand nicht, in welche Richtung er sie schicken wollte. Sie fragte: »Ist Ghulam Mohammed hier?«

Der Mann erwiderte, er kenne Ghulam Mohammed nicht. In der Offiziersmesse gebe es keinen Ghulam Mohammed.

Barbie fragte, wielange er schon hier arbeite. Seine Antwort beunruhigte sie: seit dem letzten November.

»Damals war Ghulam Mohammed hier«, beharrte sie.

Nein, er habe nie mit einem Ghulam Mohammed zusammengearbeitet. Er könne aber den Oberkellner fragen.

»Es ist nicht so wichtig.« Barbie wandte sich zum Gehen. Der Offizier folgte ihr. Wahrscheinlich hatte er kein Wort verstanden. Sie war froh darüber. Sie fühlte sich nicht mehr ganz Herr der Lage.

Trotzdem begriff der Offizier die Situation. »Kein Glück?«

»Nein, aber ich glaube, ich finde es schon.«

»Der Fahrer wird es wissen, meinen Sie nicht auch?«

»Oh, an den Fahrer habe ich nicht gedacht. Wie klug von Ihnen. Der Fahrer muß es wissen.«

Draußen hatte sich der Fahrer inzwischen eingefunden und wartete neben der Wagentür. Auf die Frage, wo der Adjutant Sahib wohne, sagte er nichts, sondern wies nur mit dem Kopf zur Seite. Jede weitere Frage beantwortete er mit derselben Geste.

»Weiß er es?«

»Er weiß es.«

»Können wir Sie dorthin bringen?«

»Wie freundlich. Aber ich sollte nein sagen, sonst kommen Sie zum Appell zu spät?«

»Ach, wir haben nur Sprachunterricht.« Er begleite sie zum Beifahrersitz und machte sie auf das hohe Trittbrett aufmerksam.

»Adjutant Sahib, Bungalow«, befahl er dem Fahrer, nachdem er auf Barbies Seite die Tür zugeschlagen hatte. Ein paar Sekunden später klopfte er ans Rückfenster des Fahrerhauses und rief: »OK!« Als der Motor ansprang, glaubte Barbie, das Lachen der Männer zu hören. Sie lächelte. Das Fahrerhaus roch nach Diesel und eigenartig metallisch. Der Lastwagen mit seiner kurzen Motorhaube gab ihr das Gefühl, in einem Panzer zu fahren. Er ruckte und röhrte. Die Scheibenwischer pendelten wie Metronome hin und her. Sie quietschten auf dem Glas. Barbie vermutete, daß es gegen die Vorschriften war, Zivilisten mitzunehmen. Sie wünschte, sie hätte darauf bestanden, hinten auf der Ladefläche zu sitzen. Sie hätte sich gerne mit den jungen Offizieren unterhalten, um herauszufinden, woher sie alle kamen und was sie von Indien hielten. Waren es junge Männer von der Art, wie Sarah sie bei ihrer Tante und ihrem Onkel in Kalkutta kennengelernt hatte? »Wenn Sie einmal in Kalkutta stationiert sind«, hätte sie vielleicht gesagt, »nehmen Sie sich vor einem Mann namens Oberst Grace in acht. Er wird hinter Ihnen her sein, damit Sie sich für *immer* verpflichten hierzubleiben.«

Sie warf einen Blick auf den Fahrer: schmale Wangen,

eine Hakennase und eine so sonnenverbrannte Haut, daß das übliche Pankot-Kupfer in diesem Licht blau schimmerte. Winzige rote Äderchen zogen sich durch das Weiß seiner Augäpfel. Die Klarheit ihrer Beobachtung überraschte sie. Der Mann roch stark nach Knoblauch. Seine Khakiuniform war makellos gestärkt und gebügelt. Feine dunkle Haare bedeckten die geäderten braunen Beine ober- und unterhalb des Knies, zwischen dem Rand der Kniestrümpfe und dem Saum der messerscharf gebügelten Shorts. Über der Windschutzscheibe steckte eine verblaßte Postkarte, das Foto einer molligen, lächelnden Schönheit mit großen Augen und einem Kastenzeichen zwischen den dichten Augenbrauen. Vermutlich ein indischer Filmstar. Sie stellte sich dazu den Duft von Jasmin und eine dünne, nasale Stimme vor. Wie fern sein Leben dem ihrem lag! Aber er konnte durchaus aus demselben Dorf wie Aziz oder Ghulam Mohammed stammen.

Sie hatte Mabel nie nach Ghulam Mohammed gefragt. Jetzt war er wie Poppy Brownigs Tochter, wie Gillian Waller mit Mabel ins Grab gesunken – in ein Grab, das nie hätte ausgehoben werden dürfen: Es schrie so stumm wie der unbekannte Inder an der Straße nach Dibrapur und die junge Frau in Weiß, die in Barbies Vorstellung in der Dunkelheit vor einem Märtyrertum davonrannte oder vor etwas Unvorstellbarem, was vielleicht sogar Liebe gewesen war. Barbie dachte: Vielleicht hätte ich der alten Frau mit dem Tropenhut und dem Schleier die Teelöffel geben sollen. Ich hätte in der Kirche warten sollen, bis sie kam, kniete, oder in der Bank saß, auf den Altar blickte und unbewußt an meiner Andacht teilnahm. Dann hätte ich ihr leise zurufen sollen: »Sie sind für das Kind« und ihr die zwölf kleinen Apostel geben sollen. Aber vielleicht ist sie nicht mehr in Pankot. Vielleicht war sie nie hier. Es ist so oder so zu spät. Ich schenke die Teelöffel der Offiziersmesse.

Sie klopfte mit der Hand auf die Tasche. Ja, das Kästchen

steckte noch darin. Sie blickte durch den Wasservorhang vor dem Wagenfenster hinaus. Infolge der Geschwindigkeit des Wagens schien es stärker zu regnen. Dieser Teil von Pankot war ihr neu und fremd. Er wirkte abweisend. Sie sah Reihen niedriger, dunkler Häuschen, Exerzierplätze, Basketballkörbe. In der Ferne hoben sich die Silhouetten von Gestalten vor dem weißen Licht ab, die rennend Schutz vor dem Regen suchten. Im Wagen war es heiß. Das Fenster auf ihrer Seite beschlug.

Bei einer Kreuzung mit militärischen Wegweisern bog der Fahrer nach links ab. Nach einiger Zeit standen Bäume auf beiden Seiten der Straße. Sie fuhren an Bungalows vorbei, eine leichte Anhöhe hinauf, dann in eine Senke hinunter, wo der Fahrer anhielt. Weit und breit war kein Bungalow zu sehen. Links führte ein Lehmweg in ein kleines Wäldchen.

»Adjutant Sahib«, sagte der Fahrer und wies auf den Weg. Barbie bemerkte eine quadratische weiße Tafel auf einem schiefen Pfosten vor der Hecke, aber sie konnte nicht lesen, was darauf stand. Der junge Offizier tauchte auf und öffnete ihr die Tür. »Glauben Sie, es ist noch weit?« fragte er. »Der Wagen könnte hinauffahren. Es ist sehr schlammig zum Gehen.«

»Das macht mir nichts aus... wirklich nicht. Ich bin entsprechend angezogen.«

»Und der Rückweg? Ich war noch nie hier in der Ecke. Wissen Sie, wo wir hier sind?«

Sie erkundigte sich bei dem Fahrer, wie weit sie gehen müsse, um eine Tonga zu finden. Er wies gerade aus und sagte eine halbe Meile. Sie bedankte sich bei ihm und stieg aus. Den Südwester setzte sie wieder auf, gab sich jedoch nicht die Mühe, ihn unter dem Kinn festzubinden.

»Das war sehr nett von Ihnen. Ich hoffe, Sie kommen meinetwegen nicht zu spät zum Sprachunterricht.« Sie hielt ihm die Hand hin. Ehe er sie ergriff, nahm er die Mütze ab. Sie

440

hörte, wie die anderen sich unterhielten. »Übrigens, ich heiße Barbara Batchelor. Zur Zeit wohne ich bei den Peplows, das heißt im Pfarrhaus neben der Kirche St. John. Arthur Peplow freut sich immer über neue Gesichter. Nach dem Gottesdienst am Sonntagmorgen kommen die Leute manchmal zu einem Bier, bevor sie in den Club hinaufgehen. Vergessen Sie es nicht. Und viel Glück für Sie alle, wenn ich Sie nicht mehr wiedersehen sollte. Werden Sie nicht naß. Ich komme schon zurecht und bin für dieses Wetter richtig angezogen.«

Sie ging zur Einmündung des unbefestigten Wegs. Die Wagentür fiel knallend zu. Sie winkte, beobachtete, wie der Wagen auf der Straße wendete, und als die Männer in Sicht kamen, winkte sie auch ihnen zu. Nachdem der Wagen verschwunden war, drehte sie sich um und betrachtete die Tafel.

Sie stand etwa in Kniehöhe, war quadratisch, nicht sehr groß und vor einiger Zeit weiß gestrichen worden. Die Farbe blätterte ab, die schwarzen Buchstaben waren verblaßt, und der erste war zusammen mit dem Weiß abgefallen. Barbie las: »auptm. K. Coley.« Ein Pfeil unter dem Namen wies den Weg hinauf – vielmehr hätte er das getan, wenn der Pfosten gerade gewesen wäre. Durch seine Neigung deutete der Pfeil nach unten auf Schotter, Kies, Erde, Schlamm und Reifenspuren.

Von hier aus konnte man den Bungalow nicht sehen, den Coley bewohnte. Es war die angemessene Umgebung für einen Mann, dessen militärischen Ambitionen, wie man erzählte, vor zehn Jahren unter den einstürzenden Ziegel- und Mauersteinen von Quetta begraben worden waren. Man konnte sich vorstellen, daß er diesen Bungalow wegen seiner isolierten Lage gewählt hatte, wegen der Nähe zum Militärgelände und dem Büro, in dem er zufrieden den Rest seines Berufslebens verbringen wollte. Er rührte sich nur, so hatte Barbie gehört, wenn ihm eine Beförderung drohte oder die Versetzung in eine andere Garnison. Es gab nichts, was er über die Führung des Regimentsdepots nicht wußte. Eine ganze Reihe von Kommandanten hatten seine kleinen Tricks, die ihm das Bleiben sicherten, stillschweigend gebilligt.

Am Zugang zu diesem geheimen Schlupfwinkel bekam Barbie plötzlich Gewissensbisse. Sie würde Coley nie mögen können. Doch dieser Anflug von Melancholie, der von der verblaßten, schief stehenden Tafel und der ganzen Umgebung ausging, brachte sie dazu, Nachsicht zu üben, ihm sein Verhalten zu vergeben, das Mildred ihm vielleicht aufgezwungen hatte und das vielleicht nicht seinem Wesen entsprach. Vielleicht hatte er Angst gehabt, sich ihr zu widersetzen, sich vor der Macht gefürchtet, die sie potentiell besaß. Wenn Mildreds Mann das Gefangenenlager überlebte, wurde er wahrscheinlich Trehearnes Nachfolger als Depotkommandant – vielleicht rechnete Coley damit. Vermutlich besaß er nur wenig Stolz. Der größte Teil war sicher zusammen mit seinem Ehrgeiz verschwunden. Wenn es seine Zukunft sicherte, daß er für Mildred den braven Hund spielte, würde er das tun.

Der Weg beschrieb eine Kurve und endete abrupt an einem Wellblechschuppen und einer Garage. Rechts befanden sich Torpfosten ohne Tor, hinter denen eine rauhe Steintreppe in das Wäldchen hinauf führte. Barbie stieg die Stufen nach oben. Sie erreichte ein Gelände, das mit verwilderten Hecken, Sträuchern und Büschen zwischen Bäumen bepflanzt war. Unter anderen, exotischeren Blättern erkannte sie Rhododendron und sah, daß der Weg ursprünglich in der Absicht angelegt war, solange wie möglich den Blick auf den Bungalow an seinem Ende zu verbergen. Deshalb brachte sie die Enthüllung dessen, was gewöhnlich und häßlich war, einen verblüfften Augenblick lang zu dem Eingeständnis, daß es selten und schön sei. Mauern, Fenster, das Dach, die Veranda – ganz gewöhnlich, sogar schäbig – rührten Barbie durch die strenge Poesie ihrer Funktion. Hier suchte ein Mann Schutz vor dem Schrecken und der Häßlichkeit der Welt und verringerte sie durch die Schlichtheit seiner Umgebung.

Der Weg führte sie bis auf wenige Schritte vor die Verandastufen. Die Veranda war schmal. Von ihrem Platz aus sah sie die Vorhängeschlösser an den geschlossenen Türen. Eden war verlassen. Aber vielleicht würde sie auf der Rückseite einen Dienstboten finden, den sie aus seiner nachmittäglichen Lethargie reißen konnte. Auf dem Weg dorthin wirbelte ein Windstoß Blätter durch die Luft. An der Rückseite des Bungalows entdeckte sie einen kleinen grasbewachsenen Platz, die Hütte eines Dieners, die ebenfalls mit einem Vorhängeschloß gesichert war, und einen kleinen Unterstand, in dem eine angekettete Ziege Gemüsestrünke kaute.

Es regnete immer noch nicht sehr heftig. Barbie zögerte, ehe sie die Stufen hinaufstieg, um auf der rückwärtigen Veranda vorübergehend Schutz zu finden, ging aber dann doch verstohlen hinauf, denn sie war sich bewußt, daß sie sich in Abwesenheit des Bewohners und seines Dienstboten unberechtigt hier aufhielt. Diese Veranda war breiter als die auf der Vorderseite. Hier standen die üblichen Korbstühle und ein Tisch. Die Läden vor den Fenstern waren geschlossen. Es gab keine Glastüren, sondern nur einfache, ebenfalls geschlossene schmale Holztüren.

Sie wollte warten, bis der Regen den Höhepunkt erreichte und dann aufhörte oder in das anhaltende Pankot-Nieseln überging, das ihr erlauben würde, eine Tonga zu suchen, ohne daß sie dabei allzu naß wurde. Der dunkle Himmel ließ vermuten, daß ein schwerer Regenguß niedergehen würde. Die Luft schien bereits erfüllt zu sein vom Raunen eines Gewitters und dem fernen, warnenden Brausen stürmischer Kräfte, die sich in den Hügeln sammelten, um durch das Tal zu toben.

Aber auf den ersten Windstoß folgte kein weiterer, und es regnete immer noch mäßig. In der Natur bestätigte nichts die Unruhe in der Luft. Barbie legte die geballte Faust auf die Brust; ihr Herz klopfte nicht, aber sie spürte einen Druck, ein Pulsieren in ihrer Nähe. Sie drehte sich um, starrte auf die Fensterläden und dann auf die schmalen Türen, die offen mit Haken an der Wand befestigt wurden. Die Haken hingen lose. Aber die Bügel für die Vorhängeschlösser befanden sich nicht in der richtigen Position. Die Türen waren also nicht verschlossen! Vorsichtig drückte sie an einer Tür die Klinke herunter. Sie öffnete sich geräuschlos, und die Fliegentür dahinter gab bei einer leisen Berührung nach.

»Hauptmann Coley?« fragte sie und räusperte sich, da sie noch einmal, diesmal lauter rufen wollte. Aber das Innere des Hauses war so dunkel und so heiß, daß es ihr den Atem aus den Lungen preßte. Es schien vor Erleichterung zu wimmern wie ein gefangenes Wesen, das die Freiheit spürte. »Hauptmann Coley?« wiederholte sie. Die Worte klangen unsicher und hatten keinen Einfluß auf das ferne, unzusammenhängende Flehen des Wesens, sein kaum hörbares Keuchen und seine leisen Schreie. Das Fliegengitter schwang auf; ihr war nicht bewußt, daß sie dagegen gedrückt hatte. »Hauptmann Coley?« fragte sie noch einmal. Etwas schloß sie in seine klebrigen Arme und zog sie hinein – es war nicht das Wesen, sondern sein Wärter. Er hielt sie einen Moment lang, war dann verschwunden, und die Illusion des heißen Dunkels zerbrach. Ihr Körper spannte sich, wurde von den frostigen Splittern der Furcht getroffen; ein unterirdisches Licht erfüllte den verschlossenen Bungalow, und in seiner Mitte wurde das Wesen in einem Raum gefangengehalten, der von dem Zimmer, in dem Barbie stand, durch geschnitzte kleine Schwingtüren getrennt war, die die Türöffnung nur in halber Höhe verschlossen. Es war, als sei sie wieder in dem kalten Gang und nähere sich den anderen Türen mit ovalen Fenstern. Das Stöhnen und die Schreie des Wesens zogen sie an, bis sie an einem Platz stand, wo sie über die Türen hinweg im Halbdunkel das Wesen sah: nackt, verzerrt, mit einem anderen, mageren männlichen Wesen verschlungen. Es beteiligte sich stumm an einer menschlichen Parodie der göttlichen Zeugung.

Nicht der Anblick des nackten Fleisches ließ Barbie keuchend die Luft anhalten und die Hand auf den Mund legen, denn ihr Körper erriet die beiläufige Häßlichkeit, die zur Hingabe an die Sinnlichkeit gehören mochte. Mit Entsetzen erfüllte sie der spontane Eindruck, daß Liebe und Zärtlichkeit fehlten: die emotionale Untätigkeit und das mechanische Auf und Ab des Mannes, die kleinen Schreie der Frau, die eher von Verzweiflung als von Verlangen oder sogar Lust getrieben zu sein schien. Es war, als sterbe die Welt außerhalb dieses unterirdischen Raums oder sei bereits ausgestorben und die freudlose Kopulation sei ein bitterer, hoffnungsloser Ausdruck des Willens der Frau, daß die Art überleben sollte.

Barbie fuhr herum, tastete sich zurück auf die Veranda, schloß die Tür und lehnte sich mit zurückgeworfenem Kopf dagegen. Ihr Mund stand offen wie der eines Schwimmers, der gerade aus dem Wasser auftaucht. Sie fürchtete, man habe sie gehört, stolperte die Stufen hinunter und eilte unbeholfen am Haus entlang zur Vorderseite. Sie hatte panische Angst, entdeckt worden zu sein, sich umzudrehen und zu sehen, wie Mildred und Kevin Coley nackt und mit wilden Augen hinter ihr her stürmten und entschlossen waren, die einzige Zeugin ihres Ehebruchs zu vernichten.

Sie rannte den Weg hinunter, und da sie die Kurven falsch einschätzte, wurde sie von Zweigen gepeitscht und von Ästen aufgehalten. Auf den rauhen Steinstufen verschätzte sie sich noch einmal, fiel und verstauchte sich den Knöchel. Sie raffte sich wieder auf und rannte den Weg hinunter. Er schien kein Ende zu nehmen. Als sie schließlich die Straße erreichte, bog sie nach links ins Unbekannte ab.

Der Knöchel begann erst zu schmerzen, als sie fünfzehn Minuten gelaufen war, ohne auf einen Anhaltspunkt oder eine breitere Straße zu stoßen, die sie in eine vertrautere Umgebung zurückführen würde. Sie blieb stehen, weil sie wußte, daß etwas nicht stimmte. Sie betastete die Manteltasche. Die

Teelöffel und der Brief waren noch da. Mit der anderen Tasche stimmte etwas nicht. Darin steckte kein Südwester, und er saß auch nicht auf ihrem Kopf. Ihre Haare trieften vor Nässe. Sie drehte sich um in der Absicht, zurückzugehen und ihn zu suchen. In diesem Augenblick spürte sie jedoch den Schmerz im Knöchel und empfand die Vergeblichkeit einer Suche. Überhängende Zweige im Garten mußten ihr den Südwester vom Kopf gerissen haben. Sie konnte sich nicht daran erinnern. Sie wußte jedoch auch nicht, ob sie den Hut nicht vielleicht auf der Veranda abgesetzt und auf den Tisch gelegt hatte. Auf dem weißen Leinen des Kopfbands stand ihr Name in waschfester Tinte.

Sie stützte sich auf den Stock und machte sich humpelnd im Regen, der inzwischen zu einem Wolkenbruch geworden war, auf den Weg. Sie wagte nicht, anzuhalten und Schutz zu suchen, damit der Knöchel nicht so heftig anschwoll, daß sie sich nicht mehr bewegen konnte und hilflos und verlassen in dieser ungastlichen Gegend festsaß.

TEIL FÜNF

Der Tennisplatz

Der Lampenplatz

I

An dem Tag, an dem Nicky Paynton erfuhr, daß ihr Mann im Arakan-Gebirge gefallen war, wurde Miss Batchelor in die Zivilabteilung des Allgemeinen Krankenhauses eingeliefert.

Clarissa hatte ihr drei Tage lang das Essen ins Zimmer bringen lassen und mit ihr nur von der Tür aus gesprochen, denn sie wollte sich nicht anstecken; die alte Missionslehrerin hatte sich nämlich eine schreckliche Erkältung geholt, weil sie ohne Hut durch den Regen gelaufen war und sich verirrt hatte. Sie kehrte schließlich wie aus dem Wasser gezogen nach Hause zurück, nahm keine Ratschläge an und wollte auch keine heiße Zitrone trinken.

Aber am vierten Morgen erschrak Clarissa über Barbies gerötetes Gesicht; Barbie öffnete zwar die Augen, schien jedoch nicht in der Lage zu sein, etwas zu sagen oder sich aufzurichten, und ihre trockene Haut fühlte sich unter Clarissas kühler Hand heiß an. Clarissa rief Dr. Travers, der nach kurzer Untersuchung einen Krankenwagen kommen ließ.

»Wie lange geht es schon so?« fragte er Clarissa, während sie auf den Krankenwagen warteten. Clarissa gestand, daß sie Barbie am Vortag vor dem Mittagessen zum letzten Mal gesehen und den Eindruck gehabt hatte, es gehe ihr besser, aber nicht so gut, wie sie hartnäckig behauptete. »Ich nahm ihr das Versprechen ab, nicht aufzustehen. Danach hatte ich den ganzen Tag lang zu tun, aber unser Diener berichtete, sie habe die

Mahlzeiten bis auf das Abendessen gegessen. Sie schlief bereits, als er es ihr brachte. Ihren Schlummertrunk hat sie auch nicht angerührt.«

Travers sagte: »Ich wollte, ich hätte es früher erfahren. Es ist sehr gefährlich, sie jetzt zu verlegen, aber ich glaube, hier können wir sie nicht retten. Ich sollte Sie darauf vorbereiten: die Chancen, daß sie durchkommt, stehen eins zu zehn. Sie hat Bronchopneumonie, und das Herz ist ziemlich schwach. Was um Himmels willen hat die arme alte Frau denn gemacht?«

Clarissa erwiderte, sie wisse es nicht. Aber sie beschrieb Barbies Zustand, in dem sie am Nachmittag nach der Taufe nach Hause zurückkehrte. Sie gingen wieder ins Zimmer, und Clarissa glaubte einen Augenblick, Barbie sei in den wenigen Minuten gestorben, in denen sie mit Dr. Travers in der Diele gesprochen hatte.

Er setzte sich auf das Bett, fühlte Barbie den Puls und hörte mit dem Stethoskop ihren Herzschlag ab. »Ich nehme an, sie ist mutterseelenallein auf der Welt«, sagte er.

»Bevor sie nach Pankot kam, lebte sie nur für die Mission«, erzählte Clarissa. »Sie redet davon, die Arbeit wieder aufzunehmen, aber natürlich ist sie zu alt. Ich glaube, der Brief, den sie von der Mission bekam, in dem man ihr mitteilte, daß man keine Verwendung mehr für sie habe, hat ihr den Rest gegeben.«

Travers drehte sich überrascht um, denn Clarissa Peplows Stimme klang sehr unsicher. Er hatte immer geglaubt, sie sei emotional völlig vertrocknet.

»Werden *Sie* Miss Batchelor wieder aufnehmen, Mrs. Peplow? Das heißt natürlich, wenn die Frage sich stellen sollte.«

Clarissa nickte.

»Ich frage, denn es könnte wichtig sein. Ich meine, wenn wir sie über die Krise hinwegbekommen. Sie wissen ja, die Menschen sterben nicht nur an Krankheiten.«

In diesem Moment klingelte das Telefon, und da Travers

annahm, es sei das Krankenhaus, das ihm eine Verzögerung des Krankenwagens mitteilen wollte, nahm er mit Clarissas Erlaubnis den Hörer ab. Es war jedoch nicht das Krankenhaus, sondern Clara Fosdick, die Clarissa sprechen wollte. Clara Fosdick meinte jedoch, sie sei froh, ihn am Apparat zu haben, denn Nicky Paynton habe gerade ein Telegramm erhalten, in dem man ihr mitteilte, der arme Bunny sei im Kampf gefallen, und Clara habe bereits daran gedacht, Oberst Beames anzurufen und zu bitten, er möchte vorbeikommen. Clara sagte, Nicky nehme die Nachricht zu gut auf und sei zu sehr darauf bedacht, nicht vor anderen zusammenzubrechen. Nicky und Bunny hätten sich wirklich sehr geliebt, und es sei schrecklich, so erzählte Clara, mitanzusehen, wie Nicky tue, als sei nichts geschehen und sich sogar darauf vorbereite, zum Bridge in den Club zu gehen, um Isobel und Maisie nicht zu enttäuschen, denn da Mildred vorübergehend ausfalle, sei es schwierig, ohne weiteres eine vierte Spielerin zu finden, wenn Isobel, wie sie es am Vorabend getan hatte, erkennen ließ, sie habe einen freien Nachmittag und wolle gern Bridge spielen.

»Ich bin nicht sicher, ob ich absagen soll oder nicht«, meinte Clara. »Ich weiß, ich sollte; ich muß es sogar. Aber sie scheint sich in den Kopf gesetzt zu haben, ihr Versprechen zu halten. Sie wiederholt immer wieder, Bunny würde es verstehen.«

Natürlich wurde kein Bridge gespielt. Aber Nicky Paynton ließ sich in Gegenwart von anderen auch weiterhin nichts anmerken. Sie legte ein Verhalten an den Tag, das sie in den Augen ihrer Freundinnen seltsam immun gegen Mitgefühl, nicht aber gegen Bewunderung erscheinen ließ. Sie schickte ein Telegramm an ihre Freundin Dora Lowndes in Wiltshire (sie war mit dem Hausaufseher der Jungen im Internat verheiratet und kümmerte sich in den Ferien um die zwei) und im Nachgang dazu einen Brief an ihre beiden Söhne. Sie nahm ihren Alltag wieder auf; sie tat es nicht so, als sei nichts geschehen, sondern als sei etwas geschehen, was vorbei war und über das man nicht sprach, weil es außer ihr und ihren Söhnen niemanden etwas anging.

Nicky gab zu erkennen, Bunnys Tod sei einzig und allein ihre persönliche Angelegenheit. Sie redete zwar noch immer über ihn und erwähnte seinen Namen, doch von Anfang an in der Vergangenheitsform; das gab allen das Gefühl, er sei schon seit Jahren tot, und die Witwenschaft sei seit langer Zeit der entscheidende Faktor für ihre Persönlichkeit gewesen – diesen Faktor (so schien sie zu suggerieren) hatten alle bislang übersehen, und an ihn mußten sie sich jetzt schnell gewöhnen, wenn ihnen weiterhin am freundschaftlichen Umgang mit ihr lag.

Man war sich allgemein einig, es sei eine erstaunliche Leistung; die beste Lösung in einer Gesellschaft, die sich viel darauf zugute hielt, wenn nötig, genau das zu können, was Nicky Paynton tat. Es galt als selbstverständlich, daß es auch ein Abschied war. Es konnte nur eine Frage der Zeit sein, bis Nicky verkündete, sie packe und reise auf dem schnellsten Weg nach Hause zu ihren Söhnen. Niemand sonst konnte Ansprüche auf sie geltend machen. Mit einem Streich war Indien für sie erledigt; natürlich würde sie ihren Freundinnen versichern, sie komme zurück. Aber es war einer der kristallklaren Fälle, in denen eine Frau in dem Wissen abreiste, daß sie kaum oder so gut wie gar nicht die Chance hatte, Indien noch einmal wiederzusehen. Sie würde sich nie mehr die Überfahrt leisten können. Wenn einer ihrer Söhne hierherkam, würde sie vielleicht in Versuchung geraten, genug Geld zusammenzukratzen, um ihn zu besuchen und alte Bekanntschaften zu erneuern. Aber das wäre töricht und unerträglich.

Man konnte bereits beobachten, wie sie etwas ansah, als versuche sie, sich alles deutlich genug einzuprägen, um unauslöschliche Eindrücke mitzunehmen; bald sah sie jedoch überhaupt nichts mehr an, um nicht alles noch schlimmer zu machen, denn sie wußte, sie sah die Dinge hier zum letzten Mal.

Nicky hatte wirklich großes Pech. Wären die Söhne erwachsen gewesen oder hätte sie keine Kinder gehabt, dann hätte sie die Rückkehr nach Hause zumindest bis zum Kriegsende, vielleicht sogar auf unbestimmte Zeit verschieben können. Vielleicht – wie im Fall ihrer Freundin Clara Fosdick – hätte sich die Frage der Rückkehr auch nie gestellt. Ihre engsten Freunde lebten alle in Indien. Sie hätten sich um sie geschart, wie Claras Freunde – besonders Nicky und Bunny – sich um sie geschart hatten, als Freddie Fosdick 1936 in seinem eigenen Krankenhaus an Krebs starb und zwar keine Kinder zurückließ, aber eine Frau, die viel jünger war als er, jedoch nicht jung genug, um sich noch Chancen auf eine Wiederheirat ausrechnen zu können, selbst wenn sie daran gedacht hätte – was sie aber nicht tat. Und mit Nicky und Bunny war es nicht anders, als es mit Clara und Freddie gewesen war.

Clara wußte, Nickys Verlust traf sie ebensosehr wie alle anderen, denn sobald Nicky packte und abreiste, würde sie heimatlos sein. Sie teilten einen Bungalow, den Nicky offiziell als Frau von Oberst Paynton vom Regiment der Ranpurs bewohnte. Clara war nur ein zahlender Gast. Die naheliegendste Lösung für sie war, zu ihrer Schwester und ihrem Schwager, Richter Spendlove, nach Ranpur zu ziehen. Aber sie hielt nicht viel von Billy Spendlove; ihre Schwester wußte das und verteidigte ihn jedesmal, wenn sie das Gefühl hatte, er werde kritisiert. Meistens gelang es ihnen, sich bei Claras kurzen Besuchen zu streiten.

Und so wartete Clara stoisch, ohne ihre innere Unruhe verbergen zu können, darauf, daß Nicky das Unvermeidliche ankündigen würde.

Aus Claras Sicht tat sie das zu einem unpassenden Zeitpunkt: im Rose Cottage und in Gesellschaft der Damen, die sich dort an einem sonnigen Samstagmorgen wie in alten Zeiten versammelt hatten.

Mildreds Schwester Fenny war aus Kalkutta gekommen, um während Susans Krankheit an Mildreds Seite zu sein; außerdem wollte sie beim Umzug ins Rose Cottage helfen. Dieser Umzug war, wenige Tage nachdem Nicky das Telegramm erhalten hatte, schließlich bewältigt – wenn man bei einem solchen Stückwerk, etwas so Unvollständigem, von Bewältigung reden konnte. Es war Stückwerk, weil sich der Umzug über mehrere Tage hinzog, und unvollständig, weil Susans zusammen mit Sarahs Sachen in Miss Batchelors altem Zimmer standen und Susans Baby und Minnie im kleinen Gästezimmer eingezogen waren, Susan jedoch fehlte. Panther war Mahmoud zweimal davongelaufen; man fand ihn zweimal vor Susans altem Zimmer im vorübergehend leerstehenden Dienstbungalow. Er hatte den Kopf auf die ausgestreckten Vorderpfoten gelegt und überließ sich so sehr seinem tierischen Leid und Elend, daß er nicht einmal mehr winselte und jaulte, wie in den ersten Tagen nach Susans Einlieferung in die Klinik, was dazu geführt hatte, daß Mildred die Nerven verlor und erklärte, das schreckliche Vieh müsse eingeschläfert werden.

Bei seiner zweiten Flucht schien er sich das Hinterteil (wie der Tierarzt vermutete) an einem Stacheldrahtzaun verletzt zu haben; deshalb befahl Mildred, der Hund müsse jetzt bei den Dienstbotenunterkünften im Rose Cottage angebunden werden; daraufhin wurde Panther bösartig. Die Dienstboten wagten nicht mehr, sich ihm zu nähern. Sarah riskierte, gebissen zu werden; sie versuchte, ihn zu beruhigen, zu füttern und seine Wunde zu versorgen. Sie stellte ihm Wasser hin und gab ihm einen Fleischknochen. Er rührte nichts an. Es sah ganz so aus, als beabsichtige er zu verhungern, um seine Treue zu Susan unter Beweis zu stellen. Er verfiel erschreckend schnell. Es wurde sinnlos, ihn anzubinden. Er besaß nicht mehr die

Kraft, sich auf den Beinen zu halten; er konnte nicht mehr knurren und schnappen und zitterte, wenn Sarah ihn am Kopf streichelte. Sie flößte ihm warme Milch und Brandy mit einer Pipette ein, die ihr der Veterinäroffizier, Leutnant Firozeh Khan vom alten Remount Depot, gegeben hatte. Leutnant Khan sagte, es sei das Gnädigste, das Tier einzuschläfern. Panther hatte sich nicht so aufgeführt, als Susan zur Entbindung in der Klinik war. Möglicherweise glaubte der Hund, man habe Susan weggebracht und das Kind als Ersatz zurückgelassen. Es konnte gefährlich werden, ihn auf dem Gelände zu haben.

»Nein«, widersprach Sarah, »das ist reine Einbildung. Panther muß gerettet werden. Hauptmann Samuels sagt, Panther wird vielleicht für meine Schwester wichtig sein, wenn es ihr wieder etwas besser geht.«

Hauptmann Samuels war Psychiater in der Militärabteilung des Krankenhauses. Er war noch nicht lange in Indien und hatte normalerweise nur mit Männern zu tun; er behandelte hauptsächlich einfache englische Soldaten. Mildred hatte bereits festgestellt, sie könne sich nicht vorstellen, daß er etwas ausrichten könne, denn seine Arbeit beschränke sich im wesentlichen darauf, Drückeberger zu behandeln, die glaubten, einen Nervenzusammenbruch zu haben, weil es kein Fisch und Chips mehr gab. Ihre Freundinnen stimmten zu: Vielleicht sei die Vorstellung tatsächlich unangenehm, daß ein Mann sich mit Susan unterhielt und sie ausfragte – noch dazu ein Mann wie Samuels, der zu Hause möglicherweise als intelligent galt (denn dort war die Psychoanalyse groß in Mode), der aber außerdem noch Jude war. Als Alternative blieb nur das Krankenhaus der Samaritermission der Barmherzigen Schwestern in Ranpur; ein Krankenhaus für Geistesgestörte. Das Personal bestand hauptsächlich aus katholischen Eurasiern und Indern. In einem ähnlich abscheulichen Heim mit einer kleinen Abteilung für Europäer hatte die Tochter der armen Poppy Browning ihr Leben beendet und ihrer Mutter Obszönitäten entgegengeschleudert. Nach den wöchentlichen Besuchen mußte die Mutter sich mit Lysol waschen, weil man es im Heim aufgegeben hatte, die junge Frau öfter als einmal im Monat zwangsweise zu baden, und weil Poppy ihre Tochter in die Arme nahm, um ihr zu zeigen, daß sie immer noch geliebt wurde.

Von Susan berichtete man Gott sei Dank das Gegenteil: Sie war sauber, still und benahm sich gut. Sie hatte ein paar Worte mit ihrer Mutter und Sarah gewechselt – vermutlich mehr mit Hauptmann Samuels, der Mildred sagte, ihre Tochter »beginne, sich anzupassen«, was immer das bedeuten mochte. Offenbar hatte Mildred sich nicht die Mühe gemacht zu fragen, an was Susan sich anpaßte. Sie mißtraute der psychiatrischen Behandlung und hatte keine Zeit, sich mit den Fachausdrücken vertraut zu machen. Sie sagte, Travers habe übereilt gehandelt, als er Susan in die Klinik zurückbringen ließ. Dem Mädchen fehle nichts, was durch Ruhe, Luftveränderung und die Gesellschaft junger Leute nicht wieder in Ordnung käme. In der Klinik hatte sie überhaupt keine Ruhe, denn Hauptmann Samuels besuchte sie manchmal zweimal oder sogar dreimal am Tag. Es gelang Mildred, den Eindruck zu erwecken, als seien diese ärztlichen Visiten etwas Gesundheitsschädliches.

»Ich bin sicher, Millie hat recht«, sagte ihre Schwester Fenny an diesem Samstagmorgen, als Mildred im Haus verschwunden war, nachdem Mahmoud verkündet hatte, Hauptmann Coley Sahib sei am Telefon. »Ich glaube, es wäre eine gute Idee, wenn sie mit den beiden Mädchen, der Ajah und dem Baby nach Kalkutta käme. Wir haben zwar nicht genug Platz in der Wohnung, aber Oberst Johnson und seine Frau, gute Freunde von uns, wohnen in einem riesigen alten Haus aus dem achtzehnten Jahrhundert, das einmal der Ostindischen Kompanie gehört hat, und würden sie mit Freuden

456

dort aufnehmen. Wir könnten aber auch den Oktober bei alten Freunden von Arthur in Darjeeling verbringen und im November zusammen nach Kalkutta hinunterfahren, wenn das Wetter dort wirklich gut ist. Das würde Sarah auch sehr guttun. Ich habe vorgeschlagen, daß sie ziemlich bald mit mir nach Kalkutta fährt. Sie hat zwei Nächte nicht geschlafen, weil sie sich um den Hund kümmert und aufpaßt, daß die Ajah den kleinen Edward richtig versorgt. Außerdem besucht sie Susan mindestens einmal am Tag *und* geht in den Daftar, so oft sie kann, obwohl Dick Rankin ihr gesagt hat, sie kann Urlaub haben, solange sie will. Heute morgen ist sie auch wieder dort.«

»Was macht denn der Hund?« fragte Maisie Trehearne.

»Sarah behauptet, es geht ihm besser. Er ist im Schuppen des Mali. Ich habe ihn mir noch nicht angesehen. Ich kann den Anblick von kranken Tieren nicht ertragen. Aber ich bin im Umgang mit Kranken überhaupt nicht zu gebrauchen; deshalb habe ich auch Sarahs Freund Hauptmann Merrick nie besucht, obwohl wir das Krankenhaus praktisch von der Wohnung aus sehen. Aber ich habe mich vor der Abreise telefonisch nach ihm erkundigt, und man hat mir gesagt, er sei wohlauf und munter. Es gehe ihm gut, wenn man davon absieht, daß er den linken Arm verloren habe.«

Fenny brach ab und vermied bewußt, Nicky Paynton anzusehen. Vermutlich glaubte sie, man müsse das Thema verwundete Offiziere meiden. Seit Fennys letztem Besuch in Pankot – sie kam damals zu Susans Verlobung und erklärte, Teddie Bingham sei »nett« – war sie korpulenter geworden. Sie füllte den Sessel, in dem sie saß. Zufällig war es der Sessel, in dem Mabel gestorben war. Die anderen überlegten, ob sie es wußte, vermuteten jedoch, es sei nicht der Fall, da sie gerade gestanden hatte, noch nicht einmal einen Krankenbesuch machen zu können.

Fenny war auch eleganter, als die Damen sie in Erinnerung

hatten. Die verspätete Beförderung von Arthur Grace zum Oberstleutnant und die Versetzung nach Kalkutta schienen ihr einen gewissen kosmopolitischen Glanz zu verleihen. Wie zum Ausgleich dafür, daß sie nicht früher einen erstrebenswerten Gipfel erklommen hatte, gehörte sie jetzt einer neuen Form des Herrentums in Indien an. Sie hatte sich infolgedessen auf alle möglichen Sünden eingelassen und sie übernommen. Für Rose Cottage war sie eine Spur zu elegant gekleidet. Von den drei Damen auf der Veranda – Maisie, Nicky und Clara – erinnerte sich nur noch Maisie an Fenny als die jüngste und hübscheste der drei Töchter von General Muir, der in den Jahren nach dem Ende des ersten Weltkriegs in Flagstaff House residiert hatte. Lydia, die älteste, war kühl, sehr intelligent, ziemlich arrogant gewesen und hatte nichts für das anglo-indische Leben übrig. Ihr Verlobter war nach einem deutschen U-Boot-Angriff im Atlantik ertrunken, und der Verlust hatte das nordische, arktische Leuchten ihrer kritischen Augen noch verstärkt. Sie kehrte nach England zurück, heiratete und lebte in Bayswater. Maisie wußte noch, daß Fenny damals im Ruf eines reizenden Dummchens stand. Vielversprechende und gutaussehende junge Männer hatten sie dutzendweise umschwärmt, aber trotzdem heiratete sie einen Mann, der sich irgendwie als Versager herausstellte. Aber alle drei Damen kannten die Fenny gut genug, die in den mittleren Jahren eine gewisse behäbige Nachlässigkeit gezeigt hatte. Diese Nachlässigkeit glich sie durch entschiedene Ansichten aus, die wohltuend konservativ waren. Die Entschiedenheit besaß sie immer noch, aber jetzt paßte sie zu ihr. Fenny war im Augenblick besonders willkommen, denn sie strahlte Selbstsicherheit aus.

»Ich bin ja so froh, daß ich Millie aus dem kleinen schäbigen Bungalow heraushabe«, sagte sie und bedeutete Mahmoud, die Gläser nachzufüllen. Mildred telefonierte immer noch. »Ich darf wohl sagen, daß ich ein bißchen nachhelfen mußte. Im letzten Moment erklärte sie, nicht umziehen zu wollen. Aber im Dienstbungalow wollte und konnte sie auch nicht bleiben. Sie meinte, ohne die Mädchen würde sie Dick Rankin bitten, seine Beziehungen spielen zu lassen, damit sie mit der Luftwaffe nach Hause fliegen könne, um dort auf John zu warten.«

Fenny warf einen Blick über die Schulter, um sich zu versichern, daß Mildred noch im Haus war. Dann senkte sie etwas die Stimme und sagte:

»Sie ist ja schrecklich gegen diese Missionslehrerin eingenommen, nicht wahr? Sie hat mir erzählt, daß sie Mabels Papiere überprüft, denn offenbar ist weniger Geld da, als sie dachte. Ich glaubte, sie wollte damit sagen, Miss Batchelor habe die Bücher frisiert und ihr Schäfchen ins Trockene gebracht, aber sie betonte, dafür gebe es keinerlei Hinweise. Es gebe nur Hinweise auf ›ihren Einfluß‹, wie sie es nannte.«

»Was für einen Einfluß« wollte Clara Fosdick wissen.

»Spenden an Wohlfahrtsorganisationen. *Indische* Organisationen.

Waisenhäuser, Hungerhilfe, Kinder- und Witwenfürsorge, diese Art Dinge. Und immer *anonym*. Es gibt Briefe von der Bank in Ranpur, die *Jahre* zurückreichen und mit denen Mabels Anweisungen bestätigt werden, anonyme Spenden an diese und jene Organisation zu überweisen – Hunderte von Rupien –, und Zahlungsankündigungen für Überweisungen in Pfund Sterling aus London, was bedeutet, sie hat zu Hause Wertpapiere verkauft und sich auch die Zinsen hierher überweisen lassen.«

Maisie sagte: »Ich verstehe nicht, wo da der Einfluß sein soll, wenn das seit Jahren so ging. Es sei denn, Sie meinen nur fünf Jahre. Miss Batchelor kam Ende 1939 hierher.«

»Ich weiß. Aber Mildred sagt, Mabel habe zwar seit Ewigkeiten indische Wohltätigkeitsorganisationen unterstützt, schon Jahre bevor Miss Batchelor bei ihr lebte, aber seit dieser Zeit, ganz besonders in den letzten beiden Jahren, hätten sich die Beträge beinahe verdoppelt. Und eine Spende sei auch an die Bishop Barnard-Mission gegangen. Das ist zwar keine indische Einrichtung, aber sie ermöglicht den Indern eine Schulbildung. Ich bin nicht gegen so etwas, aber Mildred sagt, Bishop Barnard sei die Mission, für die Miss Batchelor gearbeitet hat, und das sei der Beweis...«

»Beweis?«

»Mildred sagt, Mabel habe das ganze Geld unter dem Einfluß von Miss Batchelor herausgerückt. Außerdem müssen Rentenpapiere für die Frau gekauft werden, und wenn sie bald stirbt, nachdem die Papiere gekauft worden sind, gehen hunderte oder tausende Rupien verloren.«

»Vielleicht lebt sie nicht so lange, daß sie gekauft werden müssen«, sagte Nicky. »Clarissa hat mir erzählt, Hauptmann Travers rechnet nicht damit, daß sie durchkommt.«

»Aber sie liegt jetzt schon länger als eine Woche, beinahe zwei Wochen sogar, im Krankenhaus und lebt immer noch. Man darf es Mildred um Gottes willen nicht sagen, aber Sarah war ein- oder zweimal bei ihr, als sie Susan besucht hat. Sarah sagt, sie sei nur halb bei Bewußtsein, aber sie meint, sie sei nicht so leicht totzukriegen und werde es überleben. Ob sie es nun überlebt oder nicht, Mildred sagt, der Gedanke an eine Leibrente könne nur von ihr kommen. Er sei eine typische Vorstellung der Unterschicht von der Sicherheit und Ehrbarkeit der Oberschicht.«

»Isobel Rankin meint, Mildred ist geradezu besessen von der Vorstellung, Miss Batchelor sei eine Art graue Eminenz gewesen«, sagte Maisie Trehearne. »Ich weiß nicht, ob es so war, aber wenn ja, sollten wir sie darin nicht bestärken. Die ganze Situation wird sehr... sehr unerfreulich.«

Besonders in Hinblick auf die Teelöffel. Maisies Mann hatte einen, wie er sagte, reizenden und rührenden Brief von der alten Missionslehrerin bekommen, die Löffel jedoch noch nicht.

Er wunderte sich darüber, bis er erfuhr, daß sie im Krankenhaus lag. Er wunderte sich immer noch ein bißchen. Maisie wußte nicht, was sie ihm sagen sollte. Er lebte seit Jahren in seiner eigenen altmodischen, ritterlichen Welt. Ohne den Krieg wäre er 1942 in den Ruhestand getreten. Manchmal dachte Maisie, er benehme sich, als sei er bereits pensioniert. Er war närrisch und albern geworden, manchmal sogar streitsüchtig. Er konnte nicht begreifen, wieso Coley beteuerte, keine Löffel erhalten zu haben, sondern nur einen Südwester, und erkundigte sich täglich nach Miss Batchelors Befinden. Das brachte Maisie in eine schwierige Lage. Er lebte nur für das Regiment. Er war vom Silber für die Offiziersmesse ebenso besessen wie Mildred nach Isobel Rankins Worten von Miss Batchelor. Wenn sie sich zwischen Mildreds Besessenheit und der ihres Mannes entscheiden sollte, gab es keine Frage, wen sie unterstützen würde. Ihr Mann wollte die Teelöffel. Maisie hoffte, niemand würde ihm erzählen, daß sie einmal Susan gehört und daß Mildred sie in einem Anfall dieser außerordentlichen Gereiztheit (die in letzter Zweit nichts Ungewöhnliches an ihr war) zurückgegeben hatte. An der Sache mit den Löffeln war auch sehr eigenartig, daß Mildred sich nicht dazu geäußert hatte. Vermutlich hatte Kevin Coley ihr gegenüber nichts von Miss Batchelors Absicht erwähnt, die Löffel der Offiziersmesse zu stiften. Aber auch das fand Maisie merkwürdig, denn Kevin und Mildred waren so gut miteinander befreundet. Vielleicht erzählte er es ihr gerade am Telefon.

»Natürlich«, fuhr Fenny fort, »habe ich Millie gesagt, das sei absolut kein Beweis und ganz sicher nicht der Grund, weshalb Mabel dieses viele Geld abgezweigt hat. Millie scheint es vergessen zu haben, aber ich nehme an, Sie haben es nicht vergessen, Maisie. Ich spreche von Mabels Haltung zu Jallianwallah«.

»Haltung zu wem?«

»Jallianwallah. Die Sache mit General Dyer in Amritsar Neunzehnneunzehn.«

»Ach, das habe ich vergessen. Wie war denn ihre Haltung?«

»Sie erinnern sich doch, daß wir Geld für Dyer gesammelt haben, als die Regierung sich hinter ihn hätte stellen müssen, es aber nicht tat, und dann diesen Bericht veröffentlichte, in dem es hieß, er habe seine Befugnisse überschritten und in die unbewaffnete Menge im Jallianwallah Bagh schießen lassen; dann wurde der arme alte Dyer mit Schimpf und Schande und bei halben Bezügen in den Ruhestand versetzt.«

»Natürlich erinnere ich mich daran. Wir waren damals in Majapur. Es gab einen schönen Ball in der alten Offiziersmesse, und wir sammelten viertausend Rupien.«

»Ach so, wenn Sie in Majapur waren, werden Sie es vermutlich nicht wissen. Mich überrascht es auch nicht, denn ich mußte Mildred daran erinnern, daß Mabel sich geweigert hatte, irgend etwas zu geben. Für John war das sehr peinlich, denn schließlich war Mabel reich im Vergleich zu den meisten von uns. Von ihrem Vater, dem Admiral, hatte sie ein hübsches Sümmchen geerbt und einen ordentlichen Batzen von ihrem ersten Mann, der bei den Pankot Rifles war und das Silber für die Messe gestiftet hat. Und sie hat einfach keinen Penny für Dyer herausgerückt.«

»Wollen Sie damit sagen, sie sei geizig gewesen?«

»Nur im Fall Dyer. Wir glaubten damals alle, er habe das arme alte Reich gerettet und habe es verdient geadelt, nicht davongejagt zu werden. Natürlich hat man ihn hinterher dafür verantwortlich gemacht, daß Gandhi unser Gegner wurde. Aber was ich sagen wollte, ist: Mir war es schrecklich peinlich, denn ich dachte, Millie müsse es wissen, wenn *ich* es wußte, aber anscheinend hat John ihr nie ein Wort davon gesagt, sondern nur mir. Er erzählte mir streng vertraulich, das heißt, es rutschte ihm so heraus, und er bat mich, keinem Menschen etwas davon zu erzählen, daß Mabel den *Indern* Geld gespendet habe, die für die Hinterbliebenen der Leute sammelten, die Dyer erschossen hatte. Mabel erzählte es ihm. Ich glaube, er sagte, sie habe es dem alten Moslem, M.A.K's Vater, gegeben, der damals zusammen mit Johns Vater im Gouverneursrat in Ranpur saß. Ich glaube, er hieß Sir Achmed Kasim. Mabel erzählte John, sie habe es getan, Sir Achmed jedoch gebeten, wenn es Sir Achmed war, das Geld anonym zu spenden, denn sie wollte Johns Laufbahn nicht schaden. John erzählte mir, es seien hundert Pfund gewesen. Neunzehnhundertzwanzig war das eine Menge Geld.«

»Das ist es immer noch«, sagte Nicky. »Glauben Sie, Sir Achmed hat es weitergeleitet?«

»Nicky!«

»Vielleicht hat er es seinem Sohn M.A.K. gegeben, um die Kasse der Kongreßpartei aufzufüllen.«

Fenny sagte: »Aber Sir Achmed war für die Engländer. Man erzählt, es habe ihm schwer zu schaffen gemacht, als sein Sohn dem aufrührerischen Kongreß, für den wir ihn damals hielten, beitrat.«

»Aufrührer gehören zur Familie Kasim«, erklärte Nicky.

»Oh, das würde ich nicht sagen«, widersprach Fenny. »Wir haben den Sohn von M.A.K., den jungen Kasim, im Gästehaus in Mirat kennengelernt, und für einen Inder fand ich ihn sehr nett. Er arbeitet für einen indischen Fürsten, und man kann ihn wohl kaum als einen Aufrührer bezeichnen. Jedenfalls habe ich in Mirat festgestellt, daß Millie nichts davon wußte, daß Mabel für die Witwen und Waisen vom Jallianwallah Bagh Geld gespendet hatte. Denn ich fragte sie, ob ich in meiner Annahme richtig gehe, daß der Großvater des jungen Kasim das Geld weitergeleitet habe, und sie wußte nicht, wovon ich sprach. Also hielt ich es für besser, den Mund zu halten. Mabel lebte damals noch. Aber Millie erinnerte sich an meine Frage und kam in der letzten Woche darauf zu sprechen, als sie diesen anderen Spenden auf die Spur kam.«

»Ich habe nicht an den Kasim gedacht, den Sie in Mirat kennengelernt haben«, sagte Nicky. »Ich spreche von dem anderen Sohn, der ein Offizier des Königs ist und den wir als INA-Offizier gefangengenommen haben.«

»Ach, wirklich?« fragte Fenny. »Davon wußte ich nichts.« Sie blickte Nicky ungläubig an, als habe sie etwas Geschmackloses gesagt. »Ich weiß nur, was alle wissen. M.A.K. ist krank, man hat ihn aus dem Gefängnis entlassen, und er lebt jetzt sozusagen auf Bewährung bei dem Nawab.«

»Er ist nicht krank«, widersprach Nicky. »Die Regierung will sich lieb Kind bei ihm machen, und dabei wird schon etwas Rechtes herauskommen. Der Nawab ist vermutlich auch gegen die Engländer, und M.A.K. wird der erste sein, der seinen Offizierssohn als Helden feiert. Es wird immer mit zweierlei Maß gemessen, und das macht mich ganz krank. Aber es erleichtert mir auch den Abschied.«

Schweigen. Selbst Fenny schien auf Nickys unvermeidliche Ankündigung vorbereitet zu sein und zu begreifen, daß der Moment dafür gekommen war.

»Es ist schon ein tröstlicher Gedanke«, sagte Nicky nach einer Weile, »daß Bunny vielleicht von einem früheren Offizier seines eigenen Regiments erschossen worden ist. Das ist gar nicht so unwahrscheinlich! Ich bin der Sache nachgegangen. Ein Leutnant Sayed Kasim wurde von den Fünften Ranpurs aufgenommen. Er war der erste Inder, den die Ranpurs als Offizier nahmen. Später gab es viele andere, aber er war der erste. Bunny hat sich immer ungeheure Mühe mit seinen indischen Offizieren gegeben und ich mit ihren Ehefrauen. Es war, weiß Gott, manchmal ein hartes Los. Man fragte sich schon, ob sich das wirklich lohne. Offenbar hat es sich nicht gelohnt. Das ist schrecklich, denn am Ende traut man keinem mehr. Manchmal sehe ich mir den alten Fariqua an und versuche, mir vorzustellen, was nötig wäre, damit er mich verrät, obwohl er mit rotgeränderten Augen herumläuft, seit ich ihm erzählt habe, daß es Bunny erwischt hat. Übrigens, Clara, Fariqua kommt aus einem Dorf in der Nähe von Ranpur. Wenn du zu deiner Schwester ziehst, könntest du dem Alten vielleicht helfen, eine Stelle zu finden. Er hat so viele Frauen zu versorgen, daß er das Geld braucht und arbeiten muß, bis er tot umfällt.«

»Wollen Sie wirklich nach Hause?« fragte Clara, als sie sich etwas gefaßt hatte.

»Ja.«

»Haben Sie schon entschieden, wann und wie?«

»Wann? Sobald wie möglich. Wie? Ich tue, was Mildred am liebsten getan hätte, wie Fenny sagt. Ich versuche, einen Flug mit der Luftwaffe zu bekommen, selbst wenn es bedeutet, daß ich möglicherweise eine Weile an einem Ort wie Kairo sitze. Ich werde meine Sachen versteigern und nur ein oder zwei Kisten mit ein paar Sachen nachschicken lassen. Wenn das Schiff untergeht, ist auch nicht viel verloren. Es gibt nichts wirklich Wertvolles, was sich lohnen würde, mitzunehmen.«

Clara sagte:

»Ich werde Sie schrecklich vermissen.«

Einen Augenblick lang schien es, als würde Nicky zusammenbrechen. Aber der eiserne Wille behielt die Oberhand.

»Na ja, ich denke, in ein oder zwei Jahren komme ich zurück. Dann sind die beiden Jungen groß genug. Wissen Sie, es gibt so vieles hier, was ich nie getan habe. Als Bunny noch lebte, hat er mir immer versprochen, wir würden einen Winter an die Koromandelküste fahren, aber wir haben es nie geschafft. Wir sind auch nie in Goa gewesen. Ich würde gern das Tadsch Mahal noch einmal sehen. Bunny meinte, es sei schrecklich überbewertet, aber ich muß sagen, ich fand es großartig. Natürlich würde ich auch gerne Gulmarg und Ooty wiedersehen und auch das alte, langweilige Simla.«

Ihre Freundinnen sagten nichts. Sie nickten aufmunternd, aber geistesabwesend. Die entmutigende Tatsache entging ihnen nicht: Nicky sprach bereits wie eine Touristin. Ihnen wurde dadurch die schreckliche Trostlosigkeit – die Unsicherheit – bewußt, die jeden erfaßte, dessen Verbindungen abgerissen waren. Als eine nach der anderen gnädig den Blick von ihr wendete und auf den Garten richtete, schrie Fenny plötzlich:

»Mein Gott, was ist das?« Sie sprang aus dem Sessel und erschreckte damit die anderen. »Was denn? (rief eine von ihnen). Was ist denn, Fenny?« Fenny preßte die dicken beringten Finger an den Hals und hatte die Sprache verloren. Sie starrte auf ein Stück mit Blütenblättern übersäten Rasen, einen Streifen zwischen zwei langen rechteckigen Rabatten mit Stammrosen, Halbstammrosen und Buschrosen, denen blasse, starke Wildtriebe, die bereits das Leben aus den Wurzeln saugten, ein verwildertes Aussehen gaben. Auf diesem Pfad schleppte sich das eingefallene Wesen mühsam auf sie zu: ein schwarzes Hungergespenst mit hervorstehenden Rippen und durchhängendem Rückgrat. Aus dem offenen Maul tropfte der Speichel.

»Millie!« schrie Fenny, drehte sich um und stürmte »Millie!« rufend ins Haus. Die anderen blieben sitzen und beobachteten, wie sich die Erscheinung den Verandastufen näherte. Das Wesen schleppte ein Bein nach, blieb alle paar Schritte stehen, um sich auszuruhen, ehe es, die verdrehten Augen, deren blutunterlaufenes Weiß sichtbar wurde, fest auf das Ziel gerichtet, weiterkroch.

»Wie kann sie nur!« rief Nicky. »Wie kann Sarah das Tier so leiden lassen? Sie sollte sich schämen.«

»Aber Nicky. Das bedeutet doch nur, es geht ihm besser«, widersprach Maisie. »Das Tier sucht sie.« Selbst Maisie brachte es nicht über sich, den Namen des Hundes auszusprechen. Sie trat vorsichtig an die oberste Stufe und rief hinunter: »Sarah? Wo ist Sarah? Tapferer alter Soldat. Tapferer alter Junge!« Vorsichtig ließ sie sich auf ein Knie nieder und machte mit ausgestrecktem Arm und besänftigenden Fingern eine einladende Geste, die das Tier von unten beobachtete, indem es das bleierne Gewicht seines Halses eine Spur hob, wieder senkte, am Fuß der Treppe stehenblieb und das komplizierte Hindernis nicht bewältigen konnte, das sie darstellte.

Mildred telefonierte nicht mehr. Fenny stieß die Tür von Mabels Zimmer auf, das sie und ihre Schwester sich teilten. Weder Mabels altes Bett noch die schnurbespannte Liege, auf der Fenny schlief, waren gemacht. Fenny fand das von den Dienstboten unentschuldbar, doch sie machte Mildred dafür verantwortlich, weil sie die Leute nicht besser beaufsichtigte. Trotzdem hielt sie den Mund.

Mildred saß auf dem Rand von Mabels Bett und füllte das Glas aus ihrer Extraflasche.

»Mildred, der Hund ist los und schleppt sich durch den Garten.«

Mildred stellte die Flasche auf den Nachttisch.

»Was hast du gesagt?«

»Der Hund. Er ist los. Ich kann den Anblick nicht ertragen. Es sieht aus, als würde er sterben.«

Um Mildreds Mundwinkel zuckte es, dann zogen sie sich zu dem charakteristischen Lächeln nach unten.

»Glücklicher Hund«, sagte sie.

»Sollten wir nicht Sarah anrufen, damit sie schnell kommt? Millie, so kann es nicht weitergehen. Ich weiß, sie meint es gut. Aber es ist nicht richtig, es ist nicht nett.«

»Sie wird jeden Moment hier sein.«

Fenny warf einen Blick auf ihre Armbanduhr. Es war kaum zwölf.

»Aber sie kommt doch nie vor eins aus dem Daftar zurück,

wenn sie samstags Dienst hat, und wenn wir den Tierarzt nicht jetzt anrufen, werden wir ihn vermutlich erst heut abend erreichen.«

»Ich habe dir doch gesagt, sie wird jeden Moment hier sein.«

Mildred trank und sah dann Fenny an.

»Sarah ist im Daftar ohnmächtig geworden. Wir sollen es nur nicht wissen. Dicky Beauvais hat sie im Kartenzimmer in einem bewußtlosem Zustand gefunden, wie er es nannte. Sie hat ihm das Versprechen abgenommen, mir nichts zu sagen. Offenbar ist es schon das zweite Mal in dieser Woche, und er hielt es für richtiger, daß ich es weiß. Er fand, er habe sein Wort gehalten, wenn er Kevin anrief und es Kevin überließ, es mir zu sagen oder nicht. Ich glaube, er wird in etwa zehn Minuten hier sein und eine Geschichte erzählen, daß im Daftar nichts los sei.«

Fenny ließ sich schwer auf die Liege sinken. »Bitte, da haben wir's! Vielleicht wird sie jetzt auf mich hören und nicht mehr so unvernünftig sein. Es ist einfach lächerlich, daß sie überhaupt im Daftar arbeitet.«

»Wirklich?«

»Millie, du kannst nicht zulassen, daß sie so weitermacht. Sie kann nicht überall in Ohnmacht fallen. Wenn du nicht mit ihr redest, werde ich es tun.«

»Hast du das nicht bereits getan?«

»Was willst du damit sagen?«

»Was soll ich damit sagen wollen?«

»Ich weiß nicht. Aber wenn du nicht irgend etwas tust, werde ich sie mir vornehmen.«

Mildred erhob sich, drehte Fenny den Rücken zu und verschränkte die Arme, ohne jedoch das Glas abzustellen. Sie blickte aus dem Fenster auf die vordere Veranda.

»Sobald Dicky Beauvais gegangen ist«, fuhr Fenny fort, »werde ich mit ihr reden. Vermutlich müssen wir zuerst die

Sache mit dem armen Hund erledigen, aber eine von uns muß mit ihr sprechen.«

Mildred schwieg.

»Ich habe mir gedacht, Millie«, sagte Fenny zögernd (sie fürchtete sich schon immer vor ihrer Schwester), »im Grunde brauchst du mich hier nicht mehr. Und wenn Sarah nicht bald einmal Ferien hat, dreht sie durch. Weshalb machen wir nicht das, was ich neulich schon einmal vorgeschlagen habe: Ich nehme sie mit nach Kalkutta, sagen wir in zwei Wochen. Minnie schafft das mit dem Baby bestens, und ich glaube nicht, daß Susan jetzt schon nach Hause entlassen wird. Und wenn es soweit ist, können wir uns alle für ein paar Wochen in Darjeeling treffen und noch vor Weihnachten wieder in Kalkutta sein, vielleicht sogar zu Weihnachten. Millie, machen wir uns doch nichts vor. Für zwei junge Mädchen wie Sarah und Susan ist Pankot schrecklich langweilig.«

»Du hast doch immer gesagt, was für ein hübscher, netter Ort Pankot sei.«

»Nun ja, jetzt nicht mehr.«

»Nein«, sagte Mildred, »und im Vergleich zu Kalkutta hat Pankot nichts zu bieten, nicht wahr?«

»Sehr wenig.«

»Keine atemberaubend gutaussehende junge Offiziere, die geradewegs aus dem Dschungel kommen oder dorthin zurückgehen und bereit sind, ordentlich auf den Putz zu hauen.«

Fenny lachte erleichtert, da sich Mildreds Laune scheinbar gebessert hatte. Sie sagte: »Oh, davon haben wir jede Menge.«

»Das kann ich mir denken. Kannst du noch zwei Wochen warten?«

»Aber Millie. ich möchte doch nur, daß du ernsthaft darüber nachdenkst. Es würde Sarah wirklich gut tun.«

»Glaubst du?«

Fenny zögerte, ehe sie ihre Gedanken aussprach. »Ich weiß, es war schwierig für dich in all den Jahren ohne John. Versteh mich bitte nicht falsch, Millie, aber ich hatte immer den Eindruck, daß ein Großteil *deiner* Last auf Sarahs Schultern lag. Ich weiß, es entspricht ihrem Wesen, Verantwortung zu übernehmen, aber es ist nicht richtig für ein junges Mädchen. Irgendwann sieht man es, und dann wird es schwer – ich meine mit Männern. Wir wollen doch nicht, daß Sarah sitzenbleibt, oder? Ich weiß, sie hätte schon mehrmals heiraten können, einmal ganz bestimmt. Da war doch Teddie, ehe er sich in Su verliebte, nicht wahr? Aber das ist es ja. Wenn sie nicht aufpaßt, entsteht der Eindruck, sie sei sitzengeblieben oder zweite Wahl. Und das ist sie nicht. Du hättest sie in den paar Stunden bei uns sehen sollen. Sie sah hinreißend aus. Die Jungs, die bei uns waren, fanden das alle – einer ganz besonders ...«

Mildred fuhr herum. »Erzähl nicht weiter, Fenny! Ich möchte nichts wissen. Nur zu, nimm sie mit nach Kalkutta. Je eher, desto besser, denke ich.«

»Nun ja, das könnte aber freundlicher klingen. Möchtest du denn nicht, daß Sarah sich amüsiert?«

Mildred lachte. Sie nahm die Flasche, setzte sich auf das Bett und füllte das Glas von neuem. Sie lachte. Dann stellte sie die Flasche klirrend zwischen Wasserkrug und Lampe auf den Nachttisch zurück. Sie nahm einen großen Schluck. Aber der Gin half ihr nicht, die Haltung wiederzugewinnen. Ihre Augen unter den Lidern, die nun erstaunlicherweise einmal weit offen waren, funkelten.

»Amüsieren?« fragte sie. »Sie *hat* sich amüsiert, nicht wahr?«

»Millie, um Himmels willen, was ist denn los mit dir?«

»Ach hör doch auf, mir etwas vorzuspielen. Du machst es sehr gut, aber langsam fange ich an, mich darüber zu ärgern. Ich möchte nicht darüber sprechen. Ich möchte keine Einzelheiten wissen. Keine! Weder jetzt noch in Zukunft. Du kannst aufhören, mich wie einen Dummkopf zu behandeln, denn ich weiß genau, was los ist.« Sie trank wieder. »Ich bin dir sogar dankbar, daß du versuchst, damit fertig zu werden, ohne daß ich etwas erfahre, obwohl es das mindeste ist, weil du sehr wohl weißt, daß du die Verantwortung dafür trägst. Wenn du möchtest, daß Sarah glaubt, mich auch weiterhin zum Narren halten zu können, dann ist das deine Sache. Aber du bist meine kleine Schwester. Du warst schon immer dumm, und es wäre schlecht für meine Moral, dich im Glauben zu lassen, *du* hättest mich zum Narren gehalten.«

Fenny antwortete nicht sofort. Sie blickte auf das Glas.

Dann sagte sie: »Du bist betrunken, Millie, soviel weiß ich. Also mußt du recht haben. Wenn es dich tröstet, gebe ich bereitwillig zu, daß ich dumm und schwer von Begriff bin. Ich habe nicht die leiseste Ahnung, wovon du redest.«

»So?« Mildred leerte das Glas beinahe, füllte jedoch nicht wieder nach. »Dann vergessen wir das Ganze. Sagen wir einfach, alles sei wunderbar und wir wollten tun, was für Sarah das Beste sei. Da du dir solche Sorgen um sie machst, ruf doch Hauptmann Travers oder Oberst Beames an und bitte sie, nach dem Mittagessen vorbeizukommen, um Sarah zu untersuchen.«

»Ja, gut, das können wir tun. Aber ist es nicht leicht übertrieben? Die beiden haben viel zu tun und können auch nichts anderes sagen als ich. Sarah hat sich übernommen und braucht Ferien.«

»Aber angenommen, sie ist wirklich krank? Es überrascht mich, daß du daran nicht gedacht hast, Fenny. Weißt du was? Ich rufe Traves an. Auf der Stelle.«

»Gut, wenn du meinst.«

»Ich meine.« Mildred trank ihren Gin aus. Sie wartete, als fordere sie Fenny auf, sie davon abzuhalten, lächelte dann und ging hinaus in die Eingangshalle, ohne die Tür hinter sich zu schließen. Fenny hörte das Ping des Telefons, als der Hörer abgenommen wurde; dann mehrere Pings schnell hinterein-

ander, als Mildred ungeduldig die Gabel immer wieder nie-
derdrückte, um die schlafende Vermittlung zu wecken. Mit
einem Seufzer stand Fenny auf und ging ebenfalls hinaus.

Mildred stand am Telefon, aber der Hörer lag auf der Gabel.
Sie telefonierte nicht.

»Du hättest es also wirklich zugelassen«, sagte sie.

»Es war doch deine Idee! Weshalb hätte ich dich davon abhalten sollen?«

»Sei ehrlich, hast du wirklich nicht die leiseste Ahnung,
worauf ich hinaus will?«

»Nein.«

»Dann komm mal mit.«

Fenny folgte Mildred in Sarahs und Susans Zimmer. An der
Wand gegenüber dem Fußende des einen Bettes befand sich
eine Kommode. Darauf stand in der Mitte zwischen hübsch
verteilten Lackdosen ein Foto von Sarahs Vater. Fenny warf
einen kurzen liebevollen Blick darauf. Mildred ging zur Kommode und zog die zweite der drei langen Schubladen auf.

»Sieh dir das an«, sagte sie. Mildred hob einen Stapel ordentlich gebügelter Unterwäsche hoch. Fenny sah hin. Dort
lagen zwei ungeöffnete dicke blaue Päckchen. Mildred versteckte sie wieder unter der Wäsche und schob die Schublade zu. Sie verließ das Zimmer, und Fenny folgte kurz darauf. Sie fand Mildred wieder in ihrem Zimmer, wo sie sich
gerade einen Drink eingoß.

»Mach die Tür zu, Fenny.« Fenny tat es. »Willst du auch
einen Gin?« Fenny schüttelte den Kopf.

»Etwas habe ich für Sarah immer getan«, begann Mildred,
»vielleicht ist es sogar das einzige. Ich habe immer darauf geachtet, daß sie genug Binden hat, wenn es soweit ist. Denn die
Regel ist bei ihr pünktlich wie die Uhr. So war es bei mir früher auch. Aber es ist für sie eine schreckliche Zeit und noch
schlimmer, als es vor ihrer Geburt für mich war. Sie war, eine
Woche nachdem sie von dir aus Kalkutta zurückkam, fällig.

Damals habe ich ihr ein Paket gegeben. Letzte Woche war sie wieder fällig, und sie bekam das andere.«

»Millie, was willst du damit sagen?«

»In der Schublade ist der Beweis, daß ihre Regel zweimal ausgesetzt hat, ohne daß ich etwas davon erfahren habe. Ich dachte, sie hätte es dir vielleicht gesagt. Ich dachte, sie hätte es dir vielleicht sagen müssen, damit du ihr hilfst, diesen Kerl zu finden, mit dem du sie freundlicherweise bekannt gemacht hast, oder das in Kalkutta loszuwerden.«

Plötzlich fuhr Mildred herum.

»Ist es nicht so, Fenny? Geht es bei deinem netten kleinen Ausflug nach Kalkutta nicht nur darum? Wollt ihr die Sache mit einem gewissenlosen, kleinen Reserveoffizier regeln oder sie auf andere Weise mit einem zwielichtigen Arzt in Kalkutta bereinigen oder sie als Mrs. Smith mit einem Frauenleiden in eine teure Privatklinik schaffen?«

»Nein! Nein, Millie! Oh nein!«

»Nun ja, das wirst du tun müssen. Du mußt dafür sorgen, daß sie verdammt noch mal abtreibt! Mein Gott, ich könnte dich umbringen. Du bist einmal lausige vierundzwanzig Stunden für sie verantwortlich, und schon hat sie sich was anhängen lassen.«

Fenny setzte sich, schlug die Hände vor das Gesicht und schloß die Augen. Mildred setzte sich ihr gegenüber.

»Was ist? Überlegst du, welcher von deinen und Arthurs liebenswürdigen, reizenden und draufgängerischen Jungs es war? Oder hast du überhaupt keine Zweifel? Du dummes Weib! In Mirat hast du dich geradezu lächerlich darüber aufgeregt, daß sie am hellichten Tag mit dem jungen Kasim ausgeritten ist. War das klug – hast du mich das nicht gefragt? Klug! Wie schade, daß du dich nicht selbst gefragt hast, ob es klug ist, ehe du sie einem geilen kleinen englischen Offizier von Gott weiß woher in die Arme geworfen hast. Was für einer war es denn? So ein starker Mann mit weißen Zähnen und einem Mordsschwanz? Hast du selbst mit ihm geliebäugelt? Hat es du es genossen, ihm Sarah in die Hände zu spielen? Denn genau das hast du getan, und ich habe nicht vor, es zu vergessen. Niemals! Ebensowenig will ich je erfahren, wer dieser kleine Miesling war. Es ist nichts passiert. Sieh mich an, Fenny! Es ist nichts passiert, verstehst du?! Du nimmst sie mit nach Kalkutta, und ihr zwei erledigt das. Werdet es los! Ich will nicht wissen, wie oder wo oder was es kostet. Das Geld kannst du dir von deinem Mann geben lassen, denn er ist genauso schuld daran wie du. *Ich* will nichts darüber hören. Wenn etwas passiert, dann hast *du* es zu verantworten, nicht ich. Denn ich kann nicht noch mehr ertragen. Ich kann nicht, und ich will es nicht!«

Das Geräusch eines vorfahrenden Wagens ließ sie verstummen. Sie stand auf.

»Also«, sagte sie, »nimm dich zusammen. Wenn alle weg sind, kannst du versuchen, es aus ihr herauszuholen. Gib vor, ich wisse nichts, wenn du willst. Aber *erledige* das! Verstehst du?«

»Millie, du *weißt* es nicht. Du vermutest es nur. Du *weißt* überhaupt nichts.«

Mildred beugte sich über sie. Senkte die Stimme, sprach aber heftig und mit Nachdruck. »Sie hat zwei Perioden nicht gehabt! Sie ist im Büro ohnmächtig geworden! Was willst du denn noch? Und ich habe mich heute nicht zum ersten Mal gefragt, was mit ihr nicht stimmt. Ich *bin* ihre Mutter, eine verdammt schlechte Mutter. Aber ich bin es. Und ich *weiß* es! *Ich weiß es, wenn ich sie ansehe.*«

Mildred ging energisch zur Tür, öffnete sie und sagte in ihrer normalen, scharfen, fröhlichen Stimme: »Dicky! Welch eine Überraschung. Seid ihr beide nicht ziemlich früh? Nun ja, um so besser. Sie bleiben doch zum Mittagessen, nicht wahr Dicky? Ich werde es Mahmoud sagen. Sarah, Liebes, du siehst erschöpft aus. Warum machst du dich nicht frisch und ziehst diese dumme Uniform aus? Dicky, benutzen Sie mein Bad. Aber gehen Sie durch das Eßzimmer. Meine Schwester ist im Schlafzimmer und pudert sich die Nase.«

Unterschiedliche Schritte verließen die Eingangshalle in verschiedenen Richtungen. Kurze Zeit später hörte Fenny Männerschritte im angrenzenden Bad und das Klicken des Riegels auf der anderen Seite der Tür. Sie hörte, wie Dicky zu urinieren begann – ein Plätschern, das in eine murmelnde Stille überging, als er rücksichtsvoll den Strahl vom Wasser auf das Porzellan lenkte.

Fenny stand auf. In der Eingangshalle war niemand. Sie konnte seine kräftige Gestalt in der Uniform vor sich sehen und den selbstbewußten männlichen Geruch riechen. Sie wollte ihn hassen, konnte es aber nicht. Undeutlich hatte sie immer gespürt, daß er die Art Kraft verkörperte, die für sie und Arthur die Welt sicher machen würde, über sie jedoch gleichzeitig lachte. Einen kurzen Augenblick lang hatte sie die absurde Vorstellung, man könne ihn dazu zwingen, das Richtige zu tun. Aber er war verschwunden, wie solche Männer immer verschwanden – sie waren beschäftigt mit scheinbar harmlosen, aber in Wahrheit höchst komplizierten Dingen, die mit der Welt zu tun hatten, wie sie wirklich war. Für sie war der militärische Rang lediglich Teil eines obligatorischen Spiels. Und in ihrem Herzen wußte sie, daß Sarah ihn ebenso benutzt hatte wie er sie. Sarah war nur weniger erfahren gewesen. Aber im Augenblick war da die Sache mit dem Hund. Fenny konnte sich an den Namen des Hundes nicht erinnern. Nachdem sie an den Hund gedacht hatte, ging er ihr nicht mehr aus dem Kopf, denn er war ein Lebewesen; Sarah hatte sich seiner Tötung mit einer auffälligen und gefährlichen Leidenschaft widersetzt. Oh Gott, dachte Fenny, hoffentlich irre ich mich. Hoffentlich irrt Millie sich.

In diesem Augenblick sah sie durch die halb offene Badezimmertür Sarah. Sie stand am Waschbecken, klammerte sich mit einer Hand am Rand fest und griff mit der anderen nach dem Wasserhahn. Gleichzeitig erwachte das Kind im Gästezimmer auf der anderen Seite des Bads, und sie hörte deutlich Minnies Stimme, die beruhigend auf den Kleinen einsprach. Sarah hob den Kopf, blickte jedoch nicht in Richtung Kinderzimmer, sondern in den Spiegel über dem Waschbecken, als sei ihr Spiegelbild die Quelle des Weinens. Dann senkte sie den Kopf wieder, drehte den Hahn auf und beobachtete, wie das Wasser in das Becken und davon lief.

Dicky Beauvais kniete mit einem Bein neben dem Hund und streichelte ihm den Kopf. Die anderen sahen von der sicheren Veranda aus zu. Der Hund saß auf den ausgemergelten Hinterbeinen. Er schwankte, als Dicky ihn streichelte.

»Was meinen Sie, Hauptmann Beauvais?« fragte Maisie Trehearne.

»Ich weiß nicht. Es sieht so aus, als sei es mit dem armen Kerl so ziemlich vorbei.«

»Glauben Sie nicht, daß es ihm besser geht, wenn er hierher gekommen ist?«

»Vielleicht. Aber im Grunde, würde ich sagen, ist es zu spät. Es wird schlimm für Sarah sein.«

»Er leidet«, beharrte Nicky, »er stirbt auf der Stelle. Ich hätte geglaubt, das sieht jeder.«

Mildred saß als einzige und hielt ihr Glas unter das Kinn. Als Fenny zehn Minuten später herauskam, blickte Mildred auf, aber Fenny sah sie nicht an. Sie ging zur Treppe.

»Dicky, ich habe mit Sarah über Panther gesprochen. Sie überläßt es uns.«

»Oh.« Er streichelte den Hund am Kopf. Der Hals hing nach unten, und das Maul stand offen. »Armer alter Hund!«

Er stand auf. »Ich glaube, ich sollte den Veterinäroffizier anrufen, nicht wahr Mrs. Layton?«

Mildred schwieg. Er sah Fenny an.

»Kommt Sarah nicht heraus, um ihn sich anzusehen?«

»Nein.«

»Wenn ich den Hund durch den Garten zum Wagen bringen könnte, wäre es vielleicht besser, ich würde ihn zum Tierarzt fahren, als den Tierarzt hierher zu holen.«

»Das würde ich an Ihrer Stelle nicht tun«, rief Mildred, »er könnte einen Anfall bekommen, Sie könnten die Böschung hinunterfahren und sich mit dem Hund umbringen. Schaffen Sie ihn doch in den Schuppen, wenn Sie können. Er ist nicht gerade ein erhebender Anblick. Oder noch besser, Sarah soll es tun. Schließlich ist sie dafür verantwortlich, daß diese elende Kreatur noch am Leben und in diesem Zustand ist. Man sollte ihr nicht erlauben, einfach zu kneifen.«

»Ich bringe ihn in den Schuppen, Mrs. Layton.«

Dicky beugte sich über den Hund.

»Komm, alter Junge, komm! Du schaffst es schon.«

Die Dienstboten hatten sich in sicherer Entfernung versammelt.

Dicky lenkte die Aufmerksamkeit des Hundes auf sie.

Mildred fragte Fenny, die Dicky beobachtete:

»Hast du Sarah dazu überredet, mit dir nach Kalkutta zu fahren?«

»Ja«, sagte Fenny, ohne sie anzusehen.

»Komm schon, Panther, alter Knabe«, sagte Dicky, »komm... Häschen!«

Der Schwanz fuhr einmal langsam wie eine Sense über den Rasen, und Maisie Trehearne rief: »Er wedelt mit dem Schwanz. Ich habe es ja gesagt, es geht ihm besser! Es ist furchtbar, davon zu reden, ihn jetzt einschläfern zu lassen, nach allem, was Sarah für ihn getan hat!«

Dann fügte sie hinzu: »Wir verdanken Hunden soviel.«

Mildred begann zu lachen. Es war ein klares, helles Lachen aufrichtiger Belustigung, und alle außer Dicky unten auf dem

Rasen drehten sich um und sahen sie an. Nur Dicky bemerkte, welche Wirkung Mildreds Lachen auf den Hund hatte. Er hob den Kopf, schnappte in die Luft oder nach Dickies Hand, der sie schnell zurückzog. Der Hund begann zu zittern. Er schnappte und schnappte, als erreiche ihn Mildreds schallendes Gelächter in einer sichtbaren Form: als kleine Raubvögel oder quälende Insekten. Dicky wich zurück und rief Mrs. Layton eine Warnung zu. Aber sie hörte ihn nicht. Ihr Gelächter schien unkontrollierbar geworden zu sein. Plötzlich verdrehte der Hund seinen Körper und begann, sich ruckweise im Kreis zu drehen. Er schnappte immer noch in die Luft und gab keinen Laut von sich, entfernte sich jedoch von den Stufen und vergrößerte den Radius seiner Jagd, bis er durch das erste Rosenbeet stolperte.

Die Dienstboten nahmen reißaus. Dicky stand erschrocken aber verteidigungsbereit auf den Stufen. Er konnte den Hund nur mit bloßen Händen abwehren, falls er beabsichtigen sollte, einen von ihnen anzugreifen. Aber der Zusammenprall mit den Rosensträuchern verwirrte den Hund. Er beschrieb jetzt keinen Kreis mehr, sondern stolperte ziellos mit hochgebogenem Rücken und tiefhängendem Kopf von Beet zu Beet, richtete dabei Verwüstungen an und entfernte sich immer weiter von der unfreundlichen Veranda. Plötzlich schoß ein blaßgelber Strahl flüssiger Exkremente hervor, und der Hund begann die Hinterbeine nachzuschleppen, als setze der Tod an dieser Stelle ein. Er erreichte den Pfad zwischen zwei rechteckigen Beeten und fiel zur Seite. Er bewegte noch einige Zeit die Vorderbeine und strampelte wie im Traum in die Luft. Dann zuckte er, lag still; zuckte wieder und lag wieder still. Die Intervalle zwischen den Krämpfen wurden länger.

Fenny sagte: »Er hat Tollwut, nicht wahr Dicky?«

»Nein, ich habe schon tollwütige Hunde gesehen.«

Sie warteten auf ein weiteres krampfhaftes Zucken, das ausblieb.

»Das war es«, sagte Dicky.

Er ging die Stufen hinab und rief zu Fenny hinauf:

»Aber ich habe ihn angefaßt, und vielleicht ist es deshalb besser, ich gehe nicht mehr ins Haus. Würden Sie bitte den Tierarzt anrufen, Mrs. Grace. Ich hole etwas, um ihn zuzudecken. Ich nehme an, die Dienstboten haben Säcke.«

Er ging in Richtung der Dienstbotenquartiere.

Wenige Minuten später kam er mit einem Stück Sackleinen zurück, näherte sich dem toten Hund von hinten und deckte ihn zu.

»Dicky, was soll das heißen: Sie kommen nicht mehr ins Haus?«

Mildreds Stimme klang deutlich zu ihm hinüber. Sie kam in den Garten hinunter. Er wartete auf sie. Sie erreichte ihn. Zwischen ihnen lag der tote Hund. »Natürlich kommen Sie ins Haus. Sie bleiben doch zum Mittagessen.«

»Mrs. Grace befürchtet, es könnte so etwas wie Tollwut gewesen sein. Das war es zwar nicht. Aber ich möchte nichts riskieren.«

»Es besteht kein Risiko. Es war ein Anfall. Aber wenn Sie lieber hier draußen warten wollen, bis der Tierarzt hier war, dann tun Sie es natürlich. Fenny hat ihn erreicht, und er kommt sofort. Sie müssen zum Mittagessen bleiben. Ich brauche Sie, um Sarah aufzumuntern. Übrigens hat mich Kevin angerufen. Ich weiß, daß es ihr im Daftar übel geworden ist. Ich bin Ihnen sehr dankbar, daß Sie mir einen Wink gegeben haben.«

»Ich komme mir ziemlich schäbig vor, weil sie mir das Versprechen abgenommen hat, nichts zu sagen, weil es Sie beunruhigen könnte. Aber ihre Gesundheit ist mir wichtiger als mein Wort.«

»Völlig richtig.« Mildred blickte auf das Sackleinen hinunter. »Ich nehme an, das wird ihr den Rest geben. Aber wir haben einen Plan ausgeheckt. Fenny wird sie mit nach Kalkutta nehmen, damit sie eine Weile hier rauskommt. Ich rufe heute abend Dick Rankin an und sage ihm, daß sie ab sofort nicht mehr zum Dienst gehen soll. Kommen Sie, Dicky, bleiben wir hier nicht stehen. Mir ist nicht sehr warm.«

Sie wandte sich zum Gehen. Ein Augenblick später war Dicky an ihrer Seite.

»Ich muß Ihnen etwas sagen, Mrs. Layton. Und ich will Sie etwas fragen. Ich wollte es heute morgen Sarah sagen. Deshalb habe ich sie gesucht und sie ... in diesem Zustand gefunden.«

Mildred war stehengeblieben. Sie lächelte. »Ich hoffe, es ist nichts Unangenehmes«, sagte sie.

»Nicht direkt unangenehm. Ich meine ... ich bin versetzt worden. Die Nachricht traf heute morgen ein. Ich muß mich in der Heeresleitung der Vierzehnten Armee melden.«

»Wann?«

»Ich muß heute abend abreisen. Es gibt eine Fahrgelegenheit nach Ranpur. Ich fliege morgen vormittag von Ranagunj ab.«

»Nach Comilla?«

»Ja.«

»Ist das eine Beförderung?«

»Ich habe keine Vorstellung, was mich erwartet. Ich vermute, daß ich innerhalb einer Woche in Imphal sein werde.«

»Ich werde Sie nicht bedauern«, sagte Mildred, »ich nehme an, Sie freuen sich. Kein junger Offizier will an einem Ort wie Pankot lange bleiben. Aber wir werden Sie vermissen. Sie sind wirklich ein feiner Kerl und haben so gut wie zur Familie gehört.«

Dicky wurde rot.

»Sie waren sehr gut zu mir«, sagte er.

»Sie wollten mich etwas fragen.«

»Ja. Es tut mir leid, denn es sieht so aus, als sei es irgendwie der falsche Moment.«

»Aber es ist der einzige Moment, den Sie haben, nicht wahr?«

»Ich weiß nicht so recht, wie ich es ausdrücken soll. Vermutlich erraten Sie es. Ich meine, Sie haben ein Recht darauf. Ich habe Ihre Töchter; Sarah *und* Susan, oft in Beschlag genommen. Was Sie mir gesagt haben, das zur Familie gehören... also so war es für mich. Ich habe mich unheimlich gefreut, Pate von Susans Baby sein zu dürfen. Wissen Sie, es ist so: Eines Tages möchte ich wirklich dazugehören.«

Dicky war inzwischen hochrot. Aber er blickte ihr standhaft in die Augen.

»Ich weiß, etwas Offizielles ist nicht möglich«, fuhr er fort, »ich meine unter den gegebenen Umständen. Aber ich wollte nicht abreisen, ohne Ihnen zu sagen, was ich empfinde. Ich wollte Sie fragen, ob Sie glauben, daß eine Chance besteht, und natürlich, ob Sie zustimmen würden.«

»Soll das heißen, Sie wären gern mein und Johns Schwiegersohn?«

»Ja.«

Mildred legte ihm die Hand auf den Arm.

»Mein lieber Junge. Ich kann mir wirklich nichts Schöneres denken. Mehr *kann* ich nicht sagen. Aber das haben Sie ja bereits richtig erkannt. Es tut mir leid, daß Sie gehen müssen, ohne mit ihr darüber sprechen zu können. Aber vielleicht ist das ganz gut so. Ich habe vor einiger Zeit beschlossen, daß alle Fragen dieser Art bis zur Rückkehr meines Mannes offen bleiben müssen. Aber ein Einverständnis – nicht notwendigerweise ein bindendes – ein Einverständnis zwischen ihnen beiden wäre etwas anderes gewesen. Sie haben sich das reiflich überlegt, nicht wahr, Dicky? Es ist nicht nur so, daß sie Ihnen leid tut?«

»Leid tun? Nein. Warum sollte sie mir leid tun...?«

»Die Leute übertreiben immer. Aber es ist nur ein zeitweiliger Rückschlag, und es geht ihr von Tag zu Tag besser. Genau genommen, hatte sie schreckliches Pech. Später wird sie jemanden wie Sie brauchen, Dicky. Aber ich möchte nicht, daß Sie das alles auf sich nehmen, wenn Sie sich nicht absolut sicher sind. Ich muß gestehen, ich habe so etwas sehr erhofft, damit sie wieder ein Gefühl der Sicherheit bekommt. Das ist alles, was sie braucht. Das und jemanden, auf den sie sich stützen, auf den sie sich in Zukunft wirklich verlassen kann. Ich persönlich wäre sehr glücklich. Ich glaube, ich sollte mit ihr sprechen, sobald es möglich ist, und Sie wissen lassen, wie sie reagiert. Dann können Sie ihr schreiben und von Ihren Gefühlen sprechen, aber bitte nicht zuviel. Sie braucht nicht nur Ermutigung, sondern auch Zeit.«

Sie klopfte ihm auf den Arm. »Nun kommen Sie mit hinein und trinken Sie etwas. Ich schlage vor, wir behalten das Ganze für uns – zumindest im Augenblick. Aber Sie und ich, wir werden wissen, worauf wir trinken.«

»Mrs. Layton...«

»Ja, Dicky?«

»Ich fürchte, ich habe alles falsch gemacht...«

»Falsch? Was soll das heißen?«

»Sie haben... Sie haben von Susan gesprochen.«

Mildred ließ seinen Arm los. Sie betrachtete aufmerksam sein Gesicht. Die Röte war geschwunden. Dicky sah für seine Verhältnisse sehr blaß aus.

»Sie nicht?« fragte sie.

Er schüttelte den Kopf. Mildred faßte sich kurz an den Kopf, fuhr mit dem Finger an der linken Augenbraue entlang, legte die Hand an den Hals und fuhr mit dem kleinen Finger unter die Kette mit den kleinen Perlen. Sie lächelte. Aber in ihren Augen lag nichts von Belustigung, allerdings auch nichts von Verlegenheit darüber, voreilig den falschen Schluß gezogen zu haben.

»Es tut mir leid. Ich hatte keine Ahnung, daß Sie soviel für Sarah empfinden. Ahnt sie etwas davon?«

»Etwas ... hoffe ich. Aber ich weiß es nicht. Ich wollte heute mit ihr sprechen.«

»Ich verstehe. Natürlich habe ich mich das eine Zeitlang auch gefragt. Aber nach Teddies Tod dachte ich, Sie hätten erkannt, daß Ihre Gefühle Susan gegolten hatten.«

Sie entfernte sich ein oder zwei Schritte von ihm, blieb jedoch wieder stehen und sagte: »Natürlich liegt es ganz bei Ihnen. Aber ich würde Ihnen raten, im Augenblick nicht darüber zu sprechen.«

»Würden Sie mir bitte sagen, weshalb, Mrs. Layton?«

Die Perlenkette war verdreht. Aber sonst wies nichts auf Erregung hin.

»Ich möchte nicht, daß Ihre Hoffnungen sich völlig zerschlagen haben, wenn Sie Pankot verlassen.«

»Das würde ich riskieren. Und es könnte ja auch anders sein, nicht wahr?«

»Vielleicht. Aber ich glaube es nicht. Ich habe nicht den Eindruck, daß Sarah Sie *so* mag. Ich muß Ihnen glauben, wenn Sie sagen, daß sich die Waage schließlich zu Sarahs Gunsten geneigt hat. Sie sind sich durch Susans Krankheit nähergekommen. Es würde mich überraschen, wenn Sarah das gleiche für Sie empfinden würde. Aber sagen wir, ich irre mich. Dann muß ich Ihnen sagen, daß ich Vorbehalte dagegen habe, daß Sie mit Sarah zu einem Einverständnis kommen – welcher Art es auch immer sein mag. Es tut mir leid, wenn das ungerecht oder unlogisch klingt. Aber was in Susan Fall gut gewesen wäre, etwas Gutes für sie beide, wäre es nicht notwendigerweise in Ihrem und Sarahs Fall. Bei Susan spielt die Abhängigkeit eine Rolle, das Kind, das Bedürfnis, das sie spüren muß, wieder gewollt zu sein, und deshalb habe ich Sie gefragt, ob Sie sicher seien ... völlig sicher, daß Sie das alles auf sich nehmen wollen. Aber Sarah ist unabhängig. Sie ist mal hier und mal da, wenn Sie verstehen, was ich meine. Ich möchte nicht, daß Sie froh und heiter nach Burma oder sonstwohin gehen und dann einen Brief bekommen, in dem steht, daß sie einen anderen kennengelernt hat.«

»Gibt es einen anderen, Mrs. Layton?«

»Jemanden, den sie von ferne liebt?« Mildred lächelte. »Das kann ich Ihnen nicht sagen. Sarah hat sich mir nie anvertraut. Sie war schon immer sehr verschlossen. Aber sie hat einen starken Willen, und sie kann sehr spontan sein. Susan hat das Bedürfnis nach einem geordneten Leben. Ich war nie ganz glücklich über ihre Entscheidung für Teddie, und ich bin ziemlich sicher, sie hat es am Ende bedauert. Aber sie haben sich beide Hals über Kopf da hineingestürzt, und ich glaube, ein großer Teil ihrer Schwierigkeiten hängt damit zusammen, daß sie seinetwegen Schuldgefühle hat.«

»Schuldgefühle?«

»Ich glaube, als Sie nach Pankot kamen, erkannte sie, welchen Fehler sie begangen hatte. Vielleicht hat sie das Gefühl, daß ihre Briefe an ihn etwas davon verrieten.«

»Hat sie je etwas zu Ihnen gesagt, Mrs. Layton?«

Mildred hatte die Arme verschränkt, spielte aber immer noch mit der Kette. Die Bewegungen ihrer Finger waren selbstsicherer geworden.

»Nein, Dicky. Und kommen Sie nicht auf irgendwelche Gedanken. Es ist alles viel zu kompliziert. Außerdem scheinen Sie Ihre Entscheidung getroffen zu haben. Wie es aussieht, ist es nicht Susan. Gehen wir hinein. Ich muß unbedingt etwas trinken, und ich bin sicher, Sie auch. Zumindest können wir auf Ihre gesunde Rückkehr trinken. *Das* ist das Wichtigste.«

Die Veranda war inzwischen leer. Alle waren ins Haus gegangen, um den toten Hund unter dem Sack nicht mehr vor Augen zu haben.

Wochen später saß Dicky mit dem Schreibblock auf den Knien auf einer umgedrehten, leeren Munitionskiste und beendete einen Brief an Sarah: »Ich wollte an diesem letzten Nachmittag in Pankot über viele Dinge sprechen. Aber irgendwie hat sich alles dagegen verschworen. Innigste Grüße an dich, an Susan und natürlich auch an mein Patenkind.«

II

Sie erwachte vom starken, süßen Rosenduft und mußte nicht die Augen öffnen, um zu wissen, daß es gelbe Rosen waren. Wenn sie die Augen öffnete, würden der Duft und die Rosen mit größter Wahrscheinlichkeit ohnehin verschwinden – ein bedrückender Beweis dafür, daß sie nur träumte. Sie drehte den Kopf, und der weiße Raum wurde langsam deutlicher. Der Duft ließ nach, aber er verschwand nicht, und sie erriet, daß sie nicht allein war.

Sie drehte den Kopf nach der anderen Seite und blickte direkt in die dichten blaßgelben, samtigen Blütenblätter der Rosen, die Sarah auf das Kissen gelegt hatte und mit der linken Hand dort festhielt.

»Hallo, Barbie. Geht es Ihnen besser? Ich habe sie aus dem Garten mitgebracht. Ich weiß, daß Sie die gelben am liebsten haben.«

Barbie lächelte und nickte.

Ihre Stimme, auf die sie immer stolz gewesen war, demütigte sie. Sie versagte bei den Konsonanten und brach bei den Vokalen. Beim Sprechen spürte sie die Vibrationen in der gespannten Trommel ihrer Brust.

»Danke, Sarah.« Sie versuchte zu flüstern, aber der erste Vokal verriet sie. Man mußte sich damit abfinden. »Meine dumme alte Stimme«, sagte sie in zwei Tonlagen gleichzeitig. »Sie scheint mich im Stich zu lassen. Manche Leute werden finden, das sei ein Segen, wenn ich schweigen muß.«

Die Rosen erzitterten, als die gebrochenen Töne sie trafen.

»Sie waren schon einmal hier, nicht wahr?«

»Ein- oder zweimal. Aber Sie waren sehr müde.«

»Sie waren in Uniform. Sie haben mir eine Flasche Gerstenwasser gebracht. Ich habe immer noch etwas davon. Möchten Sie ein Glas?«

»Nein, aber ich gebe Ihnen eins.«

»Es wird die Stimmbänder ölen.« Von der Rosenlaube auf dem Kissen sah sie zu, wie Sarah das Gerstenwasser eingoß. Sarah half ihr, sich soweit aufzurichten, daß sie trinken konnte. Sie spürte, wie Sarahs Hand sich gegen ihr Rückgrat preßte. Ihr verbrauchter Körper erfüllte sie mit Abscheu. Ihm allein fehlte im Raum die Sicherheit einer Form, einer Gestalt und einer Festigkeit. Es war, als habe das Bett ihn erfunden, die Lust daran verloren und ihn halbfertig sich selbst überlassen.

»Ich bin froh, wenn ich hier rauskomme«, sagte sie, als Sarah die Kissen so zurechtgerückt hatte, um sie in die halb aufrechte Position zu bringen, in der auch die Krankenschwestern immer versuchten, sie zu halten. Aber es war ein ungleicher Kampf gegen die Anziehungskraft des Fußendes und der Matratze unter ihrem knochigen Hintern. »Krankenhausbetten haben etwas an sich, das einem jedes Selbstvertrauen nimmt. Man kommt sich anonym vor.«

»An der Tür steht Ihr Name.«

»Ach ja? Das ist gut. Er verringert die Gefahr von Verwechslungen. War ich in diesem Zimmer, als Sie mich das letzte Mal besucht haben?«

»Nein, in einem Vierbettzimmer. Aber es war nur noch ein Bett belegt... von einer Mrs. MacGregor, deren Mann Ingenieur ist.«

»Ich kann mich an Vorhänge mit Vergißmeinnichtzweigen und roten Pimpernellen um das Bett erinnern und an etwas Schreckliches, das aussah, wie eine Bombe. Es war nur die Sauerstoffflasche. Warum hat man mich in ein Einzelzimmer verlegt?«

»Hauptmann Travers dachte, es würde Ihnen gefallen. Sie

haben einen eigenen Balkon. Wenn es Ihnen besser geht, können Sie draußen sitzen, ohne von anderen Leuten gestört zu werden.«

»Die Leute haben mich nie gestört. Höchstens ich sie. War ich sehr krank?«

»Sie hatten eine Lungenentzündung.«

»Ich weiß. Aber Edwina hatte auch Lungenentzündung. Sie war nicht länger als drei Wochen im Krankenhaus. Und ich bin jetzt schon so lange hier.«

»Etwas länger.«

»Muß ich noch sehr viel länger hier bleiben?«

»Ein oder zwei Wochen, nehme ich an. Heute geht es Ihnen schon viel besser. Sie werden jetzt große Fortschritte machen.«

»War Clarissa sehr böse?«

»Worüber hätte sie böse sein können?«

»Böse mit mir, weil ich krank war.«

»Clarissa hat Sie besucht. Das würde sie bestimmt nicht tun, wenn sie böse mit Ihnen wäre, oder?«

»Ich kann mich nicht daran erinnern, daß Clarissa mich besucht hat. Ich kann mich nur an Sie erinnern.«

»Ich nehme an, Sie haben geschlafen.«

»Wird sie mich wieder aufnehmen?«

»Natürlich, das ist überhaupt keine Frage.«

»Ich dachte, Dr. Travers behält mich vielleicht hier, weil es mich erwischt hat und Clarissa genug von mir hat.«

Sarah lächelte vermutlich über die Redewendung. Die Soldaten sagten das: Mich hat es erwischt. Dich hat es erwischt. Es war sehr anschaulich.

»Und sie weiß, daß die Mission auch genug von mir hat. Ich habe ihr den Brief gezeigt.«

»Sie müssen sich wegen Clarissa keine Sorgen machen.«

»Ist meine Kiste in Sicherheit?«

Sarah nickte.

»Steht sie immer noch im Schuppen?«

»Ja, immer noch.«

»Weiß Ihre Mutter davon?«

Sarah schüttelte den Kopf.

Barbie betrachtete die Rosen. »Es war nicht richtig, daß ich Sie dazu überredet habe, die Kiste zu verstecken. Aber bei der Kiste hätte Clarissa Einspruch erhoben. Ich werde deshalb besser einmal zu Jalal-ud-din gehen. Wir können sie wegbringen, wenn Ihre Mutter einmal nicht zu Hause ist.«

»Es ist unwahrscheinlich, daß Mutter in den Schuppen kommt. Außerdem stört die Kiste nicht. Wann immer Sie die Kiste wollen, sie steht dort. Sie müssen es nur mir oder dem Mali sagen.«

»Nein, Ihre Mutter wird es erfahren. Dann geraten Sie in Schwierigkeiten. In der Kiste sind Spielsachen, Dinge, die Kinder für mich gemacht haben. Wenn ich Ihnen den Schlüssel gebe, können Sie die Spielsachen herausnehmen. Das Baby könnte damit spielen, wenn es größer ist. Der Mali könnte die Kiste behalten. Alles, was sonst noch darin ist, kann man wegwerfen.«

»Sie haben gesagt, die Kiste sei Ihre Geschichte.«

»Wenn man hier liegt, hat man keine Geschichte, sondern nur vierundzwanzig Stunden am Tag.« Sie lächelte breit.

»Ja, das stimmt. Sie müssen sich keine Sorgen über die Kiste machen, oder darüber, ob Clarissa Sie wiederhaben will. Konzentrieren Sie sich darauf, gesund zu werden.«

»Wird Susan gesund?«

Sarah nickte.

»Und das Baby?«

»Dem Baby geht es gut.«

»Ist Susan hier in der Nähe?«

»Sie können die Klinik von dem Balkon aus sehen.«

»Dann setze ich mich dorthin und schicke ihr Prana.«

»Was ist Prana?«

»Das Gute in der Luft. Man atmet es ein und aus, als ob man an Rosen riecht... als ob man Pusteblumen bläst.«

»Als ob man was?«

»Pusteblumen bläst.«

Es war eines der schwierigeren Worte. Es kam ihr entstellt über die Lippen, und sie bezweifelte, daß Sarah es verstand. Die Lider wurden ihr schwer und fielen ihr zu – nur für ein oder zwei Sekunden, dachte Barbie.

Als sie die Augen wieder öffnete, war Sarah gegangen. Die Rosen standen in einer Vase, und die Lichter und Schatten hatten sich neu geordnet, wie sie es auf der Bühne tun, um anzudeuten, daß Zeit vergangen ist.

Die rote Krankenhausdecke um Knie und Brust erinnerte sie an Weihnachten. Sie saß im Rollstuhl an der offenen Tür zum Balkon und hätte gut von glänzenden, rosa und blau eingepackten Päckchen umgeben sein können und von Kindern, die darauf warteten, daß sie an der Reihe waren, auf ihre Knie zu klettern, um ihr geheime Sehnsüchte und Wünsche ins Ohr zu flüstern. Sie roch die Nadelbäume. Durch die halbgeschlossenen Augen konnte sie den goldenen Sonnenschein auf den Blättern der Bäume in Schnee verwandeln und auf dem großen Schlitten hoch über den Dächern des Krankenhauses, über den geschnitzten Balkonen des Basars und den Kirchturm von St. John, dahingleiten. Sankt Barbie hinterließ einen glitzernden, frostigen Duft ihres wunderbaren Besuchs in der Luft.

Wir könnten nach Ranpur hinunterfahren, hatte sie gesagt, und ein paar Weihnachtseinkäufe machen. Oh, ich werde nie mehr nach Ranpur fahren, erwiderte Mabel, zumindest nicht vor meiner Beerdigung.

Diese Antwort beunruhigte sie inzwischen durch ihre Unbestimmtheit, die eigenartige Subtilität, den prophetischen Charakter.

Sie öffnete die Augen ganz und sah durch das Balkongitter Sarah im Nachmittagssonnenlicht auf dem Asphaltweg von der Privatklinik kommen – Sarah mit Rosen. Sie blickte hinauf. Sie hatte die rote Decke gesehen. Winkend kam sie näher. Es schien lange zu dauern, bis Barbie hörte, wie sich die Zimmertür hinter ihr öffnete, und die kleine anglo-indische Krankenschwester sagte: »Sie haben Besuch.«

»Hallo Sarah«, krächzte sie, »Sie sehen, mir geht es besser bis auf die entsetzliche Stimme. Wenn Sie mich ins Zimmer rollen, können wir uns sehen. Auf dem Balkon ist nur Platz für einen.«

Rosen sanken in ihren Schoß. Sie spürte, wie der Rollstuhl angefaßt und gekippt wurde, als Sarah ihn vorsichtig ins Zimmer zurück steuerte. Als sie sich schließlich am Fenster gegenüber saßen, sagte Barbie: »Sie haben Susan besucht. Wie geht es ihr?«

»Sehr viel besser. Hauptmann Samuels glaubt, daß sie ziemlich bald nach Hause kann. Übrigens Hauptmann Travers ist offenbar sehr zufrieden mit *Ihnen*.«

»Haben Sie mit ihm gesprochen?«

»Auf dem Weg zu Ihnen. Er glaubt, noch eine Woche wird genügen... vielleicht zwei, um ganz sicher zu gehen.«

»Hat er etwas zu meiner Stimme gesagt?«

»Nein. Weshalb machen Sie sich Sorgen um Ihre Stimme?«

»Das sagt Dr. Travers auch, wenn ich ihn frage. Aber hören Sie sich das nur an. Es wird nicht besser.«

»Sie sind nur ein bißchen heiser. Wenn Sie wieder auf den Beinen und an der frischen Luft sind, gibt sich das schon wieder.«

»Das hoffe ich. Es wäre schrecklich, die Stimme zu verlieren. Für mich wäre es genauso wie für einen Maler, der das Augenlicht, oder einen Musiker, der das Gehör verliert. Es war natürlich nie eine Singstimme, aber sie war im Klassenzimmer gut zu hören. Mr. Cleghorn sagte, es liege etwas Gebieterisches darin. Er riet mir, das zu entwickeln, denn das sei für eine Lehrerin wichtig. Als Mädchen nahm ich Sprechunterricht. Ich nannte es Brecherziehung. Meine Mutter zahlte die Stunden, damit ich später im Leben weiterkommen sollte. Und während ihrer Krankheit bat sie mich oft, ihr vorzulesen. Du legst soviel Ausdruck hinein, Barbie, sagte sie immer. Es war die schönste Zeit. Es war die schlimmste Zeit. Sie starb mitten in der ›Geschichte von den zwei Städten‹.«

Sie hob die Rosen hoch und roch daran. Sarah nutzte die Gelegenheit, um etwas zu sagen.

»Barbie, wir werden uns eine Weile nicht mehr sehen. Ich fahre mit Tante Fenny nach Kalkutta und bleibe dort. Wir fahren morgen. Wenn Susan wieder gesund ist, kommen sie und Mutter nach. Dann werden wir vermutlich irgendwann im September alle zusammen nach Darjeeling fahren.«

Barbie ließ die Rosen fallen. Ihr Körper schien selbständig reagiert zu haben, noch vor dem Gefühl von Trauer und Verlust, das langsamer einsetzte und erst jetzt Besitz von ihr ergriff.

Sie fragte: »Und was ist mit dem Kind?«

Sarah las ein paar abgefallene Blütenblätter aus Barbies Schoß, die neben dem Strauß lagen.

»Natürlich bringen sie Minni und das Kind mit. Hauptmann Samuels glaubt, es sei besser, wenn Susan nicht sofort wieder in eine vertraute Umgebung zurückkehrt. Deshalb schließt Mutter morgen, wenn wir abgereist sind, Rose Cottage und wird bis zu Susans Entlassung im Flagstaff House wohnen. Wenn Hauptmann Samuels es für richtig hält, werden sie dann nach Kalkutta fahren.«

»Sie schließt Rose Cottage zu?«

»Nur, bis wir zurückkommen... vielleicht Weihnachten. Wir schicken Mahmoud in Urlaub. Aber der Mali und seine Frau werden sich um alles kümmern.«

»Wer ist dieser Hauptmann Samuels?«

»Ein sehr intelligenter Mann«, sagte Sarah nach einer kurzen Pause.

»Aber die Reise, Sarah! Die Reise mit einem winzigen Baby...«

Sarah ließ die Blütenblätter in den Papierkorb fallen.

»Ich glaube nicht, daß es dem Kleinen schaden wird. Er ist ein zäher Bursche. Und ich glaube, wir können uns darauf verlassen, daß Mutter mit dem größtmöglichen Komfort und allen erdenklichen Annehmlichkeiten reist.«

»Es tut mir leid, es geht mich nichts an. Ich habe Einwände gesucht, denn ich möchte nicht, daß *Sie* gehen.«

»Ich muß auf jeden Fall fahren. Ich habe es Tante Fenny versprochen.«

»Ich wußte nicht, daß Ihre Tante Fenny in Pankot ist.«

»Sie ist heraufgekommen, um Mutter zu helfen. Sie wissen ja, wie manche Familien sind. Wenn es Schwierigkeiten gibt, schließen sie die Reihen und halten zusammen.«

»Wäre es nicht besser, sie würde noch warten, bis sie *alle* fahren können – einschließlich Susan?«

»Sie kann Onkel Arthur nicht länger alleinlassen. Nun ja, das ist eine Antwort. In Wirklichkeit bin ich der Grund. Sie haben beschlossen, daß ich Ferien brauche.«

»Sind Sie krank?«

»Nein, Barbie. Sehe ich krank aus?«

»Nein. Sie sehen müde aus. Aber das ist kein Wunder. Ich sollte froh für Sie sein, nicht wahr? Kalkutta hat Ihnen gefallen.«

Sarah nickte. Sie blickte auf die Rosen, berührte sie immer noch, um sich zu versichern, daß sie alle losen Blütenblätter aufgesammelt hatte.

Barbie betrachtete die blaßgoldenen Lichtflecken im Haar des Mädchens. Ihre Liebe machte sie besitzergreifend. Sie bewegte die Hand, um Sarah zu berühren, die sie jedoch falsch verstand. Sie mußte geglaubt haben, die Bewegung ihrer eigenen Finger zwischen den Blüten sci der Kranken unangenehm. Sie zog die Hände zurück, schob sie unter die Arme, blieb aber nach vorne gebeugt auf dem Stuhl sitzen, wobei ihre Knie die rote Decke beinahe berührten.

»Werden Sie Hauptmann Merrick besuchen, wenn Sie in Kalkutta sind?« fragte Barbie.

Sarah schüttelte den Kopf.

»Wahrscheinlich ist er ohnehin nicht mehr da, sondern irgendwo, wo man ihm künstliche Gliedmaßen anpaßt. Ich glaube, das macht man heutzutage sehr schnell.«

»Aber er hat die Amputation gerade erst hinter sich.«

»Das liegt zwei Monate zurück.«

»Wie die Zeit vergeht«, sagte Barbie, »was wird man mit ihm machen?«

»Ich nehme an, sie finden eine Stelle für ihn – entweder bei der Polizei oder in der Armee. Er wäre nicht der einzige Offizier mit einer Behinderung. Warum fragen Sie?«

»Ich habe über ihn nachgedacht.«

»Das haben Sie, Barbie?«

»Wenn man hier liegt, hat man wenig zu tun, außer zu denken. Ich habe über etwas nachgedacht, was Sie gesagt haben, nachdem Sie in Mirat waren. Erinnern Sie sich? Wir saßen unter der Kiefer, und Sie sagten, Ihrer Meinung nach habe Hauptmann Merrick sich geirrt, als er die Männer in Majapur verhaftete, die Miss Manners überfallen haben sollten. Sie sagten, es sei schrecklich – aber nicht nur für die Männer, sondern auch für ihn, sich geirrt zu haben, ohne das je zu erkennen, ohne das je zu glauben.«

»Ja, das habe ich gesagt. Wieso haben Sie darüber nachgedacht?«

Endlich hob Sarah den Blick von den Rosen, die sie die ganze Zeit über betrachtet hatte. Aber in ihren Augen lag nicht mehr als eine höfliche Frage. Vielleicht hatte nicht das Interesse an der Frage sie dazu gebracht aufzublicken, sondern sie war am Ende eines Gedankengangs angekommen, der es ihr ermöglichte aufzublicken.

»Ich habe mich gefragt, ob *ich* mich geirrt habe... ich meine in Hinblick auf Mabel, in Hinblick auf Mabels Wünsche«, sagte Barbie, »ob es schlimmer wäre, es zu wissen, als es nicht zu wissen, wenn ich mich geirrt habe. Wäre es nicht schrecklicher für Merrick, es zu *wissen,* daß er sich geirrt hat?«

»Im ersten Augenblick vielleicht, aber am Ende wäre es doch sicher besser.«

»Besser, zu wissen und zu sagen, ich habe mich geirrt? Aber dann würde doch alles, was durch seinen Irrtum geschehen ist, sein Gewissen für immer belasten. Er kann doch jetzt nichts mehr wiedergutmachen, selbst wenn man die Männer inzwischen aus dem Gefängnis entlassen haben sollte.«

»Wäre das nicht besser, als überhaupt *kein* Gewissen zu haben?« Sarah blickte wieder auf die Rosen hinunter. »Reden wir nicht über Ronald Merrick. Reden wir über das, was Ihnen Sorgen macht.«

»Im Grunde hängt es alles zusammen«, erwiderte Barbie. Sie betrachtete den blonden Kopf, ohne die Tiefe ihrer Gefühle zu verbergen. »Alles scheint zusammenzuhängen. Auch die Löffel. Ich glaube, es liegt an diesem Zimmer. Es bringt mich ganz durcheinander. Die Wände sind so weiß und so kahl.« Wenn sie die Augen schloß, spürte sie, wie jetzt alles vom Schlag ihres alten Herzens abhing, und von den seltsamen elektrischen Impulsen ihres Gehirns. Sie sprangen von einem Bild ihres Lebens, in dem Zeit und Raum, Ereignisse und Personen eingekapselt waren, zum anderen. »Ich habe sie gesehen«, sagte Barbie. »Ich hatte große Angst, denn ich hörte sie und dachte, es sei Mabel. Als sie ging, hörte ich den Wagen. Er fuhr in Richtung Westhügel.«

Barbie hatte die Augen geschlossen und öffnete sie jetzt wieder. Sie bemerkte, daß Sarah sie beobachtete.

»Die Leute glaubten, es sei ein Witz. Ich meine, als ihr Name plötzlich im Buch stand. Man sagte, jemand habe sich einen schlechten Witz erlaubt. Aber ich habe sie gesehen. Es konnte nur sie sein. Ich sah es an der Art, wie sie sprach, stand und das Knie beugte. Diese Frau hatte eindeutig einmal eine wichtige Stellung im öffentlichen Leben bekleidet. Ich hätte gern ihr Gesicht gesehen. Aber sie trug diesen altmodischen Tropenhelm mit dem breiten Rand und dem Schleier. Sie saß vor mir. Als sie den Kopf erst zur einen und dann zur anderen Seite drehte, sah ich flüchtig etwas vom Gesicht.«

»Von wem reden Sie, Barbie?«

»Von Lady Manners, der Tante von Miss Manners. Sie sind ihr in Srinagar begegnet. Ihr Hausboot ankerte in der Nähe. Alle fanden es unangenehm, denn das Kind war ebenfalls da. Aber Sie...« Barbie brach ab, denn Sarah sah sie höchst merkwürdig an. »Bilde ich es mir nur ein?«

»Was, Barbie?«

»Sie sind doch mit dem Boot hinübergefahren und haben sich mit ihr unterhalten. Sie haben das Kind gesehen. Ja. Es tut mir leid. Ich erinnere mich wieder. Ich hatte den Eindruck, daß Sie so etwas tun würden, und habe es mir deshalb vorgestellt. Ich sah es deutlich vor mir: Die heiße Sonne und das tiefgrüne Wasser. Die Äste einer Weide hängen über das Dach des Hausbootes. Das Kind weint. Das mutterlose, vaterlose Kind. Aber es hat Krischna und Jesus. Ich glaube, sie muß ein ganz besonderer Mensch gewesen sein. Sie hätte es loswerden können. Ich meine, vor der Geburt. Die Leute hätten sie dafür gelobt. Und ihre Tante müßte jetzt nicht in dieser Isolation leben. Aber...«

»Aber was?«

»Isolation oder nicht, sie war sehr stolz. Das konnte man sehen. Sie war nicht stolz auf sich, sondern auf ihre Nichte. Mein Vater sagte einmal zu mir: ›Barbie, es gibt eine Verschwörung, um uns *klein* zu machen.‹ Natürlich war er damals leicht angetrunken. In diesem Stadium seiner Trunkenheit, zwischen der anfänglichen Heiterkeit und dem darauffolgenden Weltschmerz und Zorn, sang er, redete und sagte solche Dinge. Meine Mutter erzählte einmal einer Nachbarin, die sie damit beeindrucken wollte, daß wir etwas Besseres seien: ›Mein Mann hat viel von einem Dichter.‹ Daraufhin beobachtete ich ihn genau. Ich stellte mir den Dichter als seinen ungeborenen Zwilling vor. Er konnte grausam und freundlich zu ihm sein, wie der böse Geist einer Party. Nachdem er das von der Verschwörung, um uns klein zu machen, gesagt hatte, stellte ich mir den bösen Geist oder den Dichter als einen Riesen vor, der in ihn eingesperrt und in einen Zwerg verwandelt worden war, durch einen Zauber, den nur der Alkohol lösen konnte.«

Barbie blickte immer noch auf den blonden Kopf hinunter, der sich über die Rosen beugte, und sprach weiter. »Im Leben meines Vaters war vieles anomal. Im Leben meiner Mutter allerdings auch. Sie ging zum Beispiel fleißig zur Kirche. Für mich als kleines Mädchen war ihre sonntägliche Frömmigkeit ein Vorbild. Durch ihre Verbindungen kam ich auf eine kirchliche Schule und blieb dort als Erzieherin. Als ich jedoch erwachsen war und meiner Mutter sagte, ich wolle Gott in der Mission in Indien dienen, war sie sehr schockiert. ›O Barbie‹, sagte sie, ›doch nicht unter Heiden!‹ Sie gab mir das Gefühl, meine Absichten seien falsch, beinahe sündhaft. Vielleicht waren sie das auch. Selbst nach ihrem Tod, als ich den Mut aufbrachte, mich bei der Mission zu bewerben, ging ich zum ersten Gespräch in dem Bewußtsein, etwas zu tun, dessen ich mich schämen müsse. Ich verkroch mich in mich selbst. Ich ging so unauffällig wie möglich durch die Straßen. Ich machte mich ganz klein. Die Mißbilligung der Leute schien mich wie ein Netz zu umgeben, und ich wollte durch die Maschen schlüpfen. Als ich nach Indien aufbrach, dachte ich: Jetzt kann ich wieder groß sein. Aber es war mir nicht möglich. Man kann das Wort verkünden, ja, aber das Wort ohne die Tat bleibt etwas Abstraktes. Das Wort kann durch die Maschen hindurch, die Tat jedoch nicht. Deshalb folgt Gott auch nicht. Vielleicht ist er taub. Warum auch nicht? Was nützen ihm Worte?«

Ermutigt durch Sarahs Schweigen berührte sie den Kopf des Mädchens und strich ihm über die weichen Haare. Sarah drückte den Kopf beinahe unmerklich, aber unmißverständlich spürbar gegen die liebkosende Hand.

»Ich werde Sie nie wiedersehen!« rief Barbie plötzlich. »Fahren Sie nicht nach Kalkutta!«

Sarah lachte: Es war das verlegene Lachen eines Mädchens angesichts eines albernen, lästigen älteren Menschen. »O Barbie, ich fahre doch nicht für immer!«

»Nein.«

Die Löffel, wollte sie sagen und setzte dazu an. Aber gnädigerweise versagte ihr die Stimme, und das ersparte ihr die Demütigung, lange und ausführlich über einen solchen Unsinn zu reden. Apostellöffel! Sie verzog den Mund zu einem breiten Lächeln und schüttelte den Kopf. Sie fand die Stimme wieder. »Sie werden mir doch schreiben, wenn Sie Zeit haben, nicht wahr? Und wenn Sie einen Mister Studholme treffen... aber das ist unwahrscheinlich. Sehr unwahrscheinlich. Er ist in der Mission. Allerdings ist er ein sehr wichtiger Mann.«

»Ich glaube nicht, daß Tante Fenny jemanden aus der Mission kennt. Aber ich werde versuchen zu schreiben.«

Barbie erzählte ihr vom Hauptsitz der Mission, aber dabei löste sie sich von ihrer Stimme und überließ sich dem schweigenden Echo des weißen Zimmers.

In meiner Handtasche liegt ein Brief von Oberst Trehearne, tönte das Echo für sie. Die Wände leuchteten in einer besonderen Reinheit, als hätten sie die schlichte Freundlichkeit von Oberst Trehearne und die Klarheit von Clarissas Augen in sich aufgenommen. Hier ist ein Brief für Sie, Barbie, hatte Clarissa gesagt, die wie eine Karyatide neben dem Bett stand, eine Karyatide, die das Gewicht einer himmlischen Würde trug, unter der ein geringerer Mensch zusammengebrochen wäre. Ich habe ihn mitgebracht. Auf der Rückseite des Umschlags leuchtete in glänzendem Blau das Wappen der Pankot Rifles. Meine liebe Miss Batchelor. Zwei riesige Tafelaufsätze schwebten durch das Zimmer. Sie waren leer und warteten auf die Last der Apostel. »Da ist auch Ihr Südwester«, sagte Clarissa. »Aber ich habe ihn nicht mitgebracht. Hauptmann Coley fand ihn in der Einfahrt seines Bungalows. »Sie waren nicht da«, flüsterte Barbie. »Sie?« »Er und sein Diener.« Clarissa erkundigte sich nicht, weshalb Barbie Hauptmann Coley hatte besuchen wollen. Vermutlich wußte sie es von Oberst Trehearne. Aber die Löffel erwähnten sie beide nicht.

Die Löffel und der Brief an Hauptmann Coley mußten immer noch in der verschlossenen Schublade des Schreibtischs in ihrem Zimmer im Pfarrhaus sein. Dorthin hatte Barbie sie gelegt, nachdem sie triefend naß im Pfarrhaus angekommen war. »Wie freundlich von Hauptmann Coley, meinen Hut zurückzubringen«, sagte sie. »Warum sollte er das nicht tun?« erwiderte Clarissa. »Schließlich steht Ihr Name auf dem Hutband.« Umschlossen von den weißen Wänden wurde ihr das Risiko bewußt: ihr Risiko, nicht Coleys und nicht Mildreds. Die Rückgabe des Südwesters war ein Geniestreich. Sie würde ihn nie wieder aufsetzen können, ohne das ganze Gewicht von Mildreds Verachtung zu spüren. Sie hatten die Bedeutung des Südwesters erkannt und im Zusammenhang damit auch das Geheimnis der fehlenden Löffel. Sie mußten wissen, daß sie nicht allein im Bungalow gewesen waren. Coley war das vielleicht unangenehm. Mildred nicht.

»Ich muß jetzt gehen, Barbie«, sagte Sarah. »Haben Sie vielleicht einen Wunsch?« Barbie schüttelte den Kopf und dachte: Ich wünsche, daß du mir hilfst, Lady Manners zu finden, damit ich die Löffel dem Kind schenken kann. Ich wünsche, daß wir zusammen in St. John sitzen und auf sie warten. Dann sagst du zu ihr: Lady Manners, das ist meine Freundin Barbie Batchelor, eine fromme Frau von der Mission. Oder du gehst mit mir zum Westhügel, wo die reichen Inder aus Ranpur ihre Sommerhäuser haben. Dort wohnen sie ein paar Monate im Jahr, ohne sich um uns zu kümmern und ohne daß wir uns um sie kümmern. Man sieht sie selten im Basar, denn sie haben ihre eigenen Läden oder schicken Dienstboten, wenn sie Dinge aus Europa wollen. Wir könnten uns nach ihr erkundigen und sie suchen. Aber du fährst nach Kalkutta. Außerdem sieht es so aus, als hättest du sie nicht kennengelernt. Oder doch? Du hast dich nicht dazu geäußert.

»Auf Wiedersehen, Barbie.«

»Auf Wiedersehen, Sarah.«

Sarah beugte sich hinunter und gab ihr einen Kuß. Barbie legte ihr die Arme um den Hals, und Sarah ließ die Umarmung zu. Dann zog sie die Decken glatt.

»Soll ich Sie wieder zum Balkon schieben?«

»Bitte. Dann kann ich sehen, wie Sie den Weg entlanggehen.«

»Leider werde ich nicht in diese Richtung gehen.«

»Wartet Hauptmann Beauvais mit dem Wagen auf Sie?«

»Nein, ich nehme eine Tonga.«

»O, das habe ich ja ganz vergessen. Clarissa hat mir erzählt, daß Hauptmann Beauvais weg ist.«

»Ja, und jetzt muß ich weg.«

Barbie spürte Sarahs Kopf dicht an ihrem und den Atem an ihrer Wange, als sei sie eine alte gelbe Kerze, die jemand sehr sanft ausbläst. Etwas später sah sie zu ihrer Überraschung Sarah auf dem Asphaltweg. Sie hatte einen Umweg gemacht, um ihr zuzuwinken. Sie winkte, ging dann zum Gebäude zurück und zur Vorderseite, wo für den ersten Abschnitt der langen Reise nach Kalkutta eine Tonga wartete.

Barbie betrachtete das vertraute Panorama und zog nach einer Weile die Decke bis zum Hals und über das Kinn. Die Sonne sank unter das überhängende Dach des Balkons, und die Strahlen drangen durch ihre Augenlider hindurch. Die kleine anglo-indische Schwester hatte sie noch nie so lange auf dem Balkon gelassen. Vielleicht hatte man sie vergessen.

Barbie stellte sich vor, man würde sie dort zurücklassen, bis die Dunkelheit hereinbrach und noch länger: viele Tage, viele Jahreszeiten hindurch, ein Jahrzehnt um das andere, während das Gebäude um sie herum langsam zerfiel und sie allein hoch oben auf einer Säule aus geborstenem, aber beharrlichen Mauerwerk wie auf einem Thron saß; sie war in eine leuchtendrote Decke eingehüllt und hatte einen unbehinderten Blick über das unbewohnte Tal bis zu den Ruinen von St. John.

III

Isobel Rankins Großzügigkeit, mit der sie Mildred in Flagstaff House aufnahm, was dazu führte, daß Rose Cottage leerstand, rief auch Kritik hervor. Lucy Smalley, die sich inzwischen kaum noch von den Topfpalmen und den fleckigen Tischdecken in Smith's Hotel abhob, sagte, es sei etwas merkwürdig, daß ein Haus, wie kurz auch immer, leerstand und doch den Argusaugen des Versorgungsoffiziers entging. Sie schwor, er schlafe mit den Requierierungsformularen unter dem Kopfkissen, in der Hoffnung, mitten in der Nacht von einem seiner Spione geweckt und auf einen Bungalow hingewiesen zu werden, der ein oder zwei Tage leerstand, so daß man vor Tagesanbruch die Beschlagnahmung an die Haustür heften konnte, die den rechtmäßigen Besitzern den Zutritt verwehrte.

»Ich habe von Nicky Payntons Entscheidung, nach Hause

zurückzukehren, wenige Stunden später gehört und sofort den zuständigen Offizier angerufen, weil Tusker es einfach nicht tat, und er erklärte, er habe eine Warteliste und bereits vorläufige Belegungspläne gemacht. Er war kaum noch höflich.«

Lucy Smalleys Enttäuschung hinderte sie jedoch nicht daran, ein paar Wochen später auf Nicky Payntons Auktionsparty zu erscheinen. Sie ging in dem Haus, von dem sie sich kurze Zeit vorgestellt hatte, daß sie mit Tusker dort einziehen könnte, von Zimmer zu Zimmer und beobachtete traurig die Auktionatorin – Nicky Paynton –, die die vertrauten Reste einer anglo-indischen Karriere unter den Hammer brachte.

Am gefragtesten waren Dinge, die einen praktischen Nutzen, Seltenheitswert und eine verhältnismäßig kurze Lebensdauer hatten – ein Grammophon, ein Kühlschrank, ein Kofferradio, ein elektrisches Bügeleisen und ein Bügelbrett, zwei elektrische Heizöfen und ein elektrischer Ventilator. Die Gebote dafür kamen schnell, hielten sich jedoch im Rahmen; und danach gelang es Nicky, Geschirr, Besteck, Gläser, zwei Wecker, Decken, Bettwäsche und Kissenbezüge, einen Picknickkorb, eine Feldausrüstung und mehrere Thermosflaschen loszuwerden, die mit Eis oder sauberem Trinkwasser gefüllt auf der Bahn ein echtes Gottesgeschenk waren. Ganz unten auf der Liste erstrebenswerter Dinge standen dekorative Sofatische, Benarestabletts, bestickte Filzbrücken, Vasen und Zierat, die für die meisten Leute, die Platz dafür gehabt hätten, nur Kopien von Dingen gewesen wären, die sie bereits besaßen.

Schließlich gab es noch Sachen, die unter anderen Umständen ihre Tage vielleicht in einem bescheidenen Haus in Surrey beschlossen hätten, was immer noch der Fall sein mochte, allerdings nicht im Besitz von Oberst Paynton und seiner Frau. Die Payntons hatten sie auf einer Auktion in Rawalpindi erstanden. Viele Jahre hatten sie im Lagerhaus oder als Leih-gabe in anderen Häusern verbracht, denn damals zogen Nicky und Bunny zu oft von einem Ort zum anderen, um sie mitneh-men zu können. Eine elegante Mahagonianrichte, ein (aus-klappbarer) Mahagoni-Eßtisch, ein Dutzend Stühle im geor-gianischen Stil und zwei wappengeschmückte Serviertabletts gehörten zu den wichtigsten Dingen auf dieser Liste. Außer-dem gab es zwei Ohrensessel mit düsteren, aber echten Go-belinbezügen – einer in Herren- und einer in Damengröße. Nicky verkündete, daß diese Sessel einmal dem verstorbenen General Sir Horace und Lady Hamilton-Wellesley-Gore ge-hört hatten und in einem habe der Prince of Wales 1921 bei seinem Besuch in Indien gesessen.

»Auf der Auktion in Pindi«, erklärte Nicky, »wurden sie mir von einem schrecklichen Menschen, der in Geld nur so schwamm, vor der Nase weggeschnappt. Im nächsten Jahr er-schien er genauso großspurig in Gwalior. Ohne mir etwas da-von zu sagen, pokerte Bunny mit ihm um die Sachen, und als nächstes standen sie vor der Tür. Also, was wird geboten? Kein Mindestgebot. Ich gebe sie für einen Apfel und ein Ei weg.«

Maisie Trehearne nannte einen Betrag, den ihr Mann nicht verstand. Er bot weniger, und unter dem folgenden allgemei-nen Gelächter sagte Clara zu Nicky: »Ich will die Sessel«, und verdoppelte Maisies Angebot.

»Sie sind ja wahnsinnig«, meinte Nicky. »Aber ich sage nicht nein.«

Also wurden die Sessel Clara Fosdick zugeschlagen. Ihre Schwester in Ranpur würde nicht erfreut sein – bei ihr stand bereits einiges von Claras und Freddies alten Möbeln –, aber in diesen Sesseln hatten Clara und Nicky an vielen Winter-abenden vor dem Kiefernholzfeuer gesessen und die Nach-richten im Radio gehört.

Nach der Auktion waren die Eßzimmermöbel immer noch

nicht verkauft, aber Nickys Abschiedsparty nahm einen fröhlichen Anfang. Die versteigerten Sachen würde man in den nächsten Tagen abholen und aus dem Haus entfernen. Die beiden Frauen würden beinahe nichts mehr von den Dingen besitzen, die den Bungalow zu einem Heim gemacht hatten. Aber das war ganz gut so, fanden die beiden. Dann würden sie den Abschied von einem Ort, an dem ihnen nichts mehr gehörte, als Erleichterung empfinden, und mit etwas Glück (aus Claras Sicht) blieben ihnen noch ein paar gemeinsame Tage in Ranpur, vielleicht sogar mehr als das, denn man wollte zwar Nicky fünf Tage vor dem Abflug von Ranagunj informieren, aber man mußte mit Verzögerungen rechnen. Der endgültige Abschied mochte dann auch eine Erleichterung sein. Auf dem Höhepunkt der Party saßen sie beide bereits wie auf glühenden Kohlen, und der alte Fariqua hatte offensichtlich zur Rumflasche gegriffen.

Aus Anlaß der Party trug er seine weiße Hose, die lange Jacke, die Ranpurschärpe und den Turban (so gekleidet war er früher in die Offiziersmesse gegangen, wenn Bunny dort aß), aber der Nackenschutz war nachlässig gewickelt, und das Musselintuch, das sich so keck wie ein Hahnenkamm hätte stellen sollen, hing schlaff herunter. Je betrunkener er wurde, desto kläglicher verfiel er in die Rolle des steinernen Gastes auf dem Fest, er, der Hauptleidtragende bei der Totenwache für Bunny Paynton. Er war der einzige mit einem langen Gesicht, den der Alkohol, der die anderen heiter stimmte, schwermütig werden ließ.

»Wenn man Fariqua ansieht«, sagte Lucy Smalley, die nach Jahren gesellschaftlicher Zurücksetzung allmählich einen unfehlbaren Instinkt dafür entwickelte, das Richtige zum falschen Zeitpunkt zu sagen, »könnte man glauben, Nicky beabsichtige, ihn auch zu versteigern.«

Ihr blieb der Tadel erspart, der Maisie Trehearne möglicherweise auf der Zunge lag, weil die Gattin des Generals, Isobel

Rankin eintrat. Wie Kompaßnadeln dem magnetischen Nordpol, drehten sich ihr alle Köpfe zu. Der rituelle Brauch, das metaphorische Ziehen der Mütze und Beugen des Knies war nicht ungewöhnlich, doch an diesem Vormittag erhielt er eine gewisse Intensität, denn gewisse Gerüchte verdichteten sich und störten ernsthaft das Gefühl der Garnison für Gleichgewicht und Proportion. Jetzt führten sie zu einer unterschwelligen Unruhe auf dieser betont heiteren Party.

Nicky hatte ihren Entschluß, nach Hause zurückzukehren, Mitte Juli bekanntgegeben. Danach hatte sie langsam und in aller Ruhe ihre Vorbereitungen getroffen, ihre Angelegenheiten geregelt, Geld nach London überwiesen, Schulden beglichen, Dora Lowndes geschrieben, sie auf ihre Ankunft vorbereitet und gebeten, ihren Söhnen nichts zu sagen, bevor ein Telegramm von Clara Fosdick eintraf, das ihre Abreise bestätigen würde. Sie hatte auch ihren Freunden in Indien geschrieben und ihnen die Adresse von Dora Lowndes mitgeteilt. Mitte August war sie bereit, den letzten Schritt zu tun. Der Luftwaffenverbindungsoffizier in Dick Rankins Stab versicherte ihr, er würde seine Beziehungen spielen lassen, sobald sie ihm Bescheid gab. Eine Woche lang unterließ sie das, und es sah beinahe so aus, als würde sie es sich im letzten Moment doch noch anders überlegen. In dieser Woche tauchten zum ersten Mal die Gerüchte auf, und am Ende der Woche bestand kaum noch ein Zweifel daran, daß sie mehr als ein Körnchen Wahrheit enthielten. Sollte Nicky unschlüssig gewesen sein, bestärkten die Gerüchte sie in ihrer Entscheidung. Sie rief Oberstleutnant Pearson an und bat ihn, am letzten Augusttag den ersten Schritt für ihren Rückflug zu unternehmen. Nicky setzte die Auktion und die Abschiedsparty ebenfalls auf diesen Tag an.

Die Gerüchte, die Nickys Rückkehr besiegelten, nahmen ihren Ursprung im Hauptquartier. Sie basierten auf merkwürdig formulierten Dokumenten von höherer Stelle über die Neuordnung der militärischen Verantwortungsbereiche; auf den ersten Blick wirkten sie zwar harmlos, bezogen sich scheinbar nicht auf die Militärhierarchie in Pankot und schienen auch keine Auswirkungen darauf zu haben. Diese Hierarchie gründete sich immer noch auf das alte Oberkommando Ranpur, dessen Machtbereich sich trotz gewisser Abstriche hier und da über große Teile der Provinz erstreckte.

Aber zwischen den Zeilen der vage formulierten Dokumente konnte man beiläufigen Feststellungen gefährlich direkte Hinweise entnehmen. Die rangniederen Offiziere entdeckten bei den ranghöheren Offizieren in Dick Rankins Stab deutliche Anzeichen jener gespannten Faszination, die Menschen in hoher Position nicht verbergen können, wenn sie einen ersten Blick auf künftige Umwälzungen werfen und wissen, daß sie persönlich zu hochgestellt und zu abgesichert sind, um nachteilig davon betroffen zu werden.

Es entstand ein Bild, auf dem Pankot eines Teils seiner Macht als Sitz der militärischen Kontrolle und Verwaltung beraubt war. Wie groß dieser Teil sein würde, konnte man nur ahnen, doch da die menschliche Natur dazu neigt, angesichts jeder Neuordnung von oben einen pessimistischen Standpunkt einzunehmen, vermutete man, daß sich für »eines Teils« seiner Macht »eines Großteils« einsetzen ließ. Nachdem eine solche Vermutung erst einmal aufgetaucht war, jagte ein Gerücht das nächste. Einige wurden unangenehmerweise durch wachsende Beweise für die Richtigkeit dieser Vermutung gestützt. Die Gerüchte wollten wissen, daß das alte Oberkommando Ranpur zerstückelt und die so entstandenen Bezirke nach geographischen, weniger nach traditionellen militärischen Gesichtspunkten zwischen dem zentralen und dem östlichen Oberkommando aufgeteilt werden sollten. Pankot sollte von Ranpur losgelöst werden und mit einem Standortkommandanten im Brigadiersrang als Ausbildungs- und Erholungszentrum dienen. Es hieß, daß eine neue Offiziersschule gegründet und die Kadetten hauptsächlich Inder sein sollten; die alte Sommerresidenz des Gouverneurs, die den Osthügel beherrschte und während des Krieges die meiste Zeit leergestanden hatte, sollte einem neuen Zweck zugeführt werden – jedoch nicht, wie Isobel Rankin so oft vorgeschlagen hatte, als Erholungsheim für verwundete englische und indische Offiziere aller drei Waffengattungen, sondern als Ferienheim für einfache amerikanische Soldaten. Dieses Gerücht wurde nur im Basar, wo es sich wie ein Lauffeuer verbreitete, mit Begeisterung begrüßt. Ein oder zwei Damen schworen, die Preise seien bereits gestiegen, um jedermann auf die neue Zeit indischen Wohlstandes vorzubereiten.

»Wir werden in Zukunft alle zu Fuß gehen müssen«, äußerte eine, »denn eine Tonga zum Club, falls es gelingen sollte, eine zu finden, die nicht bereits mit GIs vollgeladen ist, wird dann so teuer sein, daß *wir* uns das nicht mehr leisten können.« Nach kurzem Nachdenken fügte sie hinzu, vermutlich würde man überhaupt nicht mehr in den Club gehen, weil er von amerikanischen Offizieren überlaufen wäre – denen das Ferienheim dann unterstände – und vermutlich von Oberfeldwebeln, was immer man sich *darunter* vorstellen mochte ... Wenn man den Filmen glauben konnte, wurde in der amerikanischen Armee sogar vor einem Feldwebel salutiert, und man redete sogar Offiziere mit dem Vornamen an. Solche Männer würden dann den Club bevölkern – Männer mit den Händen in den Taschen und den dicken Hintern in engen, glänzenden Hosen, Zigarren im Mundwinkel. Sie würden sich betrinken, randalieren und eurasische Mädchen in den Club mitbringen.

Außerdem, sagte diese Dame, wenn Pankot viel von seiner militärischen Bedeutung verliere, würden weniger und weniger *junge* englische Offiziere zwischen Ernennungen innerhalb des Regiments oder Versetzungen im aktiven Dienst einige Zeit im Stabshauptquartier verbringen. Die Elite der hohen und niederen Ränge der derzeitigen Kommandantur würden an interessantere Plätze versetzt werden. Vermutlich durften nur Männer wie Oberst Smalley erwarten, auch im neuen System zu überleben – wenn man so etwas als Überleben bezeichnen konnte. Im Flagstaff House würde ein seniler Brigadier sitzen, den man weiß Gott wo ausgegraben hatte. Zur Zeit von Mildreds Vater stand ein Generalleutnant an der Spitze des Oberkommandos und heute immerhin noch ein Generalmajor. Und damit war man bei den Rankins. Welche glanzvolle Ernennung würde ihnen in den Schoß fallen? Man wußte bereits aus guter Quelle, daß sie für den Stab von Mountbatten und die Fleischtöpfe von Ceylon vorgesehen waren, für das Reichsamt für Indien zu Hause, mit einer Militärmission für Washington, für Moskau, für Kairo, für Persien, zumindest aber für Simla. Zwei Tage vor Nickys Party hatte sich Dick Rankin nach Ranpur fahren lassen, um nach Delhi zu fliegen. Nach seiner Rückkehr würde man vielleicht Genaueres über das Schicksal von Pankot und über seine und Isobels glänzendere Aussichten erfahren.

Und hier war Isobel nun; sie kam zu spät für die Auktion, strahlte und vibrierte vor Macht und Diskretion. Sie verriet nichts oder nur das, was tröstlich war, wenn man annehmen durfte, daß sie nichts zu verraten hatte und ebenso wenig von dem wußte, was die Zukunft bringen würde, wie alle Anwesenden auch.

Sie umarmte Nicky im Gedränge des Wohnzimmers, entschuldigte sich laut genug, um die wieder in Gang gekommenen Gespräche zu übertönen, und fragte dann, ohne die Stimme zu senken: »Wo können wir uns ungestört sprechen?« Diese Frage verursachte ein Beben prickelnder Erwartung, eine Stockung im Redefluß. Nicky führte Isobel ins Eßzimmer, wo der unverkaufte Tisch, die Stühle und die Anrichte ihren Glanz bereits verloren zu haben schienen.

»Nicky, ich komme zu spät, weil ich auf Mildred gewartet habe, die Susan in der Klinik besucht hat. Sie hat angerufen und mich gebeten, allein hierher zu kommen. Ich soll Sie darauf vorbereiten, daß sie Susan mitbringt.«

»Oh.« Die beiden Damen blickten sich offen in die Augen. »Läßt man Susan also wieder raus?«

»Zum ersten Mal.«

»Auf eine laute Party? Welch eine ungewöhnliche Entscheidung.«

»Sie wollte kommen. Sie fragte diesen Hauptmann Samuels, und offensichtlich hielt er es für eine erstklassige Idee. Er hofft, Sie haben nichts dagegen, wenn er ebenfalls vorbeikommt. Ich glaube, er wird sie in die Klinik zurückbringen, um es Mildred abzunehmen.«

»Ich muß sagen, ich finde das etwas kühn. Ich kenne Hauptmann Samuels nicht, und das hier ist eine private Abschiedsparty, keine Therapiestunde. Ist sie denn wirklich gesund genug? Ich möchte keine Szene hier. Deshalb möchte dieser Psychiaterheini doch wohl kommen? Er will wahrscheinlich zur Stelle sein, wenn Susan einen Anfall bekommt oder sich merkwürdig benimmt.«

»Er behauptet, es gehe ihr gut genug. Er will sie in ein oder zwei Tagen sogar entlassen. Sie kommt zu mir, und deshalb kann ich nur annehmen, er weiß, was er tut. Er hält die Party für einen guten Eisbrecher. Sie haben doch nichts dagegen, nicht wahr?«

»Solange es nur Eis ist. Weiß sie das mit Bunny?«

»Ja, und sie weiß, daß Sie nach Hause fahren. Deshalb wollte sie ja kommen. Im Grunde ist es sehr reizend von ihr.«

»Ich hoffe, sie wird mir nicht kondolieren«, sagte Nicky mit glühenden Wangen.

»Es kommt jetzt darauf an, allen Bescheid zu sagen, ehe sie eintrifft, damit es aussieht, als würde sich jeder ganz natürlich verhalten. Haben Sie das Eßzimmer verkauft?«

»Nein.«

»Vielleicht will es Mildred. Versuchen Sie, Mildred zu überreden, es zu nehmen. Sie hat für Rose Cottage große Pläne. Zumindest könnte sie es aufstellen. Ich würde es selbst nehmen, aber weiß Gott, wie lange wir noch hier sind und wohin wir dann gehen. Wie wäre es denn, Sie bestellen den Mann von Jalal-ud-din? Möglicherweise hätte er es im Handumdrehen an einen seiner reichen indischen Kunden verkauft.«

»Mal sehen.«

Sie kehrten ins Wohnzimmer zurück, trennten sich und verbreiteten unter den Gästen, daß Mildred Susan mitbringen und daß auch Hauptmann Samuels vorbeikommen würde, um sie zurück in die Klinik zu bringen, damit ihrer Mutter der lange Weg nach der Party erspart blieb. Da die Gäste mit wichtigen Neuigkeiten von allgemeinem Interesse gerechnet hatten, empfanden sie diese Nachricht als enttäuschend. Es dauerte einige Zeit, bis man sie richtig aufgenommen und als ebenfalls wichtig erkannt hatte: Sie war wichtig für das alte Pankot, wenn auch nicht in seinem gegenwärtigen, gestörten Zustand, der – wie man nur hoffen konnte – sich als ebenso vorübergehend erweisen würde wie Susan Binghams Krankheit. Solche Gedanken führten dazu, daß man Susan noch vor ihrer Ankunft Neugier und nostalgische Zuneigung entgegenbrachte. Die Köpfe drehten sich immer wieder nach der Tür, durch die sie eintreten würde.

Das geschah kaum zehn Minuten nach der Vorwarnung. Weder das Geräusch von Tonga- oder Wagenrädern, das den Lärm der Unterhaltung und des Gelächters vielleicht gedämpft hätte, kündigten sie an, als sie etwa einen Schritt vor ihrer Mutter das Zimmer betrat. Sie trug ein schlichtes weißes, marineblau getupftes Kleid mit einem weiten Rock. Allem Anschein nach war sie unverändert, vielleicht hatte sie ein oder zwei Pfund zugenommen. Aber sie war so hübsch wie immer – möglicherweise sogar noch hübscher. Auf ihren

Wangen lag die vertraute leichte Röte, die an ein besonderes Glücksgefühl denken ließ, das sie erwartete oder wieder zu erleben hoffte.

Wenn man sah, wie sie Nicky Paynton und die anderen Freundinnen ihrer Mutter begrüßte, zweifelte man an der Wahrheit der Berichte über ihr wunderliches Verhalten und man ahnte, daß es dafür nie eine Erklärung geben werde. Es war, als sei das alles nicht geschehen. Ihr Gesicht schien keine schlimmen Erinnerungen zu verbergen. Sie lächelte nicht wie jemand mit einem geheimen Leben. Susan sah die Welt, wie sie war.

Sie sagte nichts, tat nichts, was man als merkwürdig hätte bezeichnen oder als Hinweis darauf hätte deuten können, daß ihr Geist immer noch in irgendeiner Weise durch die Krankheit und das Unglück getrübt gewesen wäre. Man registrierte Unterlassungen. Aber waren sie bedeutsam? Sie erwähnte das Baby nicht. Man konnte das ebensogut als Rücksichtnahme auf die Gefühle anderer deuten und mußte darin nichts Unheilvolles oder Bedrohliches sehen. Wie es sich gehörte, bedankte sie sich bei Isobel Rankin für die Einladung ins Flagstaff House und sagte, sie freue sich darauf. Da das Baby und die Aja mit Mildred bereits dort wohnten, durfte man wohl annehmen, daß sie mit »freuen« meinte, sie sei froh, auch das Baby wiederzusehen. Hauptmann Samuels würde sie bestimmt nicht entlassen, wenn er Zweifel an ihrer Einstellung zu dem Kind hatte.

Sie sagte, sie freue sich auch auf die Ferien in Darjeeling und Kalkutta. Sie vermisse Sarahs Besuche, habe aber als Ausgleich dafür Postkarten und Briefe bekommen. Clara Fosdick gegenüber drückte sie (allerdings nicht in Nickys Hörweite) ihr Bedauern über den Tod von Brigadier Paynton aus, über Nickys Entschluß, nach Hause zurückkehren, und darüber, daß Clara Pankot verlasse, um in Ranpur zu leben. Sie hoffe, sagte sie, Mrs. Fosdick werde sie einmal im Rose Cottage besuchen und dort Ferien machen.

Ihre Mutter hatte sie gut vorbereitet. Sie wußte von den Gerüchten über bevorstehende Veränderungen und meinte, es klinge alles trostlos. Sie erkundigte sich bei Clarissa Peplow nach Miss Batchelor und wirkte überrascht, als sie erfuhr, daß es ihr zwar besser gehe, sie aber immer noch im Krankenhaus liege. Clarissa vermutete, daß Sarah, nicht Mildred sie über Miss Batchelors Krankheit informiert hatte.

Sie erwähnte Panther, den Hund, nicht. Maisie fand Gelegenheit, Mildred zu fragen, ob Susan vom Tod des Hundes wußte. Mildred erwiderte, Samuels habe ihr erlaubt, es Susan zu sagen, sie habe es ihr ohne die schauerlichen Einzelheiten berichtet und Susan habe es gut aufgenommen, jedoch nie mehr darüber gesprochen. Wenn es verbotene Themen gab, waren es der Hund und das Kind. War Dicky Beauvais ein drittes? Offenbar nicht. Susan sagte: »Ich habe neulich einen Brief von Dicky bekommen. Er scheint etwas enttäuscht zu sein. Nach all der Hektik wartet er immer noch in Comilla auf seine Versetzung. Ich darf nicht vergessen, es Sarah zu erzählen, denn der Brief war an uns beide gerichtet.«

Sie bewegte sich anmutig, frei und völlig ungezwungen. Sie nippte nur an ihrem Glas, als solle es lange vorhalten und sie habe es nur angenommen, um nicht ungesellig zu wirken. Als Lucy Smalley vorschlug, sie möge sich doch setzen, um nicht durch das lange Stehen zu ermüden, lachte sie freundlich und erwiderte, sie habe in den letzten Wochen genug gesessen und brauche Bewegung. Sie ging von Gruppe zu Gruppe, wobei Mildred sie im Auge behielt, ohne sie jedoch zu überwachen. Nur einmal konnte man Mildred die innere Spannung ansehen, unter der sie stehen mußte, als sie nämlich bei dem Versuch, ein volles Cocktailglas an die Lippen zu führen, ein paar Tropfen verschüttete und (wie Clara Fosdick bemerkte) mindestens eine Minute wartete, ehe sie es noch einmal hob.

»Mildred muß sehr erleichtert sein, daß Susan wieder die alte ist«, sagte Maisie Trehearne.

»So sehe ich das nicht«, erwiderte Nicky und blies den Rauch zur Seite. Sie hielt das Glas hoch genug, um möglichst nicht am Ellbogen angestoßen zu werden. »Früher hat Susan einen festen Platz eingenommen, und alle durften sich um sie versammeln. Ich habe noch nie im Leben gesehen, daß sie sich unter die Leute gemischt hätte. Und genau das tut sie jetzt. Ich bin beinahe geneigt zu glauben, daß dieser jüdische Psychiater intelligenter ist, als Mildred wahrhaben will.«

Vielleicht fiel Nicky das auf, weil sie die Gruppierungen und den Verlauf ihrer letzten Party wachsamer verfolgte, als es einem ihrer Gäste möglich gewesen wäre. Und es stimmte. Wenn sich an Susan eine Veränderung feststellen ließ, dann diese: die ungezwungene Selbstdarstellung und die freiere Bewegung innerhalb des Tableaus. Vor ihrer Krankheit hätte sie im Mittelpunkt gestanden und den Tribut entgegengenommen. Ihre neue Beweglichkeit wies darauf hin, daß sie Tribut zollte. Sie bestätigte die Bindung an eine Gesellschaft, in der sie seit ihrer Kindheit gelebt hatte und zu der sie nach einem kurzen, unerklärlichen Rückzug zurückkehrte.

Das Interesse an dem unbekannten Hauptmann Samuels, dem jüdischen Psychiater, stieg. Abgesehen von Mildred hatte niemand auf der Party ihn gesehen, und niemand war neugierig genug gewesen, sich eingehender mit ihm zu beschäftigen, seit sein Name in Verbindung mit Susan aufgetaucht war. Mildreds Einstellung zu ihm hatte alles beinhaltet, was man über einen Analytiker im Heeresdienst wissen und empfinden mußte. Seine Arbeit konnte man normalerweise nicht ernst nehmen. Im Gewirr der neuen und der ständig wechselnden Gesichter im Club erinnerte man sich an niemanden, der zu dem Bild gepaßt hätte, das der Name heraufbeschwor. Samuels blieb vermutlich für sich. Weder Beames noch Travers – die möglicherweise eine professionelle, wenn nicht gar eine persönliche Meinung hätten äußern können – waren erschienen. Nicky hatte sie beide eingeladen, aber offenbar gab es im Krankenhaus an diesem Morgen viel zu tun.

Jemand – vielleicht der neue Besitzer – legte eine Platte auf das Grammophon: ein Querschnitt aus »Chu Chin Chow«; aber die Platte war so abgespielt, daß nur die Leute in unmittelbarer Nähe etwas hörten. Fariqua und der Koch Nazimuddin trugen Tabletts mit Bridge-Sandwiches und Appetithäppchen herein. Nicky rief: »Es gibt etwas zu essen! Es gibt gleich noch mehr im Eßzimmer. Also bedienen Sie sich!« Mehrere Gäste verschwanden im Nebenzimmer, um dem Gedränge im Wohnzimmer auszuweichen, wo sich allmählich neue Gruppen bildeten und Susan vorübergehend allein stand. Sie nahm ein Sandwich von der Platte, die der todtraurige, etwas unsicher auf den Füßen stehende Fariqua anbot, und stellte sich etwas abseits an ein Fenster, durch das sie auf die Veranda und den Vorplatz blickte.

Im nächsten Augenblick war ihre Mutter bei ihr und stellte sich zufällig oder absichtlich zwischen ihre Tochter und Lucy Smalley, die gesehen hatte, daß Susan allein war, und näherkam. So konnte selbst Lucy, die in nächster Nähe stand, nicht sagen, wie es geschah, daß Susan das Cocktailglas aus der Hand fiel und auf dem Parkettboden zersplitterte. Später – sehr viel später – sagte Lucy, sie glaube, Susan habe das Glas bewußt fallen lassen. Sie konnte nicht sagen, weshalb sie das glaubte, aber ihre Intuition sagte ihr, daß es so gewesen war. Mildred fragte Susan ganz normal: »Ist alles in Ordnung, Liebling? Bist du nicht zu müde?« Und Susan antwortete ganz normal, aber vielleicht eine Spur gereizt: »Mir geht es gut.« Als nächstes hörte man plötzlich das Zersplittern von Glas und Mildreds kurzen Aufschrei – von Susan keinen Ton, wie Lucy sich erinnerte, doch Mildred fragte: »Habe ich dich angestoßen?« Und dann war der Vorfall – wenn man es so bezeichnen wollte – vorbei.

Auf Mildreds Rock war ein Fleck. Susan bückte sich, hob

den ganz gebliebenen Fuß des Glases auf und begann, die Splitter einzusammeln, und gab sie dem Koch, der ihr zu Hilfe kam. Dann stand sie auf. »Meine Schuld«, sagte Mildred, als Susan sich bei Nicky für das Mißgeschick entschuldigte.

Susan lehnte einen weiteren Drink ab und ging hinüber zu Mrs. Stewart, Clarissa Peplow und Oberstleutnant Pearson. Ihre Mutter blieb bei Nicky stehen, die fragte: »Wollen Sie das nicht auswaschen?«

»Es gibt keine Flecken.«

»Dann kommen Sie mit ins Eßzimmer und überlegen Sie, ob Sie die Möbel haben wollen.«

Mildred sagte im Vorübergehen zu Susan: »Ich gehe kurz ins Nebenzimmer. Du hältst besser Ausschau nach Hauptmann Samuels. Ich glaube nicht, daß er jemanden hier kennt.«

»Ist er das?« fragte Clarissa. Sie drehten sich um.

Susan sagte: »Oh ja, das ist Sam.«

Nicky Paynton bahnte sich einen Weg zu der offenstehenden Tür, die zur Veranda führte. »Kommen Sie herein«, rief sie, als sie immer noch einige Schritte entfernt war, »ich bin Nicky Paynton und veranstalte den Rummel hier.« Sie streckte ihm die Hand so lange entgegen, bis er sie aus dieser Lage erlöste. Der Lärm im Zimmer ließ merklich nach, als klar wurde, weshalb Nicky sich in diese Ecke des Raums begab. Dort war der Fremde: der jüdische Psychiater. Die Geräusche verstummen so weit, daß der fröhliche Lärm im Eßzimmer zu einer anderen Party, beinahe zu einer anderen Welt zu gehören schien – einer Welt, in der man vor solchen Eindringlingen sicher war. Die gedämpfte Stille entstand mehr aus Staunen und weniger aus Neugier. Sie wurde unterstrichen von einem Mann, der weitersprach, ein paar Sekunden verstummte, als außer ihm nichts mehr zu hören war, dann wieder redete und damit die allgemeine Unterhaltung langsam in Gang brachte.

Hauptmann Samuels war schlank und hatte blonde Haare. Dank seiner überdurchschnittlichen Größe blickte er auf Nicky herab. Er lächelte nicht. Als sie seine Hand freigab, ließ er sie nicht fallen, sondern vorsichtig sinken. Er bemühte sich nicht um Eröffnungsfloskeln, die ein anderer Gast angesichts der besonderen Umstände, die ihn zu dieser Party führten, vielleicht benutzt hätte. Er schien überhaupt nichts gesagt zu haben. Er machte den Eindruck eines Mannes, der konventionelle Reaktionen als Zeitverschwendung abtat.

Das Bild des jüdischen Psychiaters löste sich in Nichts auf. Er wirkte vornehm und zurückhaltend. Nach Meinung der meisten anwesenden Frauen sah er auf eine beunruhigend kühle Weise gut aus. Bei näherer Betrachtung stellte man erschrocken fest, wie jung er sein mußte. Seine Jugendlichkeit machte die Aufmerksamkeit, die er sofort auf sich zog, für jene, die sie ihm schenkten, so unangenehm, wie es ein persönlicher Affront gewesen wäre, und das um so mehr, als er es offenbar keineswegs als seine Pflicht empfand, sich durch sein Benehmen scheinbar dafür zu entschuldigen, daß er jung *war* – denn das gehörte üblicherweise zu dem Charme eines jungen Mannes in Gesellschaft von Älteren.

Theoretisch hätte man sagen können, daß Nicky ihn durch das Zimmer führte. In Wirklichkeit ging sie voraus, um den Weg für ihn freizumachen. Am Ende des Wegs stand Isobel Rankin. Er beeilte sich nicht, sie zu erreichen.

»Darf ich Ihnen Hauptmann Samuels vorstellen?« sagte Nicky, »Hauptmann Samuels, Mrs. Rankin, die Gattin unseres Gebietskommandanten.«

Sie murmelten beide: »Guten Tag.«

»Sind Sie verwandt mit Freunden von uns Zuhause, mit Myra und Issy Samuels?« fragte ihn Isobel, nachdem er den Drink abgelehnt hatte, den Nazimuddin auf einem Tablett anbot.

Er betrachtete sie aufmerksam.

»Sir Isaac Samuels?«

»Ja.«

»Nein, wir sind nicht verwandt.«

»Ich nehme an, Sie kennen ihn.«

»Beruflich. Ich habe Lady Myra in Chester Square kennengelernt.«

»Da Sie Issy beruflich kennen, heißt das, Sie interessieren sich ebenfalls für Tropenmedizin? Wenn ja, sind Sie hier richtig. Wie lange sind Sie schon in Indien?«

»Seit Mitte Mai.«

»Und in Pankot?«

»Seit Ende Mai.«

»Wirklich? Schon so lange?«

Die Zuhörer, die bis jetzt von der gesellschaftlichen Verbindung durch gemeinsame Freunde der Generalsgattin und des jungen Armeearztes fasziniert gewesen waren, erkannten in der Frage eine Zurechtweisung. Hauptmann Samuels hatte weder seine Karte abgegeben noch sich in Isobels Rankins Buch am Tor des Flagstaff House eingetragen. Das war ein unerläßlicher Schritt für einen Offizier, wenn er offiziell als stationiert gelten wollte. Früher wäre es undenkbar gewesen, daß ein Offizier seit Mai hier stationiert war und sich Ende August noch nicht in das Buch eingetragen hatte. Heutzutage kamen und gingen so viele Leute, es gab so viele temporäre Stationierungen, daß das Ritual nicht mehr so streng befolgt wurde. Aber für einen neu an das Krankenhaus versetzten Offizier war es ein ernstzunehmendes Versäumnis, das entweder auf reiner Unwissenheit oder schlimmer – und wie in diesem Fall wahrscheinlich – auf Gleichgültigkeit zurückzuführen war.

»Ich verstehe absolut nichts von psychologischer Medizin«, fuhr Isobel fort, als deutlich wurde, daß Hauptmann Samuels nicht gedachte, sich zu ihrer letzten Bemerkung zu äußern, »ich nehme an, Guy Charlton auch nicht.« Sie sprach damit vom Chefarzt der militärischen Abteilung, einem ranggleichen Kollegen von Beames, der ebenfalls erst vor kurzen hierhergekommen war. »Ich vermute, Sie haben so ziemlich freie Hand. Sind Sie Freudianer oder Jungianer? Das muß man wohl fragen?«

Zum ersten Mal gestattete sich Hauptmann Samuels den Anflug einer Gefühlsregung. Es schien Belustigung zu sein.

»Das wird man meistens gefragt«, erwiderte er, »ich persönlich finde Reichs Gedanken zu dem Thema sehr interessant.«

»Und was sagt Mr. Reich oder was hat er gesagt?«

»Jede Antwort, die ich geben könnte, wäre eine allzu große Vereinfachung.«

»Etwas anderes würde ich nicht verstehen. Also sagen Sie es uns bitte.«

Er betrachtete sie wieder eingehend. Aber Isobel Rankin hatte sich noch nie von einem Blick einschüchtern lassen. Sie tat es auch jetzt nicht. Seine Augen richteten sich auf Nicky, auf Oberst Trehearne und Mrs. Trehearne, ganz kurz auf Lucy und Tusker Smalley, die sich zu der Gruppe gesellt hatten. Versuchte Samuels, diese Leute einzuordnen oder wollte er sie höflich in die Unterhaltung miteinbeziehen?

»Man muß zwischen Analyse und Behandlung unterscheiden. Unabhängig von der Ursache einer Neurose geht es dem Psychotherapeuten um die Fähigkeit des Patienten, sich physisch zu entspannen. Das ist schlicht eine Weiterführung von Reichs Gedanken, daß der menschliche Orgasmus ein wesentlicher Faktor für die physische und geistige Gesundheit darstellt. Aber man muß daraus nicht die Schlußfolgerung ziehen, daß verdrängte Sexualität die Wurzel aller Neurosen ist.«

Es dauerte einige Sekunden, ehe Tusker Smalley die Röte ins Gesicht stieg und er schnaubte: »Großer Gott!«

Isobel Rankin warf Tusker einen kurzen Blick zu, als wolle sie ihn davon abhalten, ein Problem daraus zu machen, daß ein Offizier es gewagt hatte, so etwas in Anwesenheit von Damen zu sagen. Ihr Lächeln wirkte vielleicht etwas starr, aber sie richtete es wieder auf Hauptmann Samuels.

»Für welchen Bereich der Tropenmedizin interessieren Sie sich besonders?«

»Für die Amöbeninfektion der Eingeweide, auch als Amöbenruhr bekannt.«

»Ach ja. Was interessiert Sie so sehr daran? Es ist doch ein relativ unwichtiges Leiden, und so weit ich weiß, leicht heilbar? Ist es eines von Issys Lieblingsgebieten?«

»Das würde ich nicht sagen. Allerdings bin ich zu dem Schluß gekommen, daß die englischen Ärzte sich im allgemeinen nicht so sehr dafür interessieren, wie sie sich vielleicht dafür interessieren sollten, wenn man bedenkt, welch ein großes tropisches Reich wir haben. Und ich stimme Ihnen nicht zu, Mrs. Rankin, wenn Sie sagen, daß sie leicht heilbar ist. Seit ich hier in Indien bin, ist mir klargeworden, daß selbst die Diagnose mehr oder weniger ein Glücksspiel ist. Ich würde sagen, daß ich bei einem relativ großen Teil meiner psychiatrischen Fälle den Verdacht auf eine chronische Infektion habe. Aber es ist sehr schwierig, eine genaue Untersuchung durchzuführen.«

»Was sind die Symptome? Eine Art chronischer Darmkatarrh?«

Er lächelte. »Die Erkrankung unterscheidet sich von Dysenterie. Leider kann man sich mit der Amöbenruhr infizieren und jahrelang daran leiden, bis sie die Darmwände durchbricht und lebenswichtigere Organe befällt. Zumindest vertreten einige Leute diese Theorie. Ohne eine gründliche Untersuchung wird sie im allgemeinen nicht diagnostiziert, und die Symptome sind nicht besorgniserregend: ein allgemeines Gefühl der Mattigkeit und Abgespanntheit. Dazu kommt die Neigung, geradezu zwanghaft die Gedanken in eine Richtung zu lenken.«

»Weshalb ist eine gründliche Untersuchung so schwierig?«

»Ich glaube, das sollte ich nicht erklären. Ich komme sonst in den Ruf, unanständige Dinge zu sagen. Ich bitte um Entschuldigung, wenn meine Bemerkung vorhin Anstoß erregt hat.«

Er blickte auf seine Uhr.

»Keineswegs, Hauptmann Samuels. Ich habe eine Frage gestellt, und Sie haben geantwortet. Ich sehe, Sie haben nicht viel Zeit.«

»Vor mir liegt ein voll gepackter Nachmittag.«

»Ich nehme an, Sie möchten Mrs. Bingham fragen, ob sie bereit ist zu gehen. Aber Sie müssen einmal nach Flagstaff House kommen und mir mehr von Ihren Theorien erzählen. Ich werde Guy Charlton bitten, Sie mitzubringen.«

Samuels gab keine Antwort. Er neigte leicht den Kopf in ihre Richtung. Aber das war seine einzige Reaktion auf die Einladung. Mehrere der Umstehenden überraschte es, daß Isobel diese Einladung ausgesprochen hatte.

Doch nachdem sie die Einladung ausgesprochen hatte, beendete sie das Gespräch, indem sie weiterging. Die Gruppe löste sich auf. Samuels nutzte die Gelegenheit und sah sich im Zimmer um. Er schien nicht daran interessiert zu sein, noch jemanden kennenzulernen. Man wendete die Augen ab, wenn sein Blick einen zufällig traf. Andeutungen über sein ungewöhnliches Benehmen erreichten bereits Leute, die das Gespräch nicht gehört hatten. Sobald er Susan sah, bahnte er sich durch die Menge einen Weg zu ihr.

»Hallo, Sam. Ist es Zeit?«

»Wenn Sie soweit sind.«

Susan erklärte, sie sei es. Sie stellte ihn Clarissa, Mrs. Stewart und Oberstleutnant Pearson vor.

»Ich muß mich von Mrs. Paynton verabschieden. Kommen Sie mit, Sam?«

Er legte ihr die Hand auf die Schulter. Es war nur eine

flüchtige Geste. Aber alle, die sie sahen, empfanden sie als unnötig besitzergreifend. Susan gehörte in diesen Raum, Samuels nicht. Aber er führte sie weg. Sie ließ das zu; zumindest die junge Frau in dem gepunkteten Kleid ließ das zu, und plötzlich wurde den Beobachtern klar, daß die junge Frau auf eine vertrackt unangenehme Weise nicht die Susan war, die sie kannten, sondern das Werk von Hauptmann Samuels oder ein Werk, das sie beide gemeinsam geschaffen hatten. Susan war jetzt ein Mensch, der durch einen geheimen Prozeß von Druck, Zwang, Einflüsterungen und weiß Gott was sonst noch hindurchgegangen war. Und Gott weiß, was sie redeten oder über wen sie sprachen, wenn sie bei ihren Analysesitzungen – oder wie immer man das nannte – allein waren. Als Samuels ihr folgte, fiel sein Blick hier und da auf Gesichter, als suche er nach Beweisen für geistige und emotionale Krankheiten der Art, die er sich angemaßt hatte, in *ihr* zu entdecken, für die er aber *sie alle* verantwortlich machte. Er benahm sich wie ein Mann, der jemanden aus einem Seuchengebiet herausholt.

»Mrs. Paynton«, sagte Susan, »vielen Dank, daß ich zu Ihrer Party kommen durfte. Wenn es Ihnen recht ist, sage ich nur *au revoir.*«

Nicky hielt Glas und Zigarette in einer Hand und legte die andere um Susan, in der halben Umarmung, die Teil ihres Schutzpanzers für die Abschiedsparty geworden war.

»Dann also *au revoir,* Susan. Vielleicht stimmt es sogar. Es kann möglicherweise eine Ewigkeit dauern, ehe sie mich in ein Flugzeug setzen.«

Sie nickte Hauptmann Samuels zu.

Mildred wartete in der offenen Tür.

»Liebling, möchtest du, daß ich heute abend vorbeikomme?«

»Nein, es ist wirklich nicht nötig. Es muß für dich inzwischen schon todlangweilig sein, jeden Tag herunterzukommen. Es besteht kein Grund, es zweimal zu tun.«

Soviel hörte man, konnte man hören. Mildred begleitete Susan und Hauptmann Samuels nach draußen. Etwa eine Minute lang unterhielten sie sich auf der Veranda. Dann gingen Samuels und Susan die Treppe hinunter und stiegen in die wartende Tonga. Mildred kam ins Haus zurück – jedoch nicht durch die Tür, durch die sie hinausgegangen waren, sondern durch den Haupteingang. Es dauerte einige Zeit, bis Mildred wieder im Wohnzimmer erschien, und inzwischen brachen die ersten Gäste schon auf.

Als Isobels Wagen vorfuhr, um sie und Mildred nach Flagstaff House zu bringen, sagte sie zu Nicky: »Sie und Clara kommen mit uns. Es gibt nichts Deprimierenderes, als einen Nachmittag zwischen Resten zu verbringen. Wir könnten eine Runde spielen und uns entspannen.«

»Schön. Ich muß noch die letzten Gäste loswerden.«

Das tat sie, indem sie verkündete, sie werde jetzt abschließen. Innerhalb von zehn Minuten war das Haus leer. Lucy und Tusker Smalley gingen als letzte. Sie sagten, ihre Tonga sei nicht da.

»Sie haben aber Pech«, meinte Nicky, »soll ich Nazimuddin schicken, damit er Ihnen eine holt?«

»Ich nehme an, wir finden eine unterwegs«, erwiderte Tusker. Lucy liebäugelte mit dem Wagen der Rankins, aber Tusker winkte Nicky zu, ging die Stufen hinunter, und Lucy folgte ihm.

»Pankot verändert sich *wirklich*«, sagte Nicky, als sie wieder ins Haus kam, »die armen Smalleys haben niemanden gefunden, der sie mitnimmt. Es tut mir wirklich leid. Das stört das Bild meiner letzten Party in Pankot.«

Eine Limousine, wie man sie in Ranpur mieten konnte, um Ausflugs- und Sommergäste hinauf in die Hügel und wieder zurück zu bringen, fuhr auf der gewundenen, kurvenreichen Flagstaff Road, auf der zwei sich entgegenkommende große

Wagen kaum Platz hatten. Aber solche Begegnungen waren selten. Nur Fahrzeuge vom und zum Flagstaff House benutzten die Straße. Der Wagen des Generals hatte allen anderen gegenüber ohnehin Vorfahrt. Das glaubte auch der Chauffeur, ein indischer Korporal, der Isobel und ihre Gäste nach Hause brachte. Er gedachte, einfach weiterzufahren und der Limousine möglichst wenig Platz zu lassen, die – wie er annahm – ihm Platz machen und sehr langsam fahren würde.

Auf dem Dach der Limousine befand sich ein vollgepackter Gepäckträger mit einer regensicheren Plane. Vielleicht gewann der Chauffeur der Limousine, ein Zivilist, durch dieses zusätzliche Gewicht die seltsame Vorstellung, sein Fahrzeug sei das wichtigere der beiden, obwohl der Stander auf der Motorhaube des entgegenkommenden Wagens verkündete, daß dem nicht so war. Sofern er dieses Statussymbol sah, ignorierte er es. Er verlangsamte die Geschwindigkeit nicht. Im letzten Augenblick rief der Korporal seinen Fahrgästen eine Warnung zu und trat heftig auf die Bremse. Die Limousine glitt vorbei. Der Wagen des Generals erbebte unter dem Druck.

»Mein Gott!« rief Isobel, »dieser verrückte Idiot! Wer war es Clara? Haben Sie es gesehen?«

Clara saß hinten auf der rechten Seite.

»Die Vorhänge waren zugezogen. Deshalb konnte ich nichts sehen.«

»Vorhänge?«

Der Chauffeur stieg kampflustig und mit geballten Fäusten aus. Er vermutete, der andere Fahrer würde anhalten und sich entschuldigen oder wollte mit ihm streiten. Er würde ihm ordentlich die Meinung sagen und einen guten Eindruck bei der Burra Memsahib machen, die es bekanntermaßen gern sah, wenn Männer auftrumpften. Aber die Limousine fuhr weiter. Der Chauffeuer hatte noch nicht einmal Zeit, sich die Zulassungsnummer zu merken.

»Was meinen Sie mit Vorhängen, Clara? Was war es? Ein Leichenwagen? Und was hat er auf Flagstaff Road zu suchen, wenn es einer war?«

»Es war kein Leichenwagen, nur ein Wagen mit zugezogenen Vorhängen.«

»Hatte er eine Krone?«

»Ich habe nichts gesehen.«

»Nur Maharadschas fahren mit zugezogenen Vorhängen.«

»Oder ihre Frauen... hauptsächlich die Frauen.«

»Nun ja, wenn wir Besuch von einem unbekannten Maharadscha und seinem Harem hatten, dann hat er sich nicht gerade mit den besten Manieren verabschiedet... es sei denn, es war der alte Dippy Singh. *Der* ist natürlich völlig übergeschnappt. Schon gut, Shafi, es war nicht Ihre Schuld. Fahren wir.«

An ihrem Ende wurde die Straße breiter und bot eine Wendemöglichkeit vor einem imposanten schmiedeeisernen Tor. Dort stand ein Wachposten. Auch der Kommandant der Wache war anwesend, als sei er gerade herbeigerufen worden.

»Shafi, halten Sie am Tor und fragen Sie den Kommandanten nach dem Wagen.«

Das tat er. Der Wachposten präsentierte bereits mit knallenden Stiefeln das Gewehr. Der Kommandant der Wache kam herbeigeeilt, stand stramm und salutierte.

Shafi sprach mit ihm. »Er sagt, der Wagen hat angehalten und eine Dame ist ausgestiegen«, berichtet er.

»Ja, das habe ich gehört.« Isobel rief über Shafis Schulter hinweg auf Urdu: »Was für eine Dame?«

»Eine englische Dame, eine alte Dame. Sie trug einen Tropenhelm. Sie hat sich in das Buch eingetragen, Memsahib.«

»Danke.«

Isobel stieg aus, ging hinüber zu dem Wachhäuschen, wo das Buch angekettet auf einem Pult lag; sie stand dort ein paar Sekunden, kam zurück und stieg wieder ein.

»Fahren Sie weiter, Shafi.«

Als der Wagen den Weg zum Haus hinauf rollte, sagte sie: »Also war es das erste Mal doch kein schlechter Witz. Sie hat sich verabschiedet. ›Ethel Manners, *pour prendre congé.*«

Es entstand ein Schweigen. Dann begann Nicky Paynton zu lachen.

»Das«, sagte sie vom Lachen geschüttelt, »*das* war der Clou des Tages für mich: Pour prendre congé!«

Sie lachte immer noch, als die Limousine in der breiten Auffahrt hinter den hohen Säulen des Portals anhielt. Davor stand inmitten eines makellos gepflegten Rasens in einem runden weißen Kiesbeet der hohe weiße Flaggenmast, der wie ein Schiffsmast mit Tauen befestigt war. Von dieser Anhöhe sah man große Teile des Tals von Pankot, über dem das Sonnenlicht des frühen Nachmittags lag. Ehe Nicky Paynton ins Haus ging, blieb sie einen Moment lang noch vom Lachen geschüttelt stehen und betrachtete das Panorama. Dann drehte sie ihm den Rücken zu, öffnete die Handtasche, holte ein Taschentuch heraus, betupfte sich die Augen und gesellte sich für die vermutlich letzte gemeinsame Bridgerunde zu ihren Freundinnen.

So war es. Neun Tage später stieg sie auf beiden Ohren taub und mit schmerzenden Gliedern aus einer Dakota, betrat die Rollbahn eines Luftwaffenflugplatzes und befand sich in der erstaunlich unwirklichen Landschaft von Wiltshire.

IV

Es wurde Oktober, und Barbie nahm die Löffel nicht mehr in die Kirche mit. Die alte Dame mußte abgereist sein. Sie verpackte die Löffel, schrieb einen Brief und fragte Clarissa, ob einer der Dienstboten beides zum Haus des Kommandanten bringen könnte. Clarissa war einverstanden. Sie war sehr fürsorglich geworden. Am nächsten Tag hielt Barbie ein Dankschreiben von Oberst Trehearne in der Hand. Er bat sie um die Ehre, am Damenabend im November mit ihm zu speisen.

Ein oder zwei Tage antwortete Barbie nicht, denn sie wußte, sie würde die Einladung nicht annehmen. Aber solange ihr Brief, in dem sie sich für die Einladung bedankte und entschuldigte, ungeschrieben blieb, konnte sie sich dem Genuß überlassen, den die Einladung ihr verschafft hatte. Ein langes schwarzes Samtkleid, dachte sie, eine Brosche, sonst kein Schmuck. Frisch geschnittene und gelegte Haare, um den weichen Naturwellen auf Kopf und Stirn Glanz zu verleihen. Schwarze, flache Schuhe und eine glitzernde schwarze Abendtasche. Vielleicht eine Samtrose – scharlachrot oder weinrot – anstelle der Brosche. Nein, die Brosche wäre vornehmer. Eine hauchdünne Stola aus schwarzem Seidenchiffon, um den Marmor der Arme und Schultern zu wärmen, jedoch nicht völlig zu verbergen. Für die Fahrt dorthin ein Cape aus dem gleichen schwarzen Samt wie das Kleid, aber mit einem warmen roten Futter. Vielleicht eine vergoldete oder silberne Kette als Verschluß am Hals. Handschuhe bis zum Ellbogen. Weiß. Oder schwarz? Weiß, wenn sie die Brosche trug. Schwarz für die farbige Samtblume. Und ein feines Batisttaschentuch, mit Eau de Cologne beträufelt.

Als ihr Brief, in dem sie sich aus gesundheitlichen Gründen entschuldigte, abgeschickt war, betrachtete sie das Spiegelbild ihres abgezehrten, knochigen Körpers und die strähnigen, glatten Haare, die geschnitten werden mußten. In einem solchen Kleid würde man nur den wilden, ungepflegten Kopf sehen, die dünnen Schlüsselbeine und den knotigen, faltigen Hals, die Vogelscheuchenarme, die Grabsteinzähne, die für ihren Mund viel zu groß waren. Hören würden man, was einmal eine Stimme gewesen war: heisere, krächzende Töne, die zwischen gebrochenem Flüstern und rauhen Schreien schwankten.

Sie legte den Brief von Oberst Trehearne in die Schublade des zusammenklappbaren Schreibtischs zu dem Brief von der Bank, den Briefen und der Postkarte, die Sarah aus Kalkutta und Darjeeling geschickt hatte, und dem Brief von der Mission, der am Morgen der Taufe gekommen war; den nie abgegebenen Brief an Hauptmann Coley hatte sie zerrissen und weggeworfen. Die Ansichtskarte von Sarah zeigte den Hauptsitz der Bishop Barnard-Mission in Kalkutta. Sie trug den Stempel vom 6. September. An diesem Tag war Mildred mit Susan, dem Kind und der Aja aus Pankot abgereist, und einen Tag zuvor hatte Hauptmann Travers Barbie ins Pfarrhaus entlassen.

»Sie werden es wiedererkennen«, hatte Sarah auf der Rückseite geschrieben, »ich hoffe, es geht Ihnen besser. Auch mir geht es besser, und ich kann wieder auf die Menschheit losgelassen werden, wie man sagt. Alles Liebe, Sarah.«

Die Postkarte war ein Rätsel, wie so vieles, was mit Sarah zusammenhing. Normalerweise konnte man eine solche Karte nur in der Mission in Kalkutta kaufen. Aber Sarah erwähnte nichts davon, daß sie dort gewesen sei.

Es fiel ihr schwer, zu Fuß weiter als zur Kirche in einer und zu Mr. Maybricks Bungalow in der anderen Richtung zu gehen. Für den Basar bestellte sie sich eine Tonga und stieg erst aus, wenn sie das Pfarrhaus wieder erreicht hatte.

Im Basar ließ sie den Kutscher vor Jalal-ud-din anhalten. Beim ersten Mal dauerte es ein oder zwei Minuten, ehe sich ein zerlumpter kleiner barfüßiger Junge auf der Suche nach einem Auftrag und einer Anna einstellte. Inzwischen erwarteten sie jedoch schon am Anfang des Basars ein Dutzend oder mehr Jungen, die hinter der Tonga herrannten und ihr Können, Geschick und ihre Ehrlichkeit anpriesen.

Anfangs hatte sich ihr kleiner Junge seinen Konkurrenten angeschlossen, aber inzwischen setzte er auf ihre Treue und wartete vor dem Geschäft, bis sie ankam. Um sie zu erreichen, mußte er sich den Weg durch unzählige Gliedmaßen bahnen, die meist kräftiger waren als seine eigenen. Sie gab ihm eine Liste, Geld und klare Anweisungen. Während sie wartete, verteilte sie an die anderen Süßigkeiten. Wenn sie Listen für mehrere Geschäfte hatte, erhielt er sie eine nach der anderen. Die anderen Jungen verloren das Interesse, sobald sie ihre Süßigkeiten bekommen hatten; aber ihr kleiner Junge rannte hin und her zwischen Tonga und Laden, Laden und Tonga. Er rechnete nach jedem Auftrag genau ab. Hauptsächlich handelte es sich um Einkäufe für Clarissa. Hatte Barbie viele Pakete, fuhr der kleine Junge mit ihr zum Pfarrhaus zurück. Dann saß er neben dem Kutscher. Er half ihr, die Pakete auf die Veranda zu tragen. Sie bezahlte ihm aus eigener Tasche einen gewissen Anteil von der Gesamtsumme. Sie hoffte, er würde auch von den Ladenbesitzern eine Kommission bekommen. Sie schrieb ihm nicht immer vor, in welchem Laden er einkaufen sollte. Manchmal blieb er eine ganze Weile verschwunden. Dann kehrte er jedoch unweigerlich mit einem besonders günstigen Kauf zurück. Clarissa freute sich darüber. Sie unterhielten sich in einer Mischung aus Urdu, dem Dialekt der Hügel und Englisch.

Er hieß Aschok, wie er sagte. Seine Eltern waren in Ranpur gestorben. Er war nach Pankot gekommen, weil er Arbeit suchte. Er hatte keine Verwandten. Er übernahm alle möglichen Arbeiten. Er schlief, wo er sich gerade befand, wenn er die letzte Arbeit des Tages erledigt hatte. Er war acht Jahre alt. Er hatte den Ehrgeiz, einmal in den Elefantenställen eines Maharadscha zu arbeiten.

»In Pankot gibt es keine Elefanten«, erklärte Barbie.

Nein, bestätigte er, aber in Pankot konnte ein Junge Rupien verdienen und dann konnte er nach Radschputistan gehen. In Radschputistan gab es Hunderte von Maharadschas, und jeder von ihnen besaß tausend Elefanten.

Zu Hause, erzählte Barbie, wollten die meisten englischen Jungen in seinem Alter Lokomotivführer werden. Ja, Lokomotivführer sei in Ordnung, meinte er, vorausgesetzt, es gäbe keine Elefanten.

»Muß man aus einer bestimmten Kaste kommen, um Mahout zu werden?«

Er verstand sie nicht. Er sagte, sein Vater habe bei der Stadt Ranpur gearbeitet. Aschok sagte nicht, als was. Sie kam zu dem Schluß, daß er ein Harijan war, ein Kind Gottes, ein Unberührbarer. Die Elefanten waren sein Traum. In Radschputistan würde man ihm vielleicht erlauben, den Kot wegzuräumen. Aber vermutlich gab es dafür auch eine Kaste. Barbie wußte es nicht. »Hinduismus«, hatte Mr. Cleghorn ihr einmal gesagt, »ist keine Religion, sondern eine Lebensform.« »Das sollte das Christentum auch sein«, hatte sie erwidert. Er hatte sie nur auf seine altmodische Weise angesehen.

»Was bin ich?« fragte sie Aschok.

»Sahib-log.«

»Nein, ich bin eine Dienerin des Herrn Jesus.«

Sie saß auf den Verandastufen des Pfarrhauses und streckte ihm die Hand entgegen. Aschok sah sie ernst an.

»Komm her«, sagte sie, »ich bin dein Vater und deine Mutter.«

Er kam. Sie umfaßte seine mageren Schultern.

»Du verstehst mich nicht«, sagte sie auf englisch. Er roch nach Moschus. »Das ist alles zu lange her und zu weit weg. Die Welt, in der du und ich leben, ist schlecht. Ich drücke dich an meine Brust, und du verstehst das als die Geste einer unbeugsamen Autorität. Ich biete dir meine Liebe. Du nimmst das als Zeichen dafür, daß dir das Glück lächelt. Dein Herz klopft vor Dankbarkeit, Erregung und der Erwartung von Rupien. Mein Herz schlägt kaum noch. Es ist sehr müde, alt und fern von zu Hause. Aschoka, Aschoka, Schokam, Schokarum, Schokis, Schokis.« Irgendwie war da etwas falsch.

Er lachte. Seine Augen leuchteten.

»Chalo«, sagte sie.

Sie drückte ihm eine silberne Rupie in die winzige Hand. Er verbeugte sich tief und legte die rechte Handfläche an die Stirn. Dann rannte er davon. Am Tor drehte er sich um. Sie winkten sich zu.

»*Tu es mon petit Hindou inconnu*«, flüsterte sie, ‹*et tu es un papillon brun. Moi, je suis blanche. Mais nous sommes les prisonniers du bon Dieu.*«

»Es ist ungewiß, wie lange ich dich noch besuchen kann«, erzählte sie Mabel. Inzwischen stellte sie sich ein Grab als den geschlossenen Eingang eines langen dunklen und gewundenen Tunnels vor, durch den man auf dem Bauch liegend kriechen mußte, wenn man je die Zone des Lichts am Ende erreichen wollte. Sie nahm an, daß man vielleicht einige Zeit zusammengekauert vor dem verschlossenen Eingang knien mochte, um den Mut für die Reise zu finden. Es gab Tage, an denen sie dachte, Mabel sei gegangen, und andere, an denen sie das Gefühl ihrer Nähe sehr stark empfand. An diesem Tag schien sie ihr sehr nahe zu sein. »Es tut mir leid, daß es so wenige Blumen sind. Im Pfarrhausgarten gibt es nicht viele. Ich schneide sie nicht gerne ab, ohne um Erlaubnis zu fragen, und ich frage nicht gern zu oft.«

Als sie Aschok das nächste Mal sah, bat sie ihn, Blumen zu kaufen. Er kehrte zur Tonga zurück und hatte beide Hände voll stengelloser Ringelblumen und Jasminblüten. Barbie streute sie auf das Grab. Danach hielt er täglich Blumen für sie bereit: wilde, die er in den Hecken pflückte, und andere, die er in Gärten stahl (wie sie vermutete). Für solche Blumen wollte er kein Geld annehmen.

»Weißt du, wofür die Blumen sind, Aschok?«

Ja, er wußte es. Sie waren für Puja, für Gebete.

»Sie sind für meine Freundin.«

Aschok wirkte beunruhigt.

»Ich bin dein Freund«, sagte er.

»Ja. Ich meine, für meine Freundin.«

»Wo ist deine Freundin?«

»In Pankot.«

»Wo in Pankot?«

»Sie ist überall.«

Aschok sah sich um. War sie jetzt hier? Ja, sagte Barbie. Ihre Freundin beobachtete sie beide. Seine Augen wanderten hierhin und dorthin.

»Ist sie auch meine Freundin?«

»O ja, aber du siehst sie nicht.«

»Kannst du sie sehen?«

Barbie schüttelte den Kopf.

Er gab sich damit zufrieden.

Aus einer Nummer des *Onlooker* schnitt sie das Bild eines Elefanten, der eine Howdah mit Jägern trug. Es war ein kleines Bild. Sie steckte es in die Plastikhülle, in der sie die Karte für die Leihbibliothek aufbewahrt hatte, und gab es ihm.

»Meine Freundin hat mich gebeten, dir das zu geben, Aschok.«

Er sah es lange an. Neben einem der Jäger in der Howdah saß eine Frau mit einem Tropenhelm.

»Ist das deine Freundin?«

Barbie betrachtete das Bild genauer. Das Gesicht der Frau war unscharf. »Nein«, sagte sie, »aber diese Frau sieht ihr ähnlich.«

Bilder waren für ein Kind wichtig.

»Wann gehst du nach Radschputistan, Aschok?«

Aschok zuckte mit den Schultern.

»Wenn du genug Geld hast?«

Er gab keine Antwort.

»Hast du deine Absicht geändert?«

Er nickte.

»Aber in Pankot gibt es keine Elefanten. Weshalb gehst du nicht nach Radschputistan?«

»Ich werde gehen, wenn du gehst«, sagte er.

An diesem Abend weinte sie, als sie betete.

Barbie saß lange auf dem Bettrand, nachdem Clarissa ihr den Umschlag von der Mission mit dem Poststempel Kalkutta gegeben hatte. Sie öffnete den Brief nicht, und es fiel ihr auf, wie still die alten Lauscher in der Wand waren.

Sie mußte ihn nicht lesen, um zu wissen, daß er von Mr. Studholme kam, und er würde ihr nur schreiben, weil er ihr einen Platz in einem der Bungalows der Mission in Darjeeling oder Naini Tal anbieten konnte. Jemand war gestorben, und damit war etwas frei geworden. Sie wollte den leeren Platz nicht füllen. An einem solchen Ort würde sie, die niemand haben wollte, auch sterben. Sie würde dorthin ziehen müssen, aber das erforderte Mut. Sie nahm den Brief in die Hand und überlegte, welche Folgen es haben würde, wenn sie ihn ungeöffnet vernichtete. Aber so konnte sie Clarissa nicht hinters Licht führen. Gute Nachrichten in Hinblick auf eine Wohnung...? würde Clarissa beim Mittagessen fragen, und dann mußte sie lügen.

Barbie ging in das Bad und bürstete sich den Geschmack der Lüge von den Zähnen.

Sie kehrte in das kleine Zimmer zurück, das sie inzwischen beinahe liebte, weil Mabel wußte, daß sie dort war; und sie hatte die Krankheit überlebt, um dorthin zurückzukehren. Clarissa war umgänglich geworden, und die Schlingpflanze vor dem Fenster war nicht eingedrungen. Ein zusätzlicher kleiner Nagel sorgte dafür, daß das Kruzifix gerade hängen blieb, wenn sie es im Vorbeigehen streifte. Sie hatte entdeckt, daß jeder Zehnagel wundervoll geformt war. Die alten Leute hinter dem Vorhang waren Feinde, wurden aber in Schach gehalten. Nachdem sie den Brief gelesen hatte, würden sie den Vorhang teilen, sich auf sie stürzen und sie ersticken. Es wäre ein Gnadenakt.

Sie schnitt den Umschlag mit einem Papiermesser aus Sandelholz auf, dessen geschnitzte Oberkante eine Reihe winziger Elefanten darstellte. Mr. Maybrick hatte es ihr bei ihrer Rückkehr als Willkommensgruß im Land der Lebenden geschenkt, wie er es nannte. Er haßte Krankenhäuser. Deshalb hatte er sie auch nie besucht. Es war ein ziemlich langer Brief mit Mr. Studholmes Unterschrift.

20. November 1944

MEINE LIEBE MISS BATCHELOR
darf ich zuerst sagen, daß ich Ihnen leider keine freie Wohnung in Mountain View in Darjeeling oder in The Homestead in Naini Tal anbieten kann. Seien Sie jedoch versichert, daß ich Ihre Lage nicht vergessen habe.

Ich schreibe Ihnen aus zwei Gründen und muß mich zuerst dafür entschuldigen, nicht schon vor Wochen geschrieben zu haben, als ich erfuhr, daß Sie sehr krank waren, sich jedoch auf dem Weg der Besserung befinden. Wir Alten sind nicht so leicht umzuwerfen. Nachdem man jahrelang im Land lebt, entwickelt man, wie ich glaube, eine besondere Widerstandsfähigkeit. (Lavinia Claythorpe oben im Naini Tal wird in diesem Monat achtundachtzig.)

Eine Miss Sarah Layton hat mir von Ihrer Krankheit und Genesung berichtet; ich hatte davor nicht das Vergnügen, sie zu kennen, aber sie besuchte mich eines Tages, während sie bei Verwandten in Kalkutta weilte. Ja, das ist der erste Grund für meinen Brief: Ich möchte Ihnen sagen, ich hoffe, daß Sie inzwischen wieder auf den Beinen sind. Ich habe erfahren, wie unermüdlich Sie sich der armen alten Dame angenommen hatten, deren Tod Sie in Hinblick auf ein dauerhaftes Zuhause in eine unsichere Lage gebracht hat. Der zweite Grund für diesen Brief ist es, herauszufinden, ob wir mit einer besonderen Bitte an Sie herantreten dürfen. Ich sehe mich dazu ermutigt, weil Sie bereits früher Ihre freiwilligen Dienste angeboten haben.

Sie werden sich vorstellen können, daß seit Kriegsbeginn die Zahl der Neulinge in unserer Mission beträchtlich zurückgegangen ist. Die jungen Männer und Frauen zu Hause mußten einem anderen Ruf folgen. Es ist uns zunehmend schwerer gefallen, freie Stellen mit geeigneten Lehrkräften zu besetzen. In einem Gebiet ist diese Schwierigkeit aus den verschiedensten Gründen vorübergehend besonders groß geworden.

Ich bin sicher, Sie werden sich an Edwina Crane erinnern. Sie war die Leiterin unserer Schulen im Distrikt Majapur, zu dem auch die kleine Schule am Rand von Dibrapur gehört. Seit dem Tod des dortigen indischen Lehrers und Miss Cranes Tod ist es uns nicht leicht gefallen, die Stelle zu besetzen.

Glücklicherweise ist es vor sechs Monaten gelungen, eine Miss Johnson, eine eurasische Christin, mit dieser Aufgabe zu betrauen. Sie war sehr erfolgreich, und wir hoffen, daß sie auch weiterhin als Lehrerin in Dibrapur tätig sein wird. Miss Johnson hat jedoch vor kurzem ihre Verlobung und baldige Hochzeit angekündigt, und vom 12. Dezember an um einen Monat Urlaub für die Eheschließung gebeten, um danach mit ihrem Mann in die Provinz Madras zu reisen. Wir haben ihrer Bitte natürlich entsprochen. Es hat sich jedoch als schwierig erwiesen, einen Lehrer für die Zeit ihrer Abwesenheit zu finden. Unsere Schule in Dibrapur ist eine Vor- und Grundschule für die ersten Klassen. Die Schüler kommen hauptsächlich aus den umliegenden Dörfern, nicht aus der Stadt. Anders als die Grundschulen für die oberen Klassen in den Städten schließt sie über Weihnachten nur für ein paar Tage. In der Nähe gibt es einen Bungalow für die Lehrkraft. Majapur ist leider fünfundsiebzig Meilen entfernt. Man ist also ziemlich von der Welt abgeschnitten. Dibrapur hat kein gesundes Klima. Aber die Unruhen in diesem Gebiet sind schon lange zu Ende.

Ich möchte Sie fragen, ob Sie in Betracht ziehen würden, für Miss Johnson einzuspringen. Wir wären äußerst dankbar. Ein Telegramm mit der Zu- oder Absage würde genügen. Wenn Sie zusagen, werde ich sofort Miss Jolley in Ranpur bitten, alles Nötige für Ihre Reise von Pankot nach Majapur in die Wege zu leiten. Ich schlage dafür den 5. Dezember vor, denn dann würden Sie Majapur am 6. oder 7. erreichen und könnten mit Miss Johnson ein paar Tage in Dibrapur verbringen, ehe sie abreist. Die Schulleiterin in Majapur ist Mrs. Lanscombe, die Sie, wie ich glaube, nicht kennen. Mrs. Lanscombe wird alles für ihre Ankunft in Majapur und die Weiterreise vorbereiten. Wenn es Ihnen recht ist, werde ich Miss Jolley bitten, Sie im Pfarrhaus anzurufen, sobald die notwendigen Platzreservierungen erfolgt sind, damit sie Ihnen die Einzelheiten mitteilt. Inzwischen verbleibe ich mit aufrichtigen guten Wünschen: Cyril B. Studholme. M.A.

Barbie las den Brief zweimal, ehe sie ihn faltete und in den Umschlag zurücksteckte. Beim zweiten Lesen wurde ihr klar, was Sarah getan hatte. Sie hatte Mr. Studholme besucht, um ihm die Vorstellung zu nehmen, das alte Schlachtroß sei nicht mehr zu gebrauchen. Sarah hatte das so feinfühlig getan, daß es ihm überhaupt nicht aufgefallen war und er sogar vergessen hatte, ihr einen Brief mit Wünschen für eine gute Besserung zu schreiben. Barbie spürte, daß Sarah mit dieser praktischen und unauffälligen Geste ihre Beziehung auf eine Weise besiegelt hatte, die sie tiefer berührte, als Sarahs offen erklärte Wertschätzung es vermocht hätte.

Sie steckte den Brief in ihre Handtasche. Wie damals, bei Oberst Trehearnes unerwarteter Einladung, wollte sie in der Welt ihres persönlichen Glücks verweilen, um es ganz auszukosten. Sie wollte einige Zeit in seiner ruhigen Mitte verweilen, die kein fester, sondern ein beweglicher Punkt im Raum war und über eine flache Landschaft in einer langen geraden Linie glitt: in ihrer Vorstellung die Straße nach Dibrapur. Barbie schloß die Augen und reckte in dem dunklen Zimmer das Gesicht dem riesigen weißen Himmel und dem glühend heißen Atem der Sonne entgegen, die Erde und Körper briet und in heiliger Erschöpfung erstarren ließ.

Indien, dachte sie. Indien, Indien!

»Indien«, flüsterte sie.

Sie sagte laut: »Indien, Indien, Indien!«

Die Kinder lachten. Sagen Sie es noch einmal, Barbie Mem, riefen sie im Chor. Indien, rief sie. Die erste Silbe war unhörbar, und die zweite schien schrill aus ihrem Hals aufzusteigen, in der Luft zu schweben und wie ein tödlich getroffener Vogel zur Erde zu fallen. Barbie senkte die Stimme und sprach im Flüsterton, in dem sie sich jetzt mit Arthur, Clarissa, Edgar Maybrick und dem kleinen Aschok unterhielt. Ich muß meine richtige Stimme schonen, sagte sie. Ich muß sie schonen für das Klassenzimmer in Dibrapur.

Aber sie besaß ihre richtige Stimme nicht mehr. Würde die Wärme der Ebene ihr Leben und Klang zurückgeben, oder war sie für immer geschädigt? Würde ein Winter in Pankot mit seinen kalten Nächten sie völlig ruinieren? Das waren rhetorische Fragen. Die Beeinträchtigung ihrer Stimme, trotz aller Beruhigungen von Travers, war eine Strafe, deren Härte sie erst an diesem Morgen richtig empfand. Wenn sie die Bitte der Mission erfüllte, würde sie es unter falschen Voraussetzungen tun.

Sie konnte nur beten und absagen, nachdem sie gebetet hatte, denn das Gebet war seit langem nur eine Formsache, eine Gewohnheit geworden. Sie machte sich nicht einmal mehr die Mühe zu knien. Oh Gott, sagte sie, gib mir meine Stimme zurück!

In der Diele sagte sie laut: »Clarissa«.

Der Perlenvorhang zitterte nur. Er hätte sich teilen sollen.

Mit dem Brief von Mr. Studholme fest in der einen Hand teilte sie den Perlenvorhang mit der anderen und trat unter seinem Klicken in den meergrünen, unverwüstlichen Raum. Sie blieb wie angewurzelt stehen.

Hauptmann Coley erhob sich.

Clarissa sagte: »Da sind Sie ja, Barbara. Ich wollte gerade nach Ihnen schicken, um zu sehen, ob Sie einen Augenblick Zeit haben.«

»Ich habe viele Augenblicke Zeit.«

Eine Alte machte Witze. Es hatte einmal einen Abend gegeben, an dem sie glaubte, diesen Mann umwerfen zu können, wenn sie ihm nur mit dem Finger gegen die Brust stieß. Hatte er Haare auf der Brust? Sie kannte ihn nur liegend und von oben. Sie vermieden es, sich anzusehen. Die meiste Zeit blickten sie auf Clarissa, die unter dieser Konzentration von Licht glänzte.

Clarissa sprach wie ein Orakel, das Fragen stellte, anstatt Antworten zu geben. In Anwesenheit Coleys war Clarissa wieder die alte geworden. Sie wirkte nicht mehr fürsorglich. Sie redete wie mit einem Kind, dem sie ein Geheimnis entlocken mußte. »Es geht um eine mysteriöse Sache«, sagte sie, »um eine Kiste im Schuppen des Mali in Rose Cottage.«

»Es ist keine mysteriöse Sache«, erwiderte Barbie, »die Kiste gehört mir. Soll sie entfernt werden?«

Clarissa gab die Frage schweigend an Hauptmann Coley weiter. Barbie sah ihn an. Sein Gesicht (das Märtyrergesicht) war rot, und – sie hätte es beschwören können – auf seiner gequälten Stirn standen Schweißperlen, obwohl die Wärme des Septembertages ihm nicht in Clarissas Zimmer gefolgt war.

»Wäre wünschenswert«, sagte er.

Clarissa erklärte: »Verstehen Sie, Hauptmann Coley hat während Mildreds Abwesenheit ein Auge auf das Haus.«

»Auch auf die Gartengeräte?«

»Nicht gerade«, sagte er. »Streitpunkt zwischen Mali und Mahmoud.«

»Hat Mahmoud nicht Urlaub?«

»Ist zurück. Fährt morgen nach Kalkutta zu Mildred. Mrs. Layton.«

Hauptmann Coley machte nicht viele Worte. Nach mehr als einem Jahrzehnt als Depotadjutant bedeuteten ihm Worte vermutlich nichts. Da sein Alltag sich Woche um Woche, Jahr um Jahr nicht änderte, mußte er in seinem Leben wahrscheinlich Tag für Tag dieselben Worte benutzen.

»Was ist das für ein Streitpunkt zwischen dem Mali und Mahmoud?« fragte sie.

»Verdacht auf Diebstahl.«

»Warum um alles in der Welt sollte Mahmoud einen Diebstahl vermuten? Mein Name steht deutlich auf der Kiste.«

»Hülle. Hülle um die Kiste.«

»Aber hat der Mali nicht erklärt, daß sie mir gehört und er sie nur aufbewahrt?«

»Deshalb bin ich hier. Überprüfe die Geschichte.«

»Aber Sie möchten trotzdem, daß sie entfernt wird.«

Er sah sich im Zimmer um, als suche er einen geeigneten Platz für die Kiste.

»Wäre wünschenswert«, sagte er schließlich.

»Wann? Heute?«

»Himmel, nein!« Einen Augenblick lang schien er sich beinahe zu Redseligkeit getrieben zu sehen. Vielleicht fürchtete er etwas anderes genauso wie eine Versetzung, die er nicht verhindern konnte: das Wort *dringend.* »Sie werden Weihnachten zurückkommen. Genauer gesagt, am zwanzigsten. Viel Zeit, ein ganzer Monat.«

»Aber Sie möchten Mahmoud, ehe er morgen nach Kalkutta fährt, gerne sagen, er kann die Kiste vergessen, weil sie bis dahin nicht mehr da sein wird?«

Das Telefon klingelte.

Clarissa stand auf. »Das wird Isobel wegen der Preise für ihren Abschiedsball sein. Kommen Sie auch, Hauptmann Coley?«

»Leider Dienst an diesem Abend.«

Barbie wußte, daß der Abschiedsball, von dem Clarissa sprach, der erste und wichtigste sein würde. In absteigender Folge sollte es noch weitere geben – mit jeweils kleinerem Orchester; beim letzten würde nur noch ein Quartett spielen. Die Rankins würden Pankot erst nach Weihnachten verlassen. Niemand wußte, wohin sie gingen. Sie gaben vor, es auch nicht zu wissen.

»Wie schade«, sagte Clarissa. Als sie an Barbie vorbeiging, fügte sie hinzu: »Hauptmann Coley tanzt so gut Walzer.«

Als die beiden allein waren, erreichte die Spannung einen Höhepunkt und löste sich dann ganz still einfach in nichts auf, als hätten sie ein Naturereignis überlebt, seien irgendwo gestrandet und außer Gefecht gesetzt. »Als Mächn habe ich auch getanzt«, hörte Barbie sich krächzen. Das »Mächn« interessierte sie, noch als sie es sagte. Ein Mann wie Coley würde sich vermutlich bei dieser Art Aussprache wohlfühlen. »Das überrascht Sie vielleicht. Wir haben im Athenaeum getanzt – so hieß das. Natürlich war es nicht *das* Athenaeum. Ich glaube, richtig hieß es Athenaeum Temperance Assembly. Die Kirche veranstaltete jedes Jahr einen Wohltätigkeitsball. Ich liebte die Mazurka am meisten. Mein Vater brachte mir das Tanzen bei, als ich noch ein Kind war. Er summte die Musik. Einmal tanzte er mit mir durch die ganze Lucknow Road.«

»Lucknow?«

»Lucknow Road, Camberwell.«

»Oh.«

»Wann wäre es recht?«

»Was?«

»Die Kiste.«

»Ach das. Ich lasse sie herunterbringen.«

»Machen Sie sich nicht die Mühe.«

»Ist keine Mühe.«

»Verstehen Sie, es war kein Platz für die Kiste. Aber jetzt ist es anders.« Sie schwenkte den Brief von der Mission durch die Luft. »Ich bin zurück im Dienst. Dibrapur.« (Coleyismus war ansteckend.) »Clarissa wird nichts gegen die Kiste haben, denn in ein oder zwei Wochen reise ich ab. Danach... wer weiß? Wenn ich gut bin, wird Mr. Studholme mit mir zufrieden sein, nicht wahr? Und ich kann hinterher noch einige Zeit in Majapur bleiben. Edwina ist dort begraben, meine Freundin Miss Crane. Ich nehme an, Sie erinnern sich. Dann werde ich zufrieden nach Darjeeling oder Naini Tal gehen... mit meinem ganzen Gepäck. Ich kann Oberst Layton nach dem Krieg immer noch *schreiben*. Ich überlasse es ihm zu entscheiden, wo Mabel begraben sein soll. Aber ich würde Rose Cottage gern noch einmal sehen. Am liebsten, nachdem Mahmoud nach Kalkutta gefahren ist.«

»Fährt morgen ganz früh. Wird von einer Transportkolonne mit nach Ranpur genommen.«

»Etwas später wäre dann gut. Sagen wir um elf?«

»Habe morgen leider Dienst.«

»Ach, das macht nichts. Sagen Sie nur dem Mali Bescheid. Sie müssen nicht dabeisein.«

Coley neigte den Kopf. Er besaß eine kindliche Anmut, die sie plötzlich sah und angenehm fand. Sie ahnte, daß er irgendwie immer noch mit dem Baukasten spielte. Sie begleitete ihn in die Diele, wo Clarissa lächelnd in den Hörer sprach und huldvoll die Hand zum Abschied hob.

Auf den Verandastufen sagte Barbie: »Vielen Dank, daß Sie meinen Südwester zurückgeschickt haben, Hauptmann Coley. Ich wollte Ihnen an jenem Nachmittag die Löffel bringen, aber es war niemand da. Ich muß ihn wohl verloren haben, als ich rannte... durch den Regen rannte.«

Sein Gesicht rötete sich leicht, aber der Märtyrerblick verschwand, wie es vielleicht vor einigen Jahrhunderten geschehen sein mochte, als ein Reiter vom Bischofspalast zum Hinrichtungsplatz galoppierte und ein Stück Papier schwenkte, das die Flammen löschen konnte, ehe sie richtig aufloderten. Er streckte ihr die Hand entgegen, die sie drückte.

»Ich danke *Ihnen*«, sagte er. Er zögerte. Sie befürchtete eine noch deutlichere Erklärung.

»Das Regiment ist sehr dankbar. Für die Löffel.«

Er drehte sich um, ging die Stufen hinunter, setzte die Mütze auf, schob das Stöckchen unter den linken Arm und lief auf den alten zerbeulten Austin 7 zu; sie wußten beide, daß er an jenem Tag in dem abgeschlossenen Wellblechschuppen gestanden hatte.

V

Barbie erklärte dem Tonga-Wallah, sie benötige seine Dienste den ganzen Vormittag, und handelte einen Sonderpreis aus. Er war ein verschlossener, ausgemergelter Mann mit einer Hakennase und den verschlafenen Raubtieraugen eines ausgehungerten Vogels mit angelegten Flügeln. »Ist Ihr Pferd stark?« fragte sie. »Hat es starke Knochen?« Sie hatten alle drei mehr als genug Knochen. Das Pferd sei stark, meinte der Mann. Sie befahl ihm, in Richtung Bahnhof zu fahren.

Auf der Hügelkuppe, wo die Straße aus dem Tal über den Miniaturpaß führte, bat sie ihn, zu wenden und anzuhalten. Sie stieg aus und blieb mehrere Minuten stehen. Sie konnte die majestätische Kette der sonnenbeschienenen Berggipfel nicht sehen. Im Nordosten hingen Wolken – Wolken, die den Bergen Schnee brachten und manchmal, wenn der Wind sie weit genug trieb, dem Tal kalten Regen. Die Novembersonne schien stark, und das Tal leuchtete sauber, hell und klar.

Sie sah Aziz wieder vor sich, der ihr mit ausgestrecktem Arm Pankot darbot. In bewußter Nachahmung streckte sie den Arm aus. Dann befahl sie dem Kutscher, sie zum Osthügel zurückzufahren und von dort die Club Road hinauf. Er gab nicht zu erkennen, daß er sie verstanden hatte, doch als sie einstieg, fuhr er los. Er hielt sie bestimmt für verrückt.

In halber Höhe der Club Road erreichten sie zwanzig Minuten später den Meilenstein. Dort lag keine Leiche. Alle Leichen waren begraben, aber die Schakalrudel hatten sich vermehrt. Männer rannten auf allen Vieren mit ihnen und suchten gierig nach Knochen. Der Tonga-Wallah hockte zusammengesunken auf dem Kutschbock und überließ es dem Pferd, sich seinen Weg zu suchen.

An der Einfahrt zum Club wollte es wie selbstverständlich abbiegen. »Nein«, rief sie. »Weiter, weiter!« Pferd und Kutscher kämpften um die Oberherrschaft. Die Tonga bog langsam wieder in die Fahrbahn ein.

Sie fuhren weiter hinauf und an den vertrauten Einfahrten der Bungalows zwischen dem Club und Rose Cottage vorüber. Es versetzte ihr keinen Stich. All das war in einem anderen Leben gewesen. Es kam ihr merkwürdig vor, daß es immer noch existierte. Sie blickte auf die Straße unter ihren Füßen, zählte die Schritte des Pferdes, rief »Halt!« und blickte über die Schulter zurück. Die Tonga stand vor dem Tor, das offenstand, weil Hauptmann Coley den Mali vermutlich auf ihr Kommen vorbereitet hatte. Barbie vermutete, daß das Tor in Mildreds Abwesenheit meist geschlossen und mit einem Vorhängeschloß gesichert war. Sie befahl dem Kutscher, in die Einfahrt zu fahren.

Als erstes sah sie die Kiste ohne ihre Hülle. Sie stand zweckmäßigerweise auf der obersten Stufe der vorderen Veranda. Die Eingangstür dahinter war geschlossen und verriegelt. Der Mali mußte im Dienstbotenquartier sein. Sie fand es leichtsinnig von ihm, die Kiste unbeaufsichtigt zu lassen, solange das

Tor offenstand. Jeder hätte hereinkommen und sie mitnehmen können. Vielleicht dachte er, sie sei zu groß und zu schwer für einen Gelegenheitsdieb. Barbie stieg die Stufen hinauf und überprüfte das Vorhängeschloß an der Kiste. Es war in Ordnung.

Die Kiste wirkte eindeutig größer, als Barbie sie in Erinnerung hatte. Sie hatte sich vorgestellt, man könne sie ohne weiteres auf der Sitzbank festzurren, und sie würde für die Rückfahrt neben dem Kutscher Platz nehmen. Sie warf einen Blick auf das Gefährt, das Pferd mit dem hängenden Kopf und den gebeugten alten Mann. Man würde ihm helfen und ihn vermutlich überreden müssen.

»Warten Sie«, sagte Barbie. Der Mann erwiderte nichts. Er wartete bereits.

Sie schob sich an der Kiste vorbei auf die Veranda. Auch jetzt versetzte es ihr keinen Stich, auf so vertrautem Boden zu stehen. Die vernachlässigten Pflanzen auf der Balustrade schienen durch eine Neuordnung verwirrt zu sein, die sie nicht verstanden und an die sie sich nie gewöhnen würden. In der Luft lag etwas, das weder warm und freundlich noch kalt und feindlich war. Die Läden des Fensters, durch das sie einen Blick in ihr altes Zimmer hätte werfen können, waren geschlossen. Sie blieb davor stehen und spürte den Drang – den sie nur mühsam unterdrückte –, an das Holz zu klopfen und zu rufen: Ist jemand da? und dann das Ohr an den Spalt zwischen den Läden zu legen und den Geräuschen der Jahre zu lauschen, die sie dort verbracht hatte und die in panischer Angst vor der fremden Stimme flohen. Sie ging um die Ecke und zur alten Glastür, die sich immer noch dort, aber mit ebenfalls geschlossenen Läden befand. Wieder verspürte sie den Drang zu klopfen, und wieder konnte sie sich gerade noch rechtzeitig zurückhalten. Sie hatte die Hand zur Faust geballt, und die Knöchel ruhten auf dem Holz, das ihre Stirn beinahe berührte. Sie blieb stehen und wartete darauf, daß der Drang verschwand. Als das geschehen war, empfand sie die Leere ihrer Geschichte, die so lange unbenutzt war. Sie öffnete die Faust. Zwischen den Fingern schienen Häute gewachsen zu sein.

Sie entfernte sich von der Tür, blieb jedoch abrupt stehen, weil sie überzeugt war, nicht allein zu sein. Sie warf einen Blick auf die Hausecke, hinter der die rückwärtige Veranda begann, wo Mabel gestorben war. Das Gefühl kam von dort. Dort schien etwas zu sein, das Besitz ergriffen hatte, Besitz ergriff und einem den Atem nahm. Barbie legte die Hand auf die Brust, tastete nach der Goldkette mit dem kleinen Kreuz. Dann ging sie vorwärts, trat um die Ecke und hielt die Luft an – beim Anblick eines Mannes und wegen der giftigen Emanation, die wie eine beinahe sichtbare Krankheit die Pflanzen auf der Balustrade umgab, die wild gewuchert waren und die ersten Ranken ausschickten. Der Mann stand so, wie sie Mabel einmal dort hatte stehen sehen. Er blickte über den Garten, als sei ihm ein Gedanke dazu gekommen, und weiter, bis hin zu den Hügeln und den Bergen hinter den undurchdringlichen, von der Sonne beschienenen Wolkenformationen: ein schlanker, großer Engländer in Zivil mit einem weichen Tweedhut; die rechte Schulter war ihr zugewandt, er hatte den rechten Arm ausgestreckt, die Hand flach auf das Geländer gelegt und blickte wie aus großer Höhe auf eine Welt, die sich unter ihm ausbreitete.

Barbie kämpfte gegen ihre Übelkeit an und rief: »Entschuldigen Sie. Aber würden Sie mir bitte erklären, was Sie hier machen?«

Es trennten sie etwa zehn Meter. Er hörte ihre Stimme, vermutlich jedoch nicht die undeutlich hervorgestoßenen Worte. Keine Bewegung seines Oberkörpers oder der Arme begleitete den durchdringenden Blick in ihre Richtung.

»Sie«, rief Barbie, »was tun Sie hier? Das ist Privatgelände und kein öffentlicher Weg.«

Sie trat auf ihn zu. Er nahm die Hand vom Geländer, griff nach dem Tweedhut und zog ihn. Diese höfliche Geste ließ ihre Übelkeit und ihre Befürchtungen schwinden und vertrieb sie völlig. Plötzlich hatte sie die verrückte Vorstellung, der Mann sei Oberst Layton, der aus dem Kriegsgefangenenlager entlassen nach Indien und nach Hause zurückkehrte und feststellen mußte, daß seine Familie abwesend war.

Aber inzwischen hatte der Mann den Hut ganz gezogen. Sie sah den Kopf und das unbeschattete Gesicht. Die linke Hälfte war gezeichnet: ein wimpernloses, blaues Auge umgeben von einer rosaweißen, spinnennetzartigen, runzligen Haut. O ja, dieser Mann hatte Verbrennungen erlitten.

Er setzte den Hut wieder auf.

»Tut mir leid«, sagte er – und seine Entschuldigung diente einem doppelten Zweck. »Ich bin Ronald Merrick und wollte die Laytons besuchen. Der Mali sagt, sie sind in Kalkutta. Er hat mich zum Bleiben aufgefordert und macht mir eine Tasse Kaffee.«

Er hatte sich ihr inzwischen völlig zugewandt. Der linke Arm hing unnatürlich steif an der Seite herab. Im Gegensatz zur rechten Hand steckte die linke in einem schwarzen Lederhandschuh; Finger und Daumen waren gekrümmt, als hielten sie etwas Unsichtbares und Nutzloses.

»Oh«, sagte sie, »ich bitte um Entschuldigung. Natürlich. Hauptmann Merrick. Ich bin Barbara Batchelor. Ich war *Mabel* Laytons Begleiterin. Ich habe früher hier gewohnt.«

Sie streckte die Hand aus und wünschte augenblicklich, sie hätte es nicht getan. Aber nicht, weil sie mit ihrer Geste eine der altmodischeren Regeln verletzt hatte, sondern weil er darauf nur sehr umständlich reagieren konnte. Er zog wieder den Hut, enthüllte noch einmal die zerklüftete Landschaft seines Gesichts, steckte den Hut zwischen die Finger der schwarzen Lederhand, drückte sie zusammen und gab ihr dann die warme, lebendige Rechte.

»Guten Tag. Miss Layton hat von Ihnen gesprochen, als sie mich im Krankenhaus besuchte. Es muß im Zusammenhang mit einer Miss Crane gewesen sein. Stimmt das?«

»Sie haben ein gutes Gedächtnis.«

»Eigentlich nicht. Sarah erzählte mir, daß die Freundin ihrer Tante Mabel in der Mission gearbeitet und oft von Miss Crane gesprochen habe.«

»Edwina und ich kannten uns sehr lange.«

»Waren Sie in derselben Mission?«

»In derselben. Die Bishop Barnard-Schulen.«

»Sie haben einen guten Ruf. Waren Sie in Majapur?«

»Nein. Ich war an vielen Orten, aber dort nicht. Vor meiner Pensionierung 1939 war ich Leiterin der Schule in Ranpur.«

»Das muß eine sehr verantwortungsvolle Stellung gewesen sein.«

Barbie bemerkte, daß sie versuchte, sich auf das rechte Auge und die rechte Gesichtshälfte zu konzentrieren und die linke zu übersehen. In den kurzen, dichten farblosen Haaren auf der linken Seite entdeckte sie Grau und kahle Stellen. Hatte er einmal gut ausgesehen? Das ließ sich nur schwer sagen. Sie hätte gern die vernarbte Gesichtshälfte berührt und verspürte auch den ebenso merkwürdigen Wunsch, die künstliche, behandschuhte Hand anzufassen und den Arm Stück für Stück abzutasten, um herauszufinden, wo das Holz oder Metall endete und der Stumpf begann. Sie glaubte sich daran zu erinnern, daß Sarah erwähnt hatte, man habe den Arm über dem Ellbogen amputieren müssen.

Dann fiel ihr ein, daß Sarah Merrick noch nie gemocht hatte. Obwohl sie Sarah liebte und ihr vertraute, wollte sie sich kein Vorurteil erlauben. Er hatte mit großem körperlichem Mut gehandelt, vielleicht auch mit moralischem Mut. Er besaß eine wunderbar klare Stimme und sprach jedes Wort deutlich aus. Eine Männerstimme.

Sie drehte sich suchend nach den Sesseln um und wollte

ihm Platz anbieten. Die Verandamöbel waren nicht da; es fiel ihr erst jetzt auf. »O je, sie haben die Sessel weggeräumt. Wir saßen im Dezember und Januar noch beinahe jeden Tag hier draußen, selbst wenn es im Schatten mittags ziemlich kühl wurde. Die Sessel stehen bestimmt im Haus. Mildred und Susan sind seit Anfang September weg, und Sarah ist sogar schon früher abgereist. Sie hat ihre Tante nach Kalkutta begleitet. Hat Sarah sie im Krankenhaus besucht?«

»Ich bin Mitte Juli entlassen worden.«

»Wann sind Sie in Pankot angekommen?«

»Gestern.«

»Bleiben Sie lange? Machen Sie Urlaub hier?«

»Nein, ich bleibe nur eine Woche. Ich bin zu Nachuntersuchungen im Krankenhaus. Aber es ist eine Art Urlaub. Ich habe viel freie Zeit, solange ich nur meine Arzttermine einhalte.«

Barbie warf einen Blick auf die Hand. Vielleicht war sie neu und schmerzte.

»Es muß eine Enttäuschung für Sie sein, daß die Laytons nicht da sind. Und *sie* werden bedauern, Sie verpaßt zu haben. Ganz besonders Susan. Sie war ihnen ungeheuer dankbar, daß Sie versucht haben, Teddie zu retten.«

Barbies Stimme klang besonders rauh; sie war betroffen über die schrecklichen Folgen, die seine Heldentat für ihn hatte. Sie war betroffen wie nie zuvor, denn bisher hatte sie Hauptmann Merrick nicht gekannt und war auch nicht in der Lage gewesen, sich sein zerstörtes Gesicht und den schrecklichen künstlichen Arm in allen Einzelheiten vorzustellen.

»Meine Stimme«, krächzte sie und schlug sich an die Brust, als beabsichtige sie, im Innern ein Hindernis zu entfernen. Barbie wünschte, es liege in ihrer Macht, sie beide zu heilen. »Ich hatte erst vor kurzem eine sehr schwere Erkältung, und das ist das Ergebnis.«

Aus den Augenwinkeln registrierte sie eine Bewegung.

»Mali!«

Sie ging dem Mann entgegen, der mit einem Kaffeetablett auf der Veranda erschien. Als er sie entdeckte, stellte er das Tablett auf den Boden, verbeugte sich tief, führte die rechte Hand an die Stirn und ergriff beide Hände, die sie ihm entgegenstreckte. Hinter ihm kam sein Junge aus dem Haus.

»Geht es Ihnen gut, Mali?« fragte sie auf Urdu. »Und Ihrer Frau? Und dem Kleinen? Oh, ich sehe, daß es ihm gut geht.«

Der Mali erwiderte, es gehe ihnen allen gut und fügte hinzu. »Aber sehen Sie doch, Memsahib...«

Er führte sie an den hochaufgeschossenen Pflanzen auf der Balustrade vorbei zu den Stufen, wo nichts die Sicht versperrte. Sie blickte hinunter und konnte es nicht glauben.

Alle großen Rosenbeete waren gerodet und in Rasenflächen verwandelt worden. Gespannte Schnüre und Kalklinien verrieten, daß ein Tennisplatz angelegt wurde. Die Rosen in den verbliebenen Beeten hatte man zu kleinen, jämmerlichen kahlen Büschen zurückgeschnitten.

»Tennisch«, sagte der Mali. In seinen Augen standen Tränen.

Barbie wandte den Blick von dieser Entweihung und sah, daß Hauptmann Merrick dem Jungen des Mali zulächelte, denn der Kleine starrte unverwandt auf die schwarze Hand. Merrick sah sie an. »Gibt es Veränderungen?«

»Es ist nicht wiederzuerkennen.«

»Als Sie kamen, dachte ich gerade, was für ein schöner Garten es ist. Aber mir fiel auf, daß sich hier einiges tut.«

»Früher standen dort unzählige Rosen.«

»Das muß sehr schön gewesen sein.«

Für einen Mann war *schön* ein ungewöhnliches Wort, wenn er es nicht gerade im Zusammenhang mit einer Frau benutzte. Barbie war ihm dafür dankbar, daß er es jetzt aussprach. Von ihrem Vater hatte sie es in ähnlichen Zusammenhängen gehört, und das lag an dem Dichter in ihm.

Der kleine Junge hatte das Kaffeetablett vom Boden genommen, und der Mali öffnete das Vorhängeschloß an der Glasflügeltür des Wohnzimmers. Er schlug die Läden zurück und ging dann um das Haus herum zum Kücheneingang.

»Möchten Sie das Haus von innen sehen, Hauptmann Merrick?«

»Nur, wenn Sie es mir zeigen möchten. Ich bin gern an der frischen Luft.«

»Dann lassen Sie uns hier bleiben. Er wird uns Stühle herausbringen.«

Die Glastür wurde von innen entriegelt. Qietschend ging zuerst der eine Flügel auf und dann der andere. Der Mali kam mit einem Stuhl heraus, den sie nicht kannte: ein Eßzimmerstuhl. Er stellte ihn ab, ging zurück und brachte einen zweiten. Beim dritten Mal erschien er mit einem geflochtenen Teetisch, der wie die Stühle aus dem Dienstbungalow stammen mußte. Der kleine Junge stellte das Kaffeetablett darauf ab.

»Vielen Dank, Mali. Diese Stühle kenne ich gar nicht.«

Die Stühle stammten aus dem Haus von Brigadier Paynton Memsahib. Brigadier Paynton Memsahib war nach Hause geflogen.

»Ja, ich weiß. Was ist mit unserem alten Tisch und den Stühlen geschehen?«

Der alte Tisch und ein paar der Stühle standen in der Eingangshalle. Die alte Anrichte war in das große Badezimmer gewandert. Die restlichen Stühle versperrten dem Mali im Schuppen den Platz. Vielleicht würden die alten Sachen verkauft werden. Mahmoud hatte die Stühle in den Schuppen getragen, dabei die Kiste entdeckt und Ärger gemacht. Die Wohnzimmermöbel wurden alle neu bezogen. Die Verandamöbel wurden im Basar repariert und neu lackiert. Der indische Teppich aus dem Wohnzimmer sollte im Schlafzimmer der jungen Memsahibs liegen, und man hatte in Bombay einen schönen neuen persischen Teppich bestellt.

Am Gesicht des Mali erkannte Barbie, daß er zwar der alten Ordnung die Treue hielt, aber trotzdem nicht unbeeindruckt von der neuen blieb. Mit der Zeit würde ihn auch der Tennisplatz beeindrucken. Vielleicht war das bereits der Fall, und er hatte seine Trauer nur ihr zuliebe gezeigt. Das war sehr indisch. Die Tränen in den Augen waren echt gewesen. Aber auch das gehörte zum Indischsein.

Sie nahmen auf den fremden, eleganten Stühlen Platz, und Barbie schenkte den Kaffee ein. Es war alles unwichtig. Für sie war Rose Cottage mit Mabel gestorben. Barbie sah die Zukunft nicht, die Mildred für das Haus offenbar vorschwebte. Ein persischer Teppich war reine Verschwendung, vielleicht auch nur eine Geldanlage. Der Junge brachte noch eine Tasse und auf einem Teller ein paar ziemlich alt aussehende Kekse.

»Rosen oder Tennisbälle«, sagte sie plötzlich. »Wofür würden Sie sich entscheiden, Hauptmann Merrick?«

Er antwortete nicht, nahm aber die Tasse Kaffee mit der einen Hand, die dazu noch fähig war und die vielleicht auch noch einen Tennisschläger halten konnte.

»Es tut mir leid«, sagte Barbie und entschied sich für Direktheit. »Waren Sie ein guter Spieler?«

»Ein ganz guter. Aber es wird mir nicht fehlen, wenn ich wenigstens wieder reiten kann. Ich bringe mir im Augenblick bei, von der falschen Seite aufs Pferd zu steigen. Ich hoffe, ich bekomme morgen ein Pferd. Man braucht Gefühl und Kontrolle in einem Arm, um aufzusitzen; das ist für das Pferd ebenso wichtig wie für einen selbst. Alles andere ist eine Frage der einfühlsamen Hand und von zwei starken Knien. Wenn ich das geschafft habe, gibt es keinen Grund, weshalb ich nicht auch wieder lernen sollte, Tennis zu spielen.«

»Ich finde, das ist sehr tapfer.«

»Überhaupt nicht. Es verändern sich nur die eigenen Prioritäten und Maßstäbe. Im Grunde ist es einer neuen Geburt sehr ähnlich. Selbst das Kaffeetrinken stellt einen vor ungeahnte Probleme.« Er lächelte. »Aber es schmeckt um so besser, wenn man sie löst.«

Er schob die Untertasse zwischen Lederdaumen und Zeigefinger, preßte sie zusammen, hob die Tasse und trank.

Danach setzte er die Tasse wieder auf die Untertasse, griff nach dem Teller mit den Keksen und bot ihr einen an. Sie lehnte ab, er stellte den Teller auf das Tablett, nahm einen Keks, lehnte sich zurück und begann, ihn zu essen. Tasse und Untertasse hielt er nach wie vor in der starren Hand. Sie bemerkte, daß er irgendwann seinen Hut gefaltet und ordentlich in die rechte Tasche seines hellen Jacketts aus Harris Tweed gesteckt hatte. Er trug eine rehbraune Hose aus Kavallerieköper. Die kastanienbraunen Schuhe hatten diesen gewissen gläsernen Glanz alter, einmal sehr teurer Schuhe, die immer gut gepflegt worden waren. Das Flanellhemd stand am Hals offen, und er trug einen grünen Seidenschal im Kragen.

Barbie nahm das alles in sich auf und begegnete nun seinem Blick. Es schien ihm keineswegs peinlich zu sein, Gegenstand einer so genauen Musterung zu sein, sondern er ließ sie mit männlicher Gelassenheit über sich ergehen, wie sie dachte. Aber Barbie schämte sich. Sie hatte ihn betrachtet, als sei er nicht lebendig. Er hatte den Keks gegessen und trank den Kaffee aus. Sie überlegte, welche intimeren Probleme die Flüssigkeit für ihn bedeuten mochte, und blickte traurig, weniger verlegen beiseite und wußte nicht, ob sie ihm noch eine Tasse anbieten sollte. Sie trank selbst einen Schluck.

»Wie geht es den Laytons?« fragte er.

»Gut, und ich freue mich, das sagen zu können. Ich höre manchmal von Sarah. Sie sind mit Mildreds Schwester in Darjeeling.«

»Mrs. Grace. Ich habe sie auf der Hochzeit kennengelernt. Ist das Baby gesund zur Welt gekommen?«

»O ja. Wußten Sie das nicht?«

»Ich habe Sarah im Juni gesehen, aber seitdem nichts mehr

von ihr gehört. Meine Krankenschwester erzählte, Mrs. Grace habe einmal angerufen und sich nach meinem Befinden erkundigt. Wenn ich mich nicht irre, fuhr sie damals gerade nach Pankot, und das war Anfang Juli. Das Baby sollte um diese Zeit geboren werden, nicht wahr? Vermutlich ist Mrs. Grace aus diesem Grund heraufgefahren.«

»Nein, das Baby wurde zu früh geboren... im Juni. Es ist ein kleiner Junge.«

»Ein Junge? Teddie hätte sich sehr gefreut. Und Susan?«

»Susan hat sich auch gefreut.«

»Ich meine, ging alles glatt?«

»Sie hatte eine schwere Zeit, aber sie schaffte es. Sie war sehr tapfer. Sie ruhte hier auf der Veranda, und Mabel arbeitete im Garten. Ich war nicht im Haus, und es war auch sonst niemand in der Nähe. Susan sah sie sterben. Sie verhielt sich großartig. Sie telefonierte zuerst nach dem Arzt, und dann rief sie ihre Mutter an. Aber durch den Schock setzten die Wehen ein.«

»Die alte Mrs. Layton ist also sehr plötzlich gestorben?«

»Sehr plötzlich.«

Barbie sah ihn an. Er hielt den gesunden Arm angewinkelt; der Ellbogen lag auf der Armlehne des Eßzimmerstuhls. Sie saß auf einem Stuhl ohne Armlehnen. Er stützte das Kinn in die gesunde Hand; ein Finger lag auf der rechten Wange.

»Sie starb an dem Tag, als Sarah in Kalkutta war.«

»Ja.« Er führte den Finger von der Wange zum Mundwinkel und legte ihn dann unter das Kinn. »Schwester Prior hat die Anzeige in der *Times of India* gesehen. Sie dachte, es wäre vielleicht Sarahs Mutter. Sie wußte, daß Sarah Layton hieß und eigens aus Pankot gekommen war, um mich zu besuchen. Sarah hatte angedeutet, sie würde nach der Operation möglicherweise noch einmal vorbeikommen, aber das geschah nicht. Schwester Prior glaubte, sie habe schnell zurückfahren müssen. Sie sagte mir nichts. Ich habe die Anzeige in der *Times* erst vor ein paar Wochen gesehen und wußte natürlich sofort, wer gestorben war. Ich wollte schreiben, habe es aber nie getan.«

»Hat Schwester Prior nicht wenige Tage später die Geburtsanzeige gesehen?«

»Ich glaube, sie interessiert sich nur für Hochzeiten und Todesfälle.« Er lächelte. »Gibt es vielleicht noch eine Tasse Kaffee?«

»Entschuldigen Sie. Natürlich. Nein, lassen Sie nur.« Sie stand auf und schenkte ihm Kaffee ein. Er hielt Tasse und Untertasse etwas schief, deshalb achtete sie darauf, die Tasse nicht bis zum Rand zu füllen. Sie reichte ihm auch Milch und Zucker; dann setzte sie sich.

Er sagte: »Sie wundern sich vielleicht, woher ich wußte, daß ich nach Rose Cottage gehen mußte.«

»Weshalb sollte ich mich darüber wundern?«

»Als ich Sarah das letzte Mal traf, wohnten die Laytons noch im Dienstbungalow«

»Ach, ich verstehe. Ich nehme an, jemand hat Ihnen im Krankenhaus gesagt, daß die Laytons umgezogen sind.«

»Nein.« Er betrachtete die Innenseite seiner gesunden Hand. »Ich habe noch nicht mit vielen Leuten im Krankenhaus gesprochen. Aber Teddie erwähnte Rose Cottage oft. Susan schrieb ihm meistens von hier, nicht wahr? Sie gab als Absender die Adresse von Rose Cottage an. Das gefiel ihm. Er stellte sie sich gern in dieser Umgebung vor. Er erzählte, nach Tante Mabels Tod würde ihr Vater Rose Cottage erben. Aber erst als ich gestern in Pankot ankam, fiel mir das wieder ein. Ich wollte mich mit ihnen über die andere Adresse in Verbindung setzen oder im Telefonbuch nachsehen. Aber bei meiner Ankunft erinnerte ich mich an Rose Cottage und überlegte, ob sie umgezogen seien.«

»Deshalb sind Sie hergekommen?«

»Nein, ich wollte mich als Gastmitglied im Club eintragen, aber der Sekretär war nicht da. Man sagte mir, er sei gegen Mittag wieder im Club, und deshalb bin ich den Hügel hinauf gewandert. Als ich an Bungalows mit Namen wie The Larches, Rhoda und Sandy Lodge vorbeikam, zweifelte ich nicht, daß ich auch auf Rose Cottage stoßen würde. Ich glaubte schon, kein Glück zu haben, nachdem das letzte Haus hinter mir lag, aber plötzlich sah ich es. Also kam ich herein. Der Mali arbeitete vorne.«

»Sie haben Glück, daß Sie heute gekommen sind. Der Mali hat mich erwartet, sonst wäre das Tor verriegelt und verschlossen gewesen. Ich bin gekommen, um meine Kiste zu holen. Ich nehme an, Sie haben die Kiste gesehen.«

»Ja, mir ist eine Kiste aufgefallen. Wo wohnen Sie denn jetzt?«

»Im Pfarrhaus. Haben Sie den Kirchturm gesehen? Genau dahinter ist es. Sie müssen uns einmal besuchen. Viele Leute werden Sie unbedingt kennenlernen wollen.«

»Danke.« Er blickte auf die schwarze Hand. »Ich hoffe, nicht zu viele.«

»Ich fürchte doch. Sie sind berühmt. Nicht nur, weil Sie versucht haben, Teddie zu retten, sondern auch, weil Sie mit dem Fall Manners zu tun hatten.«

Er sah sie immer noch unverwandt an.

»Sie war hier, müssen Sie wissen«, sagte Barbie.

»Hier? Miss Manners?«

»Nein, nein. Ihre Tante, Lady Manners. Sie war in diesem Sommer in Pankot.«

»Ach ja, Sarah hat mir erzählt, daß der Name in Flagstaff House im Buch aufgetaucht sei. Es habe sie allerdings niemand zu Gesicht bekommen. Ich kenne Lady Manners nicht.«

»Ich habe sie gesehen... in der Kirche. Ich wußte, daß sie es war. Es konnte niemand anders sein. Aber sie muß abgereist sein. Ich habe sie nie wiedergesehen. Verzeihen Sie, vielleicht sprechen Sie lieber nicht darüber. Ohne diesen schrecklichen Fall wären Sie vermutlich immer noch DPC in Majapur oder noch etwas Höheres, etwa der Stellvertretende Generalinspekteur.«

Er stützte das Kinn wieder auf die Hand und wendete den Blick nicht von ihr. Ganz flüchtig fand sie diese Situation beunruhigend vertraut, als hätten sie sich in einem anderen Leben schon einmal so gegenüber gesessen. Er nahm Tasse und Untertasse aus der glatten schwarzen Hand, stellte sie auf das Tablett zurück und zog das Zigarettenetui hervor.

»Weshalb sagen Sie das, Miss Batchelor?«

»Stimmt es nicht? Die Leute behaupten immer, daß Ihre Vorgesetzten Sie nicht gestützt haben.«

Er bot ihr eine Zigarette an. Sie lehnte ab, bat ihn jedoch zu rauchen. Sie blickte sich um. Der Junge des Mali beobachtete sie von der Hausecke aus. Sie trug ihm auf, für Hauptmann Merrick Sahib einen Aschenbecher zu bringen. Merrick hatte eine Zigarette herausgenommen, das Etui in die Innentasche der Jacke gesteckt und aus einer anderen Tasche ein goldenes Feuerzeug genommen. Die gesunde Hand war sehr geschickt. Er stieß den Rauch aus. Der Junge des Mali kam mit einem Messingaschenbecher. Merrick sah ihn ernst an und wies auf die schwarze Hand. Der Junge versuchte mit vor Konzentration gerunzelter Stirn, den Aschenbecher auf die Handfläche zu stellen. Merrick half mit der anderen Hand, den Aschenbecher zwischen Finger und Daumen festzuklemmen. Der Junge trat zurück, legte die Arme auf den Rücken und wollte bleiben.

»Chalo«, sagte Barbie. Der Junge verschwand, und Merrick lächelte sie an.

Er sagte: »Die Neugier von Kindern ist von großem therapeutischem Wert.« Er blies wieder Rauch in die Luft. »Um auf das andere Thema zurückzukommen... ich muß den Eindruck berichtigen, der bei den Leuten vielleicht entstanden ist, daß meine Behörde mich nicht gestützt hat. Wir hatten nichts dagegen, daß die Inder diesen Eindruck gewannen. Nichts nimmt der Opposition besser den Wind aus den Segeln, als wenn man scheinbar den Stein des Anstoßes oder den Streitpunkt entfernt. Aber ich dachte immer, unsere eigenen Leute hätten das begriffen.«

»Hat man Sie nicht in eine sehr unangenehme Gegend geschickt?«

Merrick betrachtete sie wieder nachdenklich. Das Lid, dessen Wimpern offenbar abgebrannt waren, wirkte starr. Barbie ließ es nicht aus den Augen, um zu sehen, ob es sich bewegte.

»Nur mit meiner vollen Zustimmung«, erwiderte er, »und unter der Bedingung, daß die Behörde mir nicht im Weg stehen würde, wenn ich erneut einen Antrag auf zeitweiligen Dienst in der Armee stelle. Ich hatte das neunzehnhundertneunundreißig schon einmal beantragt, aber damals wollte man nichts davon wissen... und danach in Abständen immer wieder.« Er machte eine Pause, nahm bedächtig wieder einen Lungenzug und begleitete die folgenden Worte jedesmal mit einer kleinen Rauchwolke. »Im Grunde könnte man sagen, die Armee war meine Belohnung für mein Vorgehen im Fall Manners.« Der Rauch hatte sich verflüchtigt. »Aber vermutlich ist das nur meinem Generalinspekteur ganz bewußt.«

Er merkte, daß ihr Blick auf die Prothese fiel.

»Ich hoffe, Sie sehen in dieser eleganten Monstrosität nicht die späte Quittung für einen tragischen Fehler.«

»O nein.«

»Sie waren schuldig, müssen Sie wissen. Der Generalinspekteur war auch dieser Meinung.«

Als er jetzt die Zigarette an die Lippen führte, glaubte sie flüchtig zu sehen, daß seine Finger leicht zitterten. Aber sie mußte sich geirrt haben. Die rechte Hand hing locker herab; er hatte den Unterarm auf die Lehne des Stuhls gelegt, und die Zigarette bewegte sich so wenig wie ein Stein.

Er sagte: »Ganz besonders einer ist schuldig: der Anführer! Er ist schuldig für alle anderen.«

Er sah sie durch einen Rauchschleier hindurch an.

»Sein Name ist Kumar«, fuhr er fort, »er gehörte zur schlimmsten Sorte westlich gebildeter Inder. Er besitzt den ganzen Dünkel und die Arroganz eines Inders, dessen Familie Land besitzt oder einmal besaß, und außerdem die Arroganz eines borniertlen und charakterlosen, aber privilegierten englischen Bürschchens, das glaubt, ihm gehöre die Welt, weil man ihm auf einer Public School beigebracht hat zu glauben, er habe das Recht, von Gottes Gnaden über diese Welt zu herrschen und nicht kraft seiner überlegenen Intelligenz. Man kann nur schwer sagen, weshalb *sie* ihm erlag – aber natürlich benahm er sich und sprach wie ein junger Engländer dieses Typs.« Er stieß Rauch aus. »Und er sah sehr gut aus.« Er wendete den Blick nicht von ihr. Er sagte: »Nun ja, genug davon. Ich sehe, das ist für Sie ein höchst unerfreuliches Thema. Für mich auch. Als einigermaßen gewissenhafter Polizeibeamter ist es mir ziemlich gegen den Strich gegangen mitanzusehen, wie sechs Kriminelle, nur weil es opportun war, als politische Häftlinge eingesperrt wurden.«

»Höchst unerfreulich, ja. So muß man es empfinden. Aber das heißt nicht, daß wir es unter den Teppich fegen oder vorgeben sollten, die Sache sei nie geschehen oder vorüber.«

»Vorüber ist sie. Die Frau ist tot.«

»Das Kind lebt.«

Er lächelte. »Ich meine, der *Fall* ist mit der Frau gestorben. Sie haben recht, das Kind lebt... sein Kind vermutlich. Zumindest nimmt man an, daß sie es geglaubt hat.«

»Sie haben Sarah gesagt, daß Ihnen selbst etwas an Miss Manners lag. Trotzdem klingt das, was Sie über sie sagen, so bitter.«

Er schien nicht weiter beeindruckt. »Mir *lag* etwas an ihr. Das mußte ich in Rechnung stellen. Aber ich glaube, mir lag nichts mehr an ihr, als ich erkannte, wohin es sie zog. Deshalb war das nie ein ernsthaftes Hindernis.«

Sie dachte: *Hindernis,* ein eigenartiges Wort in diesem Zusammenhang, und *zog,* auch das ist ein merkwürdiges Wort. Sexuelle Eifersucht? Rassische Eifersucht?

Plötzlich wollte und konnte sie nicht mehr über die Sache nachdenken. Ihr Vorstellungskraft versagte. Sie blickte auf den im Entstehen begriffenen Tennisplatz. Er hatte keine Bedeutung. Es war nur ein Platz, auf dem man einen Ball hin und her, hin und her schlug.

Zwischen ihr und Merrick warf sich die Frau im weißen Sari zu Boden und flehte sie an. Wir sind Götter, dachte Barbie, und das war unser Garten. Jetzt spielen wir Tennis. Es ist leichter, vor Rosen als Hintergrund zu flehen.

Diese aufblitzende Inspiration hatte sich unvermittelt und unerklärlicherweise eingestellt. Aber mehr schien nicht zu kommen. Sie sah ihn an. Er beobachtete sie wieder. Das Kinn stützte er auf die Hand. Er hatte die Zigarette ausgedrückt. Sie lag kalt und verkrümmt in der kleinen Messingschale, die aus Benares, am Ufer des Ganges, gekommen war. Dort verbrannte man Leichen und warf die Asche in den Fluß, damit sie vom Wasser getragen wurde, immer weiter getragen wurde bis hinaus auf ein unvorstellbares Meer. Ihre alte Kiste mit den Erinnerungen an die Mission schwamm dazwischen; sie schaukelte, drehte sich träge unter der kupferfarbenen Sonne. Riesige Menschenmengen versammelten sich zu den Festen an den Ufern des heiligen Flusses. So große Menschenmengen kamen nie in eine Kirche. In der Luft lag der schwere Duft von Jasmin, der Gestank von faulendem Fisch, menschlichem und tierischem Kot. In der Kiste trieb Edwinas Bild einem fernen Horizont entgegen.

Sie sagte: »Ich bin deine Mutter und dein Vater.«

»Bitte?«

»Man-bap. Für Edwina war es nicht so. Es war Verzweiflung. Aber ich nehme an, Teddie empfand es so.« Barbie erkannte, daß er versteckt – in seinen Bemerkungen über Kumar und einen gewissen Typ Engländer – von Teddie gesprochen hatte, von Männern wie Teddie. Aber die tieferen Zusammenhänge konnte sie nicht ergründen. Auch der Arm, den er für Teddie verloren hatte, trieb davon – er trieb in der schnellen Strömung des heiligen Flusses. Er war mit Blumengirlanden geschmückt.

Sie hatte sich vorgebeugt, die Knie geöffnet, die Füße weit auseinander gestellt, der Rock spannte, die Ellbogen lagen auf den Knien, sie hatte die Hände gefaltet.

»Erzählen Sie mir von meiner Freundin, von Edwina Crane. War viel übrig?«

Es entstand eine lange Pause. Sie sah ihn nicht an. Sie verharrte in dieser ungewöhnlichen Stellung.

»Genug, um sie zu identifizieren.«

Barbie nickte. Und zu begraben. Daran hatte sie noch nie gedacht. Sie hatte nie an die Möglichkeit gedacht, daß der Sarg leicht gewesen sein mochte, weil er nur ein paar verbrannte Knochen in den Resten des verbrannten Saris enthielt. »Und der Brief?« fragte sie. »Was hat sie in dem Brief geschrieben, der bei der Untersuchung nicht verlesen wurde?«

»Leider erinnere ich mich nicht daran. Ich weiß nur, daß der Untersuchungsrichter damit zufrieden war.«

»Und die Polizei war damit zufrieden. Sie haben sich an das Bild erinnert. Sie müssen sich an den Brief erinnern. Für einen Polizisten war der Brief sehr viel wichtiger.«

»Ist er für Sie wichtig?«

»Möglicherweise.«

Sie hob den Kopf. Er stützte das Kinn immer noch in die gesunde Hand. Er blickte in den Garten.

Er sagte: »Nun ja, es war ein klarer Brief. Ich persönlich hätte entschieden, daß es ganz schlicht Selbstmord war.«

»Was stand darin?«

»Nur, daß sie entschlossen war, sich das Leben zu nehmen.«

»Das kann nicht alles gewesen sein.«

»Sie meinen, es muß etwas darin gestanden haben, was die Entscheidung stützte, daß es sich um Selbstmord im Zustand geistiger Verwirrung handelte?«

»Ja. Stand so etwas darin?«

»Meiner Meinung nach nicht.« Er schien irgendwie zu bedauern, daß Edwina in geweihtem Boden begraben worden war. Er fügte hinzu: »Sie beendete den Brief mit einem Satz, der den Leuten genügte, um zu sagen, sie habe den Verstand verloren. Man hielt es für besser, diesen Satz nicht zu verlesen. Ich kann mir nicht vorstellen, weshalb.«

»Was für ein Satz war das?«

Er drehte ihr den Kopf zu. Die Hand folgte der Bewegung des Kinns.

»Es gibt keinen Gott. Nicht einmal auf der Straße von Dibrapur nach Ranpur.«

Ein unsichtbarer Blitz traf die Veranda. Die Reinheit seines farblosen Feuers ätzte die Schatten in sein Gesicht. Das Kreuz auf ihrer Brust glühte auf und schien auszubrennen.

»Nicht einmal auf der Straße von Dibrapur nach Ranpur?«

Er nickte.

Einen Augenblick fühlte sie sich zu ihm hingezogen. Er machte ein Angebot. Er wirkte einsam, als sei Edwinas Entdeckung ein Wissen, mit dem er geboren worden war und das er nicht ertragen konnte, weil auch er mit einem Stammesgedächtnis geboren worden war, das die Erinnerung an eine Zeit enthielt, in der Gott sich in der Welt bemerkbar gemacht hatte. Merrick brauchte Trost.

Sie wurde ganz aufgeregt. Sie tastete nach der Goldkette, fand sie, aber sie schien kein Gewicht zu haben.

Er lächelte. »Wie ernst wir geworden sind«, sagte er. Er hob die gesunde Hand; der Jackettärmel rutschte zurück, und er blickte auf die Armbanduhr, die er mit dem Zifferblatt auf der

Unterseite des Handgelenks trug. »Ich sollte zurückgehen, um mit dem Clubsekretär zu sprechen.«

Sie stand auf. »Nein, warten Sie. Ich möchte Ihnen etwas geben.«

Sie bückte sich und griff nach der Handtasche, die neben dem unvertrauten Stuhlbein stand.

»Kommen Sie! Sie können mir helfen. Die Schlösser gehen vielleicht schwer.«

Sie wartete, bis er aufgestanden war, und ging dann ein paar Schritte vor ihm um das Haus herum zur vorderen Veranda. Der Tonga Wallah döste zusammengekauert auf dem Kutschbock. Sein Kopf und der Pferdekopf hingen im selben Winkel nach unten. Barbie sah zu ihrem Entsetzen, daß das Pferd einen ordentlichen Haufen Pferdeäpfel auf den geheiligten Kies der Einfahrt hatte fallen lassen.

Sie schob sich um die Kiste herum, kniete auf der ersten Stufe und kramte in der Handtasche nach dem Schlüssel. Das Vorhängeschloß ließ sich leicht öffnen, ebenso der linke Verschluß. Der rechte hatte immer Schwierigkeiten gemacht. Aber er gab nach. Sie klappte die Verschlüsse nach oben.

»So«, sagte Barbie. Sie hob den Deckel der Büchse der Pandora, starrte ungläubig in die Kiste und stieß einen kleinen Schrei aus. Die cremeweiße Schmetterlingsspitze füllte die Kiste von Rand zu Rand.

»Sie gehört mir doch nicht!«

Sie griff nach dem Spitzengewebe und zog es heraus. Darunter lagen ihre Erinnerungsstücke.

»Wie ist sie da hineingekommen? Ich habe sie nicht hineingetan. Ich habe sie nicht mehr gesehen, seit Mabel sie mir gezeigt hat.«

Barbie hielt die Spitze in beiden Händen und blickte hilfesuchend zu Hauptmann Merrick auf. Aber er konnte nichts von den Spitzen wissen. Barbie wollte sie ihm unbedingt zeigen. »Sehen Sie«, rief sie und warf ihm ein Ende zu. Er fing es geschickt auf. Sie zog den Arm zurück. Das Spitzengewebe hing zwischen ihnen. Die Schmetterlinge bebten.

»Ist es nicht schön?! Die Frau, die es gemacht hat, war blind.« Barbie blickte auf das labyrinthische Paradies eines Lepidopterologen und hindurch, sah aber nur die Finger der alten Frau. »Mabel wollte, daß ich mir eine Stola daraus mache.«

Er reichte ihr das Ende zurück, das er hielt. Sie raffte die Spitzen zusammen und warf sie sich über die Schulter.

»Kann ich sie tragen?« fragte sie lachend. Die Spitzen rochen nach Kampher, Lavendel und Sandelholz. Es waren die Düfte des Geschenks, das Mabel und Aziz ihr gemacht hatten. »Sie muß die Spitzen Aziz gegeben haben und er sie mir – in der kurzen Zeit, in der er den Schlüssel für die Kiste hatte.«

Sie zog die Spitzen wieder von den Schultern. »Es tut mir leid, Hauptmann Merrick. Sie haben nicht die leiseste Ahnung, wovon ich rede. Macht nichts. Ich habe die Kiste geöffnet, um« – sie nahm das Bild heraus – »Ihnen das zu geben.«

Sie streckte es ihm entgegen. Er machte Anstalten, es zu nehmen. »Nein«, sagte sie, »mit der anderen Hand.«

Sie griff nach oben und half ihm, das Bild in die starre, schwarze Hand zu klemmen.

»Es ist zwar klein, aber sehr viel größer als ein Aschenbecher. Ist es zu schwer?«

»Ich glaube nicht.«

Die schwarze und seine gesunde Hand und eine ihrer Hände hielten das Bild. Langsam zogen sie beide die gesunden Hände zurück.

»Sehen Sie! Sie können es. Sie können es *tragen*.«

Auf seiner fleckigen Stirn standen Schweißtropfen. Er blickte auf das schräg gehaltene Geschenk hinunter.

»Ach das!« sagte er, »ja, ich erinnere mich daran. Schenken Sie es mir?«

»Natürlich.«

Eine Braue zog sich zusammen – die andere (oder das, was davon übrig geblieben war) vielleicht ebenfalls.

»Warum?«

Sie dachte darüber nach.

»Man sollte seine Hoffnungen immer teilen«, sagte sie, »das Bild steht für eine unerfüllte Hoffnung. Oh, ich meine nicht die goldenen und roten Uniformen, nicht den Pomp und nicht die Huldigungen. Von all dem haben wir genug gehabt. Wir hatten alles auf dem Bild, nur das nicht, was ausgelassen wurde.«

»Und was war das, Miss Batchelor?«

Sie wollte das gefühlsbetonte Wort nicht benutzen. »Ich nenne es den unbekannten Inder. Er ist nicht *da*. Deshalb ist das Bild nicht fertig.«

Ein Schweißtropfen fiel von seiner Stirn auf die linke untere Ecke des schützenden Glases.

»Ich nehme es Ihnen ab, Hauptmann Merrick«, sagte sie, »ich werde den Mali bitten, es für Sie einzupacken. Wären Sie bitte so freundlich« sie klappte den Deckel zu und begann, die Kiste zu verschließen – »meinen Tonga-Wallah aufzufordern, sie inzwischen hinten auf die Tonga zu laden. Ich werde den Mali bitten, ihm zu helfen. Er soll ein paar Seile mitbringen und sie festbinden. Ich glaube, das muß ihm ein Mann sagen. Sonst tut er es nicht.«

»Die Kiste? Hinten auf die Tonga?«

»Was sonst?«

»Ich würde sagen, sie ist viel zu schwer.«

»Ach, Unsinn. Sie enthält nur meine Jahre, und die sind leicht genug.«

Sie ging mit großen Schritten um den Bungalow und rief nach dem Mali.

Die Kiste war festgebunden. Sie stand wie ein aufgerichteter Sarg mit einem Ende auf dem Trittbrett des Fahrgastsitzes und dem anderen dicht unter dem Verdeck. Die Deichseln des leichten Gefährts wiesen nach oben. Das knochige Pferd schien in Gefahr zu sein abzuheben. Der mürrische Kutscher stand vor dem Pferd und zog seinen Kopf nach unten.

Barbie legte sich den Spitzenschal wie einen Brautschleier über den Kopf. Hauptmann Merrick überprüfte Seil und Knoten mit dem geübten und wachsamen Auge eines Mannes, der sich in solchen Dingen auskannte. Als sie näherkam, sagte er: »Ich rate Ihnen ab. Soll die Kiste weit transportiert werden?«

»Nur den Hügel hinunter bis zur Kirche.«

»Die Straße ist sehr steil. Ich glaube, der Mann hat recht.« Er wies mit dem Kopf auf den Kutscher. »Die Ladung ist zu schwer.«

»Aber er wird gut dafür bezahlt. Er ist ein alter Mann. Die Konkurrenz ist heutzutage sehr groß. Die jungen Kutscher sausen hierhin und dorthin und machen das ganze Geschäft. Im Grunde ist es eine Freundlichkeit.«

»Wie wollen Sie denn zurückkommen?«

»Vorne, natürlich.«

Hauptmann Merrick schwieg.

»Gefällt Ihnen das nicht? Mißfällt Ihnen, daß ich Seite an Seite mit einem stinkenden alten Inder fahre?«

»Die Last wird viel zu groß sein.«

»Aber *ich* bin das Gegengewicht zu der Kiste, verstehen Sie? Wir werden nach vorne kippen, bis die Tonga wieder gerade steht. Gehen Sie zu Fuß zum Club?«

»Ich hatte die Absicht. Der Mali meint, es könnte regnen. Glauben Sie nicht . . .«

Sie unterbrach ihn. »Wohin werden Sie von Pankot aus gehen, Hauptmann Merrick?«

»Nach Simla.«

»Für einen Urlaub?«

»Nein, dienstlich.«

»Wir müssen uns noch einmal unterhalten. Es gibt so viele Dinge, über die ich mit Ihnen sprechen möchte. Ich werde Clarissa Peplow bitten, Sie im Krankenhaus anzurufen ... vermutlich in der Militärabteilung.«

»Das wäre sehr freundlich.«

Sie drehte sich nach dem Mali um und gab ihm zwanzig Rupien. Sie fuhr dem Jungen des Mali durch die Haare.

»Verstehst du, was ich sage?« fragte sie den Jungen auf Urdu. Er nickte. Sie lächelte. In Dibrapur würde vielleicht alles gutgehen. Sie gab Hauptmann Merrick die Hand. Der Mali hielt das eingepackte Bild für ihn bereit.

»Sie werden doch das Bild nicht vergessen, nicht wahr? Würden Sie mir bitte hinauf helfen?«

Sie ging zur Tonga. Der Tritt war sehr hoch. Sie spürte, daß sein gesunder Arm sie stützte. Er war einmal ein starker Mann gewesen. Als sie unter dem Verdeck saß, überfiel sie Trauer darüber. Sie blickte auf ihn hinunter.

»Schmerzt es?«

Nach einem Augenblick lächelte er. »Ein wenig.«

»Armer Junge«, sagte sie. Plötzlich kam er ihr wie ein Junge vor – ein Junge ohne Bauklötze. »Sie sollten doch eine Auszeichnung bekommen. Hat es geklappt?«

»Ja.«

»Ein Militärkreuz?«

»Aus irgendeinem Grund ein DSO.«

»Aber das ist eine sehr hohe Auszeichnung. Ich gratuliere. Hat man es Ihnen schon verliehen?«

»Noch nicht, aber soviel ich weiß, im nächsten Monat.«

»Wo? In Simla?«

Er nickte. Sie lächelte ihn freundlich an. Simla bedeutete, der Vizekönig. Sie hatte das Gefühl, darauf freute er sich besonders.

»Es tut mir leid, daß Sie die Laytons nicht angetroffen haben«, sagte sie noch einmal.

»Es wird sicher noch andere Gelegenheiten geben«, erwiderte er, »soll ich dem Mann sagen, daß er aufsteigen soll?«

»Bitte.«

Er ging zum Kopf des Pferdes. Der alte Mann kam zurück, stieg auf, band die Zügel von der Stange los und nahm die Peitsche aus der Halterung.

»*Au revoir,* Hauptmann Merrick.« Sie zog den Spitzenschleier zurecht und hob die Hand.

Die Kutsche rollte langsam und knarrend die Einfahrt von Rose Cottage hinunter. Als sie in die Club Road einbog, bemerkte Barbie, daß das Tal unter einer dünnen Wolkendecke lag; sie spürte die ersten Tropfen eines kühlen Novemberregens.

Sie hatte noch nicht einmal bemerkt, daß die Sonne verschwunden war.

Die Tonga wurde schneller. Der alte Mann kurbelte die Bremse zu. Ein- oder zweimal rutschte das Pferd. Barbie spürte das Gewicht der Kiste im Rücken. Ihre Jahre lasteten auf ihr, drückten sie vorwärts, drückten sie nach unten. Sie stemmte die Füße gegen das geschwungene Fußbrett, aber sie hatte wenig Kraft in den Beinen.

Es gibt keinen Gott, nicht einmal auf der Straße von Dibrapur nach Ranpur. Aber schließlich (argumentierte sie) nehme ich die Straße *nach* Dibrapur. Der Tonga Wallah schrie mit dem Pferd, das gestolpert war. »Sie dürfen es nicht anschreien«, sagte sie, »das Pferd gibt sein bestes.« Aus einem unbestimmten Grund hätte sie das Bild gerne wieder zurückgehabt. Es regnete inzwischen ziemlich heftig. Als sie am Club vorüberfuhren, kam eine Tonga nach der anderen den Hügel herauf und wollte abbiegen. Der alte Mann hatte sich die Zügel fest um die Hände geschlungen. Einer der Kutscher beschimpfte ihn.

»Halten Sie den Mund!« schrie Barbie zurück. Als sie den Kopf drehte, nahm sie die Spitzen deutlicher wahr. Auf ihrem Kopf tummelten sich die Schmetterlinge. Sie verfingen sich in den strähnigen, grauen Haaren. Barbie schloß die Augen. Zwanzig Stufen, einschließlich Treppenabsatz. Sie begann zu singen. »In meinem wilden Leben hab ich dies und das gemacht.« Sie öffnete die Augen.

Hinter der Kutsche leuchtete ein eigenartiges Licht kurz auf und erlosch wieder. Winter-Wetterleuchten. Etwas beunruhigte sie. Es näherte sich mit den Blitzen. Es war Mildreds Gesicht mit verschleierten Augen, nach unten weisende Lippen und nach oben gezogene Mundwinkel; sie hielt in den schlaffen Händen das Glas unter das Kinn.

Das Pferd rutschte, stolperte, richtete sich wieder auf. Es hob den Schweif. Es roch nach Stall. Das Pferd stolperte wieder. Der alte Mann zog die Bremse mit einem Ruck noch fester an. Sie glaubte, es rieche verbrannt. Sie warf ihm einen Blick zu. Endlich hatte er die Augen weit geöffnet. Er sah sie ganz kurz an, ehe er den besorgten Blick wieder auf die Straße vor ihm und auf die bebenden Flanken des alten Pferdes richtete. Wieder tauchte Mildreds Gesicht auf – für den Bruchteil der Sekunde, in der es sich auflöste, neue Gestalt annahm und zu dem Gesicht des Mannes wurde, der sie – das Kinn in die Hand gestützt – nachdenklich und geduldig ansah. Sein Verlangen nach ihrer Seele war so groß, daß er Edwinas Seele verworfen hatte.

Sie begann zu zittern. Sie stemmte sich mit aller Kraft gegen das Fußbrett. Tief unten lag Pankot eingehüllt in den Dunst des Winterregens, der seinen Schnee auf den Berggipfeln zurückgelassen hatte. Sie fuhren am Golfplatz vorbei. Leute unter bunten Regenschirmen suchten eilig Schutz.

Manchmal – wenn auch sehr selten – geschah es, daß diese kalten Schauer, die in der Wärme eines Novembertages in Pankot niedergingen, atmosphärische Störungen und ein Ungleichgewicht hervorriefen, ein launiges Element elektrischen

Übermuts, das die Stille durchbrach wie ein Kind, das eine aufgeblasene Papiertüte knallen läßt.

Eine solche Explosion ertönte auch jetzt, als die Tonga den steilsten Abschnitt der Club Road erreichte. Sie peitschte über das Tal, erweckte selbst die leblosesten Clubmitglieder zum Leben, die bequem in gepolsterten Korbsesseln saßen. Den Knall begleitete die grellste Kombination von blauem und gelbem Licht, die man je in dieser Gegend gesehen hatte. Dieses Alarmsignal hätten selbst alle Gewehre Pankots und der Stämme in den umliegenden Hügeln bei anhaltendem Sperrfeuer nicht zuwege gebracht.

Das Pferd wieherte, rollte mit den Augen, bäumte sich auf, schlug mit den Hufen um sich, fand dann wieder zum schmierigen Asphaltboden, zur Schwerkraft zurück, wurde schneller, zog und zerrte die hochrädrige Kutsche mit ihrer Ladung, den Erinnerungen an die Mission, hinter sich her.

Das ist mein Traum, dachte Barbie, hielt sich mit beiden Händen an den Speichen des Verdecks fest und schloß die Augen, um diesen Segen in sich aufzunehmen. Ihre langen schwarzen Haare flatterten im Wind. Sie war ein Kind, das durch die Lucknow Road tanzte, die Treppe hinauf stürmte und ihrer Mutter das Stecknadelkissen hochhielt, die sich vor Lachen die schwarzseidenen Seiten hielt, während ihr Vater sang:

In meinem wilden Leben hab ich dies und das gemacht.
Trotz aller Talente hab ich's zu keiner Frau gebracht.
Ein Spiel liegt mir besonders, man spielt's bei Tag und auch bei Nacht
Mit Strömen von Champagner
Denn ich bin Champagner-Charlie
Ich bin Champagner-Charlie
Und nachts für jedes Spiel zu haben
Und nachts für jedes Spiel zu haben

Ich bin Champagner-Charlie
Ich bin Champagner-Charlie
Und nachts für jedes Spiel zu haben
Wer will von euch ein Spielchen wagen?!

Die Tonga raste auf der langen weiten Kurve hügelabwärts immer schneller; das wild gewordene Pferd konnte sie nicht mehr halten. Die Speichen der Räder drehten sich in entgegengesetzter Richtung zum Radkranz. Die Funken der glühenden Bremsklötze und das aufspritzende Wasser waren Bug- und Heckwelle.

Sie öffnete die Augen und sah die spielzeughafte, berauschende Gefahr des menschlichen Lebens auf Erden. Das war eine Art Apotheose, und sie wußte, Gottes Licht hatte sie schließlich getroffen, indem es zuerst den Schatten des Fürsten der Finsternis über ihre Füße warf.

Unbekümmert um ihren Schmetterlingsschal griff sie in die Zügel, um dem alten Mann zu helfen, die vorwärtsstürmenden vier Pferde zu bändigen. Er zerrte an dem endlosen Gespinst, das ihn und auch Barbie blendete wie ein großes Licht, dem eine gewaltige Explosion folgte: ein großartiges Feuerwerk, das die Novemberveranstaltungen im alten Crystal Palace weit in den Schatten stellte.

»Ah!« rief sie, als sie wie Luzifer in die endlose Tiefe fiel – jedoch ohne Luzifers Stolz und, wie sie zuversichtlich glaubte, nicht bis zu seinem Ziel. Meine Augäpfel schmelzen, mein Schatten ist so heiß wie glühende Asche – ich bin in der Hölle gewesen und dank Gottes Gnade wieder herausgekommen. Jetzt ist alles kühl. Der Regen fällt auf die toten Schmetterlinge auf meinem Gesicht. Man läßt nicht so einfach los. Man gibt nicht auf und hält an den Dingen fest, die in dieser Welt der Freuden und des Leides den Weg markieren.

Ich erinnere mich (berichtete Sarah), daß Clarissa Peplow mir erzählte, Barbie sei plötzlich blutend und schlammbedeckt, aber immer noch auf den Beinen im Pfarrhaus aufgetaucht und habe gesagt: »Ich fürchte, an der Kreuzung ist etwas passiert. Vielleicht würde sich freundlicherweise jemand darum kümmern. Ich habe den Teufel gesehen. Haben Sie einen Spaten?«

Der Kutscher überlebte ebenfalls. Das Pferd mußte man erschießen.

Koda

Aufzeichnungen aus dem Krankenhaus der Samaritermission der barmherzigen Schwestern

Ranpur, Dezember 1944 – August 1945

»Guten Morgen, Edwina«, sagte Schwester Mary Thomas More. Sie hatte schlechte Zähne. Sie roch nach Knoblauch und galoppierender Zahnfäule. »Oder sind wir heute Barbie? Was sehen wir denn heute?«

Miss Batchelor schrieb auf den Notizblock: Die Vögel.

»Ich sehe keine Vögel, Edwina. Sprechen wir auch heute nicht? Ist es ein Tag des Schweigens?«

Miss Batchelor schrieb: Es ist wie jeden Tag.

»Nicht alle Tage können gleich sein. Es gibt einen, auf den wir alle warten und den wir fürchten sollten.«

Miss Batchelor schrieb: Hau ab. Oder bring mir einen Spaten. Mach, was du willst.

Nachdem Schwester Mary Thomas More die Worte gelesen und die Grabeslippen gekräuselt hatte, fügte Miss Batchelor einen Nachsatz hinzu: Und der Papst kann mir auch gestohlen bleiben.

Es gab Brot und Wasser.

Es war die einzige Nahrung, die sie mochte. Sie war sauber.

Sarah fragte: »Barbie? Barbie? Erkennen Sie mich nicht?«

Miss Batchelor konnte den Bleistift nicht halten, denn sie sah ihn nicht, und man hatte ihr die Hände abgenommen. Als Sarah gegangen war, nahm man ihr wegen Trampelns die Schuhe ab.

»Guten Morgen, Edwina ... oder sind Sie Barbie? Sie kennen mich nicht. Ich heiße Eustacia de Souza. Ich bin neu. Ich will damit sagen, ich mache einen Besuch. Sie sind die erste. Sie müssen mir alles erzählen, sonst weiß ich nicht, was ich tun soll, um Ihnen zu helfen, nicht wahr! Und dann ist Schwester Oberin böse.«

Miss Batchelor schrieb: Sie können mir etwas über die Vögel sagen.

Eustacia de Souza gefiel Miss Batchelor. Eustacia war kohlrabenschwarz, mehrere Schattierungen schwärzer als Schwester Mary Thomas More. Eustacia de Souza war keine Nonne.

Miss Batchelor schrieb weiter: Ich heiße Barbara und nicht Edwina. Ich habe ein Schweigegelübde abgelegt.

»Ich verstehe, meine Liebe. Das zumindest verstehe ich. Ich bin nicht sicher, ob ich das mit den Vögeln verstehe. Welche Vögel meinen Sie?

Miss Batchelor wies durch das vergitterte Fenster. Eustacia setzte die Brille auf und spähte hinaus.

»Ich kann keine Vögel sehen, meine Liebe, abgesehen von ein paar Krähen. Sie meinen doch nicht die Krähen? In Indien wimmelt es nur so von Krähen.«

Miss Batchelor zeichnete den Horizont und einen Mittelgrund. Sie skizzierte einen Anhaltspunkt: ein Minarett.

»Oh, etwas Heidnisches.«

Miss Batchelor schüttelte den Kopf. Sie strich das Minarett mit dem Bleistift durch, zog dann eine Linie, zeichnete dann einen Ring und dann spielerisch flache Winkel, wie fliegende Vögel.

»Moment mal, meine Liebe.«

Eustacia hing wie ein hilfsbereites Äffchen an dem Gitter. Sie war sehr häßlich. Ihr dicker Hintern wölbte sich unter einem bedruckten Kunstseidenkleid. Sie trug weiße Schuhe mit hohen Absätzen. Sie stank unter den Armen. Es war der Gestank der Hoffnung.

»Ich sehe eigentlich keine Vögel dort, Barbara, meine Liebe. Sind Sie sicher, daß sie noch dort sind?«

Miss Batchelor blickte in die Richtung. Sie schrieb: Nein. Aber sie sind oft da.

Eustacia setzte sich auf den zweiten Hocker, rauchte und redete.

Sie redete über seltsame Dinge. »Wir haben sie in Mandalay erwischt, meine Liebe. Wir sind schneller als der Blitz in Rangun, also noch vor Ende Mai. Billy Slim könnte mich jederzeit vögeln, meine Liebe. Er ist besser als mein Mann. Er ist zwar klein, aber Billy würde ich jeden Tag reinlassen.« Eustacia runzelte die Stirn. »Haben Sie je an die Länge gedacht, meine Liebe?«

Sie schien keine Antwort zu erwarten. Sie sah Miss Batchelor an, die eingesponnen in ihre Würde und in ihr Verlangen dasaß.

»Sie haben wohl nicht die leiseste Ahnung, wovon ich rede, meine Liebe? Wissen Sie, wo wir hier sind? Ich meine, in welcher Stadt?«

Miss Batchelor schrieb: Ranpur, Richtung Westen.

Eustacia de Souza lächelte und nickte. Dann runzelte sie wieder die Stirn . »Westen?« fragte sie. Sie blickte hinaus. Sie nickte. Sie lächelte breit. »So ist es«, sagte sie. Miss Batchelor mußte an eine Melone denken. Sie war durstig.

Sie schrieb: Sie müssen jetzt gehen. Es ist die gefährliche Stunde.

Mrs. de Souzas Gesicht wurde unangenehm violett. Nachdem sie gegangen war, warf Miss Batchelor die Teetassen auf den Boden und wartete auf die Wohltaten des klaren Wassers und der Zwangsjacke. Sie schrie und wehrte sich, denn das gefiel Schwester Mary Thomas More. Am Ende hing die Nonnenhaube schlaff herunter.

Die Landschaft hatte sich verändert, und das Licht hatte gewechselt. Es war sehr heiß. Sie schrieb: Kalender. Man brachte ihr einen. Er zeigte den 6. Juni. Sie zerriß ihn. Weil Pater Patrick zu Besuch kam, brachte man ihr am nächsten Tag einen anderen. Er zeigte den 7. Juni 1945. Sie stellte ihn auf den Nachttisch, und als Pater Patrick gegangen war, legte sie ihn unter die Matratze. Aber man nahm ihn ihr nicht weg.

»Wie geht es Ihnen, Barbie?« fragte das Mädchen mit dem hellen Haarschopf. Der Kalender zeigte den 30. Juni 1945. Sie schrieb: Ich bin gesund.
»Möchten Sie etwas?«
Sie schrieb: Vögel.
»Vögel?«
Sie schrieb ausführlich:
Durch das Fenster sieht man hinter dem Minarett Vögel. Flecken am Himmel. Nicht unbedingt jetzt. Aber dort sind oft Vögel. Man sieht sie kaum, aber sie kreisen, als sei dort ein Nest. Dort ist ein Hügel. Ich glaube, dort sind auch Bäume.
Sie beobachtete, wie das Mädchen las, was sie geschrieben hatte. Sie streckte die Hand aus, um das Mädchen zu berühren. Das Mädchen wirkte erschrocken. Miss Batchelor zog die Hand zurück, um es nicht zu ängstigen. Aber das Mädchen streckte die Arme aus und umarmte sie.
»Schon gut, Barbie. Sehen wir uns die Vögel an.«
Sie gingen zusammen zum vergitterten Fenster.
Miss Batchelor versuchte zu sprechen. Sie krächzte.
»Schon gut, Barbie«, sagte das Mädchen mit dem hellen Haarschopf, »ich verstehe. Wo hinter dem Minarett?«

Gemeinsam blickten sie dorthin. In der Ferne, wo das Land sich wölbte, lag ein Dunstschleier. Darüber schwebten Vögel.

»Ja, ich sehe sie. Ich weiß nicht, weshalb sie dort sind. Ich werde es herausfinden. Es müssen sehr große Vögel sein, nicht wahr?«

Miss Batchelor nickte. Sie war stolz auf ihre Vögel.

Sie schrieb: Wohnst du in Ranpur?

Das Mädchen sagte: »Nein, in Pankot, im Rose Cottage. Ich bin nur für zwei Tage in Ranpur. Ich fahre nach Bombay, um meinen Vater abzuholen.«

Miss Batchelor hielt die Hand des Mädchen. Sie spürte, daß sie etwas Wichtiges zu sagen hatte, konnte sich aber nicht daran erinnern, was.

Das Mädchen kam am nächsten Morgen und sagte: »Die Vögel gehören zu den Türmen des Schweigens. Sie sind für die Parsen von Ranpur.«

Dann schrieb das Mädchen es noch einmal auf den Notizblock, als glaube sie, Miss Batchelor könne es vergessen.

Miss Batchelor schrieb: Ja, ich verstehe: Geier. Vielen Dank.

Sie sah sich im Zimmer um. Sie schüttelte den Kopf. Sie schrieb: Ich habe nichts, was ich dir dafür geben könnte. Ich habe noch nicht einmal eine Rose.

Aus irgendeinem Grund legte das Mädchen die Arme um Miss Batchelor und weinte.

»Oh Barbie«, sagte sie, »erinnern Sie sich an nichts?«

Sie nickte. Sie erinnerte sich an sehr viel. Aber sie konnte nicht sagen, woran. Die Vögel hatten die Worte alle aufgepickt.

Sie war jetzt oft allein. Schwester Mary Thomas More hatte das Wort »unverbesserlich« benutzt. Sie saß am Fenster und beobachtete mit zusammengekniffenen, hungrigen Augen die Vögel, die sich von den Leichen der Parsen ernährten. Nachts blies sie Pusteblumen und blies noch lange, nachdem die kleinen Schirmchen alle davongeflogen waren. Sie schlief nur noch im Glauben an den Herrn, an die Auferstehung und den Spaten ein, wenn sie die Pusteblumen kahl geblasen hatte.

Eine junge Nonne aus Madras, die sie so entdeckte und glaubte, der alten Miss Batchelor habe die letzte Stunde geschlagen, rannte durch den trüben, schwach erleuchteten mittelalterlichen Korridor und holte die kräftige Nachtschwester. Sie stand in der traditionellen Pose am Bett und drückte die von Sünde losgesprochenen Finger auf den Puls der Patientin, richtete die unbeteiligten Augen auf sie, preßte lediglich in Nachahmung der Tagesnonnen die Lippen zusammen und trug dann auf der Tafel am Fußende des Betts (die Tafel diente zur Aufzeichnung der Reise der alten Missionarin durch das Hügelland des Exodus), einen Punkt weit oben ein.

Im Schlaf träumte Barbie nicht mehr. Sie träumte nur noch bei Tag. Bedauert sie nicht. Hinter ihr lag ein gutes Leben. Es hatte auch seine komischen Seiten. Die verstreuten Überreste waren nicht alle eingesammelt worden und können nun nie mehr alle aufgesammelt werden. Aber manche waren durch die guten Absichten gesegnet, die sie hervorbrachten.

Eines Tages erwachte sie aus einem solchen traumlosen Schlaf, stand auf, kniete nieder, betete, benetzte das pergamentene Gesicht mit Wasser aus der Schüssel mit dem Rosenmuster (ein riesiges, halbiertes Ei in einer Straußeneieröffnung der marmorierten Platte des Toilettentischs), zog sich an, frühstückte und führte den Kalender weiter, der die Abwesenheit des blonden Mädchens festhielt.

Es war der 6. August 1945.

Das Datum bedeutete ihr nichts. Kein Datum bedeutete ihr etwas. Der Kalender war ein mathematischer Ablauf mit willkürlichen Überraschungen.

Sie setzte sich an das vergitterte Fenster. Es regnete. Sie konnte die Vögel nicht sehen. Aber sie stellte sich vor, wie ihre Federn in smaragdgrünen und indigoblauen Lichtern glänzten. Sie wandte sich ab und erhob sich von dem Hocker. Sie spürte, wie die letzte Übelkeit ins Zimmer trat.

Sie stand in dem zerrissenen Heliotropkostüm, das Flecken von Eiern und Suppe hatte, schwankte leicht, griff sich an den nackten Hals, schlurfte in den Hausschuhen zur sicheren Zuflucht, dem Bett, sank darauf und lehnte sich mit der Schulter leicht gegen das eiserne Kopfteil.

Sie setzte mühsam den verrosteten Mechanismus ihrer Stimme in Gang und hörte die versagenden Schwingungen in der eingefallenen Brust.

»ICH bin nicht krank, DU bist nicht krank. ER, SIE oder ES sind nicht krank. WIR sind nicht krank. IHR seid nicht krank. SIE sind alle gesund. Deshalb...«

Sie hob fragend oder mahnend den Finger und forderte einen kurzen Augenblick des Schweigens für den kaum hörbaren, erwarteten Ton: das Echo ihres Lebens.

So fand man sie – ewig wach im plötzlichen Sonnenschein. Ihr Schatten war wie von einem fernen, aber schrecklichen Feuer in die Wand hinter ihr eingebrannt.

Anhang

»Ich bin mir nicht sicher, welches der beiden Ereignisse in letzter Zeit – die Wahl einer sozialistischen Regierung in London oder die Zerstörung Hiroshimas durch eine Atombombe – die größere Auswirkung auf die Zukunft Indiens haben wird.«
Aus einem Brief von Mohammed Ali Kasim an Mohandas Karamchand Gandhi, geschrieben im August 1945.

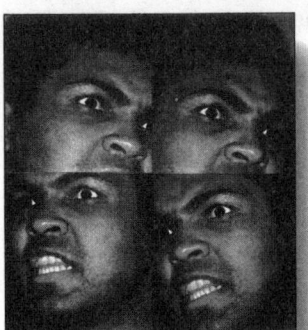